BASTEI
LÜBBE

Catherine Cookson

DAS SCHWARZE SAMTGEWAND

Aus dem Englischen übertragen
von Friedrich A. Hofschuster

BASTEI LÜBBE

BASTEI-LÜBBE-TASCHENBUCH
Band 10 979

Deutsche Erstveröffentlichung
Die Originalausgabe erschien unter dem Titel
THE BLACK VELVET GOWN

Printed in West Germany, November 1987
Einbandgestaltung: Roberto Patelli
Satz: Compusatz GmbH, München
Druck und Bindung: Ebner Ulm
ISBN 3-404-10979-1

Der Preis dieses Bandes versteht sich einschließlich der gesetzlichen Mehrwertsteuer

Erster Teil

Die Reise

1

Der Grubenschacht wäre in ihrem Garten gewesen, wenn die Hütten der Grubenreihen so etwas wie einen Garten gehabt hätten, doch sie standen versetzt hintereinander und wurden nur durch Asche- und Abfallhaufen und durch diese neumodische Einrichtung, die hölzernen Abtritte, voneinander getrennt.

Die Reihen trugen hübsche Namen: Primelreihe, Schlüsselblumenreihe, Gänseblümchenreihe. In den beiden ersten Reihen standen je fünfundzwanzig Hütten, in der dritten, der Gänseblümchenreihe, waren es dreiunddreißig. Die Bewohner der Gänseblümchenreihe schätzten sich glücklich, weil sie von dem einzigen Fenster im unteren Stockwerk und dem gleichen, aber kleineren Fenster im oberen Stockwerk die Hügel sehen konnten, und an klaren Tagen sogar die Mastspitzen der Schiffe, die auf dem Fluß fuhren.

Die Grubengemeinschaft war wie eine einzige große Familie, freilich eine, die durch Heiraten getrennt worden ist. So taten sich die jeweiligen Bewohner einer Reihe zusammen und wahrten ihre eigenen Interessen, zumindest solange, bis eine Zeit des Unheils über sie hereinbrach; dann allerdings schlossen sich alle wieder zusammen wie eine große Familie bei einem Begräbnis, und die drei Reihen bildeten eine einzige, gemeinsame Gruppe.

Schon als kleine Kinder wußten sie, woher das Unheil stammte. Es kam durch dieses Loch im Boden; es kam mit Wasser oder Feuer, und es gestand manchen Männern nicht einmal die Würde eines richtigen Begräbnisses zu, es begrub sie einfach unter Gesteinsmassen.

Doch das letzte Unheil, das die Menschen in der Siedlung getroffen hatte, war nicht aus dem Bergwerk gekommen. Es war ein seltsames, neues Unheil, wie ein Fieber, aber noch schlimmer. Es leerte die Mägen in beiden Richtungen, trieb das Wasser aus den Poren wie Tränen aus den Augen, und es hatte einen seltsamen Namen: Sie nannten es Cholera.

Diese Plage war jetzt zwar vorüber, aber sie hatte vier Männer, zwei Frauen und drei Kinder aus der Siedlung dahingerafft. Den Bergmann Seth Millican hatte es als ersten erwischt – und man munkelte, daß er auch derjenige sei, der das Übel in die Siedlung geschleppt hatte. Und alles nur, weil er unbedingt diesen Mann in Gateshead besuchen mußte, der ihm Lesen und Schreiben beigebracht hatte.

Hochmut und Stolz kommt vor dem Fall, sagten sie, nachdem er gestorben war. Er war ein allzu stolzer Mann gewesen, dieser Seth Millican, aber nicht wegen der Arbeit, die er mit seinen Händen verrichtete, und nicht, weil er das Tempo machte dort unten in den Schächten, sondern weil er seinen Namen schreiben und die Bibel lesen konnte. Zu weit hatte ihn sein Stolz getrieben, als er es nicht zulassen wollte, daß sein ältester Sohn und die ältere Tochter in die Grube einfuhren, wo der Junge doch schon zehn war und das Mädchen neun. Nein, für sie hatte es die Arbeit auf den Feldern sein müssen, unter Gottes freiem Himmel. Und er hatte sich durch nichts davon abbringen lassen, nicht einmal, nachdem ihm Pfarrer Rainton klargemacht hatte, daß Gott dem Menschen nur eine gewisse Zeit der Freiheit gewährte, damit er Sonne und Licht genießen konnte, je nach dem Rang, für den er im Leben vorausbestimmt war. Es war weit und breit bekannt, was für eine Antwort Seth Millican dem Pfarrer darauf gegeben hatte. »Zum Teufel mit solchen Ideen«, hatte er gesagt. Man behauptete, daß der Pfarrer ihn dafür zwar nicht mit Worten, aber mit Blicken verflucht hatte – und diese Blicke hatten Früchte getragen. Man sagte auch, daß Seth Millican jetzt Gelegenheit hatte, seine eigenen, hochmütigen Ideen in der Hölle zu überprüfen.

Und dann war da Seth Millicans Frau Maria, die man nur unter dem Namen Riah kannte. Sie war als Eindringling in die Grubensiedlung gekommen, Tochter von Fischersleuten aus Shields. Wie ein jeder wußte, konnte aus solch einer Verbindung nichts Gutes kommen: die Menschen, die auf dem Wasser dahinfuhren, und die, welche unter der Erde gruben, paßten nun einmal nicht zusammen.

Aber Seth Millican und Maria Riston hatten sich kennengelernt und geheiratet, als er sechsundzwanzig und sie erst sechzehn gewesen war, und in den zehn Jahren seit damals hatte sie vier von den acht Kindern durchgebracht, die sie ihm gebar – so groß war ihre Lebenskraft.

Anders als viele Frauen in der Grubensiedlung hielt sich Riah immer noch aufrecht. Ihr Bauch war noch nicht schlaff, ihr Haar hatte noch den hellen Kastanienton, ihre Augen funkelten und blitzten, und ihre Zunge, sagte man, war scharf genug, um einem die Sohlen von den Schuhen zu schneiden. Sie war noch schärfer geworden seit dem Tod ihres Mannes, vor allem, wenn sie sich gegen Bill Norsecott richtete.

Einige hatten ein Auge auf sie geworfen, aber Bill Norsecott konnte es offenbar nicht mehr von ihr abwenden. Und um diesen Mann ging es in dem Gespräch, das jetzt gerade in der Hütte der Millicans, wegen ihrer zwei Zimmer, »Haus« genannt, geführt wurde.

Riah stand neben dem Tisch, eine Hand auf die Tischkante gestützt, die andere in die Hüfte gestemmt. Sie hatte den Kopf in den Nacken geworfen, dabei ein wenig zur Seite geneigt, als sie ihren Schwager anschaute und sagte: »Ich hab' es dir oft genug erklärt, Ted: Und wenn Norsecott der letzte Mann auf Gottes Erde wäre, dann würde ich es nicht zulassen, daß er auch nur den Saum an meinem Rock anfaßt. Was du mir da vorschlägst, damit ich wieder ein Dach über den Kopf bekomme, ist nichts anderes, als daß ich ihn und seine neun Plagen auf mich nehmen soll.« Sie schnitt eine Grimasse, bis die großen Augen in ihren Höhlen kaum noch zu sehen waren, dann zog sie die Lippen von den Zähnen und fuhr fort: »Mann, die haben selbst schon keinen Platz in ihrem Schweinestall, geschweige denn für mich und meine vier. Fünfzehn Personen, und das in dieser Bruchbude! Oh«, – jetzt bewegte sie den Kopf langsam von der einen Seite auf die andere –,»ich dachte, du hättest ein bißchen mehr Achtung vor mir, Ted Millican, und würdest es nicht wagen, einen solchen Vorschlag zu machen.«

Ted Millican, seinem Bruder in allen Dingen gänzlich unähnlich, war klein von Gestalt und von geringer Intelligenz. Jetzt murmelte er: »Entweder das – oder die Straße, Riah. Wenn Seth in der Grube gestorben wäre, hätte sich vielleicht die Möglichkeit ergeben, daß man euch in ein Häuschen unten bei der Gießerei versetzt, aber selbst dort hat man kaum genug Häuser für die neuen Leute, die zur Zeit angestellt werden. Und er ist ja nicht in der Grube gestorben, deshalb wird man dich auch nicht mehr hier wohnen lassen. Brannigan kann jeden Augenblick hier auftauchen und dir sagen, daß du gehen mußt. Siehst du, und deshalb habe ich von Bill gesprochen, das ist alles.« Er stolperte über die nächsten Worte: »Ja, weißt du, es ist eben, weil... Ich... Ich habe mit ihm gesprochen, und er wäre bereit, dich aufzunehmen, und...«

Doch ehe er für die Fortsetzung Luft schnappen konnte, schrie sie ihm ins Gesicht: »Bereit, mich aufzunehmen! Bill Norsecott, dieser rotznäsige, dreckige, besoffene Dummkopf ist bereit, mich aufzunehmen! Raus mit dir, Ted, geh fort. Geh fort, bevor ich endgültig die Geduld verliere... Nein, warte, laß mich dir noch eines sagen: Ich werde nicht darauf warten, daß man mich aus dem Haus jagt; ich gehe freiwillig, und zwar zurück zu meinen Leuten! Und wenn ich gar nichts habe dort, so habe ich doch frische Luft, denn ich kann es dir ja jetzt verraten, ich habe jeden Tag gehaßt, an dem ich praktisch auf der Schwelle dieser Kohlengrube habe leben müssen, mit den Schlackebergen, die immer näher kommen, dem Dreck und diesen Leuten und allem. Ja, diese Leute, die es wagten, meinen Seth schief anzuschauen, weil er etwas aus sich und aus seiner Familie machen wollte. Wenn ich nicht so viel Respekt gehabt hätte vor ihm, vor dem Mann, der er gewesen ist, ich sage dir, ich wäre in den ersten Monaten meiner Ehe schon auf und davon gelaufen. Und noch ein letztes, bevor du gehst, Ted. Es ist mir nicht entgangen, daß ihr beide, du und Mary Ellen, bisher nicht daran gedacht habt, uns wenigstens vorübergehend ein Dach anzubieten. Ihr seid nur zu zweit, und eure zwei Jungen, na, der eine ist sowieso schon verlobt und wird bald wegziehen!«

Sie betrachtete ihren Schwager, wie er jetzt den Kopf einzog, bevor er erwiderte :»Glaub nicht, ich hätte nicht daran gedacht, Riah, glaub das nicht – aber du kennst Mary Ellen. Du und sie, ihr beide habt euch nie ausstehen können, und unter einem Dach wäre das für uns alle die Hölle geworden.«

Riahs Haltung gegenüber ihrem Schwager hatte sich inzwischen geändert; sie seufzte, dann sagte sie leise: »Ja, das weiß ich, Ted. Und ich weiß, es wäre anders, wenn es nur von dir abhinge. Aber mach dir keine Gedanken wegen uns. Ich kann schon selbst für mich sorgen. Das habe ich immer gekonnt, und so wird es auch bleiben.«

Der Mann stand jetzt in der offenen Tür und schaute hinaus auf die Straße, wo die Aprilschauer, die sich noch in den frühen Mai fortsetzten, große Pfützen hinterlassen hatten, Pfützen, in denen kleine Kinder mit nackten Füßen herumplantschten und vor Vergnügen über das Spiel quiekten, ohne etwas zu ahnen von den dunklen Tagen, die vor ihnen lagen. »Wann gehst du?« fragte er.

»Morgen früh.«

Er wandte sich noch einmal um, fragte: »Und eure Sachen? Mary Ellen...« Dann riß er sich zusammen und erklärte: »Ich könnte alles für euch aufheben.«

Es lag ein zynischer Unterton in ihrer Stimme, als sie erwiderte: »Ja, ich weiß, daß du das könntest, und Mary Ellen hätte wohl auch nichts dagegen, aber ich habe in den letzten Tagen darüber nachgedacht, was mit meinen Sachen geschehen soll. Es hat Geld und Mühe gekostet, das alles anzuschaffen, und ich will es nicht hergeben, also borge ich das Zeug Arthur Meddle und seiner Frau Kate. Die haben oben praktisch nur altes Gerümpel stehen und sind froh, wenn sie meine Sachen eine Weile benutzen können. Und Kate ist eine ordentliche und saubere Frau.«

Er hatte ihr den Kopf noch immer zugewandt und sagte jetzt: »Du bist, wie mir scheint, nicht faul gewesen seitdem.«

»Nein, Ted, ich war nie faul in meinem Leben, ob ich mit den Händen gearbeitet habe oder mit dem Kopf.«

»Du bist ein sonderbares Mädchen, Riah. Ich hab' nie jemanden mit so viel Grips kennengelernt. Wenn wir uns nicht mehr sehen, weil ich um zwei einsteige und du schon weg bist, wenn ich Schichtwechsel habe, wünsche ich dir schon jetzt viel Glück. In allem, was du tust, wünsche ich dir Glück, Riah.«

»Danke, Ted.«

Sie wartete, bis er sich ein paar Schritte entfernt hatte, ging zurück in die Hütte und drückte die Tür von innen zu. Dann blieb sie mit dem Rücken dazu stehen, preßte beide Hände gegen das rauhe Holz, und während sie sich mit ihren gleichmäßigen, weißen Zähnen auf die Unterlippe biß, stieß sie ein seltsames Geräusch aus; es klang wie das Echo eines Stöhnens, das tief aus ihrem Inneren kam. Grips, hatte er gesagt. Ja, das war alles, was sie hatte. Sie könne zurückgehen, dorthin, wo sie hergekommen sei, hatte sie behauptet. Wenn es dort gar nichts gab, dann wenigstens frische Luft, hatte sie gesagt. Und sie wußte, daß ihr Grips und ihr Verstand in diesem Augenblick überdeckt waren von der nackten Angst, denn sie konnte sich gut vorstellen, wie man sie dort, von wo sie gekommen war, empfangen würde. Und was die frische Luft anging, die sie zumindest haben würde – nun, diese frische Luft hatte, soweit sie sich erinnerte, immer nach Fisch gestunken.

Sie stieß sich ab von der Tür und ging auf das Fenster zu, nahm einen Eimer mit kleinen Kohlestücken und Kohlenstaub, der neben der Feuerstelle stand, und schüttete seinen Inhalt hinter den Rost. Gleich darauf puffte eine Rußwolke den Kamin hinauf, und ein Teil des Kohlenstaubs legte sich auf ihr Gesicht. Sie schnappte nach Luft, dann nahm sie ein Tuch, das an der Messingstange unter dem Kaminsims zum Trocknen hing, ging zum Tisch und wischte sich das Gesicht ab.

Plötzlich hielt sie inne, zog einen Hocker unter dem Tisch hervor, setzte sich darauf, stützte die Ellbogen auf die Tischplatte und den Kopf auf die Hände. Sie wollte beten, fand aber keine Worte, und außerdem hatte ihr Seth oft gesagt, Gott hilft nur denen, die sich selbst helfen. Sie hatte immer gelacht, wenn er es sagte, denn er hatte es als Widerspruch bezeichnet – aber es stimmte, wenn man sich nicht selbst half, geschah gar nichts, und das machte man dann Gott zum Vorwurf. Sie hatte sich oft gefragt, worüber Seth sich wohl mit dem Methodisten in Gateshead unterhalten haben mochte, der ein guter Christ zu sein schien, während Seth in seinen Gedanken nicht viel Zeit für Gott und seine Werke aufgebracht hatte; selbst von der Bibel behauptete er, sie enthalte nur Geschichten, die von Menschen erdacht und aufgeschrieben worden seien.

Sie hatte viel gelernt von Seth. Er hatte ihr beigebracht, den Verstand zu nutzen, und er hatte sie das Lesen und Schreiben gelehrt, wie allen in seiner Familie. Sie war stolz gewesen, weil sie in der Siedlung die einzige Mutter war, deren Kinder ihren eigenen Namen schreiben konnten. Allein das schon hatte sie in gewisser Weise von den anderen abgesondert. Seth hätte vielen Männern in der Siedlung Lesen und Schreiben beibringen können, aber sie hatten Angst, daß der Minenaufseher sie bei der Grubenverwaltung verpfeifen könnte, denn das Lesen war nicht gern gesehen, und obendrein – wie einige der älteren Männer Seth mit Nachdruck klarzumachen versucht hatten – brachte es einem nichts ein, höchstens Ärger mit denen, die einem ja schließlich den Lebensunterhalt bezahlten. Schließlich sei es doch unklug, die Hand zu beißen, die einen fütterte.

Nur zwei Männer in ihrer Reihe hatten dem Zorn des Grubenbesitzers und seiner Direktion getrotzt und manche Nacht mit Seth beisammengesessen: Arthur Meddle und Jack Troughton. Aber auch sie hatten dafür bezahlen müssen. Wie Seth waren sie in schlechte Flöze geschickt worden, in Flöze, die mehr Stein hergaben als Kohle, und wo eine Zwölfstunden-Schicht kaum drei Shilling einbrachte.

O ja, man mußte bezahlen für die Bildung, mußte sie teuer bezahlen, und was den Kopf füllte, machte noch lange nicht satt. Seth war sich dessen stets bewußt gewesen. Deshalb hatte er für schlechte Zeiten vorgesorgt. Zehn Jahre lang hatte er dafür gespart, hatte in manchen Wochen nur ein paar Kupferpennies zurückgelegt, in anderen einen Shilling oder zwei. In den ersten Monaten ihrer Ehe hatte er Riah von seinem Sparplan berichtet, hatte ihr gestanden, daß er nicht Zeit seines Lebens in einem Bergwerk arbeiten wollte und vorhatte, ein eigenes kleines Häuschen zu kaufen und ein Stück Land dazu. Riah wußte, daß er im ersten Jahr ein Pfund und fünfzehn Shilling gespart hatte. Aber von da an hatte er ihr nie gesagt, wieviel er jede Woche weglegen konnte. Er bekam alle vierzehn Tage seinen Lohn, und an manchen Zahltagen hatte er nur einen einzigen Sovereign auf den Tisch gelegt. Ja, er war in manchen Dingen knauserig gewesen, sogar mit Worten. So hatte er ihr nach dem zweiten

Ehejahr nie mehr gesagt, daß er sie liebte – doch das setzte sie voraus; er war auch nicht mehr zärtlich gewesen mit ihr, ohne zu erwarten, daß er dafür befriedigt wurde.

Seth hatte Riah das erste Mal gesehen, als sie fünfzehn Jahre alt war: an einem freien Samstagnachmittag, als er am Kai von Shields entlangschlenderte. Sie hatte in einer Gruppe von Fischweibern gestanden, ohne Kopfbedekkung und ohne den üblichen, dicken Flanellrock mit der weißen Schürze, auch ohne den breiten Schal, den sie sonst quer über der Brust trug. Statt dessen hatte sie ein Blusenkleid angehabt, das offene Oberteil des doppellagigen Rocks nach hinten gerafft und unter der Hüfte zusammengebunden, und über die Schultern hatte sie ein gelb gemustertes, großes Tuch geschlungen. Der Rock hatte ihr gerade über die Waden gereicht, und an den Füßen hatte sie Holzpantinen getragen. Später sagte er, ihm seien als erstes ihre Augen aufgefallen. Er habe auf den ersten Blick gesehen, daß es intelligente Augen waren.

Von dem Tag an war er an jedem Sonntag und an jedem der freien Samstagnachmittage zum Kai gekommen, und bei seinem sechsten Besuch hatte er sie angesprochen. »Hallo«, hatte er gesagt. Und »Hallo« hatte sie geantwortet.

»Bist du die Tochter eines Fischers?« hatte er gefragt.

»Ja«, hatte sie gesagt.

»Du siehst nicht so aus«, hatte er erklärt.

»Wie soll ich denn aussehen? Wie ein Schellfisch, wie ein Lachs oder wie ein Brathering?«

Er hatte nicht gelacht, sondern entgegnet: »Du weißt schon, was ich meine.« Und daraufhin hatte sie geschwiegen.

An diesem Abend hatte ihre Mutter gefragt: »Wer war dennn dieser Grubenlümmel, mit dem du da gesprochen hast?« Und sie hatte entgegnet: »Woher weißt du denn, daß er ein Grubenlümmel ist?« Ihre Mutter hatte erklärt: »Das sieht man, die haben Kohle in den Adern und an den Brauen bläuliche Flecken. Daß du mir ja nichts mit ihm anfängst«, hatte ihre Mutter noch gewarnt. »Es gibt genügend Fischer hier, daß du dir unter ihnen einen aussuchen kannst. Wenn du meinst, es ist so weit – mir soll es recht sein. Je eher, desto besser, daß du dich nach einem Mann umschaust.«

Seltsam: Sie hatte ihre Mutter nie gemocht; ihren Vater dagegen hatte sie geliebt. Er war eines Tages aufs Meer hinaus gefahren mit ihren zwei Brüdern – damals war sie zehn Jahre alt gewesen –, und man hatte alle drei nie wieder gesehen. An dem Tag waren drei Boote verlorengegangen, zwei von North Shields und eines von der Südseite.

Außerdem hatte sie immer eine heftige Abneigung gegen den Fischgeruch empfunden, und sie fragte sich, warum, denn sie war ja mit diesem Geruch aufgewachsen. Man hatte sie gezwungen, Fisch zu essen, bis ihr Magen rebellierte; besonders Dorsch hatte sie oft zum Erbrechen gebracht. Manchmal, wenn so etwas geschah, hatte ihre Mutter gesagt, daß sie wohl doch dem Großvater nachschlage, denn man wußte, daß er eine Landratte war und obendrein ziemlich wählerisch; außerdem war er ein sturköpfiger Schwede und hatte so hellblondes Haar, wie es selbst bei seinen Landsleuten seltener zu sehen war als der nackte Hintern einer Frau.

Ihr Erstgeborener, David, schlug dem schwedischen Sturkopf nach; auch er hatte hellblondes Haar und eine Haut, die sich wesentlich unterschied von der der Kinder in der Nachbarschaft; da er auf den Feldern arbeitete, wurde sein Haar von der Sonne noch mehr gebleicht und war im Gegensatz zu vielen seines Alters, die im Bergwerk arbeiteten, nicht mit Kohlenstaub verklebt oder verlaust.

Es gab noch etwas, worauf Seth stets geachtet hatte: Jeder in seiner Familie mußte sich jeden Freitag nach Feierabend am ganzen Körper waschen, Sommer wie Winter. Er selbst wusch sich täglich den Oberkörper, und das Wasser konnte nicht mehr benützt werden. Doch am Freitagabend achtete er darauf, daß die Kinder in den Holzzuber stiegen, eines nach dem anderen, und Riah folgte ihnen; zuletzt wusch er selbst sich in dem Wasser von oben bis unten.

Riah hatte sich an das Waschritual an den Freitagabenden gewöhnt, ja, sie freute sich sogar stets darauf. Es trug zu dem Gefühl bei, daß ihre Familie etwas Besonderes war. Nur ein einziges Mal war die Prozedur ausgefallen: das war, als Seth auf der Holzpritsche in der Ecke lag und sie darauf warteten, daß der Leichenwagen kam und ihn abholte. Diese Ehre wurde den Armen nur selten zuteil, es sei denn, man hatte eine Sammlung veranstaltet, um das Geld für den Leichenbestatter zusammenzubringen. Aber bei den Cholerafällen wurden die Toten von den Behörden auf den Kirchhof gekarrt.

Jetzt seufzte sie tief, dann stand sie auf. Es ging gegen halb sieben; die Kinder würden bald vom Feld hereinkommen. Johnny, der Siebenjährige, und seine um ein Jahr jüngere Schwester Maggie waren in den letzten Wochen beim Steinesammeln gewesen, auf dem Bauernhof von Mr. Bateman – harte Arbeit für Kinder, von acht Uhr morgens bis sechs Uhr abends. Und dann der Weg, eine Meile vom Haus bis auf die Felder. Aber ein Sixpence die Woche war ein Sixpence und keineswegs zu verachten. David, der in der Nähe von Gateshead Fell arbeitete und derzeit Ziegel schleppt für die Männer, die dort Häuser bauten, bekam drei Shilling die Woche. Und Biddy, ein Jahr jünger als ihr älterer Bruder, arbeitete in Mrs. Batemans Küche für einen Shilling und einen Sixpence die Woche, einschließlich Verköstigung während ihres Aufenthalts auf dem Bauernhof. Fünf Shilling und sechs Pence von allen vieren war nichts im Vergleich zu dem, was sie im Bergwerk hätten verdienen können, aber Riah war stets mit Seth einer Meinung und wie er entschlossen, daß keines ihrer Kinder in die Grube einzufahren brauchte, solange sie es verhindern konnte.

Nun freilich würden sie alle ihre Arbeit verlieren, weil im Umkreis von Meilen kein Haus zu vermieten war, und keine Bäuerin hätte Riah zusammen mit ihren vier Kindern bei sich aufgenommen. Sie hatte Mrs. Bateman sogar einen entsprechenden Vorschlag gemacht, aber die Bäuerin hatte nur gelacht und gesagt: »Wenn ich einen Schweinestall hätte, Missis, dann könnte ich ihn vermieten. Außerdem, was sollte ich mit vier Mäulern anfangen? Die Zeiten sind schlecht; wir können manchmal kaum unsere Sachen auf dem Markt loswerden. Und es sind eure Leute, die daran schuld sind, mit ihren Streiks! Streik! Du liebe Zeit! Ich wüßte schon, was ich mit denen anfangen würde, die streiken: einsperren und erschießen.«

Sie hatte der Frau nicht geantwortet, denn was hätte sie ihr schon erwidern können?

Aber was die Miete betraf: Das war etwas, was nur sie wußte und sonst niemand. Sie konnte die Miete für jedes halbwegs brauchbare Häuschen zahlen, und alles nur wegen Seths kleinem Sparstrumpf... Ach was, von wegen klein! Achtzehn Pfund und fünfzehn Shilling, das war schon fast ein Vermögen. Dabei hatte es sich damit sehr sonderbar verhalten, denn Seth hatte genau gewußt, daß er sterben würde, aber er hatte nie von dem Geld gesprochen, und auch nicht, wo es versteckt war. Sie hatte seit langem gewußt, daß es hinter einem der losen Ziegel im Kamin liegen mußte – doch es gab viele, die lose waren, und sie hatte nie den Versuch unternommen, danach zu suchen, denn scharfäugig und gewitzt, wie er war, hätte er es gemerkt, und das hätte sicher zu einer Auseinandersetzung geführt, die sie unter allen Umständen hatte vermeiden wollen.

Obwohl in den letzten Jahren das warme, herzliche Gefühl, das sie für Seth empfand, ein wenig nachgelassen hatte und an seine Stelle Respekt und Achtung getreten waren, hatten sie stets friedlich und verhältnismäßig glücklich miteinander gelebt – das hatte sie sich zumindest eingeredet, vor allem, wenn sie ihre inneren Gefühle und die Unruhe, die sie manchmal in der Magengegend verspürte, zurückdrängen mußte, wo die Berührung einer Hand auf ihrem Haar oder ihrer Wange, eine Umarmung während der Nacht schon ausgereicht hätten, um diese Unruhe zu besänftigen. Doch das war nun einmal nicht Seths Art, und so hatte das Leben einfach weitergehen müssen, von Tag zu Tag.

Bridget kam als erste nach Hause. Man nannte sie nur Biddy. Sie war groß für ihre neun Jahre und sah Riah ähnlich. Ihr Haar war vielleicht etwas heller, aber die Augen zeigten das gleiche Braun, und ihre derzeitige Körpergröße wies darauf hin, daß sie einmal größer werden würde als ihre Mutter. Alle ihre Bewegungen sprachen von einem lebhaften Charakter: wie sie die Füße hob, den Kopf drehte, den Mund öffnete zum Lachen, das ihr leicht von den Lippen ging, oft sogar über etwas, das sie selbst gesagt hatte, denn sie war geschwind im Begreifen und gewitzt wie ihr Vater. »Hallo, Ma«, sagte sie.

»Hallo, Kleines«, sagte Riah.

»Sie hat mir die Hausschuhe gegeben. Aber die halten nicht mehr das Wasser, was?« Jetzt steckte sie die Finger durch die Löcher in den Hauspantoffeln. »Am liebsten hätte ich gesagt: ›Danke vielmals, Missis, die können Sie der nächsten geben‹, aber dann habe ich es doch lieber sein lassen.«

»Das war gerade noch klug. Du darfst nicht frech sein.«

»Ich bin müde, Ma.« Einen Augenblick lang wich der fröhliche Ton aus ihrer Kinderstimme, und ihre Mutter sagte zu ihr: »Dann setz dich doch. Ich habe etwas Brühe fertig.«

Das Mädchen setzte sich auf einen Hocker ans Feuer, dann drehte es den Kopf seiner Mutter zu und sagte: »Sie war wie der Prophet aus der Bibel, Ma. Sie sprach von nichts anderem als vom Verderben, und das alles nur, weil wir weggehen von hier. Ich glaube, sie wollte mich nicht verlieren.«

»Nein, sicher nicht, weil du besser arbeiten kannst als manche, die doppelt so alt ist wie du. Natürlich will sie dich nicht verlieren.«

»Weißt du, was sie gesagt hat, Ma?«

»Nein. Was hat sie gesagt?« Riah stellte Holzschüsseln auf den Tisch.

»Sie hat gesagt, wir hätten uns alle Stiefel angezogen, die eine Nummer zu groß sind, und du würdest deinen Fehler schon noch einsehen, hat sie gesagt, und daß wir unsere Namen schreiben können, bringt uns keinen Pfifferling ein... Sie kann nicht schreiben, Ma. Keiner von ihnen kann es, nicht einmal der Bauer; er zählt die Kannen Milch mit Strohhalmen in eine Schüssel.« Ihr Gesicht verzog sich zu einem breiten Grinsen, als sie sagte: »Weißt du, was ich heute gemacht habe, Ma?«

»Nein. Was hast du gemacht?«

»Als sie mich hinübergeschickt hat, um die Milch zu holen, habe ich sechs Strohhalme mehr hineingelegt.«

Er war lange her, seit Riah zuletzt gelacht hatte, aber jetzt drehte sie sich um und lachte, bis ihr die Tränen in die Augen stiegen. Danach, als sie nicht mehr wußte, ob sie lachte oder weinte, ging sie rasch zu ihrer Tochter hin, setzte sich auf einen zweiten Hocker, nahm ihre Hand, hielt sie fest und sagte: »Es wird alles gut werden. Glaub mir, es wird alles gut. Solange wir noch so lachen können, kann uns nichts geschehen. Ach, du liebe Zeit!« Sie schüttelte den Kopf. »Was wird das für ein Wirbel, wenn sie die sechs Kannen Milch sucht.«

»Das hab' ich auch gedacht, Ma.« Biddys Gesicht war tränennaß. »Und ich sehe schon die Missis, wie sie herumjammert und jedem die Schuld gibt, er habe sie getrunken, und dann wird ihnen dämmern, daß die Kühe gar nicht so viel Milch mehr geben können vom einen Tag auf den anderen, und schließlich werden sie anfangen zu denken.«

Riah nickte jetzt und biß sich auf die Unterlippe. »Ja, und an wen werden sie dann denken?« fragte sie

Während die beiden noch lachten, ging die Tür auf, und als der Junge hereingekommen war und seinen Blechnapf und die Mütze auf den Tisch gelegt hatte, stand seine Mutter auf, schaut ihn an und sagte nur ein Wort. »Und?«

Er antwortete leise: »Es macht ihm nichts aus. Er hat gesagt, ich sei ein Narr, weil schon zwanzig darauf warten, in meine Schuhe zu steigen.«

»Die können nicht so arbeiten wie du.«

»O doch, das werden sie müssen.« Er machte eine müde Handbewegung. »Wer hungrig ist, arbeitet doppelt so hart, und die meisten sind hungrig.«

Sie wandte sich ab, als schäme sie sich, ihn seiner Arbeit beraubt zu haben. Aber dann drehte sie sich rasch wieder um, und ihre Stimme klang rauh und hart, als sie sagte: »Wir müssen hier raus. Es gibt keine andere Lösung. Und außerdem hast du selber gesagt, daß du froh bist, weggehen zu können, weil es eine Arbeit ist, die dich umbringt.«

»Ich weiß, ich weiß.« Er nickte ihr zu, und sein Ton war beschwichtigend. »Aber ich fürchte, daß ich keine neue Arbeit bekomme, denn ich kann nicht zum Fischen gehen; du weißt, mir wird schon schlecht, wenn ich mal mit der Fähre übersetzen muß, geschweige denn in einem Boot draußen auf dem Meer.«

»Niemand erwartet von dir, daß du Fischer wirst; in Shields gibt es genügend andere Arbeit. Es gibt dort eine chemische Fabrik, dann Cooksons Glaserei, die Schuhwichse-Fabrik und Nagelschmieden. Als ich ein junges Mädchen war, hat es dort schon viele Fabriken gegeben, und heute sind es sicher noch mehr. Dann gibt's natürlich auch den Bootsbau. Ich glaube, in Shields kann man sich die Arbeit aussuchen, besser als hier. Das hier ist eine tote Gegend im Vergleich zu Shields, das kannst du mir glauben.«

»Aber wo werden wir wohnen?«

Sie hielt inne und wandte sich halb ab, ehe sie sagte: »Nun, zunächst bleiben wir bei deiner Großmutter, und dann sehen wir zu, daß wir ein Haus bekommen.«

»Großmutter mag uns nicht.«

Riah drehte sich um, schaute ihre Tochter an und atmete tief ein, bevor sie antwortete: »Das mag vielleicht so sein, aber wenn jemand in der Klemme steckt, ist sie ganz in Ordnung – ich meine, sie wird uns schon helfen. Außerdem ist es ja nur für ein paar Tage, bis ich mich ein bißchen umgeschaut habe. Und wie dein Dad immer sagte: Dort hat es mit der Bildung schon angefangen, und die Menschen blicken voraus. Dort gibt es Sonntagsschulen und alles mögliche.«

»Wir sind besser als jeder in der Sonntagsschule.« Biddy warf jetzt einen Blick auf ihren Bruder und fügte hinzu: »Wir sind doch besser als die in der Sonntagsschule, nicht wahr, Davey?«

Der Junge gab keine Antwort; er schaute nur seine Mutter an. »Haben wir denn das Geld, um weitermachen zu können?« fragte er sie

»Ja.« Sie nickte. »Wir haben das Geld dafür.« Sie hatte ihm nicht gesagt, was sie in dem Beutel hinter den losen Ziegelsteinen im Kamin gefunden hatte – hinter dem vierzehnten übrigens, den sie aus der Brandmauer gelöst hatte –, weil sie der Meinung war, daß Kinder, wie sehr man sie zur Verschwiegenheit verpflichtete, doch das eine oder andere herausrutschen ließen, vor allem, wenn sie glaubten, daß man reich sei, und achtzehn Pfund und fünfzehn Shilling wären ihnen in ihrer derzeitigen Lage als gewaltiges Vermögen vorgekommen.

Der Junge wartete, schaute seine Mutter an, und seine Augen verengten sich, als erwarte er, daß sie weitersprechen würde, doch sie wandte sich dem Feuer zu, und nachdem sie die Tür des runden Backrohrs geöffnet hatte, holte sie eine irdene Schüssel heraus, die sie zum Tisch trug. Dort schöpfte sie zwei Holzschüsseln voll Suppe und sagte, wobei sie den Kopf in Richtung auf den Wassereimer am anderen Ende des Zimmers bewegte: »Wascht euch die Hände. Und nach dem Essen geht ihr hinunter zum Bach und bringt Wasser herauf für das Bad.«

»Heute ist doch gar nicht Freitag.« Biddy saß jetzt am Tisch, den Löffel auf halbem Weg zum Mund, und ihre Mutter antwortete: »Nein, heute ist nicht Freitag, und ich bezweifle, daß es in der nächsten Zeit Freitage für uns geben wird. Wir müssen erst einmal sehen, wie sich die Dinge entwickeln.«

»Müssen wir uns in Shields vielleicht im Fluß waschen?« Biddy zwinkerte ihrer Mutter zu, und die gab ihr einen Klaps mit dem Handrücken, wobei sie sagte: »Du wirst dich, bevor du sehr viel älter wirst, mit noch viel unangenehmeren Dingen abfinden müssen, Mädchen.«

Dann schaute sie zu dem kleinen Fenster hinüber und sagte: »Die anderen kommen aber spät...«

»Wahrscheinlich warten sie auf Paddys Wagen«, antwortete Davey, während er sich zu Tisch setzte. »Er nimmt sie manchmal mit.«

Jetzt sagte Biddy so, als rede sie mit sich selbst: »Sie werden müde, vor allem Maggie. Ihr Rücken tut weh. Es ist nicht recht... Es ist nicht...«

»Fang jetzt nicht damit an, Mädchen; niemand weiß besser als ich, daß es nicht recht ist. Aber was willst du – soll sie vielleicht unter Tage arbeiten?«

»Ach was, Ma.«

»Du hast leicht reden, ›ach was, Ma‹. Iß weiter. Deine Zunge ist mir viel zu scharf.«

Kurz darauf öffnete sich die Tür, und die beiden kleineren Kinder kamen herein. Johnny, der Siebenjährige, war ein Abbild seines Vaters, dunkelhaarig, mit dunklen Augen und einem schlanken Körper, während sich das Mädchen in Haut- und Haarfarbe von den anderen deutlich unterschied. Ihr Haar war braun, ihre Augen schimmerten grün, und ihre jetzt staubige und verschmutzte Haut war an den sauber gebliebenen Stellen weiß und glatt wie Sahne. Der Junge begann als erster zu sprechen. Seine Stimme war hell wie die seiner Schwester Biddy, als er erklärte: »Ich hab's ihm gesagt, Ma. Es hat ihm nicht gefallen, aber er meinte, es gibt genug andere, die meinen Platz einnehmen können.«

Riah sagte nichts dazu und befahl statt dessen den beiden: »Macht euch sauber«, dazu nickte sie in Richtung auf den Wassereimer, bevor sie wieder zum Ofen ging und die Schüssel aus dem Rohr nahm.

Sie selbst setzte sich erst an den Tisch, als die Kinder bereits alle dort versammelt waren. Davey und Biddy hatten ihre Schüsseln rasch leergegessen, baten aber nicht um Nachschlag, ehe die anderen aufgegessen hatten, und sie schauten alle zu, wie ihre Mutter sich die Suppe langsam und bedächtig in den Mund löffelte, sahen auch, daß es ihr manchmal nicht leicht fiel, sie hinunterzuschlucken. Es gab kein Brot zur Suppe; das kam als besonderer Gang danach, mit Schweinefett oder Bratensoße.

Riah wußte, daß ihre Kinder geduldig warteten, bis sie fertig war. Die beiden Jüngeren hatten ihr Suppe inzwischen auch gegessen und kratzten mit den Löffeln, um die Schüsseln ganz zu leeren. Sie wollte mit ihnen reden, fand aber nicht die passenden Worte. Sie wollte ihnen sagen: Euer Leben wird von nun an nie mehr härter sein als bisher. Aber das würde ein schlechtes Licht auf ihren Vater werfen, so, als ob er ihnen nicht alles gegeben hätte, was er geben konnte. Sicher, er hatte für sie gearbeitet und gespart und sie dabei besser gekleidet und ernährt als die meisten der Bewohner hier in den Grubenreihen – doch es war nicht das Bestmögliche, wie sie es sich vorstellte: ein helleres, saubereres Leben. Nicht mit weniger Arbeit, nein. Sie war bereit, jeden Tag ihres Lebens hart zu arbeiten, wie sie es seit ihrem vierten Lebensjahr getan hatte – dafür hatte schon ihre Mutter gesorgt! –, aber ihr schwebte ein besseres Resultat vor für all ihre

Mühen, ein besseres Leben für sie und ihre Familie, und in diesem Augenblick wollte sie ihren Kindern sagen: Ich werde dafür sorgen, daß ihr es bekommt. Doch sie war zu voll von widerstrebenden Gefühlen, und sie erkannte fast mit Entsetzen, daß sie gleich anfangen würde zu weinen. Keiner in ihrer Familie hatte sie jemals weinen gesehen; wenn sie weinte, dann in der Stille der Nacht, wenn die anderen in tiefem Schlaf lagen, betäubt von den Mühen des Tages oder von Bier oder Gin an seltenen Feiertagen. Letzteres hatte sie allerdings nur bis zu ihrem sechzehnten Lebensjahr erlebt, denn wenn Seth jemals etwas Stärkeres als Bier angerührt hatte, dann wäre heute nichts in dem Beutel hinter dem lockeren Ziegelstein des Kamins gewesen. Dennoch hatte sie in den letzten Jahren oft mitten in der Nacht geweint. Manchmal hatte sie sich gefragt, weshalb sie weinte: Weil sie etwas verloren hatte? Weil ihr etwas fehlte? Weil sie etwas haben wollte, was sie nicht bekam? Sie wußte es nicht, sie wußte nur, daß ihr das Weinen Erleichterung brachte. Aber nie, nie zuvor hatte sie in Anwesenheit ihrer Kinder geweint. Sie sahen in ihr nur die starke Frau, eine Mutter, die keine Schwächen kannte.

Jetzt stand sie rasch vom Tisch auf, sagte: »Nehmt euch noch jeder eine Scheibe Brot«, deutete auf den Schrank, als sie daran vorbeikam, und ging zu der Trittleiter, die in den Speicherraum führte. Dort oben preßte sie sich die Hand fest auf die Lippen und sagte zu sich: Nein. Nicht jetzt, nicht jetzt. Um Gottes willen, Frau, nicht jetzt. Und dann nahm sie die Kleidungsstücke aus der alten Truhe und schnürte sie zu Bündeln zusammen.

2

Die Kinder standen draußen, ein jedes wie für eine Winterexpedition ausstaffiert: Sie trugen alle Kleidungsstücke am Leib, die sie besaßen; auf diese Weise konnten sie sie leichter mit sich führen, denn außerdem hatte jedes von ihnen noch zwei Bündel zu schleppen, wobei das eine Bettzeug enthielt, eine Woll- oder eine Flickendecke, das andere Becher, Teller und Löffel, dazu Küchenutensilien.

Riah stand in dem leeren Raum und schaute sich einen Augenblick lang um, und ihre letzten unausgesprochenen Worte waren: Daß ich niemals mehr hier wohnen muß! Dann bückte sie sich, hob mühsam mit der einen Hand eine große Rolle mit Bettzeug und mit der anderen eine Segeltuchtasche hoch, deren Inhalt klimperte, als sie sich durch die Tür nach draußen zwängte. Sie hatte sich seit der vergangenen Nacht zwei oder dreimal gefragt, warum sie entschlossen war, Kessel und Pfannen mitzunehmen, konnte sich aber darauf keine Antwort geben, höchstens, daß es ihr nichts ausmachte, wenn die Meddles ihre Möbel benützten, aber daß es bei Kochgeschirr eben doch etwas anderes war.

Die Sonne schien, und die Straße war trocken. Sie mußten durch die ganze Reihe gehen, um den Kutschweg zu erreichen, wo sie von einem Lastkarren mitgenommen zu werden hofftten. Ihre Abreise schien sich herumgesprochen zu haben, und es gab kaum eine Tür, die nicht offenstand und aus der nicht eine Frau herausgetreten war, oft auch mit einem Mann an ihrer Seite, der schon den Blechnapf in der Hand hatte und bereit war, zur Schicht einzufahren, aber noch warten wollte, um zuzusehen, wie die Millicans fortzogen, hinaus auf die Straße. Dabei empfanden die Zurückbleibenden durchaus ein Gefühl der Genugtuung, denn hatten sie es nicht schon immer vorausgesagt? Diese Millicans waren sich als etwas Besseres vorgekommen. Ein jeder, der seine Zeit mit Lesen und Schreiben verbrachte, war ein Narr. Was half es ihm schon? In den meisten Fällen landete er zuletzt doch in der Gosse. Ein Wunder, daß es bei den Millicans so lange gedauert hatte. Es war nur gutgegangen, weil Seth einer der besten Arbeiter vor Ort gewesen war, ein Mann, der dort unten das Tempo bestimmte. Das allein hätte schon genügt, daß sich die anderen Kumpel gegen ihn wandten.

Na schön, da ziehen sie also dahin, dachten die meisten, aber hier und da sagte doch auch einer: »Viel Glück, Frau«, und Riah wandte sich demjenigen zu und antwortete: »Danke. Vielen Dank.«

Dann, am Ende der Straße, trat ihr Bill Norsecott in den Weg. Er war um die Ecke der Reihe gekommen, und sobald er sie erblickt hatte, war er mitten auf dem Weg stehengeblieben, um sie am Weitergehen zu hindern. Jetzt murmelte er durch seine vom Kohlenstaub geschwärzten Lippen: »Könntet vielleicht noch mal verdammt froh sein über mein Angebot, wenn Ihr erst ganz am Ende seid, Mrs. Millican... Ma'am.«

»Das könnte sein, Mr. Norsecott« – sie hatte das Kinn nach oben gereckt –, »aber es müßte mir schon verdammt dreckig gehen, bevor ich ein Angebot von Euch annehme. Da müßte ich schon ganz unten angekommen sein, und davon kann nicht die Rede sein. Also vielen Dank, und lebt wohl.«

»Zum Teufel mit dir, Riah!«

Die Kinder gingen weiter, aber Davey blieb stehen und wandte sich gegen den Mann. Riah mußte ihn mit dem Knie weiterschubsen und sagen: »Geh zu. Geh du nur weiter.«

Am Kutschweg angelangt, setzten sie alle ihre Bündel auf den Grasstreifen neben der Fahrspur, und die kleineren Kinder hockten sich daneben, aber Riah sagte mit rauher Stimme: »Macht das nicht. Vergeßt nicht, es sind eure Sonntagskleider, die ihr ganz oben tragt.«

Und so standen sie schweigend da und schauten die staubige Straße entlang, die sich den Hügel hinunterwand zu einem Weiler in der Senke. Biddy brach das Schweigen, indem sie erklärte: »Ich wäre gestorben, wenn wir in Norsecotts Haus gezogen wären.« Worauf Riah etwas scharf erwiderte: »Sei still. Spar dir die Luft, um den Porridge abzukühlen.« Und Biddy entnahm dieser Zurechtweisung, daß sie offenbar zuviel redete. Dennoch wiederholte sie, und wenn es nur für sich selbst war: »Ich wäre wirklich gestorben, wirklich. Der und sein dreckiges, rotznäsiges Pack.«

Sie mußten eine halbe Stunde auf den Karren warten, und gerade als sie ihn in der Ferne über die Hügel näher kommen sahen, war die Zehn-Stunden-Schicht zu Ende, und die Männer aus dem Schacht kamen in Gruppen an ihnen vorbei. Die meisten schauten sie lediglich an, und nur wenige hatten etwas zu sagen. Aber Arthur Meddle und zwei andere Männer aus der Schlüsselblumenreihe blieben stehen, und Arthur sagte: »Na, bereit für die Reise, Frau?« Und Riah antwortete: »Ja, Arthur. Bereit für die Reise.«

Die beiden Männer sagten fast gleichzeitig: »Viel Glück, Frau«, und einer fügte noch hinzu: »Niemand kann dir einen Vorwurf machen, daß du dich so entschieden hast. Bei Gott nicht. Wir wünschen dir Glück. Und nicht nur wir: Alle hier wünschen dir Glück.«

»Danke.« Der Wagen hielt vor ihnen und Arthur Meddle sagte: »Ich umarme euch nicht, Frau, weil ich so rußig bin, und ihr seid so fein angezogen. Ihr schaut anständig aus, sehr anständig, ja, das tut ihr. Dann also – lebt wohl. Lebt wohl.«

Paddy McCabe, der Kutscher, warf einen Blick auf das Gepäck, grinste dann Riah an und erklärte: »Da bin ich ja schon voll. Das kostet dich 'ne Kleinigkeit, Frau.«

»Ich kann bezahlen. Ich kann bezahlen.«

»Oh, ich weiß, daß du das kannst, das hab' ich nicht gemeint. Willst du vorne sitzen, neben mir? Hinten wird's ziemlich eng.« Damit drehte er den Kopf nach hinten, wo sich die Kinder zwischen die Bündel gesetzt hatten und sich mit den Händen an den Seiten des Karrens festhielten, und Riah sagte: »Danke. Sehr verbunden.«

Und so fuhren sie davon, die sechs Meilen nach Shields. Und ehe sie auch nur die halbe Strecke geschafft hatten, kamen noch fünf weitere Reisende hinzu, so daß die Kinder auf den Bündeln sitzen mußten, was zur Folge hatte, daß sie nun über den Seitenwänden des Karrens hockten, und da die Straße viele Schlaglöcher aufwies, wurde die Fahrt für sie zu einem gefährlichen Abenteuer.

Als sie den Markt von Shields erreicht hatten, waren ihre Mägen tüchtig durcheinandergerüttelt, aber sie waren alle fröhlich, als sie wieder ihre Bündel nahmen und sich von Paddy McCabe und seinem Lastkarren verabschiedeten. Paddy wünschte ihnen viel Glück und fügte etwas hinzu, was Riah mit Sorge erfüllte, denn er sagte: »Es würde mich nicht wundern, Missis, wenn Ihr eines Tages die Reise in der anderen Richtung machtet, und in nicht allzuferner Zukunft, denn die Dinge stehen nicht zum Besten, vor allem dort, wo Ihr euch Arbeit erhofft. Der Fisch verfault hier haufenweise, sagt man.«

Sie erwiderte nichts, sondern ging davon und schubste die Kinder vor sich her, während sie selbst durch das Gewicht der Bündel, die sie trug, von der einen auf die andere Seite schwankte.

Sie gingen die mit Kopfstein gepflasterte, steile Straße zum Kai hinunter, wo große Segelschiffe dicht wie die Heringe in der Kiste nebeneinander lagen. Dann weiter vom Kai weg, auf einer Straße, die sie zwischen Morast, verfallenden Booten, verrosteten Ankern und vier Fuß hoch aufgetürmten Ankerketten hindurchführte. Anschließend ging sie mit den Kindern einen Damm entlang, bis sie sich schließlich in einer schmalen Straße zwischen weißgekalkten Häuschen befanden. Und da sah sie auch schon das Ende der Low Street, wo sie geboren war, eine kleine Weile gespielt und eine größere Weile gearbeitet hatte – in der Hoffnung, daß sie wie heute, als sie das

Bergwerksdorf verlassen hatte, nie wieder hierhin zurückkehren müßte. Das war ihr hier nun nicht vergönnt gewesen – auch wenn inzwischen eine lange Zeit vergangen war.

Drei Jahre war es her, seit sie zuletzt hier gewesen war. Seth hatte sie eines schönen Sonntags im Sommer des Jahres neunundzwanzig hergebracht. Der Empfang bei ihrer Mutter war an diesem Tag zwar nicht kühl, aber auch nicht gerade besonders herzlich ausgefallen. Und der Besuch war vor allem deshalb angenehm verlaufen, weil sie, nachdem sie ein paar Minuten im Haus gewesen war, ihrer Mutter einen Shilling in die Hand gedrückt hatte. Das hatte eine Menge bewirkt. Und was würde ihre Mutter jetzt sagen, wenn sie ihr verriet, daß sie achtzehn Pfund bei sich hatte, in einer Tasche, die ihr um den Hals baumelte? Oh, sie würde ihr sicherlich zur Seite stehen – aber Riah dachte nicht daran, ihrer Mutter etwas von dem Geld zu verraten. Das war für ihr neues Heim bestimmt. Solange sie bei ihrer Mutter blieb, würde sie für ihren Aufenthalt arbeiten. So hatte sie es sich jedenfalls vorgestellt, bis sie die Tür ihres Elternhauses erreicht hatte, und der erste Mensch, der sie dort begrüßte, war ihre Mutter.

Dilly Riston war fünfzig Jahre alt. Ihr Rücken war gebeugt vom Rheumatismus, ihre Finger waren mißgestaltet von der Gicht. Wie sie sagen würde: Was konnte man anderes erwarten? Denn sie hatte seit ihrem dritten Lebensjahr nur mit kaltem Fisch zu tun gehabt. Sie sah aus wie eine Frau Mitte sechzig, nur ihre Augen waren noch klar und funkelten von harter und gnadenloser Einsicht in das Leben. Und sie war auch die erste, die das Wort ergriff. »Allmächtiger Gott!« sagte sie. »Was machst du denn hier?« Dann erst richtete sie den Blick auf die vier kleinen Gestalten, die hinter Riah standen, und sagte: »Du und deine ganze Brut!»

»Seth ist an der Cholera gestorben. Also durften wir nicht im Haus bleiben. Ich suche mir ein neues Haus.« Ihr Ton wurde weicher, denn nun lag eine Bitte darin. »Ich...

Ich dachte, daß wir für ein paar Tage bei dir unterkommen.«

»Bei mir unterkommen? Gott im Himmel! Du weißt ja nicht, worum du mich da bittest. Bei mir unterkommen? Du kannst hier nicht unterkommen. Geh rein und schau selbst.« Sie trat zur Seite, und Riah zögerte, bevor sie ihre Bündel niedersetzte auf den gepflasterten Weg; dann drückte sie sich sachte an ihrer Mutter vorbei und betrat den Raum, der ihr einmal so vertraut gewesen war. Und da sah sie drei kleine Kinder, zwei auf einer Matte vor dem Feuer sitzend, das dritte, sehr klein noch, in einem Korb neben dem Kamin. Eine junge Frau stand vor dem Tisch, der unter das kleine, viereckige Fenster gestellt war. Sie hatte etwas auf einem Brett gehackt, aber ihre Hände hatten innegehalten, und nun starrte sie Riah an. Und Riah blinzelte ein paarmal, denn sie konnte sich kaum noch an ihre ältere Schwester erinnern. Es war fünf Jahre her, seit sie sie zuletzt gesehen hatte, und damals arbeitete Henry Fuller, ihr Mann, im Dorf Jarrow; er war Bootsbauer gewesen. Sie hatte damals drei Kinder gehabt, etwa im Alter von Johnny und Maggie, aber hier waren noch drei, wobei eines erst in jüngster Zeit geboren worden war. Jetzt sagte Riah leise: »Hallo, Ada.«

Es dauerte ein paar Sekunden, ehe Ada mit »Hallo« antwortete. Dann, wie um Riah zu begrüßen, ging sie auf sie zu und sagte: »Was führt dich hierher?«, aber als Dilly wiederholte: »Seth ist an der Cholera gestorben«, schien sie vor ihrer Schwester zurückzuweichen.

»Keine Angst«, sagte Riah schnell. »Es ist schon ein paar Wochen her. Die Cholera ist vorbei.«

»Die ist nie vorbei, die Cholera.«

»Und sieh dir diese ganze Bande an.« Es war die Stimme ihrer Mutter, die das sagte, und dazu zeigte sie hinaus auf die Straße, während sie sich an ihre ältere Tochter wandte. »Sie hat alle vier mitgebracht.« Dann schlurfte sie auf Riah zu und fragte: »Wo wolltest du die denn alle unterbringen?«

»Ich hab' es doch gerade gesagt, oder? Ich dachte, du könntest uns…«

»Jetzt paß mal gut auf, und komm mir nicht in diesem Ton, nicht an der Tür, du brauchst gar nicht erst große Töne zu spucken. Du siehst, wie eng wir hier leben. Außer den dreien hier« – sie zeigte auf die Kinder – »sind noch drei unten am Strand, und dann ist noch Henry hier.«

Nicht aus Sorge um Henry, sondern um etwas zu sagen, was die Spannung verringern konnte, schaute Riah ihre Schwester Ada an und fragte: »Ist er ohne Arbeit?«

Ada kam nicht dazu, ihrer Schwester zu antworten, denn ihre Mutter schrie: »Ohne Arbeit? Hat hier irgend jemand noch Arbeit? Wo bist du denn gewesen? Hast du nichts gehört von dem Streik in der Grube Hilda? Das geht jetzt schon seit Wochen so. Sie führen sich auf wie die Verrückten. Wußten nicht, wie gut es ihnen ging. Wollten Gewerkschaften gründen, und die sollten ihnen vier Shilling für eine Siebenstundenschicht aushandeln; dann haben sie sich zusammengerottet und die Grube kaputtgeschlagen und alles. Wo bist du bloß gewesen? Oh, wahrscheinlich hat man in eurer Grube gearbeitet, also habt ihr Augen und die Ohren zugemacht. Du hast es immer leicht gehabt, Madam, du weißt noch gar nicht, in was für ein Leben du geboren bist. Diese Stadt ist tot. Alles ist tot. Sie haben begonnen, sie zu begraben, gleich nach Waterloo, und jetzt ist die Grube fast zugefüllt. Ohne Arbeit, sagt sie!« Sie warf den Kopf in den Nacken. »Der Fischhandel ist tot, aber das ist das einzige, wovon wir leben können: Fisch, Fisch und nochmals Fisch. Wenn man mich zwingt, auch nur einen einzigen Bissen Lachs zu essen, muß ich kotzen.«

»Und was ist mit den Fabriken?« fragte Riah, und während sie sprach, schaute sie durch die offene Tür hinaus auf die Kinder, die sich jetzt davor geschart hatten. Sie gab ihnen nicht das Zeichen, hereinzukommen, sah aber, wie die kleine Maggie zusammenzuckte, als sie die keifende Stimme ihrer Großmutter hörte: »Fabriken, hast du gesagt? Die Leute schlafen vor den Toren, um vielleicht einmal einen Job dort zu bekommen. Außerdem, wenn du dein Leben lang vom Fisch gelebt hast – glaubst du, dann kannst du auf einmal in einer Fabrik stehen, mit Schuhwichse, Ziegeln, Geschirr oder Glas? Das ist nix für uns Fischersleute. Wir werden wieder dahinkommen wie bei dem großen Streik, glaub es mir, denn es geht nicht nur um die Küstenfischer hier, sondern auch um die Hochseefischerei. Ich sage dir, es wird wieder so kommen, und sie bringen wieder die Dragoner und die Kavallerie. Allmächtiger Gott! Ich habe schlechte Zeiten erlebt, aber noch nie war es so schlimm wie jetzt.« Ihre Stimme war etwas leiser geworden, aber nun kehrte der kreischende Ton zurück, als sie schrie: »Und da kommst du auch noch daher mit deinen vier Gören! Du mußt übergeschnappt sein. Dabei höre ich, daß die Gruben weiter drinnen im Land nach Kindern suchen! Du hast vielleicht keinen Mann mehr, der hinuntersteigen kann, aber der hier sieht groß und kräftig aus. Und das Mädchen auch.« Sie hatte erst auf Davey, dann auf Biddy gezeigt.

Jetzt war es Riahs Stimme, die fast das Dach des Häuschens erzittern ließ, als sie brüllte: »Ich hab' es dir schon öfters gesagt, Ma, und ich sag' es dir noch einmal: Meine Kinder gehen nicht in die Grube! Und sie werden auch nicht verhungern, dafür sorge ich schon. Ich bekomme Arbeit. Ich hab' zwei gute Hände.«

»Sei nicht so verdammt bescheuert, Mädchen; wir alle haben Hände, sogar ich.« Sie hielt ihre verkrüppelten Finger hoch. »Ich könnte immer noch gut Fische ausnehmen, wenn es einen Sinn hätte, Fische auszunehmen.« Sie kam auf Riah zu, und jetzt ballte sie die Finger zur Faust und stieß damit nach dem Arm ihrer Tochter, während sie sagte: »Du weißt anscheinend nicht, wie und wo du geboren bist. Das hast du nie gewußt. Und ich weiß auch nicht, woher in Gottes Namen du das hast, aber von dem

Augenblick, als du den Mund aufmachen konntest, hab' ich gewußt, daß du nicht von unserer Art bist. Und auch wenn du die Farbe an den da weitergegeben hast«, – sie deutete auf Davey –,»dann hast du doch noch ganz den Schweden in dir. Er war ein Stinktier und ist ausgerückt wie ein Stinktier und hat meine Mutter mit uns sechsen im Stich gelassen, und hier und da kommt sein Blut wieder durch, innen oder außen. Also hör gut zu, Miss oder Missis, was ich dir jetzt sage: Es gibt hier weit und breit keine Arbeit, und es gibt auch keine Behausung, weil diese verfluchten Kapitäne alles aufkaufen und dann vermieten zu einem Preis, den sich nur die Ausländer leisten können. Und von denen gibt es hier mehr als genug.«

Mutter und Tochter funkelten einander einen Augenblick lang an, dann sagte Riah, mit einem Kloß in der Kehle: »Ja nun, dann danke ich dir für das freundliche Willkommen, das du uns bereitet hast, Ma«, drehte sich um, ging zur Tür, stieß die Kinder zur Seite und deutete ihnen an, daß sie ihre Bündel wieder aufnehmen sollten.

Ada folgte ihnen nach draußen, blieb dann neben ihrer Schwester stehen und flüsterte ihr zu: »Sie hat recht, Riah, es gibt keine Arbeit. Aber... Wo willst du denn jetzt hin?«

»Ich weiß nicht. Mach dir keine Sorgen, ich finde schon einen Platz für uns.«

»Hast du denn Geld?«

»Genug, um durchzukommen.«

»Hör zu« – Ada hielt sie fest –, »dort hinten am Ende der Straße wohnt Mrs. Carr. Die Carrs sind keine Fischer, sondern Leute, die auf dem Fluß und an der Küste fahren; der eine fährt ein Kohlenschiff, die anderen machen Fahrten nach London und sind oft eine Woche und länger unterwegs. Wenn das Haus frei ist, nimmt sie Mieter auf. Geh hin und frag, ob sie dich aufnehmen kann. Wenn nicht... Ja, dann weiß ich auch nicht, was du noch tun könntest.«

Und Riah ging es ebenso. Aber sie tätschelte den Arm ihrer Schwester und sagte: »Danke, Mädchen. Ich find' uns schon was. Und laß mich noch eines sagen: Tut mir leid, daß du in einer so elenden Lage bist und hier bei Mutter wohnen mußt.«

»Es ist eben nicht anders gegangen. Im letzten Jahr haben sie gestreikt um eine bessere Behandlung, und jetzt sind sie tausendmal schlechter dran als zuvor. Ich bin müde, Riah, furchtbar müde. Ma macht einen fertig.«

»Ich weiß, Ada. Es tut mir leid.«

»Also schön, geh zu. Und laß es mich wissen.«

»Bestimmt.« Als Riah sich abwandte, warf Ada einen Blick auf die bepackten Kinder und sagte: »Du hast eine hübsche kleine Schar beisammen. Sehen gesund aus.«

Riah lächelte ihr zu, nickte noch einmal und scheuchte ihre vier wieder vor sich her, und sie gingen die Straße entlang bis dorthin, wo sie zu Ende war.

Mrs. Carr war eine junge alte Frau. Riah nahm an, daß sie so alt sein mußte wie ihre Mutter, aber sie wirkte lebhaft wie jemand, der höchstens halb so alt war.

»Oh«, sagte sie. »Na, na, vier Gören und Ihr selbst. Na, na. Fürchte, da müssen zwei auf dem Boden schlafen, weil unser Harold nachts nach seinen Fahrten zurückkommt. Aber der Meinige und Bob und Mickey sind gestern abend nach London aufgebrochen. Gott schütze sie und schenke ihnen ruhiges Wasser. Kommt rein, kommt rein.«

Der kleine Raum war sauber und vollgepackt mit Erinnerungen an das Meer und an weite Fahrten. Die Wände zierten billige Andenken aus aller Welt sowie Messinggerät von den Schiffen, und in einer Ecke hing tatsächlich ein Anker von der niedrigen Decke, das Eisen poliert, daß es wie Messing glänzte.

»Setzt euch erst einmal hin, wenn ihr könnt.« Sie zeigte auf die Kinder, dann auf eine lange Bank, die im rechten Winkel zum offenen Kamin aufgestellt war. »Und Ihr, Missis, könnt euch hier setzen. Das ist der Stuhl von meinem Mann; er ist nicht hier, also könnt ihr euch setzen, aber wenn er im Haus ist, tritt er jeden in den Hintern, der dem Stuhl auch nur nahekommt.«

Dankbar ließ sich Riah nieder, und ihr ganzer Körper sackte vor Müdigkeit zusammen, während sie die lebhafte Frau betrachtete, die jetzt geschäftstüchtig sagte: »Es macht einen Sixpence pro Nacht mit einer Schüssel Brühe vor dem Schlafengehen und einer auf den Weg, und für die Kinder, sagen wir, den halben Preis. Was meint ihr?«

Riah neigte zustimmend den Kopf, während sie dachte: Meine Güte, das wäre ein Geschäft! Die muß damit im Lauf der Jahre ein kleines Vermögen zusammenbekommen haben. Wenn sie eine Woche bliebe, würde das zehn Shilling und sechs Pence kosten, und außerdem mußten sie sich noch etwas zum Essen kaufen. Nachdem sie rasch addiert hatte, kam sie zu dem Ergebnis, daß ihre Unkosten am Ende auf ein ganzes Pfund pro Woche hinausliefen! Nein, sie mußte sehen, daß sie schleunigst Arbeit bekam, nicht nur für sich, sondern für alle.

Jetzt fragte die alte Frau gerade: »Und was hat euch hergebracht, wenn ich fragen darf?«

Also sagte Riah es ihr und dabei sah sie zu, wie sich das faltige Gesicht der Länge nach dehnte, bis die Lippen ein langes »Oooh« bildeten, bevor sie das Wort »Riston« formten. »Oooh, Dilly Riston, ja, die ist eine bittere Pille, war es immer und wird es immer sein. Ooooh«, jetzt zeigte sie auf Riah, »ich erinnere mich an dich. Ja, freilich. Ich kenne dich noch als kleines Mädchen, auch wenn ich mit denen am oberen Ende der Straße nie etwas zu tun hatte. Das sind Leute, die raufen, saufen und wieder raufen. Aber eines muß man ihnen lassen: Wenn es einem schlecht geht, ist es gut, sie hinter sich zu wissen, und es ist uns manchmal schlecht gegangen im letzten Jahr! Oooh ja. Unsere Männer haben einen Aufstand gemacht. Drei Pfund, das ist alles, was sie bekommen für eine Fahrt nach London und zurück, und als sie vier verlangten, allmächtiger Gott! Da war die Hölle los!

Da hättest du hier sein sollen, Mädchen. Ob du's glaubst oder nicht: Sie haben sogar ein Kriegsschiff hergeschickt. Aber das hat nichts geholfen; da sind Köpfe und Haare geflogen. Das hättest du sehen sollen! Zwei von unseren Leuten, Streikbrecher, haben für weniger als vier Pfund unterschrieben, und man hätte sie fast gelyncht. Oooh, was in dieser Stadt alles passiert, man hält es nicht für möglich. Wie unser Hal sagte, er ist ein Witzbold, müßt ihr wissen, aber er sagte: ›Warum diese Trottel die Leute shanghaien, damit sie mit der Marine über die Meere fahren und in vielen Kriegen kämpfen, wo es hier genügend Freiwillige gibt?‹«

Jetzt richtete sie ihre Aufmerksamkeit auf die Kinder, die still dasaßen und sie mit großen Augen anstarrten, und fragte: »Habt ihr Hunger, ihr Vögelchen?« Und Biddy antwortete für ihre Geschwister: »Ja, bitte, Missis, wir haben alle Hunger.« Dazu warf sie einen Blick auf ihre Mutter, doch die tadelte sie nicht. Und die alte Frau sagte: »Es ist schon manchen Tag her, seit ich zuletzt Kinder im Haus hatte, also werde ich es euch schön machen. Wie wär's mit einem Grießbrei? Zieht eure Mäntel und was weiß ich aus. Und schaut«, sie wandte sich an Riah, »das ist euer Zimmer« – sie zeigte darauf –, »dort stehen zwei Betten, aber eines davon ist für unseren Hal.«

»Ihr meint... Er schläft im selben Raum...?«

»Ach, Missis, Hal stört euch sicher nicht. Aber – aber wenn ihr so pingelig seid, dann wird er eben für die eine Nacht oben auf dem Boden schlafen. Wäre nicht das erste Mal.« Sie zeigte mit der Hand auf eine Luke in der niedrigen Decke, dann fügte sie hinzu: »Man kann nicht aufrecht stehen dort oben, aber wie ich zu ihm sagte, beim Schlafen liegt man sowieso flach.«

»Danke.«

»Ihr seid willkommen, Missis, aufrichtig willkommen.«

Im Zimmer schloß Riah die Tür für einen Augenblick

und schaute sich um. Es war kaum genügend Platz, daß man sich zwischen den Betten bewegen konnte, und sie mußten ihre Bündel übereinander in die Ecke stapeln. Die geflickten Decken auf dem Bett waren nicht gebügelt, und Riah bezweifelte, daß sie sauber waren. Aber sie hatten immerhin ein Dach über dem Kopf.

Die Kinder hatten sich alle vier auf der Bettkante niedergelassen. Sie saßen nebeneinander, sahen müde und erschöpft aus, und Riah ließ sich auf eine Holzkiste sinken, streckte den Kindern die Hände entgegen und sagte: »Ich weiß, ihr seid müde, aber ihr müßt euch umziehen. Zieht eure Arbeitskleidung an. Wir gehen aus und schauen uns um; es ist noch eine ganze Weile hell.«

»Ma?«

»Ja, Davey?«

»Ich möchte nicht lange hier wohnen.«

»Wir müssen mit dem vorlieb nehmen, was wir bekommen. Verstehst du, wir sind nicht in der Lage, uns etwas auszusuchen. Es ist nicht schlechter als das Haus, das wir verlassen haben.«

»Aber der Geruch.«

»Na, den habt ihr dort auch gehabt.«

»Ja, Ma, aber das war anders.«

»Wirklich, Ma, ganz anders«, bestätigte Biddy. Und Johnny, als würde er das Stichwort seines Bruders und seiner Schwester aufnehmen, piepste jämmerlich: »Mir ist schlecht.«

»Dir ist nicht schlecht. Jetzt hört auf damit, ihr alle.« Sie schaute vom einen zum anderen. »Wir gehen aus und versuchen, irgendwo Arbeit zu finden. Sobald ich Arbeit habe, auch wenn ich noch nichts für euch gefunden habe, besorge ich uns ein Haus, und wir fangen ein neues Leben an. Es wird gut werden, ihr werdet sehen. Jetzt steht auf und zieht euch um.«

Während sie ihr gehorchten, dachte Riah: ein neues Leben voller Mühen und Plagen. So war es die letzten zehn Jahre gewesen, aber da hatte sie einen Mann hinter sich gewußt, der sie unterstützte. Ein Mann war notwendig. Ohne einen Mann war das Leben wie ein Schiff ohne Kapitän: Es gab Meutereien von allen Seiten, und sogar im Inneren, mitten in einem selbst.

Sie schaute hinunter auf die zwei niedrigen Holzbetten... Die Alte hatte es für völlig normal gehalten, daß ihr Sohn heute abend mit ihr in diesem Zimmer schlafen würde. Sicher, die Kinder waren auch hier, aber es gab Männer, denen machte das nichts aus. Ihre Gedanken flogen zurück in vergangene Zeiten, eher widerstrebend, und sie hätte beinahe laut gesagt: Die Familie braucht einen Mann, der sie durch das Leben steuert. Doch bevor die Gedanken Zeit hatten, sich zu verflüchtigen, war sie schon bereit, sie zu bekämpfen. Bist du verrückt, Maria Millican, hast du den Verstand verloren? Du hast einen Mann gehabt, einen guten Mann, und das ist genug für dich. Reiß dich zusammen. Geh hinaus und sieh zu, was es zu tun gibt.

Eine Woche lang schaute sie sich um, was es zu tun gab, und das war so gut wie gar nichts. In dieser Zeit hatte man ihr drei Jobs angeboten, aber immer als Bedienung in Pubs, und dort war ihre Anwesenheit erst ab sieben Uhr abends erforderlich... Riah kannte die Hafengegend gut genug, um zu wissen, was einer Frau dort geschehen konnte – wenn schon nicht in der Bar, so doch, wenn sie danach nach Hause gehen wollte und gegen Mitternacht durch die scheinbar verlassenen Straßen kam.

Biddy wäre in der Schuhwichse-Fabrik untergekommen, aber als Riah die Bedingungen sah, unter denen die Kinder dort arbeiteten, wie sie herumliefen als kleine, schwarze Kobolde, und als sie dann noch hier und da ein Wort von ihren Gesprächen auffing, sagte sie: »Du gehst mir da nicht hin.« Darauf Biddy, protestierend: »Ma, es sind drei Shilling die Woche.« Aber Riah blieb hart: »Ich ließe dich nicht, und wenn es dreißig wären.«

Zu Beginn der zweiten Woche bekam Davey Arbeit.

Zwar nur unten am Hafen, aber er wurde mit Fisch bezahlt.

Dann kam die Frage eines Hauses. Am unteren Ende der Stadt verlangten sie zwei Shilling die Woche für ein Rattennest von einem Zimmer. Wenn das Haus zwei oder mehr Räume hatte, wurde es als Logis benützt, mit vier bis sechs Schläfern in jedem Raum. Einige der Betten waren wechselweise bei Tag und bei Nacht belegt. Weiter drinnen in der Stadt, wo die besseren Wohngegenden begannen, verlangte man von vier Shilling aufwärts für zwei Zimmer im Parterre und vier Shilling sechs Pence für eine Wohnung im oberen Stockwerk, weil dazu auch noch ein Dachboden gehörte. Dennoch waren Häuser und Wohnungen schwer zu bekommen, und man hatte Riah bereits zweimal abgewiesen, weil sie ohne Mann gekommen war. Der Makler sagte: Er verstehe ihre Not, aber wenn Leute wie sie erst einmal drinnen seien, würde man sie nicht mehr so leicht wieder hinausbringen, auch nicht, wenn sie ihre Miete nicht bezahlen konnten. Als sie ihm versicherte, daß das bei ihr nicht der Fall sein würde, wollte er wissen, wie sie das denn schaffen könne, da sie, wie sie selbst zugebe, keine Arbeit habe, und ihre Kinder auch nicht. Sie war klug genug, ihm nichts zu verraten von ihrem kleinen Schatz, weil sie keinem traute, schon gar nicht diesem Makler, der ziemlich gemein aussah.

Inzwischen war es Juni geworden, und die Tage waren heiß, als sie eines Abends mit Biddy, Johnny und Maggie ins Haus zurückkam. Und da stand Mrs. Carr und begrüßte sie so freundlich wie schon lange nicht mehr in der letzten Zeit. »Ihr seht aus, als ob euch heiß wäre«, sagte sie. »Ich habe gerade einen Eimer Wasser geholt. Bedient euch. Und ich habe eine Neuigkeit, die euch vielleicht weiterhilft.«

Riah setzte sich unaufgefordert auf einen Hocker und sagte: »Ja?«

»Ja, also, ich war heute früh auf dem Markt, und wen treffe ich da? Steve Procket! Er hat früher mit unserem

Arthur in einer Grube hinter Gateshead gearbeitet. Also, was glaubt ihr? Er hat aufgehört in der Grube und geht zurück in seinen alten Beruf nach Jarrow, als Schips.«

»Schips?«

»Ja, Schips. Ich meine, als Schiffsbauer. So sagen sie hier: Schips.«

»Aha.«

»Na, da sage ich zu ihm, wie geht es unserem Arthur, weil ich doch seit einem Monat nichts mehr von ihm gesehen oder gehört habe, und was glaubt ihr, hat er mir erzählt?« Sie wartete einen Moment, und als Riah schwieg, fuhr sie fort: »Ja, also, Winnie geht es schlecht, das ist seine Frau, ich meine, die von unserem Arthur. Sie war schon seit Jahren ziemlich schwach, konnte keine Kinder kriegen und so. Also, Arthur hat sich eine Frau besorgt, die sich um alles kümmert, aber sie ist nur drei Tage geblieben, weil es ihr dort zu einsam ist. Es war das Haus des Grubenaufsehers, ein gutes Haus, aber weit draußen, sagt er, deshalb hätte er damals auch nicht hingewollt. Wenn man was trinken will, muß man mit dem Wagen in die Stadt fahren und kann dann abends nicht mehr zurück. Jedenfalls, unser Arthur braucht jemanden dort, und als er mir das sagte, da habe ich an euch gedacht. Das Haus hat vier gute Zimmer, und es gibt auch noch Außengebäude und einen Schuppen, der fast zweimal so groß ist wie das Haus. Wollt ihr es nicht versuchen?«

Riah starrte die alte Frau an, dann richtete sie den Blick auf die Kinder, vor allem auf Biddy, und die sagte: »Es wäre draußen auf dem Land, Ma.«

Ja, es war draußen auf dem Land. Sie war es bis ins Innerste leid, herumlaufen und sich sorgen zu müssen, und Biddys Worte ›Es wäre draußen auf dem Land‹ ließ vor ihr das Bild einer ländlichen Idylle entstehen. Sie sah das Haus und die Nebengebäude, sah die Kinder, die über das Feld zum Fluß liefen, sah sich selbst mit einer weißen Schürze, die blau gestreifte Bluse am Kragen offen, das Haar von der Stirn nach hinten gekämmt, und sie selbst schaute hinauf zum Himmel und lächelte...

Mrs. Carr unterstrich noch das freundliche Bild, als sie sagte: »Na ja, das wär's. Dachte, es wäre vielleicht eine Gelegenheit für euch.«

Jetzt war sie auf den Beinen und konnte gar nicht schnell genug sprechen. »Oh, das wäre wunderbar, Mrs. Carr, danke. Wo, haben Sie gesagt, ist das Haus?«

»Im Fuller-Moor, hinter Fellburn. Es heißt Rowan Cottage.«

»Oh ja, ich glaube, ich weiß, wo das liegt, jedenfalls kenne ich die andere Seite von Fellburn. Wir fahren gleich morgen früh hin. Mrs. Carr, ich bin Ihnen so dankbar.«

»Gern geschehen. Ich bin sicher, er freut sich sehr, euch zu sehen.«

Plötzlich verschwand der strahlende Ausdruck aus Riahs Gesicht, und sie frage: »Und wenn er schon jemanden hat?«

»Das bezweifle ich. Steve ist ja erst vor zwei Wochen dort gewesen. Außerdem – das ist natürlich ein Risiko, das ihr eingehen müßt, aber ich bin sicher, es ist alles so, wie ich sagte. Und selbst wenn er schon jemanden hat, kann er euch im Schuppen unterbringen, bis ihr etwas gefunden habt. Er ist ein guter Kerl, unser Arthur. Und es ist auf dem Land, das wird den Kindern gefallen.« Sie schaute sie an. »Hier in der Hafenstadt hat es ihnen nie so richtig gepaßt, was? Der Junge kann den Fischgeruch nicht ausstehen. Komisch: Ich kann kein Gras sehen, jedenfalls nicht in großen Flächen. Wir sind eben alle verschieden. Gott sei Dank, sage ich.«

Riah nickte ihr zu, dann ging sie rasch hinüber in das andere Zimmer, und dort betrachtete sie ihre Kinder, die ihr dorthin vorausgegangen waren. Sie saßen nebeneinander auf dem Bett, mit strahlenden Gesichtern, und Biddy war wie immer ihr Sprecher. »Herrlich, Ma! Es geht aufs Land!« rief sie. »Soll ich laufen und es unserem Davey sagen?«

»Ja, tu das, Kleines.«

Biddy war schon an der Tür und wollte sie öffnen, als sie sich noch einmal umdrehte, ihre Mutter anschaute und dann sagte: »Sollte mich nicht wundern, wenn er die Fische alle wieder ins Wasser wirft, wenn ich es ihm sage.«

»Raus mit dir.« Riah lachte, als ihre Tochter hinausrannte und die Tür hinter sich schloß. Sie sagte sich oft: Gott sei Dank, daß ich Biddy habe. Die war die Klügste von den vieren; deshalb hätte sie sie eigentlich noch mehr lieben müssen als die anderen, und sie hatte manchmal sogar ein schlechtes Gewissen, weil sie wußte, daß das nicht der Fall war. Dennoch liebte sie eines ihrer Kinder mehr als die anderen, und das war ihr Sohn David. Er mochte vielleicht nicht so gescheit sein wie Biddy, aber für sie strahlte er von innen heraus in einem Licht, das nur sie allein sehen konnte. Sie brauchte ihn nur anzuschauen, und ihre Kehle schnürte sich zu mit einem Gefühl, das weit über mütterliche Liebe und Zuneigung hinausging.

3

Es war halb elf, als sie südlich des Dorfes Gateshead Fell vom Wagen stiegen. Riah kannte diese Gegend nicht, aber Mrs. Carr hatte gesagt, daß das Fuller-Moor leicht von Gateshead Fell aus zu Fuß zu erreichen sei.

Als sie zwei Arbeiter nach dem Weg fragten, schauten sich die Männer an, und dann sagte einer von ihnen: »Das Fuller-Moor? Da habt ihr aber noch ein ganz schönes Stück hin, Missis.«

»Wie weit ist es denn?« fragte sie.

»Oh!« Die Männer tauschten wieder einen Blick, dann sagte der andere: »Also, da geht ihr erst mal ein Stück geradeaus, dann kommt ihr zum ›Gasthaus zum Hirschen‹. Da biegt ihr rechts ab, und ich würde sagen… Na ja«, er schüttelte den Kopf, »von dort sind es noch gut vier Meilen.«

Für sie waren vier Meilen kein allzu weiter Weg, auch nicht für Davey oder Biddy, aber die beiden Kleinen wurden rasch müde. »Gibt es einen Wagen dorthin?« fragte sie.

Die Männer schienen nachzudenken. »Ja, wenn ich es mir recht überlege«, sagte der eine, »es gibt einen Wagen, der fährt hier morgens um acht los, macht einen weiten Bogen über Chester-le-Street und Durham und kommt so gegen vier Uhr nachmittags wieder her.« Dann fügte er hinzu: »Aber das wird euch nicht viel helfen, Missis.« Er grinste. »Heute ist ja ein schöner Tag, und es sieht nicht nach Regen aus, ja, es hat schon seit zwei Wochen nicht geregnet, und die Straßen sind trocken und fest.«

Sie dankte den Männern und wollte sich schon umdrehen, fragte dann aber noch: »Gibt es Dörfer auf dem Weg?«

»Nein, keine richtigen Dörfer, Missis«, sagte der erste der beiden Männer. »Nur Weiler, zwei, Brookdip und Rowdip, ein paar Häuser nur, und in Rowdip gibt's einen Schmied.«

»Aber da ihr kein Pferd habt, wird euch das nicht viel nützen«, sagte der andere und die beiden Männer lachten. Auch die Kinder kicherten ein bißchen, wenngleich Riah nicht nach Lachen zumute war. Sie nickte den Männern zu, dankte ihnen noch einmal und ging weiter.

Als sie gegen Mittag das Gasthaus ›Zum Hirschen‹ erreichten, waren Johnny und Maggie schon ziemlich erschöpft.

»Meine Zehen tun weh, Ma. Ich hab' schon keine Haut mehr dran.«

Sie zog Johnnys Stiefel aus. Tatsächlich waren die mittleren Zehenknöchel an beiden Füßen aufgeschürft und gerötet. »Oh«, sagte sie mitleidig, »das hättest du mir schon lange sagen sollen. Seit wann tut es denn weh?«

»Schon eine ganze Weile, Ma.«

Sie schnalzte bedauernd mit der Zunge. »Setzt euch alle erst einmal hin, und wir essen einen Bissen.«

»Ma« – Davey zeigte in eine Richtung –, »dort unten ist ein Bach.«

»Ein Bach?« Jetzt waren alle wieder auf den Beinen und standen neben Davey, der eine Senke hinunterdeutete, wo man ein schmales Flüßchen sehen konnte, das sich durch niedriges Gebüsch wand.

»Na, dann kommt mal alle mit!« Riahs Stimme klang fröhlich wie die eines Kindes. Sie nahm Johnny auf die Arme und rief den anderen zu: »Bringt die Sachen!« Dann lief sie durch das Gebüsch den Abhang hinunter, wo sich das Land zu einem breiten, grünen Rasenstreifen auf beiden Seiten des kleinen Flusses weitete.

Die folgende Stunde sollte Riah lange nicht mehr vergessen. Es war wie ein Vorgeschmack des Himmels. Sie machten ein Feuer und brieten Speck, und der Duft war wie Parfüm in ihren Nasen, und Davey sagte mit einem für ihn ungewöhnlichen Humor: »Wenn wir doch bloß daran gedacht hätten, ein paar Fische mitzunehmen – jetzt könnten wir sie hier draußen braten und so«, woraufhin alle lachten und einander umarmten.

Nach dem Essen zog Riah genau wie die Kinder Schuhe und Strümpfe aus und planschte im Fluß. Die Kinder bespritzten ihre Mutter, und diese wehrte sich in gleicher Weise, und später, als Riah dem fröhlichen Treiben Einhalt geboten hatte und sie wieder ihre Habseligkeiten einsammelten, sagte Biddy, nachdem sie sich nach allen Seiten umgesehen hatte: »Wäre es nicht schön, Ma, wenn wir immer hier bleiben könnten?« Und Riah antwortete: »Na ja, wir sind dann ja nicht weit von hier, nur noch ein Stück die Straße entlang…«

Sie gingen alle sehr langsam, als sie den Weiler Brookdip verließen und den Weg über einen leicht ansteigenden Hügel abkürzten. Unten gab es fünf Gebäude; eines davon war die Kirche, und das größte Haus, gleich daneben, schien das Pfarrhaus zu sein. Sie hatten nicht angehalten, um zu fragen, wem die drei anderen gehörten. Zwei Meilen hinter ihnen, im Weiler Rowdip, hatte es an die zwölf Häuser gegeben, aber weit verstreut; zwei davon waren Bauernhöfe, eines ein kleineres Gutshaus.

Die wenigen Menschen, denen sie unterwegs begegnet waren, hatten sie alle interessiert betrachtet, aber niemand war stehengeblieben, um ihnen Fragen zu stellen. Es war, wie Riah dachte, vielleicht gar kein so ungewohnter Anblick, wenn eine Frau und vier Kinder mit großen Bündeln über die Straße zogen. Und sicher wollten die Leute nicht mit jemandem in ihrer Situation in Kontakt treten, das stand fest.

Sie mußten noch zweimal ausrasten, nachdem sie unten am Fluß gespielt hatten, aber dabei wurde es nicht wieder so fröhlich, genau gesagt, gar nicht mehr fröhlich, denn inzwischen hatte Maggie große Blasen an den Fersen, und Biddy hatte aufgehört zu reden, ein Zeichen dafür, daß sie sehr müde sein mußte. Auf Daveys Gesicht war der bedächtige Ausdruck zurückgekehrt, der Riah sagte, daß er sich über etwas Sorgen machte.

Sie waren zu einer kleinen Wegkreuzung gekommen und wußten nicht, welche Richtung sie einschlagen sollten, als sie einen Mann sahen, der einen Einspänner fuhr und geradewegs auf sie zukam. Als er sich näherte, fiel Riah auf, daß der Mann über seinem Pferd zu schweben schien; der Kutschbock war ungewöhnlich hoch angebracht, und der Wagen sah aus wie ein umgedrehter Förderwagen, nur daß es hinten keine Sitze gab, sondern eine Ladefläche, auf der Säcke mit irgend etwas standen. Der Mann hielt das Pferd an und schaute auf sie hinunter, und Riah fragte: »Könnt ihr mir bitte den Weg zum Rowan Cottage sagen?«

Er antwortete nicht gleich, sondern schaute erst die Frau, dann die vier Kinder an; schließlich hob er den Blick über ihre Köpfe und die Straße entlang, die sie gekommen waren, als erwarte er, daß dort irgend etwas erscheinen würde; dann, noch immer wortlos, drehte er sich um und deutete auf die Straße, über die er gekommen war, und sagte zuletzt abrupt: »Eine halbe Meile dort hinten.«

»Danke.« Sie blickte ihn noch ein paar Sekunden lang an. Er war ein barscher Mann, nicht freundlich. Noch einmal sagte sie: »Danke.« Dann ging sie weiter und war schon an die zwanzig Schritte gegangen, als Biddy murmelte: »Er ist nicht weitergefahren, Ma. Er sitzt noch da und schaut uns nach.«

»Achte nicht darauf.«

Die halbe Meile erwies sich als eine sehr lange halbe Meile, doch sobald sie das Haus sahen, vergaßen sie die schmerzenden Füße und alle Beschwerden des weiten Fußmarschs. Und als sie am Tor angekommen waren, blieben sie davor stehen, beugten sich darüber und lugten nach der Seite des Hauses.

Vor dem Vordereingang befand sich ein Garten. Es war ein schöner, großer Garten, und dahinter standen die Außengebäude, die ihnen Mrs. Carr beschrieben hatte. Riah mußte insgeheim lächeln. Ja, hier gab es genug Platz; hier würde sie einziehen, und mit Freuden, o ja. Sie stieß das Tor auf und ging schneller durch den Vorgarten auf die Haustür zu, klopfte an. Als sich nichts rührte, drehte sie sich um zu den Kindern und sagte: »Er ist wahrscheinlich bei der Arbeit und seine arme Frau liegt im Bett.« Dazu nickte sie den Kindern zu.

Davey stand hinter den anderen; jetzt wandte er seinen Kopf den Fenstern zu. Mit zwei Schritten war er auf der rechten Seite und stand jetzt vor einem der Fenster. Nachdem er das Gesicht an die Scheibe gedrückt hatte, drehte er sich wieder um und rief: »Ma!« Seine Stimme überschlug sich fast. »*Es ist leer, ganz leer.*«

Riah war mit einem Satz neben ihm und starrte durch das Fenster nach drinnen. Hinter der Scheibe sahen sie ein Zimmer ohne Möbelstücke; im Kamin auf der gegenüberliegenden Seite lag nur tote Asche. Jetzt lief sie rasch auf die linke Seite der Tür, schaute durch ein anderes

Fenster in einen anderen Raum und sah, daß auch dieser leer war. Danach drehte sie sich um, lehnte sich gegen die Hauswand und murmelte mit schwerer, belegter Stimme: »Mein Gott, es ist niemand hier.« Dann schaute sie hinunter auf Davey.

»Ich will nicht zurückgehen, Ma.« Sie richtete den Blick auf Maggie, die das Gesicht verzog und den Tränen nahe war, dann stieß sie sich von der Wand ab, atmete tief durch, richtete die Schultern gerade und sagte: »Nein, wir gehen auch nicht zurück. Jedenfalls nicht jetzt, nicht heute nacht. Laßt uns nachschauen, wie es in den Ställen aussieht.«

Die Ställe waren schmutzig, der Boden bedeckt mit Pferdeäpfeln und verschimmeltem Stroh. In der Scheune war es nicht viel besser, aber dort befand sich an einem Ende eine kleine Plattform, auf der aufgeplatzte Strohballen lagen. Riah blickte nach oben und sah den Himmel, der durch einige Stellen des beschädigten Scheunendachs zu sehen war. Glücklicherweise befand sich die Plattform mit dem Stroh auf der anderen Seite.

»Wir schlafen die Nacht erst einmal hier«, sagte sie. »Morgen wird mir schon etwas einfallen.«

Aber was sollte ihr am nächsten Morgen einfallen? Wollte sie zurück nach Shields. Nicht um alles in der Welt. So schrecklich ihr der Gedanke an das Arbeitshaus war, aber lieber würde sie ihre Kinder dort hinbringen, – wobei sie allerdings wußte, daß das nicht notwendig war, so lange sie noch Geld in der Tasche hatte. Das war im Augenblick der einzige Silberstreifen am Horizont: Sie hatte Geld in der Tasche – oder genauer gesagt, zwischen ihren Brüsten. Jetzt geriet sie wieder in Bewegung, scheuchte die Kinder hoch und sagte: »Bringt die Bündel dort hinauf« – wobei sie auf die Plattform zeigte –, »aber legt sie auf die trockene Seite. Wir machen ein Feuer draußen auf dem Hof. Wir haben noch etwas Milch übrig, und irgendwo muß es einen Brunnen geben...«

Eine halbe Stunde später, gerade als sie das Wasser

abkochte, das die Kinder von einem Rinnsal gebracht hatten, das am Ende des ersten Felds neben dem Haus einen Rain entlanglief, hörte sie eine Stimme: »Brr! Bleib stehen!« rufen und wandte sich ruckartig dem Tor zu. Sie war so in ihre Arbeit vertieft gewesen, daß es ihr so vorkam, als ob der Wagen, der dort stand, aus dem Nichts aufgetaucht sei.

Sie erhob sich, wischte sich die Hände an den Seiten ihres Rocks ab und sah den Mann, der ihnen vorher den Weg gewiesen hatte, auf seinem hohen Kutschbock sitzen, und neben ihm eine alte Frau. Die Frau winkte sie heran, und als Riah das Tor erreicht hatte, sagte die Frau: »Da seid ihr also?«

Riah blinzelte, dann murmelte sie: »Ja, da sind wir.«

»Wo ist Euer Mann?«

»Mein Mann?«

»Ja, nach ihm hab' ich gefragt. Ihr seid doch nicht beschränkt oder taub, oder was? Euer Mann, der als Aufseher im Bergwerk arbeiten wird.«

»Ich... Ich glaube, Ihr irrt Euch.«

Die beiden auf dem Wagen tauschten einen Blick, dann sagte die alte Frau, jetzt nicht mehr in so scharfem Ton: »Ihr seid nicht mit Eurem Mann hier? Weshalb seid ihr dann hergekommen?«

»Ich... Ich dachte, ich sollte herkommen, weil die Frau von Mr. Carr krank geworden ist. Seine Mutter hat mich hergeschickt.«

Die beiden Augenpaare hatten sich auf ihr Gesicht gerichtet. Dann stieß die alte Frau ein schrilles Lachen aus und sagte: »Was Ihr nicht sagt! Ja, nun, da muß ich Euch leider mitteilen, daß Winnie Carr in der vorigen Woche gestorben und begraben worden ist. Der könnt ihr nicht mehr helfen. Und außerdem sieht es so aus, als ob Ihr derzeit mehr Hilfe nötig hättet als sie.«

»Aber Mr. Carr...«

Wieder tauschten die beiden auf dem Wagen einen Blick, und wieder war es die alte Frau, die dann sagte: »O ja, er hat ein junges Ding dagehabt, das sich um seine Frau kümmern sollte, aber die ist ihm wie die anderen zuvor weggelaufen; das Landleben ist ihr auf die Nerven gegangen. Die Stadtleute können es nicht ertragen, den Himmel zu sehen; es gibt zuviel freien Himmel für sie.« Wieder stieß sie ihr schrilles Lachen aus, dann fuhr sie fort: »Aber er hat sich mit ihr eingelassen, und als sie zurück ist in die Stadt, ist er ihr nachgefahren. Ja, und an seiner Stelle kommt ein Mann namens McAllister als Aufseher ins Bergwerk, und der bringt morgen seine Familie hierher. Sechs Leute, soviel ich weiß. Stimmt's Tol?« Sie wandte sich dem Mann zu, der neben ihr saß, und er neigte den Kopf in ihre Richtung. »Woher kommt ihr?«

Riah hielt einen Moment inne, um nachzudenken. Ja, woher kamen sie? Aus Shields? Aus Fellburn? Aus der Gegend hinter Gateshead? Schließlich sagte sie: »Jetzt kommen wir aus South Shields.«

»Und da seid ihr den ganzen Tag gelaufen?«

»Ja.« Sie sah, daß der Mann den Kopf abwandte und sein Pferd anschaute. Die alte Frau beugte sich ein wenig herunter und sagte zu Riah: »Ich glaube, Ihr richtet Euch hier ein für die Nacht.«

»Ja.«

»Na, dagegen ist nichts einzuwenden. Aber wenn der Morgen kommt, sollt ihr euch früh auf den Weg machen, denn die Leute, die hier einziehen, sind irischen Geblüts, wenn ich mich nicht irre, und Ihr wißt ja, wie die Iren sind: der Fluch dieser Erde, immer auf Streit aus... Ihr seid Witwe, wie?« Dann schaute sie die vier Kinder an, die hinter Riah im Vorgarten standen.

»Ja.«

»Und Ihr sucht nach einer Stellung als Haushälterin?«

»Ja.« Sie wollte hinzufügen: Und nach einem Haus, als die alte Frau schon fortfuhr: »Wird nicht leicht sein für Euch, mit den vier Kleinen, die Ihr am Hals habt. Aber die beiden Ältesten können ja schon zur Hand gehen.«

Bevor einer von ihnen noch etwas sagen konnte, erklärte der Mann leise: »Fanny, die Zeit verstreicht.« Und sie antwortete: »Ja, ja, du hast recht, Tol. War schon nett genug von dir – tut mir leid, wenn ich dich aufgehalten habe. Lebt wohl, Missis, und viel Glück.« Sie nickte Riah zu, der Mann sagte: »Hüüh! Weiter mit dir!«, und der Wagen setzte sich in Bewegung und ließ Riah zurück, die ihm entgeistert nachstarrte.

Sie wollte weinen. Hör auf, sagte sie sich, hör sofort auf. Jetzt war nicht die Zeit zum Weinen. O mein Gott! Aber wozu war denn jetzt die Zeit? Zum Beten, ja. Aber sie war nicht besonders gut im Beten. Sie mußte erst einmal nachdenken und planen, und als erstes mußte sie die Kinder zu Bett bringen, obwohl es noch hell war draußen. Die beiden Kleinen waren todmüde, aber auch Biddy und Davey... Und morgen mußten sie beim Sonnenaufgang auf den Beinen und unterwegs sein, bevor diese Familie hier eintraf. Sie wollte keinen Streit, keine Auseinandersetzungen; Davey war zwar, wie sie zugeben mußte, kein Junge, der den Streit suchte, er war ein friedlicher, nachdenklicher Bursche. Ja, wenn er Biddys Natur gehabt hätte, dann würde er auf jeden mit den Fäusten losgehen, und wäre der Gegner doppelt so groß wie er, davon war sie überzeugt.

Und es war auch Biddy, die etwas später, als sie noch einmal alle hinaus in den Garten gingen, das Geschirr einsammelten und das Feuer austraten, die Frage stellte: »Wir müssen morgen also zurück, was, Ma?«

Sie blieb am Rand des Feuers stehen, schaute über den Zaun auf das Wäldchen jenseits der Straße, und ihr Kopf schien in diesem Augenblick allen Gedanken so verschlossen zu sein wie das Wäldchen mit seinem dichten, niedrigen Gebüsch jedem Eindringling verschlossen war.

»Ich weiß es nicht, Mädchen«, sagte sie. »Ich weiß es nicht, und das ist Gottes Wahrheit.«

Das kurze Schweigen, das danach folgte, wurde wieder von Biddy gebrochen, die leise sagte: »Etwas wird uns schon einfallen, Ma. Wenn es nicht mehr weiter geht, zeigt sich zuletzt doch noch ein Weg. Irgendwo müssen wir ja wohl unterkommen, oder nicht?«

Riah schaute hinunter auf ihre Tochter und antwortete: »Ja, irgendwo müssen wir unterkommen.« Und von da an bis zum Einschlafen beschäftigte sie eine Frage, die sie nicht mehr loswerden konnte: Aber wo? Wo sollen wir hin?

Die Antwort erhielt sie am folgenden Morgen.

Die Sonne war schon aufgegangen, als sie die Kinder weckte; dennoch blinzelten sie mit geschwollenen Augen, als sie von der Plattform herunterkletterten, noch müde vom weiten Fußmarsch des vergangenen Tages.

Riah hatte draußen auf dem Hof ein Feuer angezündet und briet jetzt den letzten Rest des Schinkenspecks, tauchte die letzten Stücke Brot in das Fett der Pfanne. Dann setzte sie einen Wasserkessel auf das Feuer, und als es kochte, spülten sie das fette Frühstück mit Tassen heißen Wassers hinunter. Als das Mahl vorüber war, schickte sie die Kinder hinunter zu dem Rinnsal, wo sie sich Gesichter und Hände waschen sollten; dann folgte sie ihnen und tat das gleiche. Anschließend kämmte sie den Kindern das Haar, zuletzt sich selbst.

Sie waren zum Aufbruch bereit, trugen bereits die geschnürten Bündel, und der Hof war so, wie sie ihn verlassen hatten, als der Wagen wieder am Tor auftauchte. Sie starrten alle darauf, als sei er eine Erscheinung, denn da saßen wieder der Mann und die alte Frau wie am vergangenen Abend, nur daß sie jetzt in die andere Richtung schauten. Und wieder rief die Alte sie zu sich heran und sagte: »Einen Moment mal.«

Riah drehte sich nicht zu den Kindern um, als sie ihnen befahl: »Bleibt, wo ihr seid«, und ging auf den Wagen zu. Dann schaute sie zu der Alten hinauf, und die überraschte sie mit der Frage: »Könnt Ihr kochen?«

Sie zögerte ganz kurz, dann riß sie das Kinn nach oben und sagte: »Das habe ich jahrelang getan.«

»Ja, vielleicht schnell ein Stück Fleisch in der Pfanne braten und so. Aber könnt Ihr auch ein gutes Abendessen zubereiten?«

Ihre Stimme klang etwas gepreßt, als sie antwortete: »Man hat mir oft genug gesagt, daß ich es gut gemacht habe.«

»Na schön, die Geschmäcker sind verschieden, wie man sagt, aber das muß man eben erst einmal sehen. Es ist so: Vielleicht kann ich Euch eine Stellung besorgen – ich meine, ich verspreche Euch nichts, weil ich erst mit ihm reden muß, vorausgesetzt, er läßt mich zu Wort kommen und schreit mich nicht gleich nieder, sobald ich das Thema anschneide. Aber bleibt auf alle Fälle noch eine Stunde hier, und wenn ich gute Nachricht für Euch habe, wird Tol« – sie wandte sich dem Mann zu und neigte den Kopf –, »zurückkommen und euch abholen.« Jetzt richtete sie den Blick ganz auf ihren Begleiter, und ihr barscher Ton schien in Riahs Ohren deutlich sanfter zu werden, als sie hinzufügte: »Du tust das doch, Tol, oder?« Und er antwortete: »Ja, ich tue es, aber ich kann Euch nicht versprechen, daß ich genau in einer Stunde zurück bin.«

»Na ja, da sie ohnehin nicht vorhaben, an einen bestimmten Ort zu gehen, macht es ihnen wahrscheinlich nichts aus, notfalls auch zwei Stunden zu warten.«

Wieder blickte sie hinunter zu Riah und fragte: »Ist das so?« Und Riah antwortete: »Was schlagt Ihr vor?«

Jetzt nahm die Alte eine fast drohende Haltung ein und wiederholte das Wort, als sei es ihr fremd: »Vorschlagen, sagt sie! Was ich vorschlage.« Sie blickte über die Schulter zurück auf den Mann und deutete dann mit dem Daumen auf Riah. »Vorschlagen! Dabei versuch' ich nur, Euch an einem guten Platz unterzubringen, das heißt, wenn er die Kinder aufnimmt. Vorschlagen! Fahr zu, Tol.« Sie hob die Hand in einer gebieterischen Geste, als ob sie einem Diener einen Befehl erteilte, und der Wagen setzte sich in Bewegung. Aber der Mann drehte den Kopf um, schaute so, daß die alte Frau es nicht bemerkte, zurück, und obwohl sich seine Miene nicht verändert hatte, deutete seine Kopfbewegung, wie Riah sie auffaßte, an: Denkt Euch nichts dabei, sie meint es gut.

Riah blieb wie angewurzelt stehen und schaute dem Wagen nach, bis er am Ende der langen, schmalen Straße verschwunden war; dann erst wandte sie sich um.

»Was ist, Ma? Was hat sie gewollt?«

Sie schaute Biddy an. »Ich weiß es nicht«, sagte sie, »aber es könnte sein, daß es für mich hier irgendwo in der Gegend Arbeit gibt. Was es ist...? Ja, da wißt ihr genausoviel wie ich. Sie ist eine komische alte Frau.«

»Der Mann war aber nett.«

Sie schaute Davey an und nickte ihm zu. »Ja, das dachte ich auch, obwohl er kaum ein Wort herausgebracht hat. Aber vielleicht hält er nichts vom reden. Also, dann können wir uns wieder hinsetzen. Wißt ihr, was: Laßt die Bündel hinter dem Scheunentor, geht hinunter an den Fluß und planscht ein bißchen herum.«

»Ich will nicht, ich bleibe lieber hier bei dir, Ma«, sagte Biddy.

»Und ich und die anderen auch.« Davey kam an ihre Seite. Die beiden Jüngeren sagten nichts, aber auch sie kamen her zu ihrer Mutter und hielten sich an ihrem Rocksaum fest. Riah schaute mit liebevollen Blicken auf sie hinunter, dann sagte sie weich: »Aber ich weiß, was ihr tun könnt. Ihr beide zieht euch die Sonntagskleider an« – sie deutete auf die Mädchen –, »und du, Davey, kannst deine gute Hose anziehen; um Johnny kümmere ich mich selbst, denn wenn wir uns vorstellen müssen, dort, wo man angeblich eine gute Köchin sucht oder so, dann ist es besser, wenn ihr ordentlich ausseht.«

»Und du, Ma? Du siehst so hübsch aus in deiner blauen Bluse. Ziehst du sie an?«

»Ach.« Sie zögerte und schaute hinunter auf Biddy. Ihre blaue Bluse war etwas Besonderes. Seth hatte ihr den Stoff gekauft; es war eine Überraschung gewesen. Er hatte an einem Samstagabend einfach das Paket auf den Tisch geworfen, und drinnen war die Rolle: ein blauer Baumwollstoff mit winzigen rosa Blüten. Sie hatte sich Stunden um Stunden mit der Bluse geplagt und sie seitdem nicht öfter als ein halbes dutzendmal getragen. Diese Bluse war ein Kleidungsstück für besondere Anlässe, und es hatte nicht viele Anlässe in Riahs Leben gegeben, die eine so hübsche Bluse gerechtfertigt hätten. Aber das hier war vielleicht eine Gelegenheit, und sie lächelte, als sie sagte: »Ja, du hast recht; ich ziehe sie an.«

Die Aufregung schlug hohe Wellen, als sie jetzt alle in die Scheune zurückgingen und sich umzogen; danach waren sie bereit und standen wieder wartend am Zaun...

Sie warteten und warteten, und die Minuten schleppten sich dahin.

»Wie lange ist es jetzt, Ma?« fragte Johnny.

»Ach«, schätzte sie, »ungefähr eine Stunde, vielleicht etwas mehr.«

»Und wenn er gar nicht kommt, müssen wir uns dann wieder umziehen?« Biddy strich mit beiden Händen über ihre kurze Jacke, und Riah antwortete zögernd: »Ja, ich fürchte, das müssen wir.«

Ihre Antwort schien die Kinder vor Enttäuschung erschlaffen zu lassen, denn jetzt lehnten sich Johnny und Maggie über den Zaun, aber Riah riß sie rasch wieder hoch und fuhr sie streng an: »Steht gerade, der Zaun ist grün vor Schimmel, ihr macht euch nur schmutzig.«

Kaum hatte sie es gesagt, da stieß Davey einen Schrei aus, und was danach kam, war fast ein Freudengebrüll: »Er kommt, Ma!« Dann schlug er sich die Hand vor den Mund und lief zu ihr hin. Und wieder standen alle fünf dicht beisammen.

Das war das Bild, das Tol Briston nie vergessen sollte: die Frau mit dem schwarzen Strohhut auf dem kastanienroten Haar, die tiefen braunen Augen, die in einem bangen Gruß auf ihn gerichtet waren, der breite Mund ein wenig offen, ihre ganze Haltung ein Gestalt gewordenes Flehen um gute Nachricht – und die Kinder, jetzt anders gekleidet, alle sauber und ordentlich, mit strahlenden Gesichtern, aber die beiden älteren nachdenklich, ihre Mienen ein Spiegelbild ihrer Mutter.

Nachdem er die Pferde angehalten hatte, zeigte er ein Lächeln, das ganz allmählich sein schmales Gesicht erhellte, und da kam auch ein funkelndes Licht in seine dunklen Augen, und die Lippen teilten sich in diesem Lächeln und enthüllten große, gleichmäßige weiße Zähne. Sein Kinn ragte ebenso wie seine Nase aus dem Gesicht hervor und wies vielleicht auf einen starrköpfigen Charakter hin, aber in diesem Augenblick konnte man seine Miene nur als freundlich bezeichnen, und in seiner Stimme schwang zweifellos ein fröhlicher Ton mit, als er sagte: »Hinauf auf den Wagen mit euch allen.«

Die Kinder packten ihre Bündel und kletterten auf die Ladefläche. Riah rührte sich nicht. Sie schaute hinauf zu Tol und fragte: »Ist es abgemacht?«

»Oh« – das Lächeln verschwand aus seinem Gesicht –, »das kann ich nicht sagen. Das wird zwischen Euch und Mr. Miller entschieden. Fanny hat immerhin erreicht, daß er Euch sehen will, mehr kann ich nicht sagen. Aber daß sie ihn so weit gebracht hat, kommt mir so, als hätte sie ihm eine Pistole auf die Brust gesetzt; danach bleibt ihr wohl gar nichts anderes übrig, als zu gehen.«

Riah verstand nicht ganz, was er damit sagen wollte. Sie drehte sich um zu der Stelle, wo ihre Bündel gelegen hatten, aber Davey hatte sie bereits auf den Wagen geladen, und als sie ebenfals nach hinten klettern wollte, sagte Tol Briston: »Ihr könntet vorne neben mir sitzen, wenn es Euch gefällt.« Er rutschte ein wenig zur Seite auf dem hölzernen Sitz, und als sie nach kurzem Zögern einen Fuß auf die Radnabe gestellt hatte, streckte er ihr die Hand hinunter, und sie ergriff sie; dann hockte sie sich neben ihn, schaute nach vorn und begann jene Fahrt, welche die weitere Richtung ihres Lebens entscheidend bestimmen sollte.

Der erste Eindruck von Moor House war nicht gerade überwältigend; es ging durch ein doppeltes Eisentor, dessen Flügel weit offenstanden, wobei die unteren Stangen kniehoch von grünem und abgestorbenem Gras überwuchert waren. Die Auffahrt war kurz, nicht mehr als fünfzig Meter, und sie endete in einer Kurve vor einer freien Fläche, die fast ebenso lang war wie die Auffahrt selbst, aber im Gegensatz zu der wenig gepflegten, nur teilweise mit Kies bedeckten Auffahrt war diese Fläche mit großen Steinplatten gepflastert, zwischen denen allerdings ebenso wie auf dem Kies und unten am Tor das Gras wucherte. Das Haus selbst nahm etwa die halbe Breite des gepflasterten Vorhofs ein, und der Ausdruck der Riah dabei einfiel, war »Kraut und Rüben«, denn es sah so aus, als ob man neben ein mittelgroßes, dreistöckiges Haus zwei kleine, ebenerdige Häuschen geklebt hätte. Hinter dem Haus gab es einen zweiten Hof, der auf zwei Seiten von Nebengebäuden eingegrenzt war, einem Stall und einer Scheune, wie es aussah.

Tol hatte den Wagen gegenüber der Haustür zum Stehen gebracht, und in der Tür, die sie fast ausfüllte, stand die alte Frau. Die Kinder ließen sich Zeit beim Aussteigen, bis ihre Stimme sie anzischte: »Na los, macht schon, ihr alle.« Und als sie ihr gehorcht hatten, schaute sie sie genauer an und sagte: »Oh, ihr habt euch nett angezogen. Das ist gut.« Ihr Blick verweilte auf Riah, und sie musterte sie vom schwarzen Strohhut bis zu den schwarzen Stiefeln, dann sagte sie: »Kommt jetzt erst mal alle rein.« Und damit zerrte sie einen nach dem anderen über die Schwelle und in eine große Halle. Aber bevor sie die Tür schloß, lehnte sie sich noch einmal hinaus und rief zum Wagen hinüber: »Danke, Tol. Bis später.«

Jetzt durchquerte sie die Halle und flüsterte: »Kommt mir nach.«

Der erste Eindruck, den Riah vom Inneren in Moor House hatte, war, daß es dringend saubergemacht werden mußte: der Boden, der die Teppiche umgab, schimmerte nicht, und die Möbel an den Wänden zeigten deutliche Spuren von Staub.

Die alte Frau, die, wie Riah jetzt erkannte, schwer humpelte, stieß die Tür am Ende eines Korridors auf und sagte: »Geht dort hinein und setzt euch hin, bis ich ihn geholt habe.«

Riah schob die Kinder vor sich her und betrat mit ihnen einen länglichen Raum. Obwohl man auch hier sah, daß ein wenig Putzen nicht geschadet hätte, wurde dieser Raum offensichtlich häufig benutzt, denn auf einer großer Couch, deren Bezug früher einmal gelb gewesen sein mußte und jetzt zu einem schmutzigen Grau ausgeblichen war, lagen am Kopfende zerknüllte Kissen, und zwischen den beiden hohen Fenstern stand ein Schreibtisch, auf dem sich Bücher und Papiere stapelten; ein wildes Durcheinander.

Schweigend verhinderte Riah, daß sich die Kinder auf die Couch setzten, und dirigierte sie statt dessen zu einem länglichen, gepolsterten Sitz ohne Lehne, der im rechten Winkel zum offenen Kamin stand, wo noch ein Haufen Asche und ein paar halbverbrannte Scheite auf dem Rost lagen. Riah ließ sich auf die Kante eines Stuhls gegenüber den Kindern nieder, strich sich den Rock über den Knien glatt und öffnete die beiden obersten Knöpfe ihres dreiviertellangen Mantels, damit ihre hellblaue Bluse zu sehen war und sie ihrem möglichen zukünftigen Dienstherren zeigte, daß sie eine ordentliche und adrette Frau war. Schließlich strich sie sich das Haar hinter die Ohren, prüfte, ob ihr Hut gerade auf dem Kopf saß, faltete die Hände, legte sie in den Schoß und wartete.

Eine Minute war eine lange Zeit, wenn vier Augenpaare einen fragend und erwartungsvoll anstarrten. Als fünf Minuten vergangen waren und die Kinder auf ihrem Platz unruhig wurden, nahm sie die Hände auseinander und hob einen Zeigefinger hoch, um sie zum Stillsitzen zu ermahnen; dann hielt sie mitten in der Bewegung inne, weil sie eine Stimme vom anderen Ende des Raums vernahm. Jetzt erst bemerkte sie, daß sich in der Seitenwand eine Tür befand, und von dort kam auch die Stimme. Sie war etwas gedämpft, doch man konnte die Worte klar verstehen. »Nein, Fanny. Nein. Das ist Erpressung. Das ist es, jawohl, Erpressung. *Nein.*«

»Und ich hab' Ihnen gesagt, Mr. Miller, und ich sag' es jetzt zum letztenmal: Ich kann diese weite Fahrt nicht mehr machen. Wenn Tol mich nicht fahren würde, wäre ich schon längst nicht mehr hier. Und für ihn ist es ein Risiko, mich jeden Morgen hierherzufahren und abends wieder abzuholen. Wenn die oben in ›The Heights‹ Wind bekommen davon, kann es sein, daß man ihn entläßt. Und schauen Sie mein Bein an: Es ist so geschwollen wie mein ganzer Körper. Also, entweder Sie nehmen diese Frau und ihre Sippschaft, oder sie können sich allein das Haus in Ordnung halten, weil niemand, der seine fünf Sinne beisammen hat, hierherkommt und sich um das Haus kümmert, bei dem Lohn, den Sie zu bieten haben.«

»Ist das meine Schuld, Fanny? Ist es das?«

»Ja, es ist Ihre Schuld. In gewisser Weise, ja, weil Sie immer, wenn das Vierteljahr um ist, genügend Geld haben für Bücher, Bier und Tabak.«

»Oh, lassen Sie mir doch das bißchen Vergnügen. Was gibt es sonst noch, wofür ich leben sollte?«

»Mr. Miller, bringen Sie mich nicht dazu, daß ich es noch einmal sage.«

Die Stimme des Mannes wurde jetzt zu einem Murmeln, als er erwiderte: »Und mich auch nicht, Fanny. Was bin ich schon nütze in der Welt da draußen? Ich habe es schließlich versucht, nicht wahr?«

»Ich kann Sie nicht verstehen. Ich kann Sie einfach nicht verstehen, Mr. Miller.«

»Das ist schade, Fanny. Das ist wirklich schade. Ich dachte, sie seien die einzige, die mich verstehen kann. Aber nun zu dieser Frau. Sie sagen, sie hat vier Kinder? Mein Gott! Und Sie glauben, ich nehme eine Frau mit vier Kindern ins Haus? Fünfzehn Jahre lang habe ich versucht, den Kindern dies und jenes in die sturen Köpfe zu trichtern, und –«

»Oh, hören Sie bloß damit auf, ja? Hören Sie auf damit. Ich habe sie so oft jammern hören, daß ich ganz krank davon bin. Also, entweder sprechen Sie jetzt mit dieser Frau, oder ich gehe, und nicht erst heute abend, nachdem ich Ihnen das Essen bereitgestellt habe, sondern jetzt gleich, zusammen mit ihr und ihren Kindern. Ich sage es Ihnen zum letztenmal: Sie haben keine andere Wahl. Nein, das haben Sie nicht, Mr. Miller.«

Darauf folgte längeres Schweigen, während die Kinder Riah mit offenen Mündern und weit aufgerissenen Augen anstarrten. Riah wandte den Kopf leicht zur Seite und hielt die Augen auf die Tür gegenüber gerichtet. Dann setzten die Stimmen wieder ein.

»Was sind das für Kinder?«

»Zwei Jungen und zwei Mädchen.«

»Wie alt?«

»Ich glaube, der ältere Junge ist zwölf, der jüngere fünf oder sechs. Die beiden Jungen könnten sich um den Garten kümmern. Sie scheinen Arbeit gewohnt zu sein. Und die Mädchen – nun, ich bin sicher, dieses Haus kann mehr als zwei Hände gebrauchen, damit es endlich wieder ordentlich und sauber wird.«

»Wie ist die Frau?«

»Hübsch und noch ziemlich jung. Sie sieht aus, als ob sie schnell begreifen würde.«

Danach folgte wieder ein Schweigen, und dann sagte die Stimme des Mannes in einem Ton, der seine Bitte unterstrich: »Oh, Fanny, du weißt nicht, worum du mich da bittest. Du weißt wirklich nicht, worum du mich bittest.«

»Seien Sie nicht albern, Mr. Miller. Also los jetzt – na los, schauen Sie sie an!«

Danach verstrichen noch ein paar endlos scheinende Minuten, bis die Tür aufging und ein Mann den Raum betrat.

Die vier Kinder wandten ihre Köpfe dem Mann zu, und so sah er zuerst sie, dann Riah. Als er sie schließlich anschaute, war er noch zwei Meter von ihr entfernt. Sie war aufgestanden, und nun musterten sie sich gegenseitig wie zwei Gegner vor dem Kampf. Riah sah einen Mann Mitte vierzig, vielleicht nicht mehr weit von den Fünfzig entfernt, wie sie schätzte. Er hatte ein rundes Gesicht und helles Haar mit einer kahlen Stelle oben auf dem Schädel. Mittelgroß, neigte er zur Dicklichckeit, wenn man ihn auch nicht als fett bezeichnen konnte. Nachdem sie zuvor seine Stimme gehört hatte, erwartete sie eigentlich eine große, sehr imposante Gestalt; der Mann vor ihr kam ihr eher wie ein sanfter, ja fast scheuer Mensch vor. Sie konnte sich nicht erinnern, jemals einen solchen Mann gesehen zu haben. Allerdings war sie noch nicht vielen Männern aus der Oberschicht begegnet, um Vergleichsmöglichkeiten zu haben; immerhin war sie sicher, daß er zur Klasse der Herrschenden gehörte.

Als er sie zögernd ansprach: »... Du suchst eine Stellung?«, antwortete sie: »Ja, Sir.«

»Bist du... bist du Witwe?«

»Ja, Sir.«

»Deine Kinder, können die arbeiten?« Jetzt wandte er sich wieder ihnen zu, und sein Blick blieb an Davey hängen, während Riah sagte: »O ja, Sir. Mein Sohn David wird bald elf und arbeitet schon seit drei Jahren auf dem Feld. Und Bridget« – sie neigte den Kopf –, »ist sehr gut bei der Hausarbeit. Sie wird zehn. Auch sie hat in den letzten drei Jahren tüchtig gearbeitet.« Sie wußte nicht, was sie dazu trieb, den nächsten Satz zu sagen, aber sie erklärte nicht ohne Stolz: »Und beide haben Lesen und Schreiben gelernt, Sir.«

Er drehte sich rasch zu ihr herum, während er sagte: »Tatsächlich... Tatsächlich... Was war dein Mann?«

»Er war Bergmann, Sir.«

Jetzt zog er die Augenbrauen hoch. »Ein Bergmann? In einer Kohlengrube?«

»Ja, Sir.«

»Und deine Kinder – sie können lesen und schreiben? Sind sie denn zur Schule gegangen?«

»Nein, Sir. Mein Mann hat es ihnen beigebracht.«

Er zog die Augenbrauen noch weiter nach oben und sagte: »Dein Mann hat es ihnen beigebracht? Und er war Bergmann? Und konnte lesen und schreiben? Darf ich fragen, wer es ihn gelehrt hat?«

»Ein Methodist in Gateshead, Sir.«

»Oh. Oh. Wie heißt du?«

»Mrs. Millican, Sir. Maria Millican. Die Leute nennen mich Riah.«

»Ja, also, Mrs. Millican, Riah, ich will offen mit dir sein. Ich bin ein Mann mit sehr geringen Mitteln, und ich könnte es mir nicht leisten, dich und deine Kinder zu engagieren, bei dem Lohn, den du vermutlich erwartest. Mrs. Briggs bekommt vier Shilling die Woche und das Essen. Du hältst das sicherlich nicht für genug angesichts der Tatsache, daß bei diesem geringen Lohn obendrein noch deine Kinder für mich arbeiten würden.«

Vier Shilling für alle. Es war nichts, aber wenn er ihr in dieser Situation angeboten hätte, sie sollten für Kost und Logis arbeiten, hätte sie dennoch keine Sekunde gezögert. Also sagte sie jetzt schnell: »Ich würde Ihr Angebot gern annehmen, Sir.«

»Du würdest?« Er wandte sich halb von ihr ab, und seine linke Schulter zuckte, als wenn er einen Krampf hätte. Dann schaute er sie wieder an und sagte: »Aber es ist nichts.«

»Ich – ich bin Ihnen einstweilen dafür sehr dankbar, Sir. Wir werden unser Bestes tun, um Ihnen gut zu dienen.«

Mit Überraschung sah sie, daß er sich in einen Stuhl warf, einen Ellbogen auf den Tisch stützte und den Kopf auf die Hand legte; dann, nachdem sie ihn alle einen Augenblick lang entgeistert angeschaut hatten, erhob er sich wieder und wandte sich, ohne sie zuvor noch einmal angesehen zu haben, von ihnen ab. »Geht zu Fanny, sie sagt euch, was ihr tun sollt«, sagte er, ging zur Tür und hinaus. Während sich die eine Tür schloß, öffnete sich die andere, und die alte Frau humpelte herein, mit strahlendem Gesicht, die Lippen zu einem breiten Lächeln verzogen. Sie winkte die fünf zu sich.

Als alle bei ihr waren, sagte Fanny: »Na, dann hätten wir's also glücklich geschafft. Kommt jetzt.« Und damit ging sie ihnen voraus zurück in die Halle, dann durch eine schwere Eichentür in einen Gang, der ganz mit Stein ausgekleidet war, und durch eine andere Tür in die Küche.

Drei Dinge nahm Riah dort auf den ersten Blick wahr: die Küche war sehr groß; sie war unaufgeräumt und schmutzig, und die vergitterte Feuerstelle des eisernen Kochherds hatte einen Kaminabzug, eine Haube, die etwa einen Meter oberhalb des Gitters endete.

»Setzt euch hin« – Fanny deutete auf den Tisch –, »ich mache euch etwas zu trinken. Wollt ihr Tee?«

»Tee?« murmelte Riah, und Fanny sagte: »Ja, ja, echten Tee. Er kauft ihn in Newcastle, aber der Tee kommt aus China. Es ist der einzige Luxus in diesem Haus. Aber ich bin nicht so scharf darauf – mir schmeckt das Zeug zu parfümiert.« Und im selben Atemzug fuhr sie fort: »Also ist das mit euch klar; jetzt könnt ihr Fragen stellen.«

»Wo werden wir schlafen?«

Während Riah Biddy einen Klaps auf den Arm gab, weil sie vorlaut als erstes diese Frage gestellt hatte, nickte Fanny ihr zu und sagte mit ihrem breiten, zahnlosen Lächeln: »Du bist praktisch veranlagt, wie? Also gut, ich werd's dir sagen. Draußen ist ein Heuschober, da wäre Platz für euch alle. Aber ich weiß noch etwas Besseres – dort drüben«, sie neigte den Kopf in Richtung auf eine Tür, die sich neben einer Garderobe befand, »da gibt es ein halbes Dutzend Räume, in denen schon manches Jahr niemand mehr geschlafen hat. Aber die sind wie ein Flohmarkt, vollgestopft mit lauter Krimskrams. Na ja, dann wird es eben eine eurer ersten Arbeiten hier sein, eines von den Zimmern auszuräumen und herzurichten, damit ihr dort schlafen könnt. Aber zuerst mache ich euch jetzt einen Schluck Tee, und dann führe ich euch herum. Es ist ein Hoppla-hopp-Haus, immer rauf und runter; man muß sich erst daran gewöhnen, mal 'ne Treppe rauf und mal eine runter zu gehen, das ahnt man gar nicht, wenn man es nur von draußen sieht. Ja, und das ist es, was meine Beine in den letzten zehn Jahren so kaputt gemacht hat. Ich hab' eigentlich nie diese Arbeit hier übernehmen wollen, müßt ihr wissen.« Sie nickte Riah zu, während sie etwas kochendes Wasser in eine helle Porzellankanne goß, die rings um den Deckel dunkelbraun und fleckig war. »Wißt ihr, mein Alter war hier viele Jahre lang Gärtner, und sein Vater vor ihm. Das war noch zu der Zeit, als nur das eine Haus gestanden hat, das mittlere, und es war eigentlich für einen solchen Haushalt viel zu klein, nur zehn größere Räume. Damals gehörten noch dreißig Morgen Land dazu, und heute sind es nur noch drei. Die komischen Seitenhäuser sind von Mr. Millers Vater gebaut worden, als er noch jung war. Ich sage immer, daß der Baumeister damals die ganze Zeit betrunken gewesen sein muß, aber mein Alter meinte, das ist wegen dem unebenen Boden, und weil man versucht hat, alles auf eine Ebene zu bringen. Jedenfalls, jetzt sind es fünfundzwanzig Zimmer, und dabei sind die Kellerräume und die Speisekammern und so weiter noch nicht mitgezählt. Und wieviel davon benützt er… Ich meine, Mr. Miller? Zwei vor allem; eines oben im ersten Stock, wenn er sich mal zurückzieht, aber meistens lebt er in der Bibliothek und schläft auch häufig dort, auf der Couch. Ich sage ihm immer, man wird ihn eines Tages noch tot dort finden.« Jetzt goß sie etwas Milch in die sechs Tassen, die sie aus einem Küchenschrank geholt hatte; dann, während sie sie mit schwarzem Tee füllte, fügte sie hinzu: »Ich hätte nie gedacht, daß ich ihn so weit bringe, denn er ist ein sonderbarer, scheuer Mensch, spricht mit niemandem außer Pfarrer Weeks und Miss Hobson vom Herrenhaus ›The Heights‹, oder wenn er alle Vierteljahre nach Newcastle fährt, um seine Rente abzuholen. Und dann kann er meistens nicht mal von der Straße hierher aufrecht gehen. Aber an den Tagen hat Tol ein Auge auf die Kutsche und holt ihn meistens von der Straße ab. Ich weiß nicht, was wir ohne Tol machen sollten. Er sieht zu, daß immer genügend Holz da ist, und er bringt morgens die Milch, es sei denn, das Wetter ist ganz schlimm und er kommt nicht durch.«

»Tol... Ein komischer Name.«

Riah warf wieder einen mahnenden Blick auf Biddy, aber auch diesmal lächelte die alte Frau, als sie erwiderte: »Ja, das kann man sagen.«

»Wie heißt er weiter?«

»Briston... Tol Briston... Gibt es noch etwas, was du über ihn wissen willst, Miss – oder kannst du solange warten, bis er vorbeikommt, um ihn selbst zu fragen?« Jetzt lachte sie, und Biddy senkte den Kopf, während ihre Mutter sagte: »Es tut mir leid, daß sie ungefragt redet.«

»Ach, wißt ihr, ich gäbe keinen Zweier für ein Kind, das nicht ungefragt redet. Übrigens, ihr werdet alle den guten Tol hier und da zu Gesicht bekommen, wenn auch kaum jemand anders, denn wie ich sagte, Besucher sind hier selten geworden, und das war nicht immer so. Tol ist jedenfalls unser nächster Nachbar. Sein Häuschen ist drüben in Fullers Dip, und es heißt auch ›The Dip‹.« Sie beugte sich zu Biddy hinunter und sagte: »Ein komischer Name für ein Haus, wie? The Dip? Frag mich nicht, wie es den bekommen hat, denn ich kann es dir nicht sagen. Mein Mann auch nicht, und der ist in dem Weiler geboren. Er meinte, es ist ein natürlicher Name, weil das Haus in einer Senke steht, und es gehörte schon Tols Vater und davor dessen Vater. Lauter Waldarbeiter. Der Großvater hat das Haus gebaut, auf einem Stück freien Land, mit den Steinen von einer alten Ruine und dem Holz von einem alten Schiff; er hat es vom Fluß heraufgeschleppt... Möchtet ihr noch Tee?«

Alle Kinder antworteten gleichzeitig mit »Ja, bitte«, woraufhin Fanny Riah zunickte und anerkennend sagte: »Na, die haben doch gute Manieren.«

»Ich bilde mir ein, daß ich sie anständig erzogen habe.«

Ein paar Minuten später sagte Fanny: »Also dann, trinkt aus, und wir gehen auf eine Inspektionsreise.« Daraufhin stand sie vom Tisch auf und blieb wartend stehen, während die anderen sie anschauten, wie sie eine Hand an die Seite ihres Gesichts legte und so tat, als redete sie mit sich selbst: »Und wo soll ich anfangen?« Dann wandte sie sich Riah zu und sagte: »Ich glaube, ich brauche Euch nicht zu sagen, daß dies die Küche ist; hier findet Ihr alles, was Ihr zum Kochen braucht, bis auf die Zutaten selbst. Das Essen war hier schon seit längerer Zeit ziemlich spärlich, weil ich immer sehen mußte, wie ich seine Shillinge strecken konnte. Aber eines gibt es hier in Mengen, und das ist Obst. Der Obstgarten ist zwar ziemlich verwahrlost, aber es gibt immer noch genug zum Pflücken, und das meiste verfault sowieso am Stiel.« Wieder warf sie einen Blick auf die Kinder und fuhr fort: »Ihr könnt davon alle nach Herzenslust essen – und dann die ganze Nacht mit Bauchschmerzen wachliegen.« Lachend wandte sie sich ab. »Also kommt – wir fangen hier an.«

Sie ging ihnen voraus durch die Tür neben der Garderobe, und sie kamen in einen weiteren steinernen Korridor, von dem drei Türen abzweigten. Die Alte stieß sie nacheinander auf und sagte dazu: »Kohlenkeller, Vorratskammer und Fleischkeller«, dann: »Der hat schon seit Jahren keinen Knochen mehr gesehen. Und zuletzt der Weinkeller. Wie ihr seht« – sie ging zur Seite und ließ sie einen Blick hineinwerfen –, »die Regale sind voll mit Flaschen. Leider sind die Flaschen alle leer. Aber es gab eine Zeit, wie mir der Vater von meinem Alten erzählte, da hat es hier auf den Regalen an die fünfhundert volle Flaschen gegeben. Ach ja, diese Zeiten sind vorbei.«

Nun öffnete sie wieder eine Tür und warnte sie zugleich: »Paßt auf, es geht ein paar Stufen nach unten.«

Als sie alle unten waren, sah Riah, daß sie sich wieder in einer anderen, kleineren Halle befanden, von der aus eine Treppe nach oben führte, genau wie in der großen Halle.

Jetzt stieß Fanny wieder vier Türen auf, die von der Halle abzweigten, und sagte dazu: »Das war Mrs. Millers Wohnzimmer. Ja, das hier war ihr Teil des Hauses; ich glaube, sie hat in den letzten Jahren ihres Lebens sehr zurückgezogen gelebt. Damals war ich noch nicht hier, sondern Lizzie Watson, die frühere Haushälterin. Ich habe unten im Weiler gewohnt und wohne immer noch dort. Ich muß meinen eigenen Herd haben, versteht ihr. Das hat ihn immer geärgert« – sie drehte den Kopf nach hinten –, »ich meine, daß ich nicht hier gewohnt habe. Aber zehn Stunden am Tag sind genug, vor allem, wenn niemand da ist, mit dem man reden kann. Denn es gibt Tage, da glaubt man, er sei stumm geworden, stumm und taub... Ja, und das hier war das Zimmer seiner Mutter. Hat seit Monaten kein Staubtuch mehr gesehen... Aber ich kann mich schließlich nicht um alles kümmern, oder?«

Während Riah den Kopf schüttelte, dachte sie: Kein Staubtuch seit Monaten? Wohl eher seit Jahren, das käme der Wahrheit näher. Wie schade, daß die Motten in die Polster gekommen waren; es mußte einmal ein sehr hübsches Zimmer gewesen sein.

Sie folgten der alten Frau in den nächsten Raum: ein kleines Speisezimmer; dann in ein Musikzimmer, wo ein Spinett in der Ecke stand. Die Vorderseite bildete ein schön geflochtenes Gitterwerk, aber die Seide dahinter war hier und da aufgerissen und hing durch den hölzernen Rahmen. Als Riah der alten Fanny wieder über eine Treppe nach oben folgte, wo sie in die vier darüberliegenden Räume gelangten, und sah, daß deren Zustand ungefähr derselbe war wie in den unteren Zimmern, da wiederholte sie in Gedanken immer wieder: Mein Gott, wie schade! Was für ein Jammer!

Schließlich kamen sie zurück in die Küche, und nun führte Fanny sie durch die der Garderobe gegenüberliegende Tür in eine Reihe von Räumen, die den zuerst besichtigten weitgehend glichen. Als sie wieder zurückgekehrt waren in die Küche, gab es nur noch das Haupthaus zu inspizieren. Jetzt baute sich Fanny vor ihnen auf und sagte: »Also, ihr habt die Halle gesehen und das Wohnzimmer, wo er mit euch gesprochen hat; jetzt zeige ich euch noch das Speisezimmer, aber er ißt nur selten dort. Meistens ißt er in der Bibliothek vom Tablett, es sei denn, er hat Besuch vom Pfarrer. Dann hab' ich ihnen immer ein halbwegs anständiges Mahl zusammengekratzt, und sie haben es ordentlich im Speisezimmer gegessen. Es gibt übrigens eines, was ich euch nicht raten möchte: Geht nicht in die Nähe der Bibliothek. Wir können sie später ansehen, aber« – und sie hob ihre Hand und drohte Riah mit dem Zeigefinger –, »versucht nicht, unter keinen Umständen, irgend etwas da drinnen aufzuräumen. Auf den ersten Blick werdet ihr denken, daß dort ein heftiger Sturm alles durcheinandergeblasen hat, aber er scheint zu wissen, wo seine Sachen liegen. So, und jetzt gehen wir nach oben, und ich zeige euch sein Schlafzimmer. Es sind noch vier weitere Schlafzimmer oben, aber die sind seit Jahren nicht benützt worden. Und drüber der Speicher! Du lieber Gott, der Speicher! Würde mich nicht wundern, wenn eines Tages ein paar alte Kleider die Treppe herunterkämen, so lebendig sind sie von den Motten. Ich bin erst zweimal dort oben gewesen. Das eine Mal, als ich hier angefangen habe, und da hab' ich ihm gesagt, daß viel von dem Zeug dort oben benützt werden könnte für Röcke und Schürzen und was weiß ich, wenigstens für die Armen im Dorf, und eine davon war ich selbst, weil die Stoffe zum Teil sehr schön waren, vor allem bei den Frauensachen. Es gab auch Männersachen, alles aus dem feinsten Kammgarn und Serge. Aber da wäre er mir fast an die Kehle gegangen. Es war das einzige Mal, daß er mich angebrüllt hat. Er sagte, die Sachen sollten in Ruhe gelassen werden, und ich soll das Thema gefälligst nicht mehr erwähnen. Ja, damals hat er den großen Herrn rausgekehrt. Aber manchmal redet er auch wie ein verlorenes Lämmlein. Und wenn ich frage, was soll ich mit dem oder jenem tun, dann sagt er, tu, was du für das beste hältst, Fanny. Du tust es ja doch. – Aber mit diesen Kleidern, du meine Güte! Also glaubt nicht, Frau, wenn Ihr da raufgeht, daß ihr vielleicht daraus Sachen für die Kinder schneidern könnt – da ist er sehr streng. Warum? Fragt mich nicht, ich kann es Euch nicht sagen. Mein Alter hat immer gesagt, es ist nur ein Schrulle, weil er so lange allein gelebt hat, und die Kleider sind vielleicht eine Erinnerung, an der er hängt.«

»Hat er hier immer allein gelebt?«

»Nein, erst in den letzten fünfzehn Jahren. Ach was, nicht mal so lang. Er ist vor fünfzehn Jahren zurückgekommen, und vor zehn Jahren ist sein Vater gestorben. Und Lizzie Watson war, wie gesagt, ihre Haushälterin; sie ist kurz danach gegangen. Und so bin ich hergekommen: Mein Alter hat mich gebeten, ob ich nicht eine Weile aushelfen kann. Nur eine Woche oder zwei, hat er gesagt – und dann sind Jahre draus geworden. Er wollte selbst immer aufhören, mein Alter, weil er sechsundsiebzig war und ganz gebückt von der Gartenarbeit, und dann hat er eines Tages gleich für immer aufgehört, als er neben dem Rosenbeet tot umgefallen ist, das war vor drei Jahren. O ja, er hat für immer aufgehört. Und da war ich allein mit dem jungen Mr. Miller, denn so hat man ihn genannt, als sein Vater noch lebte, und sie sind nie miteinander ausgekommen, sein Vater und er. So verschieden wie Kreide und Käse. Ist jeden Tag ausgeritten, sein Vater: meistens betrunken wie eine Haubitze, und gespielt hat er wie einer, der den Verstand verloren hat. Dabei ist das Geld draufgegangen. Der junge Mr. Miller – ja, das war ein anderes Paar Stiefel. Seine Schwäche waren die Bücher. Natürlich ist es heute auch der Brandy, aber damals waren es nur die Bücher, weil er doch auf dieses

College in Oxford gegangen ist. Und dann hat er selbst die anderen unterrichtet. Und da muß etwas passiert sein. Ich weiß nicht, was, aber eines Tages landet er hier, zu Hause, und entschließt sich, zu bleiben. Und das war komisch, denn als er auf dieser Schule in Oxford war, da ist er kaum zu den Ferien heimgekommen. Seine Mutter ist oft hingefahren und eine Weile bei ihm geblieben. Ja, die beiden haben große Stücke aufeinander gehalten. Muß wohl so gewesen sein, denn als er für immer nach Hause kam, da sind sie oft miteinander spazieren gegangen, auf den Straßen und Wegen und übers Moor. Ich seh' sie noch, wie sie spaziert sind, Hand in Hand, als ob er ein kleiner Junge wäre, oder die beiden wären ein Liebespaar. Vielleicht wollte er ihr gegenüber was gutmachen, wegen Lizzie Wat...son.« Ihre Stimme wurde leiser, nachdem sie einen raschen Blick auf die Kinder geworfen hatte. »Na schön, und da seid ihr jetzt. Gehen wir hinaus in den Garten, oder in das, was einmal der Garten gewesen ist, und danach zeige ich Euch, was man in der Küche beachten muß. Ja, und das wär's dann.«

Tol Briston stand in der Küche und schaute hinüber zum Tisch, wo Riah mit erfahrenen Händen ein Kaninchen tranchierte. Sie hatte es mit einem Hackmesser entlang dem Rückgrat geteilt und schnitt jetzt die Läufe vom Rumpf, und er betrachtete ein paar Sekunden lang ihre Hände, bevor er fragte: »Habt Ihr Euch schon etwas eingelebt hier?«

Sie hob den Blick und lächelte dann, als sie antwortete: »Ja, Gott sei Dank, Ich kann es wirklich noch kaum glauben, denn gestern um diese Zeit war ich der Verzweiflung nahe.«

Jetzt konzentrierte er sich wieder auf ihre Hände, als er sagte: »Es ist nicht gerade ein besonders guter Job, ich meine, er kann Euch nicht viel bieten, aber Ihr werdet sehen, daß ganz gut mit ihm auszukommen ist. Ihr seid praktisch Euer eigener Herr, solange Ihr die Kinder von ihm fernhaltet. Das ist das wichtigste.«

»O ja, das werde ich.« Sie nickte ihm zu. »Mrs. Briggs hat es mir gesagt.«

Er hob den Blick und schaute ihr ins Gesicht, als er sagte: »Ich... Ich bringe Euch jeden Tag die Milch, und einmal im Monat eine Fuhre Holz. Er... Er kauft nicht viel Kohle. Aber ich finde auch ein Holzfeuer viel schöner als ein Kohlefeuer. Ihr kommt aus einer Grubengegend, da – da seid Ihr wohl eher an Kohle gewöhnt.«

»Ja. Ja, ich hab' immer Kohle genommen. Aber mit Holz komme ich bestimmt auch zurecht. O ja, ich komme zurecht, keine Sorge.« Ihr Lächeln war breit, und ihre Augen strahlten.

»Dann ist es gut«, sagte er.

Jetzt schaute er zu, wie sie die einzelnen Fleischstücke salzte, bevor sie sie in eine braune, irdene Schüssel legte, und als sie den Deckel auf die Schüssel gegeben hatte, sagte er: »Ihr bräuchtet eine Zwiebel und eine Karotte dazu.«

»Was?« Sie riß den Kopf rasch hoch, dann nickte sie. »O ja, ja. Davey hat schon ein Beet angelegt, und vom nächsten Frühjahr an werden wir auch Gemüse haben.«

»Dann glaubt Ihr, daß es Euch gefallen wird?«

Ihre Hände blieben ruhig; sie legte sie auf den Tisch, schaute ihn an, und ihre Stimme war kaum mehr als ein Flüstern: »O ja, das hoffe ich. Das hoffe ich sehr.«

Nach und nach breitete sich ein Lächeln auf seinem Gesicht aus, und er nickte zweimal, ehe er sagte: »Das ist gut. Es ist gut, wenn sich jemand eingewöhnen kann. Und... Und wenn Ihr Hilfe braucht – ich bin immer da.«

»Ich nehme es gern an. Vielen Dank.«

»Wir sind ja nun die nächsten Nachbarn, da – da sollt Ihr auch meine Schwester kennenlernen.«

»Eure – Eure Schwester?«

»Ja, ich lebe mit meiner Schwester.«

»Gewiß, ich möchte sie gern kennenlernen.«

Die Tür auf der anderen Seite der Küche öffnete sich, und Fanny kam herein. Sie war für die Fahrt angezogen, und ihre Stimme war leise und klang fast ein wenig traurig, als sie jetzt sagte: »Ich hätte nie gedacht, daß er so gerührt ist, wenn ich gehe. Es hat mir das hier geschenkt – schaut.« Sie streckte die Hand aus. »Ist das nicht wundervoll?« Es ist eine Brosche. Sie hat seiner Mutter gehört.« Jetzt standen ihr die Tränen in den Augen, und sie schluckte ein paarmal, bevor sie wiederholte: »Hätte nie gedacht, daß er so gerührt ist. Nun, und die ist bestimmt viel wert. Schau, Tol.«

Er nahm die Brosche, drei Efeublätter, deren Stiele zusammengedreht waren, und in der Mitte eines jeden Blattes war ein kleiner Stein. Er schaute sie lange an, bevor er sagte: »Ich glaube, das ist Gold, Fanny. Und die Steine, das könnten echte sein. Du mußt gut aufpassen auf die Brosche.«

»Bestimmt, bestimmt Tol. Und zu denken, daß er sie mir gegeben hat, wo er sie für gutes Geld hätte verkaufen können? Aber Gold oder nicht, echte Steine oder nicht, ich werde sie bestimmt nie verkaufen.«

»O nein, das darfst du auch nicht.« In Tols Stimme schwang ein schockierter Unterton mit.

Die alte Frau schüttelte den Kopf, dann wandte sie sich an Riah und sagte: »Ja, Mädchen, also, ich muß weg. Jetzt führt Ihr das Kommando, aber Tol wird mir immer sagen, wie es Euch geht. Und bevor das schlechte Wetter kommt, nimmt er mich vielleicht mal einen Tag mit herüber, damit ich Euch besuchen kann.«

»Das wäre schön.« Riah kam um den Tisch herum, nahm Fannys Hand und sagte: »Ich – ich werde Euch nie genug danken können für das, was ihr mir und meiner Familie getan habt. Wenn – wenn ich irgend etwas hätte, so kostbar wie diese Brosche, dann würde ich es Euch noch in dieser Minute geben. So groß ist meine Dankbarkeit für Euch.«

»Es war doch nichts. Es war gar nichts. Wenn ich Euch einen Gefallen erwiesen habe, dann habt Ihr mir auch einen erwiesen. Und vergeßt nicht, was ich Euch von dem Hasen gesagt habe.« Jetzt klang ihre Stimme wieder nüchtern und realistisch wie üblich. Sie zeigte auf den Ofen und sagte: »Stellt die Schüssel ganz unten hinein, und laßt sie über Nacht dort, dann ist der Hase morgen früh zart wie ein junges Hühnchen; er soll ihn ziemlich pünktlich um zwölf Uhr serviert bekommen. Und vergeßt nicht, was ich Euch über den Nierenfettpudding gesagt habe: Er mag ihn mit einer Kruste obendrauf, je härter, desto besser, und viel Fett in der Soße. Ich hab's Euch ja gezeigt.«

»Ja, und vielen Dank.«

Tol hielt ihr die Tür auf, und Fanny ging darauf zu; dennoch zögerte sie, zu gehen, drehte sich statt dessen noch einmal um, schaute Riah an und sagte: »Und vergeßt nicht, um sechs Uhr will er seinen Käse mit Brot, und das Obst geschnitten in einer Schüssel, und Sirup darüber, keinen Zucker, sondern Sirup. Und seht zu, daß sich die Kinder von ihm fernhalten.«

»Ich werde es mir merken.«

Riah fühlte, wie ihr ein Kloß in die Kehle gestiegen war; sie konnte die Gefühle der alten Frau nachempfinden, die sich trotz ihres Wunsches, endlich die Bürde der Arbeit los zu sein, nicht so leicht trennen konnte – sei es wegen dem Haus oder wegen dem Herrn.

Sie ging mit ihnen hinaus, stand dann allein im Hof und schaute dem Wagen nach, der über die freie Fläche und dann die Auffahrt hinunterfuhr. Als er nicht mehr zu sehen war, stand Riah noch immer da und schaute in die Richtung, in der er verschwunden war. Und nachdem sie sich endlich umgedreht hatte, ging sie nicht gleich zur Küchentür, sondern ließ die Blicke von dem einen Nebengebäude zum anderen schweifen; zusammen mit der Rückfront des Hauses grenzten sie auf drei Seiten den Hof ein. Dannn schaute sie an der Rückseite des Hauses entlang. Wie von vorn, war es auch hier etwas wie »Kraut und Rüben«, und dennoch entstand in Riahs Innerem ein höchst seltsames Gefühl, das Bedürfnis, beide Arme auszubreiten in einer Geste, als würde sie zu dem Haus sagen: »Ich kümmere mich um dich. Ich mache dich wieder zu dem, was du einmal gewesen bist. Du sollst strahlen und glänzen, und der Herr, Mr. Miller, soll es angenehm haben. Und die Arbeit hier wird den Kindern die Grundlage für einen guten Beruf geben.« Dann hüpfte sie geradezu vor Freude in die Küche und begann, ihrem neuen Herrn das Abendessen zuzubereiten...

Eine halbe Stunde später klopfte sie an die Tür zur Bibliothek. Erst sachte, dann, als sie nicht zum Eintreten aufgefordert wurde, etwas kräftiger, und als das ein gedämpftes Brummen hervorrief, öffnete sie die Tür und betrat den Raum.

Sie sah, daß der Herr vor einem anderen unaufgeräumten Schreibtisch saß, einen Unterarm darauf gestützt hatte, mit dem Körper darüber gebeugt war, und fortfuhr zu schreiben, während sie unentschlossen war, wo sie das Tablett abstellen sollte.

Er änderte weder seine Haltung, noch hob er den Kopf, aber mit der Hand, in der er die Feder hielt, deutete er auf eine Ecke seines Schreibtischs und sagte: »Stell es dort hin.«

Langsam und vorsichtig stellte sie das Tablett auf einen Stapel von Papieren und Büchern, aber da sie sah, daß es nicht gerade lag und daß die Schüssel mit dem Obst zu rutschen drohte, hielt sie die Hand unter das Tablett mit der Absicht, die Papierstapel ein bißchen zu glätten, worauf er zu ihr sagte: »Rühre hier um Himmels willen nichts an – laß es ruhig so.«

Sie tat, was man ihr befohlen hatte, hielt danan aber doch wieder die Hand hin, als die Schüssel zu rutschen begann, und das rief bei ihm ein Seufzen hervor. Er legte jetzt rasch die Feder weg und lehnte sich in seinem Stuhl zurück, dann, ohne sie dabei anzusehen, fragte er: »Hast du dir alles zeigen lassen? Dich schon ein wenig eingelebt?«

»Ja, ja, danke, Sir.«

»Fanny hat dir alles erklärt?«

»Ja, Sir.«

»Gut.«

Wieder begann er zu schreiben, und sie drehte sich um und ging zur Tür, wollte sie gerade öffnen, als er sagte: »Ich... Ich hoffe, du verstehst, daß ich nicht durch deine Kinder gestört werden will.«

Es dauerte eine Sekunde, ehe sie antwortete: »Ja, ich verstehe, Sir. Sie werden nicht gestört werden.«

Wieder sagte er: »Gut.« Und sie ging hinaus und schloß die Tür. Aber dann mußte sie einen Moment stehenbleiben und tief einatmen, bevor sie quer durch die Halle, durch die Küche und die Tür eilte, die in den Ostflügel des Hauses führte, wo sie Biddy und Maggie damit beauftragt hatte, zwei der Schlafzimmer zu säubern, was auch bedeutete, daß die Matratzen in die Sonne geschleppt und die fadenscheinigen Teppiche geklopft wurden.

Als sie hinkam, saßen die beiden auf einer Bettkante, und um lachend zu beginnen, sagte sie: »Ich habe euch doch nicht dabei erwischt, wie ihr euch vor der Arbeit drückt?«

»Iih, ich bin so müde, Ma.«

Riah schaute ihre sechsjährige Tochter an, dann legte sie eine Hand auf das braune Haar des Kindes und strich es von der verschwitzten Stirn nach hinten; dabei sagte sie: »Ja, das kann ich mir denken, Kleines, aber...« Sie schaute sich um. »Du hast deine Arbeit gut gemacht. Wahrscheinlich hast du alles getan, und Biddy hat nur dagesessen und dir zugeschaut.« Daraufhin lachten alle drei leise miteinander, und Biddy sagte ernst: »Ma, ich frage mich, wie lange es her ist, daß hier mal ordentlich saubergemacht wurde. Es wird eine Ewigkeit dauern, bis wir den ganzen Dreck aus dem Teppich raushaben.« Sie stampfte mit dem Fuß darauf. »Und hier, schau, in den Ecken hängen noch die Spinnweben. Wir sind da nicht hinaufgekommen. Man bräuchte eine Bürste, eine Bürste an einem Stiel, um sie zu erwischen.«

»Alles zu seiner Zeit.« Riah schubste sie auseinander und

setzte sich zwischen sie; dann umarmte sie beide und schaute erst das eine Kind, dann das andere an, ehe sie sagte: »Glaubt ihr, daß es euch hier gefallen wird?«

»O ja, Ma.« Biddy nickte heftig, während die kleine Maggie nur strahlte.

»Also schön.« Riahs Miene wurde wieder ernst, genau wie ihre Stimme, als sie jetzt leise, aber entschieden sagte: »Ich glaube, mir wird es auch gefallen. Aber ihr dürft eines nie vergessen, alle beide. Ihr dürft dem Herrn nicht in den Weg kommen und ihn in keiner Weise stören. Wenn ihr ihn zufällig seht, verdrückt euch. Vielleicht mag er keine Kinder. Aber vergeßt es nicht.« Sie hielt wieder inne, schaute von der einen zur anderen und fragte: »Was dürft ihr nicht vergessen?«

»Daß wir ihm nicht in den Weg kommen und nicht stören.«

Riah wandte sich an Maggie, und das kleine Mädchen sagte: »Daß wir unserem Herrn nicht im Weg stehen, Ma.« »Wirst du das auch befolgen?«

Jetzt nickten wieder alle beide, und Riah sagte: »Also gut, ihr könnt für heute aufhören mit der Arbeit. Habt ganz tüchtig geschuftet. Und du Biddy, geh hinaus in den Garten und sag den Jungen, sie sollen reinkommen. Aber sag ihnen, sie sollen leise sein. Und auch, was ich euch gerade gesagt habe. Es hängt alles davon ab, daß ihr dem Herrn nicht im Wege seid.«

»Ich sag' es ihnen, Ma.«

Als Biddy davonrennen wollte, streckte Riah die Hand aus und packte sie am Kragen ihres Kleidchens. »Und trample nicht herum. Lerne, ordentlich zu gehen.«

Biddy seufzte und ging dann, und Maggie schaute zu ihrer Mutter hoch und fragte: »Werden wir nie mehr herumtollen können, Ma?« Und Riah drückte das Kind an sich, lachte und antwortete: »Doch, natürlich dürft ihr das. Hier und da gehen wir hinaus auf die Felder, und da tollen wir dann alle herum und haben viel Spaß dabei. Was meinst du?«

Und als sie mit ihrer jüngsten Tochter hinausging, dachte sie: Ja, die Kinder müssen herumtollen, und ich muß mir fest vornehmen, ihnen jeden Tag ein bißchen Zeit zu geben, in der sie frei sind und spielen können, weil alle Kinder etwas Zeit zum Spielen brauchen.

4

Es kam die Woche vor Weihnachten. Seit Tagen war der Boden hart gefroren, und die Jungen konnten draußen nichts mehr tun. An diesem Morgen arbeiteten sie drüben bei den Ställen, wo sie die Wände kälkten. Sie waren schon seit drei Stunden dort, und Riah war auf dem Weg hinüber, um ihnen heiße Brühe zu bringen. Sie hatte ihren alten Mantel an und ein wollenes Tuch um den Kopf geschlungen, und nun steckte sie einen Blechnapf in jede ihrer Taschen, und nahm den Topf mit dem festen Deckel, öffnete die Küchentür und ging hinaus. Die scharfe Kälte raubte ihr den Atem, und sie war froh, als sie den Stall betrat, denn dort war es im Vergleich zu draußen warm. Die zwei Jungen hielten bei der Arbeit inne, wandten sich ihr zu, und der kleine Johnny sagte: »Ma, ich bin schon halb erfroren.«

»Du mußt deine Handschuhe anziehen«, erwiderte Riah, und der Junge darauf: »Die werden ganz voll Kalk und klebrig.«

»Darauf mußt du schon selbst aufpassen. Jetzt komm her und trink erst mal einen Schluck Brühe.«

Nachdem er seine Bürste weggelegt hatte, kam auch Davey zu seiner Mutter und blieb vor dem Futtertrog stehen, wo Riah die Blechnäpfe auf ein Brett gestellt hatte. Er lächelte sie an und fragte: »Wie sieht es aus?« Sie schaute die bereits fertigen Wände an. »Gut«, sagte sie. »Gut. Und es riecht frisch.«

»Aber nicht frisch nach Pferdemist. Weißt du was, Ma?«

»Nein. Was?« Riah schaute zu, wie ihr Sohn einen Schluck heiße Brühe trank, bevor er antwortete: »Ich wollte, der Herr hätte Pferd und Wagen, oder wenigstens ein Pferd. Es wäre wunderbar, wenn er ein Pferd hätte.«

»Wie stellst du dir das vor? Er kann es sich kaum leisten, uns fünf Mäuler zu stopfen, geschweige denn, ein Pferd zu füttern.«

»Komisch, Ma, ein Gentleman und kein Geld.«

»Etwas Geld hat er ja, wie ich dir sagte, aber es ist sehr wenig, und er denkt die ganze Zeit nach, wie er es strecken kann, damit es für alle reicht.«

Jetzt lachte Davey, reckte ihr das Gesicht entgegen und sagte: »Aber gestern hat er es nicht gestreckt, was, Ma?«

Sie verzog das Gesicht bei dem Versuch, ein unwillkürliches Lächeln zu unterdrücken, als sie sagte: »Nein, gestern vielleicht nicht. Jetzt trink deine Suppe aus, ich muß zurück, habe zu tun. Ich kann hier nicht den halben Tag herumstehen und quatschen.«

»Oh, Ma.« Johnny blickte zu ihr hoch, seine dunklen Augen blinzelten, und er sagte: »Ich würde so gerne im Haus spielen.«

Jetzt zog sie ihn zärtlich am Ohr. »Ja, ich glaube dir, daß du das möchtest, du Faulpelz.« Und obwohl sie liebevoll hinunterschaute auf ihren kleineren Sohn, wußte sie, daß in dem, was sie gesagt hatte, ein Körnchen Wahrheit steckte. Wann immer sich für Johnny die Gelegenheit bot, sich vor einer Arbeit zu drücken, tat er es. Er wollte immer noch spielen, als ob er ein kleines Kind wäre, dabei war er im vergangenen Monat schon acht geworden. Dennoch: War er denn mit acht nicht noch ein kleines Kind? Waren nicht alle vier im Grunde noch Kinder? Ausgenommen Davey vielleicht. Sie ließ ihren Blick zu dem anderen Sohn schweifen. Er hatte seine ältesten Sachen an, eine Mütze bedeckte sein blondes Haar, und seine Wangen waren mit weißer Farbe verschmiert, aber nichts konnte seine Schönheit verbergen, nichts das Strahlen der blauen Augen trüben. Es machte Freude, ihn anzusehen, und in den letzten Monaten hatte er anscheinend einige Zentimeter zugelegt. Sein Körper war schlank und aufrecht, und manchmal bereitete ihr sein Anblick geradezu schmerzliche Gedanken, denn sie konnte sich kaum vorstellen, daß etwas so Schönes aus ihr und Seth entstanden war. Sie war auf dem Weg nach draußen, als Johnnys Worte sie aufhielten, der ihr zurief: »Ich hab' heute morgen unseren Herrn gesehen, Ma.«

Sie wirbelte herum, mit finsterem Gesicht, und fuhr ihn an: »Ich hab's dir doch gesagt. Wo warst du?«

Davey antwortete an seiner Stelle und erklärte: »Ist schon gut, Ma, ist schon gut. Wir gingen quer durch den Garten, und der Naseweis hier hat sich zum Haus umgedreht.«

Er gab seinem Bruder einen Knuff. »Er sagt, daß er den Herrn gesehen hat, wie er uns vom Wohnzimmerfenster aus beobachtete, als wir die Treppe saubergemacht haben.«

»Hast du ihn auch gesehen?«

»Nein. Ich hab' dem Naseweis hier gesagt, er soll weiterarbeiten und sich nicht immer umdrehen.«

Sie ging einen Schritt auf Johnny zu, während sie fragte: »Und du bist sicher, daß du ihn so früh am Tage am Wohnzimmerfenster gesehen hast?«

»Ja, Ma. Und er war nicht angezogen, nicht für den Tag; er hat seinen Nachtmantel angehabt.«

Sie schaute die beiden Jungen einen Moment lang an, dann murmelte sie: »Na, na, na«, wandte sich ab und eilte über den Hof in die Küche. Dort nahm sie bedächtig Kopftuch und Mantel ab und dachte darüber nach. Es mußte gegen halb neun Uhr gewesen sein und kaum hell genug, daß er irgend etwas sehen konnte.

Jetzt lächelte sie, während sie sich selbst etwas Brühe einschenkte; der Herr schien die Kinder insgeheim zu beobachten, und das nach dem, was gestern abend geschehen war!

Es war erst die zweite Reise nach Newcastle, die er unternommen hatte, seit sie ins Haus gekommen waren, und es ging dabei darum, wie sie wußte, daß er seinen Anwalt aufsuchte und die Erträge seines kleinen Vermögens abholte. Seine Rückkehr freilich war von einigen Überraschungen begleitet, denn während er bei der ersten Fahrt von Tol nicht nur mit dem Wagen hergefahren, sondern auch ins Haus gebracht worden war, hatte er es diesmal allein geschafft, hatte sich bei Tol bedankt, unten am Tor von ihm verabschiedet und war auf eigenen Beinen zur Haustür gegangen. Nicht, daß er nüchtern aus der Stadt zurückgekommen wäre; er hatte schon einen kleinen Schwips, so daß er beim Gehen etwas schwankte, ohne jedoch richtig betrunken zu sein. Und kaum war er drinnen gewesen in seinen Räumen, als er auch schon nach Riah geläutet hatte. Es war die Wohnzimmerglocke, und er hatte vor dem Feuer gesessen und die Hände den Flammen entgegengestreckt, als sie den Raum betrat. Aber er hatte sich ihr nicht zugewandt, bis sie neben dem offenen Kamin stand und sagte: »Sie haben geläutet, Sir?« Und dann dauerte es einige Sekunden, ehe er erwiderte: »Ja, das habe ich, das habe ich, Maria; ich habe nach dir geläutet. Heute ist es sehr kalt draußen.«

»Ja, Sir, es ist sehr kalt«, hatte sie gesagt.

»Newcastle ist voll von Menschen. Ich war froh, nach Hause zu kommen.«

»Ich... Ich bin sicher, das waren Sie, Sir.«

»Die Geschäfte in der Stadt sind sehr prächtig geschmückt, Maria.«

»Wirklich, Sir?«

»Ja, das sind sie.« Er schaute sie noch immer nicht an, hatte die Hände noch immer nach dem Feuer ausgestreckt. Dann fuhr er fort: »Wenn man das sieht, wünscht man, ein reicher Mann zu sein – oder ein Straßenräuber.« Jetzt wandte er sich ihr zu, und zum erstenmal, seit sie sich kannten, wurde ihr bewußt, daß er dazu fröhlich blinzelte, und sie erwiderte das Blinzeln, lächelte und sagte: »Ich glaube nicht, daß Sie ein guter Straßenräuber wären, Sir.«

»Nein, wahrscheinlich nicht.« Er richtete sich jetzt auf und stützte die Hände auf die Knie. »Ich glaube, ich wäre in keinem Beruf besonders gut. Ja, ich weiß es sogar. Ich bin doch der lebende Beweis dafür, oder?« Und nun wandte er sich ihr ganz zu, und sie schaute ihn an, gab aber keine Antwort. Männer wurden mitunter weinerlich, wenn sie zuviel getrunken hatten; im nüchternen Zustand hätte er nie und nimmer so mit ihr gesprochen. Zudem war es das längste Gespräch, das sie in einem halben Jahr mit ihm geführt hatte. Als er das erste Mal von Newcastle zurückgekommen war, hatte er versucht, in der großen Halle zu tanzen, aber er hatte nicht mit ihr gesprochen, und am nächsten Morgen war er hinuntergegangen zum Fluß und hatte sich hineingeworfen. Er war früher oft in den Fluß gesprungen, wie er ihr sagte, dabei war das Wasser selbst an den heißesten Tagen ziemlich kalt, wie sie selbst von den wenigen Malen wußte, wo sie mit den Kindern unten gesessen und herumgeplanscht hatte.

Dann jedoch, am vergangenen Abend, hatte er sie noch damit überrascht, daß er ihr zwei Sovereigns gereicht und dazu barsch gesagt hatte: »Nimm das. Das ist eine Zulage für euren Tisch und so weiter an den Feiertagen. Gib es sparsam aus, denn mehr ist nicht da.« Und mit einem Hauch von Humor hatte er hinzugefügt: »Aber nimm es fest in die Hand, denn vielleicht verlange ich es morgen schon zurück. Man kann nie wissen, vielleicht ist meine Laune bis dahin vorbei, und ich bin wieder normal. Aber... Aber da ich noch nicht wieder normal bin ...« Er drehte sich abrupt um, nahm eine lange, bunte Papiertüte, die auf der Couch lag, streckte sie Riah hin und sagte: »Für deine Brut. Aber denk daran« – er drohte ihr mit dem Zeigefinger –, »das ist nicht etwa ein Durchbruch oder so etwas Ähnliches; ich will sie noch immer nicht sehen. Sie sollen mir aus dem Weg gehen. Hast du verstanden?«

»Ja, Sir.« Ihre Stimme war weich. »Und – danke, Sir. Es ist sehr gütig, daß Sie an die Kinder denken.«

Er war auf den Beinen und bellte sie geradezu an: »Ich denke nicht an sie, ich... Ich habe mich nur an die Vergangenheit erinnert.« Dann hatte er sich umgedreht und war hinausgestakt, und sie hatte dagestanden, die zwei Sovereigns in der einen Hand und eine bunte Tüte in der anderen. Als sie die Küche erreicht hatte, standen ihr die Tränen in den Augen.

Die Kinder hatten um den Tisch gesessen und gelesen, ihre abendliche halbe Stunde, auf der Riah bestand, seit sie sich hier einigermaßen eingewöhnt hatten, und jetzt war sie eine Weile vor ihnen stehengeblieben und hatte sie angeschaut, bevor sie die Tüte aufmachte. Dann hatte sie nacheinander vier lange, bunte Zuckerstangen herausgezogen, und die Kinder waren so überrascht gewesen, daß sie alle die Münder aufrissen. Behutsam hatte sie einem nach dem anderen eine Stange gereicht und gesagt: »Die hat der Herr für euch in Newcastle gekauft.«

Wie üblich war es Biddy gewesen, die als erste die Sprache wiedergefunden hatte. »Das ist nicht möglich. Das hat er nie getan«, hatte sie gesagt. Und ihre Mutter hatte sie angelächelt uund mit leiser, etwas belegter Stimme gesagt: »Doch, das hat er getan.«

Die vier Kinder hatten ehrfürchtig die gedrehten, bunten Stangen betrachtet, aber als Johnny dann herzhaft in die seine hineinbiß, schrie seine Mutter: »Du glaubst doch nicht, daß du die jetzt gleich aufessen darfst! Brich sie in drei Stücke, dann hast du mehr davon. Schau doch, wie lang sie ist! Ich habe noch nie eine so lange Zuckerstange gesehen, und noch nie eine, die so hübsch aussieht.«

»Ma, heißt das, wir können hinaufgehen und uns bei ihm bedanken?« fragte Biddy, wich aber augenblicklich zurück auf ihrem Stuhl, als ihre Mutter fast auf sie losging und mit gedämpfter Stimme sagte: »Nein, das heißt es nicht, Madam! Wenn du auch nur einen einzigen Schritt in diese Richtung machst, ziehe ich dir den Balg bei lebendigem Leib ab, hast du gehört? Es bleibt alles, wie es ist: Er will euch nicht sehen und will sich nicht von euch stören lassen.«

Aber Biddy, die sich von der Haltung ihrer Mutter wenig beeindruckt zeigte, murmelte: »Stören? Wir kommen ihm nicht auf Meilen in die Nähe. Ich bin neulich in die Büsche gesprungen, als ich ihn die Auffahrt heraufkommen sah.«

»Dann spring auch weiterhin in die Büsche und wage es nicht, dich ihm zu nähern. Ich habe dich gewarnt.« Danach wurde ihre Stimme weicher, und sie schaute von dem einen ihrer Kinder zum anderen und sagte: »Ihr seid doch gern hier, oder?« Und sofort nickten Johnny und Maggie. Aber Davey und Biddy sagten nichts, was Riah veranlaßte, die ältere Tochter anzubellen: »Na, und du?«

»Wir sehen hier keinen Menschen, nur Tol.«

»Sie hat recht, Ma« – Daveys Gesicht war ernst –, »wir sehen wirklich so gut wie niemanden.«

Sie ließ sich langsam am Kopfende des Tisches nieder, legte beide Hände darauf, von denen eine noch zur Faust geballt war, und sagte langsam und mit leiser Stimme: »Wir haben ein Dach über dem Kopf; wir haben zu essen, einfaches, aber gutes Essen; ihr habt Betten, wie ihr sie nie zuvor hattet, und ihr seid gesund. Was wollt ihr denn noch mehr?«

Und sie kannte die Antwort der Kinder, ohne sie gehört zu haben: Sie wollten ein bißchen Freude, ein bißchen Spaß, junge Leute, mit denen sie sich treffen konnten, vielleicht hier und da auf den Jahrmarkt. Seth hatte sie manchmal an den Feiertagen zum Jahrmarkt mitgenommen, aber hier gab es keine Feiertage. Ja, Riah hatte verstanden, wie sie sich fühlten.

Langsam hatte sie die Faust geöffnet und gleichzeitig die Hand in die Mitte des Tischs gleiten lassen, so, daß sie alle die zwei Sovereigns sehen konnten, und mit noch immer langsamer, aber ruhiger Stimme hatte sie gesagt:

»Er hat sie mir gegeben, damit wir ein bißchen feiern können an Weihnachten. Wir fahren alle nach Fellburn, vielleicht auch nach Gateshead Fell oder so, und dann kaufen wir uns das ganze Dorf.« Und als sie gesehen hatte, wie ihre Gesichter zu strahlen begannen, da hatte sie gedacht: Ich muß ihn um einen ganzen Tag Urlaub bitten.

Manchmal kam es Riah so vor, als ob sie Tol Briston zeit ihres Lebens gekannt hätte. Er war ein Freund geworden – ein Freund, wie es ihn nur einmal unter einer Million gab, sagte sie sich oft. Nichts war ihm zuviel Mühe. Er brachte das eine oder andere aus dem Dorf oder erledigte verschiedene Dinge in der Stadt, wenn er dort hin mußte, um den Arbeitern des Herrenhauses beim Transport von Lebensmitteln zu helfen. Er brachte die Milch und das Holz, als gehörte das zu seinen Pflichten. Er hatte auch in den vergangenen Monaten Fanny zweimal herübergefahren, und das war eine Freude für beide gewesen: Riah hatte der alten Frau zugehört und vieles erfahren über ihren Dienstherrn und seine jungen Jahre hier im Haus. Natürlich wußte sie, daß die Alte das alles nur aus zweiter Hand erfahren haben konnte, über ihren Mann, aber es hörte sich dennoch wahr und glaubwürdig an. Je mehr sie über ihn hörte, desto klarer wurde ihr, wie sehr ihr einsamer Herr seine Mutter geliebt haben mußte. Was Fanny freilich nicht wußte und was sie ihr also auch nicht sagen konnte, war der Anlaß, der diesen Mann zurückgetrieben hatte nach Hause und der ihn zu einem Einsiedler machte, aber irgend etwas mußte seinerzeit geschehen sein, was einen hochgelehrten, gebildeten, ansehnlichen Menschen, der er einmal gewesen sein mußte und noch immer sein konnte, wenn er sich zusammenriß, zurück in dieses Haus getrieben hatte, fort aus der Gesellschaft der Menschen. Eine zerbrochene Liebe? Höchstwahrscheinlich. Aber führte die dazu, daß man Kinder verabscheute?

Jedenfalls, morgen war Heiliger Abend, und heute

fuhren sie gemeinsam nach Gateshead Fell, um sich auf dem Weihnachtsmarkt etwas zu kaufen.

Sie hatte einige Mühe gehabt in den vergangenen drei Tagen, ihre Kinder davon abzuhalten, daß sie aus Vorfreude schrien und durch das Haus tobten. Es war ihr gelungen, ihr lautes Toben zu dämpfen, aber sie hatte nicht verhindern können, daß sie ständig herumliefen. Wo auch immer sie hinwollten, sie waren gerannt wie die Verrückten. Und jetzt saßen sie alle im Karren von Tol, in ihren Sonntagskleidern und mit den Wollmützen und Schals, die Riah und Biddy an den Herbst- und Winterabenden gestrickt hatten. Riah fühlte sich glücklich wie nie zuvor in ihrem Leben, als Tol ihr zuletzt hinaufhalf auf den Kutschbock; dann nahm er den Platz neben ihr ein und schrie: »Hüüh! Hüüh!«

Sie verließen den Hof und überquerten den Platz vor dem Haus, als Biddy sie hinten am Mantel zupfte, woraufhin sie sich umdrehte und zu ihrer Tochter hinunterbeugte, die ihr zuflüsterte: »Der Herr! Er steht am Fenster im oberen Stockwerk.«

Riah empfand das Bedürfnis, sich umzudrehen und zurückzuschauen zum Haus, beherrschte sich aber, hielt die Augen auf Biddy gerichtet und sagte: »Schau nach unten und benimm dich.« Dann, als sie sich wieder nach vorn gewandt hatte, sagte Tol, den Blick vor sich auf die Straße gerichtet: »Er scheint wieder wie früher zu werden.«

»Oh, das glaube ich nicht. Er kommt den Kindern nicht in die Nähe.«

»Ach, die Zeit ist jung, es ist noch so viel Zeit. Und ich merke es deutlich, du hast ihn irgendwie verändert: Neulich habe ich ihn gesehen beim Spazierengehen, und er war ganz munter, frisch rasiert und trug einen Mantel, der nicht aussah, als ob er eine Woche darin geschlafen hätte.«

Sie lachte jetzt leise und erwiderte dann: »Ich kümmere mich im stillen um seine Sachen, bügle sie, stärke die Halstücher, die Kragen und so weiter.«

»Du bist wirklich ein Segen für ihn. Fanny hat getan, was sie konnte, weiß Gott, aber auch an ihren guten Tagen war das nicht genug. Sie hat nie Talent gehabt zur Hausarbeit, unsere Fanny. In ihrem eigenen Haus sieht es aus wie auf dem Flohmarkt, aber sie ist glücklich darin und zufrieden, und das ist die Hauptsache. Man kann auch zu sauber und ordentlich sein.«

»Meinst du?« Ihre Stimme hatte sich bei dieser Frage erhoben, weil sie fühlte, daß er sie damit kritisierte. Dann erklärte er, wie er es gemeint hatte: »Ja, in gewisser Weise ja, dann, wenn es nicht mehr der Bequemlichkeit dient. Die Art, wie du das Haus saubermachst, dient der Bequemlichkeit, aber es gibt manche, die würden es am liebsten vermeiden, daß auch nur ein Flöckchen Asche vom Feuer fällt, weil das die Ordnung im Kamin stört.«

Jetzt lachte sie und dachte: Aha, das ist es also – so ist seine Schwester.

Sie hatte Annie Briston erst viermal gesehen. Annie war eine Frau Mitte dreißig, sah aber viel älter aus. Sie hatte ein hübsches Gesicht und eine angenehme Stimme, und da sie Tols Schwester war, hatte Riah angenommen, daß sie sie auf der Stelle gern haben würde, aber irgendwie schien das nicht möglich zu sein.

Wenn sie mit Fanny beisammen war, plapperte sie so fröhlich und unbeschwert vor sich hin, daß sie oft lächeln und denken mußte, man brauchte gar nicht weit zu suchen, wenn man sich fragte, woher Biddy ihr Temperament hatte. Aber in Anwesenheit von Annie Briston brachte sie nur gezwungene Freundlichkeiten heraus und war auf korrekte Weise höflich. Bei ihren ersten beiden Begegnungen war die Frau ihr gegenüber recht aufgeschlossen gewesen, aber bei den beiden letzten Malen hatte Riah deutlich eine Änderung in ihrer Haltung gespürt. Sie hatte viel von Tol gesprochen. Erzählte, daß sie eine gute Stellung aufgegeben hatte, um nach Haus zu kommen und sich um ihn kümmern zu können, nachdem ihre Mutter vor acht Jahren gestorben war. Gestern, bei ihrer bisher letzten Begegnung, hatte sie Riah zwei Stoffpuppen für die Mädchen gegeben, als Weihnachtsgeschenke, und eine hölzerne Wiege, die Tol für Maggies Puppe gezimmert hatte. Sie hatte auch ganz beiläufig bemerkt, daß sie Tol sehr vermissen würde, wenn er erst verheiratet sei und in Rowdip wohnen würde.

Riahs erste Reaktion auf diese Neuigkeit war sprachlose Überraschung gewesen. Und dann hatte sie sich gefragt, warum es sie eigentlich überraschte. Es war ein Wunder, daß ein gutaussehender, umgänglicher Mann wie Tol so lange ohne Frau gelebt hatte, und sie hoffte, er hatte sich eine gewählt, die seiner würdig war, denn er war ein guter Mann. Sie würde ihn vermissen, nicht nur, weil er ihnen gegenüber stets hilfreich war und die Milch und das Holz ins Haus brachte...

Jetzt, auf der Fahrt zum Weihnachtsmarkt, sagte sie: »Bevor ich es vergesse: Ich möchte dir viel Glück für die Zukunft wünschen.«

Er zupfte am rechten Zügel, lenkte das Pferd um eine Kurve und sagte »Vorsicht, Vorsicht«, bevor er einen Blick auf sie warf und fragte: »Warum möchtest du mir Glück für die Zukunft wünschen?«

»Nun – für deine Heirat.«

»Heirat?« Er zog scharf an den Zügeln, daß das Pferd stehenblieb, dann wandte er sich ihr zu und fragte: »Was für eine Heirat denn?«

»Ach.« Sie wußte, daß sie rot geworden war, und nun murmelte sie: »Nun, vielleicht habe ich sie falsch verstanden, deine Schwester. Sie hat mir gegenüber so getan, als würdest du in Kürze heiraten, und... Ja, und du würdest wegziehen von hier.«

Er starrte sie an, und sie erwiderte seinen Blick, aber er sagte nichts, zumindest bis er wieder nach vorne schaute, und als er dann sprach, klang es wie ein ärgerliches Knurren. »Ich denke nicht daran, zu heiraten.«

»Entschuldige – dann habe ich wohl einen Fehler gemacht.«

»Du hast keinen Fehler gemacht.« Seine Stimme war ausdruckslos. »Wenn ich einmal daran denke, zu heiraten, werde ich es dir rechtzeitig sagen.«

»Ach, das ist doch nicht nötig.« Sie war ärgerlich, und zwar sowohl über seine Schwester als auch über die Haltung, die er jetzt ihr gegenüber einnahm, und fügte hinzu: »Es hat nichts mit mir zu tun. Ich habe es nur aus Höflichkeit gesagt.«

»Ja, das weiß ich.« Wieder hatte sich sein Ton geändert. »Aber Annie hatte nicht das Recht, dir einen solchen Eindruck zu vermitteln.«

Sie war immer noch ärgerlich, als sie jetzt antwortete: »Nun, so etwas sagt man ja wohl nicht, wenn man keinen Grund hat dafür.«

»Sie hat nicht den geringsten Grund, außer daß ich gelegentlich eine Familie in Rowdip besuche. Die Tochter heißt Betty, aber sie wird gerade erst neunzehn; ich bin manchmal mit ihr auf die Jahrmärkte gefahren, manchmal auch zu Pferderennen und so. In Rowdip gibt es nicht viele Vergnügungen. Und ihre Eltern sind schon ziemlich alt. Aber ihre Mutter und meine Mutter waren jahrelang miteinander befreundet, und ich kenne Betty, seit sie in den Windeln gelegen hat. Aber weil wir schon vom Heiraten reden: Eigentlich sollte ich schon seit vielen Jahren verheiratet sein. Ich habe einem Mädchen den Hof gemacht, als meine Mutter starb. Annie kam her, zur Beerdigung, und hat sich entschlossen, zu bleiben. Ich konnte nichts dagegen tun, es war schließlich ihr Elternhaus. Aber meine Zukünftige ist nicht mit Annie ausgekommen. Mit ihr in einem Haus zu wohnen – drei Zimmer und eine Küche sind nicht groß genug, daß dort zwei Frauen regieren können –, das wäre niemals gutgegangen, also hat sie mir den Laufpaß gegeben und gesagt, daß sie sich unter den Umständen lieber einen anderen Mann suchen will.«

»Das tut mir leid.«

»Ach, mir nicht – wie sich herausgestellt hat. Es ist

seltsam« – seine Stimme war jetzt sehr hell –, »ja sogar ein bißchen komisch, wie sich die Dinge manchmal entwikkeln und wie man sich verändert... Genau wie es vorkommt, daß kleine Dinge, die einem bedeutungslos erscheinen, plötzlich ganz wichtig werden können. Mein Vater hat manchmal gesagt, bei jeder wichtigen Begegnung kommt es zu einer großen Schlacht, und damit hat er recht. Das kann man eigentlich auf alles anwenden.«

Jetzt wechselte er abrupt das Thema, hob die Peitsche, zeigte damit nach oben und sagte: »Da, schau dir den Himmel an. Ich bin zwar so gut wie gar nicht gereist, aber ich glaube nicht, daß es irgendwo auf dieser Welt einen Himmel gibt, so wie hier. Das Feuer der Sonne, würde man denken, sollte die Erde erwärmen, aber der Himmel ist so weit und der Horizont ist so tief, daß ihre Flamme, wenn sie uns erreicht, schwach ist wie ein Kerzenlicht.«

Sie hatte sich jetzt ganz ihm zugewandt und sagte leise: »Das war sehr schön.«

»Was war schön?« Er schaute sie an.

»Was du gesagt hast.«

Jetzt schaute er ihr in die Augen. »Was ich gesagt habe? Mit der Sonne, und so?«

»Ja, es ist wie etwas, daß ich in einem Buch gelesen habe.«

Wieder schaute er geradeaus, und es dauerte eine Weile, ehe er zu sprechen begann; dann sagte er mit leiser Stimme: »Ja, man hat mir gesagt, daß du lesen kannst. Nicht nur du, auch deine Kinder. Das ist erstaunlich. Und ich, ein erwachsener Mann, kann nicht einmal meinen eigenen Namen schreiben. Trotzdem ist mein Kopf voll von Ideen, die meine Gedanken lebhaft und bunt werden lassen.«

Sie beugte sich jetzt zu ihm hinüber, und auch ihre Stimme war leise. »Ich werde es dir beibringen, Tol«, sagte sie. »Ich hätte es dir nicht vorzuschlagen gewagt, aber ich bringe es dir bei.«

»Ach, das schaffst du nie. Ich kann das nicht. Und was sollte es mir jetzt noch nützen?« murmelte er.

»Guter Gott!« entgegnete sie mit einem Unterton von Ungeduld. »Du bist jung, du... Du hast noch gut und gern vierzig Jahre vor dir, und denk an das, was du alles in vierzig Jahren durch das Lesen lernen könntest. Selbst in den letzten Monaten habe ich immer geübt, wenn ich am Abend ein bißchen Zeit hatte, und versucht, mich zu verbessern. Jetzt könnte ich einen Brief so gut schreiben wie Biddy, ich bin sicher.«

»Biddy kann Briefe schreiben?«

»Ja – o ja. Biddy ist schlau. Ich glaube, sie ist die Klügste von uns allen. Die anderen können auch lesen und schreiben und kennen die Zahlen, aber Biddy denkt; sie versucht, das eine aus dem anderen zu entwickeln.« Ihre Stimme war leise gewesen; jetzt wandte er sich ihr zu, und auch seine Stimme blieb leise, als er, ein Lächeln auf den Lippen, zu ihr sagte: »Ich glaube, sie ist etwas Besonderes, deine Biddy. Die bringt es noch mal weit.«

Sie lehnte sich zurück, und als sie sprach, war es so, als ob sie jemandem eine Frage stellte, der gar nicht da war: »Aber wohin?« sagte sie. »Wohin wird es sie schon bringen? Hätte sie eine Chance? Sie wird ihr ganzes Leben lang für andere waschen und putzen müssen.«

Als ob Biddy ihren Namen gehört hätte, hob sie den Kopf, und mit ihrer hohen Stimme fragte sie: »Weißt du was, Ma? Weißt du, was ich kaufe, wenn ich nach Gateshead Fell komme?«

»Nein. Ich weiß nicht, was du kaufen wirst. Was denn?«

»Ein Bündel Pfeifenreiniger.«

»Ein Bündel Pfeifenreiniger? Wofür denn?«

»Als Geschenk für unseren Herrn.«

»Sei nicht albern, Kind, unser Herr raucht gar nicht.«

»Das weiß ich, aber er sollte rauchen. Es würde ihn beruhigen wie meinen Dad, und wenn er sie sieht, kommt er vielleicht auf den Gedanken, sie auch zu benützen.«

Jetzt schaute sie vom einen zum anderen, während ihre Mutter und Tol einen Blick tauschten und dann plötzlich vor Lachen herausplatzten. Und als sie sich ebenfalls lachend wieder auf ihren Platz im Wagen gesetzt hatte, schaute Davey sie an, schüttelte den Kopf und sagte: »Also, manchmal glaube ich, sie sitzt ganz oben auf der Stange, unsere Biddy.« Und als Antwort darauf nickte sie ihm fröhlich zu und sagte: »Ja, ich weiß. Aber dort oben sieht man viel mehr von dem, was wirklich vor sich geht.«

Jetzt lachten sie alle. Biddy wußte, daß die beiden Jüngeren keine Ahnung hatten, worüber gelacht wurde, aber sie wußte auch, daß sie eben lachten, weil sie fröhlich waren. Jeder war fröhlich. Morgen war Weihnachten; sie fuhren nach Gateshead Fell; sie hatten Geld zum Ausgeben, und ihre Mama sah wundervoll aus: So war alles fröhlich, so fröhlich wie die Glocken, die am Sonntagmorgen läuteten. Fröhlich. Glücklich.

5

Heute war Weihnachten, und morgen, am zweiten Feiertag, wurde sie siebenundzwanzig Jahre alt. Sie erinnerte sich an die Weihnachtsfeste, seit sie vier Jahre alt war, aber noch nie hatte sie eines wie dieses erlebt: so voll köstlicher Aufregungen und dennoch so friedlich. Gestern, am Heiligen Abend, hatten sie drei Gäste gehabt, wenn man Tol dazuzählte. Die beiden anderen waren Pfarrer Weeks gewesen und eine Fremde, eine korrekt gekleidete Frau, die wie eine Lady aussah, dann aber doch nur, wie sich herausstellte, die Zofe einer Lady war. Das war natürlich auch schon etwas. Sie war aus dem großen Haus, das »The Heights« hieß, eine gute Meile hinter dem Dorf lag und, wie Riah von Tol wußte, der Familie Gullmington gehörte, die es auch bewohnte.

Miss Hobson, wie Riah weiter erfahren hatte, war Zofe bei der Mutter des derzeitigen Hausherrn, und ihre Herrin war eine große Persönlichkeit, hoch in den Siebzigern. Außerdem hatte Riah erfahren, daß Miss Hobson früher in diesem Haus eine Stellung gehabt hatte, nicht als Zofe, sondern als Hausmädchen in der Ausbildung – damals war sie vierzehn Jahre alt gewesen. Mit sechsundzwanzig war sie als erstes Zimmermädchen nach »The Heights« gegangen, und das war sie fünfzehn Jahre geblieben, bis Madam Gullmington, die ihre Zofe verloren hatte, sie für diesen Posten auswählte. Aber mindestens einmal im Jahr hielt es Miss Hobson für ihre Pflicht, hierherzukommen und Mr. Percival zu besuchen, denn sie hatte ihn, wie sie sagte, schon wenige Minuten nach seiner Geburt gesehen, und seitdem habe sie nun mal eine Schwäche für ihn.

Riah hätte ihr gern Fragen gestellt im Hinblick auf ihren Herrn. Aber Miss Hobson war so vornehm und ihr Benehmen so korrekt, daß Riah das Gefühl hatte, als gehöre sie selbst zu der großen Familie, und sie war klug genug, zu wissen, daß man so vornehmen Persönlichkeiten keine Fragen stellte.

Aus eigenem Antrieb hatte sie das Tablett besonders schön gedeckt, wobei sie die besten Tassen aus dem Schrank im Eßzimmer benützte, hatte sogar die Teekanne vor dem Abgießen des Tees angewärmt, und als sie damit in Mr. Millers Wohnzimmer kam, wo sich der Herr mit seinem Gast unterhielt, wußte sie, daß er überrascht war wegen ihrer aufmerksamen Geste, aber nicht verärgert. Sie merkte auch, daß Miss Hobson überrascht war, zum Beispiel, weil Riah das Tablett so ordentlich gedeckt hatte, doch dazu wäre sie nie in der Lage gewesen, wenn sie nicht ganz hinten in einer Kommodenschublade ein Buch gefunden hätte mit dem Titel *Die korrekte Haushaltsführung*. Darin wurde auf alles eingegangen, was man zur Führung eines großen Haushalts wissen mußte, von der Hufschwärze für die Pferde und wie man sie anfertigte, bis zur obligaten Frage nach den Wünschen der Mistress, bevor man sich in sein Zimmer zurückzog. Am Ende des Buches gab es eine Anzahl von Seiten mit Dingen, die man tun, und solchen, die man lassen sollte, und eines von den letzteren lautete: Begehe nie den Fehler, einem Gast, der vor drei Uhr nachmittags eintrifft, Gebäck oder Kuchen zu einer Tasse Tee anzubieten. Es hieß dort auch, daß das beste Teeservice nur aus Tassen und Untertassen, ohne Teller, bestehe. Überdies sollte man, wenn es erforderlich war, den Gästen Süßigkeiten anzubieten, darauf achten, daß diese köstlich und von leichter Beschaffenheit waren. Und eine Fußnote in diesem Kapitel erinnerte den Leser daran, daß nur die gewöhnlichen Leute eine Mahlzeit aus Sandwiches, süßen Brötchen und Gebäck zusammenstellten.

Zum Teil hatte sie die Lektüre des Buches sehr amüsant gefunden, ja, es war ihr mitunter wie ein Scherzbuch vorgekommen, vor allem, wenn Biddy ihnen laut daraus vorlas, was sie oft zur Übung tat, und wenn sie ihre Lektüre mit Grimassen begleitete, die alle zum Lachen brachten – manchmal so laut, daß Riah sie zum Stillsein auffordern mußte, während ihr selbst vor Lachen die Tränen über die Wangen liefen.

Eines hatte sie zutiefst enttäuscht beim Besuch von Miss Hobson: Die Zofe hatte keinerlei Bemerkungen gemacht über die Veränderungen im Haus, und dabei mußte sie doch bemerkt haben, daß jetzt alles ganz anders aussah.

Dann war Pfarrer Weeks gekommen. Er war ein sehr herrischer Mann, dieser Pfarrer Weeks, und er war über eine Stunde mit dem Herrn in der Bibliothek geblieben. Und als er aufbrach, hatte er sich an Riah gewandt und gefragt: »Na, sehen wir uns dann alle morgen früh in der Kirche?« Und nach kurzem Zögern hatte sie geantwortet: »Ich möchte die Kinder gern hinschicken, fürchte aber, daß ich selbst nicht daran teilnehmen kann.«

»Gut, dann schickt die Kinder«, hatte er gesagt.

Wieder hatte sie gezögert, ehe sie sagte: »Vorausgesetzt, das Wetter hält sich, und es fängt nicht an zu schneien, Sir.«

»Oh, das Wetter hält sich«, hatte er obenhin geantwortet, »und der Spaziergang wird ihnen guttun. Sie müssen sie schicken, Ma'am. Sie müssen.«

»Ja, Sir.«

»Und auch danach an jedem Sonntag. Haben Sie gehört?«

»Ja, Sir.«

Percival Miller war während dieses Gesprächs in der Nähe gewesen, hatte aber nichts dazu gesagt, sondern nur dagestanden, die Hände auf dem Rücken, den Kopf leicht geneigt und den Blick auf die Schuhspitzen gerichtet. Riah schaute ihn kurz an, bevor sie sich abwandte. Es war, als ob ihm allein das Erwähnen der Kinder schon unangenehm genug gewesen wäre...

Aber dann war er da, der Morgen des Weihnachtstages. Die Kinder waren zur Kirche gegangen, und sie hatten nicht die eine Meile hin und zurück zu Fuß gehen müssen, weil Tol, der gute Geist des Hauses, gekommen war und sie abgeholt hatte. Riah hatte ein Feuer im Wohnzimmer und eines im Eßzimmer gemacht, und dort hatte sie den Tisch für den Herrn gedeckt, wie es sich gehörte, hatte sogar ein paar Stechpalmenzweige auf das gestärkte weiße Tischtuch gelegt. Es war ein runder Eßtisch, und sie hatte die Sachen auf dem ganzen Tisch ausgebreitet, nicht nur an dem einen Ende, wie sie es sonntags machte, am einzigen Tag, wo der Herr seine Mahlzeiten im Eßzimmer einzunehmen pflegte; an den Wochentagen servierte sie ihm auf dem Tablett in der Bibliothek. Oft fragte sie sich, wann er den Raum nachts verlassen und ins Bett gehen mochte. An manchen Abenden blieb er ganz dort, denn sie hatte sein Bett schon mehrmals unberührt vorgefunden. Das waren die Morgende, an denen sie wieder nach unten gekommen war mit seinem Teetablett und ihn schlafend auf der Couch in der Bibliothek vorgefunden hatte, und die Bücher rings um ihn verstreut. Das war offenbar das einzige, wofür er lebte: Bücher. Er tat ihr leid, und sie bedauerte ihn zutiefst. Ja, sie wünschte, etwas für ihn tun zu können, um ihn aus seiner Verzweiflung zu reißen, in der er sich zu befinden schien. Und sie verstand die volle Bedeutung des Wortes »Verzweiflung«, weil es im *Pilgrim's Progress* vorkam und Seth ihnen die Stelle mehrmals vorgelesen hatte.

Sie hatte zwei Gläser gedeckt, eines für Wein und eines für Wasser, und davor hatte sie die Weinflasche gestellt, die ihr Weihnachtsgeschenk für den Herrn war. Aber sie fragte sich, ob er dazu überhaupt etwas bemerken würde.

Jetzt schaute sie sich noch einmal prüfend um. Alles war bereit. Das Essen brauchte nur noch serviert zu werden. Sie wußte, daß er erst vor kurzem von seinem Spaziergang zurückgekommen war. Er machte in diesen Tagen lange Spaziergänge und war oft den halben Tag aus.

Am Ende des Eßzimmers hing ein großer Dielenspiegel, und sie blieb einen Moment davor stehen und strich sich das Haar aus der Stirn. Sie trug kein Häubchen, besaß gar keines, und er hatte nicht darauf bestanden. Aber heute hatte sie ihr Sonntagskleid angezogen und darüber eine große, weiße Schürze. Als sie die Schürze über die Hüften strich, sagte sie sich, daß sie recht passabel aussah; dann eilte sie hinaus in die Küche, wo sie von den Kindern begrüßt wurde. Sie hatten bereits ihre Wintersachen ausgezogen, die sie beim Kirchgang angehabt hatten, und sprangen um sie herum, wobei alle gleichzeitig auf Riah einredeten.

Sie brachte sie zum Schweigen und sagte: »Einer nach dem anderen! Einer nach dem anderen! Na, wie war es?« Dann schaute sie Davey an, und der antwortete: »Es war sehr schön, Ma, und das Singen war besonders schön.«

»Und die Kirche war geschmückt«, ergänzte Biddy. »Und – oh, Ma, es war wundervoll. Und da war eine Hütte wie ein Stall, mit Stroh und Eseln und, oh, Ma –«

Biddys Lippen begannen zu zittern, und Maggie fügte hinzu: »Da war eine Krippe wie meine, Ma, die mir Tol gemacht hat, nur daß meine besser ist.«

»Ma«, das war wieder Davey, der sprach, und seine Stimme schien die anderen zum Schweigen zu bringen, als er sagte: »Wir haben ihn gesehen.«

»Den Herrn?«

»Ja, ganz aus der Nähe. Er... Er ist auf der Straße dahingegangen, und Tol hat den Wagen angehalten und mit ihm gesprochen.«

»Was hat er denn gesagt?«

»Tol? Ach, er hat über das Wetter geredet, und ob es bald schneien wird.«

»Und was hat der Herr gesagt?«

»Er hat Tol zugestimmt, und er hat gesagt, es kann jederzeit anfangen damit.«

»Ma –«, Riah richtete ihre Aufmerksamkeit wieder auf Biddy, und die erklärte: »Er hat uns angeschaut.«

»Hat er?«

»Ja, einen nach dem anderen. Es war komisch, wie er uns angeschaut hat...«

»Wie denn?«

»Ach, ich weiß nicht. Aber nicht böse, nicht so, als ob er uns nicht leiden könnte. Ich weiß nicht, wie er uns angeschaut hat. Es war höchstens eine Minute, und dann ist er weitergegangen.« Riah starrte die Kinder einen Augenblick lang an, dann sagte sie: »Also dann, geht hinüber in das andere Zimmer, aber seid nicht so laut. Das Feuer brennt, der Tisch ist gedeckt, und ich bringe euer Essen in ein paar Minuten.«

»Oh! Schweinebraten!« Johnny hüpfte von einem Bein auf das andere. »Und Röstkartoffeln!«

»Geht schon, ihr verfressenen Mäuler!« Sie schubste ihn und die anderen auf die Tür zu, dann nahm sie das Fleisch aus dem Bratrohr.

Sie hatte gerade das große Tablett gedeckt, mit drei Gemüseschüsseln, der Saucière und der Fleischplatte, auf der Scheiben vom Schweinebraten und Stücke vom gebratenen Feldhasen mit seinem Lieblingsgericht, gebackenen Klößen, angerichtet waren, als eine der zehn Messingglokken über der Küchentür klingelte. Gebeugt unter dem Gewicht des Tabletts verließ sie die Küche.

Vor dem Eßzimmer stellte sie das Tablett auf einen Seitentisch, öffnete dann die Tür, nahm das Tablett und betrat den Raum.

Er saß beim Kamin und sagte kein Wort, während sie die Schüsseln und Platten auf dem Tisch arrangierte, doch er beobachtete sie dabei. Als sie fertig war, sich umgedreht hatte, ihn anschaute und sagte: »Ich hoffe, daß Ihnen das Mahl schmeckt, Sir«, schaute er sie noch einen Moment lang schweigend an, dann richtete er den Blick auf Tisch und sagte: »Der Wein. Das war sehr aufmerksam von dir, Maria, aber du solltest nicht das Haushaltsgeld für so etwas ausgeben.«

Ihr Kinn bewegte sich leicht, als sie erwiderte: »Ich habe nicht das Haushaltsgeld dafür benützt, Sir; es ist mein – unser Geschenk für die Güte, mit der Sie uns aufgenommen haben.«

Sie sah, wie er die Augen aufriß, während er von seinem Sessel aufstand, um zum Tisch zu gehen, sich dort setzte, die Flasche nahm, hochhob, anschaute und sagte: »Es ist guter Wein. Darf ich fragen, was du dafür bezahlt hast?«

Sie zögerte einen Augenblick, bevor sie sagte: »Einen Shilling neun Pence, Sir.«

Als er die Flasche wieder auf den Tisch gestellt hatte, blieb seine Hand noch darauf, und er wiederholte: »Ein Shilling neun Pence. Fast die Hälfte dessen, was ich dir in der Woche an Lohn bezahle. Du bist sehr gütig... Ich danke dir, Maria. Und darüber hinaus« – jetzt schaute er sie an –, »darf ich dir meinen längst fälligen Dank aussprechen für die Art und Weise, in der du mir das Haus führst. So ist es seit vielen, vielen Jahren nicht mehr gewesen; du hast Bequemlichkeit und Komfort wieder bei uns einziehen lassen.«

Sie wußte, daß sie rot geworden war, und stotterte leicht, als sie sagte: »Ich... Ich – ich bin sehr froh, daß Sie das sagen, Sir.«

»Ja, und es ist meine Überzeugung. Es ist sehr gut.«

Als danach ein paar Sekunden lang Schweigen herrschte, schaute sie auf den Tisch und sagte rasch: »Ihr Dinner wird kalt, Sir. Darf ich Ihnen vorlegen?« Und er antwortete: »Nein. Nein, danke; ich – ich kann das schon machen. Vielen Dank.« Darin lag ein Ton, der ihr sagte, daß das Gespräch damit zu Ende war, und sie wollte sich schon umdrehen, als er mit leiser Stimme sagte: »Du hast sehr hübsche Kinder, Maria.«

Ihr Gesicht rötete sich noch mehr, und sie lächelte ihn dazu an. »Danke, Sir«, sagte sie. »Ich bin froh, daß wir Ihnen gefallen.«

Er war dabei, sich ein Stück Hasenbraten auf den Teller zu legen, als er fortfuhr: »Wie kommt es, daß der ältere Junge so blond ist, während die drei anderen dunkles Haar haben?«

»Er schlägt seinem Großvater nach, Sir, der aus Schweden gekommen ist.«

»Ach, tatsächlich? Ein hübscher Junge. Es sind alles hübsche Kinder.«

Sie sagte noch einmal: »Danke, Sir.« Und als er schwieg, drehte sie sich rasch um und ging hinaus. Aber in der Halle vorschränkte sie die Hände und preßte sie in den Nacken. Er würde die Kinder anerkennen, und bald würden sie sich frei bewegen können. Was auch immer er gegen Kinder im allgemeinen haben mochte, es schien nachzulassen; sie fühlte es deutlich. Oh, was für ein wunderbares Weihnachtsfest! Und es war noch lange nicht zu Ende, denn am Nachmittag wollte Tol vorbeikommen und mit den Kindern Tee trinken... Tol. Sie schloß einen Moment die Augen, und ein Lächeln breitete sich über ihr Gesicht aus, das freilich rasch ausgelöscht wurde, als eine innere Stimme schrie: Nichts davon! Nichts davon! Nicht jetzt: Seth noch kaum im Grab, und

Tol, ein jüngerer Mann – und du hast vier Gören am Hals! Sei vernünftig, Weib, verlier nicht den Kopf. Verpatz dir nicht alles.

Als ob sie der Stimme in ihrem Inneren antwortete, sagte sie jetzt laut: »Nein, nein; ich darf nicht alles verpatzen. Ich nehme das, was sich mir bietet, und bin dankbar dafür.« Dann eilte sie in die Küche.

6

Der Winter war lang und hart gewesen. Dennoch, wenn man zurückblickte, war er rasch vergangen; vermutlich deshalb, weil Riah so viel zu tun hatte. Inzwischen war jeder Raum des Hauses vom Boden bis zur Decke gesäubert worden. Soweit es noch möglich war, hatte sie Gardinen und die Tagesdecken der Betten gewaschen. Sie hatte auch die verschlissenen Bezüge sorgfältig ausgebessert und dazu bunte Seidenfäden aus einer Schachtel von Nähseiden benutzt, die sie in einer Schublade in Mrs. Millers Zimmer gefunden hatte. Die frühere Lady des Hauses hatte offensichtlich eine Menge Zeit darauf verwendet, Wandteppiche und Dekorationsstoffe zu besticken; darauf gab es viele Hinweise in Form von Stuhl- und Sesselüberzügen.

Abends, wenn sie zu Bett ging, war sie oft zu müde zum Schlafen, lag dann noch lange wach und überdachte das, was sie tagsüber getan hatte, vor allem an den Tagen, wo Tol – meist in den Abendstunden – zu seinen Lektionen herübergekommen war. Er machte gute Fortschritte und konnte inzwischen nicht nur seinen Namen und seine Adresse schreiben, sondern auch über fünfzig zweisilbige Wörter buchstabieren. Seine Fortschritte waren weniger auf seine Bemühungen oder auf seine Aufnahmefähigkeit zurückzuführen als auf Biddy, die jetzt fließend aus der Bibel lesen konnte, und nicht nur das, sie war sogar in der Lage, einzelne Stellen auswendig zu lernen und danach aus dem Kopf herzusagen. Manchmal machte sie einen so schlauen Eindruck, daß Riah befürchtete, sie werde altklug und hochnäsig, und sie mußte sie gelegentlich mit lauter Stimme tadeln, besonders dann, wenn sie Artikel aus der Wochenzeitung von Newcastle vorlas, die Tol für den Herrn mitbrachte und die Mr. Miller meist am Tag nach ihrem Eintreffen schon in den Papierkorb zu werfen pflegte.

Seit Weihnachten schien der Herr etwas aufgeschlossener zu sein. Manchmal sprach er mit ihr, wenn sie ihm das Essen brachte, stellte auch Fragen über ihr früheres Leben. Gestern hatte sie ihn um ein paar freie Stunden gebeten, weil sie nach Gateshead Fell fahren und ein bißchen für die Kinder einkaufen wollte. Dabei verschwieg sie genauere Angaben über diese Einkäufe, da sie vorhatte, in den Trödlerladen zu gehen, dem Gegenstück zum Flohmarkt in der Stadt, um dort ein paar alte Kleidungsstücke zu besorgen, aus denen sie Hosen für die Jungen und Kleider für die Mädchen schneidern konnte, denn das, was sie mitgebracht hatten, wurde allmählich sehr fadenscheinig.

Sie fuhr allein, denn wenn sie die Mädchen mitgenommen hätte, wären sie nur ständig auf dem Markt stehengeblieben, um alles mögliche zu begaffen, und hätten sie dabei nur aufgehalten.

Sie mußte die Meile zur Kutschstraße zu Fuß gehen, und von dort nahm sie den zweimal wöchentlich verkehrenden Wagen in die Stadt.

Sobald sie auf dem Markt war, überkam sie selbst das Bedürfnis, müßig zwischen den einzelnen Buden umherzuwandern, doch sie unterdrückte den Wunsch und ging direkt auf den Stand mit den Stapeln alter Kleidung zu. Auf einem provisorischen Tisch, einer Holzplatte, die man über zwei Schragen gelegt hatte, fand sie eine Menge Gewänder, aber die Sachen, nach denen sie suchte, lagen in Haufen hier und da auf dem Boden herum, der glücklicherweise trocken war. Sie war nicht die einzige, die nach ähnlichen Dingen Ausschau hielt, und einmal versuchte sogar jemand, ihr eine Jacke mit Frackschößen buchstäblich aus der Hand zu reißen. Aber da sie sie schon in eine Knickerbocker für Davey umgearbeitet sah, der jetzt so schnell wuchs, daß die zwei, die er besaß, nicht nur am Hosenboden dünn, sondern auch an den Knien zu kurz geworden waren, klammerte sie sich daran und ließ sie nicht mehr los.

Als sie schließlich den Stand verließ, hatte sie in den Segeltuchtaschen zwei Baumwollkleider, einen weiten Rock aus Serge, der mit etwas Glück auf ein ganzes Kleid für sie selbst reichte, zwei Cordjacken für Männer, beide gefüttert und gepolstert, was ein zusätzlicher Vorteil war, und die Schwalbenschwanz-Jacke.

Bevor sie den Markt verließ, gönnte sie sich noch einen Teller mit gebackenen Bohnen, und nachdem sie eineinhalb Stunden am Straßenrand gewartet hatte, bestieg sie die Kutsche für die Rückfahrt. Sie war so glücklich über ihren freien Nachmittag und über die Einkäufe, daß sie das Gefühl hatte, als ob irgend etwas in ihr leise summte.

Sie hatte Tol nicht gesagt, daß sie in Stadt wollte, daher hatte er sie nicht von der Kutschstation abgeholt. In letzter Zeit hatte sie ihm gegenüber nur sehr selten irgendwelche Wünsche geäußert; wenn er etwas für sie tat, dann mußte er es schon aus eigenem Antrieb tun. Ja, sie hatte sich sogar ein wenig reserviert verhalten, hatte nicht mehr so unbeschwert gelacht mit ihm wie früher und wußte, daß ihn das beunruhigte. Aber, wie sie sich einzureden versuchte, es war ihr einziger Schutz vor dem, was sie vermeiden wollte – und kein besonders wirkungsvoller obendrein.

Obwohl sie die Kleidung in zwei Beutel aufgeteilt hatte, waren die Sachen doch ziemlich schwer, und als sie die alte Zollschranke erreicht hatte, die nicht mehr benützt wurde, weil man sie jetzt auf die Kutschstraße verlegt hatte, setzte sie sich auf eine niedrige, trockene Steinmauer, hinter der eine Gruppe von Bäumen den Beginn eines Waldwegs flankierten. Das war der Anfang des Grundstücks der Gullmingtons und der Wälder, die unter Tols Aufsicht standen.

Diesseits der Mauer verlief eine von Gras überwucherte Fahrstraße, und auch sie wurde auf beiden Seiten von Bäumen gesäumt; eine halbe Meile von hier war Tols Häuschen – dort, wo sich die beiden Waldstreifen in der Senke trafen.

Jetzt kniff Riah die Augen zusammen, um die Gestalt auszumachen, die im Schatten der Bäume die Straße entlangkam. Sie war noch ein Stück entfernt, als sie in ihr Annie Briston erkannte. Die bevorstehende Begegnung erfüllte sie keineswegs mit Freude, denn sie wußte, daß Annie bedauerlicherweise Riah und die ihren völlig ablehnte, und der Grund dafür war nicht schwer zu erraten. Doch bis dahin hatten die beiden immerhin versucht, einigermaßen gut miteinander auszukommen.

Annie Briston war mittelgroß. Sie war zart gebaut und ihre angenehme Stimme entsprach dem Aussehen, doch wenn sie in letzter Zeit mit Riah sprach, schwankte ihr Ton zwischen Verdrossenheit und Angriffslust. Und als sie sich diesmal näherte, schien letztere überhand zu nehmen. Sie wandte sich an Riah und sagte: »Na, Sie sind ja ganz schön beladen. Wieder mal betteln gewesen?«

Man hätte denken können, jemand versuchte, Riah von der Mauer zu schubsen – so rasch sprang sie auf, und jetzt sagte sie in einem Ton, der durchaus dem von Annie Briston entsprach: »Was meinen Sie damit, Miss Briston – wieder mal betteln? Ich habe in meinem ganzen Leben noch nie gebettelt, habe es auch zum Glück nie nötig gehabt.«

»Dann muß ich falsch informiert sein, denn nach dem, was ich hörte, haben Sie die alte Fanny Briggs ganz schön angebettelt.«

Riah starrte sie an. Das war nicht mehr versteckt, nein,

das war eine offene Attacke. Es kam ihr vor, als ob sie sich täglich begegneten und dies die Fortsetzung eines alten Streits wäre. Also sagte sie ruhig und schlicht: »Worauf wollen Sie hinaus, Miss Briston? Warum verhalten Sie sich so ablehnend mir gegenüber?«

»Sie wissen sehr gut, weshalb ich mich Ihnen gegenüber so verhalte. Sie haben nichts als Ärger gebracht, seit Sie sich im Moor House eingenistet haben.«

Ärger? Was für Ärger hätte sie im Hause gebracht? Sie sah ja gar niemanden, mit dem sie hätte streiten können, nur den Herrn und Tol, außerdem den Pfarrer und die Zofe der Lady von »The Heights«, die einmal auf Besuch gewesen war. Was meinte sie mit »Ärger bringen«? Sie wiederholte ihren letzten Gedanken und sagte: »Was meinen Sie damit, ich bringe Ärger?«

»Sie wissen ganz genau, was ich meine. Sie haben unseren Tol so weit getrieben, daß er nicht mehr weiß, ob er am Kommen oder am Gehen ist. Er rennt hin und her wie ein kleiner Botenjunge mit Ihrem Holz und Ihrer Milch; er fährt Ihre Gören zur Kirche, jetzt schon zweimal am Sonntag. Und dann bringen Sie ihm auch noch Lesen und Schreiben bei. Wofür halten Sie sich eigentlich?«

Riah, die sich zusammengerissen hatte, und mehr Würde an den Tag legte, als es ihren augenblicklichen Gefühlen entsprach – denn sie hätte nichts lieber getan, als auszuholen und dieser Frau ein paar tüchtige Ohrfeigen zu verpassen, sagte jetzt: »Ihr Bruder hat seit jeher die Milch und das Holz gebracht. Und wenn er die Kinder zur Kirche und zur Sonntagsschule fährt, so tut er das, weil ihn der Pfarrer darum gebeten hat. Dafür haben ich und meine Kinder auf seinen Wunsch hin versucht, ihm Lesen und Schreiben beizubringen.«

»Ja, und damit zerstört ihr seinen Frieden.«

»Wie könnte das seinen Frieden zerstören, Miss?«

»Weil es ihm Rosinen in den Kopf setzt. Er ist jetzt nicht mehr zufrieden damit, ein Waldaufseher zu sein, und er vergeudet Zeit damit, die Zeit seines Arbeitgebers, und der wird das eines Tages erfahren und ihn feuern. Außerdem gibt es einiges zu tun an seinem Haus. Aber wenn er früher dies und jenes wieder in Ordnung brachte, sitzt er jetzt drinnen und steckt seine Nase in Kinderbücher. Es ist wirklich lächerlich; er macht sich damit zum Narren.«

»Soll ich Ihnen mal etwas sagen, Miss Briston?« Riah wartete die Antwort gar nicht ab, sondern fuhr gleich fort: »Wenn sich jemand zum Narren macht in seinem Haus, dann sind Sie es. Und was ich jetzt allmählich feststelle, ist hier in der Gegend längst bekannt: daß Sie nämlich eine verbitterte, alte Jungfer sind und daß Sie befürchten, Ihren Ernährer und Versorger zu verlieren, denn dann müßten Sie sich eine Arbeit suchen, genau wie jeder andere und wie viele, die besser sind als Sie.«

Einen Augenblick lang schien es, als ob Annie Briston sprachlos wäre; dann verzog sich ihr Mund, und sie schrie, wobei ihr der Geifer in den Mundwinkeln stand: »Oh, Sie! Sie nehmen noch ein schlimmes Ende. Ich habe solche wie Sie schon öfters erlebt. Sie nehmen alle ein böses Ende. Merken Sie sich das.«

»Und Sie würden gern dafür sorgen, nicht war? Aber ich will Ihnen auch etwas sagen, was Sie sich merken sollten, Miss: Ich werde noch hier sein, wenn es Sie schon lange nicht mehr gibt. Ja, das werde ich. Ich bin hier, und Sie sind fort.«

»Ooooh!« Es war ein langgezogener Laut, und die beiden funkelten sich an, als wäre nicht mehr viel nötig, damit sie aufeinander losgingen. Dann wirbelte Annie Briston herum und ging den Weg zurück, den sie gekommen war, und Riah setzte sich wieder auf die Mauer, weil sie am ganzen Leib zitterte. Oh, dieses Weib! Sie war eifersüchtig, wahnsinnig eifersüchtig. Nun, eines stand damit jedenfalls fest: Was auch immer zwischen ihr und Tol herauskommen würde – und manchmal, gerade in letzter Zeit, sehnte sie sich danach, daß etwas dabei herauskäme –, es war ausgeschlossen, daß sie das Haus mit ihm teilte, solange dieses Miststück bei ihm wohnte. O nein. Er würde eben zwischen ihr und seiner Schwester entscheiden müssen. Aber wie konnte er das? Ihm waren die Hände gebunden. Zum Teufel, eine solche Begegnung war wirklich dazu angetan, einem den schönen Tag zu verpatzen. Das Leben lief eben nie über längere Zeit glatt und fröhlich dahin. Dabei hätte man denken können, es sei unmöglich, ausgerechnet hier in der Einsamkeit einem Feind wie dieser Annie Briston zu begegnen. Es gab so wenig Leute in ihrer näheren Umgebung, und ausgerechnet unter den wenigen mußte ein solches Miststück sein – denn das war Annie Briston zweifellos: ein Miststück.

Die letzten Worte waren noch in ihren Gedanken lebendig, als sie einen leisen Schrei ausstieß und aufsprang, weil eine Stimme hinter ihr gesagt hatte: »Tut mir leid, dich zu stören, aber das ist die niedrigste Stelle der Mauer, und ich steige meistens hier darüber.«

Sie drehte sich um und sah überrascht ihren Herrn vor sich stehen, der an der Mauer stand und gleich danach darübersetzte mit einer Gelenkigkeit, die sie ihm nie zugetraut hätte. Und als er dann auf ihrer Seite stand und sie wieder anschaute, sagte er: »Ich bin fast gleichzeitig mit deiner Gesprächspartnerin von vorhin hier eingetroffen.«

Sie sah, daß er die Schultern bedauernd hochzog, und seine Geste sagte ihr, daß er ihre Begegnung mit Annie Briston miterlebt und jedes Wort des Zanks verstanden hatte. Aber er erwähnte ihn nicht, schaute statt dessen auf die Bündel hinunter, die Riah an die Mauer gelehnt hatte, und fragte: »Was haben wir denn hier? Du hast in der Tat tüchtig eingekauft.« Dabei versuchte er, eines der Bündel hochzuheben, aber sie sagte: »Nein, die trage ich schon selbst, Sir.«

»Einen trägst du, und einen trage ich. Komm jetzt.« Er ging los, und sie folgte ihm einen Schritt dahinter.

Nach einer Weile drehte er sich zu ihr um und fragte: »Was hast du denn eingekauft?«

»Kleider... Ein paar Sachen aus zweiter Hand, zum Umarbeiten für die Kinder; ihre Sachen sind schon recht fadenscheinig und abgewetzt.«

Er blieb stehen und schaute sie kurz an, bevor er sagte: »Sachen vom Flohmarkt?«

Sie war überrascht, daß er wußte, was ein Flohmarkt war, doch sie entgegnete: »Nein, nein, nicht was Sie meinen, Sir; es sind Sachen von einem ordentlichen Stand auf dem Markt.«

»Aber Sachen, die schon ein anderer angehabt hat... Schmutzig.«

Sie bewegte den Kopf von der einen auf die andere Seite, ehe sie antwortete: »Ich werde sie natürlich erst waschen, bevor ich sie ändere.«

Sie gingen weiter und waren schon ein ganzes Stück vorangekommen, bevor er wieder zu sprechen begann. »Du weißt ja nicht, wer diese Sachen getragen hat«, sagte er. »Es kann irgend jemand gewesen sein... Vielleicht der Abschaum.«

Jetzt erwiderte sie zu ihrer Verteidigung: »Es sind feine Sachen, von Gentlemen und Ladys, gefüttert und gepolstert und aus gutem Material.«

Wieder gingen sie schweigend ein Stück, und erst als das Tor in Sicht kam, sagte er: »Also bist du, wie ich hörte, im Begriff, Tol Lesen und Schreiben beizubringen.«

»Ja, Sir, aber nur abends, wenn ich mit der Arbeit fertig bin.« Er sollte nicht denken, daß sie dazu seine Zeit vergeudete.

»Natürlich. Natürlich.« Jetzt nickte er ihr zu. »Warum hat er mich nicht bitten können, daß ich es ihm beibringe?«

»Ich glaube, er hätte das gar nicht zu denken gewagt, Sir. Außerdem habe ich es ihm angeboten.«

»Hast du nicht gewußt, daß ich früher Lehrer war?«

»Nein, Sir.« In ihrer Stimme lag ein Unterton der Überraschung, und jetzt schaute er sie an, ein Lächeln auf den Lippen, und erklärte: »Ja, Maria, ich war viele Jahre lang eine Art von Lehrer, aber mit einem großartigen Titel. Ich war Tutor, ein Hochschulassistent mit Lehrauftrag, und meine Schüler waren junge Männer, Studenten an der Universität.«

Sie schwieg.

Inzwischen waren sie fast an der Vorderseite des Hauses angekommen, wo er durch den Vordereingang gehen würde, während sie mit ihren Bündeln um das Haus herum zur Küchentür gehen wollte, als er noch einmal stehenblieb, sie direkt anschaute, während er sprach – und seine Worte hatten zur Folge, daß sie ihr Bündel zu Boden sinken ließ. »Ich würde gern die Aufgabe übernehmen, deine Kinder zu unterrichten«, sagte er. »Es ist nicht genug, daß sie Lesen und Schreiben beherrschen. Wenn Kinder in diesem Alter schon so weit gekommen sind, dann ist es durchaus angemessen, daß man ihr Wissen erweitert. Ich werde diese Aufgabe von nun an jeden Vormittag zwei Stunden lang übernehmen. Schick sie mir morgen früh um neun Uhr in die Bibliothek.« Und damit drehte er sich herum, und sein Abschied war so abrupt wie sein Ton, bevor er das Haus durch den Vordereingang betrat.

Es dauerte eine gute halbe Minute, ehe Riah die beiden Bündel nahm und damit nach hinten zur Küche ging, wo sie es kaum erwarten konnte, Biddy die Neuigkeit zu übermitteln. Warum eigentlich nur Biddy? fragte sie sich. Und die Antwort, die sie sich gab, lautete: Biddy war vermutlich die einzige von den vieren, die sich über die in Riahs Augen unglaubliche, ja phantastische Veränderung freute, welche mit ihrem Herrn vor sich gegangen war.

Es war schon dunkel, als es an der Küchentür klopfte. Maggie öffnete und rief: »Es ist Tol! Tol ist da, Ma.« Tol war der Liebling der Kinder, und jetzt drängten sie sich um ihn und redeten alle zur gleichen Zeit, bis Davey zur Sitzbank lief, die viel zu große Schwalbenschwanzjacke anzog und damit um den Tisch stolzierte, was bei allen brüllendes Gelächter hervorrief.

»Bist du deshalb in die Stadt gefahren?« Tol blickte erst auf den Haufen alter Kleidung, der neben dem Kamin lag, dann auf Riah, und sie antwortete leise: »Ja. Nur so kann ich sie ordentlich kleiden. Aber wenn ich die Sachen aufgetrennt habe, wasche ich sie erst einmal, bevor ich sie umarbeite.« Er nickte ihr zu, wandte sich dann an Biddy und fragte: »Was hast du da eben gesagt?«

»Ich sagte: Du wirst es nicht glauben, aber jetzt läßt uns der Herr zur Schule gehen.«

»Zur Schule? Wohin denn? Hier in der Gegend gibt es keine Schule.«

»Ach, es ist ganz weit von hier; wir müssen die Kutsche nehmen.«

Tol warf einen Blick auf Johnny, der sich totzulachen schien über seinen Scherz. Doch dann sagte Davey, der die Jacke wieder ausgezogen hatte: »Er macht es hier, jeden Vormittag zwei Stunden lang. Wie soll ich da mit dem Garten fertig werden? Es gibt genug zu tun draußen.«

»Tatsächlich?« Tol hatte sich an Riah gewandt, und die nickte. »Ja, eine Überraschung, nicht wahr? Damit hätte ich nie und nimmer gerechnet. Aber es ist wundervoll, findest du nicht? Ich meine...« Sie warf einen liebevollen Blick auf ihre Kinder. »Ist doch gut, daß sie die Möglichkeit bekommen, von einem Mann wie ihm unterrichtet zu werden, denn er ist sehr gelehrt.«

»Sicher.« Tol nickte ihr zu. »Da gibt es keinen Zweifel. Ich glaube, das ist die eine Hälfte seines Kummers.«

»Kummer?«

»Nun, daß er sich einfach mit seinen Büchern in dem Zimmer dort einschließt. Auch vom Guten kann man zuviel bekommen.« Jetzt wandte er sich halb von ihr ab und sagte leise: »Kannst du auf einen Moment mit mir nach draußen kommen?« Und sie schaute erst auf Davey, dann auf Biddy, und sagte zu ihnen: »Macht ruhig weiter mit dem Auftrennen. Aber vorsichtig, damit ihr den Stoff nicht zerreißt.« Sie nahm einen Schal, der hinter der Tür hing, legte ihn sich um die Schultern und folgte Tol hinaus auf den Hof.

Sie hatte die Küchentür hinter sich geschlossen und stand jetzt blinzelnd im Licht seiner Laterne, die er an der Tür stehengelassen hatte, und bevor er beginnen konnte, erklärte sie: »Ich weiß, was du sagen willst.«

»Ja, dann, also... Dann brauche ich nicht lange herumzureden. Es – es tut mir leid, aber... Aber Annie ist nun mal so; sie macht uns schon genug Ärger. Mehr als genug. Sie ist immer so gewesen, glaube ich, seit sie auf die Welt gekommen ist. Aber... Aber was ich sagen wollte, Riah, ist, daß du gar nicht auf sie hören sollst. Sie hat immer alle anderen herumkommandieren wollen. Um die Wahrheit zu sagen, ich weiß nicht, was ich mit ihr anfangen soll. Unsere Mary würde sie mir gern für eine Weile abnehmen, aber Robbie, ihr Mann, kann ihren Anblick nicht ertragen.«

»Du hast noch eine zweite Schwester?« In ihrer Stimme lag Überraschung, und er antwortete: »O ja, sie ist Annies Zwillingsschwester, aber die zwei sind so verschieden wie Kalk und Käse. Sie sind acht Jahre älter als ich, und weil ich spät gekommen bin« – er lachte kurz –, »hat mich Mutter den beiden zur Erziehung überlassen. Mary war gütig und sanft, aber Annie mußte immer alles beherrschen und alles wissen. Ich hab' es ihr meistens durchgehen lassen, um des lieben Friedens willen; aber das geht nicht ewig so weiter... Ich wollte nur sagen: Es tut mir leid, wenn sie dich geärgert hat.«

»Na ja« – jetzt lachte auch Riah leise –, »wenn sie mich geärgert hat, dann hab' ich sie mindestens ebenso geärgert.«

»Das hast du allerdings.« Er kicherte ein wenig und fuhr dann fort: »Sie hat vermutlich gesagt, daß ich meine Pflichten und das Haus vernachlässige.«

»So ähnlich, ja.«

»Ich höre das nicht zum erstenmal, und aus verschiedenen Gründen. Jedenfalls...« Er kam näher zu ihr her, und seine Stimme war tiefer und leise, aber eindringlich. »Ich möchte nicht, daß irgend jemand das zerstört, was zwischen uns ist, Riah.«

Das Geräusch, das unwillkürlich in ihrer Kehle entstand, war hörbar, und ihr Verlangen, sich einfach an ihn zu schmiegen und seine Nähe zu fühlen, war fast überwältigend. Und als er dann, immer noch mit sehr leiser Stimme, hinzufügte: »So, wie ich vor dir stehe, kann ich dir nicht sagen, was ich tun möchte, aber ich glaube, du weißt, was ich meine«, da zitterte ihr ganzer Körper bei dem Gedanken: Jetzt sollte er mich küssen, nur einmal, nur dieses eine Mal!

Aber was würde dann sein? Was würde dabei herauskommen? Solange seine Schwester in seinem Haus den Ton bestimmte, gab es keine Hoffnung, daß sie sich dort ein Heim einrichten konnten. Nicht zu vergessen, daß sie obendrein die vier Kinder mitgebracht hätte und außerdem hier im Haus wie eine Lady lebte, praktisch ihr eigener Herr war und glücklicher und zufriedener als je zuvor in ihrem Leben. Also keine Küsse. Man zündet sich nicht die Pfeife an, wenn man im Hochsommer neben einem trockenen Heuhaufen sitzt.

Sie war selbst überrascht, wie beiläufig ihre Stimme klang, als sie jetzt erwiderte: »Es ist ja gut, Tol. Ich verstehe. Lassen wir die Dinge so, wie sie sind. Aber ich möchte... Ich möchte dir eines sagen: Ich – ich bin dir sehr dankbar für deine Freundschaft.«

Als er ihre Hand in seine beiden Hände legte, hätte sie es fast gegen ihren Willen zugelassen, daß der Heuhaufen in Flammen aufging, aber in diesem Augenblick wurde die Tür hinter ihr aufgerissen, und Davey sagte hastig: »Die Wohnzimmerglocke läutet, Ma.«

»Schon gut, schon gut.« Und sie stieß den Jungen wieder hinein, bevor sie zu Tol sagte: »Ich muß gehen. Mach dir keine Sorgen. Es wird alles gut – alles wird sich richten.«

»Ja, ja… Gute Nacht, Riah.«

»Gute Nacht, Tol.«

In der Küche fragte sie: »Wie oft?«

»Nur das eine Mal, Ma.«

Rasch eilte sie durch den Gang und in die Halle, wollte schon auf das Wohnzimmer zusteuern – doch er stand am Fuß der Treppe, eine Lampe in der Hand, und sagte ohne Umschweife zu ihr: »Bring die andere Lampe«, und deutete dabei auf die rosa Kugellampe, die auf einem Tisch neben der Haustür stand. Verwundert nahm sie die Lampe und folgte ihm über die Treppe nach oben.

Einen Augenblick lang dachte sie, daß er in sein Schlafzimmer wollte, aber er ging an allen Türen des Korridors im ersten Stock vorbei bis zum Ende, dann um eine Ecke in einen schmaleren Gang und über die Treppe hinauf zum Speicher.

Sie war in den Monaten, seit sie hier lebte, nur dreimal dort oben gewesen, weil ihr außer dem, was sie schon von Fanny wußte, der Herr ausdrücklich und gleich zu Anfang erklärt hatte: »Ich wünsche nicht, daß du dich mit irgend etwas oben im Speicher befaßt.« Als sie danach die wenigen Male oben gewesen war, hatte sie kaum mehr als eine Zahl von großen Reisekoffern aus Zedernholz auf der einen Seite und zwei lange Garderobenschränke auf der andern gesehen, von denen jeder vier Türen hatte, und deren geschnitzte Giebel bis aufs Dach reichten. Sie wußte, daß in beiden eine Auswahl von Kleidung hing; der erste war ein Schrank mit Herrengarderobe, der zweite enthielt die Sachen einer Lady. Und die kurzen Blicke in beide Schränke hatten ihr gezeigt, daß dort alles ordentlich auf Bügeln hing und daß jeder Bügel auch noch mit einem Säckchen versehen war, das duftende Kräuter enthielt. Als sie das gesehen hatte, hatte sie gedacht: Von wegen mottenzerfressen, wie Fanny behauptet hat!

Als er seine Lampe auf einen der großen Reisekoffer stellte, folgte sie seinem Beispiel und stand dann wartend da, während er langsam auf den Garderobenschrank zuging, der sich am gegenüberliegenden Ende des Speichers befand. Er öffnete die Tür, zog die oberste Schublade heraus, und da lagen lauter Seidenhemden. Er nahm eines am Kragen, hielt es hoch, schüttelte es aus und gab es dann Riah. »Könntest du daraus nicht Hemden für die Jungen machen?«

Sie hielt das schöne, weiche Material in beiden Händen, und die Worte schienen aus ihr herauszusprudeln, als sie erwiderte: »Aber das ist Seide, Sir. Viel zu schade. Es ist nicht – nicht praktisch, verstehen Sie?«

»Sie ziehen doch sonntags auch gute Kleider an, oder?«

»Ja, Sir.«

»Dann mach ihnen Sonntagshemden daraus. Für werktags findest du vielleicht etwas in diesem Koffer.« Und er zeigte auf einen von ihnen. Danach öffnete er eine andere Abteilung des Garderobenschranks, nahm einen Anzug heraus, dessen Hose an die Querstange des Kleiderbügels geklemmt war, und sagte: »Das ist ein rauher Tweed; daraus kannst du ihnen Arbeitskleidung machen. Und das hier« – das nächste, was er herausholte, war ein Anzug aus feinem, blauen Garbardine – »könnte zu den Seidenhemden passen. Für sonntags.«

»Aber Sir!«

Er war gerade dabei, noch eine Tür zu öffnen und wiederholte: »Aber Sir – aber was?« Seine Stimme klang ein wenig rauh, als ginge ihm das, was er da tät, eigentlich gegen den Strich.

Dann öffnete er eine Tür des zweiten Garderobenschranks, hinter der eine Reihe von Kleidern hing. Seine Stimme wurde weich, als er er erklärte: »Das sind die Sachen meiner Mutter. Sie war nicht die Frau, die sich mit Rüschen und Spitzen schmückte. Ihre Tageskleider waren schlicht und einfach, und ihre Abendkleider ebenfalls – mit einer Ausnahme.« Jetzt streckte er den Arm bis ans Ende der Kleiderstange und zog dann ein langes, schwarzes Samtkleid heraus. Der Ausschnitt war viereckig, die

Ärmel waren kurz. Das Oberteil war über der Taille eingesetzt, und von da aus fiel der Rock in drei Bahnen nach unten. Der einzige Schmuck bestand aus einer ausgeblichenen, rosafarbenen Seidenrose, die samt Stiel an der Hüfte befestigt war. Als er das Kleid hochhielt, strömte es den Duft eines Parfüms aus, ausgeblichen wie die Rose, aber immer noch durchdringend.

»Es war das Lieblingskleid meiner Mutter«, sagte er. »Obwohl sie viele andere Abendkleider besaß, hat sie immer wieder dieses da am liebsten getragen – aber nur bei besonderen Gelegenheiten. Sie hatte sehr schöne Haut; das Kleid hat das noch betont.«

»Es ist wunderbar«, sagte Riah leise.

»Ja, das finde ich auch.« Er wandte sich ihr zu, hatte das Kleid immer noch in der Hand. »Ich komme oft hier herauf und schaue es an. Das weckt Erinnerungen.«

Schließlich hängte er das Kleid wieder in die hinterste Ecke des Garderobenschranks, dann schob er die anderen Kleider hin und her, holte dann zwei gleichzeitig heraus und sagte: »Das waren ihre Vormittagskleider. Es ist bedruckter Stoff, nicht wahr?« Er hielt ihr eines hin, damit sie den Stoff fühlen konnte, und sie sagte: »Ja, Sir, und ein schöner Druck, wenn ich das sagen darf.«

»Du darfst es sagen.«

Sie versteifte sich ein wenig, während sie dachte: Das ist nun schon das zweite Mal, daß er mich nachäfft. Aber ich rede doch kein dummes Zeug; jeder benützt solche Worte wie ›Wenn ich das sagen darf‹.

»Ja, dann – dann nimm sie« – er drückte ihr die Kleider in den Arm –, »und die Anzüge und die Hemden, und mach dich an die Arbeit. Aber wirf bitte zuvor diesen dreckigen Abfall weg, den du heute gekauft hast. Weiß der Teufel, wer diese Sachen zuvor angehabt hat.«

Wegwerfen? Das würde sie ganz gewiß nicht tun. Sie würde die Sachen waschen und auftrennen, und wenn sie Zeit hatte zum Nähen, würde sie etwas anderes daraus machen, und er würde es nicht wiedererkennen. Abgesehen davon brauchte sie auch für sich etwas zum Anziehen. Sie würde daraus einen Rock, ein paar Unterkleider und eine Bluse für sich schneidern. Wegwerfen, von wegen!

»Hast du gehört, was ich sagte?« Er hatte jetzt beide Lampen in der Hand, und sie wandte den Kopf von dem Kleiderbündel ab, das sie über dem Arm hängen hatte, schaute ihn an und sagte: »Ja, Sir. Ich habe es gehört.«

»Gut.«

Sie wollte zur Speichertür gehen, blieb dann aber stehen und suchte nach Worten, mit denen sie ihm danken konnte, und über die er sich nicht lustig machen würde, und daher sagte sie: »Ich danke Ihnen für Ihre große Güte, Sir.«

»Das ist gern geschehen. Wenn ich dir auf diese Weise helfen kann, fühle ich mich dir nicht so sehr verpflichtet.«

»Ach.« Ihre vorschriftsmäßigen Manieren waren vergessen, und sie wandte sich ihm zu, wie er so dastand, das Gesicht von den beiden Lampen beleuchtet, und in der Sekunde, als sie ihn ansah, stellte sie wieder einmal fest, welch große Einsamkeit nicht nur in seinen Augen lag, sondern auch in den nach unten gezogenen Mundwinkeln und den hängenden Schultern. Es kam ihr so vor, als ob nur noch wenig Leben in ihm wäre. Das einzige, was an ihm lebendig wirkte, war manchmal seine Stimme. Und sie sagte rasch: »Oh, Sir, Sie brauchen sich mir gegenüber keineswegs verpflichtet zu fühlen – umgekehrt wird ein Schuh daraus. Gott allein weiß, was mit uns geschehen wäre, wenn Sie uns nicht an dem Abend bei sich aufgenommen hätten. Und meine Kinder waren in ihrem ganzen Leben noch nie so glücklich, so gesund, und, wenn ich das hinzufügen darf, so gut untergebracht. O Sir, es ist genau umgekehrt, wie sie sagen.«

Jetzt wurde ihr bewußt, daß er gegen diese kleine Ansprache von ihrer Seite einiges hätte einwenden können, doch als er dann darauf antwortete, war es ganz anders, als sie befürchtet hatte. Er sagte: »Du bist eine gute Frau, Riah. Fast hätte ich gesagt, ein gutes Mädchen, denn manchmal kommst du mir kaum älter vor, so wie du aussiehst und dich bewegst – ja, wirklich, kaum älter als deine Tochter.«

»Oh. Oh… Sir.«

»Ja, ›oh Sir‹.«

Da war es wieder: Er machte sich lustig über sie. Das war etwas völlig Neues, Ungewohntes. Sie wollte darüber lachen… Und genau das tat sie auch. Danach drehte sie sich um, ging durch den Speicher und die enge Treppe hinunter, und er folgte ihr und hielt die Lampen hoch, damit sie genug sehen konnte.

Als sie die Halle erreicht hatten, drehte sie sich zu ihm um und lächelte, sagte aber nichts mehr; dann eilte sie in die Küche, um ihre neuen Schätze den Kindern zu zeigen. Dabei erinnerte sie sich an sein Gesicht, wie sie es im Licht der beiden Lampen gesehen hatte, und dachte: Wenn er doch nur nicht so traurig dreinschauen würde. Ich wollte, ich könnte etwas tun, um seine Tage heller zu machen. Aber vielleicht wurde es anders, wenn er von nun an täglich die Kinder unterrichtete. Ja, ja, vielleicht war das auch für ihn eine Lösung.

7

Der Hochsommer war vorüber, der Boden hart, das Gras verwelkt und gelb. Riah war jetzt fünfzehn Monate im Dienst von Mr. Miller, und sie konnte sich kaum noch vorstellen, daß sie jemals anderswo gelebt hatte. Dieses schöne, strahlende Haus schien ihr zu gehören. Und es strahlte tatsächlich, denn Biddy und Maggie setzten bei der Hausarbeit ebensoviel Stolz daran wie sie selbst. Nachdem es erst einmal von unten bis oben gründlich gesäubert worden war, gab es weniger zu tun, und Biddy half nun schon seit einigen Wochen den Jungen beim Ernten des Obstes und der Feldfrüchte und beim Roden des überwucherten Landes, das für weitere Anpflanzungen im Herbst vorbereitet wurde. Niemand hätte den Garten wiedererkannt, wenn er ihn zuletzt vor ihrer Ankunft hier gesehen hätte. Die Auffahrt war grasfrei und frisch aufgekiest, die Hecken, die den Garten eingrenzten, waren gestutzt, das heißt alle bis auf die große Eibenhecke, die früher einmal den Küchengarten von den Parkanlagen mit Blumenbeeten und Spazierwegen abgetrennt hatte, und deren oberer Teil seinerzeit in der Form von Vögeln geschnitten worden war. Hier konnten die Jungen nur so weit die zu lang gewordenen Zweige und Äste stutzen, wie ihre Leiter reichte.

Bis auf ein Stück Land, das früher einmal eine Spielwiese gewesen war und jetzt eher wie Brachland aussah, war der ganze Garten in Ordnung, und für diese Verjüngungskur war nicht nur Davey und Johnny zu danken, sondern auch Tol, der zumindest am Anfang viel schwere Arbeit geleistet hatte. Aber auch Riah und die Mädchen waren oft abends noch hinausgegangen, um den Jungen zu helfen. Das vor allem, nachdem Davey sich beklagt hatte, er könne nie mit seiner Gartenarbeit fertig werden, wenn er zwei Stunden am Vormittag fürs Lernen aufwenden mußte.

Davey war ganz und gar nicht begeistert über das Lernen mit Büchern, im Gegensatz zu den drei anderen, und Riah bedauerte das, denn der Herr schien sich besonders für Davey zu interessieren und sich ganz der Aufgabe seiner Fortbildung zu widmen. In letzter Zeit hatte sie sich mehr als einmal in Gedanken gewünscht, daß Davey und Biddy die Plätze tauschen könnten, denn Biddys Verstand war messerscharf und ihr Gedächtnis wie ein Schwamm, bereit, alles in sich aufzusaugen, während Davey größere Schwierigkeiten zu haben schien, sich an seine Lektionen zu erinnern. Manchmal fand sie das allerdings durchaus verständlich, vor allem, was die Lektionen über die Götter und Göttinnen des Altertums betraf; die waren dazu angetan, einen jeden zu verwirren. Aber der Herr bestand darauf, daß dies zur Ausbildung gehörte, genau wie Geschichte und Erdkunde.

Und von allem, was es an Wissenswertem auf Gottes Erde gab, sollten sie nun auch noch Latein lernen! Wie konnte die lateinische Sprache ihren Kindern jemals nützen? Und der Herr bestand nicht nur auf den zwei Stunden Unterricht am Vormittag; sie mußten sich auch abends, nachdem die Arbeit getan war, noch eine Stunde lang damit befassen. Einmal war er sogar in die Küche gekommen mit der Absicht, wie Riah vermutete, sie beim Faulenzen zu überraschen.

Immerhin kam sie zu der Erkenntnis, daß sie dankbar sein mußte, wenn ein so gebildeter Mann ihren Kindern eine so bemerkenswerte Aufmerksamkeit widmete. Dankbar, ja, das war sie. Und wenn die Kinder alle gleich gut damit fertig geworden wären, hätte sie gar nicht lange darüber nachgedacht. Aber Davey schien dieser Unterricht in gewisser Weise das Leben zu verbittern. Er wurde mürrisch und ging häufig auf Biddy los. Nicht, daß Biddy Mühe gehabt hätte, mit ihm fertig zu werden: das hätte sie mit zweien oder sogar dreien wie Davey geschafft. Dennoch: Er war früher nie so aggressiv gewesen. Riah nahm an, es kam daher, daß Biddy vieles verstehen konnte, was ihm rätselhaft blieb.

Sie hatte es sich zur Aufgabe gemacht, abends mit Davey beisammenzusitzen und ihm zu helfen, und auf diese Weise lernte auch Riah mit. Nicht, daß sie darin große Vorteile erkannte. Doch das waren Dinge, sagte sie sich, die sie unter Kontrolle halten konnte. Das gehörte zum Tagewerk, war Teil ihrer Sorge für die Familie, und dabei mußte sie zugeben, daß ihre Kinder in einer Art und Weise erzogen wurden, die zwar vielleicht ein wenig seltsam war, aber weit über das hinausging, was man bei ihrer Herkunft für möglich gehalten hätte. Doch da gab es noch eine andere Sache in ihrem Leben, die viel schwerer zu kontrollieren war: dieses Verlangen in ihr, ein heißes Verlangen, dessen Erfüllung in weiter Ferne lag, nicht zuletzt weil Tol sie eines Abends überrascht hatte mit der Ankündigung, er befinde sich in einer verfahrenen Situation und wisse nicht, wie er da wieder herauskommen solle. Daher könne er derzeit ihr gegenüber nicht sagen, was er tief im Inneren empfinde. Es schien, daß seine Schwester häufig kränkelte und dabei gelegentlich auch bettlägerig war, und in der Zeit konnte sie sich weder um ihn noch um das Haus kümmern. Also hatte er alle Hände voll zu tun, und deshalb könne er, wie er sagte, nicht so oft hierherkommen, wie er das wolle. Ob sie ihn denn verstehe?

Ja, hatte sie gesagt, sie verstehe ihn ganz gut – doch dabei drehte sich ihr das Herz im Leibe um.

Er brachte immer noch die Milch und das Holz, aber jetzt fuhr er die Kinder nicht mehr jeden Sonntag zur Kirche. Und natürlich hatte er auch keine Zeit mehr, abends vorbeizukommen und mit ihnen zu lernen.

Unter diesen Umständen hatte sie sich klargemacht, daß sie aufhören mußte, in diese Richtung irgendwelche Gedanken zu verschwenden, denn selbst wenn er sich ihr gegenüber ausgesprochen hätte – was wäre dabei herausgekommen? Und wenn an dem bewußten Abend nicht die Wohnzimmerglocke geläutet hätte, und sie wären einander mit einem Kuß nähergekommen – wie wäre es dann weitergegangen? O ja, sie konnte sich schon vorstellen, wohin das geführt hätte. Aber es war ja nicht geschehen, und das war auch gut so, denn was man nie gehabt hat, das vermißt man nicht... Ach Gott, das war auch nichts weiter als eine törichte Redensart! Sie brauchte nur an die Dinge zu denken, die sie nie im Leben gehabt und die sie dennoch immer vermißt hatte: ein ordentliches, eigenes Haus; anständige Kleider für die Kinder und für sich... Ein bißchen besser essen, den Geschmack des herrlichen Fleisches zu kennen, das sie in den Geschäften in Gateshead gesehen hatte; vielleicht auch einmal eine

Reise mit der Kutsche in eine weiter entfernte Stadt, weiter als Newcastle, vielleicht sogar bis nach London, wo der König wohnte... Was man nie gehabt hat, das vermißt man nicht? Wie konnten solche Redensarten entstehen?

Sie lehnte am steinernen Ausguß neben dem Tisch unter dem Küchenfenster. Auf dem Fensterbrett standen zwei Blumentöpfe, und auf den Seiten waren Spitzenvorhänge angebracht. Sie hatte sie aus dem Vorratsschrank genommen und für die Küchenfenster zurechtgeschnitten. Es bereitete ihr Freude, alles hübsch zu machen. Das ganze Haus war hübsch. Traurig nur, daß es außer ihnen niemand sah, abgesehen vom Pfarrer. Fanny hatte ihr berichtet, daß es früher einmal viele Gäste gegeben hatte, aber daß der Herr rauh und abweisend zu ihnen gewesen war, und nun ließ man ihn allein. Wirklich sonderbar: Wenn man ihn anschaute, konnte man gar nicht glauben, daß er so sein konnte, ein Mann, der zu anderen abweisend war, aber manchmal brauchte er nur den Mund aufzumachen, und seine Worte waren scharf wie ein Tranchiermesser. Sie hatte es gehört, als er Davey schalt, was er manchmal tat, wenn sie in der Bibliothek waren. Und dabei wußte sie, daß er den Jungen sehr gern hatte. O ja, das hatte sie von Anfang an gefühlt.

Jetzt hob sie den Kopf von ihrer Arbeit – sie schälte Äpfel für einen Kuchen –, ihre Hände hielten still, und die Apfelschale fiel auf den Tisch, bevor Riah das Ende erreicht hatte. Sie versuchte immer, die Schale beim Schälen im Ganzen zu lassen; es verschaffte ihr irgendwie Befriedigung. Aber jetzt hatte sich ihr Blick nach draußen gerichtet, wo der Herr und Davey den Hof betraten. Der Herr hatte seine Hand auf Daveys Schulter gelegt. Es war ein so schöner Anblick, daß ihr plötzlich ein Kloß in der Kehle steckte, und sie bewegte den Kopf auf die Fensterscheibe zu, um die beiden weiter zu beobachten. Sie standen jetzt vor dem Tor zu den Stallungen, und der Herr legte seine beiden Hände auf Daveys Schultern und bückte sich zu ihm hinunter. Er schien ernsthaft mit ihm zu sprechen. Dann sah sie, wie der Herr die Hände von den Schultern ihres Sohnes nahm und ihm das Haar ein wenig zerzauste, ehe er ihn mit einem sanften Puff in Richtung auf die Stallungen in Bewegung setzte.

Sie schluckte und dachte: Wie schade, daß er nicht verheiratet ist und eigene Kinder hat. Seit er mit den Kindern Umgang hatte, war er völlig verändert. Er war geradezu geschaffen für Kinder. Armer Mann. Wie alt war er jetzt? An die Fünfzig, schätzte sie, aber genau wußte sie es nicht. Wie schade, daß nicht im Lauf der Jahre eine von den unverheirateten Jungfern, die in ihren Wohnzimmern saßen und die Zeit mit Nadelarbeiten, unnützen Besuchen und Gesellschaften vergeudeten, hierhergekommen war und es auf irgendeine Weise so eingefädelt hatte, daß er sie um ihre Hand bat.

Sie schälte die Äpfel zu Ende, viertelte sie und legte sie auf den Teig in die Kuchenform, der bereits fertig war, tropfte etwas Honig darauf, bedeckte die Kuchen wieder mit Teig und verzierte sie mit ausgeschnittenen Teigblättern, überpinselte danach alle Kuchen mit Milch und schob sie in den Ofen. Nachdem das geschehen war, wusch sie sich die Hände, ging hinaus aus der Küche, über den Hof und in die Scheune.

Die Scheune wurde für das Lagern des Holzes benützt, und es gab einen Hackstock am einen Ende; dort machte Davey gerade Holz für die Kamine, aus größeren Stämmen. Als er sie näherkommen sah, hackte er das Beil in den Hackstock und sagte: »Zeit für den Feierabend, Ma?«

»Es ist gleich sechs. Du kannst gehen und es den anderen sagen. Worüber hat der Herr mit dir gesprochen?«

Er wandte sich von ihr ab, gab aber keine Antwort, sondern stieß mit seiner Stiefelspitze gegen den Hackstock. Riah ging zu ihm hin, packte ihn an den Schultern, drehte ihn zu sich herum und fragte: »Was war es?«

»Ach...« Er warf den Kopf unwirsch in den Nacken. »Es ist wieder mal ums Lernen gegangen. Er wollte wissen, was ich später mal werden will.«

»Ja?« Sie schaute ihn an. »Und was hast du darauf geantwortet?«

»Ich... Ich habe ihm gesagt, ich möchte einmal eine Kutsche fahren.« Jetzt hob er den Kopf und fuhr mit verwirrter Miene fort: »Er ist ganz wütend geworden, Ma. Hat mich gefragt, ob mir nicht etwas Besseres einfallen könnte? Mein Gott, Ma, was denn Besseres? Ma –«, jetzt streckte er die Hände nach ihr aus, und sie nahm sie in ihre Hände und hielt sie fest, als wollte sie ihn beruhigen, während er fortfuhr: »Ma, ich verstehe das alles nicht. Es wird mir zuviel. Und was soll es mir schon nützen? Ich bin nicht wie unsere Biddy. Der gefällt das. Aber... Aber, Ma, ich verstehe höchstens die Hälfte von dem, was er mir über die Mythen erzählt, und dann dieses Latein! Was soll ich denn mit Latein, Ma? Ich kann lesen und schreiben und kann vor allem rechnen, besser als die meisten, das weißt du doch. Aber ich kann einfach nicht alle die Namen in dieser Iliade behalten, von der er mir dauernd erzählt. Unsere Biddy sagt, das sind eigentlich nur Märchen. Na schön, Mädchen gefällt so etwas vielleicht, Ma. Aber was will ich mit Märchen und solchem Zeug?«

»Es sind keine Märchen, Davey.« Ihre Stimme war weich und leise. »Es ist so etwas wie Geschichte. So jedenfalls sehe ich es, ganz alte Geschichte. Das ist noch vor Jesus aufgeschrieben worden, auch vor der Bibel.«

»Ich habe gedacht, daß nichts vor der Bibel gekommen ist, Ma, und vor dem Paradies.«

Jetzt schloß sie die Augen und sagte: »O Davey, bring mich nicht auch noch so durcheinander, wie du es bist. Also hör auf mit der Arbeit und hol die anderen. Wenn du zurückkommst, ist der Tee fertig. Aber wascht euch erst unter der Pumpe.« Sie beugte sich zu ihm hinunter und lächelte, als sie sagte: »Ja, weißt du, manchmal bin ich genauso durcheinander wie du, das gebe ich zu, wegen der Dinge, die er uns beibringen will. Na schön, stecken wir nach dem Tee die Köpfe zusammen und sehen wir zu, was wir von den Lektionen dieses Tages behalten haben, ja?«

Er lächelte nicht, sagte nur »Ja, Ma«, wandte sich ab und lief hinaus aus der Scheune. Riah stand da und schaute ihm nach und dachte: Oh, wenn nur er und Biddy die Plätze tauschen könnten! Wirklich seltsam, wie Gott den Verstand unter den Menschen verteilte.

Sie waren alle um den Tisch versammelt, als es an der Küchentür klopfte, und als Biddy geöffnet hatte, rief sie: »Oh! Hallo, Tol! Es ist Tol, Ma!«

Riah stand auf und sagte in höflichem Ton: »Hallo, Tol.« Und er antwortete: »Hallo, ihr alle. Beschäftigt?« Und damit schaute er vom einen zum anderen.

»Wir machen unsere Hausaufgaben.« Biddy, die sich wieder in den Vordergrund spielte. »Setzt dich doch zu uns, Tol. Ich lerne gerade Latein, aber die anderen sind noch beim Englisch.« Sie lachte über ihre Brüder und die Schwester.

»Latein?« Er wandte sich an Biddy, schnitt eine Grimasse, dann schaute er Riah an, und die nickte und sagte: »Ja, jetzt ist es Latein.«

»Großer Gott. Er macht noch eine Gelehrte aus ihr.«

»Hier, setz dich, Tol.« Riah hatte einen Stuhl an das Ende des Tisches gestellt, so daß er zwischen Davey und Biddy sitzen konnte. Dann fragte sie ihn: »Hast du schon gegessen?« Und er antwortete: »Zu Mittag, ja. Einen Bissen.«

»Warst du denn nicht zu Hause?«

»Nein, ich bin auf dem Nachhauseweg. Aber...« Er blickte auf und schaute sie an, »– ich habe Annie heute in die Kutsche gesetzt, damit sie zu meiner Schwester Mary fährt. Marys Mann ist gestorben, weißt du, und Annie dachte, es ist vielleicht gut, wenn sie ein paar Tage bei ihrer Schwester bleibt.«

»O ja, ja. Also… Also mußt du dich selbst versorgen, und ich wette, du hast heute noch nicht viel gehabt. Appetit auf etwas kaltes Hammelfleisch und Apfelkuchen?«

»Ob ich Appetit habe auf kalten Hammel und Apfelkuchen?« Er schaute sich jetzt bei den Kindern um, und sie lachten alle, einschließlich Davey. »Habt ihr gehört, was eure Mutter fragte? Ob ich Appetit habe auf kalten Hammel und Apfelkuchen? Was würdet ihr sagen?« Und daraufhin brüllten alle gemeinsam »Ja!«, und Davey fügte hinzu: »Er hat Appetit auf kalten Hammel und Apfelkuchen, Ma.«

Unter viel Gelächter stellte sie einen Teller mit Hammelkoteletten an seinen Platz und dazu eine Scheibe Brot und Butter. Während er aß, schauten die Kinder zu, und nachdem er ein paar Mundvoll gekaut hatte, legte er Messer und Gabel zur Seite und rülpste, dann sagte er: »Macht weiter mit euren Lektionen, Kinder, sonst komme ich mir vor wie ein Tier in einer Menagerie, so, als ob ihr gekommen seid, um mich essen zu sehen.«

»Ich will aber nicht weitermachen mit meinen Lektionen.«

Tol wandte sich an Davey. »Du willst nicht?« fragte er.

»Nein.«

»Er haßt allmählich das Lernen.«

Tol hatte sich jetzt Biddy zugewandt und fragte: »Aber du nicht?«

»O nein. Ich nicht. Es ist jeden Morgen wie Ferien von der Arbeit. Soll ich dir etwas Lateinisches vorsprechen?«

Tol blickte jetzt zu Riah hin, die dastand und eine Hand auf Daveys Schulter gelegt hatte, und grinste sie gutmütig an, bevor er sich wieder Biddy zuwandte und sagte: »Ja, ich möchte dich lateinisch reden hören; nicht, daß ich ein Wort davon verstehen könnte.«

»Ich könnte es dir lernen… Nein, der Herr sagt, man kann nicht jemand anders etwas lernen, es heißt lehren, und der, dem es gelehrt wird, lernt. Hast du verstanden?«

»Ja, Fräulein Lehrerin. Ja, ich habe verstanden.« Es gab wieder viel Gelächter, als Tol dazu den Kopf schief hielt und die Miene eines Dummkopfs machte.

»Also, dann hör zu... Hör zu, Tol, das ist lateinisch... Am... Amo mea matrem.«

»Gut, sehr gut!« Tol zeigte übertriebenes Erstaunen, als er auf das strahlende Gesicht von Biddy schaute, die jetzt erklärte: »Es heißt: Ich liebe meine Mutter.« Und ihre Augen blitzten zu Riah hinüber, die die Lippen zusammenpreßte, um das Lachen zu unterdrücken.

»Willst du noch mehr hören?«

»Ich kann es kaum erwarten.«

»Ach, du!« Sie warf den Kopf zurück, hatte Tols Sarkasmus erkannt, fuhr aber trotzdem fort. »Ad urbem... io... panem amam.« Sie mußte rülpsen, als sie fertig war, dann erläuterte sie voll Triumph: »Das heißt: Ich gehe in die Stadt, um Brot zu kaufen.«

»Was du nicht sagst!«

»Mach dich nicht lustig darüber, Tol. Der Herr sagt, niemand ist gebildet, wenn er nicht Latein kann.«

»Und der Herr sagt auch, daß du es falsch aussprichst.«

Jetzt lief ihr Gesicht vor Zorn rot an; sie fuhr herum, schaute Davey an und zog eine Schnute, bevor sie erwiderte: »Immer noch besser als gar nichts sagen zu können, nicht einmal was Vernünftiges in Englisch.«

»Na, na, na! Mach jetzt weiter mit deinen Aufgaben, Madam, und sei nicht ganz so frech. Davey wird es schon noch lernen, wie man die Wörter richtig ausspricht.«

»Was müßt ihr denn heute abend lernen?« fragte Tol, der damit Öl auf die Wogen gießen wollte. Aber statt Davey antwortete ihm Johnny, der mit breitem Grinsen erklärte: »Eine Geschichte aus so einem E-pick.«

»Ach, und worum geht es dabei?« »Mein Gott.« Johnny schüttelte den Kopf, richtete die Augen auf Biddy und sagte: »Lauter so komische Namen, über Männer, die kämpfen, Boote in Felsen verwandeln und so.«

Jetzt erklärte es Biddy, die mit ihrem Wissen protzen wollte, auf ihre Weise. »Es ist so: O-dysseus«, aber da unterbrach sie Davey: »So hast du es schon heute morgen gesagt, und er hat gesagt, daß du es falsch aussprichst.«

»Wer ist *er*? Der Bulle des Nachbarn?« Riahs Ton enthielt einen scharfen Tadel, als sie auf ihren geliebten Sohn hinunterschaute, und Davey riß das Kinn hoch und sagte: »Der Herr.« Dann kehrte er zu seinem Protest zurück, schaute seine Mutter an und sagte: »Aber er hat sie verbessert. Er hat gesagt, daß sie alle Namen falsch ausspricht.« »Wie hübsch von dir«, versetzte Biddy. »Immerhin erinnere ich mich wenigstens an die Geschichten und an die Gestalten, die darin vorkommen. Und du hast alles vergessen, du Holzkopf.«

»Genug! Genug! Entweder ihr erzählt jetzt Tol die Geschichte, oder ihr macht, daß ihr ins Bett kommt.«

Biddy knabberte an ihrer Unterlippe, bevor sie sich an Tol wandte und erzählte: »Also, dieser Mann ist lange Zeit umhergezogen, in Kriegen und allem möglichen, und da triff er einen Freund, und sie essen miteinander, und der Freund setzt ihn in ein Boot und schickt ihn mit Geschenken nach Hause. Aber die Matrosen wissen, daß mit dem da etwas im Busch ist, und sie setzen ihn, als er schläft, auf einer Insel aus. Aber als sie dann nach Hause kommen, treffen sie den Feind von diesem Odysseus, und er heißt Neptun und ist der Herr der Meere, und er war wütend über das, was sie getan haben, und hat das Schiff mit seinem Dreispitz berührt, das ist eine ganz große Gabel, und da ist es zu Stein geworden.«

»Eine blöde Geschichte.« Dieser Kommentar stammte von Maggie, und er brachte alle erneut zum Lachen, einschließlich der Erzählerin und Davey. Und Tol streichelte das dunkelbraune Haar des kleinen Mädchens und sagte: »Ich glaube, da stimme ich dir zu, Maggie. Mir kommt sie auch ein bißchen albern vor. Aber es ist ja nur eine Geschichte, und ihr lernt dadurch viele neue Wörter, also glaube ich, hat es doch sein Gutes damit.«

Wieder rief Maggie großes Gelächter hervor, als sie Tol anschaute und sagte: »Ich mag lieber *Baa! Baa! schwarzes Schäfchen.*« Und daraufhin begannen Biddy und Johnny zu singen:

»Baa! Baa! schwarzes Schäfchen
Hast du keine Woll'?
Ja doch, aber ja doch, Sir,
Drei ganze Taschen voll.
Eine für den Herren
Eine für die Magd
Und eine für Maggie Millican,
Damit sie nicht mehr klagt.«

Jetzt schütteten sich die beiden kleineren Kinder vor Lachen aus, und Riah schaute ihren Sohn an, dessen Gesicht ernst blieb. Sie fragte sich, warum es ihm nicht gelang, die leichteren Dinge des Lernens zu genießen, wenn er schon nichts für die schwereren übrig hatte. In gewisser Weise machte sie sich Sorgen um ihn.

Sie sagte etwas steif: »So, und jetzt seht ihr alle zu, daß ihr in eure Betten kommt. Aber leise, habt ihr gehört – nicht herumtoben, und gleich einschlafen!«

Ein Kind nach dem anderen kam zu ihr, gab ihr einen Gutenachtkuß und verabschiedete sich auch von Tol, bevor die Bücher eingesammelt wurden; dann verließen sie die Küche.

Jetzt, wo sie allein waren, herrschte Schweigen zwischen ihnen, und Riah fühlte, wie peinlich beiden die Situation war. Und als Tol aufstand und sich zum Gehen bereitmachte, fragte sie: »Mußt du denn schon zurück?«

»O ja, es gibt noch eine Menge zu tun; aber es war schön, daß ich hier sein durfte.« Jetzt schaute er sie an und fragte: »Und wie kommst du voran?«

»Ach, wie gewöhnlich. Meine Tage sind voll von Arbeit, mir wird nie langweilig, und der Herr war so gütig, mir Kleidungsstücke von seinen Eltern zu schenken, die ich jetzt für die Kinder umarbeiten muß.«

»Du lieber Gott! Das ist aber eine große Ehre, möchte ich sagen, denn Fanny wäre oft genug hinter dem einen oder anderen her gewesen, was da oben im Speicher hängt, aber er hat sie davor gewarnt, und nicht gerade in leisen Tönen, wie sie mir sagte.«

»Ich glaube, die Gesellschaft der Kinder hat ihn verändert.«

»Gewiß. Ganz gewiß. Ich habe ihn neulich getroffen, als er durch den Wald spazierte, und er ist ein Stück mit mir gegangen und hat sehr nett und freundlich geredet. Er kommt mir vor wie ein anderer Mensch, so, als ob er jetzt das Leben leichter nimmt. Ja, kein Zweifel, die Kinder haben ihn verändert, und er verändert sie auch, denn du mußt zugeben, es kommt nicht oft vor, daß Kinder aus der Arbeiterklasse eine solche Ausbildung bekommen.«

»Nein, bestimmt nicht, und du hast sicher recht, Tol. Ich bin dankbar. O ja, ich bin so dankbar. Nur...« Jetzt rieb sie eine Handfläche an der anderen, ehe sie fortfuhr: »Ich mache mir ein wenig Sorgen um Davey. Er ist nicht so an den Lektionen interessiert wie die anderen, und außerdem hat er diesen Hang zu Pferden, er möchte am liebsten mit Pferden arbeiten. Sein größter Kummer ist es, daß wir hier kein Pferd haben. Ich habe ihm klargemacht, daß sich der Herr keines leisten kann. Und er hat den Herrn sogar wütend gemacht, sagt Davey, als er ihm sagte, er möchte am liebsten Kutscher werden.«

»Will er das denn wirklich?«

»Es sieht so aus.«

»Nun, natürlich wäre die ganze Erziehung verschwendet, wenn er nicht weiter nach oben kommen will. Und ich verstehe Mr. Millers Einstellung sehr gut. Zugleich kann ich auch Davey verstehen, weil auch ich eine solche Vorstellung hatte, als ich in seinem Alter war: Ich wollte unbedingt zur See gehen und Matrose werden. Aber«, und jetzt lächelte er sie an, »nach dem, was ich inzwischen über das Leben der Matrosen gehört habe, bin ich froh, daß mein Wunsch nicht in Erfüllung gegangen ist.«

Sie nickte. »Da hast du recht. Ich habe das eine oder andere gesehen, wenn die Schiffe im Tyne festgemacht haben. Es ist ein brutales Leben, und manche zerbrechen daran. So viele Grausamkeiten erlebt man als Waldhüter nicht.«

Jetzt wandte er den Kopf zur Seite und nickte langsam, als er bemerkte: »Oh, auch die Wälder haben ihre Grausamkeiten. Eine Kreatur kämpft gegen die andere. Erstaunlich, was man da alles sieht. Und dann die Grausamkeit der Menschen.« Seine Stimme klang jetzt gepreßt. »Mein Herr, Master Gullmington, denkt daran, Fallen in den Wäldern aufzustellen.«

»Du meinst, Fallen für Menschen?« Ihre Stimme war nur noch ein Flüstern.

»Ja, genau. Ich kann nicht tausend Morgen gleichzeitig bewachen, und ich gestehe, ich drücke auch einmal beide Augen zu, wenn die Einheimischen Hasen jagen. Aber bei den Vögeln – nun, da habe ich sie unauffällig gewarnt, mehr kann ich nicht tun.«

»Ich finde, Fallen sind immer etwas Grausames, Fallen für Tiere – aber wenn Fallen für Menschen aufgestellt werden... Iiih!« Jetzt nahm sie ein Tuch von der Messingstange vor dem Herd, ging damit zum Tisch, polierte ihn und murmelte dazu: »Es gibt so viel Grausamkeit. Ich hab' aus der Zeitung erfahren, daß man zwei Männer wegen des Diebstahls von Schafen gehängt hat.«

»Na ja, das ist ein ernsthaftes Verbrechen; sie wissen, was sie erwartet, wenn sie so etwas tun.«

»Ja, aber gehängt! Ich kann es noch verstehen, wenn man Mr. Joblin hängt, weil er den Bergwerksaufseher umgebracht hat – aber wegen Schafsdiebstahl... Man hätte sie deportieren können, das wäre schlimm genug gewesen.«

Als sie ihn anschaute, sah sie, daß er lächelte, und sie hörte auf mit dem Polieren, seufzte, faltete das Tuch zusammen und fragte: »Wann kommt deine Schwester zurück?«

»Ich weiß es nicht. Vielleicht in ein oder zwei Wochen. Ich weiß nur, daß sie irgendwann einmal zurückkommen wird.«

Sie blickte zu ihm hoch. Er schien nur auf diesen Blick gewartet zu haben, und nun fügte er hinzu: »Das Leben ist manchmal nicht leicht. Ich glaube, nur wenige Menschen können das tun, was sie wirklich wollen.«

Als sie ihn anschaute, kamen ihr Worte in den Mund – doch dort blieben sie stecken, denn wie hätte sie sagen sollen: Du hast eine Woche, vielleicht zwei Wochen, um das zu tun, was du willst. Warum machst du nicht endlich den Mund auf? Warum kommst du nicht her und nimmst mich in die Arme? Es wäre eine kleine Entschädigung für das, was uns beiden entgeht. – Doch das brachte sie nicht heraus, und außerdem glaubte sie, daß er sehr genau wußte, was sie wollte. Es mußte ihr aufs Gesicht geschrieben sein. Doch auch er wollte offenbar nicht das Risiko eingehen, denn er wußte ebenso wie sie, daß sie sich nur zu umarmen brauchten, und schon wäre es geschehen, denn beide sehnten sich wie Verhungernde danach. Und sie wußte auch, daß sie beide über das Ergebnis im klaren waren, sie vielleicht noch mehr als er, denn was war, wenn sie wieder ein Kind bekam? Und sie wurde sehr leicht schwanger. O ja, sie wurde so leicht schwanger.

»Ich glaube, ich mache mich jetzt auf den Weg, Riah.«

»Ja, ja.«

»Kann ich etwas für dich tun – ich meine, draußen?«

»Nein. Nein, danke, Tol. Die Jungen schaffen es gut.«

»Ja, erstaunlich, wie der Garten nach so kurzer Zeit aussieht. Die haben gut gearbeitet, tüchtige Jungen. Also, dann mache ich mich auf den Weg.« Er stand da, und sie sagte: »Ja. Also dann, gute Nacht.«

»Gute Nacht, Riah.«

Er nahm seine Mütze vom Stuhlknauf und ging auf die Tür zu, dann drehte er sich um und sagte noch einmal »Gute Nacht, Riah.« Und sie erwiderte noch einmal: »Gute Nacht, Tol.«

Danach ging sie zum Herd, hängte das Tuch wieder an die Stange, drehte dabei geistesabwesend das eine Ende zusammen und murmelte in bitterem Ton: »Warum ist er eigentlich hergekommen?« Und nach einem Augenblick ließ sie das Tuch los, schaute zu, wie es sich entrollte, und dabei wich die Spannung aus ihrem Körper. Dann lehnte sie den Kopf gegen das Holz des Küchenschranks und murmelte: »Das war's dann eben. Das war's endgültig. Er hat nie eine bessere Chance gehabt, und er hat sie nicht genutzt. Also ist es jetzt endgültig. Ich werde nicht mehr an ihn denken.«

Die vier Kinder saßen am großen Tisch in der Bibliothek, die Jungen auf der einen, die Mädchen auf der anderen Seite. Percival Miller saß am Kopfende, hielt sich die Hand an die Stirn und sagte: »Eure Aussprache ist abscheulich. Wißt ihr das? Abscheulich.«

Sie starrten ihn schweigend an, bis Johnny für Ablenkung sorgte. In der Absicht, Frieden zu stiften, fragte er: »Wollen Sie, daß ich uns aus mei'm Buch vorlese?«

»O mein Gott!« Jetzt wandte sich der Herr Johnny zu. »Du hast wohl ›meinem‹ sagen wollen, Junge? Und wo war deine Zunge, als du ›uns‹ sagtest?«

Johnny schaute zu Biddy hinüber, und die lehnte sich zurück in der Hoffnung, unbeobachtet zu sein, tat so, als ob sie sich die Nase rieb, und deutete dabei mit dem Zeigefinger auf den Mund. Johnny, der ihren Ratschlag rasch verstand, sagte guten Muts: »In meinem Mund.«

»In welchem Teil deines Mundes? Vielleicht kann dir deine Schwester auch bei dieser Antwort helfen. Wo war deine Zunge, als du ›uns‹ gesagt hast?«

Johnny schwieg, und seine runden, leuchtenden Augen waren auf den Mann gerichtet, der ihm wie ein zürnender Gott vorkam; nach einem Augenblick wandte Percival Miller den Blick auf Biddy. »Nun, du hast vermutlich deine Übungen gemacht, daher frage ich dich jetzt, wohin gehört deine Zunge, wenn du ›uns‹ sagst?«

Sie neigte kaum merklich den Kopf in seine Richtung, als sie antwortete: »An meine untere Zahnreihe, Sir.«

»Ja, richtig. Drückt eure Zungen an die untere Zahnreihe und streckt die Kiefer, macht sie breit. Und dann sagt alle ›uns‹.«

Also sagten sie alle ›uns‹, und ihre Gesichter zeigten verschiedene Grade der Verzerrung, was zur Folge hatte, daß das Wort in verschiedener Weise zu hören war. Nach dem fünften Versuch wich ihre Aussprache immer noch weit voneinander ab, und es war wieder Biddy, die das kritisierte und gleich danach eine neue Ablenkung hervorrief, als Mr. Miller sie aufforderte, das Wort ›arg‹ auszusprechen, woraufhin er explodierte und sie anbellte: »Es heißt nicht ›Arsch‹, sondern ›arg‹ – auf dem anderen sitzt du, und da wirst du auch sitzenbleiben.«

Ein explosionsartiges Gelächter ließ die drei anderen vor und zurück schwanken; selbst Davey beugte den Kopf über den Tisch und preßte sich die Hand auf den Mund; überraschender noch: Der Herr zeigte ein deutliches Augenzwinkern, als er erklärte: »Deine übertriebene Aussprache wird in späteren Jahren mehr spöttische Bemerkungen hervorrufen als die schlechte Aussprache deiner Schwester und deiner Brüder. Du hast alle Aussichten, Madam, eine Mrs. Malaprop zu werden. Aber darum sollten wir uns später kümmern.« Jetzt hob er erst die Stimme, dann die Hand und schlug das Lineal auf den Tisch, dicht neben Maggies linker Hand, während sie die Rechte rasch auf dem Gesicht nahm, und der Herr brüllte: »Und du läßt deine Nase in Ruhe, Mädchen. Hat dir deine Mutter kein Taschentuch mitgegeben? Das ist wirklich eine schreckliche Angewohnheit!«

Und als dem Kind die Tränen in die Augen traten, fuhr er fort: »Hör auf damit. Ich will nichts hören.« Er schaute ihren gesenkten Kopf ein paar Sekunden lang an, dann sagte er: »Aber immerhin hat mir eure primitive Haltung eine weitere Idee eingegeben. Morgen werdet ihr lernen, was Lord Chesterfield von den Leuten hält, die in der Nase bohren. Und nun zurück zum Eigentlichen. Johnny und Maggie, addiert diese Zahlen.« Dazu schob er ihnen ein Blatt Papier hin. »Ihr könnt dabei das Rechengestell verwenden. Und ihr zwei«, er nickte Biddy und Davey zu, »macht mich sprachlos vor Bewunderung, wenn ich eurem Vorlesen zuhöre.«

Und so ging es noch die ganze nächste Stunde, bis es Zeit war für sie, an die Arbeit zurückzukehren. Als es so weit war, entließ er Johnny und die beiden Mädchen, doch zu Davey sagte er: »Ich will mit dir reden. Bleib, wo du bist.«

Als sie allein waren, begann er nicht gleich zu sprechen, sondern lehnte sich zurück in seinem Stuhl, legte die Hände um die großen Knöpfe der Armlehnen und schaute den Jungen an, der die Augen gesenkt und den Kopf leicht nach vorn geneigt hatte.

Die Sonne, die durch ein Fenster fiel, verwandelte das Haar des Jungen in gesponnenes Silber, und Percival Miller betrachtete es einige Minuten lang, ehe er leise sagte: »Du bist doch kein Dummkopf, Davey – warum bemühst du dich nicht mehr mit dem Lernen?«

Davey hob den Kopf, und seine Augen waren immer noch nach unten gerichtet, als er antwortete: »Es – es interessiert mich nicht so sehr, Sir. Ich – ich meine, ich bin eben nicht dafür bestimmt.«

»Wofür bist du denn dann bestimmt?« Percival Miller saß jetzt auf seiner Stuhlkante, die Ellenbogen auf den Tisch gestützt, die Hände ineinander verschlungen, und er bat den Jungen inständig: »Sag es mir. Sag es mir.«

Davey schaute seinem Herrn offen und gerade ins Gesicht und erklärte: »Ich hab' es doch schon gesagt, Sir, ich – ich möchte am liebsten mit Pferden beisammensein, Pferde führen oder so.«

Ihre beiden Gesichter waren nur wenige Handbreiten voneinander entfernt.

Es dauerte zwei Sekunden, bis Davey blinzelte, und als ob er aus der Trance erwachte, riß er den Kopf nach hinten und richtete sich gerade auf. Der Herr nahm seine Hand in die seinen und sagte: »Wenn ich verspreche, dir ein Pferd zu kaufen – sagen wir, ein Pony –, wirst du mir dafür versprechen, daß du mehr Sorgfalt aufs Lernen verwendest, und...«

»Sie wollen mir ein Pony kaufen, Sir? Wirklich?« Das Gesicht des Jungen begann zu strahlen. »Für mich? Ganz für mich allein?«

»Ja, ganz für dich allein.«

»Oh, Sir! Ja, ich werde es versuchen. O ja, ich werde es versuchen. Ich werde besser aufpassen. Und... Und...« Er öffnete zweimal den Mund und schloß ihn wieder, ehe er herausbrachte: »Hinter dem Sommerhaus stehen die Reste eines alten Einspänners, Sir. Ich könnte ihn reparieren. Ja, Sir.« Er nickte, und seine Miene verriet die Freude, die über ihn gekommen war. »Ja, Sir, ich werde es versuchen, o ja, das werde ich.«

Sie standen inzwischen beide, und Percival Miller hielt noch immer die Hand des Jungen; jetzt legte er ihm die andere auf den Kopf und fragte: »Ist das ein Versprechen?«

»Ja, Sir. Ich verspreche es. Oh, danke, Sir. Danke vielmals.« Und Davey zog seine Hand zurück und stolperte drei Schritte rückwärts, ehe er sich umdrehte und hinauslief.

Er platzte in die Küche und erschreckte Riah, indem er aus voller Kehle brüllte: »Ma! Ma! Was glaubst du?«

Sie wusch ihre Hände vom Blut eines Feldhasen, dem sie gerade den Balg abgezogen hatte, und auch ihr Gesicht strahlte, als sie ihren Sohn anschaute und sagte: »Ich weiß es nicht. Sag es mir.«

»Der Herr, er ist... Er kauft mir ein Pferd – ein Pony. Das hat er mir versprochen. Aber nur, wenn ich besser aufpasse im Unterricht. Und das werde ich, Ma, das werde ich. Denke doch, Ma, ein Pony!«

Sie zog einen Stuhl heran, setzte sich und fragte leise: »Hat er das wirklich gesagt?«

»Ja, ja, das hat er.«

Ihre Miene wurde ernst, als sie den Jungen am Arm packte und erklärte: »Vielleicht verstehst du dann, was das für ein Opfer für ihn ist. Denn er hat, wie du weißt, sehr wenig Geld. Und du weißt auch, was an den Zahltagen geschieht, mit den Büchern, dem Tabak und dem Bier.«

»Ja, Ma, das weiß ich.« Daveys Gesicht verlor etwas von seinem Strahlen, als er fragte: »Glaubst du, daß er auf das alles verzichten muß?«

»Ja, ich wüßte nicht, wie er es sonst schaffen sollte. Und du weißt, wenn du nicht das Gemüse und das Obst anbauen würdest im Garten, und wenn wir nicht die Eier von den Hennen hätten, dann könnten wir nicht so leben, wie wir das tun. Es fällt ihm schwer genug, mir die vier Shilling pro Woche zu bezahlen, und, Davey« – jetzt umarmte sie ihn und hielt dann seine beiden Arme fest –, »du mußt dann wirklich tun, was du ihm versprochen hast und gut lernen, denn das freut ihn mehr als alles andere. Er denkt nur ans Lernen, das ist ihm das Wichtigste im Leben.«

»Ich werde es tun, Ma. Wirklich.«

»Also dann, geh an deine Arbeit.« Und nachdem der Junge aus der Küche hinausgelaufen war, stand sie da, sah zu, wie er über den Hof rannte, als ob seine Füße Flügel bekommen hätten, und sie machte sich Sorgen, denn tief in ihrem Inneren war ihr klar, daß ihr Sohn, im Gegensatz zu ihrer älteren Tochter, einfach nicht das Zeug hatte, mehr Aufmerksamkeit auf das Lernen zu verwenden als bisher. Davey war eben einer von den Menschen, die besser mit den Händen arbeiteten als mit dem Kopf... Dann fing sie an, den Hasen zu zerteilen, und dachte, wie schade es doch war, daß ihr Herr so auf die Erziehung versessen war, und daß er für gar nichts anderes Gedanken übrig hatte.

8

Der Mann war wie umgewandelt. Gestern hatte er doch tatsächlich mit den Kindern Ball gespielt, draußen auf dem Hof. Riah hatte ihren Augen nicht getraut. Und seit einer Woche kam er sogar in die Küche, um mit ihr zu sprechen. Er setzte sich auf einen Küchenstuhl, und bei den Gesprächen ging es um alles mögliche. Er behandelte sie wie seinesgleichen. Gestern hatten sie darüber gesprochen, wie sonderbar es doch mit den Ereignissen herging, die man Zufälle nannte. War es Zufall gewesen, daß man sie zum Rowan Cottage geschickt hatte, wo sie sich um die Frau eines anderen Mannes hätte kümmern sollen? Zufall, daß Tol und Fanny ihr dort begegnet waren? Daß er sie mit ihren vier Kindern hierher geschickt hatte? Oder glaube sie daran, daß das Leben der Menschen vorausgeplant sei? Und als sie ihm darin zugestimmt und gesagt hatte: »Ja, Gottes Wege sind sonderbar«, da hatte er ihr widersprochen, sehr scharf sogar, und ihr vorgehalten, daß Gott ganz und gar nichts damit zu tun hätte. Ja, es gebe eine Kraft, die imstande sei, das Leben der Menschen zu formen, aber die habe nichts mit einem Gott zu tun, den man sich als Person vorstellte, welche oben in den Wolken auf einem Thron sitze.

Er hatte gar nicht mehr aufgehört, darüber zu reden, und sie war ein wenig schockiert gewesen, hatte sich dann aber gesagt, daß er eben nicht so war wie die meisten gewöhnlichen Menschen. Als Gelehrter mußte er anders denken. Und daß er anders dachte, wußte sie schon länger, denn sie hatte gelegentlich ein paar Wortfetzen aus seinen Diskussionen mit Pfarrer Weeks mitbekommen. Der Pfarrer, obgleich unerbittlich, wenn es sich um den Kirchgang drehte, war ansonsten ein toleranter Mann. Wahrscheinlich, weil er gegen einen Schluck Ale zur rechten Zeit nichts einzuwenden hatte.

Und gestern abend, als die Kinder um die Pumpe herumstanden, um sich zu säubern, war er in die Küche gekommen und hatte sich dann an die Tür zum Hof gestellt, um sie zu beobachten. Und als er »Wundervoll, wundervoll« gemurmelt hatte, da hatte er ihr leid getan. Das war ein Mensch, der sich trotz seiner sonderbaren Eigenheiten nach einer Familie sehnte. Er wäre ein guter Vater gewesen. In diesem Augenblick hatte sie sich sehr zu ihm hingezogen gefühlt. Sie hätte ihm am liebsten die Arme um die Schultern gelegt und seinen Kopf an ihre Brust gebettet, wie eine Mutter... Oder vielleicht doch nicht ganz so wie eine Mutter. Und damit war sie plötzlich mit ihren Gedanken wieder bei Tol gewesen.

Sie hatte ihn zweimal in der vergangenen Woche gesehen, und seine Haltung ihr gegenüber hatte sich nicht geändert; wenn überhaupt, kam er ihr etwas kühler vor als sonst. Er war nicht in der Küche geblieben, um mit ihr zu reden, und sie war ihm in gewisser Weise dafür dankbar gewesen. Schließlich hatte sie an ihren Entschluß gedacht, was Tol betraf, und sich mit der Erkenntnis abgefunden, daß er es gezeigt hätte, wenn er sie tatsächlich liebte – denn die Gelegenheit dazu war günstig gewesen wie nie. Sicher, er konnte sie gut leiden, darüber gab es keinen Zweifel, aber gut leiden können und lieben waren eben doch zwei Paar Stiefel...

Später am Abend, als die Kinder schon zu Bett gegangen waren und sie alles für den kommenden Morgen vorbereitete, die Küche aufräumte und den Tisch für das Frühstück deckte, ging die Tür zur Halle auf, und der Herr kam herein. Er begann mit einer Entschuldigung. Blieb ein paar Meter vor ihr stehen und fragte: »Störe ich, Maria?«

»Ganz und gar nicht, Sir. Ganz und gar nicht. Wollen Sie sich nicht setzen?« Sie fühlte, daß er mit ihr sprechen wollte, aber er schlug die Einladung, sich zu setzen, aus, ging statt dessen zum offenen Feuer, schaute hinein und sagte: »Ich glaube, wir verstehen uns, Riah, nicht wahr?«

Nach kurzem Zögern antwortete sie leise: »Ja, Sir.«

»Du bist eine intelligente Frau. Trotz deiner Herkunft

verstehst du viel vom Leben und weißt, daß das, was für manche richtig erscheint, für andere vollkommen falsch ist.«

Wieder sagte sie leise: »Ja, Sir.«

Danach folgte ein längeres Schweigen. Schließlich wandte er sich vom Feuer ab, schaute sie an und sagte: »Ja, dann komm doch auf einen Sprung mit mir nach oben. Ich möchte dir etwas schenken.«

Nach kurzem Zögern folgte sie ihm, als er wieder voraus und hinauf in den Speicher ging. Und als er die Tür des Garderobenschranks öffnete und das schwarze Samtkleid herausnahm, riß sie erstaunt den Mund auf, denn er hielt es mit beiden Händen vor sich hin und sagte: »Wie ich dir schon sagte, war das das Lieblingskleid meiner Mutter, und ich liebe es, weil ich sie geliebt habe. Du, Riah, erinnerst mich in gewisser Weise an meine Mutter; du hast eine ähnliche Figur, und ...« Er hielt kurz inne. »Und du hast das gleiche, gütige Herz, hast Verständnis für die menschliche Natur und ihre oft seltsamen Verflechtungen, Wendungen und Schwächen... Da, nimm es, es gehört dir.«

Als er das Kleid losließ, fiel es auf ihre Hände, und das Gefühl des weichen Stoffs sowie seines Gewichts schien sich durch ihren ganzen Körper auszubreiten. Fast ein wenig benommen hörte sie, wie er sagte: »Geh jetzt hinunter und zieh es an; dann komm zu mir ins Wohnzimmer und wir trinken einen Schluck auf diesen Anlaß.« Sie brachte kein Wort heraus, und er nahm ihr die Lampe ab und ging ihr voraus die Treppe hinunter...

In ihrem Schlafzimmer setzte sie sich auf die Bettkante und betrachtete das Kleid, das sie auf dem Fußende des Betts ausgebreitet hatte. Ihr Herz pochte gegen die Rippen, als ob sie ein junges Mädchen wäre, das sich zum erstenmal mit einem Mann trifft. Und sie tadelte sich selbst und sagte laut: »Nun, du hast schließlich gewußt, was da auf dich zukommt; und, Weib: Wenn du ehrlich bist, brauchst du ihn ebenso wie er dich braucht.« Dann wanderte ihr Blick zur Tür und über den Korridor zu den Zimmern der Kinder. Was würden sie denken? Nun, sie brauchten es ja nicht zu wissen. Sicher, Biddy in ihrer nachtwandlerisch sicheren, alles durchschauenden Klugheit würde es vielleicht ahnen. Sie war wie ein Wetterhahn, diese Biddy, was Gefühle anbelangt: erkannte sie und stellte sich sofort darauf ein. Doch was machte es schon? In gewisser Weise hing das Leben der Kinder ebenso wie das ihre davon ab, daß dieser Mann mit ihnen zufrieden war, und es war schließlich nichts, was sie Überwindung kostete. Nein, gewiß nicht.

Sie stand abrupt auf, streifte sich ihre Alltagskleidung ab, wusch sich Gesicht und Hände mit dem Schwamm und sagte sich, daß sie sich keine Gedanken zu machen brauchte, was die Sauberkeit anbelangte, denn sie hatte sich erst am Abend zuvor von oben bis unten gewaschen. Aber als sie dann in das Kleid steigen wollte, hielt sie es erst vor sich hin und sagte, als verkörpere es seine frühere Besitzerin: »Ich werde so gut sein zu ihrem Sohn, wie Sie es waren.«

Das Kleid war, wie sie feststellte, etwas eng unter den Armen und in der Taille, aber es gelang ihr dennoch, die unzähligen Haken zu schließen, die auf beiden Seiten von den Achselhöhlen bis zu den Hüften angebracht waren. Riah fand diese Art des Verschlusses sehr seltsam und ungewöhnlich, aber auf diese Weise blieben Vorder- und Rückenpartie des Kleides glatt, und als sie den kleinen Spiegel auf der Ankleidekommode ein wenig vor- und rückwärts bewegte, war sie verblüfft, was sie darin sah. Sie nahm die Lampe zu Hilfe, um besser zu sehen, und konnte kaum glauben, was sie erblickte. Sie fuhr sich mit einem Kamm durchs Haar, glättete es über den Ohren, frisierte sich eine Locke in die Stirn bis zu den Brauen und steckte zuletzt das Haar im Nacken zu einem Knoten zusammen. Dann schaute sie hinunter auf ihre Hände. Sie waren rot, die Nägel gesplittert. Und schließlich wanderte ihr Blick zu den Füßen. Sie trug Hauspantoffeln, aber sie hatten einen kleinen Absatz, und außerdem wurden sie vom Kleid bedeckt, so daß nur noch die Zehen vorn herausschauten. Hinten stand der Saum etwas auf und beim Gehen schleifte sie ihn ein wenig über den Boden, was andeutete, daß seine Mutter zwei bis drei Zentimeter größer gewesen sein mußte als sie.

Jetzt war sie bereit zum Gehen. Sie nahm die Lampe, hielt sie dann fest, während sie die andere Hand auf den Türgriff legte, und dabei kamen ihr zwei Worte in den Sinn: Lebwohl, Tol...

Er saß in einem Sessel neben dem offenen Kamin, als sie das Wohnzimmer betrat, und stand sofort auf, kam aber nicht auf sie zu. Den Mund ein wenig geöffnet, starrte er sie an, wie sie langsam durch den Raum schritt. Sie hatte die Lampe auf den Tisch gestellt, bevor sie sich bewegt hatte, und jetzt kam er auf sie zu, nahm ihre Hand und geleitete sie höflich zu dem Sessel auf der gegenüberliegenden Seite des Kamins. Noch immer sagte er kein Wort. Dann wandte er sich von ihr ab, trat an einen Seitentisch, nahm von dort eine Flasche, schenkte zwei Gläser Wein ein und sagte, als er ihr eines reichte: »Die letzte aus dem Keller, und nicht viele sind jemals zuvor zu einer solchen Gelegenheit und auf eine so schöne Frau geleert worden.«

Sie errötete, und eine Hitzewelle lief ihr von der Stirn bis zu den Füßen. Als er sein Glas hob, folgte sie seinem Beispiel und nippte dann an dem Wein. Er schmeckte wie Whisky, nur besser. Inzwischen hatte er sich ihr gegenüber auf dem Sessel niedergelassen, saß aber ganz vorne an der Kante, beugte sich in ihre Richtung und erklärte: »Ich glaube, das ist der seltsamste Abend meines Lebens, Riah. Du bist die Erinnerung an meine Mutter, die hier oft so gesessen hat, aber du bist auch noch vieles andere. Es gibt so viele Formen der Liebe, so viele verschiedene Ausdrucksmöglichkeiten. Hast du das gewußt, Riah?«

Sie hielt es nicht für notwendig, ihm zu antworten, und er fuhr fort: »Ich habe nur eine einzige Frau geliebt, und das war meine Mutter. Aber es würde mir nicht schwer fallen, dich zu lieben. Warum sind wir so gemacht, Riah? So kompliziert, daß man uns zwar die Möglichkeit des Liebens gegeben hat, aber zugleich die Angst davor, diese Möglichkeit in die Tat umzusetzen, und wir vergeuden sie auf andere Weise, die uns meist keinerlei Freude bringt. Aber keiner von uns hat darum gebeten, so zu werden, wie er ist. Verstehst du mich, Riah?«

Sie verstand und verstand auch wieder nicht; außerdem hatte sie wieder das Gefühl, daß er gar nicht auf eine Antwort wartete, sondern nur mit ihr reden wollte. Also trank sie einen Schluck aus ihrem Glas, und er fuhr fort: »Ich kann mir gar nicht mehr vorstellen, wie mein Leben war, bevor ihr, du und die Kinder, zu mir gekommen seid. Wenn ich zurückblicke auf die langen Jahre, in denen Fanny hier herumgeschlurft ist und mal dies getan hat und mal jenes, mürrisch und schlampig, ja, aber doch als eine Freundin... Ja, wirklich, sie war der einzige Mensch, den ich damals hatte. Und dann der Abend, an dem sie hereinkam und mir sagte, daß sie gehen wollte! Mir kam es vor wie das Ende meines Lebens, meiner Art von Leben. Als sie mir sagte, daß da draußen eine Frau mit vier Kindern sei, die ihre Stelle einnehmen wolle, habe ich mich gewehrt. O nein! habe ich gedacht. Es war, als ob die Götter sich über mich lustig gemacht und mich in meine frühen Jahre zurückversetzt hätten, in jene Zeit, als ich mich nach Kindern sehnte, als ich so gerne Vater geworden wäre, freilich ohne eine Frau nehmen zu müssen, die sie mir gebären konnte. Doch wovor ich solche Angst gehabt hatte, das stellte sich als eine wunderbare neue Erfahrung heraus. Du hast mir das Leben zurückgegeben. Weißt du das, Riah? Mit deinem gütigen, warmen Herzen und deinem Verständnis hast du mir das Leben wiedergegeben – und eine Familie.«

Jetzt lehnte er sich zurück in seinem Sessel, saß da und schaute sie eine Weile an, bis er schließlich aufstand und zu ihr hinging. Er nahm ihre Hand und brachte sie an seine Lippen, dann zog er sie sachte hoch und sagte: »Ich danke dir, Riah. Ich danke dir. Du und deine Kinder, ihr werdet stets meine Sorge sein, vor allem David. Verstehst du das? Ich wünschte mir nichts sehnlicher, als daß David mein Sohn wäre. Ich möchte sehen, was aus ihm wird. Eine Persönlichkeit.« Er lächelte, als er hinzusetzte: »Ich rede daher wie ein Vater, dessen Leben fehlgeschlagen ist und der jetzt erleben will, wie der Sohn das erreicht, was er sich selbst immer gewünscht hat... Geh jetzt zu Bett, Riah. Geh zu Bett.«

Das letzte war nur noch ein Flüstern, und wie im Traum nahm Riah die Lampe, wandte sich von ihm ab und ging mit langsamen Schritten aus dem Raum, überquerte die Halle und betrat nicht mehr die Küche, sondern ging durch die Seitentür in den Ostflügel und in ihr Zimmer.

Die Lampe fiel fast zu Boden, als sie sie an den Rand der Kommode stellte. Rasch suchte sie einen sicheren Platz dafür, dann ließ sie sich auf den Hocker sinken. Sie hatte gedacht, es würde in seinem Schlafzimmer geschehen, aber er hatte gesagt: »Geh jetzt zu Bett...« Und er wußte, wo ihr Schlafzimmer war, denn er hatte eines Tages auch diesem Teil des Hauses einen Besuch abgestattet und gesehen, wo die Kinder schliefen und welchen von den Räumen sie sich als ihr Schlafzimmer eingerichtet hatte.

Das Öffnen der Haken an ihrem Kleid dauerte länger als das Schließen. Lauter Daumen hast du an den Händen, schalt sie sich. Aber als es endlich zu Boden geglitten war, hob sie es sachte auf und hängte es in ihren Kleiderschrank, und bevor sie die Tür schloß, strich sie noch einmal mit dem Handrücken über den Samt.

Meistens schlief sie in ihrem Hemd und zog das Nachthemd darüber wegen der Kälte, aber an diesem Abend zog sie das Unterhemd aus und ließ auch das baumwollene Nachthemd liegen, wählte statt dessen ein langes Unterkleid mit leichter Korsage, das sie sich aus dem

Futter von einem der ihr für die Kinder geschenkten Kleidungsstücke genäht hatte. Bevor sie ins Bett ging, achtete sie noch darauf, daß die Tür ihres Schlafzimmers einen Spalt offenstand.

Und dann lag sie da und wartete im matten Schein der Lampe auf dem Nachttisch; ihr Haar war in der Mitte gescheitelt und lag in breiten Strähnen auf dem Kissen; die Hände hatte sie unter der Brust leicht verschränkt, und ihr Körper war bereit...

Die Reiseuhr, die sie aus einem anderen Schlafzimmer geholt hatte, sagte ihr, daß seit ihrem Zubettgehen eine halbe Stunde vergangen war. Nun, dachte sie, vielleicht ist er schüchtern. Hatte er nicht gesagt, daß er nie zuvor eine Frau geliebt hatte außer seiner Mutter? Ja, doch das bedeutete noch lange nicht, daß er keine besessen hatte. Großer Gott! Natürlich, die jungen Leute seines Standes machten daraus meistens eine große Sache. Vielleicht badete er? Aber nein, natürlich nicht: Er würde nicht in kaltem Wasser baden. Davey und Johnny trugen ihm immer das heiße Wasser hinauf, wenn er baden wollte...

Als ihr die Uhr sagte, daß sie schon eine ganze Stunde und zehn Minuten so dalag, da schwang sie sachte die Beine aus dem Bett und setzt sich auf die Bettkante. Was bedeutete das? Wollte er sich erst betrinken, bevor er zu ihr kam? Aber nein, das war eine törichte Idee. Es war die letzte Flasche gewesen, hatte er gesagt, und morgen, wenn er das Pony für Davey kaufte, würde er sich gar keinen Wein mehr leisten können. Zum Teufel, wo blieb er so lange?

Als es auf der Uhr zehn nach elf war, legte sie sich wieder hin. Das Begehren ihres Körpers wich allmählich einem Gefühl der Erniedrigung. Was war das für ein Spiel, fragte sie sich, das er da mit ihr trieb? Erst brachte er sie in Aufruhr, und dann kam er nicht. Geh zu Bett, hatte er gesagt. Das war doch deutlich genug, oder? Und dann der Ausdruck auf seinem Gesicht. Das war doch ein Blick der Liebe gewesen, oder jedenfalls irgendein stärkeres Gefühl. Aber was hatte er noch gesagt? Daß er Kinder wollte, ohne eine Frau haben zu müssen... Ach was, das war nur seine komplizierte Art, sich auszudrücken.

Sie wußte nicht, wie spät es war, als sie das Gesicht ins Kissen drückte, um das Schluchzen zu ersticken, aber nachdem die Tränen versiegt waren, stellte sie mit Überraschung fest, daß das Öl der Lampe fast ganz verbrannt war und der Docht nur noch schwach flackerte.

Sie stand auf, kniff die Augen zusammen und schaute hinüber zu der kleinen Uhr auf dem Kaminsims. Dabei stellte sie zu ihrer Überraschung fest, daß es Viertel vor fünf war.

Warum? Warum?

»Hast du Kopfschmerzen, Ma?«

»Was?« Riah drehte sich vom Herd um, den Porridge-Topf in der Hand, und schaute Biddy an, wiederholte dann: »Was hast du gesagt?«

»Ich habe gefragt, ob du Kopfschmerzen hast, Ma.«

»Ja, ein bißchen.«

»Schlecht geschlafen?«

»Ja. Ja, ich habe nicht gut geschlafen.«

»Ich wollte, ich müßte nicht so viel schlafen; man versäumt so viel Zeit damit.«

»Iß deinen Porridge.«

»Also, ich könnte den ganzen Tag schlafen.« Niemand reagierte auf Johnnys Bemerkung, aber Riah blickte die beiden kleineren Kinder an, die müde aus den Augen schauten, und sagte scharf: »Macht schon, daß ihr mit eurem Frühstück fertig werdet, es ist gleich sieben.« Dann wandte sie sich an Davey. Er hatte leergegessen und fragte fröhlich: »Kann ich noch etwas haben, Ma?«

Wieder brachte sie den Porridge-Topf an den Tisch und dachte sich dabei, daß sie genau wußte, was den Appetit ihres Sohnes so verstärkt hatte: die Vorfreude auf das Pony drang ihm wie Dampf aus allen Poren, denn heute fuhr der Herr nach Newcastle, um seine Gelder zu kassieren und das Pony mitzubringen. Sicher, wenn die Versprechungen des Herrn ihrem Sohn gegenüber denen glichen, die er ihr selbst machte, dann würde sie es heute abend mit einem mürrischen, enttäuschten Jungen zu tun haben. Aber nein, er würde das Pony mitbringen, weil er nicht die Gunst der Kinder aufs Spiel setzen wollte, besonders die von Davey, denn er hatte zweifellos einen Narren gefressen an dem Jungen.

Aber wie konnte sie ihm an diesem Morgen entgegentreten? Hatte er sich gestern abend lustig gemacht über sie? Hatte er sie hereingelegt? Sie dazu gebracht, daß sie sich aufputzte, nur um sich einen Scherz mit ihr zu erlauben? Sie konnte es sich nicht denken, denn er war im Grunde ein gütiger Mensch. Aber was war das für ein Mann, der sie einfach liegen und stundenlang warten ließ? Ach, sie wußte nicht, was das alles zu bedeuten hatte. Sie wußte nur, daß sie inwendig zitterte bei dem Gedanken, ihm gegenübertreten zu müssen.

Sie hätte sich darüber keine Gedanken zu machen brauchen. Eine Stunde später, als sie sein Frühstück ins Zimmer brachte, war er bereits angezogen und fertig für die Reise nach Newcastle, und er grüßte sie fröhlich – so fröhlich, daß sie sich, nachdem sie das Tablett auf den Tisch gestellt hatte, nach vorn beugte und sein Gesicht betrachtete, weil es sie überraschte, ihn so fröhlich und glücklich zu sehen.

»Ein schöner Morgen, Riah, findest du nicht?«

Sie gab ihm keine Antwort. Er hielt inne in der Bewegung, mit der er die Serviette auseinanderfalten wollte, und seine Augen verengten sich, als fragte: »Fühlst du dich nicht wohl?«

»Ich fühle mich... Es geht mir gut, Sir. Ich habe nur etwas Kopfschmerzen.«

»Dann mußt du ins Freie, spazierengehen. Du bist zuviel im Haus, weißt du, Riah. So, und nun bin ich bereit, in die Stadt zu galoppieren und ein Pferd zu kaufen.« Er lachte laut, dann fügte er hinzu: »Ehrlich gesagt, ein kleines Pferd – ein Pony. Ich bin so aufgeregt wie David über die Aussicht, ein solches Tier dem Haushalt einzuverleiben. Weiß du das, Riah?«

»Ja, Sir.«

Jetzt nahm er Messer und Gabel, benützte sie aber nicht, um den Schinkenspeck auf seinem Teller zu schneiden, sondern schaute das Besteck nur an und sagte mehr zu sich selbst als zu ihr: »Es kennzeichnet diesen Tag: ein neues Leben, das uns da ins Haus kommt. Und... Und du hast mir diese Freude geschenkt, Riah. Du hast mir gewissermaßen einen Sohn geschenkt.« Er wandte sich jetzt ihr zu, und sie dachte einen Augenblick lang: Er ist nicht richtig im Kopf! Ihm einen Sohn geschenkt, von wegen! Davey war heute ebensowenig sein Sohn wie gestern oder vor einem Jahr. Und sieh in dir an: Er lächelt übers ganze Gesicht, nachdem er mir gestern abend erst solche Hoffnungen gemacht hat und mich dann allein ließ...

»Sag bitte zu David, ich möchte ihn noch sehen, bevor ich gehe. Tust du das?«

»Ja. Ja, Sir.«

In der Halle blieb sie einen Moment stehen und dachte: Er ist wirklich ein bißchen komisch. Gestern abend klang es ganz anders; da hatte er von ihnen allen als seiner Familie gesprochen, jetzt dagegen war nur Davey sein Sohn! Das gefiel ihr nicht; Davey war *ihr* Sohn, sie war ihm Mutter und Vater zugleich, und so sollte es auch bleiben. Außerdem betrog er sich selbst, wenn er glaubte, er könnte einen Gelehrten machen aus Davey... Ja, wenn es Biddy gewesen wäre!

Sie wußte, daß Davey draußen war, um das untere Feld zu mähen, und hätte Biddy nach ihm schicken können, ging aber statt dessen selbst in den Garten und an der langen Hecke entlang, rief ihm schließlich: »Davey! Davey!« Er warf die Sichel ins Gras und rannte auf seine Mutter zu.

»Ja, Ma?«

»Der – der Herr möchte dich sehen, bevor er in die Stadt fährt.«

Sie sah, wie sein Gesicht zu strahlen begann, dann lief er ohne ein Wort den Garten entlang bis zum Haus.

Ein paar Minuten später stand sie wieder in der Küche, und er kam herein, noch immer strahlend und voller Begeisterung.

»Es war wegen dem Pony, Ma. Er – er hat mich gefragt, welche Farbe ich am liebsten habe. Kaum zu glauben, was!« Er schüttelte den Kopf. »Ich begreife das noch immer nicht. Und glaub mir, ich werde lernen. Ich habe es ihm versprochen. Ich werde alles tun, was er sagt.« Er schnitt eine Grimasse, als er jetzt hinzufügte: »Ich werde sogar besser sein als die gescheite Biddy. Ich hab' ihn gefragt, wie er es hierherbringen will, und er meinte, er wollte Robbie Howel, den Kutscher, bitten, daß er es neben seinem Pferd hertrotten läßt, und ich soll gegen drei unten an der Kreuzung sein und es abholen, ich meine, mit ihm zurückkommen, weil er selbst erst gegen vier mit der Kutsche hier sein wird. O Ma, ich bin so aufgeregt. Und, Ma –«

»Ja, Davey?« Ihr Gesicht war ausdruckslos, ihre Stimme ebenfalls.

»Er ist gut, nicht wahr? Der Herr, meine ich. Er ist sehr gütig. Wenn er nur nicht versuchte« – jetzt verzog er wieder das Gesicht –, »mir so viel einzutrichtern.«

Als sie ihm nachschaute, wie er aus der Küche hinauslief, war ihr ein wenig elend und wohl auch traurig zumute, und sie konnte nicht sagen, warum. Sie hätte sich mit ihrem Sohn freuen sollen, denn sie hatte Davey noch nie so glücklich gesehen, und er würde wegen des Ponys hart arbeiten und gut lernen, das wußte sie. Warum war sie dann nicht glücklich? War es, weil sie in sich immer noch dieses große Verlangen hatte und weil sie das, was in der vergangenen Nacht geschehen war, nicht begreifen konnte? Sie wußte es nicht.

Um halb zwei steckte Davey den Kopf unter die

Pumpe, und als er danach in die Küche kam, das Haar noch naß und auf den Kopf geklebt, rief ihm Biddy, die durch die andere Tür hereingekommen war, zu: »Warum machst du dich jetzt schon fertig?«

»Es dauert ja fast eine halbe Stunde bis zur Wegkreuzung.«

»Aber dann hast du immer noch«, sie schaute auf die Uhr, »fast eine Stunde Zeit.«

Sie hatte ein Staubtuch in der Hand; jetzt hielt sie es am einen Ende fest und zog es durch die halbgeschlossene Faust ihrer anderen Hand; dazu sagte sie: »Ich bin neugierig, wie es aussehen wird, die Farbe und so weiter. Du hast ihm gesagt, daß du es am liebsten braun hättest, nicht wahr?«

»Ich hab' gesagt, es ist egal, aber braun finde ich schön.«

»Wie wirst du es denn nennen?«

»Ich weiß es nicht. Erst muß ich sehen, ob es männlich oder weiblich ist.« Daraufhin mußten beide laut lachen. Dann kam er rasch um den Tisch herum, schaute ihr bittend in die Augen und sagte: »Du hilfst mir, Biddy, ja? Ich meine, mit dem Lernen. Diese griechischen Mythen, das ist es, weißt du, die kann ich mir einfach nicht merken. Und die Namen. Ich bin nicht gut im Merken von Namen, jedenfalls nicht von solchen, die ganz anders sind als alle, die wir kennen. Weißt du, was ich meine?«

Sie nickte ihm zu, und ihre Augen glänzten, als sie sich zu ihm hinüberbeugte und flüsterte: »Wenn wir nach oben gehen, ist Ma fast immer noch eine Stunde hier unten oder auch noch länger, und ich schlafe sowieso nie gleich ein, also kannst du dann zu mir kommen, und ich lerne dir – lehre dich, wie es mit den Sagen des griechischen Altertums steht.« Sie hatte die beiden verbesserten Wörter überbetont; jetzt berührten sich ihre Köpfe für einen Augenblick, und wieder lachten sie schallend.

Dann schaute sie ihm zu, wie er zur Kaminecke lief, den Kamm nahm, der dort in der Bürste steckte, und sich damit durch das Haar fuhr. Davey hatte wunderbares Haar. Er sieht überhaupt sehr gut aus, unser Davey, dachte sie. Es hatte ihr seit jeher Freude gemacht, ihn anzuschauen, selbst dann, wenn sie sich über sein Verhalten ärgerte. Er hatte ein Gesicht wie manche Gestalten in den Büchern, die in dem kleinen Raum neben der Bibliothek standen. Dort waren die besonderen Bücher untergebracht, und darunter waren auch viele, die Bilder und Zeichnungen enthielten. Sie hatte oft beim Abstauben einen Blick hineingeworfen und darin geblättert. Daher nahm sie sich immer besonders viel Zeit, wenn sie dort abstaubte, und wünschte sich, sie könnte wie der Herr den ganzen Tag über dort sitzen und lesen.

»Wo ist Ma?« Er kämmte sich immer noch.

»Oben im Speicher, beim Aussortieren. Der Herr hat ihr gesagt, daß sie etwas von der Unterwäsche in den Koffern haben kann. Das sind wunderbare Sachen, Davey. Ich wäre am liebsten den ganzen Tag dort oben geblieben und hätte alle Koffer und Kisten durchgesehen, aber sie hat mich nicht gelassen.« Jetzt hielt sie inne, ihr Gesicht wurde nachdenklich, und sie fügte hinzu: »Ma ist heute irgendwie ganz anders. Macht sie sich Sorgen über irgendwas, weißt du es, Davey?«

Er schüttelte den Kopf und sagte: »Nein, nichts – kann es mir auch gar nicht vorstellen. Aber bei mir war sie auch komisch und hat gesagt, sie hätte Kopfschmerzen.«

Biddy wandte sich von ihm ab und murmelte: »Das sind nicht nur Kopfschmerzen, die hat sie früher auch schon gehabt. Es ist komisch, fast so, als ob... Wohin gehst du?«

»Auf Wiedersehen sagen, und daß ich jetzt gehe.«

Als Davey oben im Speicher ankam, sah er seine Mutter, die auf dem Boden vor einem offenen Schrankkoffer kniete, wobei sie zahlreiche Wäschestücke um sich ausgebreitet hatte. Er ging behutsam in die Mitte des Speichers – Davey wußte nicht, warum, aber er konnte diesen Teil des Hauses nicht leiden –, und als sie sich umdrehte und zu ihm hochblickte, sagte er: »Ich gehe jetzt, Ma.«

»Ist es schon so spät?« Sie stand auf.

»Ich bin eien bißchen früh dran.« Er lächelte sie an, und sie legte ihm die Hände auf den Kopf und sagte: »Dein Haar ist naß.«

»Ja.« Er grinste ein bißchen verlegen, als er einen seiner seltenen Scherze machte: »Ich dachte, ich mache mich ganz sauber, damit mein Pony weiß, wenn es mich sieht, daß... daß ich ein ordentlicher Junge bin.«

Jetzt lächelte sie ihn an, aber es reichte nicht zu einem Lachen. Ein ordentlicher Junge, hatte er gesagt. Dabei sah er sich gar nicht als Jungen; er wurde demnächst zwölf, konnte aber leicht für vierzehn gehalten werden. Er war groß und hübsch. Oft, wenn sie ihn anschaute, wunderte sie sich, wie es geschehen sein konnte, daß sie einen so hübschen Jungen wie ihren Sohn geboren hatte. Sie liebte alle ihre Kinder, o ja, und sie hätte bis zum letzten Atemzug behauptet, daß sie sie alle in gleicher Weise liebte; dennoch wußte sie tief in ihrem Herzen, daß Davey für sie etwas Besonderes war. Jetzt umarmte sie ihn, zog ihn zu sich her und hielt ihn einen Augenblick lang fest. Die unerwartete Zärtlichkeit überraschte beide, und als er einen Schritt zurücktrat, blinzelte sein rechtes Augenlid heftig und unwillkürlich.

Sie waren keine Familie, die ihre Zusammengehörigkeit stets auch nach außen demonstrierte, es war eher ungewöhnlich, wenn sie sich umarmten. Deshalb fragte er, wobei er sich an sein vorausgegangenes Gespräch mit Biddy erinnerte: »Geht es... Geht es dir gut, Ma?«

»O ja, natürlich.«

»Du bist nicht böse oder so?«

»Böse?« Sie stieß ein kurzes Lachen aus und fragte: »Hast du mich schon mal richtig böse erlebt? Ich meine, wirklich schlechtgelaunt?« Und dazu schnitt sie eine Grimasse, und Davey schüttelte den Kopf und sagte: »Nein, Ma, du bist nie schlechtgelaunt. Manchmal vielleicht ein bißchen ärgerlich – aber schlechtgelaunt? Eigentlich nicht.«

»Also dann, geh zu«, sagte sie, hielt ihn aber noch zurück, als er sich schon umgedreht hatte, und rief nun doch ein offenes Lachen hervor, als sie sagte: »Vielleicht findest du ja unterwegs ein Schwert und eine Rüstung – dann kannst du in den Hof einreiten wie einer der Ritter, über die du schon so viel gelesen hast.«

»O ja, Ma, das wäre eine Sache! Und dem Herrn würde es gefallen, was glaubst du?«

Sie hörte zu, wie er die Treppe hinunterpolterte, und dachte: Dieses Pony wird sein ganzes Leben verändern.

Es wurde halb fünf, bis Davey zurückkam. Sie waren alle in der Küche: Johnny, Maggie, Biddy und Riah. Die Kinder waren aufgeregt, und sie hatte ihnen gerade Brot abgeschnitten, damit sie einen Bissen im Leib hatten, bevor sie ihrem Bruder auf dem Weg entgegengingen. Doch dann öffnete sich unerwartet die Küchentür, und da stand er, mit hängenden Schultern, ausdruckslosem Gesicht und zusammengepreßten Lippen.

Niemand sagte ein Wort, als er zum Tisch kam, und er schaute nur seine Mutter an und sagte: »Es war nicht da. Mr. Howel hat mich ausgelacht.«

»Ausgelacht?« Riah hatte das Wort nur geflüstert, und Davey nickte, als er fortfuhr: »Ja, er hat gelacht und gesagt: Die einzigen Pferde, die du vielleicht einmal von Mr. Percival Miller bekommst, das sind Schusters Rappen.« Er hielt inne, und seine Lippen bebten, als er hinzufügte: »Er hat auch noch gesagt, wenn er sich nicht sehr täuscht, dann kommt der Herr nicht einmal auf Schusters Rappen, sondern wie üblich mit Tol Bristons Wagen.«

Langsam ging Riah um den Tisch herum, aber als sie versuchte, ihrem Sohn eine Hand auf die Schulter zu legen, da zuckte er zurück, und seine Stimme schlug fast ins Falsett um, als er schrie: »Ich zieh mich um und gehe an die Arbeit. Und sonst werde ich hier nichts mehr tun! Hast du gehört, Ma? Ich werde nur noch arbeiten und sonst nichts mehr. Er kann sich die verdammte Lernerei an den Hut stecken, das kann er. Und das sag ich ihm auch. Er denkt immer nur ans Lernen. Ich sage, zum Teufel mit dem Lernen und mit ihm obendrein. Ja, zum Teufel mit ihm!«

Er lief hinaus aus der Küche, und die anderen schauten sich erst einmal eine Weile sprachlos an, bis Biddy leise sagte: »Es gibt bestimmt einen Grund dafür, Ma. Es muß einen Grund geben.« Dann fuhr das Mädchen erschreckt und überrascht zurück, als sich seine Mutter umdrehte und es anbrüllte: »Ja! Natürlich gibt es einen Grund dafür, und wir kennen ihn alle: Er wird in Kürze hier zur Tür hereingetorkelt kommen. Geht alle wieder an eure Arbeit. Darum kümmere ich mich schon selbst. Los, macht, daß ihr weiterkommt.« Sie scheuchte sie mit einer heftigen Armbewegung hinaus. Und als sie dann alleine in der Küche stand, schlug sie ihre Faust in einem heftigen Rhythmus gegen das Hackbrett, kümmerte sich nicht um die Gemüsestücke, die wie kleine Püppchen auf dem Tisch emporhüpften und auf den Boden fielen, und während der ganzen Zeit wiederholten sich wie eine Gebetsmühle in ihrem Kopf Biddys Worte: ›Es muß einen Grund dafür geben. Es muß einen Grund geben...‹ Und sie starrte die Tür an, als erwarte sie, daß dort in Kürze ihr betrunkener Ehemann hereinkäme.

Es war fast eine Stunde später, als Percival Miller sein Haus betrat. Er blieb in der Halle stehen und hielt den Kopf gesenkt, bevor er erst in die eine, dann in die andere Richtung und schließlich die Treppe hinauf schaute; anschließend drehte er sich um, ging in sein Wohnzimmer und zog dort an der Klingel, deren verziertes Band neben dem offenen Kamin hing.

Es dauerte volle drei Minuten, bis Riah auftauchte. Sie öffnete langsam die Tür, betrat ebenso langsam den

Raum, mit festen, entschiedenen Schritten, und blieb erst stehen, als sie bemerkte, daß er völlig nüchtern und sicher am Kamin stand und einen Ausdruck auf dem Gesicht hatte, den sie bei ihm noch nie gesehen hatte.

Jetzt kam er auf sie zu, blieb auf Armeslänge vor ihr stehen und fragte: »Wo ist er?«

Ihre Antwort war leise, als sie sagte: »Er mäht das Feld, Sir.«

»Oh, Riah.« Er hatte sich halb von ihr abgewandt – dann schaute er ihr wieder ins Gesicht und sagte: »Ich habe mich zwingen müssen, nach Hause zu fahren.«

»Was ist geschehen, Sir?«

»Es ist eine lange Geschichte, und du würdest sie nicht verstehen. Ich weiß nicht einmal, ob ich sie ganz verstehe. Jedenfalls haben mich meine Anwälte davon in Kenntnis gesetzt, daß gut die Hälfte des Kapitals, aus dem sich meine Einkünfte ergeben, stark im Wert gesunken ist – so bedauerlich das sein mag. Während ich bisher zwischen vierundzwanzig und sechsundzwanzig Pfund im Vierteljahr erhielt, bekam ich heute nur zwölf Pfund, und das muß nun drei Monate reichen.« Er breitete die Hände aus, ballte sie dann zu Fäusten, schlug diese immer wieder gegeneinander und rief: »Was hätte ich denn tun sollen? Ich bin nicht einmal wie üblich auf einen Schluck in ein Pub gegangen, weil ich wußte, wie sich der Junge jetzt fühlt. Wie hat er es aufgenommen?«

Sie schluckte, und ihre Stimme klang besorgt, als sie antwortete: »Schlecht, wie ich fürchte, Sir. Aber ich bin ja froh, daß es einen Grund dafür gibt, einen guten Grund. Biddy hat gleich gesagt, daß es einen geben muß.«

»Oho!« In seiner Stimme lag ein sarkastischer Unterton, als er sagte: »Dann muß ich Biddy dafür dankbar sein, daß sie als einzige an mich glaubte, während ihr beide, du und wohl auch David, dachtet, ich würde besoffen zurückgekarrt werden.«

»Aber Sir –«

»Ja, ja, ich weiß, ich weiß.« Er drehte sich herum und breitete wieder die Hände aus. »David hat sein Pony nicht bekommen. Aber wir alle werden in Zukunft vieles entbehren müssen: Ich weiß noch nicht, wie wir mit so wenig Geld auskommen sollen.«

Sie sah ihm zu, wie er am anderen Ende des Zimmers auf und ab ging, und dabei kam ihr der Gedanke, daß er doch mit seinem Wissen und seiner Bildung Geld verdienen könnte; daher wagte sie es, ihm den Vorschlag zu machen: »Haben Sie schon mal überlegt, als Lehrer zu arbeiten, ich meine, für junge Herren, Sir?«

Er hielt inne, hatte ihr den Rücken zugekehrt, und es dauerte einige Sekunden, ehe er sich zu ihr umdrehte und sehr zögernd erwiderte: »Ja, Riah, ich habe oft daran gedacht, als Lehrer tätig zu sein, aber ich habe mich geweigert, die Sache weiter zu verfolgen. Verstehst du?«

Sie verstand keineswegs, daher schwieg sie.

»Ich muß es dem Jungen erklären«, sagte er dann.

»Soll ich ihn holen, Sir?«

»Nein, nein, ich gehe lieber selbst zu ihm.«

Er hatte seinen Mantel und den Hut in der Halle abgelegt, und jetzt schaute sie ihm zu, wie er sich anzog und das Halstuch umband, während er zur Haustür ging. Als sie selbst dort angekommen war, überquerte er bereits die gekieste Auffahrt zu dem Pfad, der in das Gehölz führte, und seine Schritte waren fast ein Laufen. Dabei fiel ihr wieder Daveys Reaktion von vorhin ein, und das veranlaßte sie, durch die Küche und über den Hof in den Garten zu eilen. Dort wurde sie aufgehalten von Johnny, der einen Korb mit Gras schleppte und ihr zurief: »Suchst du Maggie, Ma? Die ist unten beim Gewächshaus.«

»Nein, nein, ich suche Davey.«

»Der hat furchtbare Laune, Ma, und drischt wie ein Verrückter auf das Gras ein. Er hat mich weggescheucht, wirklich.«

»Geh und leer deinen Korb aus«, sagte sie

Sie hatte die hohe Eibenhecke erreicht, als sie die

Stimme ihres Herrn vernahm; sie kam von der anderen Seite der Hecke, und Riah erstarrte, als sie den bittenden Ton hörte, in dem er sagte: »David. David, versuche doch, mich zu verstehen. Es liegt nicht an mir, es ist nicht meine Schuld. Oh,David…«

»Nicht! Nicht! Lassen Sie mich!«

Riahs Gesichtsmuskeln spannten sich an, und als sie Daveys Stimme hörte, diesmal noch lauter: »Hören Sie auf! Hören Sie auf! Lassen Sie mich los! Sie sollen mich loslassen!« da schienen ihre Füße nicht mehr den Boden zu berühren, während sie an der Hecke entlanglief. Dann, fast gleichzeitig mit dem Gebrüll ihres Sohnes, vernahm sie einen gequälten Schrei, der sie erstarren ließ.

Die Schultern bis zu den Ohren hochgezogen, bewegte sie sich nicht, während sie die Worte hörte: »O Gott! O mein Gott!« Sie wußte nicht, wer sie ausgestoßen hatte, aber nun setzte sie sich wieder in Bewegung, und als sie um die Hecke herumkam, erstarrte sie erneut vor Entsetzen, als sie den schrecklichen Anblick in sich aufgenommen hatte. Da, die Sichel noch in der Hand, stand ihr Sohn, und da, auf dem Boden, aus dem Unterarm und aus der Hüfte blutend, lag ihr Herr! Sie sah, wie Davey die blutige Sichel wegwarf, ehe er zu ihr eilte.

Er hielt sich an ihrem Kleid fest und schrie: »Ma! Ma! Ich hab' das nicht gewollt; ich wollte ihn nur weghaben. Er hat mich dauernd festgehalten. Oh, Ma. Ma!«

»Allmächtiger Gott!« Es kam als leises Stöhnen aus ihrem Mund.

Der Mann auf dem Boden wand sich wie in Agonie. Seine Hände trieften von Blut, als er versuchte, die Blutung seines Arms zu stillen, aber Riah konnte sich nicht auf ihn zu bewegen, stand erstarrt da, bis Davey, der sich noch immer an sie klammerte, brüllte: »Was soll ich denn tun, Ma? Was soll ich denn tun?«

Ja, was sollte er tun? Sie schaute ihn an und hätte fast selbst laut aufgeschrien, weil sie ihn in Gedanken schon am Galgen hängen sah – denn genau das würde geschehen, wenn der Mann am Boden starb. »Geh und hole Tol! Suche ihn, du mußt ihn finden!« Doch als Davey davonlaufen wollte, hielt sie ihn zurück und flüsterte ihm leise zu: »Sag ihm nicht, daß du es getan hast. Sag ihm... Sag ihm, der Herr hat einen Unfall gehabt. Sag ihm das.«

Als sie ihren Sohn losgelassen hatte, stolperte er davon wie ein Junge, der seinen ersten Schluck Ale getrunken hat. Und nun ging sie auf ihren Herrn zu, der keuchend auf der Seite lag, jetzt den Kopf hob und mit schwacher Stimme sagte: »Holt... Holt den Arzt.« Erst als sein Kopf zurückgesunken war auf den Boden, erwachte sie zum Leben. Jetzt rannte sie über das Feld und rief: »Johnny! Johnny! Und du, Maggie!«

Maggie kam ihr als erste entgegen, und Riah bellte sie an: »Lauf zum Haus. Sag Biddy, sie soll Tücher bringen, Leinentücher oder Bettlaken. Der Herr hat einen Unfall gehabt. Schnell. Schnell!«

Maggie starrte ihre Mutter ein paar Sekunden lang an, dann drehte sie sich um und rannte durch den Garten. Unterwegs begegnete sie Johnny mit seinem leeren Korb, und als dieser Riah rufen hörte: »Hierher! Hierher!«, kam er auf sie zugerannt.

Sie nahm ihm den Korb ab und sagte laut: »Du kannst doch laufen, oder?«

»Ja, Ma. Ja, ich kann laufen. Ich bin gut im Laufen.«

»Dann renn ins Dorf, zum Pfarrer, und sag ihm, er soll jemandem auf einem Pferd zum Doktor schicken.«

Johnny wandte sich ab und war bereit, loszurennen, dann drehte er sich noch einmal um und fragte: »Ich muß dem Doktor aber sagen... Ich meine, was soll ich dem Pfarrer sagen, daß er es dem Doktor sagt? Geht es unserem Davey schlecht?«

»Nein. Sag ihm, es geht um den Herrn. Er hat einen Unfall gehabt und ist schwerverletzt.«

»Womit denn, Ma?«

»Wirst du jetzt endlich gehen?«

Er ging und rannte los, wie nur die Jungen rennen

können. Jetzt drehte sie sich um und lief wieder um die Hecke herum und hinüber auf das Feld.

Ihr Herr lag so da wie zuvor, als sie ihn verlassen hatte, nur das trockene Gras um seine Hüfte war jetzt von Blut getränkt. Sie kniete sich neben ihn, steckte zögernd die Finger in den blutigen Schlitz seiner Jacke, zupfte am Stoff und hielt den Atem an, als sie die Größe der Wunde sah, und während der ganzen Zeit murmelte sie: »O mein Gott! O mein Gott!« Dann versuchte sie, die Ränder der Wunde zusammenzupressen, um die Blutung zu stillen, aber ohne Erfolg. In ihrer Verzweiflung stand sie auf und schrie: »Biddy! Biddy!« Und wie als Antwort auf ihren Schrei kamen Biddy und Maggie um die Hecke gestolpert, beide mit Tüchern auf den Armen. Riah lief auf sie zu, nahm das oberste Tuch von Biddys Armen, zerrte wie eine Verrückte daran und schrie zugleich: »Reißt sie in Streifen! Ihr sollt sie in Streifen reifen.«

Als sie einen langen Streifen fest um seinen Arm gebunden hatte, zerrte sie den Körper des Bewußtlosen auf die andere Seite und wäre beinahe in Ohnmacht gefallen, als sie den Umfang des Risses in seiner Hose und der Unterkleidung sah. Wieder tauchte ihre Hand in das blutgetränkte Material und zerrte es auseinander. Dann faltete sie rasch ein großes Tuch zusammen, und drückte es auf die Stelle, wo sie die Wunde vermutete, bevor sie das Tuch mit zwei Stoffstreifen, die ihr die Mädchen gegeben hatten, zu befestigen versuchte.

»Was ist denn passiert, Ma?«

»Sei still! Sei still!« Sie stieß Biddy weg.

»Wo ist unser Davey, Ma?« Biddys Stimme zitterte, und ihre Mutter, die ihr eigentlich hatte sagen wollen, sie solle still sein, murmelte geistesabwesend: »Er ist Tol suchen gegangen.«

»Oh, Tol. Ja, Tol wird wissen, was zu tun ist. O Ma, das viele Blut!«

»Sei still, Mädchen. Sei still!« Doch dann änderte sich ihr Ton, und sie sagte: »Er – er kommt zu sich.«

Percival Miller stieß ein langes, tiefes Stöhnen aus. Als er die Augen aufschlug und Riah sah, die auf ihn herunterschaute, murmelte er: »O Riah! Riah!«

Sobald er ausgesprochen hatte, fühlte sie, wie der Zorn in ihr hochstieg, und sie hätte ihn am liebsten angebrüllt: ›Das hast du nun davon, daß du Daveys Vater spielen wolltest – aber du kannst kein Vater sein.‹ Ja. Ja, das war es: Er war einer von den Männern, die nichts mit einer Frau anfangen konnten. Mein Gott! Warum war sie nicht früher darauf gekommen! Was hatte er mit Davey tun wollen, daß der Junge so heftig reagierte? *Festhalten*, hatte Davey gesagt; doch das hätte ihn nicht dazu gebracht, den Mann beinahe zu töten; nein, es war die Enttäuschung über das versprochene Pony, das den Jungen so in Zorn versetzt hatte. Und, ja, er war zornig gewesen! Noch nie hatte sie ihn so gesehen. Mein Gott – und was kam dabei heraus? Wieder sah sie ihren Sohn am Galgen hängen, denn kein Mensch würde glauben, daß diese Wunden durch einen Unfall verursacht worden waren. Der Richter brauchte Davey nur zu befragen, und er würde die Wahrheit hinausschreien. Er konnte nicht lügen, das konnte ihr Davey nicht. Biddy – ja: die hätte in einer solchen Situation ihre Seele verkauft, wenn es darum ging, ihre Haut zu retten. Aber Davey war aus anderem Holz; er besaß weder die Absicht noch die Fähigkeit, sich gegenüber der Autorität zu verstellen.

»Riah.«

Sie schaute hinunter auf das graue Gesicht und dunkle Augen, die noch tiefer eingesunken zu sein schienen, und sagte langsam: »Hilfe ist schon unterwegs.«

»Riah!« Sein unverletzter Arm hob sich, streckte sich nach ihr aus, aber sie wich davor zurück, und nach einem Blick in ihre Augen schloß er seine Lider.

Das Blut hatte aufgehört, durch den Stoffverband an seinem Arm zu tröpfeln, aber es breitete sich immer noch durch das Pflaster und die Bandagen an der Hüfte aus, und bei dem Anblick wurde ihr ganz übel.

Tol kam nicht von der Hecke und nicht von der Zufahrt her, sondern quer über die Felder, die zum Besitz der Gullmingtons gehörten, und er sprang über den Zaun und näherte sich dem Feld von oben. Als er neben Riah stand und hinunterschaute auf den am Boden liegenden Mann, der wieder das Bewußtsein verloren zu haben schien, sagte er: »Mein Gott! Wie hat das nur passieren können? Aus Davey habe ich gar nichts herausbekommen.«

»Es – es war ein Unglücksfall.«

»Hast du schon nach dem Doktor geschickt?«

»Ja, Johnny ist ins Dorf gelaufen.«

»Johnny?« Er drehte sich um und schaute sie an.

»Ich hab' ihn ins Pfarrhaus geschickt und ihm gesagt, er soll es dem Pfarrer sagen; der kann sich dann darum kümmern und vielleicht selbst zum Doktor reiten. Wo ist Davey, Tol?«

»Ich weiß nicht. Er wollte nicht mit mir zurückkommen; der Junge hat große Angst. Was ist denn nun wirklich passiert?«

Sie schüttelte den Kopf. »Ich erklär's dir später. Wir müssen ihn irgendwie ins Haus bringen.«

»Ja, ja«, seine Stimme klang drängend, »wir müssen ihn auf eine Tür legen.«

»Eine Tür?« Sie schüttelte den Kopf. »Woher sollen wie eine Tür nehmen?«

»Bei der Scheune steht ein großer Schubkarren, Tol.«

Er drehte sich um und schaute Biddy an, sagte: »Ja, gut. Wo ist er?«

Sie lief weg, und er folgte ihr, ebenfalls im Laufschritt. Ein paar Minuten später war er zurück mit dem Schubkarren. Er war schmutzig, aber trocken, und Riah, die zuvor ein Laken darüber gebreitet hatte, stand jetzt auf der einen Seite des Herrn, während Tol auf der anderen stand, und sie folgte seinen Anweisungen, als er sagte: »Halte meine Hand, unter seiner Schulter, und mach das gleich mit der anderen Hand unter seiner Hüfte.« Dann befahl er: »Halt den Schubkarren fest, daß er nicht umkippt, Biddy.«

Sobald sie den blutgetränkten Mann in den Schubkarren gelegt hatten, kommandierte Tol: »Halte du ihn an den Beinen fest, Riah. Sieh zu, daß er liegenbleibt. Und du, Biddy, hältst ihm den verletzten Arm auf die Brust, damit er nicht auf die Seite rutscht.« Als sie getan hatten, was er verlangte, bückte er sich, nahm die Griffe und schob den Schubkarren vorsichtig aus dem holperigen Feld auf den Gartenweg und von dort zum Haus.

Als er an der Vordertür angekommen war, sagte er: »Du mußt mir jetzt helfen, ihn zu tragen. Glaubst du, daß du das kannst?«

Riah gab keine Antwort, aber sie bückte sich, machte es wie zuvor und hielt Tols Hände unter dem Körper des Verletzten fest. Als sie hineinschwankten in die Halle, fragte er: »Wohin jetzt? Wir können ihn nicht nach oben tragen«, und Riah keuchte: »Ins Wohnzimmer, auf die Wohnzimmercouch.«

Nachdem sie ihn auf die Couch gelegt hatten, schaute Tol seine Hände und seine Jacke an; dann warf er einen Blick auf Riah und murmelte: »Ich glaube, es wird wenig nützen, wenn wir uns säubern, bevor der Doktor hier ist. Er wird unsere Hilfe brauchen.«

Sie reagierte nicht, und er schaute sie an und sagte: »Du bist ja ganz erledigt. Setz dich erst einmal. Biddy, kannst du deiner Ma eine Tasse Tee machen?«

Statt einer Antwort eilte Biddy hinaus und nahm Maggie mit.

In der Küche setzte Biddy den Kessel mitten auf den Herd, und dabei fragte Maggie: »Wird er sterben, Biddy?« Und Biddy schaute sie an und sagte: »Ich hoffe nicht, Maggie, denn wenn er stirbt, dann sterben wir alle.«

»Wir sterben alle?« In der Kinderstimme lag ein Ton des Entsetzens, und Biddy antwortete: »Nicht so, nicht, daß wir auf den Friedhof kommen – aber dann müssen wir weg von hier.«

»Oh, aber das möchte ich nicht, Biddy. Mir gefällt es hier so gut.«

»Du bist nicht die einzige. Bring die Tassen.«

»Biddy« – Maggie war ans Fenster gelaufen – , »ein Einspänner kommt in den Hof.«

Jetzt schaute Biddy auch hinaus, sah das Ende des Wagens hinter der Auffahrt verschwinden und sagte: »Das wird der Doktor sein. Ich glaube, Ma will jetzt keinen Tee mehr.«

Sie hatten mit vereinten Kräften den Küchentisch ins Wohnzimmer getragen: Tol, Riah und der Doktor. Pfarrer Weeks hatte sich zurückgehalten; seine Gedanken weilten bei weniger weltlichen Dingen, während er neben diesem gelehrten Gentleman saß, wie er Percival Miller seit jeher in Gedanken bezeichnete.

Sie legten den Verletzten auf den Tisch, und Doktor Pritchard gab keinen Kommentar, bis er die provisorischen Bandagen und das Pflaster von Percival Millers Hüfte entfernt hatte; dann rief er: »Großer Gott! Großer Gott! Wie konnte ihm nur so etwas passieren?« Dann beugte er sich über den Patienten und rief mit lauter Stimme, als ob Percival taub sei: »Wie ist Ihnen das denn passiert?«

Percival Miller starrte ihn nur an, machte aber keinen Versuch, zu antworten, woraufhin sich der Doktor an Riah wandte und fragte: »Haben Sie Alkohol im Haus?«

»Nein, Sir.«

»Nicht? Wie sonderbar, kein Alkohol im Haus.« Wieder schaute er hinunter auf den Patienten und erklärte, immer noch mit lauter Stimme: »Das wird nicht angenehm werden; Sie müssen es aushalten. Ich muß die Wunden nähen, vor allem die an der Hüfte, und ich weiß noch nicht, wie es mit den Sehnen aussieht. Jedenfalls werde ich Sie erst einmal zusammenflicken, und dann müssen wir auf ihr Glück vertrauen.« Jetzt wandte er sich an Tol. »Sie halten ihm den Arm fest, ja? Ich fange mit dem anderen an. Und, Pfarrer, können Sie ihm die Beine halten?«

»Oh, oh, ich glaube nicht, daß man mich dazu brauchen kann.«

»Hölle und Feuer, Mann! Sie brauchen doch nur seine Fußknöchel zu halten, Ach, lassen Sie's... Frau!« Er winkte Riah. »Drücken Sie ihm die Beine fest gegen die Unterlage, ja? Ich will ja nur verhindern, daß er uns hinunterrollt.«

Als Riah die Fußknöchel ihres Herrn umklammern wollte, sagte Tol leise zu ihr: »Hier, halte du lieber den Arm. Ich kümmere mich um die Beine.« Nachdem sie die Plätze getauscht hatten, sagte der Doktor: »Der Arm wird viel schwerer zu halten sein als die Beine. Aber wie ihr wollt. Also dann, gehen wir's an.«

Während Tol zusah, wie der Doktor die Nadel in das Fleisch stach, dazu das Stöhnen hörte und das schmerzverzerrte Gesicht von Mr. Miller sah, dachte er, ein Pferdedoktor würde es wahrscheinlich vorsichtiger machen.

Nachdem der Arm genäht und bandagiert war, begann der Doktor mit der Hüfte. Er gab etwas Flüssigkeit auf ein Wattepolster und hielt es dem Patienten beinahe vor die Nase, wobei er wieder sehr laut rief: »Das wird etwas brennen. Machen Sie sich darauf gefaßt.«

Als das getränkte Polster die offene Wunde berührte, stieß Percival einen Schrei aus, der an einen Alptraum erinnerte, dann schloß er die Augen und sank in Bewußtlosigkeit. Der Doktor merkte es und rief begeistert: »Das ist gut. Das ist sehr gut. Jetzt können wir in Ruhe weitermachen.« Er tastete eine Weile herum, bevor er die Nadel erst durch das Fleisch auf der einen Seite der offenen Wunde führte und dann durch die andere Seite, und Tol dachte: Das macht er etwa so vorsichtig wie meine Schwester, wenn sie mit der Ahle durch Jutematten sticht, um Flickenteppiche zu machen.

Schließlich war die Operation beendet, und Riah, einem Zusammenbruch nicht mehr fern, brachte eine Schüssel mit sauberem Wasser und ein Handtuch, damit sich der Doktor die Hände waschen konnte. Sobald er das getan hatte, wandte er sich an sie und sagte leise: »Sind Sie sicher, daß kein Alkohol im Hause ist – kein Wein, kein Schnaps, nichts?«

»Ja, Sir, ich bin sicher.«

»Wenn ich den Jungen richtig verstanden habe, ist Mr. Miller gerade aus der Stadt gekommen.« Er bewegte den Kopf in Richtung auf den Tisch und die Gestalt, die dort ausgestreckt lag.

»Das stimmt, Sir« – Riahs Ton war steif –, »aber er brachte keinen Wein und keinen sonstigen Alkohol mit und hat wohl auch nichts getrunken.«

Der Arzt schaute die Frau scharf an, sagte dann »Tatsächlich?« und wandte sich anschließend an den Pfarrer, stand jetzt vor ihm, blickte zu ihm hinunter und erklärte: »Also, ich bin fertig. Wenn Sie auch fertig sind, können wir gehen.« Dann wandte er sich an Tol, der die blutigen Verbandsstreifen vom Boden aufhob, und fragte: »Bleiben Sie über Nacht hier?«

Tol zögerte, bevor er erwiderte: »Ich glaube, es sollte jemand auf ihn aufpassen, für den Fall, daß er sich bewegt. Aber Sir, denken Sie nicht, daß es besser wäre, wenn man ihn in ein Bett legt?«

»Nein, das denke ich nicht; je weniger er bewegt wird, desto geringer ist die Gefahr, daß er wieder zu bluten beginnt. Er hat schon mehr als genug Blut verloren, möchte ich meinen. Ich bin morgen früh wieder hier.«

Und ohne ein weiteres Wort ging er hinaus, und der Pfarrer eilte hinterdrein.

Kaum waren sie draußen, als sich Riah an Tol wandte und sagte: »Sie können ihn nicht finden. Sie haben überall nach ihm gesucht. Er ist nicht im Garten und auch sonst nirgends.«

Tol streckte seine Hand aus, als wollte er Riah beruhigen, dazu sagte er leise: »Keine Sorge. Ich kann mir denken, wo er ist. Wahrscheinlich bei mir, in einem der Nebengebäude. Ich gehe jetzt gleich hinüber, bevor es zu dunkel wird, und bringe ihn her. Hab keine Angst. Und inzwischen solltest du ein bißchen ausrasten; du siehst aus, als ob du fix und fertig wärst.«

Sie nickte, gab aber keine Antwort; nachdem er den Raum verlassen hatte, setzte sie sich in den Sessel am Feuer und wandte den Kopf ab vom Tisch und der Gestalt, die dort wie ein Toter lag. Ihre Gedanken waren voll von Selbstbezichtigungen, aber auch von Vorwürfen gegen ihren Herrn. Er hatte den Vater spielen wollen, und seht doch, wozu das geführt hatte! Seht, wohin es sie alle gebracht hatte! Er hatte ihr Leben verändert, als er ihnen ein Dach gab, aber nun hatte er es noch einmal verändert, denn ob er am Leben blieb oder nicht, dieses Haus konnte für sie keine Unterkunft bleiben. Nur die Tatsache, daß er völlig hilflos war, hielt sie davon ab, jetzt gleich nach oben zu gehen, ihre Sachen zusammenzupacken und wieder einmal das Glück auf der Straße zu suchen...

An diesem Punkt wurden ihre Gedanken von einer Frage unterbrochen. Würde Tol es zulassen, daß sie sich wieder auf Wanderschaft begaben, oder würde er ihnen ein Dach anbieten? Aber selbst wenn er es tat, konnte sie es annehmen, obwohl sie wußte, daß sie dieses Dach mit seiner Schwester teilen mußte? Darauf konnte sie sich keine Antwort geben. Sie wußte nur, daß sie so müde, so erschöpft und obendrein entsetzt war angesichts der Konsequenzen, die sich für Davey aus dem, was heute geschehen war, ergeben konnten. Und außerdem schämte sie sich, daß sie in der vergangenen Nacht auf einen Mann gewartet hatte, ohne zu wissen, daß es gar keinen Mann gab, der zu ihr hätte kommen können...

Es dauerte über eineinhalb Stunden, bis Tol zurückkehrte – aber ohne Davey. Und als sie entsetzt fragte: »Du hast ihn nicht gefunden?« da antwortete er ruhig: »Es ist schon gut. Alles ist gut. Er ist sicher und wohlauf.«

»Aber wo?«

»In meinem Haus.«

»Und warum ist er nicht mitgekommen?«

Daraufhin warf Tol einen Blick auf die stille Gestalt, die auf dem Tisch lag, und sagte langsam: »Er will nicht mehr hierherkommen, Riah. Er hat es geschworen. Er hat mir gestanden, daß er es getan hat, aber nicht, warum er es tat. Vielleicht kannst du es mir sagen.«

Sie hatte die Hand an der Kehle und schluckte mehrmals, bevor sie erklärte: »Der Herr hat ihm ein Pony versprochen. Und dann... Dann hat er es nicht kaufen können, und Davey war so wütend darüber.«

»Großer Gott! Das hat er doch nicht getan, nur weil er wütend war wegen dem Pony?«

»Ja, also, ich... Ich weiß es nicht. Der Herr muß ihn irgendwie festgehalten haben. Er hat versucht, mich festzuhalten, hat Davey gesagt. Ich glaube, Tol, er... Er hat ihn so gern gehabt, daß er ihn – besitzen wollte.«

Tol starrte sie einen langen Augenblick an, bevor er etwas sagte. Und dann brachte er nicht mehr als ein »Oh« heraus. Nach einer weiteren Pause fügte er hinzu: »Dennoch hätte Davey ihn nicht so zurichten dürfen. Nein, das hätte er nicht tun dürfen.«

»Was wird jetzt mit ihm? Er muß doch zurückkommen.«

»Er wird nicht zurückkommen, ganz bestimmt nicht. Aber mach dir keine Sorgen! Er kann bei mir bleiben, solange er will. Und... Und ich habe eine Idee. Oben im Herrenhaus braucht man einen dritten jungen Stallburschen; die Herrschaft hat wieder drei Pferde eingekauft, und die Arbeit ist zu schwer für zwei. Jetzt fangen die jungen Herrschaften zu reiten an. Ich bin sicher, ich könnte ihm diese Stellung besorgen. Wie ich höre, ist er verrückt darauf, mit Pferden zu arbeiten.«

»Ja, ja...« Sie nickte langsam. »Ja, er ist verrückt nach Pferden.« Dann senkte sie den Kopf und brach in ein Schluchzen aus, das ihren ganzen Körper erschütterte, und als sie seine Arme um sich fühlte, drückte sie sich fest an ihn und murmelte: »O Tol, o Tol. Was wird nur aus uns werden?«

Er sagte nichts dazu, schaute sie nur an, während er ihr Haar mit der einen Hand zärtlich streichelte und sie mit der anderen fest an sich drückte.

Als das Weinen nachließ, führte er sie zur Couch, die man zur Seite geschoben hatte, drückte sie sachte hinunter, setzte sich neben sie, nahm ihre Hände und flüsterte: »Mach dir keine Gedanken darüber.« Dann schaute er wieder zum Tisch und sagte: »Er hat den Jungen nicht verraten. Ich bin sicher, daß er ihn liebt. Euch alle, und sicher auch dich. Ich hatte schon befürchtet, daß er dich mehr als nur gernhaben würde...«

Daraufhin änderte sich ihre Haltung; sie lehnte sich gegen ihn, ihre Stimme war nur ein leises Flüstern, und er schaute sie mit einem Ausdruck des Staunens an, als sie jetzt sagte: »Tol, diese Vorstellung ist so weit von der Wirklichkeit entfernt wie der Mond von der Erde, denn, weißt du, er ist gar kein richtiger Mann, er ist nicht natürlich. Deshalb hat er Davey so gern gehabt. Sagte, daß er ein Vater für ihn sein wollte. Vater, von wegen! Er will Kinder haben, aber er kann keine Frau nehmen.« Als ob sie wüßte, daß sie zu weit gegangen war, schlug sie sich die Hand vor den Mund und senkte den Kopf; doch gleich danach hob sie ihn wieder, als er sagte: »Das ist mir nichts Neues, Riah; ich hatte angenommen, daß es so etwas sein mußte, wenn ein Mann wie er sich zurückzieht, keine Kinder sehen will – und dann plötzlich die deinen wie seine eigenen behandelt. Und, Riah, er tut mir leid.«

»Was?«

»O ja.« Er nickte ernst. »Ich kann das gut und gern noch einmal sagen. Er tut mir leid. Ich glaube, er hat viele, lange Tage mit sich gekämpft, aber als man ihm dann jemanden, der so hübsch aussieht wie Davey, vor die Nase hielt, da war das zuviel für ihn. Es gibt noch mehr Menschen wie ihn – so etwas ist schließlich nicht unbekannt. O nein, es ist ganz und gar nicht unbekannt. Es gibt sogar einen im Dorf. Er hat jahrelang allein bei seiner Mutter gelebt und sich dann mit einem anderen Mann aus Gateshead angefreundet. Seitdem läßt ihn Pfarrer Weeks nicht mehr in die Kirche.«

Jetzt schaute sie ihn fast feindselig an, als sie sagte: »Du redest so, als ob du auf seiner Seite wärst.«

Er lächelte milde und erwiderte: »Du hast mir einmal gesagt, du hättest acht Kinder gehabt, Riah, aber du bist noch immer eine sehr unschuldige Frau. Du weißt nicht viel vom Leben, und was es so alles gibt, auch wenn du an einem größeren Ort aufgewachsen bist. Die Leute denken immer, wir auf dem Lande wären alle Dummköpfe. Meine Güte! Du weißt, auch der Adel und die Oberschicht lebt zeitweise auf dem Land, nicht selten die Hälfte des Jahres, und wenn du wüßtest, was in den großen Häusern alles vor sich geht, dir würden die Haare zu Berge stehen. Der da« – er nickte in Richtung auf den reglosen Mann, der auf dem Küchentisch lag – »ist geradezu unschuldig und harmlos im Vergleich zu denen, die ich schon erlebt habe. Mein Herr, Mr. Anthony, ist vielleicht nicht mehr so schlimm wie sein Vater oder sein Großvater, aber er schlägt auch dann und wann ganz schön über die Stränge. Sein Großvater, der vor ungefähr zwanzig Jahren gestorben ist – ich erinnere mich noch an ihn, er war munter bis ans Ende –, hat in seinen besten Tagen keinem von seinen Leuten gestattet, zu heiraten, bevor er nicht die Braut ausprobiert hatte. Oh... Schau mich nicht so schockiert an, Riah. Mr. Anthonys Vater ist eines Morgens auf der Jagd gestorben, nachdem er die ganze Nacht mit einem Rudel hübscher Mädchen herumgetollt hatte, die sich er und seine Freunde aus der Stadt hergeholt hatten. Seine Frau, die alte Madam, lebt heute noch, und ist recht gut bei Kräften, obwohl sie auf die Achtzig zugeht. Sie wohnt im Westflügel und ist immer noch diejenige, die im Haus den Ton angibt.« Er lächelte nachsichtig. »Ja, meine liebe Riah, auf dem Lande gibt es einiges, was man nicht vermuten würde. Ich weiß, daß diese Sache ein Schock gewesen ist für dich, und ich kann dir nicht sagen, was schließlich dabei herauskommen wird. Aber was es auch ist, meine Liebe« – er hatte ihre Hand zwischen seine Hände genommen und streichelte sie zärtlich –, »mach dir keine Sorgen. Es wird sich alles richten. Jetzt sieh nach den Kindern, bring sie zu Bett und leg dich selbst schlafen. Ich wache hier, und ich komme gut zurecht.«

»Nein.« Sie schüttelte den Kopf. »Ich löse dich ab.«

»Unsinn. Ich schlafe sehr leicht. Ich lege mich hierher«, er deutete auf die Couch, »und bin nur einen Schritt von ihm weg; wenn er sich bewegt, höre ich es sofort.«

»Bist du sicher?«

»Ja, ich bin sicher.« Er stand auf, zog Riah aus dem Sessel hoch, versuchte aber nicht, sie zu küssen, und in diesem besonderen Augenblick schien es ihr auch nichts auszumachen, denn irgendwie fühlte sie sich warm und geborgen, wenn er nur bei ihr war. Ja, und wenn sie hier weg mußten, wußte sie schon, wohin sie gehen würde – Annie Briston mochte toben oder nicht.

9

Sie hatten ein Bett ins Wohnzimmer gestellt, und Percival Miller hatte drei Wochen lang dort gelegen; heute hatte er auf Vorschlag von Doktor Pritchard erstmals versucht, aufzustehen und zu gehen, mit verheerendem Ergebnis, denn er war auf die Seite gestürzt, und mußte mit Hilfe des Arztes wieder ins Bett gebracht werden. Aber die Stimme des Doktors klang fröhlich und aufmunternd, als er sagte: »Ach, das ist ganz normal, keine Sorge. Ich schicke Ihnen eine Krücke. Die hilft Ihnen in der nächsten Zeit. Immerhin, die Wunde ist großartig geheilt. Gute Arbeit, ich muß mich selbst loben.«

»Ich kann die Hüfte nicht beugen, nicht einmal, wenn ich hier liege.« Die Worte klangen bitter und vorwurfsvoll, und der Arzt erwiderte ungerührt: »Auch das ist normal. Selbst wenn Sie keine so schwere Verletzung gehabt hätten, nach der langen Zeit, die Sie auf dem Rücken gelegen haben, sind Ihre Glieder steif geworden. Versuchen Sie, sich im Bett immer mal wieder zu bewegen – das hilft. Ja, und von nun an liegt der Erfolg meiner Bemühungen ganz bei Ihnen.«

»Was liegt an mir? Ob ich wieder gehen kann oder nicht?«

»Ja, ja, das auch. Aber es gibt eigentlich nichts, was Sie daran hindern könnte. Die Sehnen sind unverletzt geblieben, wofür Sie Ihrem Schutzengel dankbar sein können. Ein Glück, daß Sie mit der Sichel nicht gut umgehen können, denn wenn Sie sie mit voller Kraft geschwungen hätten, wäre der Stahl ganz durch Sie hindurchgegangen. Also haben Sie allen Grund, auch darüber froh zu sein. Na schön – ich muß weiter. Übrigens«, er steckte eine Hand in die Brusttasche und zog ein zusammengefaltetes Blatt Papier heraus, »das ist meine Liquidation. Ich lasse sie hier liegen.« Er legte sie auf einen Beistelltisch und sagte: »Ich kassiere, wenn ich das nächste Mal komme, also Ende der Woche. Und jetzt machen Sie's gut, bewegen Sie sich, dann kommt alles wieder in Ordnung. Guten Tag.«

Während der ganzen Zeit hatte Riah ein paar Schritte vom Bett entfernt dagestanden, und jetzt wandte ihr Percival das Gesicht zu und sagte weinerlich: »Hast du schon jemals so etwas gehört?«

»Ja«, sagte sie, »und er hat recht.«

»Wie meinst du das, er hat recht?«

»Sie müssen sich bemühen… Sie müssen sich einfach etwas mehr bemühen.«

»Ich muß?«

»Ja, sage ich, Sie müssen, denn sobald Sie sich wieder bewegen können, verlasse ich das Haus.«

Sie schaute zu, wie er sich mit dem unverletzten Arm hochstützte, dann halb aus dem Bett lehnte, mit fragendverzerrtem Gesicht. »Was hast du da gesagt?«

»Sie haben gehört, was ich sagte. Ich gehe. Ich und meine Kinder, wir verlassen dieses Haus.«

»Du meinst, du läßt mich hier hilflos zurück?«

»Sie können sich ja Fanny wieder kommen lassen, oder jemanden aus dem Dorf. Dort gibt es, höre ich, zwei Mädchen, die eine Stellung suchen.«

Sie schaute zu, wie er sich wieder in die Kissen warf, ohne den Blick von ihr abzuwenden. Nach einer Weile sagte er: »Du würdest mich doch nicht der Gnade der alten Fanny ausliefern, oder einem dummen kleinen Mädchen aus dem Dorf? Brächtest du das wirklich fertig?«

»Ja.«

»Und warum?«

»Oh.« Sie warf den Kopf in den Nacken. »Müssen Sie da noch fragen? Sie wissen es: Weil ich es nicht mehr ertragen kann, in Ihrer Nähe zu sein. Muß ich es denn aussprechen? Sie sind nicht natürlich, Sie – Sie sind... schmutzig.« Bei den letzten Worten hatten sich ihre Lippen verzerrt, aber nun teilten sie sich überrascht, und sie fuhr ein paar Schritte zurück, als er sein gutes Bein über die Bettkante schwang, sich aufsetzte und sie anschrie: »Wage es nicht mehr, so mit mir zu sprechen, Weib! Hast du gehört? Nie mehr. Sag so etwas nie wieder. Was ich für deinen Sohn empfunden habe, war gut und rein. Ich hätte ihm nie und nimmer etwas angetan.«

Ihr Mut war zurückgekehrt, und sie entgegnete ihm: »Dafür habe ich nichts als Ihr Wort.«

Er schaute von der einen auf die andere Seite, als suche er nach etwas, das er ihr an Kopf werfen könnte; dann plötzlich wurde sein ganzer Körper schlapp, die Schultern sackten nach unten, und er ließ den Kopf auf die Brust hängen. Er blieb ein paar Augenblicke so, ehe er sagte: »Frau, Frau, du wirst mich nie verstehen können, und auch kein anderer, wie ich fürchte. Ich hatte mir eingeredet, daß du mich verstehen könntest. Ich habe den Jungen geliebt. Liebe ihn immer noch, trotz allem, was er mir angetan hat. Ich habe ihn wie einen Sohn geliebt.«

Jetzt hob er langsam den Kopf, und seine Stimme klang so, wie wenn er mit den Kindern sprach. »Es gibt viele Ausdrucksformen der Liebe, Riah. Wer immer uns das Leben gab und unsere Gefühle, der hat uns nicht alle nach demselben Muster geschneidert; hier und da gibt es Abweichungen. Die Liebe, ist vor allem darauf gerichtet, daß ein Mann eine Frau liebt, aber dann hat man bei einigen von uns etwas fortgelassen, oder, wie ich oft denke, unserer Mentalität hinzugefügt, und wir konnten nicht nur eine Frau lieben, sondern auch ein Wesen von unserer eigenen Art. Ich glaube, ich habe es dir schon einmal gesagt, ich habe keine andere Frau außer meiner Mutter geliebt, aber manchmal habe ich gedacht, ich könnte dich lieben, Riah. Ja, ja, ich habe es schon einmal gesagt, also schau mich nicht so an. Aber wiederum war meine Vorstellung eben anders. Meine Liebe hat sich auch nie dem erwachsenen Mann in seiner ungeheuerlichen Rohheit zugewendet, sondern dem Wesen, als das er zuvor in aller knabenhaften Reinheit erscheint, ehe die rauhe Männlichkeit alles Gefühl in ihm ertränkt. Ich liebe die Schönheit, in welcher Form sie auch auftreten mag.« Er ließ eine Pause entstehen, schüttelte langsam den Kopf und sagte: »Das verstehst du nicht, oder?«

Nein, das verstand sie nicht. Und obendrein war sie wütend auf sich selbst, weil sie Mitleid empfand mit ihm und dachte, wenn er doch bloß nicht so wäre, wie er ist – denn sie hatte ihn zuvor sehr gern gemocht und wäre damals sogar bereit gewesen, ihn noch mehr zu mögen.

Wenn er zu ihr gekommen wäre in jener Nacht, als sie das schwarze Samtkleid getragen hatte, wäre diese schreckliche Geschichte nicht passiert; alles hätte sich verändert und wäre irgendwie normal gewesen. Aber wie er selbst sagte, er war eben kein Mann von der Sorte.

Jetzt fuhr ihr ein Gedanke wie ein Messer durch den Kopf: Also deshalb hatte er ihr das Kleid gegeben, als eine Art Bezahlung für Davey! *Mein Gott.* Ja, ja, wenn sie es sich genau überlegte... Er hatte gedacht, sie würde die Situation begreifen und verstehen, und er hatte für ihren Sohn mit dem schwarzen Samtkleid seiner Mutter bezahlt. Vielleicht hatte er wirklich nicht vorgehabt, wie er behauptete, dem Jungen Schaden zuzufügen, aber in gewisser Weise hätte er ihn gern für sich gehabt, nicht nur als Lehrer, der ihm alles mögliche eintrichterte, sondern als Vater, und sie als vergleichsweise unwissende Frau wäre im Lauf der Zeit aus dem Leben ihres Sohnes hinausgedrängt worden... Sie riß sich aus ihren Gedanken und sagte: »Verstehen oder nicht, es ist, wie ich sagte: Wir gehen.«

»Nein, Ihr geht nicht, Riah!« Seine Stimme hatte sich verändert, der geduldige, schulmeisterliche Ton war einer knappen, entschiedenen Erklärung gewichen.

»Sie können uns nicht aufhalten.«

»O doch, das kann ich.« Jetzt rutschte er ein wenig zur Seite, in eine bequemere Position, bevor er wieder zu sprechen begann, und er sprach im gleichen herrischen Ton weiter wie zuvor: »Wenn Ihr den Versuch unternehmt, mich zu verlassen, informiere ich augenblicklich die Justizbehörde, daß und wie dein Sohn mich angegriffen und verletzt hat, und du weißt genau, was das Ergebnis sein würde.«

Ja, ja, sie wußte, was das Ergebnis sein würde, wußte es nur zu gut, doch sie schob die Gedanken beiseite, als sie ihm ins Gesicht schleuderte: »Wenn Sie das tun, braucht er nur zu sagen, daß er sich verteidigen mußte, und ich bin sicher, es gibt genügend ehrliche, gottesfürchtige Menschen unter den Richtern, die ihm glauben.«

»Das mag sein, aber dann würde seine Aussage gegen die meine stehen, und womit könnte er sich rechtfertigen? Immerhin bin ich derjenige, der verletzt wurde. Ich habe ihm ein Pony versprochen, und wegen meiner reduzierten Möglichkeiten war ich nicht in der Lage, mein Versprechen zu erfüllen. Mein Anwalt wird das darlegen. Außerdem gibt es nichts, was meinen Namen in dieser Hinsicht befleckt: Ich bin bekannt als ein gelehrter Einsiedler und stamme aus einer sehr guten Familie, einer, die du, Riah, eine gottesfürchtige nennen würdest. Außerdem habe ich auch in Oxford keine Spuren meiner Schwäche hinterlassen.« Seine Stimme wurde grimmiger, als er jetzt fortfuhr: »Ich habe meine Schwäche dort aufs Heftigste bekämpft. Wie es in der Bibel heißt, ich bin die Versuchung geflohen, und daher sehe ich mich keineswegs als unrein oder schmutzig, wie du es mir vorhin unterstellt hast.«

Jetzt versuchte er aufzustehen, hüpfte dann auf einem Fuß und ließ sich gleich danach wieder auf das Bett sinken, während sie ihn anstarrte, die Hände in die Hüften gestemmt, die Lippen zusammengepreßt. Als er sich in die Kissen zurücklehnte, stieß er einen langen, tiefen Seufzer aus, bevor er sagte: »Dein Junge war bei Tol, wie mir Tol selbst berichtete, und er fängt diese Woche als Stallbursche im Herrenhaus ›The Heights‹ an. Ein guter Anfang: Er wollte immer mit Pferden arbeiten, und davon wird er dort oben mehr als genug bekommen. Wie lange er dort bleibt, liegt allein bei dir, Riah.«

Sie schien die Worte aus ihrem Inneren herausreißen zu müssen, und ihre Stimme klang rauh, als sie erklärte: »Wenn Sie ihn, wie Sie behaupten, so gern haben, dann können Sie...Sie könnten doch nichts tun, was ihm schadet, wie zum Beispiel...«

»Du meinst, ich könnte ihn nicht ins Gefängnis werfen lassen?« Er schaute sie jetzt wieder an und sagte: »O ja, das könnte ich... Und ich würde alles tun, um dich hierzubehalten, dich und die Kinder...« Er hob abwehrend eine Hand. »Oh, nicht daß du vielleicht denkst... Du brauchst dir keine Sorgen zu machen, daß sie vielleicht angesteckt werden könnten; meine Augen sehen sie nicht, meine Gefühle werden durch sie kaum berührt. Die beiden kleineren sehe ich als schmutzige kleine Bälger, auch wenn sie sauber sind. Und was Biddy betrifft... Ja, manchmal denke ich, es ist schade, daß sie kein Mann geworden ist, denn was soll ihr all das Wissen nützen, das sie begierig wie ein Schwamm in sich aufsaugt? Wenn sie einen von ihrer Art heiratet, wird sie ihn verachten, und es besteht keine Aussicht, daß sie jemanden zum Mann bekommt, der ihr geistig ebenbürtig ist. Aber egal, ob ich fortfahre, sie zu unterrichten oder nicht, sie wird selbst weitermachen. Sie hat die Grundlage, auf der man aufbauen kann, und sie ist auch der Typ, der davon Gebrauch macht. Ich beneide sie nicht um ihr Leben... Doch das ist eine andere Sache. Du brauchst dir, wie gesagt, um die drei Sperlinge keine Sorgen zu machen, Riah. Aber kommen wir auf Davids Zukunft zurück. Es hängt alles von dir ab, denn wenn du mich verläßt und zu Tol gehst – und das ist es ja, was du vorhast –, dann werde ich genau so handeln, wie ich es dir eben sagte. Ich schwöre es, Riah, schwöre es bei deinem Gott, daß ich genau so handeln werde...«

Sie wußte nicht, wie sie die Küche erreichte, und als sie dort war, wußte sie nicht, wie lange sie ins Feuer starrte, wußte nicht, wie oft sie in Gedanken wiederholt hatte: Ja, das würde er, er würde es tun. Sie sah noch den Blick seiner Augen, als sie zurückgewichen und aus dem Wohnzimmer geflohen war.

Was war er nur für ein Mensch? Sie betrachtete ihn nicht als gewöhnliches menschliches Wesen, für sie war er einerseits eine bemitleidenswerte Kreatur, jemand, der Trost, Bemutterung und Liebe brauchte, und andererseits hielt sie ihn für einen kalten und berechnenden Teufel. Diese gegensätzlichen Eigenschaften hatte sie bisher noch bei keinem Menschen entdeckt. Es waren zwei Extreme, aber sie paßten dennoch durchaus zu ihm. Also saß sie hier fest. Kein Tol, keine Sicherheit... Keine Liebe, kein Stillen des Verlangens in ihr, das noch Jahre andauern konnte. Und sie hatte ihren Sohn verloren. Ja, sie hatte ihn verloren, so sicher, als ob er fortgebracht worden wäre, denn jedesmal, wenn sie ihn seit dem schrecklichen Tag gesehen hatte, schien er sich ihr etwas mehr entfremdet zu haben. Und als er am Abend zuvor ins Herrenhaus gegangen war, um seinen neuen Posten anzutreten, hatte er gesagt: »Du bleibst doch nicht bei ihm, Ma?« Und sie hatte geantwortet: »Nein. Sobald er gehen kann, ziehe ich hierher zu Tol.« Und dann, ohne zu wissen, wie sie es ihm sagen sollte, hatte sie begonnen: »Es – es gibt etwas, das du wissen mußt... Ich meine – du mußt sehr vorsichtig sein und niemals auch nur andeuten, daß der Herr... Du weißt, was ich meine: daß der Herr dich gerngehabt hat, denn sonst zählen die Leute zwei und zwei zusammen und kommen zu einem ganz falschen Ergebnis. Und...und wenn sein Name dadurch in Verruf geriete, nun –« Sie wußte nicht, wie sie das folgende ausdrücken sollte, sagte dann aber ganz einfach: »Er würde sich gegen dich wenden, nur um sich und seinen Namen zu schützen, und dich vor Gericht stellen.«

Davey hatte den Kopf hängen lassen und leise erwidert: »Ich weiß, Ma, ich weiß. Und noch etwas. Es tut mir leid, daß ich es getan habe. Aber er wollte mich irgendwie anfassen. Ich glaube, es hätte mir nichts ausgemacht, wenn ich dafür das Pony gekriegt hätte, aber ich war so enttäuscht. Und außerdem habe ich gedacht, er ist betrunken...«

Sie hatte ihn verblüfft angeschaut, während sie in Gedanken seine Worte wiederholte. *Ich glaube, es hätte mir nichts ausgemacht, wenn ich dafür das Pony gekriegt hätte.* Nein, sie hatte sich nicht verhört: Genau das hatte er gesagt. Oder, mit einfachen Worten: Er hätte die Haltung des Herrn ihm gegenüber akzeptiert, wenn er dafür das bekommen hätte, was er wollte. Dabei wurde ihr erst recht bewußt, daß sie gar nicht ahnte, was im Kopf ihres Sohnes vor sich ging, aber sie weigerte sich, länger darüber nachzudenken. Nein, er hatte nicht gewußt, was er da sagte.

Sie wurde aus ihren Gedanken gerissen, als die gegenüberliegende Küchentür aufging und Biddy hereingelaufen kam, die mit hoher, entsetzter Stimme rief: »Der Herr liegt im Wohnzimmer auf dem Boden und kann nicht aufstehen. Ich bin vorbeigekommen und habe hineingeschaut. Er... Er hat mit den Fäusten auf den Boden getrommelt.«

Riah stand auf, wandte sich ab von dem durchdringenden Blick ihrer Tochter, schloß einen Moment lang die Augen und eilte dann hinaus durch die Halle und ins Wohnzimmer, aber als sie drinnen war, blieb sie erst einmal stehen und schaute hinunter auf Percival, der seinen unversehrten Arm ausstreckte, um das Ende der Couch zu erreichen. Es gelang ihm nicht, die mit Seide überzogene Seite der Couch zu fassen, weil seine Hand immer wieder abglitt, und dabei sah Riah, daß er den Kopf fast bis zu den Knien gebeugt hatte.

Jetzt hörte sie Biddys Stimme, die nur ein Wimmern war, als sie von hinten fragte: »Willst du ihm nicht helfen, Ma?« Daraufhin wirbelte Riah herum, packte das Mädchen an den Schultern, schob sie hinaus und schlug die Tür zu – alles, ohne ein Wort zu sagen.

Danach kam sie langsam wieder auf ihn zu, blieb neben ihm stehen und sagte, als ob sie ein ungezogenes Kind strafte: »Was soll das alles? Ist das Ihre Art, sich Mühe zu geben?«

Er blickte zu ihr hoch und sagte: »Genau das. Aber diesmal brauche ich deine Hilfe nicht. Ich komme schon allein zurecht.«

Darauf gab sie keine Antwort, bückte sich aber zu ihm hinunter, legte ihre Hand unter seinen unversehrten Arm und zog ihn hoch, und als er schwankte und sich auf sie stützen mußte, war sie gezwungen, ihm einen Arm um die Taille zu legen und ihn zu stützen, bis er wieder auf der Couch saß, zusammengesackt, ein Bild völliger Niedergeschlagenheit. Doch als er sich dann aufrichtete und nach hinten lehnte, entsprach seine Stimme keineswegs dem Bild, das sein Körper dargestellt hatte, denn sein Ton war kurz und knapp, als er jetzt befahl: »Setz dich, Riah.«

»Ich habe keine Zeit, mich zu setzen, Sir.«

»Dann bleib meinetwegen stehen, aber die Situation muß hier und jetzt geklärt werden. Ob es dir paßt oder nicht, und es paßt dir offensichtlich nicht, aber du wirst dich auch weiterhin um mich und um dieses Haus kümmern, und wenn ich später meine volle Kraft wiedergewonnen habe und vielleicht auch wieder einigermaßen gehen kann, werde ich auch das Unterrichten der Kinder fortsetzen... Sag jetzt nichts, Weib!« Er streckte ihr die Hand entgegen, mit weit gespreizten Fingern. »Und ob es dir gefällt oder nicht, deinen Kindern wird eine ordentliche Erziehung zuteil, und zwar nicht nur zu ihrem eigenen Nutzen, sondern auch, um mir ein gewisses Ziel zu geben, einen Sinn für die Zeit, die ich noch zu leben habe. Du kannst das zum Teil als Entschädigung für deine Dienste betrachten, denn von nun an werden wir, wenn meine finanziellen Verhältnisse bleiben, wie sie derzeit sind, den Gürtel erheblich enger schnallen müssen, wie man so sagt. Es könnte sein, daß ich manchmal nicht einmal in der Lage sein werde, dir den fälligen Lohn zu bezahlen, und es könnte sein, daß ich mich an den Zahltagen auch einmal meiner anderen Schwäche hingeben werde, die ich übrigens derzeit sehr vermisse. So, und nach dieser Erklärung will ich noch etwas Persönliches hinzufügen.« Er hielt inne; dann, nach ein paar Sekunden, fuhr er in verändertem Ton fort. »Wenn wir nun schon zusammen unter diesem Dach leben müssen, Riah, dann bitte ich dich, mich deine Feindseligkeit nicht so spüren zu lassen, wie du es in den letzten Tagen getan hast. Du bist im Herzen eine so gütige Person. Ich sehne mich nach einem freundlichen, einem netten Wort von dir. Hast du das gewußt? Nun, vielleicht findest du es nicht nötig oder nicht möglich, mir ein solches gutes Wort zu gönnen, aber wir sollten doch wenigstens wie zivilisierte Menschen miteinander umgehen.«

Riah setzte sich jetzt auf die Kante des breiten Ohrensessels, den man im rechten Winkel zur Couch aufgestellt hatte, und sie hielt sich beide Hände vor das Gesicht, um den Strom der Tränen zu verbergen, der sie zu ersticken drohte, und nach einer Weile sagte sie: »Wie können Sie so etwas wie eben sagen, Sir, und kurz davor drohen, daß Sie meinen Jungen vor Gericht bringen, wobei Ihnen die Folgen sehr wohl bekannt sind?«

»Ich kann nicht erwarten, daß du die Kompliziertheit der menschlichen Natur verstehst – meiner Natur, Riah, aber dazu kommt es nur, wenn du mich zu einem solchen Schritt zwingst, das heißt, wenn du mich verläßt, denn dann habe ich nichts mehr im Leben, gar nichts mehr. Du bist, wie ich dir sagte, gegen meinen Willen in mein Leben gekommen; man hat mir deine Kinder zugemutet, aber jetzt bist du hier, und die Kinder sind hier, und ich möchte nicht mehr an die Tage oder Jahre zuvor denken, als es weder dich noch deine Kinder in meinem Leben gegeben hat. Ich weiß, daß ich eine Zukunft, die so wäre wie die Zeit, bevor du zu mir gekommen bist, nicht ertragen könnte. Ich kann es dir ruhig sagen; ich habe mehr als einmal meine Gefühle für dich sehr genau geprüft und in Frage gestellt. Es ist nicht nur die Bequemlichkeit, die du mir wiedergegeben hast, die gewaltige Veränderung zum Guten, die dieses Haus durch dich erfahren hat; es ist nicht nur, daß du mein Interesse für das Unterrichten neu geweckt hast; es kommt noch etwas dazu, und gerade ich, der ich immer stolz darauf gewesen bin, alles mit Worten erklären zu können, sehe mich nun nicht imstande, die richtigen Worte dafür zu finden.«

Danach fiel Schweigen zwischen sie, und Riah brachte es nicht fertig, dieses Schweigen zu brechen, nicht einmal dadurch, daß sie sich vom Sessel erhob; sie war dankbar, als seine Stimme leise murmelnd an ihr Ohr drang: »Würdest du mir jetzt eine Tasse Tee machen, Riah? Bitte. Und sehr stark.«

Sie stand auf, und als sie an ihm vorbeikam, streckte er ihr seine Hand entgegen und faßte die ihre. Der Kontakt weckte bei ihr das Bedürfnis, die Hand wegzureißen aus der Berührung mit der seinen, aber sie ließ sie in seinem schwachen Griff und war gezwungen, hinunterzuschauen auf sein Gesicht, als er, wieder in der gütig-hilflosen Weise, die sie so gut kannte, zu ihr sagte: »Ich wollte dir neulich etwas Kaffee mitbringen, als Geschenk. Ich dachte, daß das ein Genuß wäre für dich. Jetzt muß ich fragen, ob wir noch genug Tee haben für diesen Monat.«

Während sie ihre Hand aus seinem Griff löste, antwortete sie: »Es wird reichen.«

Und als sie hinausging, merkte sie, daß ihre Beine zitterten; daher blieb sie, nachdem sie die Wohnzimmertür geschlossen hatte, einen Moment in der Halle stehen, lehnte sich mit dem Rücken gegen die Wand und sagte leise zu sich: »Lieber Gott – wie soll das bloß enden?«

Sie hatte Tol drei Tage nicht gesehen. Er war nicht hereingekommen, wenn er morgens die Milch in den Hof stellte, daher nahm Riah an, daß seine Schwester zurückgekommen sei. Sicher, er hatte ja nicht einmal damit gerechnet, daß sie so lange wegbleiben würde, aber er hatte über den Kutscher eine Nachricht von seiner älteren Schwester erhalten, die bei ihm nachfragte, ob es ihm etwas ausmache, wenn Annie noch etwas länger bei ihr bleibe. Er hatte breit gegrinst, als er es Riah berichtete, und gesagt: »Ich habe gleich einen Zettel zurückgeschrieben, wie du es mir beigebracht hast. Ich hab' 'ne ganze Weile dazu gebraucht, aber ich hab' es geschafft und ich hab' geschrieben, es macht mir nichts aus, und sie kann bleiben, so lange sie will.«

Das war vor einer Woche gewesen.

Und von Tol hatte sie auch erfahren, daß zwei Mädchen im Dorf eine Stellung im Haushalt suchten, und sie fragte sich nicht lange, warum er sich so um ihre Angelegenheiten kümmerte, weil sie wußte, daß er auf diese Weise versuchte, ihr den Weg zu ebnen, wenn die Zeit reif war, um von hier wegzugehen.

Nun, die Zeit war reif, aber es kam nicht zur Ernte; und sie fragte sich immer wieder, warum Tol in den letzten Tagen ausgeblieben war...

Doch dann war er auf einmal da, kam mit großen Schritten über den Hof, Johnny an der einen Hand und Maggie an der anderen. Als er das Haus durch die Küchentür betreten hatte, stieß er die beiden liebevoll weg, sagte: »Weg mit euch«, und die Kinder liefen hinaus in den Hof und imitierten das Gackern von Hühnern.

»Hallo«, sagte er. »Hallo, Tol... Geht es dir gut?«

»Es könnte mir nicht besser gehen.«

Sie schaute auf sein Gesicht und sah, daß er sehr mit sich zufrieden zu sein schien, also begann auch sie zu lächeln und fragte schließlich: »Ist etwas Erfreuliches geschehen?«

»Könnte man sagen. Schau, von unserer Mary. Anscheinend hat es jemand für sie geschrieben.«

Er nahm den zerknitterten Umschlag aus der Tasche, zog ein Blatt Papier heraus, reichte es ihr, und sie las die wenigen, krakelig geschriebenen Wörter.

> Lieber Tol,
> Es macht dir hoffentlich nichts aus, aber Annie möchte noch einige Zeit bei mir bleiben. Sie ist mir eine gute Gesellschaft, und das Stadtleben macht ihr Spaß, worüber ich sehr froh bin. Hoffentlich macht es dir nichts aus.
>
> Deine Dich liebende Schwester
> Mary

Jetzt hob sie den Blick, und er sagte: »Unsere Annie ist jemandem gute Gesellschaft – kannst du das glauben? Und das Stadtleben macht ihr Spaß. Wette, sie hat irgendeinen Burschen im Auge. Weißt du, sie ist in der Liebe immer enttäuscht worden; vielleicht hat sie das so bitter gemacht. Ja, ja.« Sein Lächeln wurde breiter, er packte ihre Hände, hielt sie fest und sagte: »Die Straße ist frei, Riah. Siehst du, die Straße ist frei.«

»Setz dich, Tol.«

Er hielt immer noch ihre Hände, als er fragte: »Was ist? Ist noch etwas geschehen?«

Sie zog ihre Hände aus den seinen und wiederholte: »Setz dich, Tol.« Und als er sich gesetzt hatte, ging sie um den Tisch herum und setzte sich auf der anderen Seite; dann schaute sie ihm offen ins Gesicht und sagte: »Ich weiß, was du sagen willst, Tol. Aber es kann nicht sein.«

»Wie meinst du das – es kann nicht sein? Du weißt, was ich für dich fühle, und... Und ich glaube, ich weiß auch, was du für mich fühlst. Habe ich recht?«

Sie senkte den Kopf und erwiderte dann: »Ja, ja, du hast recht. Und dennoch« – sie hob den Kopf wieder –, »es kann nicht sein.«

»Warum nicht? Was sollte uns daran hindern?« Jetzt blickte er auf die Tür zur Halle und sagte: »Mach dir darüber keine Sorgen, Riah. Jedes dieser beiden Mädchen aus dem Dorf ist froh, wenn es für ein paar Pennies die Woche hier arbeiten kann. Für das Geld, das er dir bezahlt, könnte er sie beide haben. Und du könntest hier und da vorbeikommen und darauf achten, daß sie ordentlich arbeiten.«

»Tol« Ihre Stimme war kaum mehr als ein Flüstern. »Tol, ich kann nicht weg hier. Ich kann nicht weg von ihm. Solange er hier ist, muß ich auch bleiben.«

Als sein Stuhl auf dem Steinboden schabte, blickte sie zu ihm hoch. Er stand jetzt vor ihr, beugte sich zu ihr herunter und fragte: »Was ist? Was ist geschehen? Er kann dich nicht halten. Er hat nichts, was er gegen dich anführen könnte.«

»O doch, das hat er, Tol. Er kann mich halten – mit Davey. Er hat gedroht, und er meint es ernst, wenn ich ihn verlasse, übergibt er die Sache dem Gericht. Er trägt schließlich die Beweise an seinem Körper, oder nicht?«

»Nein, nein.« Tols Stimme war plötzlich ungewohnt hoch. »Mir hat er gesagt, daß er selbst die Sichel in der Hand hatte.«

»War der Doktor dabei, als er es dir gesagt hat?«

»Nein.«

»Dann steht sein Wort gegen deines, genau wie bei Davey und ihm. Was für eine Chance hättet ihr beide gegen einen Gentleman, wie er selbst sagte, der als – als gelehrter Einsiedler bekannt ist.« Sie stolperte über die Worte und wiederholte sie. »Gelehrter Einsiedler, ja, und der aus einer Familie stammt, die in dieser Gegend hochgeachtet war.«

»Hochgeachtet, von wegen! Seine Mutter hatte nur die Religion im Kopf, und sein Vater... Nach dem, was Fannys Mann sagte, haben sie in all den Jahren kaum miteinander gesprochen; er hat auf der einen Seite des Hauses gewohnt und sie auf der anderen. Seine Seite war die, wo ihr, du und die Kinder, jetzt wohnt. Sie waren sehr sonderbar, alle beide. Und es gibt noch einiges, woran sich die Leute erinnern, aus der Zeit, als die Millers noch oben in ›The Heights‹ wohnten.«

Ihre Gesichtsmuskeln waren angespannt, als sie jetzt in ungläubigem Ton fragte: »Sie haben in ›The Heights‹ gewohnt? Seine Familie?«

»Ja, ja. Es gab da ein viel kleineres Gebäude; heute ist es, glaube ich, eine Art Austragshaus. Das liegt natürlich ein paar Jährchen zurück, an die hundert, würde ich sagen, aber von dort kommt seine Familie her. Ihnen hat das ganze Land hier gehört, bis sie es vor ungefähr sechzig Jahren an die Gullmingtons verkauft haben.«

»Das macht es doch nur noch schlimmer.«

»Wieso? Wie kommst du darauf?«

»Nun, dann gehört er zum Adel, oder wenigstens zur Oberschicht. Egal, wie sonderbar seine Familie gewesen ist, es war eine vornehme Familie. Was für ein Gewicht hätte mein Wort, das meines Jungen oder sogar das deine gehen ihn?«

Tol hielt sich mit den großen Händen an der Tischkante fest und preßte einen Moment lang die Zähne zusammen, bevor er sagte: »Du hast natürlich in gewisser Weise recht, aber dann wird man sich vielleicht fragen, warum er so lange geschwiegen hat.«

»Oh« – sie riß wieder den Kopf hoch –, »das dürfte nicht schwierig für ihn sein. Er könnte sagen, daß er einen Schock erlitten oder vorübergehend das Gedächtnis verloren hat. Ach, er könnte alles mögliche sagen, und man würde ihm glauben.«

Tol kniff die Augen zusammen und sagte mit belegter Stimme: »Und du bist entschlossen, es dabei zu belassen und hier zu bleiben?... Riah...« Er beugte sich zu ihr hinüber, um ihre Hand zu ergreifen, aber sie wich zurück, schüttelte den Kopf, und nun brüllte er: »Frau! Ich will dich heiraten. Ich habe lange genug gewartet. Ich weiß selbst nicht, wie ich so lange warten konnte. Du bist dazu bereit, genau wie ich es bin. Laß uns nicht um die Sache herumreden, wir sind beide erwachsene Menschen und wir brauchen uns. Riah.« Jetzt senkte er die Stimme wieder. »Mein Gott! Du weißt, was ich fühle. Und es ist nicht nur das, es ist... Ich mag die Kinder, und wir könnten glücklich sein in meinem Haus. Ich würde dir eine Küche anbauen, und oben auf dem Speicher könnten wir Betten für die Kinder aufstellen. Riah, ich habe mir alles genau überlegt.«

»Tol!« Der Ton, in dem sie seinen Namen aussprach, war so endgültig, daß er sich aufrichtete und eine Minute lang mit geschlossenen Augen dastand, während sich sein Kopf langsam auf die Brust senkte. Erst nach einer langen

Pause fuhr sie fort: »Er weiß von uns, und er ist dagegen.«

»Dagegen – verdammt soll er sein!« Jetzt war sein Gesicht hochrot angelaufen vor Zorn, und seine Haltung drückte eine so maßlose Wut aus, wie sie es bei ihm niemals für möglich gehalten hätte. Sie hatte sich zu Anfang oft gedacht, daß sein Name die Abkürzung für »Toleranz« sein müßte, aber sie hatte später erfahren, daß er gar keine Abkürzung war, sondern daß er nach seinem Vater getauft war, der ebenfalls Tol geheißen hatte, wie dessen Vater, und beide Männer hatten Zollschranken verwaltet, und so war ihr eigentlicher christlicher Name durch die Berufsbezeichnung verdrängt worden.

»Ich gehe hinein zu ihm.«

Sie war mit einem Satz an der Tür und hatte beide Arme ausgebreitet, um Tol den Weg in die Halle und ins Zimmer ihres Herrn zu versperren, und jetzt schrie sie ihn an: »Nein! Nein! Es wäre sinnlos, und ich kann es nicht mehr ertragen.«

Die blanke Wut stand noch auf seinem Gesicht, als er unter Zähneknirschen hervorstieß: »Ich auch nicht, Riah. Ich kann es auch nicht mehr ertragen. Und wenn das dein letztes Wort ist und du bereit bist, ihm nachzugeben, dann sollst du auch mein letztes Wort hören. Ich werde nicht warten, bis er tot ist oder seinen Sinn geändert hat. Ich bin ein Mann, ich habe meine Bedürfnisse, und ich brauche dich, aber wenn ich dich nicht haben kann, dann muß ich mir jemand anders suchen, der deinen Platz einnimmt. *Hast du mich verstanden?*«

Sie schluckte ein paarmal, ehe sie erwiderte: »Ja, Tol, ich verstehe dich sehr gut, und ich wünsche dir Glück bei deiner Wahl. Vielleicht ist es schließlich doch das beste, denn obwohl mein Verlangen ebenso groß ist wie das deine, möchte ich, daß man mich auch noch wegen anderer Dinge zur Frau begehrt. Gute Nacht, Tol.«

Sie sah, wie sein Adamsapfel auf und ab rutschte, sah, wie er mehrmals den Mund öffnete und wieder schloß, als ob er die Worte hinunterwürgte, die er noch ausspucken wollte, bevor er sich umdrehte und hinausging.

Nach einer Minute löste sie sich aus ihrer Erstarrung. Sie ging langsam durch den Korridor in den Ostflügel, überquerte die kleine Halle, ging die Treppe hinauf und den Korridor entlang zu ihrem Zimmer. Immer noch langsam wie eine Traumwandlerin ging sie zur Garderobe, öffnete die Tür, holte das schwarze Samtkleid heraus, nahm es an der Vorderseite, an den Schultern, und riß es mit einer einzigen Bewegung bis zur Mitte entzwei. Dann packte sie die bestickte, hoch eingesetzte Korsage wie zuvor, aber es gelang ihr nicht, auch den Rock auseinanderzureißen. Also ließ sie den einen Teil zu Boden gleiten, stellte sich darauf, bückte sich, nahm den anderen Teil in beide Hände und zerrte an dem Stoff, bis auch der Rock nachgab und die ganze Vorderseite des Kleids bis zum unteren Saum zerriß. Noch nicht zufrieden damit, machte sie das gleiche mit der Rückseite, erst das Oberteil, dann den Rock. Als sie damit fertig war, lief ihr der Schweiß übers Gesicht, doch in ihren Augen standen keine Tränen. Jetzt bückte sie sich wieder, nahm die Reste des Gewands und ging damit, schneller als zuvor, in die Küche.

Biddy war dort, und sie schaute ihre Mutter, die mit dem Kleid zum Feuer ging, aus großen, erschreckten Augen an und fragte: »Was machst du da, Ma? Was machst du?«

Riah gab ihr keine Antwort, sondern nahm den Feuerhaken und schob die rotglühenden Scheite auf eine Seite, dann warf sie das erste Stück des Kleids darauf. Nachdem das getan war, drehte sie sich um, schaute ihre Tochter an und sagte: »Du fragst mich, was ich da mache, Biddy. Ich verbrenne meine Torheiten. Vergiß das nicht. Behalte dieses Bild in deiner Erinnerung, und wenn du groß bist, sollst du daran denken, daß deine Mutter eines Abends die Stücke eines Samtkleids in der Küche verbrannt hat.«

»O Ma, Ma.« Tränen traten in die Augen des Kindes,

und es murmelte: »Das war das Kleid, das dir der Herr geschenkt hat, und du... Du wolltest es einmal anziehen und mir zeigen. Ma, was ist mit dir?«

Erst als das letzte Stück Samt auf dem Feuer war und der Raum sich mit Rauch und dem süßlich-beißenden Geruch nach verbranntem Stoff erfüllt hatte, der ihnen die Tränen in die Augen trieb, beantwortete Riah die Frage ihrer Tochter; und dann erwiderte sie, als ob sie eben erst gefragt worden sei: »Ich komme zu Sinnen, Mädchen. Ich komme endlich zu Sinnen...«

Später am Abend, als sie das Tablett mit der Suppe hineinbrachte in das Wohnzimmer ihres Herrn, sagte dieser: »Es hat so verbrannt gerochen, Riah.« Und sie antwortete knapp: »Kein Wunder.«

Er schaute sie etwas perplex an und fragte leise: »Was hast du denn verbrannt?« Und sie antwortete: »Nur das Kleid Ihrer Mutter.«

Sie schaute ihn lange genug an um zu sehen, wie sich seine Überraschung in tiefen Schmerz verwandelte, und sie war schon an der Tür, als sie ihn murmeln hörte: »O Riah, Riah...« Der traurige Ton, mit dem er ihren Namen aussprach, erinnerte an den Schrei eines Nachtvogels, den sie oft aus den Wäldern gehört hatte. Ein verlorener Klang... Der Schrei des Vogels hatte sie stets berührt, manchmal so sehr, daß sie aufgestanden war und das Fenster geschlossen hatte, denn es gab Geräusche, welche Botschaften in sich trugen – Botschaften, die der Verstand nicht zu entschlüsseln vermochte.

Zweiter Teil

Die Zeit dazwischen

1

»London, den 7. Februar im Jahre des Herrn 1749

Mein lieber Sohn,

Du bist jetzt in ein Alter gekommen, wo man zu eigenen Überlegungen fähig wird, und ich hoffe, du wirst diese Fähigkeit auch nutzen, was freilich wenige in deinem Alter tun, nutzen um deiner Selbst willen, auf der Suche nach Wahrheit und gesundem Wissen. Ich gestehe – denn ich schrecke nicht davor zurück, dir meine Geheimnisse zu verraten –, daß nicht allzu viele Jahre hinter mir liegen, seit ich selbst begonnen habe, mich eigenen Überlegungen hinzugeben. Bis zu meinem sechzehnten oder siebzehnten Jahr lebte ich gänzlich ohne Überlegungen, und in vielen Jahren danach machte ich keinen Gebrauch von dem, was mir zur Verfügung stand. Ich übernahm die Gedanken und Ideen der Bücher, welche ich las, oder der Gesellschaft, in welcher ich mich aufhielt, ohne zu prüfen, ob sie gerechtfertigt waren oder nicht; und ich wählte lieber das Risiko des Irrtums als mir die Zeit zu nehmen und alles genauer auf seinen Wahrheitsgehalt zu überprüfen. Und so wurde ich, teils aus Faulheit, teils aus Zerstreutheit und teils aus dem *mauvaise honte*, modische Ideen und Vorstellungen abzulehnen, von Vorurteilen statt von der Vernunft beherrscht, und nahm lieber stillschweigend den Irrtum in Kauf, als daß ich mich von der Vernunft hätte leiten lassen. Doch seit ich mir die Mühe mache, für mich selbst nachzudenken, und seit ich den Mut aufbringe, dies auch einzuräumen, haben sich meine Gedanken und Meinungen über fast alle Dinge in unvorstellbarer Weise verändert, und ich sehe alles in einem völlig neuen Licht, verglichen damit, wie ich sie vordem durch die trügerische Brille des Vorurteils oder der scheinbaren Autorität gesehen habe. Dennoch mag ich noch vielerlei Irrtümern erliegen, wie sie möglicherweise aus alter Gewohnheit zu feststehenden Meinungen geworden sind, denn es ist äußerst schwierig, früh erworbene und lange geübte Gewohnheiten von dem Ergebnis eigener Vernunft und Überlegung zu unterscheiden.

Mein erstes Vorurteil (denn ich will hier nicht von den Vorurteilen der Knaben oder der Frauen sprechen, wie Aberglauben, Kobolde, Gespenster, Träume, das Verschütten von Salz etcetera) war meine Begeisterung für die Klassiker, mit der mich die Bücher, die ich las, und meine Lehrer, die sie mir erläuterten, angesteckt haben. Ich war überzeugt, daß sich in den letzten fünfzehnhundert Jahren weder Verstand noch Redlichkeit in der Welt gefunden hatte, sondern daß sie völlig mit den alten Griechen und Römern ausgestorben waren. Homer und Vergil konnten keine Fehler haben, weil sie alte Meister waren; Milton und Tasso hatten keine Verdienste, weil sie modern waren. Und ich wäre durchaus bereit gewesen, dem beizupflichten, was Cicero, höchst absurd und eines Philosophen unwürdig, in Bezug auf Plato sagt: *Cum quo errare malim quam cum aliis recte sentire.*«

Das Lineal klatschte auf den Tisch. Der Mann mit dem faltigen Gesicht und dem langen weißen Haar, das ihm bis über die Ohren hing, beugte sich in Richtung auf das hochgewachsene junge Mädchen, das zu seiner Rechten saß, und sagte langsam: »Na endlich. So ist es besser. Aber dein französischer Akzent ist immer noch schauerlich, Biddy.«

Dann richtete er den Blick auf den zwölfjährigen Johnny, der ihn mit großen Augen anschaute. »Bei ihm und bei Maggie ist meine Mühe verschwendet... Die bleiben, was den Akzent betrifft, ihr Leben lang Anfänger. Und für sie gibt es auch eine Entschuldigung, aber nicht für dich, Biddy.« Und wieder hatte er seine Aufmerksamkeit auf das Mädchen gerichtet, die ihn jetzt gelassen ansah und erklärte: »Ich kann zumindest genausogut sprechen als wie eine jede von den jungen Ladies, wette ich.«

»Sag das noch mal.«

»Was?«

Jetzt hob er die Stimme und schrie: »Du sollst das noch einmal sagen.«

»Ich kann zumindest so gut sprechen wie eine jede von den jungen Ladies, wette ich.« Sie brach ab, weil er mit dem Finger auf sie deutete und dazu brüllte: »Die zwei letzten Wörter kannst du ganz weglassen. Wobei man über ›zumindest‹ noch streiten könnte; ›sicherlich‹ wäre mir lieber. Manchmal denke ich, daß ich auch bei dir meine Zeit vergeude, ja, daß ich sie in all den vergangenen Jahren bis zu dieser Stunde vergeudet habe.«

»Ja, das denke ich mir auch manchmal.«

»Miss, darf ich dich daran erinnern, daß du dabei bist, dich völlig zu vergessen?«

»Nun, Sir, Sie holen mich sicherlich wieder in die Wirklichkeit zurück.«

Sie zeigte ein kleines, geheimes Lächeln, während sie zusah, wie er die Augen schloß und den Kopf senkte, und sie kannte ihn gut genug um zu wissen, daß er sich keineswegs über sie ärgerte, sondern sich über einen derartigen Wortwechsel sogar insgeheim amüsierte. Die Begriffe ihrer Umgangssprache kämpften täglich mit der Welt der Wörter, die ihr der Herr nahezubringen versuchte, und es machte ihm auch Spaß, das ständige Hin und Zurück zu beobachten – und zu korrigieren. Auch ihr machte es Spaß. Aus den zwei Stunden waren drei geworden, und sie freute sich jeden Tag darauf, auch wenn sie abends ihre Hausaufgaben machte, obwohl sie wußte, daß es ihre Mutter ärgerte, die es viel lieber gesehen hätte, wenn sie sich mit Nähen, Stricken oder Teppichknüpfen beschäftigt hätte.

Besonders die derzeitige Phase ihrer Entwicklung machte ihr großes Vergnügen. Sie war stolz darauf, daß sie sich schon weit hineingearbeitet hatte in den zweiten Band der *Briefe Lord Chesterfields an seinen Sohn*, weil das, was dieser Mann dort sagte, vernünftig war, auch wenn es einige Zeit dauerte, sich an den Druck zu gewöhnen, bei dem die »s« fast wie die »f« aussahen, und sie wußte, daß sie durch die Lektüre dieser Briefe mehr gelernt hatte als durch Voltaire, obwohl sie Voltaire liebte. Aber er kam ihr ein wenig überspannt vor. Dieser Chesterfield war realistischer. Dennoch war sie nicht einverstanden mit vielem, was er sagte, denn er ging davon aus, daß Frauen nie erwachsen wurden, jedenfalls nicht richtig, daß sie im Herzen immer Kinder blieben, nur zum unbeschwerten Daherplappern geschaffen, und daß sie niemals imstande waren, vernünftig zu denken und zu handeln. Nein, damit konnte sie nicht einverstanden sein, aber sie mußte zugeben, daß er in vielen anderen Dingen durchaus recht hatte. Und manchmal war er auch komisch, zum Beispiel, wenn er seinen Sohn in einem seiner Briefe über das Nasenbohren belehrte. Sie hatte sehr darüber gelacht.

Gelegentlich las sie ihrer Mutter abends daraus vor, in letzter Zeit allerdings nur noch selten, denn ihre Mutter pflegte sie mitten in einem Brief zu unterbrechen und zu sagen: »Jetzt ist's genug.« Und erst in der vergangenen Woche hatte sie erklärt: »Ich finde, du übertreibst mit dieser Lernerei.«

Sie hatte sie verblüfft angeschaut und gesagt: »Aber Ma, ich dachte, es ist dir recht, wenn ich lerne?« Doch ihre Mutter hatte ziemlich scharf entgegnet: »Und was kommt dabei heraus? Es wird dich nur mit den anderen zwei und mir auseinanderbringen, und mit allem.«

»O Ma, sei nicht albern«, hatte sie erwidert. »Als ob irgend etwas dazu imstande wäre. Es ist doch nur eine Art Spiel, daß ich lerne, Ma. Es fällt mir leicht, und... Und es macht mir Spaß, ich meine, das Lesen und so.«

»Du sprichst schon anders als wir.«

»O nein, Ma, das tu ich nicht!« hatte sie lautstark protestiert.

»Doch, das tust du. Es fällt dir vielleicht nicht auf, aber mir.«

Sie wollte nicht anders sprechen als ihre Mutter und ihre Geschwister, aber der Herr – und jetzt wandte sie ihren Blick wieder ihm zu – achtete stets darauf, daß sie ihre »g« richtig aussprach, besonders am Wortende, und daß sie den Mund richtig öffnete statt durch die Zähne zu reden...

»Paß auf – du träumst ja schon wieder. Fahre fort.«

Sie nahm das Buch und las weiter.

»Nunmehr habe ich, ohne meinen Verstand besonders anzustrengen, gefunden, daß die Natur vor dreitausend Jahren dieselbe war wie heute, daß die Menschen Menschen waren, damals wie jetzt, und daß zwar Gewohnheiten und Gebräuche oft wechseln, die menschliche Natur aber stets die gleiche bleibt. Ich kann daher ebensowenig glauben, daß die Menschen vor fünfzehnhundert oder zweitausend Jahren besser, tapferer oder weiser gewesen sind, als annehmen, daß Tiere und Pflanzen damals besser waren als heute. Ich wage außerdem zu behaupten, im Gegensatz zu den Verfechtern der Antike, daß Homers Held Achilles ein brutaler Schurke gewesen ist und demzufolge ein ungeeigneter Charakter für den Helden eines epischen Gedichts; er kümmerte sich so wenig um sein Vaterland, daß er nicht bereit war, es zu verteidigen, weil er Streit hatte mit Agamemmnon...«

Hier hielt sie inne, erhob sich halb aus ihrem Stuhl, schaute ihren Lehrmeister an und sagte: »Was ist? Haben Sie wieder diese Schmerzen, Sir?«

Percival hatte sich in seinem Sessel zurückgelehnt, die Augen geschlossen, und preßte sich den Unterarm unter die Rippen; ohne zu sprechen, wandte er den Kopf und nickte in Richtung auf das Regal des großen, teilweise offenen Bücherschranks an der einen Wand, in dem ein kleines, dunkles Glasfläschchen stand. Während sie das Fläschchen holte, sagte sie zu Maggie: »Geh hinüber ins Wohnzimmer und bring die Karaffe.« Dann schaute sie Johnny an, der jetzt am Tisch stand, und fügte leise hinzu: »Geh zu Ma und sag es ihr.«

Eine Minute später, als Riah die Bibliothek betrat, sah sie, daß Biddy ihm das Glas mit Wasser an den Mund hielt, ging dann rasch zu ihm hin und fragte: »Wie viele Tabletten hast du ihm gegeben?«

»Nur eine, Ma.«

»Gib mir das Fläschchen.«

Biddy reichte es ihr, und Riah schüttelte noch eine Tablette heraus, steckte sie dem Herrn zwischen die bläulichen Lippen, und nachdem er sie geschluckt hatte, sagte sie, ohne Biddy dabei anzusehen: »Geh und schlag das Bett auf, dann bring eine heiße Steinplatte aus der Röhre und leg sie ins Bett.«

Nach einem Augenblick, als der Schmerz nachgelassen hatte, schlug Percival die Augen auf, schaute sie an und murmelte, ein schwaches Lächeln auf den Lippen: »Das war kurz, aber alles andere als schmerzlos. Glaubst du, ich kann mich jetzt hinlegen?«

»Ja, kommen Sie mit.« Sie half ihm aus dem Sessel und hinüber ins Wohnzimmer, wo er seit vier Jahren schlief, weil Doktor Pritchard so gute Arbeit an seiner Hüfte geleistet hatte, daß er sie kaum noch bewegen konnte; auch der linke Arm war so steif, daß er ihn nicht gerade ausstrecken konnte, und obendrein war die Beweglichkeit der Finger dieser Hand eingeschränkt.

Wie eine Ehefrau, die ihrem Gatten behilflich ist, zog sie ihm Jacke, Hose und Hemd aus, aber als die Unterkleidung an der Reihe war, streifte sie ihm erst das Nachthemd über den Kopf und zog dann, wie es eine bescheidene und tugendsame Frau getan hätte, die Unterhose von den Beinen her nach unten, wobei er vom

Nachthemd bedeckt blieb. Nun setzte er sich kurz auf die Bettkante und ließ sich gleich danach in die Kissen sinken. Als er dalag, schloß er einen Moment lang die Augen, dann sagte er: »Natürlich muß es ausgerechnet heute passieren, wo ich Besuch erwarte.«

Es war der Tag, an dem der Gehilfe seines Anwalts mit der Vierteljahresabrechnung erwartet wurde, die glücklicherweise zwei Jahre zuvor schon den früheren Standard zurückerlangt hatte und ihn so in die Lage versetzte, sich selbst den kleinen Luxus von Tabak und Wein zu gönnen und Riah einen etwas größeren Spielraum bei den Mahlzeiten zuzubilligen.

Der Anwaltsgehilfe war ein gesprächiger Mann, und von ihm hatte sie erfahren, daß die Rente des Herrn mit seinem Tod erlöschen würde, wobei das dafür zugrundegelegte Kapital an eine religiöse Stiftung ging. Dies war eine Bedingung, welche seine Mutter in ihr Testament aufgenommen hatte, doch sie war nicht in der Lage gewesen, es auch mit dem Haus so zu regeln; das Haus hatte seinem Vater gehört und war unbelastet, denn weder Mr. Miller noch sein Vater hätten auf das Haus eine Hypothek aufnehmen können, laut einer Erbschaftsbestimmung von Mr. Percivals Großvater. Und der Gehilfe hatte sie auch darüber informiert, daß Mr. Percival gewiß nicht besser drangewesen wäre, wenn man auf das Haus eine Hypothek hätte aufnehmen können, denn dann hätte schon sein Vater sicherlich Haus und Hof bis zur äußersten Möglichkeit beliehen, und die Zinsen dafür hätten erst einmal aufgebracht werden müssen.

An Verwandten gab es, soviel sie wußte, einen Vetter und eine Kusine; die Kusine lebte in Somerset, und der Vetter war nach Amerika ausgewandert. Der ausgewanderte Vetter war ein Mann in den Siebzigern, und die in England gebliebene Kusine war eine unverheiratete Lady von undefinierbarem Alter. So jedenfalls hatte es ihr der Anwaltsgehilfe geschildert.

Wenn Riah versuchte, sich an die letzten vier Jahre zu

erinnern, verwischten sich die Ereignisse in ihrem Gedächtnis. Bis dahin war alles klar gewesen; sie hätte praktisch jeden Gedanken aus der vorausgegangenen Zeit wiederholen können, selbst von dem Abend, als Tol aus der Küche und aus ihrem Leben gegangen war, dem Abend, an dem sie das schwarze Samtkleid verbrannt hatte. Doch von da an blieb der Blick auf Monate hinaus verwischt und unklar, wie sehr sie sich auch zu erinnern versuchte.

Sie erinnerte sich nicht daran, wann sich ihre Haltung gegenüber ihrem Herrn gebessert und wann sie wieder begonnen hatte, mit ihm mehr als das Notwendigste zu sprechen, erst sehr einsilbig, wobei sie meist seinen Worten zuhörte und ganz allmählich das Verständnis für diesen sonderbaren Mann zurückgewann. Sie konnte auch nicht sagen, wann das Mitleid, das sie für ihn empfand, zum Mittelpunkt ihrer Beziehungen geworden war. Man behauptete, Mitleid sei eine Form von Liebe, aber ihr Mitleid hatte keineswegs dieses Stadium erreicht, würde es wohl auch nie erreichen; immerhin war daraus eine tiefe, verständnisvolle Güte ihm gegenüber geworden, gepaart mit der Sorge um sein Wohlergehen. Und so lief das Leben zumindest oberflächlich dahin wie ein Boot in ruhigen Gewässern. Nur hier und da entstand noch eine heftigere Tiefenströmung, und sie versuchte stets, ihr entgegenzuwirken und im Laufe der Zeit Tol aus ihren Gedanken zu verbannen, was ihr freilich bis dahin noch nicht gelungen war.

Schon sechs Monate nach ihrer Trennung erfuhr sie, daß er sich mit einem Mädchen aus dem Dorf verlobt hatte, das zwölf Jahre jünger war als er. Sie war eine von den beiden, die er ihr vorgeschlagen hatte als Hilfe hier im Haus und als Ersatz für ihre Dienste. Doch zur Hochzeit kam es nie. Was geschehen war, wußte sie nicht. Es war auch nicht wegen Annie. Die war nicht zu ihm zurückgekehrt, hatte vielmehr zur Überraschung aller, einschließlich ihrer Schwester Mary, geheiratet, einen Schweinemetzger mit eigenem Geschäft. Damit hatte sie zweifellos einen entscheidenden Schritt nach oben gemacht. Tol war bei der Hochzeit eingeladen gewesen. Das alles hatte Riah von Fanny erfahren, die sie in längeren Abständen besuchte. Aber seit über zwei Jahren hatte sie Tol kein einziges Mal gesehen, denn er brachte keine Milch mehr ins Haus, nachdem er eines Morgens Johnny den Auftrag gegeben hatte, sie in Zukunft selbst vom Bauern abzuholen. Der Bauernhof war fast zwei Meilen entfernt, und Riah richtete es so ein, daß der Junge nur jeden zweiten Tag zu gehen brauchte. Bei ganz schlechtem Wetter ging sie lieber selbst und war froh, ein bißchen an die frische Luft zu kommen und ein paar Worte mit Mrs. Pratt, der Bäuerin, plaudern zu können.

Es hatte Zeiten gegeben, in denen hatte sie sich nach Gesellschaft gesehnt. Sicher, sie hatte die Kinder, und sie hatte ihn, aber zwischen dem Gespräch, das sie mit den Kindern führte, und den Worten, die sie mit ihrem Herrn tauschte, klaffte eine breite Lücke: Ihr fehlte das, was dazwischenlag, und sie wußte auch, was das war, nämlich ein ganz normales Gespräch zwischen ihr und irgendeinem ganz gewöhnlichen Mann oder einer ganz gewöhnlichen Frau.

Manchmal ärgerte es sie, daß sie mit Biddy nicht wie mit einem gewöhnlichen Mädchen reden konnte. Biddy war ihre Tochter und wuchs jetzt rasch zu einer jungen Frau heran. Sie war vierzehn, schon bald fünfzehn, groß für ihr Alter und früh entwickelt. Ihr Körper war zwar schlank, aber kräftig. Doch Biddys Gespräche drehten sich fast immer um die Dinge, die sie gerade lernte, oder darum, was er zu ihr gesagt hatte. Riah dachte in letzter Zeit immer öfter, daß eine so hohe Bildung ihrer Tochter eher schaden als nützen konnte, ja, sie machte sich sogar Sorgen darüber. Auf der einen Seite verbrachte das Mädchen den Großteil des Tages damit, daß sie im Garten grub und ausgraste und pflanzte und mähte, denn seit Davey nicht bei ihnen war und das tun konnte, was für den kleinen

Johnny noch zu schwer war, und seit Maggie für die Arbeit im Haus ausgebildet wurde, blieb gar nichts anderes übrig, als das Biddy den Garten übernahm. Und der war nun keineswegs mehr so tadellos, wie er hätte sein sollen. Es war ja auch nicht möglich, nachdem der Herr jeden Vormittag drei Stunden ihrer Zeit und der ihrer kleinen Geschwister beanspruchte. Dabei leisteten die meisten Menschen gerade morgens die beste Arbeit, weil im Lauf des Tages ihre Kräfte und auch die Lust nachließen. Sie wußte es nur zu gut von sich selbst.

Als er beschlossen hatte, die zwei Stunden Unterricht auf drei zu verlängern, da hatte sie ihn darauf hingewiesen, aber er hatte nur gelacht und gesagt: »Du hast ganz recht. Aber was für den Körper gilt, das gilt für den Geist erst recht.« Und an dem Tag hatte er noch zu ihr gesagt: »Ich habe mich oft gefragt, warum ich überhaupt geboren worden bin; erst in letzter Zeit sehe ich eine Antwort auf diese Frage. Ich bin hier auf der Erde, um die Tochter einer gewissen Riah Millican auszubilden und zu einer klugen Frau zu machen. Aber dann frage ich mich, warum sie eine kluge Tochter geboren hat statt eines klugen Sohnes – denn was wird die Tochter mit ihrem Verstand anfangen können? Dennoch könnte es sein, daß sie eines Tages und ganz unverhofft zu einer bemerkenswerten Persönlichkeit aufblüht.«

Darauf hatte sie erwidert: »Oh, reden Sie keinen Unsinn.« So war ihr Verhältnis geworden: Sie konnte ihm das alles sagen, ohne daß er es als ungehörig empfand, wie es sicherlich vor der einschneidenden Veränderung gewesen wäre.

Sie wunderte sich nicht darüber, daß er ihr gegenüber Davey nicht mehr erwähnte. Daß und wie er aus dem Haus gegangen war, empfanden alle fast wie einen Todesfall, an den sie nicht mehr erinnert werden wollten. Nur Riah selbst erinnerte sich daran, daß die Tränen, die sie in den ersten Monaten nach dem Vorfall vergossen hatte, dem Verlust ihres Sohnes galten.

Davey hatte alle zwei Wochen einen halben Tag frei. Sein Ausgang begann am Sonntag um zwei Uhr nachmittags und endete im Sommer um sieben; im Winter hatte er sonntags von zwölf bis fünf Uhr frei. An seinen beiden ersten freien Nachmittagen hatte sie ihn bei Tol getroffen; unter den veränderten Umständen war das jedoch nicht mehr möglich. Daher schickte sie, als sie den Verlust gar nicht mehr ertragen konnte, Biddy zu Tol mit der Bitte, Davey solle sich dem Haus von hinten nähern und die Mutter an der Westseite treffen.

Bei den ersten dieser geheimen Treffen hatte sie ihren Sohn umarmt und an sich gedrückt, und er hatte seinen Kopf an ihre Brust gepreßt und sie festgehalten. Aber das hatte bald nachgelassen; später hatten sie sich kaum noch die Hände gegeben. Wenn das Wetter schön war, gingen sie über die Felder spazieren; bei Regen oder Sturm hielten sie sich in der kleinen Scheune am Ende des Hofes auf, und Biddy brachte ihnen Tee und Gebäck.

In der ersten Zeit gab es nur ein Thema, bei dem sein Gesicht Freude und Begeisterung zeigte: Es gab acht Reitpferde und vier Zugpferde in den Ställen, dazu fünf Hunde für die Jagd. Er sprach ehrfurchtsvoll von Mr. Mottram, dem Kutscher, und von Mr. Lowther, dem Stallmeister. Sie befehligten die drei Stalljungen, von denen zwei noch junge Burschen waren.

Aber im Laufe der Zeit lockerte sich seine Zunge, und er berichtete auch hier und da über das Haus und die Herrschaft. Es gab so viele Personen, die dazu gehörten, daß er sie kaum aufzählen konnte. Wenn man ihn fragte, wie denn die Mistress sei, antwortete er, daß er sie noch nie gesehen habe, und das nach zehn Monaten! Den Herrn und die jungen Sirs hatte er mehrmals gesehen, und manchmal auch die Töchter des Hauses, wenn sie ausritten, aber ihre Pferde wurden von dem älteren Stallburschen gepflegt; die jüngeren schienen nichts zu tun zu haben als auszumisten und alles in Ordnung zu halten. Doch Davey schien damit zufrieden zu sein.

Die Veränderungen, die ihre Familie seit dem Zwischenfall erfahren hatte, waren am deutlichsten an ihrem älteren Sohn zu erkennen. Davey war jetzt fast sechzehn und hatte an Gewicht zugenommen; er schien eher in die Breite als in die Höhe gewachsen zu sein. Sein Haar war immer noch silberblond, aber seine Züge hatten sich verändert; die Haut, die früher zart und fast durchscheinend weiß gewesen war, hatte sich vergröbert und gerötet. Aber die entscheidenden Veränderungen waren an seinen Zügen festzustellen. Jetzt war er keineswegs mehr als hübsch zu bezeichnen. Manchmal, wenn sie in der Scheune saß und ihn betrachtete, sagte sie sich, es sei nichts als Einbildung, aber sie wußte, daß das keineswegs der Fall war, und sie fragte sich manchmal, was der Herr jetzt von dem Jungen denken würde, denn es bestand kaum noch Ähnlichkeit zwischen dem hübschen Jungen, der ihn mit einer Sichel angegriffen hatte, und dem eher stämmigen Burschen, der keineswegs mehr hübsch und attraktiv aussah. Sie fand nicht die richtige Bezeichnung, mit der sie ihren Sohn beschreiben konnte – es sei denn das Wort »plump«. Seine Wangen schienen wie aufgeblasen zu sein, und sein Gesicht wirkte jetzt beinahe brutal und gewöhnlich. Vielleicht hatte sein Großvater, der Schwede, so ausgesehen. Vielleicht waren alle Schweden nur schön, so lange sie jung waren. Aber er war ja noch jung, war fast noch ein Kind. Nein, seine Stimme klang schon wie die eines Mannes. Und seine Sprache war die Sprache des Pferdestalls. Ach, wenn er doch nur... Wieder tauschte sie ihn in Gedanken mit Biddy aus, denn wenn er ihren Verstand mitbekommen hätte, dann wäre er auch in der Lage gewesen, ihn zu nützen, während Klugheit und Wissen ihre Tochter eher behinderten...

»Setz dich, Riah.«

Das war kein ungewöhnlicher Wunsch. Sie zog einen Stuhl neben das Bett und setzte sich, und er lag da und schaute sie ein paar Augenblicke lang an, bevor er sagte:

»An einem dieser Tage werde ich von euch gehen. Das weißt du doch, Riah, nicht wahr? Einfach so.« Er schnippte mit den Fingern. »In der einen Minute noch da, in der nächsten weg.«

»Reden Sie kein albernes Zeug.«

»Wer redet denn albernes Zeug – du vielleicht.« Seine Stimme klang ein wenig scharf. »Du weißt so gut wie ich, was geschehen wird, und ich möchte mit dir darüber sprechen. Was wirst du tun, wenn ich nicht mehr da bin?«

»Was ich zuvor getan habe. Ich werde mich auf den Weg machen und eine andere Stellung finden.«

»Wieviel Geld hast du gespart?«

»Oh! Oh!«

Er lächelte sie schwach an. »Du hast nie etwas ausgegeben. Du hast in all den Jahren niemals auch nur einen Penny für die Kleidung der Kinder ausgegeben, es sei denn für Schuhe. Und ich habe dir die meiste Zeit vier Shilling die Woche bezahlt, ausgenommen die Zeit, als wir deinen Lohn auf zwei Shilling reduzieren mußten, also müßtest du eigentlich einen hübschen kleinen Haufen angesammelt haben.«

Ja, sie hatte einen hübschen kleinen Haufen angesammelt. Hatte vierzig Pfund von ihrem Lohn gespart; dazu kam, daß sie für die ersten beiden Jahre von Davey einen Shilling pro Woche erhalten hatte. Er hatte ihr das Geld jeweils alle halben Jahre abgeliefert, aber inzwischen hatte sie ihm bei jedem seiner Sonntagsbesuche zwei Pence als Taschengeld gegeben. Im dritten Jahr war sein Lohn um einen Shilling pro Woche gestiegen, und auch sein Taschengeld hatte sich entsprechend auf vier Pence erhöht. Im vierten Jahr war alles gleichgeblieben, doch im kommenden Jahr würde er wieder eine Aufbesserung um sechs Pence erhalten. Insgesamt hatte sie dreizehn Pfund von ihm erhalten. Auf diese Weise besaß sie insgesamt über siebzig Pfund, einschließlich dem, was Seth im Kamin versteckt hatte. Sie war also durchaus nicht arm.

Aber der Mann, der da vor ihr lag, wußte nichts von dem ersten Ei im Nest, also sagte sie zu ihm: »Ich habe ungefähr fünfzig Pfund.«

»Fünfzig Pfund! Mein Gott! Das ist gut, Riah. Ich fürchte, du wirst es brauchen, denn wenn ich gestorben bin, wird sich dein Leben beträchtlich ändern.«

»Das weiß ich, aber machen Sie sich keine Sorgen, darauf bin ich vorbereitet.«

»Wirklich?«

»Ja. Und Sie sollen nicht daliegen und mir damit auf die Nerven fallen.«

»Ich will dir nicht auf die Nerven fallen, aber ich mache mir Sorgen. Sorgen um dich. Glaubst du mir das?«

Sie gab keine Antwort, und er sagte: »Es gibt ein Thema, das lange zwischen uns begraben gewesen ist, Riah, aber ich muß es wieder zur Sprache bringen, weil ich weiß, daß meine Zeit zu Ende geht.«

»Bitte! Bitte sprechen Sie nicht darüber. Es gibt zwei Fragen in diesem Zusammenhang, und meine Antwort auf beide lautet nein. Sie können noch lange leben, wenn Sie ein wenig auf sich aufpassen und ihre Tabletten dann nehmen, wenn Sie es sollen, ich meine regelmäßig. Und was das andere betrifft: Die Sache ist und bleibt begraben.«

»Für dich vielleicht, Riah, aber nicht für mich; also brauche ich nichts auszugraben. Es ist immer lebendig gewesen in mir.«

Sie stand auf, stieß den Stuhl zurück und rief: »Ich hab's Ihnen gesagt!«

»Riah, bitte, setzt dich wieder.«

Seine Stimme klang so beschwörend, daß sie sich nach kurzem Zögern wieder niederließ. Er lag mit geschlossenen Augen da, während er sagte: »Ich möchte dich noch um eines bitten, und es ist mein letzter Wunsch; danach werde ich nie mehr etwas Derartiges von dir verlangen. Ich möchte David sehen, nur noch ein einziges Mal.«

»Nein. *Nein.*«

»Sag es doch nicht in so bösem Ton, Riah.« Er hatte die Augen immer noch geschlossen, aber jetzt begannen seine Finger an der verschlissenen Seide der Eiderdaunendecke zu zupfen, und er fuhr fort: »Ich meine ja nicht, daß du ihn hierherbringen sollst, nicht in mein Zimmer. Ich... Ich will nur einen Blick auf ihn werfen, vom Fenster aus.«

Sie neigte den Kopf und legte die Hand auf die Bettkante, ehe sie erwiderte: »Ich muß Ihnen sagen, daß er... Er sieht nicht mehr so aus wie früher.«

»Nein?« Er schlug die Augen auf und wandte ihr den Kopf zu.

»Nein. Er hat sich verändert.«

»In welcher Weise?«

»Ich... Ich kann es nicht erklären. Er ist nicht... Er ist nicht mehr so hübsch, nicht mehr so, wie er als Junge war. Sie wären sehr enttäuscht.«

»Niemals.«

»Ich sage, Sie wären enttäuscht, weil...« Als sie nicht weitersprach, sagte er: »Nun?«

»Weil ich selbst auch enttäuscht bin.«

»In welcher Hinsicht?«

»In verschiedener Hinsicht. Er hat sich verändert. Er ist nicht mehr der Davey, den ich kannte – er ist roher, ungeschlachter.«

»Nun, das ist ja kein Wunder, wenn er ständig mit Stallburschen zusammenarbeitet: Ihr Verstand gleicht dem Hinterteil ihrer Pferde – gemein.«

»Nein, so ist er nicht. Er ist nicht gemein, nur – eben anders.«

»Wie du sagst, eben anders. Trotzdem, ich wünsche, daß du es mir möglich machst, ihn zu sehen.«

»Ich... Ich kann nicht.« Sie war wieder aufgestanden.

»Warum nicht? Du siehst ihn an seinen freien Tagen. Du triffst dich in der Scheune mit ihm.«

»Woher wissen Sie das?« Sie hielt inne. »Unsere Biddy... Sie hatte kein Recht. Ich werde...«

»Du wirst nichts dergleichen tun, Riah, wenn du mich nicht in eine sehr unangenehme Situation bringen willst, denn Biddy hat neben einem brillanten Kopf auch noch ein Herz. Oh, daß mir noch die Zeit vergönnt wäre, zu sehen, was aus Biddy wird, wenn ihre Reifezeit abgeschlossen ist! Ich sage dir eines, Riah: Biddy ist viel verständnisvoller als du. Sie ist zwar nur ein Mädchen, ein Kind noch nach Jahren, aber ihr Verstand ist viel weiter entwickelt, weiter als der deine und der Verstand der Leute aus deiner Klasse.«

Ihre Lippen bebten, als sie ihn anschaute. Noch immer konnte er einen tief verletzen, ja, das konnte er. Sie und ihre Klasse! Man kam sich ja vor, als ob man der Abschaum wäre, und sie sagte offen: »Sie sprechen so, als wenn ich der Abschaum wäre.«

»Das war nicht meine Absicht, aber weil man den Menschen aus deiner Klasse die Erziehung und Bildung versagt, ist es ihrem Gehirn nicht möglich, zu lernen, welche Funktionen es auszuüben imstande ist, wie man vernunftsmäßig denkt und handelt. Erst wenn Menschen dazu imstande sind, können sie auch Schmerzen nachempfinden, die sie nicht selbst fühlen, können Leiden verstehen, die sie nicht selbst ertragen müssen, und auch die Launen und Eigenarten der Natur, mit denen sie glücklicherweise nicht belastet sind. Menschen mit einem geringer ausgebildeten Geist dagegen neigen infolge ihrer Unwissenheit zum Verdammen. Wenn deine Tochter einmal jemanden verdammen sollte, dann sicher nicht aus Unwissenheit oder aus Aberglauben.« Er hob jetzt den Kopf und sagte: »Wenn mich nicht alles täuscht, war das die Haustürglocke. Ich nehme an, es sind meine Besucher.«

Eilig und erleichtert wandte sie sich von ihm ab, und als sie die Haustür öffnete, standen dort drei Herren: der Anwaltsgehilfe, wie üblich, und zwei andere Gentlemen. Der dritte war viel vornehmer gekleidet als der Gehilfe und der erste Begleiter, und ihr war auf den ersten Blick klar, daß er den beiden anderen vorgesetzt war, denn er erklärte in herrisch-schneidendem Ton: »Ich bin Mr. Butler von Butler und Morgan. Bitte melden Sie mich Ihrem Herrn.«

Sie nahm ihm Hut und Mantel ab, während die beiden anderen Männer selbst ablegten; dann gingen sie zur Tür des Wohnzimmers, Riah öffnete sie und ließ die drei ohne Ankündigung eintreten; danach schloß sie die Tür hinter ihnen.

Normalerweise hatte sie den Anwaltsgehilfen, wenn er ihren Herrn besuchte, mit den Worten angekündigt: »Mr. Tate, Sir; er möchte Sie sprechen«, aber dieser dritte Mann hatte sie, wie sie es sich selbst auslegte, völlig durcheinandergebracht. Worum ging es eigentlich? fragte sie sich, während sie zurückschlanderte in die Küche. Er besaß kein Vermögen, und sie konnte sich auch nicht vorstellen, was er vom Haus oder von den Möbeln an seinen Neffen und seine Kusine vererben könnte. Sie sah schon die unverheiratete Lady hereinstürmen und dann an allem herummäkeln. Während sie das Tablett mit Erfrischungen vorbereitete, dachte sie bei sich: Ich werde gleich nächste Woche in die Stadt fahren und mich am Markttag einmal nach einer neuen Stellung umsehen. Den Pfarrer zu fragen, hätte wenig Sinn gehabt, denn seit der Trennung von Tol waren die Kinder an den Sonntagen nicht mehr mit dem Wagen in die Kirche gebracht worden und daher im Winter oft völlig durchgefroren und naß nach Hause gekommen. Also hatte sie beschlossen, sie unter diesen Umständen nicht mehr zur Kirche zu schicken. Und seltsamerweise schien ihre Haltung in dieser Frage dem Herrn zu gefallen, obwohl das zu einer Verstimmung zwischen ihm und dem Pfarrer geführt hatte, namentlich, da der Herr sich geweigert hatte, seine Autorität einzusetzen, und Riah zu zwingen, daß sie die Kinder bei jedem Wetter zur Kirche und zur Sonntagsschule schickte.

Der Anwalt und seine Gehilfen blieben nicht lange,

höchstens eine halbe Stunde, und als sie dann in der Halle standen, bereit zum Weggehen, schaute Mr. Butler sie aus zusammengekniffenen Augen an, schüttelte den Kopf und sagte: »Meine Güte – du meine Güte.« Sie wußte nicht, was sie daraus schließen sollte, aber als er an der Haustür stand, glaubte sie eine Erklärung dafür zu bekommen, denn er drehte sich noch einmal um und sagte: »Wenn es soweit ist, sollten Sie augenblicklich nach dem Doktor schicken; der wird mich dann benachrichtigen.«

Sie schaute zu, wie die drei Gentlemen die schäbig aussehende Kutsche bestiegen, und nachdem diese hinter den Büschen der Auffahrt verschwunden war, ging Riah hinein, blieb kurz in der Halle stehen und schaute auf die Tür zum Wohnzimmer. Stand es wirklich so schlimm um ihn? Sie würde den Doktor fragen, wenn er das nächste Mal vorbeikam...

Schon am nächsten Tag tauchte Doktor Pritchard auf, und sie fragte ihn nach dem Zustand ihres Herrn, als sie ihn zur Tür begleitete. »Ist er denn so krank, daß er bald sterben wird?« fragte sie. Er schaute ihr ins Gesicht und erwiderte: »Jeden Augenblick, aber das war schon in den beiden letzten Jahren so. Wenn Sie sich um ihn kümmern, wie Sie das bisher getan haben, kann er vielleicht noch zwei Jahre leben. Halten Sie alles fern, was ihm Sorgen oder Aufregungen bereiten könnte, und – wer weiß, vielleicht überlebt er Sie noch.« Dazu lächelte er und zeigte ihr die vom Tabakrauchen braun gewordenen Zähne.

Sie hatte den Doktor nie gemocht: Seine Zähne waren halbverfault, sein Halstuch und die Jacke strotzten von Schnupftabaksflecken, und manchmal roch er stark nach Alkohol. Es hieß, daß er sich von den einfachen, armen Leuten nicht, wie es üblich war, mit Fleisch oder Geflügel bezahlen ließ; wenn sie keinen Sixpence hatten, machte er kurzen Prozeß mit ihnen.

Es war zwei Wochen später, an einem Sonntagnachmittag. Die Oktobersonne schien nur noch dünn, und auch die Luft war dünn und scharf. Es gab keinen Wind – nur Stille überall. Wie Biddy es bezeichnete: ein wirklicher Sonntag. Dabei fand sie, daß Sonntage eigentlich Tage des Vergnügens sein sollten: An den Sonntagen mußte man nicht arbeiten; man sollte nichts lesen außer der Bibel; man mußte zur Kirche gehen am Sonntag, was sie nicht tat; es war eine besonders schwere Sünde, wenn sich ein Mensch gerade an einem Sonntag betrank, und andererseits war es keine besonders schwere Sünde, wenn sich ein Paar an einem Sonntag ins Gras legte oder hinter den Hecken scherzte und koste. Komisch, das. Sie hätte gedacht, daß das eine viel schwerere Sünde war als das Trinken von Alkohol, oder wenn man etwas anderes als die Bibel las.

Der Herr hatte gelacht, als sie ihm ihre Ansicht dazu mitteilte. Es freute sie, wenn sie ihn zum Lachen brachte. Und sie wollte, sie hätte ihn glücklich machen können. Er war nie mehr glücklich gewesen seit dem Unglücksfall, nicht wirklich, und das alles war nur wegen ihrem Davey, weil der Herr, wie sie es verstand, sich ihm gegenüber als Vater aufspielen wollte und Davey das nicht leiden konnte. Sie hatte versucht, mit ihrer Ma darüber zu reden, aber die war ihr schnell über den Mund gefahren. Es war, als ob sie geflucht oder schlimme Wörter benützt hätte, so war ihre Mutter damals auf sie losgegangen.

Sie hatte ihren Bruder nie besonders gern gehabt, und mit den Jahren konnte sie ihn immer weniger leiden. Aber der Herr hatte ihr erst an diesem Morgen gesagt, daß er nur noch eines wollte, nämlich von Ferne einen Blick auf ihren Davey werfen. Und dazu hatte er sie um ihre Hilfe gebeten. Nun wußte sie nicht, was sie tun sollte. Sie selbst fand daran ja nichts Schlimmes, aber warum er ihren Davey unbedingt sehen wollte, das wußte allein der Herr im Himmel.

Sie konnte die Haltung ihrer Mutter gegenüber dem

Herrn nicht begreifen, denn er war doch ein sehr guter, ja, ein gütiger Mann. Er war zu allen von ihnen gut gewesen. Das mußte man zugeben. Hatte er sie nicht unterrichtet, hatte er ihnen nicht so viel beigebracht? Sie konnte sich nicht vorstellen, wie sie geworden wäre, wenn er sich nicht die Zeit genommen hätte, sie zu unterrichten... Ganz leer wäre sie inwendig gewesen, denn dann hätte es nichts gegeben, womit sich ihre Gedanken hätten beschäftigen können, während sie sich jetzt gebildet vorkam und glaubte, daß sie Dinge wußte, von denen niemand sonst auch nur eine Ahnung hatte. Nicht, daß sie sich erhaben gefühlt hätte, aber sie war sicher, daß es kein einziges Mädchen im ganzen Dorf oder vielleicht sogar in der Stadt gab, das in ihrem Alter so mühelos so viel Wissen herunterrasseln konnte wie sie, und dafür war sie dem Herrn sehr dankbar. Und, ja, sie würde tun, worum er sie gebeten hatte. Wenn ihre Mutter heute hinausging, um sich mit ihrem Davey zu treffen, würde sie den Herrn durch die Küche und den Korridor zum Fenster am anderen Ende des Hauses führen, von dem aus man zu den Ställen und der kleinen Scheune hinunterschauen konnte. Und das sagte sie ihm.

»Danke, Biddy«, antwortete er. »Wann kommt er denn her?«

»So gegen halb drei.«

Er lächelte schwach, als er sie imitierte. »So gegen halb drei.« Und sie erwiderte das Lächeln als sie, wieder in Imitation seiner Sprechweise, sagte: »Also gut, dann eben ›etwa um halb drei‹.«

»Du bist ein braves Mädchen, Biddy. Wie schade, daß ich nicht mehr hier sein werde, um zu sehen, wie du voll erblühst.«

»Oh, Sie können noch sehr lange bei uns sein, Sir, wenn Sie ein bißchen mehr auf sich achtgeben.«

»Was hab' ich dir gesagt darüber, daß man stets die Wahrheit sprechen soll?«

Ihre Lider flatterten, und sie senkte den Blick, als sie

erwiderte: »Sie haben auch darauf hingewiesen, daß die Diplomatie aus Notlügen besteht, und daß es oft gnädiger ist, zu lügen als die Wahrheit zu sagen.«

»Ja, das ist in der Tat so. Weißt du was, Biddy?«

»Nein, Sir. Was?«

»Ich glaube, daß du die einzige hier bist, die mich vermissen wird, wenn ich dahingegangen bin.«

»O nein«, konnte sie nicht schnell genug antworten, »wir werden Sie alle sehr vermissen, Sir. Wir alle, meine Ma und alle.«

»Meine Ma.« Er schüttelte den Kopf, dann sagte er lächelnd: »Ich bezweifle stark, Biddy, daß deine Ma mich vermissen wird.«

»O ja, das wird sie, Sir. Sie sagt uns immer, daß wir Sie nicht aufregen dürfen und tun müssen, was man uns sagt, und wie glücklich wir sind, daß wir von Ihnen unterrichtet werden.«

»Das sagt sie?«

»Ja, das sagt sie.«

»Es freut mich, das zu hören. Ja, das freut mich wirklich.« Er wartete einen Augenblick , während er sie anschaute, dann fragte er: »Hat deine Mutter mit dir über David und mich gesprochen?«

Wieder zuckten ihre Lider, und sie antwortete: »Nein, nicht viel.«

»Hast du jemals Angst gehabt vor mir, Biddy?«

Jetzt riß sie die Augen weit auf, und ihre Stimme klang wesentlich höher als zuvor. »Angst vor Ihnen, Sir? Nein, niemals. Ich kann mir nicht denken, daß jemand Angst haben könnte vor Ihnen... Ich meine, nicht, wenn man Sie näher kennt.« Ihr Lächeln war sanft, als sie fortfuhr: »Ich habe jedenfalls nie Angst gehabt vor Ihnen, nicht einmal, wenn Sie mich angebrüllt haben wegen meiner schlechten Aussprache und meiner gewöhnlichen Redewendungen.« Sie war glücklich, als sie sah, wie sich sein Körper bewegte – so, als ob er inwendig lachte –, und er lachte wirklich, als er jetzt fragte: »Erinnerst du dich an den Tag, als du von mir getadelt wurdest, weil du immer ›mir‹ statt ›wir‹ gesagt hast, ›mir haben schon viel gearbeitet‹, und ›mir müssen jetzt viel lernen‹, und wie du dann geantwortet hast: ›Wir hängt das jetzt langsam zum Hals heraus‹?«

Ihr Lachen erfüllte den Raum; sie verdrehte die Augen und schaukelte hin und her; dann verstummte sie wieder, und auch er war still, und sie schauten sich an. Plötzlich beugte sie sich impulsiv zu ihm hinunter, legte ihre Hände um seine Schultern und küßte ihn auf die Wange, ehe sie sich umdrehte und aus dem Zimmer hinausstürmte.

Er lag bewegungslos eine ganze Minute lang da, dann drehte er langsam den Kopf zur Seite, und zum erstenmal, seit er am Grab seiner Mutter gestanden hatte, ließ er es zu, daß ihm die Tränen über das Gesicht liefen.

Nur unter Schwierigkeiten hatte sie ihn durch die Küche und in den Korridor geschleppt. Er schien keine Kraft in den Beinen zu haben, nicht einmal in dem auf der guten Seite, und sie legte den Arm um seine Hüfte und sagte: »Stützen Sie sich auf mich. Es ist jetzt nicht mehr weit, und ich habe einen Stuhl bereitgestellt.«

Der Korridor führte von der kleinen Halle zur Seitenfront des Hauses. Er war schmal, und sie konnten kaum nebeneinander gehen. An der einen Seite zweigte ein kleines Wohnzimmer davon ab, und Biddy sagte: »Da drinnen steht eine Couch. Möchten Sie sich nicht lieber hinlegen, und ich sage Ihnen, wenn...«

»Nein, nein. Ich gehe zu dem Stuhl.« Er nickte in Richtung auf die Stelle, wo der Stuhl quer zur Wand stand, genau gegenüber dem Fenster auf der Seitenfront des Hauses, und als er sich dort mit ihrer Hilfe gesetzt hatte, schloß er die Augen und schien einen Moment lang kaum atmen zu können.

Sie schaute ihn besorgt an. Sein Gesicht hatte sich verfärbt: Jetzt war es grau, und das schien das Weiß seines

Haars, das ihm über die Ohren hing, noch zu betonen. Sie legte eine Hand auf seinen Hinterkopf, wo das Haar über den Kragen seines Morgenmantels fiel, und dachte: Sobald ich ihn wieder zu Bett gebracht habe, schneide ich ihm das Haar ein Stück kürzer. Es sieht unordentlich aus. Ich frage mich, warum Ma das nicht längst getan hat. Und beim Gedanken an ihre Mutter fühlte sie ein leises Beben, nicht aus Angst, sondern aus einer seltsamen, unerklärlichen Sorge. Was, wenn sie dahinterkam? Aber sie war sicher, daß sie ihn wieder in seinem Wohnzimmer hatte, im Bett und bis obenhin zugedeckt, bevor ihre Mutter zurückkehrte, was normalerweise erst geschah, nachdem sich Davey wieder auf den Weg gemacht hatte.

»Sie sind noch nicht hier, oder?« fragte er leise.

»Nein, nein; die Tür steht offen, und sie schließt sie immer, meine Ma.«

»Was geschieht dann?«

»Nun« – sie wartete einen Moment –, »meistens kommt sie nach einer Weile herüber und holt ein Tablett mit Tee und etwas zum Knabbern.«

»Wie lange bleibt er für gewöhnlich?«

»Ach, nicht sehr lange. Wenn das Wetter schön ist, gehen sie ein bißchen miteinander spazieren, über die Felder, aber manchmal bleibt er gar nicht lang – das ist immer dann, wenn er in die Stadt will. Wenn es so wie heute ist, ich meine so kühl, dann bleibt er länger in der Scheune. Oh!« Sie legte ihm eine Hand auf die Schulter. »Da kommen sie.«

Er beugte sich etwas vor und fragte: »Wo?«

»Sie werden sie gleich sehen, sie kommen die Hecke entlang. Ich würde nicht zu nah ans Fenster gehen, für den Fall, daß sich meine Ma umdreht…«

Er achtete nicht darauf, preßte statt dessen das Gesicht beinahe gegen die Scheibe und wartete. Gleich danach konnte er eine hochgewachsene Frau sehen und einen jungen Mann, der an ihrer Seite ging. Bei seinem Anblick fuhr ihm ein Stich durchs Herz, aber nicht infolge der

Krankheit, an der er litt, und es hatte auch nichts zu tun mit der Liebe, die er einst empfunden hatte und wohl noch empfand, der Liebe zu dem Knaben David – aber die Gestalt, die er jetzt betrachtete, war kein Knabe mehr. Er konnte sich kaum vorstellen, daß dieser wuchtige, ungeschlachte Körper einmal schlank gewesen war. Sicher, die Breite wurde vielleicht unterstrichen durch die Cordjacke, aber auf dem Kopf trug er nichts als die Mütze, nichts, was diesen Kopf so viel größer hätte erscheinen lassen als er damals gewesen war.

Das Paar hatte den Hof halb überquert, und bis jetzt hatte der Herr den Jungen nur im Profil sehen können. Dann wandte dieser den Kopf in Richtung auf das Haus, und nun konnte der Herr das Gesicht von vorne sehen; der Anblick verstärkte den Schmerz in seiner Brust, und sein Kopf machte kaum merkliche Bewegungen, als ob er versuchte, im Takt mit dem einsilbigen *Nein! Nein* zu nicken, das sein Gehirn ständig wiederholte. Während er hinunterschaute auf diesen einst so schönen Knaben, der sich nur allzu rasch in einen groben, ungeschlachten jungen Mann verwandelt hatte, bemerkte er nicht, daß Riah sich umgedreht hatte und, wie von einer geheimen Kraft getrieben, quer über den Hof und direkt herauf zu seinem Fenster schaute. Aber Biddy bemerkte es und riß ihren Herrn geradezu brutal zurück auf seinen Stuhl. Dennoch war sie nicht allzu beunruhigt darüber, daß ihre Ma sie entdeckt hatte. Auch sie wußte, daß der Herr nicht mehr lange leben würde, und sie würde ihm deshalb sicherlich nicht böse sein... Trotzdem konnte sie noch immer nicht verstehen, warum ein so wunderbarer Mann wie ihr Herr jemals auch nur das geringste Interesse für ihren Davey hatte aufbringen können.

»Kommen Sie«, sagte sie sanft. »Kommen Sie.«

Als er sich nicht bewegte, beugte sie sich zu ihm hinunter und schaute ihm ins Gesicht. Seine Augen waren geschlossen, und sie schüttelte ihn an der Schulter und sagte: »Herr, kommen Sie. Sie müssen zurück ins Bett, sonst macht meine Ma uns beiden die Hölle heiß.« Sie steckte beide Arme unter seine Achseln und half ihm beim Aufstehen; dann führte sie ihn langsam zurück in die Küche. Dort mußte er sich einen Augenblick setzen, um Kraft zu sammeln für den Rest des Weges in sein Wohnzimmer.

Fünf Minuten später hatte sie ihn wieder gebettet, und jetzt legte sie ihm die Finger auf die Stirn, strich ihm das Haar zurück, schaute auf seine geschlossenen Augen und fragte besorgt: »Fühlen Sie sich schlechter?«

»Nein.« Er öffnete die Augen und betrachtete sie, als er fortfuhr: »Es wäre unmöglich, Biddy, sich noch schlechter zu fühlen als vorhin.«

Etwas an seinem Blick ging ihr durch und durch. Sie spürte, daß es durch ihre Rippen direkt in ihren Magen drang, und es schien ihr die Eingeweide umzudrehen. Das jedenfalls war die Beschreibung, die sie noch Jahre danach benützte, wenn sie von den seltsamen Schmerzen sprach, die dieser Blick in ihr hervorgerufen hatte. Damals war der Schmerz so stark gewesen, daß sie das Bedürfnis hatte, sich neben ihn auf das Bett zu werfen, ihn zu umarmen, sein weißes, müdes Gesicht zu streicheln und ihm zu sagen, daß sie ihn liebte und daß sie ihm, ganz gleich, was an jenem Tag zwischen ihm und Davey passiert war, und obwohl sie nicht wußte, wer von den beiden denn nun recht gehabt hatte, niemals Vorwürfe machen würde, weil jemand wie er gar nicht imstande war, etwas Schlimmes zu tun.

»Nicht, nicht, meine liebe Biddy«, sagte er. »Bitte, du sollst nicht weinen.« Er streckte seine Hand aus und strich mit den Fingern über ihre beiden Wangen, während er sagte: »Ich danke dir für deine Tränen, vergiß das niemals; und, meine liebe Biddy, du darfst auch nicht vergessen, daß die Liebe so viel Facetten hat wie ein zerspringender Stern. Kannst du das behalten? Die Liebe hat so viele Facetten wie ein zerspringender Stern.«

Sie schluckte hörbar und sagte dann: »Ja, ich werde es

nicht vergessen: Die Liebe hat so viele Facetten wie ein zerspringender Stern.« Dann kehrte ihr Sinn fürs Praktische zurück, und sie sagte: »Bleiben Sie ruhig liegen; ich mache Ihnen eine Kanne Tee.«

Als er wieder Atem geschöpft hatte, ließ er sie los, dann sagtc er: »Bevor du gehst, gib mir mein Schreibbrett und die Tinte.«

Nachdem sie das Brett über seine Knie gelegt und die Tinte auf den Tisch daneben gestellt hatte, verließ sie rasch den Raum, und draußen in der Halle nahm sie den Saum ihrer Schürze hoch und trocknete sich damit die Tränen. Sie rieb noch an ihrem Gesicht, als sie die Küche betrat – dort freilich blieb sie erstarrt an der Tür stehen, denn ihre Mutter war gerade dabei, das Tablett hochzuheben, das sie hinüberbringen wollte in die Scheune. Auch sie war stehengeblieben, und sie sagte: »Wir zwei, Madam, sprechen später miteinander.« Dann nahm sie das Tablett und ging damit hinaus.

Eineinhalb Stunden vergingen, bis sich Mutter und Tochter wiedersahen, und obwohl Biddy gewußt hatte, daß ihre Ma wütend war auf sie wegen dem, was sie getan hatte, rechnete sie doch damit, daß ihr Zorn mittlerweile etwas abgekühlt war – doch nun stellte sie zu ihrer Überraschung fest, daß die Mutter noch immer vor Wut kochte. »Ich könnte dir den Kopf herunterreißen. Ja, das könnte ich«, bekräftigte sie. »Du glaubst wohl, du bist besonders gescheit, was, weil du ein bißchen was gelernt hast?«

»Ma, aber er wollte doch nur… «

»Ich weiß, was er wollte. Und er hätte ihn nicht sehen sollen. Du bist eine lästige und eingebildete Wichtigtuerin.« Jetzt packte sie Biddy an den Schultern und versuchte, sie zu schütteln, aber Biddy, das Gesicht hochrot, riß sich los aus dem Griff der Mutter und brüllte zurück: »Ich wollte ihm ein wenig Güte und Dankbarkeit erweisen, weil du das nie tust. Er wird bald sterben, und er fühlt sich einsam; er wollte nur unseren Davey ein letztes

Mal sehen. Gott weiß, warum, denn unser Davey ist kein besonders großartiger Anblick, er ist nichts als ein fetter, blöder Rüpel.«

Die Ohrfeige brachte sie aus dem Gleichgewicht. Biddy stolperte rückwärts und fiel hin. Dabei geriet ihr Hinterkopf in schmerzhaften Kontakt mit dem Ende der Sitzbank, und sie lag benommen da, wußte ein paar Sekunden lang nicht, was mit ihr geschehen war, nur daß sie die Hände ihrer Mutter an ihrem Körper fühlte, fühlte, daß sie hochgezogen wurde, und dabei ratterte eine Stimme in Biddys Ohren: »Das hast du schon seit langem verdient; du wirst zu eigenmächtig und hochnäsig, Miss. Und sag so etwas noch mal über deinen Bruder Davey...«

Es schien, als ob der Name ihres Bruders das Durcheinander in Biddys Kopf klärte, denn jetzt blinzelte sie heftig gegen die Tränen an, die ihr in die Augen gestiegen waren, dazu atmete sie stoßweise, riß sich wieder von ihrer Mutter los, ging zur anderen Seite des Tisches, lehnte sich dagegen, und als wäre sie in den letzten Augenblicken zur erwachsenen Frau geworden, schaute sie ihre Mutter mit stolz erhobenem Kopf an und sagte entschlossen und mit Nachdruck: »Wage es nicht noch einmal, Ma, mich zu schlagen, wenn ich nichts Unrechtes getan habe, denn wenn du es tust, dann, bei Gott, schlage ich zurück, weil ich es nicht zulasse, daß man mich behandelt wie die anderen, wie irgendwelche Trottel, die man herumprügeln kann. Ich rate dir gut, tu's nicht noch einmal. Und was Davey angeht, so sage ich es noch einmal, und du kannst tun, was du willst, du kannst mich hinauswerfen, wenn du meinst, aber er ist nichts weiter als ein fetter, hirnloser Rüpel. Das ist er, und das war er seit jeher. Dein geliebter Sohn, ja, ich weiß, du hast ihn immer mehr geliebt als deine anderen Kinder, und ich habe es gewußt. Johnny und Maggie wissen es noch nicht, aber sie werden es bald erfahren, denn du lebst ja nur noch für jeden zweiten Sonntag, wenn er herkommt und dich besucht. Jawohl, das mußte ich dir endlich auch einmal sagen.«

Riah stand mit dem Rücken zum Feuer, aber sie merkte nichts von der Hitze, denn sie war inwendig völlig kalt. Dieses Mädchen, dieses... Ja, was war sie? Sie war kein Kind mehr, hatte sie, ihre Mutter, gerade gerügt, wie das nur eine erwachsene Frau tun konnte. Aber sie war trotz allem ein Kind, ihr Kind, war ihre Tochter, und Riah war im großen und ganzen sehr stolz auf sie. Und Biddy hatte ja recht: Keines von ihren Kindern hatte Riah so geliebt wie ihren Sohn, den Erstgeborenen. Und auch ihr war die Veränderung, die mit ihm vorgegangen war, nicht entgangen. Aber er war kein Rüpel. Nein, das konnte sie nicht durchgehen lassen. Er war kein Rüpel. Davey konnte lesen, schreiben und rechnen; er war kräftig und gesund und hatte eine gute Stellung, in der er aufsteigen konnte; er war kein Rüpel. Sie sah eine Zukunft für ihn, er würde ein guter Arbeiter werden, aber sie sah noch keine Zukunft für ihre Tochter. Ihre Augen verengten sich, als sie Biddy jetzt anschaute. Die eine Seite ihres Gesichts war scharlachrot, die andere weiß. Es schadete nicht; sie war jetzt so schön, wie Davey früher einmal schön gewesen war, aber würde nicht auch sie sich verändern? Nun, in diesem Fall hatte sie immer noch ihren Verstand, hatte den Charakter, der sie veranlaßt hatte, zu ihren Taten zu stehen und zu sagen, was sie getan hatte. Aber hatte es jemals ein vierzehnjähriges Mädchen gegeben, das damit drohte, zurückzuschlagen, wenn die Mutter es noch einmal schlagen würde? Eigentlich hätte sie jetzt um den Tisch herumgehen und den Boden mit ihr aufwischen sollen. Das hätte ihre eigene Mutter getan, wenn sie so etwas gesagt hätte. Andererseits war sie nie wie Biddy gewesen, und sie wußte auch nicht, ob ihre Mutter versucht hätte, sie in diesem Alter noch zu verprügeln; mit der Zunge – ja, aber nicht mit den Händen. Jetzt wandte sie sich von Biddy ab und nahm ihre übliche Stellung ein, wenn sie verzweifelt war: Sie legte den

Unterarm auf den hohen Kaminsims und bettete den Kopf darauf.

Die Stille begann in Biddys Ohren zu summen. Das Mädchen starrte die Mutter benommen an und fragte sich, wie sie es gewagt hatte, ihr dies alles ins Gesicht zu schleudern. Sie bedauerte nichts von dem, was sie über Davey gesagt hatte, o nein, aber ihrer Mutter drohen, daß sie zurückschlagen würde... Was war nur über sie gekommen? War es das, was einem all das Lernen schließlich einbrachte? Und wenn, wünschte sie dann, man hätte ihr niemals Lesen und Schreiben beigebracht? Nein, nein. Ihre Faust trommelte auf die Tischplatte und wieder sagte sie sich: O nein, gewiß nicht.

Das Schweigen wurde von Maggie gebrochen, die in die Küche gerannt kam und schrie: »Ma, weißt du was? Man hat eine Kutsche überfallen.«

Langsam wandte sich Riah von ihrem Platz neben dem Kamin ab und strich sich zweimal mit Zeigefinger und Daumen über den Hals, bevor sie fragte: »Wo hast du das gehört?«

»Von Sammy Piggot aus dem Dorf. Er war draußen mit seiner großen Schwester beim Spazierengehen, und sie haben es mir und Johnny gesagt; die Räuber haben den Ladies die Halsketten und die Ringe abgenommen.«

Als ihre Mutter nichts dazu sagte, sondern zum Geschirrschrank ging und Teller herausholte, schaute die Kleine Biddy an und sagte jetzt sehr fröhlich: »Wenn ich mal groß bin, werde ich auch eine Halskette haben. Ich werde sparen und mir eine beim Kesselflicker kaufen. Er hat schöne Ketten. Möchtest du auch einmal eine Halskette, Biddy?«

Biddy streichelte ihrer Schwester über den Kopf, dann drehte sie sich um und ging hinaus. Maggie lief zu ihrer Mutter und fragte: »Sag, Ma, hat Biddy Zahnweh? Ihr Gesicht ist ganz rot.« Und Riah antwortete: »Ja, ja, sie hat Zahnweh«, und in Gedanken fügte sie hinzu: Und ich habe Herzweh. Eines so schlimm wie das andere. Ich wollte, ich könnte daran sterben, dann wäre mit allem hier ein Ende.

2

Percival starb sechs Tage danach, am Samstagmorgen um acht Uhr.

»Eine sonderbare Zeit zum Sterben«, sagte Doktor Pritchard, »acht Uhr an einem Samstagmorgen. Meistens sterben sie um drei Uhr früh, weil der Körper zu dieser Zeit am schwächsten ist, oder gegen Mitternacht. Aber acht Uhr morgens ist wirklich eine sonderbare Zeit.« Er konnte sich nicht erinnern, daß ihm jemals ein Patient um acht Uhr morgens gestorben war.

Seine Haltung gegenüber dem Tod schockierte Riah. Es war, als rede er über ein alltägliches, banales Ereignis, wie daß die Kutsche rechtzeitig eintraf oder daß sie zu Weihnachten eingeschneit waren.

Im Inneren hatte sie sein Tod zutiefst aufgewühlt, viel mehr als sie es jemals gedacht hätte. Sie hatte ihm das Frühstück hineingebracht, hatte den Porridge dünn gemacht, fast wie Haferschleim, damit er ihn leichter hinunterbrachte, denn er hatte schon ein paar Tage nichts gegessen. Und auch diesmal hatte er nichts angerührt. Mit einer schwachen Handbewegung hatte er das Tablett weggeschoben, angedeutet, daß sie es beiseitestellen sollte, dann auf den Stuhl neben seinem Bett gezeigt. Als sie saß, hatte er zu ihr gesagt: »Heute wird ein schöner Tag, Riah.« Und sie hatte geantwortet: »Ja, die Luft ist noch kühl, aber die Sonne kommt schon hoch.« Und dann hatte er gesagt: »Du wirst jetzt bald eine Entscheidung treffen müssen, Riah. Ich weiß nicht, wie diese Entscheidung ausfallen wird. Ich... Ja, ich wüßte schon, wie ich es wollte, aber ich stelle keine Wünsche und Ansprüche mehr.« Sie hatte ihn verständnislos angeschaut und gesagt: »Ich kann nicht ganz folgen, Sir.«

»Nein«, hatte er erwidert. »Aber bald wirst du es können. Dennoch zweifle ich daran, ob du mich dann besser verstehen wirst. Vielleicht wirst du mich dann sogar noch weniger verstehen – ja, wahrscheinlich.« Und nach einer Weile, mit stockender Stimme: »Sei gut zu Biddy. Sie braucht dich, zumindest jetzt. Wenn du sie gehen läßt, wird sie nie mehr zurückkommen. Du... Du hast einen Fehler gemacht, als du sie geschlagen hast.«

Daraufhin hatte sie die Augen weit aufgerissen. Er mußte die Abdrücke auf Biddys Wange gesehen haben, aber er hatte nie ein Wort darüber verloren, schon gar nicht ihr gegenüber, und sie fragte sich, ob Biddy es ihm vielleicht gesagt hatte. Aber nein, das war nicht ihre Art, Biddy bat nicht um Mitleid, nur um einen gegen den anderen auszuspielen.

Dann hatte er eine Weile um Luft gerungen und schließlich hervorgebracht: »Wenn die Dinge anders gewesen wären, dann wären auch wir anders gewesen, du und ich, Riah. Aber das ist nun alles vorbei; es konnte nicht dazu kommen, weil wir eben nicht anders waren. Oder vielleicht waren wir es, und sei es auch nur für kurze Zeit – ich kann das jetzt nicht mehr erkennen. Ich werde nicht sagen, daß ich es bedaure, dich in gewisser Weise die letzten Jahre an mich gekettet zu haben. Du denkst vielleicht, daß du viel versäumt hast, weil du deinen Tol nicht bekommen konntest. Nun, das möchte ich in Frage stellen. Eines steht jedenfalls fest: Durch dein Opfer hast du deinen Kindern einen besseren Start ins Leben gesichert, denn keiner von ihnen wird jemals wieder das vergessen, was er in diesen vergangenen Jahren gelernt hat.« Dann hatte er die Augen fest geschlossen und nach ein paar Sekunden gesagt: »Ich bin sehr müde, Riah. Die Schmerzen haben die ganze Nacht über nicht nachgelassen – dabei waren sie nicht scharf, sondern irgendwie gedämpft, so, als ob sie auf den nächsten Angriff warteten.«

»Wollen Sie keine Tabletten nehmen?« hatte sie ihn gefragt.

»Nein, danke, Riah. Tabletten helfen mir jetzt nicht mehr.« Dann: »Kann ich Biddy einen Augenblick sehen?«

»Ja, ja.« Sie war rasch aufgestanden und hinausgelaufen, aber nur bis in die Halle, wo sie laut nach ihrer Tochter gerufen hatte.

Als Biddy gelaufen kam, hatte ihre Mutter wortlos auf die Tür gezeigt, und Biddy war hineingegangen und vor dem Bett des Herrn stehengeblieben, und er hatte ihre Hand genommen, sie angeschaut und schwach gelächelt, während er sagte: »Ich weiß nicht, wohin ich gehe, Biddy, und du weißt, ich glaube nicht an Himmel und Hölle, aber mein Geist muß irgendwo seinen Platz finden. Wohin es auch geht, ich werde die Götter bitten, daß sie dich beschützen und daß ich mich weiterhin der Sünde des Stolzes hingeben darf – des Stolzes darüber, daß ich deinen Geist zur Vernunft und zur Wachsamkeit erzogen habe. Versprich mir eines, Biddy, versprich mir, daß du niemals aufhören wirst zu lesen, und wenn es nur fünf Minuten am Tage sind, die du dafür erübrigen kannst. Denn damit bereitest du dich vor – worauf? Ich weiß es nicht. Vielleicht auf den Beruf einer Lehrerin oder einer Gouvernante; o ja, du wärest auch eine wunderbare Mätresse für einen vornehmen Mann, Biddy! Aber vergiß eines nicht: Du mußt lernen und lernen... Denke immer an die Weisheitsregel, die ich dir beigebracht habe: Man kann nur lernen, indem man seine Unwissenheit erkennt.« Als seine Stimme unverständlich wurde, tat sie das, was sie schon einmal getan hatte: Sie beugte sich über ihn und küßte ihn auf die Wangen. Und dann rannte sie tränenerstickt aus dem Zimmer. Riah nahm ihren Platz wieder ein, und auch sie brachte kein Wort heraus, und als zwanzig Minuten später die Uhr die achte Stunde schlug, zuckte er ein wenig. Es war, dachte sie später, als ob er von einer Stufe gesprungen wäre. Danach hatte er still dagelegen. Sie hatte den Kopf gesenkt und geweint, wie sie seit langem nicht geweint hatte, nicht einmal damals, als sie sich Sorgen machte um Biddy und ihr der Gedanke durch den Kopf gegangen war: Mein Gott, er hat sie zu nichts anderem als zur Mätresse eines vornehmen Mannes erzogen...

Erstaunlicherweise war das Begräbnis gut besucht. Sogar das Herrenhaus hatte einen Beauftragten geschickt; Mr. Gullmington war auf Reisen, aber sein ältester Sohn Stephen folgte in einer Kutsche dem Trauerzug. Auch die Zofe der Lady war gekommen, aber sie folgte nicht dem Zug, weil das für Frauen nicht schicklich war; doch sie hatte den Toten noch einmal angeschaut, bevor der Sarg geschlossen wurde. Danach war sie gegangen und hatte mit niemandem ein Wort gesprochen.

Auch ein paar Männer aus dem Dorf waren gekommen, dazu der Anwalt und seine Gehilfen und der Doktor, außerdem zwei seltsame Gentlemen aus Oxford, die in Newcastle übernachteten. Einer war ein Gelehrter mit einem Professorentitel. Es waren beides ältere Männer, mindestens Mitte sechzig.

Nach dem Begräbnis hatte Riah in der Küche Erfrischungen und Ale bereitgehalten für die Sargträger und die Männer aus dem Dorf, dazu im Speisezimmer kalten Braten und Wein für den Anwalt, den Doktor und den Pfarrer. Mr. Stephen Gullmington war nach der Beerdigung nicht zum Haus zurückgekehrt, ebensowenig wie die beiden Gentlemen aus Oxford. Und noch ein Mann hatte am Begräbnis teilgenommen, ohne mit den Trauergästen in das Haus zurückzukehren – Tol.

Der Doktor und der Pfarrer blieben noch, um bei der Testamentseröffnung anwesend zu sein. Diese fand in der Bibliothek statt. Riah hatte angenommen, daß die unverheiratete Kusine zur Beerdigung erscheinen würde, aber der Anwalt hatte ihr mitgeteilt, die Lady sei indisponiert und schon so hoch bei Jahren, daß sie nicht reisen könne.

Außerdem, hatte er hinzugefügt, betreffe sie der Nachlaß ohnehin nicht.

Das war für Riah eine Andeutung darauf gewesen, daß der gesamte Besitz und alles, was sich an Hausrat hier befand, an den Vetter in Amerika gehen würde. Nun, sie würde es ohnehin in Kürze wissen, denn da saß sie nun, und vor ihr saßen die drei Männer. Der Anwalt hatte das Pergament aufgerollt.

»Es dauert nicht lange«, sagte er; dann begann er sehr langsam die formellen Worte vorzulesen, die jedem Testament vorangingen. Riah hörte der eintönig leiernden Stimme zu: »›Ich, Percival Ringmore Miller von Moor House in der Grafschaft Durham tue hiermit meinen Willen kund und zu wissen...‹«

Sie war müde. Und sie fragte sich, wozu sie überhaupt hier saß. Wenn er doch schneller lesen würde, sie hatte noch eine Menge zu tun... Gestern schon hatte sie das meiste ihrer persönlichen Habseligkeiten gepackt, und sie wollte gleich morgen früh nach Gateshead Fell fahren, um diesen Bauern und seine Frau zu besuchen. Der Bauer hatte ihr das Häuschen schon halb versprochen, als er hörte, daß sie drei muntere Arbeitskräfte mitbrachte, nun hing alles davon ab, wie sie selbst der Bäuerin gefiel. Einerseits dankte sie Gott, so schnell einen Platz gefunden zu haben, wo sie hingehen konnte, andererseits fragte sie Ihn, ob es wirklich sein Wille war, sie von ihrem Ältesten zu trennen, und diesmal endgültig, wie es schien, denn bei der großen Entfernung, die nun zwischen ihnen liegen würde, war die Aussicht gering, daß sie einander noch sahen, es sei denn in sehr großen zeitlichen Abständen.

»›... hinterlasse ich das unbelastete Besitztum von Moor House, zusammen mit seinen drei Morgen Land und dem gesamten Inhalt des Hauses unter der Treuhänderschaft meines Anwalts meiner Haushälterin Maria Millican, bis sie erstens eine neue Ehe eingeht oder zweitens das Zeitliche segnet. In diesen beiden Fällen geht der gesamte Besitz an Bridget Millican, die älteste Tochter von Maria Millican. Falls Maria Millican den Besitz durch Heirat aufgibt, soll sie nicht mehr in dem Haus oder auf dem Grundstück wohnen.‹«

Hier legte der Anwalt eine Pause ein und schaute auf das völlig entgeisterte Gesicht von Riah, ehe er fortfuhr: »›Ich bedaure, daß ich nicht in der Lage bin, das Vermögen zu hinterlassen, das zur Erhaltung des Besitzes nötig sein wird, aber Maria Millican, die eine geschickte und tüchtige Sachwalterin ist, wird ohne Zweifel einen Weg finden, wie sie die geringen Ausgaben, welche der Besitz mit sich bringt, bestreiten kann. Letztens soll keine Hypothek noch Pfandnahme auf den Besitz erhoben werden während der Treuhänderschaft und solange Maria Millican dort ihren Aufenthalt nimmt.

Gezeichnet heute, den sechsundzwanzigsten Oktober achtzehnhundertsiebenunddreißig.

Percival Ringmore Miller.‹«

Die drei Männer schauten Riah gespannt an, aber sie hatte nur Augen für den Anwalt, und der, ein Mann, der sich nur selten überraschen ließ von den Dingen, die er bei seiner juristischen Tätigkeit erlebte, war völlig verblüfft, als diese nun wahrlich glücklich zu nennende Frau von ihrem Stuhl aufsprang, ihn anfunkelte und schrie: »Sogar im Tode verhindert er noch, daß ich von hier weggehe und heirate. Das ist nicht gerecht!«

»Weib!« Jetzt war auch der Anwalt aufgesprungen. »Ist dir denn nicht klar, daß du seit diesem Augenblick eines der am meisten vom Glück begünstigten menschlichen Wesen bist, die man sich denken kann? Man hat dir dieses großartige Haus hinterlassen, das in keiner Weise belastet ist, ein Besitz, wie ihn Deinesgleichen auch in tausend Jahren und bei noch so fleißiger Arbeit nicht erwerben könnte... Nun kannst du das alles genießen, es fällt dir in den Schoß, und du murrst über die Bedingungen, die dir dein verstorbener Herr auferlegt hat. Ich kann dazu nur sagen: Er scheint allen Grund gehabt zu haben, diese vorsorglichen Maßnahmen zu treffen.«

»Ja, in der Tat.« Der Pfarrer nickte ihm zu. Der Doktor dagegen sagte vorerst nichts, sondern legte den Kopf zur Seite, während er sie anschaute und die Lippen spitzte. Nach ein paar Sekunden fragte er: »Hat er Sie denn schon früher davon abgehalten, zu heiraten, Riah?«

»Ja, das hat er.«

»Und wie? Sie sind eine freie Frau.«

»Das verstehen Sie nicht.«

»Nein, das verstehe ich nicht. Und diese Gentlemen auch nicht.« Er schaute erst den Anwalt, dann den Pfarrer an. »Wir möchten Sie um eine Erklärung bitten.«

Jetzt überraschte sie sie noch mehr, als sie sie anschrie: »Sie können bitten, solange sie wollen, aber sie werden keine Erklärung bekommen, nicht von mir. Es war eine Privatangelegenheit. Und . . .«, jetzt näherte sie ihren Kopf dem des Pfarrers, der völlig versteinert dasaß, als sie schrie: »Ich bin nie seine Mätresse gewesen – niemals!«

»Ich bin sehr froh, das zu hören«, sagte der Pfarrer, der sich jetzt erhoben hatte, und der Doktor fügte hinzu: »Und überrascht.«

»Das habe ich mir gedacht.« Sie wandte ihm wütend den Kopf zu, sie hatte ihn nie leiden können.

»Ist Ihnen denn nicht klar, daß Sie damit das große Glück gemacht haben, Mrs. Millican?« warf der Anwalt ein, mit leiser, ernsthafter Stimme. Es schien, als ob dadurch ihr Widerstand nachzulassen begann; sie preßte die Lippen fest aufeinander, fuhr dann mit der Zunge darüber und sagte schließlich: »Es ist in gewisser Weise eine freudige Überraschung für mich, Sir, aber der Preis, den ich dafür bezahlen muß, ist ebenso überraschend.«

»Nun, wie ich in manchen Jahren erfahren habe, muß man für alles im Leben bezahlen. Alles hat seinen Preis, auf die eine oder andere Weise; nicht, daß man ihn immer gleich entrichten müßte, aber irgendwann auf dem Weg steht man dann vor der Schranke, wo der Zoll erhoben wird... Aber nun muß ich mich verabschieden.« Er wandte sich an den Doktor und sagte: »Ich möchte zuvor noch ein Wort sprechen mit Ihnen, Doktor, und auch mit Ihnen, Herr Pfarrer.« Danach gingen alle drei hinaus, nicht ohne zuvor ihr gegenüber grüßend die Köpfe geneigt zu haben. Und da stand sie nun, allein in diesem Raum, der vom Boden bis zur Decke mit Büchern gesäumt war, und als sie sich langsam umschaute, dämmerte ihr, daß das jetzt alles ihr gehörte, alle Bücher, alles, was sich sonst im Raum befand, alles in diesem Haus und in den beiden Flügeln, und erst jetzt überfiel sie das ungeheure Ausmaß des Geschenks wie ein Schock, und sie ließ sich in einen Sessel sinken und fragte sich mit gesenktem Kopf, warum sie derart wütend geworden war vorhin. Es war unziemlich gewesen, um das mindeste zu sagen. Und auch noch vor dem Doktor! Für den Anwalt oder den Pfarrer empfand sie nichts, aber den Doktor hatte sie nie leiden können, hatte ihm gegenüber stets Widerwillen empfunden, weil er zuviel ahnte. Sie hatte gefühlt, daß er sich seine eigenen Gedanken machte, was den Unfall des Herrn betraf, vor allem, nachdem er sie ausführlich befragt hatte, warum denn Davey die Stelle als Stallbursche im Herrenhaus angenommen habe. Er schien den Grund dafür zu wissen. Doch wie konnte er, wenn Davey den Mund darüber gehalten hatte? Und davon war sie überzeugt: Davey hatte geschwiegen, weil er um seine eigene Haut besorgt war. Oh, warum dachte sie nur so über Davey? Sie war auch nicht viel besser als Biddy. *Biddy*... Dieses Haus und dieses Grundstück würden ihr gehören, wenn sie selbst heiratete. Aber das kam nicht in Frage, denn wen hätte sie heiraten sollen? Tol vielleicht? Nein, das war vorbei. Aber, wer weiß, vielleicht kam doch noch jemand des Weges, jetzt, wo sie frei war. *Frei* – hatte sie *frei* gesagt? Sie war fester gebunden als je zuvor.

Warum hatte er das getan, warum hatte er sie für sein eigenes Versagen bezahlen lassen? Das war rachsüchtig. Er hätte ihr nichts zu hinterlassen brauchen, und sie hätte gehen und ein neues Leben beginnen können. Vielleicht konnte sie das auch jetzt noch... Ja, aber wenn sie das tat, dann würde Biddy hier zurückbleiben. O ja, Biddy würde an diesem Haus festhalten, und wenn es nur deshalb war, weil er es so gewünscht hatte. Aber wie wollte Biddy hier weitermachen? Sie hatte dazu viel geringere Möglichkeiten als sie selbst.

Riah stand auf und ging langsam hinaus in die Halle. Es gab so vieles, worüber sie nachdenken mußte. Natürlich konnte sie von ihrem Ersparten eine Weile leben, aber das Geld reichte nicht für immer. Es gab nur eine Möglichkeit, wie sie das alles hier halten konnte: Die Kinder mußten zur Arbeit gehen, Biddy, und später auch Maggie, sobald sie ein Jahr älter war, und das, zusammen mit dem Geld, das sie von Davey bekam, würde es möglich machen. Dann blieb nur noch der kleine Johnny bei ihr, aber zu zweit würden sie es wohl schaffen, das Haus und den Garten in Ordnung zu halten; immerhin brauchte sich von nun an niemand mehr um einen Kranken zu kümmern und komplizierte Mahlzeiten kochen.

Jetzt mußte sie es als erstes den anderen sagen... Aber nicht alles. Das mit Biddy, die an ihre Stelle treten würde, wenn sie selbst von hier wegging, konnte warten, denn das Mädchen hatte schon genügend Rosinen im Kopf und brauchte sich nicht auch noch mit dem Gedanken zu plagen, daß sie eines Tages die Herrin in diesem Haus sein würde.

Die Kinder reagierten mit großer Freude auf die Neuigkeit; Johnny und Maggie plapperten vor Vergnügen; nur Biddy blieb still, aber ihr wie von innen strahlendes Gesicht sagte Riah, daß sie nicht völlig überrascht war von der Entwicklung. Wahrscheinlich dachte Biddy jetzt, was für ein großer Mann ihr Herr gewesen war. Und das veranlaßte Riah, ihn in ein etwas weniger verklärendes Licht zu stellen. »Ich habe das Haus nicht bekommen, ohne etwas dafür zu bezahlen«, sagte sie.

»Bezahlen dafür, Ma?« flötete die kleine Maggie. Und Riah nickte und antwortete: »Ja, mein Kind, bezahlen. Der Preis ist, daß ich niemals heiraten darf, wenn ich hierbleiben und dieses Haus zu einem Heim für euch machen will.«

»Wolltest du denn heiraten, Ma?« Die leise Frage kam von Biddy, und Riah fuhr sie fast wütend an: »Ja, mein Kind. Ja, ich wollte heiraten.«

»Aber Tol ist schon verheiratet, Ma.«

Ihr jüngerer Sohn saß neben ihr auf der Bank, als er es sagte, und sie fuhr so rasch auf, daß die Bank hochkippte und Johnny beinahe hinuntergerutscht wäre, während Riah schrie: »Wer spricht denn von Tol Briston? Es gibt noch mehr Fische im Meer als den einen, der gefangen wurde.«

Sie wandte sich rasch vom Tisch ab. Was war nur los mit ihr? Warum regte sie sich so auf? Sie war nie zuvor so mit ihren Kindern umgegangen. Ja, wenn sie eine Freundin gehabt hätte, einen Erwachsenen, zu dem sie gehen und sich aussprechen konnte...

Sie mußte an ihre Familie in Shields denken und schüttelte den Kopf. O nein, die nicht. Wenn die von ihrem Glück hörten, würden sie einfallen wie die Heuschrekken, in der Meinung, sie hätte jetzt Geld wie Heu, und wenn sie erst das Haus sahen, würden sie wohl auf der Stelle hierbleiben. Und wäre das so schlimm? Denn wenn sie allein mit Johnny hier zurückbliebe, würde sie ein sehr einsames Leben führen müssen... Aber gleich danach schüttelte sie entschieden den Kopf. Sie mußte sich etwas einfallen lassen, nachdenken, etwas tun.

»Hat er dir Geld hinterlassen, Ma?«

Wieder war es Biddy, die sprach, und Riah wandte sich ihr zu und sagte jetzt wesentlich ruhiger als zuvor: »Nein, er besaß kein Geld, das er mit hätte hinterlassen können; das kleine Vermögen, von dessen Zinsen er lebte, geht an eine wohltätige Stiftung. Es liegt jetzt an uns: Wenn wir hierbleiben wollen, müssen wir alle für den Unterhalt des Hauses arbeiten, daher wirst du, Biddy, und auch du, Maggie, wenn du ein bißchen älter bist, irgendeine Stellung annehmen müssen.«

»Eine Stellung, Ma?« Maggie riß die Augen auf und drehte sie dann zur Decke. »Was kann ich in einer Stellung tun?«

»Du kannst dich ausbilden lassen wie dein Bruder Davey, aber natürlich in der Küche oder als Bedienung in einem großen Haus – es sei denn, es ist dir lieber, in einer Fabrik zu arbeiten.«

Das Mädchen wunderte sich über den Ton seiner Mutter und strich sich mit der Hand über das schwarze Haar. »Ich möchte nicht in eine Fabrik gehen, Ma«, sagte Maggie dann.

»Du gehst dorthin, wo du Geld verdienen kannst.«

»Und was ist mit mir, Ma?«

Sie schaute Johnny an, dann sagte sie leise: »Ich brauche jemanden, der sich um den Garten kümmert, und ich brauche einen Mann im Haus.« Sie zwang sich zu einem Lächeln, um das Kompliment zu unterstreichen, aber der Junge schaute sie nur mürrisch an und erklärte: »Dann möchte ich lieber in eine Fabrik gehen, Ma.«

»Ihr geht alle dorthin, wohin ich euch schicke, und ihr tut, was man von euch verlangt, ohne Wenn und Aber. Das gilt auch für dich.« Damit richtete sie den Blick auf Biddy, die in einer stillen, durchdringenden Weise zu ihr hochschaute. Es war, als ob ihre Tochter in diesem Augenblick zu ihrem Feind geworden wäre, dabei hätte sie froh sein sollen, in ihr jemanden zu haben, der ihr Trost vermitteln und mit dem sie reden konnte, denn Biddy war über ihre Jahre hinaus verständig und vernünftig. Aber Riah wußte, daß das nicht möglich war; zwischen ihnen stand der Mann, der Biddy das Denken beigebracht hatte, während er es verstanden hatte, sie selbst bis ans Ende ihres Lebens an die Kette zu legen. Wenn sie jemals Mitleid mit ihm empfunden hatte, so war das jetzt hinweggeschwemmt worden durch ein Gefühl tiefer Abneigung, das auch noch auf ihre Tochter ausstrahlte, und sie dachte: Die muß in Dienst, und zwar so bald wie möglich, denn solange sie im Haus ist, ist er auch hier, und das kann ich nicht ertragen. Bücher, Bücher, Bücher, am liebsten würde ich sie alle verbrennen. Die Menschen haben recht, die Oberklasse hat recht – es ist nicht gut, wenn die unteren Schichten mit Büchern umgehen. Bücher sind Unruhestifter und Zerstörer. Warum hatte sie einen Mann heiraten müssen, der seinen Namen schreiben konnte? Zuletzt kam alles von daher…

3

»Davey hat mir gesagt, daß man oben im Herrenhaus jemanden für die Wäscherei sucht, und ich habe ihn gebeten, dir diese Stellung zu besorgen, also hat er gefragt.«

»*In einer Wäscherei, Ma?* Aber ich verstehe nichts von einer Wäscherei.«

»Du wirst es bald gelernt haben. Du wirst ja eingewiesen in die Arbeit.«

»Ich glaube nicht, daß ich das mag, Ma.«

»Es geht nicht darum, was du magst, sondern was du tun wirst.«

»Ich glaube nicht, daß der Herr damit einverstanden wäre.«

»Halt den Mund, Mädchen.«

»Ich denke nicht daran, den Mund zu halten, Ma. Ich will nicht in eine Wäscherei gehen. Ich könnte als Kindermädchen arbeiten und den Kindern Lesen und Schreiben beibringen, und . . .«

»Und wer nimmt dich als Kindermädchen, selbst ein Kind noch von fünfzehn Jahren, ohne irgendwelche Ausbildung? Was willst du – zur Lady gehen und sagen: Darf ich Ihren Kindern Lesen und Schreiben beibringen, Ma'am? Denn ich selbst habe es in den vergangenen fünf Jahren gelernt. Du kannst von Glück sagen, daß du so lange zu Hause hast bleiben dürfen. Diese Lernerei ist dir in den Kopf gestiegen, Mädchen, und je eher du sie vergißt, desto besser.«

»Ich werde nichts davon vergessen, Ma, und... Ich werde Gebrauch davon machen. Ja, das werde ich.«

»Kannst du mir sagen, wie?«

»Ma.« Biddys Lippen zitterten, und sie hatte Tränen in der Stimme, als sie sagte: »Ich will nicht in eine Wäscherei gehen, und nicht dort oben in dem großen Haus. Ich weiß nicht, was ich tun soll.«

Riahs Stimme war sanft und freundlich, als sie jetzt erwiderte: »Es wird schon gutgehen. Sie zeigen dir, wie man in einer Wäscherei arbeitet. Jeder muß einmal anfangen, und es ist nun mal der einzige Posten, der unbesetzt ist; außerdem bekommst du schon im ersten Jahr einen Shilling die Woche und freie Kost und Logis, und du trägst eine hübsche Uniform, hat Davey gesagt, und du hast ebensoviel freie Zeit wie er, und außerdem ist er ja dort und kann sich um dich kümmern.«

Die Atmosphäre änderte sich schlagartig, als Biddy schrie: »Ich will nicht, daß Davey sich um mich kümmert! Er kann sich ja nicht einmal um sich selbst kümmern. Ausgerechnet dieser blöde Rüpel!«

»*Mädchen, ich warne dich!* Du weißt, was passiert ist, als du das letztemal so über deinen Bruder hergezogen bist!«

»Ja, das weiß ich, Ma. Und ich rate dir, es nicht mehr dazu kommen zu lassen, das habe ich dir damals gesagt, und das sage ich dir jetzt.«

»O mein Gott!« Riah drehte sich um. »Zu denken, daß es dazu kommen würde, ja, daß mein eigen Fleisch und Blut mich bedroht!«

»Ich bedrohe dich nicht, Ma. Ich sage dir nur, daß ich

mich nicht schlagen lasse. Ich kann es nicht ertragen, geschlagen zu werden. Es – es tut mir etwas, und dann will ich selbst zuschlagen. Es war genauso, wenn wir gespielt haben, und Davey hat mich herumgestoßen – ich hab's ihm immer zurückgegeben. Ich kann es nicht ertragen, herumgestoßen zu werden.«

»Dann laß mich dir etwas sagen, Mädchen« – Riah schaute ihr wieder ins Gesicht –, »du wirst in aller Kürze herumgestoßen werden, und ohne das bringst du es nicht weit im Leben. Ich warne dich. Geh jetzt hinauf und pack deine Sachen, denn morgen gehe ich mit dir hinauf ins Herrenhaus.«

»Morgen, Ma?«

»Jawohl, morgen.«

Als Riah die Bibliothek verlassen hatte, stand Biddy da und drückte die Hände gegen die Augen, so fest sie konnte, dabei sagte sie sich, daß sie nicht weinen dürfe; sie hatte viel geweint, seit der Herr gestorben war. Und gleich danach schaute sie wild um sich. Seine Papiere, alle seine schriftlichen Aufzeichnungen, was würde damit werden? Würde ihre Mutter sie ins Feuer werfen? Es war durchaus möglich.

Biddy hatte vor zwei Tagen begonnen, die Papiere aus den Schubladen in der Bibliothek zu sortieren. Er hatte an einer Geschichte der großen Philosophen geschrieben, hatte mit ihr darüber gesprochen. Das allerletzte Mal, wenige Wochen vor seinem Tod, hatte er ihr von Rousseau erzählt, der gegen Voltaire und seine Philosophie gewesen war, ein Mann, der Mut zu eigenen Überzeugungen besaß – das alles, obwohl er arm geboren war, Vater und Mutter früh verloren hatte und zu seinen Lebzeiten nicht anerkannt wurde. Erst nach seinem Tod wurde er als großer Denker bekannt, und von seinen Leitsätzen gingen später sowohl Dichter als auch Philosophen aus. Der Herr hatte gesagt, sie würden bei Gelegenheit sein Buch lesen, das er *Bekenntnisse* genannt habe, und es sei sehr belehrend. Sie hatte sich darauf gefreut und zugleich gefragt, ob sie die Arbeiten eines Mannes schätzen konnte, der Voltaire nicht mochte; sie hatte darüber auch mit dem Herrn gesprochen, aber er hatte sie beruhigt, und sie erinnerte sich auch noch daran, daß dieses Gespräch sie beide sehr erheitert hatte. Warum, hatte sie allerdings nicht gewußt, denn er hatte im Grunde nichts Erheiterndes gesagt. Aber so war es oft: Sie hatte mit ihm ohne ersichtlichen Grund gelacht, und ihm schien es zu gefallen, im Gegensatz zu Lord Chesterfield, der entschieden gegen das Lachen war und es als das Ventil der Narren bezeichnete.

Sie hatte bis zu seinem Tod nicht gewußt, daß der Herr auch Lyrik geschrieben hatte.

Oh! Wenn ihre Mutter auf seine Schriften stieß, würde sie sie bestimmt verbrennen, vor allem das Gedicht auf Davey. Das mußte sie heraussuchen und aufheben, vielleicht sogar mitnehmen. Niemand würde es wissen. Er mußte es an dem Sonntag geschrieben haben, als sie ihn zurückgebracht hatte in sein Bett und er sie um sein Schreibmaterial gebeten hatte.

Biddy hatte alle seine Papiere aus den zwei Schreibsekretären ins Wohnzimmer gebracht. Das Bett stand jetzt nicht mehr da; der Raum sah wieder so aus wie früher, bevor der Herr dort schlief.

Jetzt kniete sie am Boden und sortierte die Blätter, die sie in Stapeln gehäuft hatte, bis sie eines gefunden hatte, das, nach dem sie suchte. Dann lehnte sie sich zurück, schlug die Beine übereinander und las es wieder.

So verführt das Aug' uns den Verstand,
So gewinnt der Wahnwitz seine Kraft,
So diktiert Verlangen uns das Herz,
So brennt Sehnsucht alles Denken aus –

So blickt ein Mann auf seine eig'ne Art:
Und mit der Liebe treibt er den Verstand davon;
So sah ich David stehn als Knaben einst

Und heute – was vier Jahre dort zerstört.

Und wenn die Tränen steigen wie ein Teich
Will ich ertrinken, stets der alte Narr.

Sie schluckte, dann bewegte sie den Kopf von der einen auf die andere Seite, faltete schließlich das Blatt zusammen und schob es sich vorne unter ihr Kleid.

Hastig sammelte sie jetzt alle Blätter ein, bis sechs Stapel daraus geworden waren, band sie dann zusammen und schob sie in die unterste Schublade unter die Bücherregale.

Dann suchte sie vier Bücher aus, die sie mitnehmen wollte. Das eine war von Sir Richard Steele und Joseph Addinson. Es enthielt lauter Essays, und sie waren sehr interessant. Der Herr hatte gerade dieses Buch besonders geliebt. Das zweite war der erste Band von *Lord Chesterfields Briefe an seinen Sohn.* Das dritte war Voltaires *Candide.* Und das vierte Buch, scheinbar Lichtjahre entfernt von den anderen, war *Ein Buch der Fabeln und Märchen.*

Sie wollte die Bibliothek gerade verlassen, wobei sie die vier Bücher an die Brust drückte, als sie stehenblieb und zurückblickte in den Raum, auf den Tisch, an dem er gesessen hatte, solange sie sich erinnern konnte. Fünf Jahre waren eine lange Zeit...

Sie hatte sich eines Tages vorgenommen, die Stunden zusammenzurechnen, die sie mit Lernen verbracht hatte. Wenn sie noch ein Jahr hätten beisammenbleiben können, wäre sie wohl auch besser geworden in Latein und Französisch. Immerhin hatte er noch kürzlich ihre Fortschritte gerühmt. Oh, er fehlte ihr so sehr. Alles hier erinnerte an seine Gegenwart – und doch war es Vergangenheit, war er von ihr gegangen – wohin? Er hatte immer gesagt, es gebe keinen Himmel, keine Hölle und kein Fegefeuer – der Ort, den es nach dem Glauben der Katholiken gab und wo die Seelen sich aufhielten, bevor sie geläutert waren. Aber wo war er dann? Er hatte ihr einmal gesagt, wenn man stirbt, verwandelt man sich zurück in eine Kraft, und wenn man das glaube, dann würde man vielleicht zurückkehren, könnte man wiedergeboren werden.

Am Tag vor seinem Tode hatte er noch etwas sehr Merkwürdiges zu ihr gesagt. Sie hatte erst vergangene Nacht im Bett darüber nachgedacht, und es hatte ihr ein wenig Angst gemacht. Er hatte gesagt: »Wenn du jemals vor einem großen Hindernis stehst oder vor einer großen Entscheidung, Biddy, dann frag mich, was du tun sollst.« Aber wie konnte sie ihn fragen, wenn er doch tot war? Es war ihr etwas unheimlich vorgekommen.

Jetzt schaute sie noch einmal zurück auf seinen Platz und flüsterte: »Leben Sie wohl, mein Lehrer, und ich danke Ihnen. Ihre Mühen werden nicht verschwendet sein, das verspreche ich. Ich lasse es nicht geschehen. Ganz gleich, was auch passiert, ich lasse es nicht geschehen.«

Dritter Teil

Die Wäscherei

1

Sie verließen das Haus im ersten Morgengrauen. Als sie Johnny und Maggie zum Abschied küßte, konnte Biddy nur mit Mühe die Tränen zurückhalten.

In der Hand hatte sie nichts außer einem Bündel mit Unterwäsche, denn man hatte ihr gesagt, daß sie nicht mehr brauchte; dennoch war das Bündel schwer, denn zwischen den Wäschestücken hatte sie die vier Bücher versteckt. Ihre Mutter hatte sie angeschrien: »Wann, glaubst du, wirst du Zeit haben, um das Zeug zu lesen?« Und sie hatte vorlaut entgegnet: »Ich nehme doch an, daß man einen dort wenigstens manchmal im Laufe des Tages durchatmen läßt.«

Die Entfernung zwischen Moor House und The Heights betrug zwei Meilen, daß heißt, wenn man die kleinen Wege benutzte; auf dem Kutschweg war es viel weiter. Biddy hatte ihr Sonntagskleid an und trug dazu ihren besten Hut, den besten Mantel und die besten Schuhe. Sie sah aus, wie sie sich selbst sagte, als ob sie zu etwas Besonderem ginge – und wohin ging sie? In eine Wäscherei. Dabei ahnte sie noch nicht einmal, was für Mühen das mit sich bringen würde, nur, daß es schwer war und die niedrigste Stellung, die ein Mädchen in einem vornehmen Haus einnehmen konnte.

Beim Gehen sprach ihre Mutter nur gelegentlich mit ihr, sagte, wie sie sich zu benehmen hatte, und daß ihr alles zunächst einmal sehr sonderbar vorkommen würde.

Biddy achtete kaum auf die Ratschläge, weil ihr ein Kloß in der Kehle steckte und weil sie am liebsten laut losgeheult hätte. Meistens ging sie mit gesenkten Blicken dahin, teils aus Verzweiflung und teils, weil sie den Schlaglöchern und Pfützen ausweichen mußte, die von einer dünnen Eisschicht bedeckt waren. Ihre Mutter hätte einen Wutanfall bekommeen, wenn sie hineingetreten wäre und sich die Stiefel verdorben hätte. Sie konnte sich nicht erklären, warum sich ihre Mutter in letzter Zeit so verändert hatte; wehmütig erinnerte sie sich an die Tage, an denen sie miteinander gescherzt und gelacht hatten. Aber das schien weit in der Vergangenheit zu liegen.

Als sie das Geräusch von Rädern vernahm, die über den gefrorenen Weg knirschten, hob sie den Kopf und sah ein vertrautes Pferd und einen vertrauten Wagen, die sich ihnen näherten. Ein Blick auf ihre Mutter sagte Biddy, daß auch sie den Fahrer und seine Begleitung schon erkannt hatte.

Als sie auf die Seite des Weges traten, um den Wagen vorbeizulassen, hielt Tol das Pferd an, schaute hinunter zu ihnen und sagte: »Hallo, ihr zwei. Ihr seid früh unterwegs.«

Während Riah kurz erwiderte: »Ja, das sind wir«, schaute Biddy auf die junge Frau, die neben ihm saß, aber er machte nicht den Versuch, seine Begleiterin vorzustellen, sondern fragte: »Und wohin soll es gehen?«

Biddy senkte den Kopf, als sie hörte, wie ihre Mutter etwas geziert erwiderte: »Ich dachte, du wüßtest es. Neuigkeiten fliegen hierzulande schneller als die Vögel.«

Danach entstand eine kurze Pause, ehe Tol erklärte: »Sieht so aus, als wüßte ich nicht alles, nur, daß du großes Glück gehabt hast, Riah. Und es hat mich gefreut, als ich es hörte, sehr gefreut.«

»Danke.« Ihr Ton war kalt.

»Aber was die Reise am frühen Morgen bedeutet, weiß ich nicht.«

»Ich bringe sie dorthin, wo du auch arbeitest. Ins Herrenhaus. Sie fängt dort in der Wäscherei an.«

Biddy riß den Kopf hoch, als Tols Stimme plötzlich

sehr laut wurde und er Riah geradezu anbrüllte: »In der Wäscherei? Sie fängt in der Wäscherei an? Biddy? Das kannst du ihr nicht antun, Riah. Dort oben, das ist Sklavenarbeit.«

»Sie muß sich ihr Leben selbst verdienen, und sie muß schließlich irgendwo anfangen; außerdem ist es die einzige freie Stelle.«

»Freie Stelle, verdammt und zugenäht!« Danach herrschte Schweigen, bis er, nicht ganz so laut und nicht ganz so schneidend, fortfuhr: »Ich verstehe dich nicht, Riah. Habe dich nie verstehen können und werde es wohl auch nie lernen. Hü! Hott!« Er nahm die Peitsche und trieb das Pferd an, und nicht zuletzt daran erkannte Biddy, daß er sehr wütend sein mußte.

Sie waren ein paar Meter weitergegangen, bevor Riah herausplatzte: »Er sollte sich um seine eigenen verdammten Dinge kümmern. Was geht es ihn an, wohin ich dich bringe!«

»Er weiß, daß es nicht recht ist, Ma.«

Sie blieben beide stehen und schauten einander an, und Biddy wagte es, weiterzusprechen, wobei ihre Stimme rauh war, als sie sagte: »Nur der Abschaum geht in Wäschereien. Das hast du selber gesagt.«

»Damit meinte ich öffentliche Wäschereien, Waschhäuser. Das ist etwas anderes. Du kommst zu einer vornehmen Familie, in ein großes Haus, wo man dich in eine Mädchentracht steckt. Und was hat er sich da einzumischen? Er ist ja nicht einmal zu uns gekommen, als unser Herr gestorben ist, oder?«

Das war es also. Sie sehnte sich immer noch nach ihm. Aber er hatte ja jetzt diese Frau, und sie sah hübsch aus. Das war es, was ihre Ma so aufgebracht hatte. Und dann machte Biddy einen Gedankensprung, als sie sich sagte: Ich denke schon fast wie der Herr, benütze in Gedanken Wörter wie ›aufgebracht‹...

»Er sagt mir, was ich zu tun habe, dabei redet alle Welt von seiner Hurerei.«

Hurerei. Sie hatte noch nie gehört, daß ihre Mutter das Wort benützte. Es war ein gemeines Wort. Aber die junge Frau hatte nicht gemein ausgesehen, sondern nett. Biddy wunderte sich, daß Tol sie nicht heiratete. Was bedeutete Hurerei? Sie mußte das Wort nachschlagen. Ja, sie hätte das Wörterbuch mitnehmen müssen. Sie würde es das nächste Mal holen, wenn sie ihren freien Nachmittag hatte.

Der Gedanke an den freien Nachmittag brachte sie wieder auf das zurück, was vor ihr lag, und sie versuchte, sich nicht nur die Wäscherei, sondern das ganze Haus vorzustellen, dazu die Menschen, die es bewohnten. Sie hatte keine Ahnung, was sie erwartete. Erinnerte sich schwach an Gottesdienste in der Kirche, wo die Herrschaften auf den für sie reservierten Betstühlen Platz nahmen, in einer Art Galerie gegenüber der Kanzel. Aber sie waren für sie entfernte, nur vage erkennbare Gestalten geblieben. Sie hatte die Reihen der Diener und Dienstmägde gesehen, die in den Bänken dahinter saßen, und jetzt erinnerte sie sich an etwas, das ihr damals aufgefallen war: Richtig, die Angestellten aus dem Herrenhaus waren alle gleich angezogen. Eines der Mädchen aus dem Dorf hatte ihr gesagt, daß seine Mutter die heißen Ziegelsteine für die Füße der Herrschaften bereitstellte, und daß es früher sogar einen Ofen in der Galerie gegeben habe; aber der Rauch sei erstickend gewesen und habe alle zum Husten gebracht; deshalb benützten sie jetzt heiße Ziegelsteine mit Samtüberzug.

Mittlerweile hatten sie das Haupttor erreicht, und als ob ihre Ankunft angekündigt worden wäre, riß ihnen der Torhüter Bert Johnson die beiden Flügel auf, und Riah ging zu ihm und sagte: »Wir wollen zum Haus, sollen uns mit der Haushälterin um halb zehn dort treffen.«

»Geht aus dem Weg! Schnell! Raus mit euch.« Als er sie mit ausgebreiteten Armen fortscheuchte, traten sie rasch zurück und blieben vor dem Tor stehen. Jetzt schrie er geradezu entsetzt: »Geht zur Seite, duckt euch, laßt euch nicht blicken!«

»Nicht blicken? Aber warum denn?«

»Warum?« Er kam auf sie zu und reckte ihnen den Kopf entgegen. »Die Kutsche kommt gleich die Auffahrt herunter. Es ist die Herrin: Na los, macht schon!«

Sie zogen sich bis zur Straße zurück, blieben an einer Hecke stehen, und gleich darauf kam eine Kutsche mit Zweiergespann durch das Tor. Der Kutscher saß steif auf dem Bock. Er trug einen Zylinder und einen dunkelbraunen Mantel, und er schwang eine lange Peitsche.

Als die Kutsche in die Straße einbog, konnten Riah und Biddy einen Blick ins Innere werfen; sie sahen eine Hutkrempe am einen Fenster und das Gesicht einer jungen Person am anderen.

Während der Vorbeifahrt des Fahrzeugs hatte der Torhüter stillgestanden und salutiert wie ein Soldat, und nun, als er dabei war, die Tore wieder zu schließen, näherte sich ihm Riah erneut und fragte: »Können wir jetzt zum Haus gehen?«

»Nein, das könnt ihr nicht. Nicht durch dieses Tor. Dort entlang.« Er zeigte mit dem Daumen in die Richtung, aus der sie gekommen waren. »Dort ist ein kleinerer Eingang; er führt außen um die Parkanlagen herum. So kommt ihr in den Hinterhof.«

Und damit wandte er ihnen wieder den Rücken zu und ging in sein steinernes Häuschen, das neben der Auffahrt errichtet war.

Riah schaute ihm ein paar Sekunden lang mit wütenden Blicken nach, dann wandte sie sich zu Biddy um und sagte: »Komm jetzt.«

Sie fanden das kleine Tor und gingen zwischen hohen Hecken hindurch, wobei der Weg breit genug war, daß sie nebeneinander hergehen konnten, aber nicht breit genug für irgendeine Art von Fuhrwerk. Er schien sich endlos zu winden – dann stieg er plötzlich steil an, und sie blieben stehen, als sie in der Ferne das Haus sahen. Hier hatte man einen Baum gefällt und einen Teil der Hecke weggenommen, und Biddy konnte über ein hübsches Muster von Rasenflächen, Beeten und Wegen hinweg zum erstenmal das Herrenhaus »The Heights« sehen. Es kam ihr gigantisch vor, wie eine ganze Straße, die man aus einer Stadt herausgenommen hatte, nein, nicht nur eine Straße, sondern drei, aber übereinander getürmt. Die frühe Morgensonne schien auf die vordere Fassade, die aus dieser Entfernung betrachtet in der Luft zu schweben schien. Biddy sah unzählige Fenster und den oberen Teil von zwei Bogengängen. Die Durchgänge konnte sie nicht sehen.

Eine Weile standen die beiden Frauen ehrfurchtsvoll und schweigend da; dann gingen sie weiter, und der Pfad, der sich noch immer nach oben wand, schien jetzt vom Haus wegzuführen. Aber plötzlich kamen sie ins helle Licht, auf eine freie, nicht mehr von Büschen und Bäumen gesäumte Fläche; vor ihnen ragte eine Steinmauer in die Höhe, und in der Mitte der Mauer befand sich eine Holztür.

Die Tür war unversperrt, und nachdem sie sie hinter sich gelassen hatten, änderte sich die Aussicht grundlegend. Riah mußte für einen Augenblick an die Grubenreihe denken, denn links von ihnen türmten sich Berge von Asche, und der Geruch, der ihr in die Nase stach, sagte ihr, daß sie in der Nähe einer Jauchegrube sein mußten. Sie kamen um ein Gebüsch herum, und da war sie auch schon.

Die Nasen gerümpft, überquerten sie eine kleine Brükke über ein Rinnsal, und am Ende der Brücke teilte sich der Weg in drei Pfade. Der eine führte, wie sie sahen, durch ein Tor auf ein Feld, aber die beiden anderen waren von Hecken begrenzt, und Riah sagte mehr zu sich selbst als zu Biddy: »Was nun?« Biddy zeigte mit dem Finger. »Der linke, Ma. Die Vorderseite des Hauses muß in der anderen Richtung liegen.«

Ohne weiteren Kommentar wählten sie den linken Pfad und gingen etwa hundert Meter weit, bis sie erkannten, daß sie am Ziel waren, denn hier weitete sich der Pfad zu einer großen, mit Asche bestreuten Fläche. Dahinter befand sich ein Bogengang, und durch ihn konnten sie hineinschauen in den Hof.

Sobald sie dort angelangt waren, blieben sie erst einmal stehen und schauten sich erstaunt um, denn der Hof war mindestens so lang wie die Grubenreihe, wenn nicht länger. Auf der einen Seite befanden sich die Stallungen für die Pferde, und man sah auch die Tiere, die ihre Köpfe durch den offenen Teil der Halbtüren nach draußen reckten. Anschließend an die Stallungen gab es eine ganze Reihe von Gebäuden, und am Ende, größer und höher, türmte sich eine mächtige Scheune.

Zum erstenmal an diesem Morgen sprach ihre Mutter in freundlichem Ton, als sie leise zu ihr sagte: »Vielleicht kann ich Davey sehen.«

»Was wollt ihr?«

Sie drehten sich beide herum und sahen einen Mann in Lederbreeches und einem ledernen Wams, der sie interessiert betrachtete.

»Wir – ich soll mit der Haushälterin sprechen.«

»Aha. Dann geht da entlang«, er zeigte zum Ende des Hofes, »durch den nächsten Bodengang, und ihr kommt zur Rückseite des Hauses. Nehmt nicht die erste Tür, an die ihr kommt, sondern die zweite.«

»Danke.« Sie hatte die Hand auf Biddys Schultern gelegt, wollte sie herumdrehen. Aber sie konnte die Miene auf dem Gesicht ihrer Tochter nicht deuten; es war jedenfalls nicht Angst, vermutlich weil das Mädchen gar nicht wußte, was Angst war, und doch... Ja, es lag etwas wie Besorgnis in ihrem Ausdruck.

Als sie durch den zweiten Bogengang in einen weiteren Hof kamen, der auf der linken Seite ganz von der Seitenfront des Hauses begrenzt wurde, zog sie Biddy einen Augenblick zu sich her und zischte: »Denk an deine Manieren, wenn du hineingehst, und sprich natürlich. Hast du verstanden? Du sollst natürlich sprechen. Nichts von deinem verrückten Zeug, nicht die Worte dehnen und ziehen, sonst hast du von Anfang an nichts als Ärger.«

Biddy machte sich frei aus dem Griff ihrer Mutter und ging ihr einen Schritt voraus zur zweiten Tür, wo Riah nach kurzem Zögern anklopfte.

Die Tür wurde fast augenblicklich geöffnet von einem etwa neunjährigen Jungen, der sie freundlich anschaute und fragte: »Na, was ist?«

»Ich bin hier, um mit der Haushälterin zu sprechen.«

»Aha.« Er schaute sich um, zog dann die Tür ganz auf und sagte: »Ihr hättet durch die Passage gehen sollen.«

»Man hat uns aber gesagt, wir sollten durch diese Tür gehen.«

Daraufhin trat er zur Seite, und sie kamen in einen viereckigen Raum, wo an zwei Wänden lange, schmale Tische standen, mit Regalen und Stellagen darunter und darüber. Auf dem einen Tisch standen lauter Lampen, auf dem anderen Stiefel und Schuhe aller Größen und Formen. Der Junge verließ diesen Raum durch eine türlose Öffnung, und sie hörten ihn sagen: »Kathy, geh und sag der Köchin, man soll jemanden zu Mrs. Fulton schicken und ihr sagen, daß eine Frau hier ist, die sie zu sprechen wünscht, und ein Mädchen dabei hat.«

Als der Junge zurückkam in den Raum, schaute er Biddy an, die die Regale und Tische betrachtete, und mit einer Stimme, die so fröhlich klang wie sein Gesicht aussah, zeigte er auf das Schuhregal und sagte: »Die ersten sind schon vor einer Stunde nach oben geschickt worden. Das sind die übrigen.« Dann deutete er mit dem Daumen auf das andere lange Regal und sagte: »Ich habe heute früh schon fünfzehn Paar in Ordnung gebracht.«

Sowohl Riah als auch Biddy schüttelten die Köpfe, dann sagte Riah anerkennend: »Da bist du aber sehr fleißig gewesen.« »Ja, wir sind immer fleißig.«

Jetzt schaute Riah ihre Tochter an, als wollte sie sagen: Da siehst du's! Dieser junge Bursche ist schon seit vielen Stunden auf, um seine Arbeit zu schaffen, und dabei ist er fröhlich und munter. Was mußt du also die Nase rümpfen, Miss?

Jetzt tauchte ein Mädchen auf, das etwas jünger als Biddy war und in der Türöffnung stehenblieb. Das Mädchen schaute die beiden einen Moment lang an, ehe es sagte: »Ihr müßt hier entlang.« Ihre Sprechweise war breit, ihr Gesicht war rund und ihre Wangen waren rot. Sie trug ein gestärktes Häubchen, das ihre Ohren bedeckte, dazu ein blaues Kleid aus einem bedruckten Stoff, dessen Ärmel sie über die Ellbogen hochgerollt hatte. Über dem Kleid trug sie eine rauhe Schürze aus einer Art Sackleinwand. Als ihr die beiden durch den nächsten Raum folgten, sah Biddy den Grund für die grobe Schürze, denn hier standen auf drei Tischen benützte, verrußte eiserne Töpfe und Pfannen, und am einen Ende der Tische war etwas, das wie eine viereckige Badewanne auf Stelzen aussah und in dem schmutziges Wasser schwappte.

Dann waren sie auch schon im nächsten Raum, den Biddy sofort als große Spülküche erkannte. Ein Mädchen stand an einem Spülstein und wusch Teller und Schüsseln, und Biddy hätte nicht gedacht, daß es auf der ganzen Welt so viele Teller gab wie hier auf den Tischen herumstanden. Auch in diesem Raum stapelten sich benützte Töpfe und Pfannen, aber nur solche aus Kupfer.

Und dann waren sie in der Küche, und das war die größte Überraschung für Biddy und Riah. Die Küche im Moor House war keineswegs klein, jedenfalls größer als das Wohnzimmer in der Grubenreihe, aber diese Küche war beinahe so groß wie ein ganzes Stockwerk im Mittelbau von Moor House.

Biddy war überwältigt, nicht nur von der Größe der Küche, sondern von dem, was es hier alles gab. Am einen Ende des langen Tisches hingen verschiedene eiserne Geräte, und einen Teil der Wand bedeckte funkelndes Kupfergeschirr, das an großen Haken dort aufgehängt war. Daneben gab es eine Reihe von großen Gabeln und Bratschaufeln mit Messinggriffen, und die Koch- und Backöfen waren riesig. Sie standen zu beiden Seiten eines offenen Feuers, über dem ein gewaltiger Spieß von der Abzugshaube herunterhing; außerdem gab es noch einen kleineren Herd mit runden Backröhren.

In der Küche befanden sich drei Personen. Die ältliche, kleine und fette Frau, die an einem der langen Tische stand, hatte ein sehr freundliches Gesicht, und ihr Verhalten paßte dazu. »Sie wird gleich hier sein«, sagte sie und fügte hinzu: »Sie sind Daveys Mutter, nicht wahr?«

»Ja. Ja, die bin ich.«

»Und das ist Ihre Tochter?«

»Ja.« Riah nickte in Richtung auf Biddy, und die fette Frau lächelte das Mädchen an, während sie fröhlich sagte: »Oh, du wirst dich schon eingewöhnen. Es haben sich noch alle eingewöhnt. Manchmal dauert es, aber dann schaffen sie es doch.«

Die zweite Frau mußte um die Dreißig sein. Sie stand am Ende des Tischs und gab eine Handvoll Nüsse in eine eiserne Tasse, bevor sie mit einem abgerundeten Metallstab die Nüsse zerstampfte. Nach der Mühe, die sie dabei anwandte, schien es ziemlich schwere Arbeit zu sein. Außerdem war noch ein Mädchen von etwa sechzehn Jahren hier, das an einem flachen Waschtisch Gemüse schälte und putzte. Sie trugen alle die gleiche Uniform: ein blaugestreiftes Baumwollkleid mit weißer Schürze. Nur die Häubchen waren unterschiedlich, und Biddy hatte daraus geschlossen, daß diese ihren Rang im Haushalt ausdrückten.

Jetzt erschien am anderen Ende der großen Küche eine weitere Angestellte. Sie trug ein graues Kleid, und ihre Haube war wieder anders, außerdem wiesen die breiten Träger der Schürze hübsche Krausen auf. Sie kam auf sie zu, und Riah nickte zur Köchin hinüber und schubste dann Biddy vor sich her in Richtung auf das Hausmädchen. Sie war ziemlich groß, sah tüchtig aus und war, wie Biddy vermutete, etwa so alt wie ihre Mutter. Sie sprach nicht, hielt ihnen aber die Tür auf, und sie kamen in einen breiten Korridor mit vielen Türen auf beiden Seiten. Bei der letzten Tür am Ende des Korridors blieb das Hausmädchen stehen, klopfte an, und als eine Stimme »Herein« sagte, stieß sie die Tür auf, trat zurück und ließ die beiden eintreten.

Als Biddy an ihr vorüberkam, wandte sie sich ihr zu und schaute sie an, doch das Hausmädchen sagte keinen Ton, und dabei dachte Biddy, während sich die fröhliche Seite ihres Wesens trotz all dem bevorstehenden Elend durchsetzte: Das wäre ein Anlaß, bei dem selbst der Herr eine volkstümliche Redewendung verwenden würde, wie »Hat die Katze eure Zunge gefressen?«

Aber als sie dann neben ihrer Mutter stand und auf die kleine Gestalt hinunterschaute, die an dem Schreibtisch aus Eichenholz saß, verging ihr das spitzbübische Lächeln. Die Frau war schätzungsweise fünfzig Jahre alt. Sie hatte dunkles Haar, und ihre Züge waren gouvernantenhaft affektiert, was in erster Linie von ihrem Mund ausging. Zwar hatte sie volle Lippen, doch die spitzte sie immer ein wenig, wie Biddy rasch bemerkte – so, als ob sie an einem Bonbon lutschte. Und als sie zu sprechen begann, paßte die Stimme genau zu ihrer Erscheinung. »Das ist also das Mädchen«, sagte sie.

»Ja, Ma'am.«

»Wie alt ist sie, sagten sie?«

»Fünfzehn, seit dem letzten Dezember, Ma'am.«

»Verstehe ich recht, daß dies ihre erste Stellung ist?«

»Ja, Ma'm.«

»Tz, tz – sie sieht nicht sehr stark aus. Sie ist zu mager.«

»Sie ist trotzdem kräftig, Ma'm. Sie hat jahrelang im Garten gearbeitet.«

»Im Garten?« Der hübsch frisierte Kopf mit dem plissierten Häubchen, das mittendrauf saß, und von dem zwei gestärkte Bänder bis hinter die Ohren reichten, schien sich vor Überraschung leicht zu heben. »Sie sieht nicht aus, als ob sie kräftig genug wäre für die Gartenarbeit. Meinen Sie Kartoffellesen und ähnliches?«

»Nein, Ma'am, richtige Gartenarbeit: Gemüse ziehen, die Obstbäume pflegen, umgraben und so weiter.«

»Na schön.« Das Häubchen bewegte sich auf und ab, und danach erhob sich die Haushälterin, wobei Biddy mit Überraschung feststellte, daß sie kaum größer war als sie selbst. Jetzt kam sie um den Schreibtisch herum, wandte sich an Biddy und sagte: »Du bekommst einen Shilling die Woche. Du stehst morgens um fünf Uhr auf. Deine Arbeit ist um sechs Uhr abends beendet. Um acht Uhr morgens hast du zwanzig Minuten Frühstückszeit. Um zwölf ist Pause zum Mittagessen und Zeit zum Reinigen deines Zimmers, das du mit einer anderen Angestellten teilst. Du gehst mit den übrigen Angestellten jeden Sonntag zur Kirche, und jeden zweiten Sonntag hast du Ausgang von zwei Uhr nachmittags bis sieben Uhr abends im Sommer und von ein Uhr bis sechs im Winter. Du erhältst alle vierzehn Tage eine Kerze. Wenn du in der Wäscherei arbeitest, ist Mrs. Fitzsimmons deine Vorgesetzte; zu allen anderen Zeiten unterstehst du mir. Du nennst mich Mrs. Fulton. Zu keiner Zeit ist es dir gestattet, dich auf der Vorder-, Rück- und Westseite des Hauses blicken zu lassen. Solltest du irgendwann einem Mitglied der Familie begegnen, dann versuchst du, dich so unauffällig wie möglich zu benehmen. Hast du verstanden?« Sie hielt inne, als müßte sie Atem schöpfen.

Biddy antwortete nicht, sondern starrte nur mit weit aufgerissenen Augen in das Gesicht dieser kleinen Frau und schien fasziniert zu sein von den gespitzten Lippen, die sich ständig bewegten, auch wenn sie nicht sprach. Aber nun hatte sie wieder zu sprechen begonnen.

»Du redest nicht, es sei denn, daß man dich anspricht, ausgenommen im Umgang mit deinesgleichen, also den drei Mädchen in der Wäscherei und den niedrigeren Küchenmädchen. Hast du verstanden, was ich sagte, Mädchen?« Sie richtete jetzt den Blick auf Riah, als wollte sie fragen: Ist eure Tochter denn blöde? Gleich danach machte das Häubchen wieder einen Ruck, als das neue

Mitglied des Hauspersonals zum erstenmal den Mund aufmachte und sagte: »Ich verstehe Sie vorzüglich, Mrs. Fulton.«

Die Haushälterin war so überrascht über Stimmführung und Ausdruck, daß ihre Lippen aufhörten, sich zu spitzen, und sich statt dessen erstaunt öffneten. Wieder schaute sie Riah an, deren Gesicht inzwischen dunkelrot geworden war. Als Riah ihr keine Erklärung anbot, zogen sich die Lippen der Haushälterin wieder zusammen und schürzten sich besonders heftig, ehe sie erklärte: »Sag jetzt deiner Mutter Lebewohl.«

Sie schauten sich an, und in diesem Augenblick wollte sich Biddy in die Arme ihrer Mutter werfen und schluchzen: »O Ma, nimm mich wieder mit zurück. Ich tue alles, wenn du mich wieder mitnimmst.« Aber die Miene auf dem Gesicht ihrer Mutter brachte den Wunsch sofort zum Verstummen, und als sie sagte: »Lebwohl für jetzt, und benimm dich gut. Denk daran, daß du dich stets gut benehmen mußt«, da hatte Biddy das Gefühl, als ob sie von ihr verstoßen werden würde. Sie schaute zu, wie sich die Tür hinter ihrer Mutter schloß, dann wandte sie sich wieder der kleinen Frau zu, als die sie in ihren Gedanken bezeichnete, und die kleine Frau schaute sie prüfend an.

Benimm dich gut... Da haben wir es also mit einer kleinen Unruhestifterin zu tun, dachte die kleine Frau. Na, schön, ich weiß schon, wie man solche Vögel kuriert... Ich verstehe Sie vorzüglich, Mrs. Fulton... Zu ihren Späßen gehört es offenbar, ihre Vorgesetzten nachzuäffen, wie? Freches junges Ding! Und noch nie zum Arbeiten geschickt worden, mit fünfzehn! Na, wird bald lernen, wo ihr Platz ist, notfalls auf die harte Weise; wenn nicht, fliegt sie.

»Nun, Miss Bridget« – ihr Ton triefte vor Sarkasmus –, »sollte ich jemals hören oder selbst erleben, daß du deine Vorgesetzten nachäffst, dann wirst du lernen, wie es ist, wenn man einen Tag lang nichts zu essen bekommt, oder was es bedeutet, wenn man einen ganzen Monat keinen freien Nachmittag hat. Und das sind nur zwei von den Methoden, wie man dir deine Stellung in dieser Gesellschaft vor Augen führen kann. Hast du mich verstanden?«

»Ja.«

»Ja – *was*?«

»Mrs. Fulton.«

»Ja, Mrs. Fulton. Und vergiß es nie. Jetzt werden wir dich erst einmal ordentlich einkleiden. Komm mit.«

Biddy nahm ihr Bündel und folgte der Haushälterin durch Korridore und ein Labyrinth von Türen, bis sie das Gefühl hatte, das andere Ende des Hauses erreicht zu haben – jedenfalls den Teil, in dem gearbeitet wurde. In einem länglichen, schmalen Raum, der ganz eigenartig roch, teils nach Moleskin und teils nach Kaliko, erblickte sie drei Frauen. Sie hatten alle gesessen, waren aber sofort aufgestanden, als die Haushälterin hereingekommen war, und nun richtete sich diese an die älteste der drei und sagte: »Das hier das neue Mädchen für die Wäscherei. Sie wissen, was sie braucht. Kümmern Sie sich darum. Und wenn sie damit fertig sind, kann Julie hier –« sie wandte sich der jüngsten von den dreien zu, »– sie mitnehmen und ihr das Zimmer zeigen, das sie bekommt. Sie teilt es mit Jean Bitton. Danach geht es in die Wäscherei. Ich werde bis dahin Mrs. Fitzsimmons von ihrer Ankunft in Kenntnis gesetzt haben.« Und mit einem strengen Blick auf Biddy marschierte sie aus dem Raum. Kaum hatte sich die Tür hinter ihr geschlossen, da wandte sich die älteste Näherin an die Frau, die neben ihr saß, und murmelte: »Ma'am sind heute aber mal wieder schlechter Laune, nicht wahr?«

»Hast du sie jemals in besserer erlebt? Hallo, wie heißt du?«

Die zweite Näherin hatte sich jetzt an Biddy gewandt, und diese antwortete: »Bridget Millican.«

»Bist du aus Irland?«

Biddy zögerte einen Augenblick, ehe sie antwortete:

»Nicht, daß ich wüßte.« Daraufhin begannen die zwei älteren Frauen zu lachen.

»Na, dann komm mal her.« Die Obernäherin nahm ein Maßband und begann, Biddy Maß zu nehmen, dabei sagte sie: »Natürlich gibt es für dich keine neuen Sachen, nur geänderte von der letzten. Armes Ding. Aber man hat alles gründlich gewaschen, so daß du nichts davon bekommst.«

Nichts davon bekommen? Was hatte das Mädchen gehabt? Was es auch war, es hörte sich so an, als ob sie daran gestorben wäre.

»Woher kommst du?« Das war die Frau, die die Haushälterin mit Julie angesprochen hatte, und Biddy antwortete: »Von Moor House.«

Die drei Frauen schauten einander an, dann wiederholte Julie: »Moor House? Das ist hinter dem Kirchenweg, nicht war?«

»Ja, wir sind ungefähr eine Meile von der Kirche entfernt, auf der anderen Seite.«

»Moor House«, wiederholte jetzt auch die zweite Frau, schaute die beiden anderen an und fuhr fort: »Da hat doch dieser Einsiedler gelebt. Ich meine, der Mann, der die ganze Zeit mit seinen Büchern verbracht hat, wie man erzählt. Ist das das Haus?«

»Ja.« Biddy nickte.

»Aber«, die Obernäherin beugte sich auf Biddy zu, »hat der denn nicht alles seiner Haushälterin vermacht?«

»Ja. Das ist meine Mutter.«

Wieder tauschten die drei Näherinnen Blicke. Dann erklärte Julie: »Und du arbeitest in – in der Wäscherei?« Es klang so, als fände sie das in höchstem Maße ungehörig, und Biddy antwortete ihr offen: »Ja, weil er uns kein Geld hinterlassen hat.«

Daraufhin starrten wieder alle drei Biddy an, bis die Obernäherin rief: »Also, dann wollen wir dich mal einkleiden.«

Nachdem Maß genommen war, wurde Biddy von Julie

hinausgeführt aus der Näherei, aber sie kehrten jetzt nicht in den Küchentrakt zurück, sondern gingen weiter durch das Innere des Hauses, kamen über Passagen, Korridore, Treppen und schließlich hinauf in eine Mansarde. Und dort sah Biddy den Raum, der in Zukunft ihr Zimmer sein würde. Er war kaum größer als die Speisekammer zu Hause. Die beiden Betten waren hölzerne Pritschen, die Decken, Laken und Kissen lagen am Fußende. Es gab einen Tisch, darauf standen ein Wasserkrug und eine Schüssel, und außer einigen Nägeln hinter der Tür war kein Platz, um Kleidung aufzuhängen.

»Nicht gerade das *Bou-doir* von Madam«, sagte Julie. »Das schlechteste Zimmer hier. Aber, na ja... Leg dein Bündel hin und komm mit.«

Nachdem sie ein Stück zurückgegangen waren, kamen sie durch eine Seitentür auf einen Hof, und dort, auf der anderen Seite, befand sich ein langes, niedriges Backsteingebäude. Es lag am Ende einer Reihe von Außengebäuden. Biddy stellte rasch fest, daß dieser Hof nicht mit dem anderen Hof in Verbindung stand, wo sich die Stallungen befanden.

Sie hatten ihn zur Hälfte überquert, als Julie kurz stehenblieb und Biddy anschaute; dazu sagte sie: »Denk dran, Mädchen, du wirst es nicht leicht finden hier. Ich glaube, ich muß dich warnen: Jinny Fitzsimmons ist eine echte Sklaventreiberin. Aber ich gebe dir einen Tip: Laß dich von ihr nicht unterkriegen. Und auch nicht von Sally Finch; sie ist die erste Schrubberin und Büglerin zugleich. Florrie McNulty, die zweite Schrubberin, ist in Ordnung. Und auch Jean Bitton. Sie ist Helferin beim Schrubben. Aber ich sag dir's gleich, du wirst arbeiten bis zum Umfallen. Und das sage ich nicht nur, das ist auch so. Weißt du...« Sie schüttelte den Kopf. »Ich kann nicht verstehen, warum dich deine Mutter ausgerechnet dahin steckt, vor allem... Na ja, du bist doch in Moor House großgeworden. Weißt du, wir haben das eine oder andere über ihn gehört, ich meine, den früheren Besitzer, durch

Mary Watts. Du weißt es vielleicht nicht, aber sie ist die erste von den Hausmädchen, und sie steht gut mit Miss Hobson, der Zofe unserer alten Madam. Beide arbeiten schon seit über dreißig Jahren hier, und du siehst, was ich meine, wenn ich sage, sie stehen gut miteinander. Mary weiß, daß Miss Hobson hier und da den Besitzer von Moor House besucht hat, weil sie früher einmal bei ihm angestellt war, ich meine Miss Hobson. Kommst du noch mit?« Jetzt lächelte sie, und Biddy sagte: »Ja, ja, ich komme schon mit.« Und daraufhin schloß Julie: »Ich erkläre dir ja nur, woher wir das wissen. Er war, glaube ich, ein sehr kluger Mann.«

»Ja, das war er.«

»Hat... Hat er auch mal mit dir gesprochen?«

Biddy riß vor Überraschung die Augen weit auf. »Mit mir gesprochen? Aber er... Er hat uns unterrichtet, und alles.«

»Oh, ja, ja«, jetzt nickte Julie, »natürlich, dein Bruder arbeitet ja in den Stallungen. Es heißt, er kann lesen und schreiben. Kannst du auch lesen und schreiben?«

»Ja, ich kann lesen und schreiben.«

»Meine Güte. Aber«, und jetzt beugte sie sich wieder zu Biddy hin und sagte leise, »wenn ich du wäre, würde ich das nicht jedem auf die Nase binden, denn es könnte Mr. Froggett zu Ohren kommen. Er ist der Butler, ist schon viele Jahre hier und hat das Ohr des Herrn, wie man sagt, und der Herr mag es nicht, wenn die Angestellten lesen und schreiben. Das weiß ich. Wette, er hat keine Ahnung, daß dein Bruder es kann, sonst wäre er schon längst nicht mehr hier. Weißt du, die Herrschaften«, und sie deutete mit dem Daumen nach oben, »die halten so etwas nicht für eine Verbesserung, im Gegenteil. Es macht die Menschen unzufrieden. Und sie haben ja in gewisser Weise recht, verstehst du... Na, komm schon, sonst erfrieren wir noch hier draußen.« Und sie lachte. Aber Biddy war nicht nach Lachen zumute.

Sie betraten das niedrige Ziegelgebäude durch eine

schwere Tür, die nicht erkennen ließ, was sich dahinter befinden mochte; aber nachdem sie hindurchgegangen waren, umfing sie augenblicklich der Geruch der Wäscherei. Er war so stark, daß er Biddy in die Nase stach. Sie hatte eine empfindliche Nase, und jetzt mußte sie niesen in der dampferfüllten Luft siedender Seifenlauge, heißer Bügeleisen und dem typischen Gestank, der entsteht, wenn Wasser auf heiße Asche tropft.

Durch den Dampf sah sie vier Augenpaare, die sich auf sie gerichtet hatten. Das erste Paar war klein und rund, in einem großen Kopf auf einem wuchtigen Körper. Das, nahm sie an, mußte Mrs. Fitzsimmons sein.

Die Frau stand hinter einem Tisch und war dabei, irgendeinen dünnen Stoff zu bügeln; wenn sie ihre Hand darunterlegte, schien er davonzufließen. Das zweite Augenpaar war wie Schlitze in einem schmalen Gesicht einer nur wenig jüngeren Frau. Sie bügelte Schürzen. Das dritte Paar saß in einem fetten Gesicht über einem plumpen Leib. Das Mädchen, dem es gehörte, stand vor einer Bank, die am Rand eine Rinne aufwies, und es war dabei, irgendein Kleidungsstück mit der Bürste zu bearbeiten. Das Mädchen sah aus wie sechzehn oder siebzehn, und über das Gesicht liefen ihm dicke Schweißtropfen. Das vierte Augenpaar warf nur kurz einen Blick auf Biddy, ehe es verschwand.

Die Leiterin der Wäscherei verließ ihren Tisch und watschelte auf einen glühenden Eisenofen zu, der auf großen Steinplatten am Ende des Raums stand. Die fünf Plattformen des Ofens, die Platz boten für die verschieden großen Bügeleisen, gaben ihm das Aussehen einer Pyramide. Biddy sah zu, wie die Frau ihr Bügeleisen auf eine der Plattformen stellt, dann ein anderes nahm und kurz daraufspuckte, ehe sie wieder zum Tisch zurückkam, wo sie das Eisen an einem fettigen Lappen abwischte, dann auf eine Eisenplatte stellte und zuletzt ein einziges Wort ausstieß. »Nun?«

»Das ist das neue Mädchen, Mrs. Fitzsimmons. Mrs.

Fulton hat mir den Auftrag gegeben, sie hierherzubringen. Sie ist noch nicht ordentlich eingekleidet, aber ihre Sachen sind bis morgen früh bereit.«

Jetzt verließ die große Frau den Tisch, baute sich vor ihnen auf und richtete ihren Blick auf Biddy, während sie fragte: »Wie heißt du?«

»Bridget Millican.«

»Bridget Millican. Du kannst den Namen vergessen, solange du hier drinnen bist; von nun an bist du Nummer Vier. Verstanden?«

Biddy antwortete nicht gleich, so daß die Frau sie anbellte: »Ich hab' mit dir gesprochen!« Und daraufhin antwortete Biddy in scharfem Ton: »Ja, ich habe verstanden.« Wieder hatte sich ihr Ton verändert, diesmal unwillkürlich, und die Frau starrte sie einen Augenblick an, bevor sie sich an die Näherin wandte, als könne ihr diese eine Erklärung geben. Dann drehte sie sich um und brüllte dem jungen Mädchen zu: »Du, Nummer Drei!« Und als das Mädchen herbeigelaufen kam, sagte sie: »Zeig ihr, wie es geht.« Daraufhin wandte sich Julie ab, und das kleine Mädchen streckte Biddy in einer bittenden Bewegung die Hand entgegen.

Die Oberwäscherin kehrte zu ihrem Tisch zurück, und von da an hörte man nichts als das Geräusch der Bügeleisen und das einer schrubbenden Bürste.

Der Raum war ziemlich lang und erstreckte sich von der Tür nach beiden Seiten, aber auf der einen Seite bildete er ein L, und dorthin führte das junge Mädchen Biddy; dies war das eigentliche Waschhaus und wie die übrige Wäscherei mit einem Steinfußboden versehen. Jetzt wandte sich das Mädchen Biddy zu und flüsterte: »Ich zeig' dir alles. Keine Sorge, ich zeig' dir alles.«

Biddy nickte und wartete, und das Mädchen sagte: »Ich bin Jean Bitton. Weil du jetzt da bist, bin ich eine Stufe nach oben gerutscht; ich bin jetzt Schrubberin. Du mußt das tun, was ich bisher getan habe, also zeige ich es dir.«

Wieder nickte sie und lächelte breit dazu, dann näherte sie ihr Gesicht dem von Biddy und sagte: »Keine Sorge, du gewöhnst dich schon daran.«

Sie würde sich niemals daran gewöhnen. Zum erstenmal in ihrem Leben hatte sie Angst, nicht so sehr vor den Leuten als vor der Arbeit. Es war alles so fremd. Sie konnte blitzschnell aus Büchern lernen, aber sie würde niemals die Dinge lernen, die sie hier zu tun hatte.

»Also, paß auf: Als erstes am Morgen mußt du dich um den Ofen kümmern. Es brennt die ganze Zeit; abends wird noch einmal nachgeheizt, aber dann mußt du morgens gleich wieder auffüllen. Er braucht vier Eimer. Da sind die Eimer.« Sie zeigte auf zwei große Holzeimer, die neben der Tür standen. Jetzt öffnete sie diese Tür und deutete mit dem Kopf auf zwei Türen am Ende eines kleinen Hofs. »Das ist der Kohlen- und der Holzschuppen.« Sie schloß wieder die Tür zum Hof und fuhr fort mit ihren Erklärungen. »Deine nächste Arbeit ist hier.« Sie führte sie jetzt zu zwei großen, niedrigen Bottichen, zeigte darauf und sagte: »Die groben Sachen gibst du da hinein, damit sie über Nacht einweichen können, und am Morgen drehst du sie als erstes durch die Mangel. Um diese Jahreszeit ist das Wasser eiskalt, aber du gewöhnst dich daran.« Sie nickte fortwährend und fröhlich, während sie sprach.

Die Mangel war das einzige Gerät in diesem Teil der Wäscherei, das Biddy erkannt hätte. Sie war wie die, die sie zu Hause hatten. Biddy dachte an zu Hause und daß sie Moor House erst vor ein paar Stunden verlassen hatte. Es würde immer ihr Zuhause bleiben. Und bei dem Gedanken daran wurde ihr wieder bewußt, daß der Herr sehr zornig gewesen wäre, wenn er erfahren hätte, welche Arbeit sie schon so bald nach seinem Tod annehmen mußte.

»Und das hier«, das junge Mädchen zeigte auf einen großen Stapel Arbeitshosen, »sind die Moleskin- und Cord-Breeches von den Ställen. Sie werden einmal wöchentlich gewaschen. Es sind Männerhosen, meistens sehr, sehr schmutzig, und man muß vor allem die Hosenboden schrubben und die unteren Ende der Beine, gleich nach dem Einweichen und bevor sie in die heiße Wäsche kommen. Man darf sie niemals kochen.« Das letzte wurde von einem heftigen Kopfschütteln begleitet, und sie wiederholte: »Nein, die dürfen nicht gekocht werden. Aber diese ja«, sagte sie und deutete auf einen weiteren Haufen. Es waren Hemden, alle blaugestreift.

Nun setzten sie sich wieder in Bewegung und schauten in einen von den drei Kochkesseln. »Das hier sind die unempfindlichen, ungefärbten Sachen, Petticoats und so, aus dem Nähsaal, das Küchenzeug und unsere Sachen; ausgenommen die von Mrs. Fitzsimmons, die mit dem mittleren Zeug gewaschen werden, wie die Sachen von den Köchinnen, den Hausmädchen und so weiter.« Jetzt sah sie Biddy an und sagte: »Du schaust ganz verwirrt drein.«

Biddy nickte, als sie erwiderte: »Ja, das bin ich auch ein bißchen. Das bin ich.«

»Du kommst bald dahinter. Jetzt dies –«, sie deutete auf einen großen Kessel, der schon halb mit Kleidungsstücken und heißem Wasser voll war, und mußte lachen. »So was hast du ja schon mal gesehen, wette ich.«

»Ja, das kenne ich.«

»Aber ich wette, du hast noch nie diese Art von Mangel gesehen.« Und nun nahm sie Biddy am Arm und zog sie auf eine Art Schrank zu, der aussah wie drei große, übereinandergestellte Särge. Er war einsachtzig lang und etwa einsdreißig breit, und unter den zwei oberen Gebilden waren jeweils zwei Rollen, und das Mädchen sagte stolz, als ob das Ungetüm seine eigene Erfindung wäre: »Das ist die Wäschepresse. Für manche Dinge ist das so gut wie Bügeln, zum Beispiel für die Cordhosen, die groben Hemden und so. Man zieht sie durch, wenn sie fast trocken sind, und sie kommen glatt heraus. Schau.« Jetzt faßte sie einen großen Griff, der an einem Rad mit etwa sechzig Zentimetern Querschnitt angebracht war, und brauchte ihre ganze Kraft, um das Rad zu drehen; dazu lächelte sie breit, und als sie damit aufhörte, sagte sie: »Du kommst bald dahinter.«

Darauf erwiderte Biddy mit kleiner Stimme, die kaum mehr als ein Flüstern war: »Ich glaube, das lerne ich nie.«

»O doch, das wirst du lernen.« Das Lächeln verschwand aus dem Gesicht des Mädchens. »Du mußt. Und du kommst ja auch ein paarmal am Tag hier raus, bringst die Körbe zurück und sammelst die Schmutzwäsche ein.« Daraufhin spitzte Biddy die Ohren und sagte: »Wir bringen die Wäsche zurück? Zum Beispiel zu den Ställen?«

»Nee.« Das Mädchen gab ihr einen Puff. »Die Sachen kommen alle in den Sortierraum drüben im Haus, und das Hauspersonal übernimmt sie dort. Daß du so was fragen kannst!« Und sie gab ihr noch einen Puff.

Biddy, mit unbewegtem Gesicht, erklärte jetzt: »Weißt du, mein Bruder arbeitet in den Ställen.«

»Wirklich?« Die Stimme des Mädchens klang fast ehrfürchtig. »Wie sieht er aus?«

»Er ist blond, ganz hellblond.«

»Ach, der. Ja, den hab' ich schon gesehen.«

»Gesehen? Wie lange bist du denn schon hier?«

Jetzt senkte das Mädchen den Kopf und sagte: »Im nächsten sind es sechs Jahre.«

»*Sechs Jahre*? Unser Davey ist seit vier Jahren hier.«

»Ja, ja, das kann sein.« Das Mädchen nickte jetzt ganz ernst. »Aber, siehst du, es ist nicht erlaubt, daß wir zusammenkommen. In der Kirche sehen wir, wer neu bei uns ist und so, und am Zahltag zum Halbjahr und an Weihnachten vielleicht noch, wenn die Angestellten zusammenkommen. Aber bis vor einem halben Jahr habe ich dabei nur zuschauen dürfen.«

»Warum?«

»Weil...« Wieder senkte sie den Kopf. »Weil ich aus dem Haus komme – aus dem Armenhaus.«

»Ach.«

Die braunen Augen hatten sich jetzt auf die ihren gerichtet, als sie sagte: »Und bei den Ställen sind zwei Burschen, die sind auch aus dem Armenhaus und zur selben Zeit hierhergekommen wie ich. Verstehst du, wir haben nicht die gleichen Rechte wie die anderen.«

»Aber warum denn nicht?«

»Na ja, weil wir nur aus Nächstenliebe hier arbeiten dürfen.«

Sie gab diese Erklärung ohne alle Bitterkeit. »Und es sind gute Stellungen. Ich habe großes Glück gehabt, genau wie die Burschen; sie hätten sie auch zum Straßenfegen schicken können, und mich hätten sie in eine Fabrik stecken können,und manche davon sind schlimmer als das Gefängnis, sagen sie. Ja, ich habe großes Glück gehabt. Und du«, jetzt nahm sie Biddys Hand, »dir wird es bestimmt auch gefallen hier. Das Essen ist gut. Und du bekommst deine Kleidung und ein Geschenk zu Weihnachten und alle zwei Wochen Ausgang. Aber wir können nirgends hin, wenn wir Ausgang haben, die Burschen und ich, es sei denn... Na ja, es sei denn, wir sind eingeladen, das heißt, es holt uns jemand ab.«

Schrecklich, schrecklich, schrecklich.

Das Wort wiederholte sich in Biddys Gedanken. Wenn sie zurückblickte, hatte sie geradezu das Leben einer Lady geführt – und sie hatte es nicht einmal gewußt!

»Was glaubt ihr zwei denn, daß ihr hier zu tun habt? Ich dachte, du solltest ihr zeigen, Nummer drei, wie alles geht!«

Das junge Mädchen fuhr wie von der Tarantel gestochen hoch und sprang herum, dazu jammerte es: »Das habe ich ja, das heißt, ich bin noch dabei, Mrs. Fitzsimmons, und sie hat, glaube ich, das meiste begriffen. Sie wird es schon schaffen. Ich fange gleich an. Bin schon dabei.«

»Aber schnell, und dannn gehst du zurück zum Waschbottich, sonst weiß ich, was ich mit dir mache!«

Biddy machte noch einen Fehler: Sie drehte sich herum und musterte die Frau von oben bis unten, und gleich darauf hob das Gebrüll der Stimme sie beinahe vom Boden hoch, wie zuvor das andere Mädchen, als die Wäscherin sie anfuhr: »Steck deinen Kopf nach unten, wo er hingehört, sonst tauche ich ihn dir in den Bottich!« Und als sich Biddy jetzt dem Bottich mit nasser Kleidung zuwandte und sich hinunterbückte, hörte sie wieder die Stimme brüllen: »Und roll dir erst die Ärmel hoch, Idiotin.«

Mit großer Mühe gelang es Biddy, den aufwallenden Zorn im Zaum zu halten, der ihren ganzen Körper zum Zittern brachte und sie Worte finden ließ wie: Nenn du mich nicht eine Idiotin, ich bin keine Idiotin, und wenn eine hier sein sollte, brauche ich nur dich anzusehen!

Nein – niemals konnte sie so etwas ertragen. Sie würde davonlaufen. Aber wenn sie das tat – was dann? Sie konnte nur nach Hause laufen, und dort gab es dann einen mehr zu füttern und keinen Shilling, der jede Woche hereinkam. Wenn ihre Mutter in dem Haus bleiben wollte, mußten sie alle arbeiten.

Als sie die Arme bis zu den Ellbogen in das eiskalte Wasser tauchte und ein schweres, triefendes Stück Stoff herauszog, erwachte in ihr ein Gefühl von Abneigung und Haß, das rasch anschwoll und schon bald den Zorn überschattete, den sie gegen die Wäscherin empfand – und dieser Haß war gegen ihre Mutter gerichtet.

2

In der ersten Woche, so sagte sie sich selbst, wußte sie überhaupt nicht, wo ihr der Kopf stand. Die Arbeit in der Wäscherei schien mit der Zeit keineswegs leichter zu werden, sondern eher noch schwerer, und Mrs. Fitzsimmons türmte mehr und mehr vor ihr auf. Sicher, sie hatte schon bei kaltem Wetter im Garten umgegraben, kannte auch Arbeiten, die einem das Kreuz brachen wie Roden und Ausjäten, aber dies hier, wobei man noch unter den gebrüllten Befehlen der Wäscherin von der einen zur anderen Arbeit gehetzt wurde, erschien ihr wie eine Folter. In den ersten drei Nächten hatte sie sich in den Schlaf geweint. Ihre Finger waren taub vom Auswringen schwerer Arbeitskleidung in kaltem Wasser; ihre Schultern schmerzten vom Bürsten und Schrubben; die Nase rümpfte sich vor Abscheu, wenn sie nur an die Wäschestücke dachte, die sie waschen mußte. Als sie abends im Bett Jean Bitton zugeflüstert hatte: »Die müssen alle fürchterliche Schweine sein«, hatte Jean geantwortet: »Die Sachen von denen sind auch nicht anders als die vom Hauspersonal und von den Herrschaften. Iih! du glaubst es nicht! Ich hab' da schon einiges gesehen, und dabei wechseln sie ihre Sachen jeden Tag.«

»Jeden Tag?« Sie hatte ihre tränennassen Augen weit aufgerissen und ihre neue Freundin angeschaut, und Jean hatte ausdrücklich geflüstert: »O ja. Die Mistress und die alte Madam wechseln die Wäsche täglich. Und der Herr und Mr. Stephen ziehen manchmal drei Hemden im Tag an. Und dann noch Mr. Laurence. Sicher, von dem hat man nicht so viel Wäsche, weil der nur zu den Ferien heimkommt. Aber die zwei jungen Frechdachse, Mr. Paul und Miss Lucy, die ziehen sich auch manchmal dreimal im Tag um, besonders, wenn sie einen Besuch machen. Und Miss May ist nicht viel besser. Aber sie ist natürlich eine junge Lady.«

Erst gegen Ende der ersten Woche begann sich Biddy in Gedanken mit der Herrschaft und den Angestellten in diesem riesigen Haushalt zu befassen. Sie hatte erfahren, daß die Familie des Herrn acht Personen umfaßte, und eine davon war die alte Madam, die den Westflügel für sich allein hatte und sehr selten bei der übrigen Familie auftauchte. Sie wußte inzwischen auch, daß der Butler ein gewisser Thomas Froggett war. Mager, Mitte fünfzig und mit verschlagenem Blick; er trug auffallende Kleidung und hatte Strumpfbänder am oberen Ende seiner Strümpfe. Der erste der Dienerschaft war James Simpson. Er war jünger, größer und fetter. Der zweite Diener war ein gewisser John Thompson. Er war noch jünger, ein kleiner Mann, der ziemlich gewöhnlich aussah. Dann gab es noch jemanden, den sie Mr. Buckley nannten. Er war der Kammerdiener. Aber bis jetzt hatte sie noch keinen von diesen Männern gesehen, und auch nur einen kurzen Blick auf das erste und zweite Hausmädchen, Mary Watts und June Cordell, werfen können. Beide waren erwachsene Frauen, wie auch das erste und das zweite Zimmermädchen. Das erste Zimmermädchen hieß Peggy Tile. Sie war älter als die zwei Hausmädchen, wohl schon in den Vierzigern. Das zweite Zimmermädchen dagegen war jünger und hieß Chrissy Moore. Biddy hatte bisher kaum Leute vom Haus gesehen, wenn sie und die Mädchen von der Wäscherei in den Dienstbotensaal gingen, um die einzige große Mahlzeit des Tages im Sitzen einzunehmen. Das war abends um halb sieben, nachdem das übrige Hauspersonal bereits gegessen hatte. Zu ihnen gesellte sich nur noch das niedere Küchenpersonal. Die Köchin aß ebenso wie die Obernäherin mit dem höheren Hauspersonal; der Kammerdiener, die Haushälterin und die Gouvernante aßen in ihren eigenen Zimmern.

Biddy konnte nicht begreifen, daß man einundzwanzig Hausangestellte benötigte, um sich um acht Personen zu kümmern, oder sieben, wenn man den einen nicht mitzählte, der angeblich die meiste Zeit nicht hier war. Außerdem gab es, nach dem was Jean ihr gesagt hatte, dreizehn Leute Außenpersonal, wobei die Wäscherin und der Torhüter und seine Frau mit eingerechnet waren. Nicht mitgerechnet waren die Arbeiter auf dem Gut, bei der Schmiede, und die drei Schanzenarbeiter. Diese bildeten, soweit sie das verstand, eine eigene Einheit und waren Meilen entfernt am anderen Ende des Besitzes.

Was sie dagegen in dieser kurzen Zeit voll und ganz begriffen hatte, war die Tatsache, daß die Wäscherinnen an der niedrigsten Stelle der Hierarchie angesiedelt waren, und daß sie selbst in dieser Abteilung an unterster Stelle stand; außerdem hatte sie inzwischen begriffen, daß jeder Abteilung im Haushalt jemand vorstand, der mehr Rechte hatte als die übrigen. Das zeigte sich sogar am »letzten Tisch«, wie man ihre Mahlzeit nannt, wenn Anna Smith, die Helferin der Köchin, am Kopfende der Tafel saß und bestimmte, wann mit dem Essen begonnen und wann aufgehört wurde. Sie diktierte auch, wann es erlaubt war, zu sprechen.

Das ganze System war so verwirrend, daß sich Biddy immer wieder sagte, sie würde sich nie daran gewöhnen können. Und sie wollte sich auch gar nicht daran gewöhnen. Mehrmals in den letzten Tagen war sie kurz davor gewesen, einfach alles liegen- und stehenzulassen und davonzulaufen. Sie hatte sich vorgestellt, wie sie zur Wäscherin ging und ihr sagte: »Nun, Mrs. Fitzsimmons, Sie brüllendes Ungeheuer, da ist die Wäsche, und wenn Sie sie fertig haben wollen, machen Sie sich gefälligst selbst daran.« Sie bildete solche Sätze in ihren Gedanken, feilte daran herum und stellte sich die Miene äußerster Verblüffung auf dem Gesicht des Waschweibs vor.

Wenn sie zurückblickte auf diese eine Woche, so erkannte Biddy, daß das Verhalten der Wäscherin ihr gegenüber von Anfang an sehr rauh gewesen war, aber am zweiten Tag, nach der täglichen Inspektion durch die Haushälterin, hatte sich die Haltung dieser Frau ihr gegenüber noch verschlimmert. Es war, als hätte man ihr aufgetragen, bei allem, was Biddy tat, nach Fehlern zu suchen.

Am dritten Tag hatte sie zu Jean gesagt: »Glaubst du, ich könnte mich während unserer Mittagspause zu den Stallungen schleichen und unseren Davey sehen?« Es gab eine Mahlzeit aus Käse und Brot sowie einen Becher Ale, die ihnen um zwölf Uhr an den Arbeitsplatz gebracht wurde, und sie hatten fünfundvierzig Minuten Zeit um zu essen, ihr Zimmer aufzuräumen und den Forderungen der Natur nachzugehen. Biddy hoffte, daß sie in diesem letzten Teil der Mittagspause Zeit hatte, um hinüber zu den Ställen zu laufen, aber Jean war entsetzt über die Frage und warnte Biddy davor, daß man sie feuern würde, wenn Mr. Mottram, Mr. Lowther oder einer der älteren Stallburschen sie ertappte, denn man hatte schon einen Stallburschen hinausgeworfen, weil er sich heimlich mit einem Küchenmädchen getroffen hatte.

Also dauerte es bis zum Sonntag, ehe sie von den Wagen aus, auf deren Ladeflächen man die Angestellten pferchte, Davey das erste Mal zu sehen bekam. Er schlenderte mit zwei anderen jungen Männern zu dem Wagen hin, welcher der dritte in der Prozession war, drehte sich um, lächelte sie an, ein freundliches, warmes Lächeln, und sie erwiderte es und nickte ihm zu, bevor man sie in den Wagen der Mädchen stieß, wo sie sich auf die Bank setzen mußte.

Sie sah ihn wieder, als sie die Kirche betraten, wobei die männlichen Angestellten auf der einen, die weiblichen auf der anderen Seite Platz zu nehmen hatten. Nicht alle Angestellten waren erschienen, aber diejenigen, welche hier waren, bildeten immerhin ein gutes Drittel der Andächtigen.

Sie saß in der allerletzten Reihe zwischen Jean Bitton und Julie Fenmore, und als nach etwa zehn Minuten im Vorderteil der Kirche, gegenüber der Kanzel, eine Bewegung entstand, flüsterte ihr Julie, die Hand vor dem Mund, zu: »Die Familie ist eingetroffen.«

Bis dahin hatte sie noch niemanden von der Herrschaft zu Gesicht bekommen. Sie hatte keine Ahnung, wie sie aussahen und wie sie waren, ließ aber ihrer Phantasie freien Lauf und sah sie in Gedanken in ihrer Galerie sitzen, erhaben und den Göttern und Göttinnen gleich, über die sie in den vergangenen Jahren so viel gelesen hatte.

Der Gottesdienst langweilte sie. Sie hatte nichts zu lesen. Während der Predigt schickte sie die Stimme von Pfarrer Week beinahe in den Schlaf. Sie sagte sich, daß sie ihre Mutter um Vaters Bibel bitten mußte, wenn sie das nächste Mal nach Hause kam. Aber als sie auf die Reihen unbewegter Gestalten vor sich blickte, die ihre Hände im Schoß gefaltet hatten, fragte sie sich, ob das klug war, vor allem, da man das Lesen bei den Angestellten nicht gerne sah.

Der Tag war strahlend und frostig, und als der Karren zurückfuhr über die holperige Straße, schwatzten die Mädchen fröhlich miteinander; sie aber saß still da und schaute durch die Schlitze in der Holzverkleidung des Wagens hinaus ins Freie, und in ihrem Inneren meldete sich wieder diese Stimme: Wenn ich doch bloß nach Hause könnte!

Sobald sie aus dem Wagen gestiegen waren, erklärte ihr Jean, wie es weiterging. Sie sollten in ihre Zimmer gehen und Arbeitskleidung anziehen; dann bekamen sie einen Imbiß, ihr Mittagsmahl, und anschließend mußten sie die schmutzige Wäsche einsammeln, sortieren und einweichen, damit es morgen früh gleich weitergehen konnte.

Sie hatte noch nie soviel gearbeitet an einem Sonntag, auch nicht zu der Zeit, als sie nicht zur Kirche gehen mußten; ihre Mutter hatte den Sonntag immer als einen Tag der Ruhe betrachtet. Im Sommer waren sie alle hinuntergegangen zum Fluß oder hatten auf den Feldern gespielt. Die Tränen stiegen ihr in die Augen, wenn sie an das wunderbare Leben dachte, das sie in Moor House gehabt hatte. Sie hatte es damals gar nicht genügend geschätzt, hatte es für selbstverständlich gehalten und gedacht, es würde ewig so weitergehen. Wenn nur der Herr noch lebte: der hätte es nicht zugelassen, daß sie in einer Wäscherei arbeiten mußte.

Als sie später die Kleidungsstücke sortierten, sagte Jean: »Kannst du mir heute abend eine Geschichte vorlesen, Biddy?«

»Ja. O ja.« Sie war geschmeichelt durch den Wunsch und fügte hinzu: »Ich lese dir gern etwas vor. Was möchtest du hören?«

»Ach, ich weiß nicht, irgend etwas; ich höre gern zu, wenn Leute lesen, wie der Pfarrer heute morgen, über die Ankunft des Herrn und so.«

»Ich habe leider die Bibel nicht dabei, aber ich bringe sie mit, wenn ich das nächste Mal nach Hause komme. Es stehen viele schöne Geschichten in der Bibel. Und auch andere, die nicht so schön sind: Dabei geht es um Töten und alles mögliche. Aber ich habe ein Geschichtenbuch dabei, und ich lese dir eine Geschichte daraus vor.«

»Oh, fein.« Jean beugte sich zu ihr her und flüsterte verschwörerisch: »Wir schneuzen die Kerze und ziehen uns im Dunkeln aus, dann sparen wir ein bißchen, und du kannst länger vorlesen.«

»Das ist eine gute Idee. Ja, das tun wir.«

Zum erstenmal, seit sie in diese seltsame Welt gekommen war, fühlte sie die alte Begeisterung zurückkehren. Jemand interessierte sich fürs Lesen. Vielleicht wollte Jean sogar Schreiben lernen. Jetzt flüsterte sie: »Möchtest du deinen Namen schreiben können, Jean?«

»Ich meinen Namen schreiben? Meinen eigenen Namen?«

»Ja.«

»Oh, das wäre wundervoll. Iih, hier kann niemand seinen Namen schreiben. Ja, vielleicht der Butler und die Haushälterin, o ja. Die können sicher ihre Namen schreiben. Und vielleicht auch die Zofe der Lady. Und natürlich Miss Collins, die Hauslehrerin. Aber wenn ich mir vorstelle, daß *ich* meinen Namen schreiben kann!« Jetzt hielt sie inne, nahm Biddys kalte, feuchte Hände in die ihren und sagte: »Ich bin so froh, daß du zu uns gekommen bist, Biddy. O ja, das bin ich. Ich hab' noch nie zuvor eine richtige Freundin gehabt.«

Biddy war geschmeichelt und gerührt über diese Demonstration, und ihre Gedanken flogen voraus, als sie sich sagte: Ich bringe ihr nicht nur bei, ihren Namen zu schreiben, ich lehre sie auch das Lesen und alles, was sie will – und jedem anderen hier. Ja, das werde ich tun. Und da wird sich Mrs. Fitzsimmons ganz schön wundern, denn sie kann nicht ein A von einem B unterscheiden ... Wie ihr Herr und Lehrer gesagt hätte: Sie ist nur in Ignoranz erfahren.

Daraufhin begann sie zu lachen, und sie sagte sich, daß sie ganz schön daherphantasierte. Und Jean schaute sie an, begann auch zu lachen und fragte erst dann: »Worüber lachst du eigentlich, Biddy?«

Sie nahm ein langes weißes Nachthemd an den Ärmeln und ließ es über der Wanne mit kaltem Wasser tanzen, während sie sagte: »Mir ist nur was sehr Komisches eingefallen.«

»Was denn Komisches? Sag es mir!«

Was hätte es genützt, wenn sie Jean eine Redensart ihres Herrn wiederholt hätte? Also schwang sie statt dessen das Nachthemd noch ein wenig hin und her und sagte: »Ich hab' mir grade vorgestellt, das ist Mrs. Fitzsimmons, und ich tauche sie gleich ins Wasser.«

Daraufhin warf Jean den Kopf in den Nacken und stieß ein hohes, kreischendes Gelächter aus, in das Biddy gleich danach einstimmte; doch dann verstummte ihr Lachen ganz plötzlich, und sie klammerten sich vor Angst aneinander, als irgendwo in der Wäscherei jemand an ein Fenster klopfte. Langsam drehten sie die Köpfe in die Richtung; dann sprang Biddy auf, rannte auf das Fenster zu, stieß es auf und sagte: »Oh, hallo, Davey. Hallo.«

»Hallo, Biddy.« Er streckt die Hand aus und berührte die ihre, dann fragte er: »Wie geht's?«

Es vergingen einige Sekunden, ehe sie antwortete. »Nicht sehr gut. Es gefällt mir nicht.«

»Das habe ich auch gar nicht erwartet. Aber du gewöhnst dich daran. Laß dir ein bißchen Zeit. Ich – ich bin auf dem Weg nach Hause. Ich sage Ma, daß ich dich gesehen habe.«

»Danke, Davey. Es ist schön gewesen, dich zu sehen.«

Hatte sie ihn jemals flegelhaft genannt? In diesem Augenblick sah er für sie aus wie in den Jahren zuvor.

»Und wie bist du hierhergekommen?« fragte sie ihn.

»Ach, es gibt Mittel und Wege, wie man sagt, und ich hab' auch noch zwei Posten aufgestellt.« Er nickte nach beiden Seiten.

»Und du bekommst keinen Ärger?«

»Nein, nein.« Er schüttelte den Kopf. »Schließlich bist du meine Schweste; ich werde doch wohl noch meine Schwester sehen dürfen.« Jetzt richtete sich sein Blick auf das Mädchen, das einen Schritt hinter ihr stand, und Biddy drehte sich um und sagte: »Das ist meine Freundin Jean. Sie schläft mit mir in einem Zimmer. Sie ist sehr gut zu mir.«

Er neigte den Kopf in Richtung auf Jean und sagte: »Hallo, Jean.«

Jean stieß ein undeutliches Murmeln aus, das alles mögliche bedeuten konnte, dann sagte Davey: »Ich muß weiter. Wir werden uns schon hier und da sehen, und ich sage Ma, daß es dir gut geht.« Er war bereits ein paar Schritte vom Fenster weg, als sie ihm nachrief: »Davey?«

»Ja?«

»Ich wollte, ich könnte mit dir kommen. Glaubst du – glaubst du, du könntest Ma sagen, sie – sie soll mich zurückholen?«

Nach einer langen Pause erwiderte er: »Du kennst die Lage so gut wie ich: Ma will in Moor House bleiben, und deshalb muß man für sie Geld verdienen.«

»Ja. Ja.« Sie nickte ihm zu. »Schon gut.« Dann lächelte sie und sagte noch einmal: »Leb wohl, Davey. War schön, dich zu sehen.«

»Für mich auch.« Er drehte sich um und verschwand in dem Gebüsch hinter den Kohlen- und Holzschuppen.

Als sie das Fenster geschlossen hatte und Jean anschaute, sah sie, daß das Gesicht ihrer Freundin scharlachrot geworden war, und sie sagte etwas albern: »Also, das war unser Davey.«

»Ja.« Jean nickte ihr jetzt zu und sagte mit leiser Stimme. »Er ist wunderbar. Sein Haar ist wie bei den Engeln, die in der Kirche auf die Fenster gemalt sind.«

Ja, so sah er vermutlich für andere Leute aus, auch wenn sich sein Gesicht verändert hatte. Vor vier Jahren hatte er wirklich wie ein Engel ausgesehen. So mußte ihn der Herr gesehen haben, wie einen Engel, jemanden, den man anbetet. Und auf einmal fühlte sie sich unendlich traurig. Das Lachen war aus dem Waschhaus verschwunden. Es war nur noch voll von dreckiger Kleidung, und ihr wurde bewußt, daß sie eben wegen dieses Engels, der da gerade im Gebüsch verschwunden war, hier in all dem Dreck und unter der schlimmen Mrs. Fitzsimmons arbeiten mußte, denn wenn er den Herrn nicht mit der Sichel so schwer verletzt hätte, dann hätte sein Herz wohl nicht schon so früh versagt. Dennoch: Konnte sie Davey deshalb einen Vorwurf machen? Denn das alles hatte ja nicht mit ihm begonnen, auch nicht mit ihrer Mutter, die den Posten als Haushälterin in Moor House übernommen hatte, nein, es hatte in dem Bergwerksdorf begonnen, als ihr Vater in diesem schrecklichen Jahr an der Cholera gestorben war. Und wem sollte man da einen Vorwurf machen? Der Herr hätte es ihr sagen können; er hätte ihr zumindest gesagt, ob es auf solche Fragen überhaupt eine Antwort gab.

Das war auch etwas, was sie entbehrte, jetzt schon sehr entbehrte: jemanden, mit dem sie das eine oder andere diskutieren, dem sie etwas erklären konnte, jemanden, der ihr den richtigen Weg des Denkens wies. Aber das würde nun nie mehr geschehen, denn nie mehr würde sie einen Menschen treffen, der sich wie der Herr für ihre Bildung interessierte. Von nun an würde sie für sich selbst denken müssen. Und genau das würde sie tun. Wie der Herr gesagt hatte: Sie mußte in jeder freien Minute lesen. Sie wollte nicht so sein wie die alle hier. Sicher, sie mochte Jean und würde ihr auch helfen, so gut sie konnte, weil Jean nicht dumm war, aber die anderen waren ein Haufen Tölpel. Ja, ja, das waren sie. Sie würde es ihnen schon zeigen. Und sie überraschte Jean, als sie jetzt einen Holzstampfer nahm und eine Wanne mit Leinen solange stampfte, bis alles eine einzige, nasse Masse war, überraschte sie noch mehr, als sie anschließend die Hände an ihrer Schürze abtrocknete und lauthals erklärte: »Es ist Sonntag. Sogar in der Bibel steht, daß wir am Sonntag nicht arbeiten sollen. Komm herüber in die Ecke, ich erzähl' dir eine Geschichte.«

»Aber wenn«

»Wir hören es, wenn der Schnappriegel ausgehängt wird. Komm her, Jean.«

Und diese Geschichte stand am Anfang einer Kette von Ereignissen, deren Ergebnis nicht einmal Biddys fruchtbare Phantasie hätte vorausahnen können.

In der darauffolgenden Woche erzählte Biddy ihrer Freundin Jean nicht nur eine Geschichte, sie las ihr auch eine vor. Außerdem brachte sie ihr bei, wie man die ersten drei Buchstaben des Alphabets schrieb, und sie versprach ihr, daß sie bis Weihnachten ihren Namen schreiben und alles mögliche buchstabieren könne.

Am folgenden Sonntagvormittag, dem Tag ihres ersten Ausgangs, zählte sie in der Kirche und auch danach die Minuten, bis sie um ein Uhr frei war und nach Hause durfte. Doch zuvor mußte sie noch ins Zimmer der Haushälterin kommen und sich inspizieren lassen. Und alles, was sie anhatte, war ihr nicht recht – genau, wie Biddy es erwartet hatte. Der Hut, erklärte Mrs. Fulton, sollte nicht auf dem Hinterkopf getragen werden, sondern nach vorne, über den Brauen. Der Mantel hatte Falten. Wenn Biddy in ihrem Zimmer eine Möglichkeit gehabt hätte, ihn aufzuhängen, wäre das nicht der Fall gewesen. Und ihre Schuhe glänzten nicht genügend. Sie hätte gute Lust, sagte Mrs. Fulton, Biddy zurückzuschikken in ihr Zimmer, damit sie die Schuhe besser polierte, aber da dies ihr erster Ausgang sei, wolle sie noch einmal ein Auge zudrücken in Bezug auf ihr schlampiges Äußeres. Und sie beendete die Inspektion, indem sie sagte: »Du kannst gehen.«

Biddy hatte alle Mühe, sich zurückzuhalten und nicht zu erwidern: Es ist regnerisch draußen, die Straßen werden schmutzig sein, und nach ein paar Schritten stecke ich bis zu den Knöcheln im Dreck. Nur die Wirkung, die eine solche Antwort auf die Haushälterin ausüben würde, hielt sie davor zurück, denn sie wuße, daß diese Frau durchaus imstande war, ihr den Ausgang zu versagen. Also ging sie, nachdem sie durch die Hintertür entkommen war und gelassenen Schritts den Hof überquert hatte, auf den langen, mit Hecken bewachsenen Pfad zu, der das Gelände umgab, und sobald sie vom Haus aus nicht mehr gesehen werden konnte, packte sie die Enden ihres Rocks, hielt sie hoch und rannte los, als ob der Teufel hinter ihr her wäre.

Der Kutschweg war, wie sie vermutet hatte, sehr schmutzig, so daß sie über die Schlaglöcher springen mußte, und als sie glaubte, etwa die Hälfte des Weges zu ihrem Haus zurückgelegt zu haben, blieb sie stehen, um ein wenig zu verschnaufen. Sie lehnte sich einen Moment mit dem Rücken gegen einen Baum, dann machte sie sich wieder auf den Weg; aber jetzt rannte sie nicht mehr, ging aber auch nicht, sondern schritt leichtfüßig dahin, als wären es lauter Tanzschritte. Auf dem ganzen Weg war ihr keine lebende Seele begegnet, bis sie zum Kreuzweg kam, und dort sah sie Tol. Er fuhr heute nicht den Holzwagen, sondern ging zu Fuß und überquerte gerade die Straße, als sie ihn erblickte und »Tol! Tol!« brüllte.

Er drehte sich um und wartete, bis sie, völlig außer Atem, bei ihm war. Dann rief er mit fröhlichem Gesicht: »Na, Na! Wohin rennst du denn? Dein Kopf ist ja so rot wie eine Himbeere.«

»Heim.«

»Heim, natürlich.« Er nickte ihr zu. »Dein erster freier Tag?«

»Ja.«

»Gefällt es dir?«

Das Lächeln verschwand aus ihrem Gesicht, und sie zog eine Schnute, bevor sie sagte: »Nein, Tol, es gefällt mir nicht. Es ist abscheulich, und ich hasse es.«

»Aha.« Seine Stimme war weich und leise. »Das habe ich mir gedacht. Ich erfahre hier und da etwas über dich, von den Stallburschen. Es hat dich sicher gefreut, daß du neulich Davey sehen konntest.«

»Das weißt du?«

»Oh, ich weiß eine ganze Menge.« Er drehte den Kopf zur Seite, ließ sie aber nicht aus den Augen. Und nun lächelte sie und sagte: »Du hast immer eine Menge gewußt.«

»Wann mußt du zurück sein? So gegen sechs, nicht wahr?«

»Ja.«

»Weißt du was: Treffen wir uns doch hier, wenn es Zeit ist. Na, was meinst du?«

»Mit deinem Wagen?« Sie hatte über ihn hinweggeschaut. Jetzt schüttelte er den Kopf und sagte: »Aber nicht mit dem Holzkarren. Madam«, er machte eine Verbeugung, ehe er weitersprach, »ich habe einen zweirädrigen Einspanner gekauft, einen Gig.«

»Das kann nicht wahr sein, Tol: einen Gig?«

»Ja. Ich hab' ihn erst seit letzter Woche. Von einem Händler in Brampton Hall, das ist in Richtung Fellburn. Ich bin hinübergefahren mit dem Stallmeister. Es hat sich nach einem schönen Pferdegeschirr umgesehen, und da habe ich diesen alten Gig entdeckt. Hatte keinen Tropfen Farbe mehr drauf, und ein paar Speichen haben auch gefehlt. Und das kleine, alte Pony, das dazugehörte, hat ausgesehen, als ob es sich nicht mehr lange auf den Beinen halten könnte. Aber jetzt solltest du die zwei sehen. Na ja, jedenfalls, ich hab' heute um drei Uhr frei, und, Madam«, wieder machte er eine Verbeugung, »ich erwarte dich genau hier, um halb sechs.«

»Oh, Tol...« Sie hatte das Bedürfnis, ihn zu umarmen und dann zu betteln: »Komm mit mir nach Hause.« Aber sie drückte nur ihr Gesicht gegen seinen Arm, während er sie einen Augenblick lang an sich preßte, dann machte sie sich frei, rannte los und fragte sich, warum sie in Momenten, wo sie wirklich glücklich war, immer den Wunsch verspürte, zu weinen...

Riah erwartete sie unten auf der Straße vor dem Tor, und sie umarmten sich und hielten sich fest, wobei sich die Mutter durchaus bewußt war, daß ihr die Gesellschaft ihrer Tochter mehr gefehlt hatte, als sie zugeben wollte, und Biddys Gefühle sagten ihr, daß sie ihre Mutter liebte und immer lieben würde.

Johnny und Maggie kamen durch den Garten daher, und die Umarmungen wurden fortgesetzt; dann hagelte es Fragen von allen Seiten. Ob es ihr dort oben gefalle? Wie lange sie arbeiten müsse? Was sie zu essen bekomme? Ob sie ein hübsches Schlafzimmer habe? Und Biddy beantwortete sie alle, nicht immer ganz wahrheitsgemäß freilich, denn sie konnte ihrer Mutter nicht wie Tol zuvor sagen, daß sie die Stellung und das Haus dort oben haßte, zumindest nicht vor den beiden Kleinen; außerdem hätte es die fröhliche Atmosphäre zerstört. Und fröhlich war es... Aber zugleich auch traurig, und diese Trauer verstärkte sich, als Biddy die Bibliothek betrat. Sie war wieder den Tränen nahe, als sie mit den Fingern über den Tisch strich, wo sie jeden Morgen an den Wochentagen gesessen hatte, Jahr für Jahr, so daß es ihr manchmal vorkam, als ob sie seit ihrer Geburt hier gewesen und vom Herrn unterrichtet worden wäre, weil sie sich kaum mehr an ein Leben davor erinnerte.

Bei Tee und Brot und Marmelade und Hefegebäck und Apfelkuchen mußte sie den beiden Jüngeren die Pflichten der verschiedenen Hausangestellten beschreiben. Aber als man sie nach dem Haus selbst und seinen Bewohnern, ihrer Herrschaft, fragte, mußte sie eingestehen, daß sie noch keinen von ihnen richtig gesehen hatte, was sogar

Riah überraschte, denn sie fragte: »Du hast wirklich den Herrn oder die Lady noch nie zu Gesicht bekommen?«

»Nein, Ma, und ich glaube, ich werde sie auch nicht so bald sehen, nicht bis zum Halbjahres-Zahltag, und dann vielleicht an Weihnachten. Jean, das ist meine Freundin, von der ich euch schon erzählt habe, ist schon seit Jahren dort, und sie sieht die Herrin nur, wenn sie an Weihnachten die Geschenke verteilt.«

»Du kriegst ein Geschenk?« Maggie schaute sie mit leuchtenden Augen an, und als Biddy nickte und sagte: »Jeder bekommt eines«, da schüttelten beide Kinder vor Verwunderung die Köpfe.

Erst, als es schon fast wieder Zeit zum Gehen war, fügte es sich, daß Biddy eine Weile alleine mit ihrer Mutter dasaß, und jetzt stellte Riah mit undurchdringlicher Miene die Frage: »Und wie geht es dort wirklich?«

Und Biddy antwortete wahrheitsgemäß: »Es gefällt mir überhaupt nicht, Ma. Die Arbeit ist scheußlich, aber – aber das könnte ich vielleicht noch ertragen. Es ist die Wäscherin. Sie ist ein ekelhaftes Weib, und sie kann mich nicht ausstehen. Die Haushälterin kann mich auch nicht ausstehen.«

»Das bildest du dir nur ein.«

»O nein, Ma. Aber von den zweien ist Mrs. Fitzsimmons die schlimmere, weil ich mit ihr den ganzen Tag beisammen sein muß. Trotzdem...« Jetzt kam etwas Licht auf ihre Züge. »Weißt du, was ich tue, Ma? Ich bringe Jean das Alphabet bei, und wie sie ihren Namen schreiben muß, und...«

»Na, na, na, Mädchen. Nun hör mir mal gut zu: ich wäre in der Hinsicht sehr vorsichtig. Ich habe dich schon einmal gewarnt.« Sie hielt ihren Zeigefinger vor Biddys Gesicht. »Die Herrschaft mag das nicht, und das gilt sicher auch für die Diener in solchen Häusern. Weißt du, wenn die Menschen in solchen Diensten allmählich aufsteigen, bilden sie sich weiß Gott was ein. Dabei macht es nichts, wenn sie weder lesen noch schreiben können, und sie meinen...« Nun verstummte sie, weil sie merkte, daß es ihr nicht gelang, ihre Gedanken in Worte zu fassen, ihre Vorstellung von Untertanen, die nach oben gekommen waren und noch immer nicht ihren Namen schreiben konnten. Aber tief in ihrem Inneren hatte sie die Erklärung dafür, denn obwohl sie selbst schreiben und lesen konnte, gab es doch Zeiten, in denen ihre Tochter, die gelegentlich Zitate und Sätze herunterrasselte wie der Herr selbst, ein Minderwertigkeitsgefühl in ihr entstehen ließ, das nicht selten in Feindseligkeit ausartete.

Biddy versuchte jetzt, sie zu beruhigen, und sagte: »Es wird mir bestimmt keinen Ärger machen, Ma. Und Jean verrät mich nicht. Ma... Ma, hast du etwas dagegen, wenn ich sie an meinem nächsten freien Sonntagnachmittag mitbringe? Sie kann an ihren Ausgehtagen nicht weg, weil sie niemanden hat, zu dem sie gehört. Sie kommt aus dem Armenhaus.« »Oh, das arme Kind. Ja, ja, natürlich kannst du sie mitbringen.«

»Danke, Ma... Ma...« Sie wandte sich jetzt von Riah ab und ging durch das Wohnzimmer in Richtung auf die Halle. Noch immer mit dem Rücken zu ihrer Mutter sagte sie: »Ich habe Tol gesehen auf dem Weg hierher. Er war allein, Ma.« Sie sagte nicht, daß Tol auch am Sonntag arbeiten mußte. »Und, Ma, er – er hat nach dir gefragt.«

»Ach, hat er?«

»Ja«, log sie, ohne zu zögern. »Er hat gesagt, ich soll dir seine Grüße bestellen... Weißt du, was er jetzt hat, Ma?«

»Nein.«

Inzwischen waren sie wieder in der Küche angelangt. »Er hat einen Gig, Ma, und ein Pony.«

»Wie schön für ihn.«

»Und er trifft mich nachher unten auf der Straße und bringt mich zurück.«

»Na, da hast du wirklich Glück.« Sie standen vor dem Feuer und schauten einander an, und Riah sagte: »Dann ist es aber Zeit, daß du gehst.«

»Ma...«

»Mach dich fertig, Biddy.«

Und Biddy machte sich bereit zum Gehen.

Es dämmerte schon, als sie über die Auffahrt gingen, und Biddy blieb stehen, drehte sich um und schaute zurück auf das Haus; dazu sagte sie leise: »Ich liebe dieses Haus, Ma. Hoffentlich mußt du es nie verlassen.«

Riah wandte sich danach abrupt um und ging zurück über die Auffahrt; dabei herrschten Aufruhr und Durcheinander in ihren Gedanken. Warum hatte sie ihrer Tochter nicht gesagt, daß das Haus ihr gehörte, wenn sie selbst eines Tages starb – ihr und nicht Davey, obwohl er der Älteste war? Und, noch wichtiger: Wenn sie heiratete, würde sie das Haus verlassen müssen, und auch dann ging der Besitz an Biddy über. Warum hatte sie ihr das verschwiegen? Wieder wollten ihre Gedanken nicht die wahre Antwort geben – wieder war sie nicht bereit, sich einzugestehen, daß tief in ihrem Inneren noch immer die Abneigung, ja der Haß gegen den Mann schlummerte, der ihr erst den Sohn weggenommen oder zumindest aus dem Haus getrieben hatte und dann die Tochter, indem er sie über ihrem Stand unterrichtete und ausbildete und dann auch noch zur Nutznießerin seiner zweifelhaften Großzügigkeit machte. Was hatte er ihr selbst hinterlassen? Ein Heim, das nur solange ihr gehörte, wie sie dort als Gefangene lebte, ohne Gesellschaft und ohne einen Mann, an den sie sich halten konnte. O Gott, wie sehnte sie sich danach, sehnte sie sich nach jemandem, der sie in sein Arme nehmen und festhalten würde. Manchmal dachte sie: Zum Teufel mit Moor House, ich gehe hinunter zu dem Haus in der Senke und biete mich Tol an, notfalls sogar als seine nächste Geliebte. Ja, das war, wie sie dachte, vielleicht tatsächlich eine Lösung: Wenn sie Tols Geliebte war, ohne ihn zu heiraten, konnte sie das Haus behalten. Und was hielt sie noch davor zurück? Was?

3

Es war etwa ein Uhr mittags am Weihnachtstag, als sich Mrs. Diana Gullmington nach vorne beugte und im Licht der beiden Kerzenleuchter, die auf den Seiten ihrer Frisierkommode standen, sachte mit den Fingern durch ihr dünnes, weißes Haar strich; dann warf sie einen Blick auf das Frauengesicht, das im Spiegel über dem ihren zu sehen war, und sagte: »Ich sehe heute morgen recht gut aus, findest du nicht, Hobson?«

»Ja, Madam. Außerordentlich gut.«

»Wie immer bei kaltem Wetter. Es bekommt mir, das kalte Wetter. Die Jungen haben mich vor vielen Jahren mit Gewalt daran gewöhnt. Sie haben mich im Schnee gerollt. – Gib mir mein Haar.«

Als Jessie Hobson behutsam die Perücke auf den Kopf ihrer Herrin setzte, veränderte sich das Spiegelbild: Das nußbraune, hochgetürmte Haar schien die faltige, schlaffe Haut über den schön gestalteten Knochen des breiten Gesichts zu straffen und mindetens zehn Jahre von den zweiundachtzig abzuziehen, wodurch es mehr der kräftigen, erstaunlich jung klingenden Stimme entsprach.

Wieder blickte die alte Lady in das Gesicht über dem ihren und sagte: »Schon wieder Weihnachtsglocken, Hobson. Ich hätte nicht gedacht, daß ich sie noch mal erleben würde.«

»Sie werden noch viele Weihnachten erleben, Madam.«

»Oh, komm mir heute nicht mit diesem Ton, Hobson. Du weißt, ich werde fuchsteufelswild, wenn du glaubst, du müßtest das sagen, was du für das Richtige hältst. Wie oft habe ich dir das in den vergangenen Jahren beizubringen versucht? Dreh mich lieber zum Fenster herum; ich nehme an, die Horde wird jetzt jeden Augenblick hereinbrechen.«

Jessie Hobson drehte den Sessel, der auf Rädern befestigt war, und schob ihn näher an das lange Fenster heran; dort zog sie die Samtvorhänge noch weiter zur Seite und sagte: »Es fängt an zu schneien, Madam.«

»Ja, ja, das sehe ich. Schade, daß es nicht schon in der Nacht angefangen und die Straße blockiert hat. Dann hätten sie zu Fuß marschieren müssen.« Sie drehte sich zu ihr herum, ein schelmisch-boshaftes Grinsen auf dem Gesicht, und Jessie Hobson, ihre Zofe, unterdrückte das Lächeln und sagte nur: »Oh, Madam.«

»Ach, dieses ganze, verdammte Zeremoniell. Es bringt mir das Blut zum Kochen, nicht nur an Weihnachten, sondern jeden Sonntag. Und dabei hat dieses Weib in Wahrheit so viel Christentum im Leib wie eine Boa Constrictor. Was trägt sie heute«

»Mrs. Gullmington trug ein blaues Samtkleid, Madam.«

»Blauer Samt. Das muß neu sein.«

Jetzt wandte die alte Lady den Kopf, schaute die Frau an, die seit über dreißig Jahren ihre Zofe und Vertraute war und sagte: »Du hast diese Frage schon früher gehört, Hobson, und ich weiß, daß du sie nicht beantworten kannst, aber ich stelle sie trotzdem und notfalls für mich selbst: Warum hat sich mein Sohn, ein Kerl wie er, der jede Frau aus einer jeden Grafschaft dieses Landes hätte bekommen können, ausgerechnet diese kleine, dunkle, scheinheilige Xanthippe zum Weib nehmen müssen? Ich habe kleine Frauen nie gemocht, weißt du, Hobson.«

»Ich bin auch eine kleine Frau, Madam.«

»Oh, Hobson«, – eine magere Hand mit blauen Adern gab der Zofe einen freundschaftlichen Klaps –, »du weißt genau, was ich meine. Es gibt solche und solche kleinen Frauen, und diese, von der ich spreche, ist geistig ebenso beschränkt wie körperlich. Was wäre sie geworden, wenn sie nicht meinen Anthony geheiratet hätte, he? Sag es mir. Wahrscheinlich eine alte Jungfer, die in irgendeinem Herrenhaus dahinwelkt – einem sehr mickerigen Herrenhaus, tief in den Wäldern von Northumberland. Warum –« Das Gesicht war jetzt fast zur Grimasse verzerrt, und sie wiederholte: »Warum um alles auf der Welt mußte er ausgerechnet sie zur Frau nehmen? Ja, wenn es ihre

Kusine Emiliy gewesen wäre, die Mutter von Laurence, das hätte ich verstehen können, denn die war, wenn du dich erinnerst, eine Schönheit. Weißt du, ob Laurence heute mit ihnen zur Kirche gefahren ist?«

»Ich habe ihn vor einiger Zeit in der Auffahrt gesehen, wo er mit Miss May gesprochen hat.«

»Du meinst, du hast ihn in der Auffahrt gesehen, wie Miss May mit ihm gesprochen hat. Sie ist schamlos, diese May. Scheinheilig wie ihre Mutter, und dazu schamlos.«

Jetzt lachten die beiden leise miteinander, und die alte Lady rief: »Ah, da kommen die Karossen.« Dann beugte sie sich nach vorn und beobachtete die zwei Kutschen und die drei offenen Wagen, wie sie am Westflügel, ihrem privaten Teil des Hauses, vorbeifuhren in Richtung auf den Haupteingang, wo die beiden Kutschen anhielten, während die drei offenen Wagen zu den Stallungen weiterfuhren. Die alte Lady stieß einen tiefen, kehligen Ton aus und sagte: »Nun also auf zur Pantomime. Mach mich fertig, Hobson. Wir legen heute den ganzen Schmuck an, auch das Diadem und so weiter. Das ist die einzige Eitelkeit, die mir geblieben ist: diese kleine Xanthippe mit Perlen und Edelsteinen auszustechen.«

Als Jessie Hobson die Schmuckschatulle aus dem chinesischen Sekretär holte, der am Ende des Raums stand, rief ihr die Herrin zu: »Du gehst schlechter heute, Hobson. Ist es mit deinen Füßen noch nicht besser geworden?«

Erst als Jessie Hobson mit der Schatulle zurück war und sie auf die Frisierkommode gestellt hatte, antwortete sie leise: »Sie schmerzen in letzter Zeit immer mehr, Madam.«

»Warum sagst du das nicht, Kind?«

Jessie mußte insgeheim lächeln. Diese herrische Frau, die in vielen Dingen so gütig und aufmerksam sein konnte, war zugleich blind, wenn ein Öffnen der Augen bedeutet hätte, daß sie auf eigene Bequemlichkeiten verzichten mußte.

»Du mußt öfters Solbäder nehmen.«

»Das habe ich getan, Madam.«

»Ich hole Pritchard, damit er deine Füße noch einmal anschaut.«

»Das würde nicht viel nützen, Madam; er hat schon mehrmals gesagt, daß er nichts tun kann. Es ist der Spann; er hat sich gesenkt.«

»Mein Spann hat sich nie gesenkt.«

Wieder mußte Jessie insgeheim lächeln. Nein, der Spann ihrer Herrin hatte sich nie gesenkt, weil sie nie Stunden um Stunden auf den Beinen bleiben mußte, um jemandem zu Diensten zu sein; sie hatte auch nicht ständig Botschaften zwischen den einzelnen Mitgliedern der Familie hin und her tragen müssen, wobei es erst durch eine Galerie zum Haupthaus ging und dann durch eine weitere Galerie und eine große, geschwungene Treppe hinunter. Das konnte gut und gern zehnmal am Tag geschehen, und so war es auch jahrelang gewesen, bis vor drei Jahren zumindest, als man einen Hausjungen angestellt hatte, dessen Aufgabe es war, Nachrichten und Bestellungen in andere Teile des Hauses zu überbringen...

Etwa zwanzig Minuten später schaute Mrs. Gullmington wieder in den Spiegel und sagte: »Lächerlich! Ich bin wie für einen Ball zurechtgemacht. Aber schön, es ist ja so etwas Ähnliches. Ich bin bereit.«

Daraufhin ging Jessie Hobson zur Tür und gab dem kleinen Jungen in der grünen Livree, der dort stand, ein paar Befehle. Anschließend trat sie, wobei sie die Tür offenließ, hinter den Stuhl ihrer Herrin und schob ihn hinaus über den breiten Korridor zur ersten Galerie, die sich in eine ziemlich große Halle öffnete. Von dort aus führte eine Treppe nach unten, aber sie ging daran vorbei, durch eine grün gestrichene Doppeltür, die von zwei Dienern offengehalten wurde, und durch die zweite Galerie zum oberen Ende der Haupttreppe. Hier nahmen die Diener ihre Positionen zu beiden Seiten des Rollstuhls ein, hoben ihn hoch und gingen rückwärts die geschwungene Treppe nach unten in die große Halle.

Nachdem die Männer den Stuhl auf den Boden gesetzt hatten, trat Jessie Hobson wieder dahinter, aber sie schob den Rollstuhl nicht sofort weiter, weil ihre Herrin erst die Doppelreihe des Dienstpersonals besichtigen wollte, das sich in der Halle aufgestellt hatte. Die Reihe erstreckte sich von den grün gebeizten Türen, die in den Küchentrakt führten, bis knapp einen Schritt vor die Tür zum Salon, und während sie die Leute begutachtete, machten die Mädchen und Frauen Knickse, während sich die Männer grüßend verbeugten.

Die Doppeltür zum Salon war weit geöffnet, und dort, mitten im Raum gegenüber dem offenen Kamin, funkelte und glitzerte der Weihnachtsbaum. Auf dessen einer Seite standen der Sohn der alten Lady, Anthony Gullmington, ein Mann Ende vierzig, groß und untersetzt, mit blondem Haar und blauen Augen, und rechts neben ihm seine Frau Grace. Sie war zwei Jahre älter als er, klein, mit dunklem Haar und grauen, tiefliegenden Augen in einem runden Gesicht, das früher vielleicht einmal hübsch gewesen sein konnte.

Links von den beiden stand Stephen Gullmington. Er war zweiundzwanzig und glich im Aussehen seinem Vater, obwohl die zwei dem Charakter nach völlig verschieden waren. Und neben ihm seine Schwester May: Sie war neunzehn Jahre alt, groß, blond, mager und äußerlich in keiner Weise ihrer Mutter ähnlich. Ihr Gesicht zeigte einen hochmütigen Ausdruck.

Auf der anderen Seite des Raums stand ein leerer Sessel, und daneben der junge Laurence Gullmington, den die meisten für den Bruder von Stephen und May und den zwei jüngeren Kindern von Anthony und Grace Gullmington hielten. In Wirklichkeit war er der Sohn von Grace Gullmingtons Kusine, und der Grund, weshalb er in diesem Hause aufgewachsen war und sich viele Jahre lang selbst für einen Gullmington gehalten hatte, lag darin, daß die Frau, die er Großmama nannte, es so haben wollte. Er war mittelgroß, schlank und hatte eine dunkler getönte Haut als die anderen, dazu tiefbraune Augen, eine gerade Nase und einen vollen Mund.

Bei ihm stand Paul Gullmington. Er war sechzehn Jahre alt und hatte rotes Haar. Warum das so war, fragte sich die ganze Familie. Kein Gullmington hatte jemals rotes Haar gehabt; nur Grace Gullmingtons beschränkte und bornierte Haltung gegenüber allen Dingen des Lebens und der Menschen bewahrte sie davor, daß man sie in dieser Angelegenheit verdächtigte.

Pauls Schwester Lucy war die letzte in der Reihe. Sie war fünfzehn, und man konnte sich denken, daß ihre Mutter in ihrem Alter so ähnlich ausgesehen haben mochte. Als jüngstes Kind war sie entsprechend gehätschelt und verzogen worden.

Sie und die anderen beobachteten nun, wie die alte Lady langsam in Richtung auf den leeren Sessel geschoben wurde; als sie dort angekommen war, traten ihr Sohn und ihr ältester Enkel vor und halfen ihr auf die Füße, wo sie einen Moment stehenblieb, um die weiten Röcke nach unten zu schütteln. Dann drehte sie sich langsam herum, und man half ihr in den großen, schwarzen, mit reichem Schnitzwerk verzierten Eichensessel, dessen Armlehnen in Drachenköpfen endeten. Ihre mageren, mit Juwelen besetzten Finger umklammerten die Drachenköpfe, während sie sich langsam umsah.

Dann begann sie zu sprechen. Sie schaute ihren Sohn an und kam gleich zur Sache: »Dieses Jahr werden wir es anders machen als bisher. Wir verschieben den Wein und das Gespräch und lassen die Dienerschaft nicht da draußen stehen und warten. Es ist vernünftiger, denn sie müssen sich danach ja um das Essen kümmern, und während sie das tun, können wir die Geschenke austauschen. So hätte es schon seit Jahren gemacht werden müssen.«

Jetzt richtete sie den Blick auf ihre Schwiegertochter, deren Gesicht so maskenhaft angespannt war, daß die

Wangenknochen ganz weiß erschienen, aber Diana Gullmington lächelte sie an, als ob die Xanthippe, als die sie sie in Gedanken stets bezeichnete, ihrem Vorschlag mit Freuden folgen würde.

Danach hob sie ihre Hand und deutete auf die Doppeltür; dabei schaute sie ihren Sohn an, und Anthony Gullmington ging ohne einen Blick auf seine Frau zum Kamin und betätigte den Glockenzug, der die Angestellten zur Geschenkübergabe hereinrief.

Der erste, der den Raum betrat, war Anthony Gullmingtons Kammerdiener. Er ging mit gemessenen Schritten auf die Familie zu, verbeugte sich vor der alten Lady, trat dann vor Grace Gullmington, und nachdem er sein Geschenk erhalten hatte, neigte er den Kopf vor ihr und sagte: »Danke, Madam.« Dann machte er sechs Schritte rückwärts, ehe er sich umdrehte und den Salon verließ. Ihm folgte Miss Nichols, die Zofe von Grace Gullmington. Dann kamen die Hauslehrerin Miss Collins, die Haushälterin Mrs. Fulton, der Butler Thomas Froggett und der erste Diener James Simpson. Diese sechs bildeten die Elite des Hauspersonals und hatten nicht draußen in der Reihe gestanden, sondern in einem Nebenzimmer auf ihren Auftritt gewartet.

Nun folgten der zweite Diener John Thompson, die Köchin Kate Pillett, das erste Hausmädchen Mary Watts, das zweite Hausmädchen June Cordell, das erste Zimmermädchen Peggy Tile und das zweite Zimmermädchen Chrissy Moore, zuletzt die Obernäherin Mrs. Morrison.

Danach entstand eine Pause; neue Geschenke wurden aufgebaut, bevor die übrigen Näherinnen hereinkommen durften. Die erste war Mary Carson, die zweite Julie Fenmore. Dann kamen die Küchenmädchen an die Reihe: Anna Smith, die erste Hilfe der Köchin, Daisy Blunt, das Gemüsemädchen, Polly Neilly, das erste, und Kathy Ward, das zweite Spülmädchen. Nach diesen folgten der Küchenjunge Billy Kelly und der Stiefel- und Lampenputzer Harry West.

Danach entstand wieder eine Pause, bevor das Außenpersonal hereingebeten wurde. Der erste war der Kutscher Bill Mottram, der langsam und unsicher hereinstampfte. Als er hinausging, begann die jüngste Tochter des Hauses zu kichern, weil der Kutscher stets Schwierigkeiten hatte, wenn er rückwärts gehen mußte. Sie schien schon darauf gewartet zu haben. Peter Lowther, der Stallmeister, folgte. Dann kamen die Stallburschen: Ben Fuller, Rob Stornaway, Micky Taggart, Tot Felton und David Millican. Auch dieser Bursche schien, wie sein Vorgesetzter, Schwierigkeiten beim Rückwärtsgehen zu haben. Und wieder kicherte die jüngste Tochter des Hauses, bevor sie durch einen scharfen Blick ihrer Großmutter zum Schweigen gebracht wurde.

Danach folgten der Torhüter und seine Frau.

Der Position nach hätten nun der Leiter des Guts und seine Frau sowie die Gutshelfer und der Schmied folgen müssen, aber es war Sitte, daß ihre Geschenke von den jüngeren Mitgliedern der Familie gleich am nächsten Morgen zu ihnen hinausgebracht wurden.

Man konnte bei dieser Gelegenheit wieder einmal feststellen, wie niedrig die Wäscherei und ihre Angehörigen eingestuft wurden; sie bildeten das Schlußlicht der Prozession. Mrs. Fitzsimmons ging mit gezierten kleinen Schritten und legte eine Würde an den Tag, die der Komik nahekam. Als nächste war Florrie McNulty dran. Diese vierunddreißigjährige Frau war so sichtlich beeindruckt von der hohen Ehre, die man ihr gewährte, daß sie nicht nur das Knie beugte, sondern fast den Boden damit berührte. Sally Finch versuchte es ihr nachzutun, dann kam Jean Bitton, nervös, die Blicke zu Boden geschlagen, wie es sich für eine Kreatur aus dem Arbeitshaus ziemte. Und als allerletzte war die neue Helferin Biddy Millican an der Reihe.

Obwohl Biddy es bald müde geworden war, in der Reihe zu stehen und dem geflüsterten Ooh und Aah zuzuhören, genoß sie doch die Schönheit des festlichen

Rahmens, der sie umgab. Zum erstenmal hatte sie Gelegenheit, das Innere des Hauses betrachten zu können, und seine erhabene Pracht rief bei ihr höchste Bewunderung hervor. Die Halle mit ihren Marmorstatuen, den herrlichen Teppichen, den hinreißenden Farben der Bilder, welche die offene Galerie oberhalb der Treppe säumten, rief in ihrer Erinnerung die Schilderungen der Götterpaläste aus den Geschichten zurück, die ihnen der Herr manchmal laut vorgelesen hatte. Als sie die Tür des Salons erreicht hatte, merkte sie nichts mehr von der Bewegung, die rings um sie stattfand, von dem Hin und Her der Dienerschaft, den geflüsterten Anweisungen. Sie stand an der Schwelle des Paradieses, wartete, bis sie an der Reihe war, den Salon zu betreten, wobei ihr Jean, als sie an ihr vorbeikam, das Signal gab, und dann mußte sie geradezu geschubst werden in diese funkelnde Milchstraße der Schönheit.

Langsam ging sie über die freie Fläche auf den großen, mit brennenden Kerzen besetzten Weihnachtsbaum zu, und im Gegensatz zu Jean oder manchen der anderen hatte sie den Blick keineswegs auf den Boden gerichtet, auch nicht den Kopf gesenkt, wie man es ihr geraten hatte, sondern schaute geradewegs hinauf zu dem Engel an der Spitze des Baums. Es gelang ihr, den Blick wieder nach unten zu richten, als sie sich dem Halbkreis von Menschen näherten, die scheinbar nur auf sie zu warten schienen. Dann schaute sie sie mit einer einzigen Bewegung der Augen an. Sie wußte, daß sie auf die Lady zugehen mußte, die links vom Weihnachtsbaum saß, mit dem Gentleman neben ihr – ihr Herr und ihre Herrin, die sie auf diese Weise zum erstenmal sah –, aber ihr Blick kehrte rasch zu der alten Lady zurück, die in dem großen, schwarzen Holzsessel auf der rechten Seite saß. Sie fesselte Biddys Aufmerksamkeit mehr als alle anderen, weil sie auf märchenhafte Weise zu glitzern schien; ihr Haar war von Juwelen bedeckt, ebenso ihre Brust und ihre Hände; ja, sie sah wie eine Königin aus.

Jetzt merkte Biddy, daß sich jemand hinter ihr vernehmlich räusperte. Sie blieb vor der Herrin des Hauses stehen, und als man ihr ein kleines Päckchen reichte, winkelte sie das Knie, neigte den Kopf und sagte mit klarer Stimme: »Ich danke Ihnen vielmals, Madam.« Sie dachte, daß es besser sei, das »vielmals« hinzuzufügen, obwohl man es ihr nicht befohlen hatte.

Statt danach sechs Schritte rückwärts zugehen, warf sie wieder einen Blick auf die versammelte Familie und lächelte jeden einzelnen an. Dann, mit großer Würde und als ob sie in einem Theaterstück agierte, ging sie drei Schritte zurück, hielt inne, zeigte noch einmal das Lächeln, wandte sich schließlich um und verließ den Raum – aber nicht mit nach vorne gerichteten Augen. Statt dessen drehte sie den Kopf in alle Richtungen, warf ihn sogar in den Nacken, als sie das Deckengemälde bewunderte.

Kaum hatte sie die Halle erreicht, und die Türen waren hinter ihr geschlossen, da packte sie der erste Diener am Kragen ihres Kleides, hob sie fast in die Höhe und flüsterte ihr wütend zu: »Du spielst wohl hier die kleine Klugscheißerin, wie? *Mach, daß du weiterkommst!*« Und damit stieß er sie so heftig von sich, daß sie beinahe aufs Gesicht gefallen wäre.

Als sie ihr Gleichgewicht wiedergefunden hatte, drehte sie sich um, öffnete den Mund und wollte ihm gerade sagen, was sie von ihm hielt, doch neben ihm stand plötzlich der großartig gekleidete Butler und starrte sie ebenfalls böse an.

Mary Watts, das erste Hausmädchen, kam jetzt zu ihr her und sagte: »Mach, daß du verschwindest, Mädchen. Du bist ein Unruhestifter, wenn ich jemals einen gesehen habe. Grinst die Familie an wie eine Idiotin! Wir sprechen noch darüber.«

Im Salon wurde sogar in diesem Augenblick darüber gesprochen, denn Lucy imitierte gerade das Wäschermädchen. Sie verbeugte sich vor ihrer Mutter und sagte: »Ich danke Ihnen *vielmals*, Madam.« Dann versuchte sie die

Rückwärtsschritte, war dabei, sich umzudrehen und die Pantomime zu beenden, als ihre Großmutter sie abrupt unterbrach und sagte: »Mädchen! Benimm dich gefälligst. Führ dich nicht wie eine kleine Schlampe auf. Wenn die Dienstboten keine Manieren kennen, werden sie sie von dir wohl auch nicht lernen können...« Sie schaute sich in der Runde ihrer Familie um, dann fuhr sie in der für sie typischen, direkten Art fort: »Also schön, dann bringt mir etwas zu Trinken, und danach geht es an unsere Geschenke. Die euren liegen hier überall herum.« Sie zeigte auf die Tische am entgegengesetzten Ende des Salons. »Hobson hat sie deutlich markiert. Dieses Jahr gibt es bestimmt kein Durcheinander.«

Und als danach ein jeder sein Geschenk zu ihr brachte, beugte er oder sie sich vor und küßte die alte Lady auf die Wange. Selbst ihre Schwiegertochter folgte dem Beispiel der anderen und sagte dabei: »Ich habe es extra für Sie anfertigen lassen, Schwiegermama.«

»Und was ist es?« Als die steifen alten Finger an dem Päckchen herumfummelten, sprang Laurence Gullmington helfend ein, und gemeinsam packten sie einen sehr schönen Kaschmirschal aus. Als er ihn hochhielt, damit sie ihn betrachten konnte, sagte Laurence: »Er ist wunderschön, Großmama.« Und sie nickte und erwiderte: »Ja, das ist er. Ich danke dir, Grace. Sehr gütig. Und was hast du für mich, Anthony?«

Ihr Sohn brachte ihr sein Geschenk, stand dann vor ihr und sagte mit einem Lachen: »Ja, weißt du, Mama, das meine ist ein sehr kleines Geschenk, aber nachdem ich weiß, daß du nur sehr wenig Schmuck hast, dachte ich, ich könnte dir diese da besorgen.« Als sie das Schächtelchen geöffnet hatte, sah man darin ein Paar juwelenbesetzte Ohrringe, und die Augen der alten Lady strahlten, als sie sagte: »Schön. Sehr schön, danke, Anthony.« Dann hob sie den Kopf, damit er sie küssen konnte.

Und so ging die Bescherung weiter, und zwei Stunden danach folgte ein großes Festessen. Danach ruhte man sich aus, während das Personal sein Weihnachtsmahl in der Dienstbotenhalle einnahm und anschließend einmal im Jahr gemeinsam beisammensaß, aber an vier einzelnen Tischen, wobei die von den unteren Tischen ihren Vorgesetzten an den oberen servierten.

Doch das Mahl war nur der Anfang der Festlichkeiten für die Dienerschaft, dann nachdem alles abgeräumt war, wurden die Tische und Stühle beiseite gestellt; außerdem schob man die beiden Trennwände zur Seite, die die Halle von dem Teil abgrenzten, welcher zum Trocknen von verschiedenen Dingen benützt wurde. Einmal im Jahr wurde der ganze Saal ausgeräumt, damit Platz war für die große Weihnachtsfeier.

Es war Sitte, den Herrn und die Herrin sowie die übrigen Herrschaften zu dem Fest einzuladen, aber zumindest die Herrin hatte diese Einladung noch nie akzeptiert. Der Herr war manchmal für fünf Minuten hereingekommen, aber die Pflicht – und man betrachtete es als eine Pflicht – fiel dem ältesten Sohn zu und irgendeinem anderen Mitglied der Familie, das bereit war, ihn zu begleiten. Auch sie blieben meist nicht lange, weil sie wußten, daß ihre Gegenwart die Entfaltung der Fröhlichkeit hemmte.

Unter den Angestellten munkelte man, daß zu den Zeiten, als der alte Herr noch lebte und Madam hier das Regiment führte – was sie in Wahrheit bis zu diesem Tag tat –, sie und der Herr grundsätzlich an dem Fest teilgenommen hatten, ja, daß sie sich nicht zu hoch dünkten und auch dem Tanz heftig und fröhlich zugesprochen hatten. Doch das alles hatte vor zwölf Jahren sein Ende gefunden, als der alte Herr gestorben war und Mr. Anthony seine Frau und seine Familie hierhergebracht hatte, wie es sein Recht gewesen war...

Es war halb neun, als das Fest begann. Sally Finch, Jean und Biddy saßen auf einer Holzbank in der Nähe der zusammengeschobenen Trennwände. Sie waren alle ganz aus dem Häuschen vor Erwartung. Jean erklärte Biddy, wie das Fest im letzten Jahr begonnen hatte und im Jahr zuvor, und wahrscheinlich würde es heute abend wieder genauso sein: James Simpson, der erste Diener, konnte die Fidel spielen, und Peter Lowther, der Stallmeister, war ein Meister auf der Flöte, und sie spielten meistens »Sir Roger De Coverley«. Aber nur die Älteren tanzten danach; die Jungen waren an der Reihe, wenn die Spiele begannen.

Und es kam genau so, wie Jean es vorhergesagt hatte: Die Musik begann mit »Sir Roger De Coverley«, zu dem nur die obere Hierarchie des Personals tanzte. Und nun sollte das erste Spiel beginnen, ein Spiel, bei dem jeder mitmachen mußte. Man bildete einen großen Kreis, wobei ein Spieler außen herumlaufen und einem aus dem Kreis auf die Schulter tippen sollte. Daraufhin mußte dieser den ersten Spieler zu fangen versuchen, bevor er die Lücke, die im Kreis entstanden war, erreicht hatte. Wenn es ihm nicht gelang, mußte er irgendeine Art von Buße verrichten, bevor er außen herumlaufen und nun seinerseits jemandem auf die Schulter tippen durfte. Das Spiel war bis dahin gediehen, als sich die Tür öffnete und einige der Herrschaften den Saal betraten.

Thomas Froggett verließ den Kreis, ging eilfertig auf sie zu und führte sie zu Stühlen, die man ein wenig abgesetzt am Ende des großen Raums aufgestellt hatte. Die Besucher waren Mr. Stephen, Mr. Laurence, der junge Master Paul und Miss Lucy. Miss May konnte sich ebensowenig wie ihre Mutter entschließen, bei solchen Anlässen anwesend zu sein.

Sobald sich die Gäste niedergelassen hatten, begann das Spiel von neuem. Die Angestellten fühlten sich durch die Anwesenheit keineswegs gehemmt; das war schließlich ihr Abend. Nacheinander wurde auf Schultern getippt, und die Jäger und die Gejagten wurden von den übrigen angefeuert, die Lücke zu füllen. Dann kam der Ruf: »Ein Lied, ein Tanz, ein Reim?« Fast immer entschied sich der Büßende für den Tanz, weil das am leichtesten war.

Als einer der Stallburschen Jean auf den Rücken tippte, war sie so überrascht, daß sie einen Moment lang stehen blieb, und die übrigen riefen: »Lauf! So lauf doch!«

Auch sie wählte als Buße den Tanz, und als ihre Füße versuchten, eine Art Holzschuhtanz zu imitieren, wäre sie beinahe gestolpert, was großes Gelächter hervorrief. Nun war sie an der Reihe, jemanden auszuwählen, und sie tippte Davey auf die Schulter. Er war schneller als sie an der Lücke, doch der Kreis schloß sich an dieser Stelle und öffnete sich an einer anderen, so daß Jean hineinkonnte. Also mußte Davey als nächster wählen.

Er stand einen Augenblick lang da, blinzelte, und seine helle Haut war gerötet, während Biddy ihn in Gedanken zu beeinflussen versuchte, was er tun sollte. Ein Reim, sagte sie zu sich. Trag etwas vor, Davey, einen Reim! Er hatte eine Menge Verse und Lyrik gelernt bei seinen Lektionen mit dem Herrn. Aber auch er entschied sich fürs Tanzen, und er wurde in die Mitte des Kreises gestoßen, wo er freilich alle überraschte und Biddy stolz machte, als er in Imitation eines Gentleman die linke Hand in die Hüfte stemmte, die rechte mit gespreizten Fingern an die Seite legte, und dann eine unsichtbare Partnerin zum Tanz aufforderte, was ihm Lobesrufe und beifälliges Klatschen der anderen eintrug.

Biddy schwoll vor Stolz über die Leistung ihres Bruders. Natürlich wußte sie, wo er die Tanzschritte herhatte. In der Bibliothek hatte es ein dickes Buch gegeben mit Zeichnungen, die Ladys und Gentlemen beim Tanz zeigten, und eine von diesen Zeichnungen hatte Davey imitiert.

Als er sie auf die Schulter tippte, rannte sie los wie ein Hase auf dem Feld, aber er war vor ihr an der Lücke, und nun stand sie da, wurde in die Mitte des Ringes geschubst, und wieder ertönte im Chor: »Ein Lied, ein Tanz, ein Reim?«

Und Biddy zögerte keinen Augenblick und sagte: »Ein Reim.« Sie hörte Stimmen, die überrascht wiederholten: »Ein Reim...?«

Der eine Teil ihrer Gedanken war in einem wilden

Aufruhr, der andere völlig ruhig und gelassen, denn sie stellte sich jetzt ihren Herrn vor, wie er bei den Herrschaften stand und zu ihr herüberschaute; sie wußte, daß sie ihm keine Schande machen durfte. Einige der letzten Gedichte, die er sie auswendig hatte lernen lassen, stammten von einem Dichter namens Shelley. Also richtete sie sich gerade auf, nahm den Kopf hoch, entsprechend seinen Anweisungen: den Mund breit, die Zunge hinter der Zahnreihe, und sprach dann, wie er es sie gelehrt hatte:

»Ich fürchte Eure Küsse, zarte Maid,
Ihr braucht die meinen nicht zu scheun;
Zu schwede Bürde trägt mein armer Geist
Als daß er Eurem sich aufbürden könnte.«

Hier hielt sie einen Augenblick lang inne, schaute geradeaus, wie entrückt, und fuhr dann fort:

»Ich fürchte Eure Miene, Euren Ton,
Auch wenn Ihr meine nicht zu fürchten braucht:
Voll Unschuld ist des Herzens Andacht nur,
Mit der ich Euch so rein und still verehre.«

Nichts rührte sich in dem großen Saal. Wenn sie Gotteslästerung begangen oder die obszönsten Worte in den Raum geschleudert hätte, wäre die Mehrheit der Zuhörerschaft nicht so verblüfft und überwältigt gewesen wie durch die Verse, die sie zitiert hatte. Nach einer Weile erhob sich hier und da ein unterdrücktes Kichern von den jüngeren im Kreis, aber alle Erwachsenen fixierten sie mit den Augen, und der Glanz, der auf ihrem Gesicht gelegen hatte, als sie die Verse rezitierte, schwand jetzt allmählich, als sie sich bei den anderen umschaute. Was war denn los mit ihnen? Es war doch ein schönes Gedicht. Sie verstand es wohl noch nicht so ganz, aber sie liebte es, liebte den Klang, das Gefühl, das die Worte vermittelten, und der Herr hatte gesagt, es sei ein Werk der Schönheit. Dann kam in die Stille das Geräusch eines einzelnen Händepaars, das klatschte, ein hartes, entschiedenes Klatschen, und alle Augen richteten sich auf die Besucher und auf Mr. Laurence, dann auf Mr. Stephen, der nun auch klatschte. Die beiden jüngeren Geschwister klatschten nicht; aber jetzt, wie auf ein Zeichen, begann auch der eine oder andere von den Angestellten zu klatschen. Es waren meistens Männerhände, außer denen von Jean, der Obernäherin Mrs. Morrison und ihrer Helferin Julie Fenmore.

Man brauchte Biddy nicht zu sagen, daß sie sich durch den Vortrag des schönen Gedichts Ärger gemacht und in gewisser Weise das Spiel beendet hatte, denn nun gab die Haushälterin dem Butler ein Zeichen, worauf dieser das Signal an seinen ersten Diener weitergab, der wieder mit der Musik begann.

Als Biddy quer durch den Raum ging, um sich zu Jean zu stellen, die inzwischen in die Ecke gedrängt worden war, mußte sie an den Herrschaften vorbei, und dabei streckte jemand die Hand aus, packt sie am Ärmel ihres Kleids, brachte sie zum Stehen, und sie drehte sich um und sah sich den beiden Gentlemen des Hauses gegenüber. Der eine, den sie jetzt erst als Mr. Laurence erkannte, begann mit ihr zu sprechen. »Du hast das sehr schön vorgetragen«, sagte er.

»Danke, Sir.« Ihre Stimme war kaum mehr als ein Flüstern.

»Wer hat dir das beigebracht?«

»Der Herr, Sir... Ich meine, Mr. Miller von Moor House.«

»Aha.« Er nickte ihr zu, dann warf er einen Blick auf Stephen, und der beugte sich jetzt zu ihr herunter und fragte sie freundlich: »Und was hat er dir noch beigebracht?«

»Oh, sehr vieles, Sir.«

»Sehr vieles?«

»Ja.« Sie nickte. Dann sprach wieder Mr. Laurence mit ihr, und da er saß, waren seine Augen auf einer Höhe mit den ihren, und sie schaute direkt in diese braunen Augen, als sie sagte: »Lesen und Schreiben. Aber das konnte ich schon, bevor ich dort hinkam. Danach habe ich Latein gelernt und etwas Französisch.« Sie sah, wie sich die Augen der beiden verengten, wobei sie sie weiter anschauten, und wußte, daß die zwei jungen Männern ihr das nicht glaubten. Aber sie mochte es nicht, wenn jemand sie für eine Lügnerin hielt, daher verlor ihr Ton den untertänigen, dienerhaften Klang, und ihre Stimme war sehr selbstbewußt, als sie hinzufügte: »Es ist die Wahrheit, Sir. Er hat mich fünf Jahre unterrichtet, und meine Brüder und meine Schwester auch. Mein Bruder ist dort drüben«, sie zeigte auf Davey, »der Blonde.«

Die beiden Männer schauten sie noch immer verblüfft an, ebenso das jüngere Geschwisterpaar, aber ihre Gesichter zeigten in diesem Augenblick ziemlich dasselbe, was ihre Mutter ausgedrückt hätte angesichts einer solchen Kühnheit aus dem Munde eines Dienstboten – und nicht nur eines gewöhnlichen Dienstboten, sondern einer Kreatur, der Niedrigsten der Niedrigen im gesamten Hauspersonal! Wie in völliger Übereinstimmung erhoben sich die beiden jüngeren Geschwister und wollten schon weggehen, als Laurences Stimme sie zurückrief. Er hatte sich ihnen nicht zugewandt, schien gar nicht bemerkt zu haben, daß sie gehen wollten, doch nun sagte er leise: »Bleibt, wo ihr seid; vielleicht lernt ihr etwas, das euch von Nutzen sein kann.«

Nun blickte er über Biddys Kopf hinweg und sah, daß bereits einige vom Personal tanzten, während andere an den Wänden herumsaßen; nichtsdestoweniger waren sich alle bewußt, daß dieses Kind der Herrschaft aufgefallen war.

Laurence war immer der Ansicht gewesen, daß es in diesem Haushalt zuviel Personal gab und daß sich unter der Dienerschaft eine Art von Snobismus entwickelt hatte, der sogar den ihrer Herrschaft noch ausstach. Dabei hatte er auf solche Dinge wenig geachtet, bevor er – vor nunmehr zwei Jahren – nach Oxford gegangen war, aber in dieser Stadt, oder zumindest innerhalb der Grenzen der Universität, war es ganz natürlich, daß ein jeder über Dienstboten verfügte, und es gab manche darunter, die sich als höchst unterwürfige Individuen auszuzeichnen versuchten – dennoch bezweifelte er, daß sie sich auch untereinander so verhielten wie die Dienerschaft in diesem Haushalt und in anderen, die er kennengelernt hatte. Ganz besonders bezweifelte er, daß sein Vater, sehr im Gegensatz zu Lord Chesterfield, auch nur einen aus seiner Dienerschaft in seinem Testament bedacht hatte, geschweige, daß er über sie geschrieben hätte: »Sie sind mir von Natur aus gleich und nur niedriger gestellt, was ihren ererbten Besitz betrifft.« Und er war sicher, daß Chesterfield, als er diese Worte geschrieben hatte, an jemand bestimmten gedacht hatte, jemand mit einer Intelligenz, wie sie dieses Kind hier besaß, das Shelley rezitierte und behauptete, Latein und Französisch gelernt zu haben. Er hoffte freilich, zugleich um dieses Mädchens willen, daß das, was hier geschehen war, nicht bis zu Mama vordrang – den Titel, den er Grace Gullmington gegeben hatte, obwohl sie eigentlich nur seine Kusine zweiten Grades war –, denn er wußte, daß von allen engstirnigen Geistern in diesem Haushalt sie den engstirnigsten besaß. Daher mußte er zusehen, daß die beiden Rangen neben ihm die Mäuler hielten. Stephen sprach inzwischen wieder mit dem Kind und sagte: »Laß uns noch ein Gedicht hören.«

Stephen war ein feiner Kerl, einer von den besten. Er hätte ihn nicht mehr lieben können, wenn er sein leiblicher Bruder gewesen wäre, und sie waren einander so nahe wie Brüder; dennoch wußte er, daß Stephens Verständnis für Poesie oder Literatur irgendwelcher Art minimal war. Ja, wenn es Pferde gewesen wären, von denen verstand er mehr als die meisten. Wie sein Vater hätte auch er auf dem Pferd essen und schlafen können. Aber nun versuchte er – wie üblich ohne an die Folgen dessen, was er tat und sagte, zu denken –, dieses Kind dazu aufzufordern, daß es seine Vorstellung wiederholte – ein Vorgang, mit dem er die Kleine aus der Schar der anderen hervorhob und sie ihnen damit zugleich preisgab. Sicher, er selbst war dabei nicht ohne Schuld: Es war ein unwiderstehlicher Zwang gewesen, der ihn dazu getrieben hatte, seine Hand auszustrecken und ihre Aufmerksamkeit auf sich zu lenken.

Mit ruhiger Stimme sagte er, nachdem er Stephen mit dem Ellbogen einen sachten Rippenstoß gegeben hatte: »Ich glaube, die kleine Miss möchte jetzt mit den anderen feiern. Vergiß bitte nicht, daß wir nur Zuschauer sind.«

»O ja, ja, natürlich. Also dann, fort mit dir!« Und Stephen machte eine spaßig übertriebene Geste, um sie fortzuscheuchen.

Sie wandte sich ohne ein weiteres Wort von ihm ab und ging wieder zu Jean, die mit offenem Mund und weit aufgerissenen Augen in ihrer Ecke neben den Trennwänden hockte. Aber als sich dann Biddy neben sie setzte, sprachen die beiden längere Zeit kein Wort; sie schauten zu, wie sich die Besucher erhoben und in Begleitung der Haushälterin und des Butlers durch den großen Raum auf die Tür gegenüber zugingen. Dabei murmelte Miss Lucy: »Ach, was bin ich doch für ein kluges Mädchen... Man wird ihr die Haut abziehen dafür!«

Draußen in der Halle packte Laurence Lucy am Arm und legte zugleich eine Hand auf Pauls Arm, dann zog er sie beide zu sich her, beugte sich zu ihnen hinunter und sagte: »Stephen und ich hier« – dabei warf er einen Blick auf den größeren jungen Mann, der dastand und grinste –, »wir beide halten es für ratsam, wenn ihr diese Episode gegenüber Mama oder Papa nicht erwähnt.«

Das Mädchen und der Junge schauten Laurence entrüstet an, dann sagte der Junge in überheblichem Ton:

»Papa hält nichts davon, wenn die niedrigen Klassen lernen.«

»Und woher willst du das wissen?« Stephen packte seinen jüngeren Bruder an der Schulter, ging mit ihm durch die Halle und sagte: »Papa hat keineswegs etwas dagegen.«

»Ich glaube doch. Paul hat ganz recht.«

Jetzt drehte sich Stephen um und schaute Laurence an; dazu gingen seine Augenbrauen nach oben, als er erwiderte: »Glaubst du wirklich, daß er etwas dagegen hätte, Laurence?«

»O ja, ja, davon bin ich überzeugt.«

Sie hatten die Tür zum Salon erreicht, als sich Laurence noch einmal an Paul und Lucy wandte. Jetzt sagte er in ruhigem, leisem Ton: »Aber Mama wäre auch sehr verärgert, wenn sie von zwei jungen Leuten hörte, die an Sonntagen ausreiten und die Stallburschen und die Mädchen aus der Wäscherei schikanieren; besonders verärgert wäre sie vermutlich über dich, Lucy.«

Bruder und Schwester tauschten jetzt einen Blick; dann erklärte Paul in mürrischem Ton: »Wir haben kapiert – aber was kümmerst du dich eigentlich um das, was mit einer Dienstmagd aus der Wäscherei geschieht?«

»Vielleicht gerade, weil sie eine Dienstmagd aus der Wäscherei ist, die niedrigste unter allen Angestellten hier.« Er bewegte den Kopf in Richtung auf den Saal, wo sich das Personal versammelt hatte. »Die anderen Dienstboten könnten noch haßerfüllter und gefährlicher für sie sein als ihr zwei, wenn man sie darin bestärkt.« Jetzt grinste er, und sie grinsten zurück, dann legte Lucy den Kopf auf die Seite und fragte leise: »Du würdest uns verraten, nicht wahr, Laurence, wenn wir sagen, daß diese Person lesen und schreiben kann?« Und er schaute sie ernst an, nickte und erwiderte: »Ja, ohne auch nur eine Sekunde zu zögern.«

Gleich danach überraschte sie Laurence und Stephen, ja sogar ihren Bruder Paul mit der Bemerkung, die sie mit bösartig gespitztem Mund von sich gab: »Das beweist nicht mehr, als daß du eben doch nicht unser wirklicher Bruder bist.« Und damit rannte sie auf die Treppe zu und ließ die drei anderen stehen.

Nach ein paar Sekunden sagte Stephen, der auf diese Weise aus seiner normalerweise sehr toleranten und etwas geistesabwesenden Haltung geschreckt worden war: »Es tut mir leid, Laurence. Das ist unverzeihlich, absolut unverzeihlich. Dabei bist du weit mehr einer von uns als... Ja, sogar als Paul hier.« Dazu deutete er auf seinen jüngeren Bruder. »Ich gehe jetzt sofort hinauf und bringe ihr das bei, aber so, daß sie es nicht so schnell wieder vergißt – jawohl, das mache ich.« Aber als er sich in Richtung auf die Treppe bewegte, hielt ihn Laurence zurück, lachend jetzt, und sagte: »Nein, nein, sei nicht töricht, Stephen. Laß es einfach hingehen. Ich kenne Lucy. Morgen früh kommt sie zu mir und entschuldigt sich.«

Stephen schnaubte und zitterte einen Augenblick lang, aber dann war auch er bereit, es hingehen zu lassen; er haßte nun einmal Auseinandersetzungen jeglicher Art. Dennoch war er sich seines Gefühls für Laurence ganz sicher; er wußte, daß Laurence für ihn nicht nur wie ein Bruder war, sondern ein Bruder, den er besonders liebte.

Nun drehte er sich um und fragte Laurence: »Was machst du jetzt? Kommst du nicht mit, um mit Vater einen Schluck zu trinken?«

»Ich komme gleich nach«, rief Laurence, der bereits ein paar Schritte weggegangen war. »Zuvor möchte ich Großmama gute Nacht sagen, ehe sie sich zurückzieht.«

»Oh, richtig. Sag ihr, ich komme morgen früh als erstes zu ihr. Sie mag nicht zuviel Gesellschaft auf einmal. Es war ein langer Tag für sie.«

Als Laurence das Zimmer der alten Lady betrat, saß sie bereits im Bett, gegen einen Berg von Kissen gelehnt, und nur ihr Kopf und der Hals waren in dem riesigen Himmelbett zu sehen. Laurence nahm nicht den Stuhl, der neben dem Bett stand, sondern setzte sich auf die Bettkante, wobei er die Beine übereinanderschlug und ein Knie mit beiden Händen festhielt. Dann schaute er auf das kluge Gesicht unter der rosa gerüschten Nachthaube, bevor er sagte: »Na, da hätten wir wieder mal ein Weihnachtsfest hinter uns gebracht.«

»Was geschieht denn jetzt noch unten?«

»Ich weiß nicht genau, nur, daß Mama, Papa und May im Salon sind und Stephen und Paul gerade zu ihnen gegangen sind.«

»Hast du auch das Fest der Angestellten besucht?«

»O ja, ja.« Er zeigte ein kleines Lächeln, während er hinzufügte: »Und das war heute abend weiß Gott ein bemerkenswertes Fest.«

»Warum, was ist passiert? Du schaust drein, als ob es dir Spaß gemacht hätte. Sag mir nicht, du hast mit der Collins oder mit der Nichols getanzt, oder mit Mrs. Amy Fulton, denn die hat erstens keine Figur und zweitens nichts im Kopf.«

»Nein.« Er schüttelte den Kopf. »Etwas noch viel Aufregenderes.«

»Was könnte aufregender sein als das?« Sie spitzte die Lippen, dann glätteten sie sich zu einem Lächeln, und er erklärte: »Ich weiß nur, daß du es genossen hättest, wenn du dortgewesen wärest und erlebt hättest, was ich erlebt habe.«

»Und was hast du nun erlebt?« Sie hatte vor Ungeduld die Stimme erhoben. »Na los, erzähl es mir schon endlich.«

»Ja, also, vermutlich kann ich dir keinen authentischen Eindruck des Ereignisses geben, und außerdem wirst du nicht glauben, was ich dir jetzt erzähle. Laß mich dir zu allererst eine Frage stellen: Wie siehst du die Position deiner Wäschermädchen in diesem Haushalt? Denn es sind ja schließlich immer noch deine Wäschermädchen, und die beiden älteren sind sicher noch von dir eingestellt worden. Ich erinnere mich an sie aus den Zeiten, als ich noch ein kleiner Junge war. Inzwischen sind drei jüngere dazugekommen, und die jüngste von ihnen... Ach, sie ist bestimmt kaum älter als vierzehn... Dennoch, ich weiß nicht, aber in ihrem Blick liegt eine Reife... Erinnerst du dich an die Übergabe der Geschenke?«

»Ob ich mich an die Übergabe der Geschenke erinnere?« Sie rümpfte die Nase. »Wofür hältst du mich – für ein Bündel alter Knochen, beherrscht von senilem Schwachsinn? Natürlich erinnere ich mich an die Geschenkübergabe. Warum – was war damit?«

Er lachte. »Nun, die allerletzte, die hereinkam in den Salon, war dieses junge Mädchen. Sie hat ihrem Dank ein paar zusätzliche Worte hinzugefügt, und danach ging sie so langsam hinaus, als mustere sie den Raum und alle Anwesenden.«

»Ja, ja.« Das alte Haupt nickte. »Ja, natürlich erinnere ich mich an das Kind. Und ich kann mir gut vorstellen, was mit ihr passierte, sobald sie hinausgegangen war und Mrs. Fulton in die Hände lief. Ich kann mir denken, daß die dem Mädchen die Ohren langgezogen hat.«

»Also, das war das Mädchen. Sie mußte Buße tun bei einem Pfänderspiel, und dafür konnte sie singen, tanzen oder einen Vers rezitieren. Sie entschied sich für die Rezitation, stellte sich ohne Scheu vor die anderen hin und sagte auswendig und mit hübschem Ausdruck ein Gedicht von Shelley auf.«

»Shelley? Wer ist das?«

»Ein Dichter. Er ist vor nicht allzu langer Zeit gestorben. Sein Werk wird derzeit noch recht gegensätzlich beurteilt.«

»Und daraus hat sie rezitiert, dieses Mädchen?«

»Ja, aber durchaus hübsch und angemessen.«

»Wie ist das nur möglich: ein Wäschermädchen, das einen umstrittenen Dichter rezitiert?«

»Nach dem, was ich hörte, ist sie unter dem kürzlich verstorbenen Besitzer von Moor House aufgewachsen – du erinnerst dich, Mr. Miller.«

»Percy Miller? O ja. Der Held meiner Hobson.«

»Was?« Er beugte sich zu ihr hinüber, und sie wiederholte leise: »Der Held meiner Hobson.« Dabei nickte sie in Richtung auf die andere Seite des Raums, wo Jessie Hobson gerade Kleidungsstücke in die Garderobe hängte. »Sie hat für die Millers gearbeitet und war bei der Geburt dieses Percival dabei. Sie hat ihn danach regelmäßig besucht, bis zu seinem Tod... Das stimmt doch, Hobson?« Sie hatte die Stimme erhoben, und jetzt drehte sich die Hobson um und sagte mit leiser Stimme: »Ja, das ist richtig, Madam.«

»Hast du gehöhrt, wovon wir gesprochen haben?«

»Ich habe es mitgehört, Madam.«

»Und was weißt du über dieses Mädchen?«

»Sie ist die Tochter der Haushälterin, die vier Kinder hat, und alle wurden meines Wissens täglich mehrere Stunden lang von Mr. Miller unterrichtet.«

Jetzt schaute die alte Lady Laurence mit großen Augen an und sagte: »Hast du das gehört? Gott im Himmel, wie soll das noch weitergehen? Und sie ist in diesem Haushalt?«

»Ja, das ist sie, Madam. Das heißt, nur in der Wäscherei.«

Die Muskeln des alten Gesichts bewegten sich und bildeten ein Muster wie Wasser, das über faltigen Sand fließt; gleich danach hob und senkte sich die Bettdecke, als ob der ganze Körper der alten Frau vor Lachen in Bewegung geraten wäre. Sie nahm ein spitzenbesetztes Taschentuch, das auf der Seidendecke lag, und tupfte sich damit Mund und Augen ab, bevor sie sagte: »Stellt euch vor, was geschieht, wenn Lady Grace Wind davon bekommt: eine kleine Gelehrte in ihrer Wäscherei! Nicht, daß sie ein Wäschermädchen vom anderen unterscheiden könnte, wenn man sie ihr unter die Nase hielte.«

»Das ist noch nicht alles.« Jetzt stimmte Laurence in ihre Ausgelassenheit ein, umfaßte ihren noch immer zukkenden Körper mit beiden Händen und fuhr fort: »Die

Kleine behauptet obendrein, sie könnte Französisch und Latein.«

Die alte Lady hielt mit dem Gelächter inne und schaute ihn ernst an, ehe sie leise fragte: »Du meinst das doch nicht im Ernst, oder?«

»Aber ja, Großmama, ich scherze nicht.«

»Dann kann ich nur sagen, daß das höchst bedauerlich ist für diese Kreatur, denn was hat sie von all ihrem Wissen – doch nur größte Schwierigkeiten, da ihr der Kopf einreden wird, sie sei zu klug, um immer nur mit den Händen zu arbeiten. Ich bin nie einer Meinung gewesen mit deinem Vater, das weißt du«, – auch sie tat so, als ob ihr Sohn der Vater von Laurence wäre –, »aber ich war in einem Punkt derselben Ansicht wie er, daß es nämlich nicht gut ist, wenn die niedrigen Klassen in all diesen Dingen unterrichtet werden, denn wohin führt sie das? Nirgendwohin; sie bleiben dort, wo sie sich ohnehin befinden, in irgendeiner dienenden Stellung, in der sie ohne Wissen und Bildung glücklich sein können.« Sie neigte jetzt den Kopf und verlieh ihren Worten großen Nachdruck, als sie wiederholte: »Ja, in der Hauptsache glücklich, weil sie mit ihrem Los zufrieden sind; aber wenn man sie lehrt, wie man die Feder hält und wie man von einem Blatt liest, legt man den Samen der Unzufriedenheit in ihr zufriedenes Leben. Du kennst meine Gedanken bezüglich Gott und seiner vermeintlichen Regeln für die menschliche Familie. Es gibt viele Dinge, in denen ich nicht mit Ihm übereinstimme. Dazu gehört die angebliche Überlegenheit des Mannes, die ich für Unsinn halte. Aber was seine Plazierung menschlicher Wesen in bestimmten Positionen angeht, wobei zum Beispiel ein Diener zwar seinem Herrn unterworfen ist, der Herr jedoch gegenüber dem Diener ebenfalls Verpflichtungen eingeht, weil er ihn für seine Arbeit ordentlich kleiden und ernähren muß, bin ich voll und ganz der Meinung Unseres Herrn, der es nun einmal so eingerichtet hat. Und im Hinblick auf das kleine Genie, das da offenbar unter uns weilt, kann ich nur eines sagen: Es ist wirklich bedauerlich, daß sie hier ist. Für das Kind kommt nichts Gutes dabei heraus, denn wie du zur Genüge weißt, beginnt ein ausgebildeter Geist logisch zu denken und Schlußfolgerungen zu ziehen, und dazu ist kein Raum im Leben eines Dieners. Du stimmst mir doch in diesem Punkt zu, oder?«

»Nein, Großmama. Das kann ich nicht.«

»Das kannst du nicht?« Der Kopf fuhr abrupt aus den Kissen hoch, und der Spitzenbesatz des Nachthemds teilte sich, so daß man ihre knochigen Schultern sehen konnte. Noch einmal fragte sie: »Das kannst du nicht?«

Und wieder antwortete er: »Nein. Nein, dazu bin ich nicht bereit, Großmama. Ich bin dafür, daß ein jeder Mensch seinen Kopf benützt, und ob uns das paßt oder nicht, immer mehr Menschen tun das bereits, und die übrigen werden es lernen. Es gehen große Veränderungen vor sich in der Welt jenseits unserer kleinen Domäne, Großmama. Du würdest es nicht glauben. Hier«, er breitete die Arme weit aus, als wollte er den gesamten Besitz umfassen, »hier auf diesen zweitausend Morgen haben wir es mit einer Welt zu tun, die hinter der Zeit zurückgeblieben ist. Draußen geht ein großes Donnergrollen um, und hier und da gibt es bereits Eruptionen, die die schwankende Oberfläche durchbrechen: Streiks, Aufstände und Morde. Du hast sicher von dem Minenarbeiter gehört, der in Jarrow gehenkt wurde, weil er einen Aufseher erstochen hat. Und das ist längst nicht alles. Man schickt Soldaten in die Städte, damit sie die Aufstände niedermachen, schickt die Marine in die Häfen, damit sie die Handelsschiffe beschützt. Und was das Lesen und Schreiben betrifft: Die Menschen bekämpfen diejenigen, die sie zu beherrschen versuchen, gerade auch dadurch, daß sie sich bilden und lernen.«

»Unsinn. Unsinn.«

»Nein, Großmama, es ist kein Unsinn, es ist das Erwachen der Vernunft. Eines Tages muß es so weit kommen.«

»Was muß eines Tages kommen: die Gleichheit?«

»Nun, da du selbst es sagt – ja, vielleicht.«

»Ach, *hör auf. Hör auf damit!*« Sie ließ sich wieder in die Kissen sinken. »Der einfache Mann ist erst dann seinem Herrn gleich, wenn Gott noch einmal auf die Erde kommt, und wenn du mich fragst, Er ist das erste Mal auch nicht hiergewesen, da hast du deine Antwort. Hör auf, du ermüdest mich.«

»Ich ermüde dich keineswegs.« Er beugte sich wieder über sie. »Ich ärgere dich, weil ich deinen Geist anstachle. Das weißt du ganz genau. Du hast es selbst gesagt, und du erinnerst dich sicher daran, daß ich der einzige bin in dieser ganzen Gesellschaft, der dich zum Denken bringen kann. Ja, ich wette zehn zu eins, daß du nächstes Jahr um dieselbe Zeit meine Einsichten gegenüber jemand anders anwenden wirst.«

Sie schleuderte ihm kein wütend-entschiedenes »Niemals! Nie und nimmer!« entgegen, sondern sagte überraschend und mit leiser Stimme: »Ich bin vielleicht nicht mehr hier, nächstes Jahr um diese Zeit. Manchmal kommt es mir so vor, als wüßte ich, daß ich nicht mehr hier sein werde, und dann habe ich wieder Angst davor, es könnte wirklich so sein. Der Tod ist eine Sache, die einem sehr viel Angt macht, Laurence, und ich bin einfach noch nicht bereit zu sterben. Ich lebe noch zu sehr hier oben.« Sie deutete auf ihre Spitzenhaube. »Und da mir mein Verstand sagt, daß es keinen Himmel und keine Hölle gibt, nur das große Nichts, fürchte ich mich davor, in dieses Nichts einzugehen.« Jetzt umklammerten ihre Finger die Hände von Laurence, und er streichelte sie und sagte leise: »Es gibt vielleicht keinen Himmel und keine Hölle, Großmama, aber etwas muß es doch geben. Ich glaube nicht an die große Leere, an das Nichts; das, was hier oben ist«, – und er deutete auf ihre Stirn –, »das wird weiterleben.«

»Wie willst du das wissen?« Ihre Stimme war nur noch ein Flüstern, das Flüstern einer alten Frau, und er antwortete ruhig: »Ich weiß es. Ich fühle es, und ich bin nicht der einzige. Heutzutage gehen neue Gedanken um die Welt. Die alten Vorstellungen sterben dahin; die Menschen lachen über Hölle und Fegfeuer. Es gibt Menschen, die vollbringen Wunder, wie Christus sie vollbracht hat, nur durch Berühren, und es sind keine Scharlatane, nicht mehr als Er ein Scharlatan gewesen ist. Ja, schon gut«, – er drückte die Hände, die er in den seinen hielt –, »vielleicht ist er nicht Gott gewesen oder der Sohn Gottes, aber er war ein großer Mensch mit einem großen Verstand und einem noch größeren Geist. Denk mal ein bißchen darüber nach. Denk daran, daß auch dein Geist nicht sterben kan. Dein Körper, ja; der geht dahin, aber nichts kann deinen Geist zerstören. Man kann die Gedanken nicht berühren, man kann sie nicht sehen und nicht festhalten, und doch sagen sie uns alles... Schlaf jetzt, meine Liebe, und vergiß eines nicht: Ich brauche dich, und wenn es nur darum geht, daß ich so gerne mit dir streite.«

Jetzt beugte er sich herunter und küßte ihre faltigen Wangen, dann stand er vom Bett auf und ging hinaus aus dem Schlafzimmer und hinüber in die Garderobe, wo Jessie Hobson die Wäsche ihrer Herrin für den folgenden Morgen herauslegte. Laurence blieb dicht neben ihr stehen und sagte:»Sie sollte jetzt schlafen, Jessie.«

Die Frau wandte sich ihm zu und erwiderte mit ernstem Gesicht: »Sie tun ihr so gut, Master Laurence, und es geht ihr immer besser, wenn Sie hier sind, aber ansonsten kann sie sehr, sehr störrisch sein.«

»Ja, ich weiß.« Er streichelte ihren Arm. »Es ist nicht leicht, mit ihr auszukommen... Sie sehen müde aus, Jessie.«

»Ich bin ein wenig müde, Master Laurence.«

»Sie sollten jemanden haben, der Ihnen hilft.«

»Ich habe es Madam schon vorgeschlagen, aber sie will nichts davon wissen.«

Er wollte ihr gerade gute Nacht wünschen, als er sich noch einmal umdrehte und sie anschaute; dann sagte er sehr leise: »Dieses Kind in der Wäscherei – was wissen Sie sonst noch über die Kleine?«

»Nur, daß sie sehr klug ist und daß Mr. Miller sehr viel von ihr gehalten hat. Ich bin sicher, er wäre sehr beunruhigt, wenn er wüßte, daß ihre Mutter sie in eine Wäscherei gesteckt hat.«

»Warum hat sie das getan?«

»Ja nun, soweit ich das beurteilen kann, besitzt sie kein Geld, und obwohl ihr Mr. Miller das Haus vererbt hat...«

»Er hat ihr das Haus vererbt?«

»O ja, Sir, er hat ihr Moor House vererbt, aber kein Geld, um es zu erhalten, daher hat sie das Mädchen zur Arbeit geschickt, und ihr Bruder arbeitet schon seit ein paar Jahren hier. Ich nehme an, sie hofft, daß sie und ihre anderen Kindern auf diese Weise durchkommen, obwohl ich nicht sagen kann, wie lange das bei den geringen Löhnen möglich sein wird, die die beiden bekommen. Oh, entschuldigen Sie, Sir, ich weiß, daß es reichlich ist, wenn man bedenkt, daß sie das Essen und die Kleidung umsonst haben, und...«

»Ist schon gut, Jessie. Ich weiß, was Sie meinen... Das Leben ist oft ein seltsames Durcheinander, nicht wahr?«

Eine lange Pause entstand, bevor sie nickte und sagte: »Das ist es. Ja, das ist es, Master Laurence.«

»Gute Nacht, Jessie.«

»Gute Nacht, Master Laurence.« Und während sie ihm nachschaute, wie er den Raum verließ, dachte sie: Er ist nett, aber auch ein bißchen sonderbar. Redet seltsame Dinge, wie das, was er über Gott sagt. Ein Wunder, daß er sich nicht vor der Sünde fürchtet. Und einen Augenblick lang fürchtete sie sich für ihn, denn sie hatte gesehen, was mit Menschen geschah, die die Göttlichkeit des Schöpfers anzweifelten.

Weit, weit am anderen Ende des Hauses, im letzten und schäbigsten Zimmer, das gerade drei mal zweieinhalb

Meter maß und derzeit bitter kalt war, kam auch Biddy zu der Erkenntnis, daß das Leben seltsam war, so seltsam, daß sie darüber weinen mußte. Sie saß auf der Kante der Pritsche, die ihr als Bett diente, hatte die Knie hochgezogen und starrte in die schwarze Dunkelheit. Sie hatte sich ihren Ausgehmantel um die Schulter gelegt, über das Nachthemd, das sie trug, und ihre Tageskleider hatte sie am Fußende des Betts ausgereitet, um noch etwas zusätzliche Wärme zu haben.

Jean schlief schon seit einer Stunde, war ermüdet von den Aufregungen des Tages und der Freude, erstmals ein Paar Handschuhe zu besitzen, das sie von ihrer Herrin bekommen hatte, nebst einem blauen Band fürs Haar, das ihr Biddy geschenkt hatte.

Auch Biddy hatte ein Paar Handschuhe bekommen, aber sie hielt nicht viel davon, sie hatte selbst schon bessere gestrickt. Der ganze Tag war wenig erfreulich gewesen für sie, außer daß es ihr gelungen war, die Schönheit des Hauses zu bewundern. Was das Fest der Angestellten betraf, konnte sie sich das Resultat des folgenden Morgens bereits vorstellen, denn nachdem es zu Ende gegangen war, hatte sich ihr die Haushälterin noch in den Weg gestellt und ihr den Befehl erteilt, um neun Uhr früh in ihr Büro zu kommen. Und dann, als sie am Butler und am ersten Diener vorbeigekommen war, hatten sie alle angeschaut, als ob sie irgendein seltsames Tier wäre, und der Butler hatte gesagt: »Meine Güte, weit ist es mit uns gekommen, das muß man sagen.«

Oh, wenn sie doch nur nach Hause könnte... Doch es hatte auch lichte, gute Augenblicke gegeben an diesem Tag. Die beiden jungen Herren hatten so nett mit ihr gesprochen, und der eine, den sie Mr. Laurence nannten, erinnerte sie irgendwie an ihren alten Herrn, und er schien sich außerdem in der Poesie auszukennen. Sie dachte, daß sie ihn mögen konnte, nicht dagegen die beiden jüngeren Kinder der Herrschaft. Sie erkannte die Bosheit, wenn sie sie in den Augen der Menschen sah, und die junge Miss hatte buchstäblich die Nase gerümpft über sie, genau wie ihr Bruder.

Es gab eine Menge seltsamer Leute in diesem Haus. Sie hatte sich manchmal nach Menschen gesehnt in der Einsamkeit von Moor House, aber hier gab es zu viele davon, und alle schienen einander am liebsten an die Gurgel gehen zu wollen, wenn man den Gerüchten glauben konnte, die sie hier und da aufgeschnappt hatte. Daraus schloß sie übrigens, daß sie nicht die einzige war, die hier einiges durchzumachen hatte.

Oh, sie wünschte sich, wieder zu Hause zu sein. Wenn sie etwas Schreckliches tat, würde man sie wahrscheinlich heimschicken. Aber was würde dann ihre Mutter sagen? Vielleicht nicht sehr viel, aber sie würde sich um so mehr denken, schließlich würde sie zwei Pfund und zwölf Shilling im Jahr weniger zur Verfügung haben und sie zudem noch ernähren müssen. Doch es gab bestimmt noch ganz andere Stellen, die sie bekommen konnte. Ja, aber was für Stellen? Wozu war sie denn nun wirklich geeignet? Sie verstand sich nur auf Hausarbeit oder auf Arbeit im Garten, auf Umgraben, Ausjäten und Pflanzen und jetzt, seit neuestem, auf die Arbeit in einer Wäscherei. Ach, diese Wäscherei! Sie biß die Zähne zusammen, dann warf sie sich aufs Bett und zog die Decke über den Kopf. Wenn sie einmal von hier fortgejagt würde, dann wohl deshalb, weil sie auf diese schreckliche Mrs. Fitzsimmons losgegangen war.

Aber am nächsten Morgen, als sie um neun Uhr vor Mrs. Fultons Schreibtisch in ihrem kleinen, schachtelartigen Büro stand, nahm die Haushälterin in Biddys Gedanken den Platz der Wäscherin ein als Anlaß, davongejagt zu werden, denn sie überschüttete sie mit Vorwürfen, als hätte sie mit dem Aufsagen des Gedichts von Shelley ein Verbrechen begangen. Schmutzig, so nannte sie es. Ein junges Mädchen wie sie, das Gedichte über das Küssen aufsagte! Dann stand ihr schier der Schaum in den Mundwinkeln, als sie zischte: »Und du warst auch noch schamlos genug, stehenzubleiben und dich mit den jungen Herren zu unterhalten.«

»Das war nicht meine Schuld. Einer von ihnen hat mich aufgehalten und zu sich gezogen und...«

»Wag es nicht, mir zu widersprechen. Du hast nur dann die Erlaubnis zu sprechen, wenn ich es dir gestatte. Du hättest einen Knicks machen und weitergehen müssen.«

»Ich bin doch nicht blöde.«

»Wie kannst du es nur wagen!« Das bellte ihr die kleine Frau wütend ins Gesicht, sprang dazu auf und schrie: »Wenn die Finch nicht krankgeworden wäre, weil sie sich überfressen hat, so daß es Mrs. Fitzsimmons an Arbeitskräften fehlt, würde ich dich in diesem Augenblick deine Sachen packen lassen.«

Biddy beobachtete, wie sich die Brust der Haushälterin hob und senkte. Es erinnerte sie an die Blasebälge zu Hause in der Küche. Und dann atmete Mrs. Fulton einmal tief durch und sagte: »Ich habe dich schon einmal gefragt, und ich frage dich jetzt noch einmal: Was hat der junge Herr zu dir gesagt?«

Als sie ihr diese Frage das erste Mal gestellt hatte, hatte Biddy in wegwerfendem Ton geantwortet: »Er hat eben mit mir gesprochen«, da sie befürchtete, daß das, was er zu ihr gesagt hatte, erst recht den Zorn dieser Frau wecken würde. Nun jedoch schlug sie alle Vorsicht in den Wind und erwiderte keineswegs halblaut: »Er hat mich gefragt, woher ich meine Bildung habe.«

Es hätte Biddy keineswegs überrascht, wenn die Haushälterin in diesem Augenblick zusammengebrochen oder explodiert wäre, aber in Wirklichkeit drehte sie nur den Kopf zur Seite und bewegte ihn in einem Halbkreis, während ihre Augen ein unsichtbares, bewegliches Objekt zu verfolgen schienen. Als sie sich dann wieder auf Biddy gerichtet hatten, war die Haushälterin einen Augenblick lang sprachlos, ehe die Worte aus ihren kleinen, gespitzten Lippen sprudelten: »Mädchen, für dich ist kein Platz in diesem Haushalt, und ich werde dafür sorgen, daß du ihn so schnell wie möglich wieder verläßt. Hast du mich verstanden?«

Biddy zitterte am ganzen Körper, teils wegen der Ungerechtigkeit, die ihr widerfuhr, teils auch wegen eines Schluchzens, das ihre Brust erfaßt hatte. Als die Haushälterin jetzt den Arm ausstreckte und mit dem Zeigefinger, der wie ein Hühnerknochen aussah, in Richtung auf die Tür zeigte, drehte sich Biddy wortlos um und taumelte hinaus. Draußen auf dem Korridor blieb sie stehen; die Tränen waren plötzlich stärker als der Kloß in ihrer Kehle, und sie strömten ihr über die Wangen. Blind und verzweifelt ging sie einfach weiter, und statt dort abzubiegen, wo es zum Hof hinausging, stolperte sie geradeaus und kam, ohne es zu bemerken, in die Küche. Plötzlich hörte sie ein Lachen aus mehreren Kehlen in der Nähe des großen Tischs, wo Kate Pillett mit Mr. Laurence scherzte.

Laurence war seit jeher ein Liebling der Köchin gewesen, schon in den Tagen, als er noch ein kleiner Junge war, und wenn er sich im Hause aufhielt, kam er öfters hierher, setzte sich auf die Tischkante und aß ein Stück von ihren köstlichen Kuchen.

Anna Smith hatte den Kopf in den Nacken geworfen und lachte schallend, ebenso Daisy Blunt, die gerade am Spülstein stand und Gemüse schälte, aber sie hatte sich dabei nicht umgedreht, sondern sich auf ihre Arbeit konzentriert.

Das Lachen erstarb, und alle schauten plötzlich auf das Mädchen, das durch die Küche eilte und sich dabei mit dem Handrücken erst über die eine, dann über die andere Wange wischte. Sie blieb einen Moment in der Nähe des Tischs stehen und schaute die Köchin an, ehe sie hinüberrannte in die Stiefelkammer und von dort aus in den Hof. Offenbar hatte sie gar nicht gemerkt, daß einer der jungen Herren in der Küche war, und sie war an ihm vorbeigelaufen, ohne einen Knicks zu machen.

Laurence schaute jetzt fragend auf die Stiefelkammer, dann auf die Köchin, und diese erwiderte seinen Blick, als sie sagte: »Ach, die hat eins draufgekriegt von Mrs. Fulton. Es ist wegen gestern abend, Sir.«

»Was hat sie denn getan gestern abend?«

»Ach, du meine Güte.« Die Köchin wellte eine Teigrolle aus, bevor sie sagte:»Sie hat sich ein bißchen hervorgetan, als sie diese Verse gesagt hat, obwohl, ich hab' es ganz komisch gefunden. Aber aus dem Mund eines so jungen Mädchens, na ja... Jedenfalls wird sie es hier nicht lange machen. Mrs. Fulton sucht schon, seit sie da ist, nach einem Vorwand, um sie wieder fortzujagen, und das war ihr natürlich ein willkommener Anlaß. Außerdem, Wäschermädchen gehen zehn auf einen Penny. Möchten Sie noch ein Stück, Sir?«

»Nein, danke, Kate. Danke.« Er lächelte sie an und fügte hinzu: »Wie üblich verderben Sie mir den Appetit auf das Essen.«

»Ach was, Sir, wenn ich mich recht erinnere, haben Sie oft sechs davon hintereinander gegessen und sind dann nochmals gekommen, um weiterzumachen.«

»Damals war ich noch im Wachsen. Heute muß ich an meine Verdauung denken. Aber nochmals besten Dank: Ihre Kuchen sind wirklich köstlich.«

Wieder sagte sie: »Ach was, Sir.« Dann machten sie und ihre Helferin einen Knicks, während er ihnen zunickte und zur Küchentür hinausging.

Als er in der Halle angekommen war, blieb er stehen und dachte einen Moment lang nach. Es ging ihn nichts an, aber andererseits fühlte er sich doch dafür verantwortlich. Er hatte das Kind aufgehalten und sich mit ihm unterhalten; das hatte den Neid der anderen geweckt, und daraufhin ließ die Fulton ihre Macht spielen. Er blieb noch einen Moment stehen, drehte sich dann rasch um und ging durch die grün gebeizten Flügeltüren in den Korridor. Dann klopfte er an die Tür der Haushälterin, und als sie »Herein« gesagt hatte, war die kleine Frau so überrascht, daß sie von ihrem Platz hochfuhr und freundlich sagte: »Nun, Mr. Laurence, was kann ich für Sie tun?«

»Ich komme zu Ihnen wegen einer Stellung in diesem Hause.«

»Oh, Mr. Laurence, immer zu Scherzen aufgelegt, ja, so kenne ich Sie.« Ihre Stimme und ihr Betragen waren geziert, und sie lächelte ein wenig gezwungen, als er sagte: »Nein, Mrs. Fulton, eigentlich bin ich hier, um mich zu entschuldigen.«

»Entschuldigen, Sir? Wofür sollten Sie sich bei mir entschuldigen wollen?«

»Es geht um den Zwischenfall von gestern abend, Mrs. Fulton. Sie wissen, das Kind.« Er hielt inne, als könne er sich nur mit Mühe daran erinnern, dann fuhr er fort: »Ich glaube, es war ein großer Fehler, daß ich mit der Kleinen gesprochen habe. Rückblickend kommt es mir so vor, als ob ich sie vor allen anderen bevorzugt hätte, und das war nie meine Absicht. Aber zugleich bin ich der Überzeugung, daß es sich bei ihr um ein sehr kluges kleines Mädchen handelt. Finden Sie nicht auch, Mrs. Fulton?«

»Ja, also, Sir... ich... Ich finde, sie ist – na ja, ziemlich dreist und vorlaut.« Jetzt fiel die Geziertheit von ihr ab.

»Ja, ja, ich – ich stimme Ihnen vielleicht zu, aber... Aber doch eher in einer gebildeten Art und Weise, die sehr ungewöhnlich ist angesichts der Position, die sie in diesem Haushalt einnimmt. Vielleicht sollten Sie sie ein wenig unter Ihre Fittiche nehmen; sie kennen sich doch sehr gut mit jungen Mädchen aus. Und« er lächelte jetzt breit, lachte sogar ein wenig, als er hinzufügte »ich habe mit Madam über den Vorfall von gestern abend gesprochen, und sie fand es höchst interessant und bemerkenswert, daß ein Kind wie dieses in der Lage ist, Shelley aufzusagen... Sie wissen doch, Shelley, der große englische Dichter.«

»Äh – o ja, Sir, sicher, Sir.« Ihre Stimme war jetzt völlig tonlos.

»Ja, also, ich dache, ich sollte mich für etwas entschuldigen, was eigentlich von mir verursacht worden ist, und was zumindest aus Ihrer Sicht ein ziemlich unpassendes Verhalten gewesen sein muß. Aber ich wußte, daß Sie mich verstehen. Sie müssen mir zugute halten: Es war schließlich Weihnachten, und ich hatte schon eine Menge Wein getrunken. Ja, und nun wartet man auf mich bei den Ställen, und ich muß gehen und mir etwas Appetit verschaffen.« Wieder lächelte er sie an und fügte hinzu: »Sie haben uns in den letzten Tagen großartig die Tafel bestellt, Mrs. Fulton. Ich weiß, das ist in erster Linie Ihr Verdienst. Guten Tag.«

»Guten Tag, Sir.«

Draußen in der Halle blieb er noch einmal stehen, schloß die Augen und sagte zu sich: Wie konntest du nur? Du hast dich benommen wie ein Heuchler. Dann mußte er innerlich lachen: Ach was, es diente doch nur dazu, Wissen und Bildung zu fördern und zu schützen. Ist das nicht als zukünftiger Lehrer mein eigentliches Ziel? Und als er jetzt auf die Haustür zuging, schaute er sich in Gedanken versunken in alle Richtungen um und beantwortete seine Fragen, indem er sich sagte: Ja, aber bestimmt nicht hier, nicht in dieser Gegend. Bei Gott, entweder in Oxford oder gar nicht.

4

Laurence Gullmington wäre ebenso interressiert wie amüsiert gewesen, wenn er dem etwas provisorischen Unterricht beigewohnt hätte, der im letzten Zimmer des Nordflügels im Herrenhaus »The Heights« an den meisten Abenden der Woche erteilt wurde, und bei dem sich vier Köpfe über eine einsame Kerze beugten.

Zufällig hatte Florrie McNulty von Biddys und Jeans

Nachtwachen erfahren, bei denen man nicht nur Buchstabieren lernen konnte, sondern auch Geschichten vorgelesen bekam. Sie war eines Nachts aus ihrem Bett im Zimmer nebenan aufgestanden und herübergekommen, um den beiden zu sagen, sie sollten endlich still sein, da sie bei dem Gemurmel nicht einschlafen könne. Florrie McNulty war vierunddreißig Jahre alt, und als sie sah, was die fünfzehnjährige Jean bereits von dem Neuankömmling Biddy gelernt hatte, war sie zugleich überrascht und verärgert und fragte Biddy nach einigem Zögern, ob sie auch ihr beibringen könne, ihren Namen zu schreiben. Natürlich war Biddy nur allzu bereit, noch eine Schülerin aufzunehmen, doch gab es da ein Problem: Florrie teilte das Zimmer mit Sally Finch, Sally war eine Klatschbase und berichtete Mrs. Fitzsimmons alles, was sie wußte, und die drei waren davon überzeugt, Mrs. Fitzsimmons würde es nie und nimmer zulassen, wenn die drei von der Nummer vier oder dem Laufmädchen, wie sie sie auch nannte, irgend etwas beigebracht bekämen. Biddy hielt Florrie also vor, daß Sally sie bei Mrs. Fitzsimmons verraten würde, aber Florrie meinte, daß sie das kaum zu befürchten hätten. Sie wisse nämlich etwas über Sally, so daß diese den Mund halten müsse – und außerdem würde sie versuchen, auch Sally zum Unterricht zu bewegen.

Auf diese Weise hatten sie jetzt wöchentlich zwei ganze Kerzen aus ihrer Zuteilung zur Verfügung – und nicht nur zwei, denn Florries Stellung in der Wäscherei erstreckte sich auch auf die Verwaltung der Kerzen, und sie konnte alle Stummel sammeln. Außerdem wußte Florrie, wie man aus geschmolzenem Wachs und einem Stück Schnur Kerzen machen konnte.

Die Lektionen hatten mit dem neuen Jahr begonnen, und bis Ostern konnten die drei Wäschermädchen nicht nur ihre Namen schreiben, sondern darüber hinaus viele einsilbigen Wörter und fast ebenso viele zweisilbigen. Außerdem konnten Jean und Florrie McNulty bis fünfzig zählen und Sally Finch immerhin bis zwölf. Sie kapierte nicht so schnell wie die anderen, doch seit sie lernte, war sie in gewisser Weise ein anderer Mensch geworden.

Es war ihnen mittlerweile längst klargeworden, daß sich Mrs. Fitzsimmons über ihr Verhältnis zueinander wunderte, denn es gab keinen Streit und keine Sticheleien mehr zwischen ihnen, und wenn sie es einigermaßen unauffällig bewerkstelligen konnten, dann halfen sie einander, so gut es ging. Die Leiterin der Wäscherei war es nicht gewohnt, daß in ihrem Bereich eine freundliche Atmosphäre herrschte. Sie war von Natur aus unwirsch, eine Schinderin, die auf Zwietracht setzte, doch all ihr Brüllen und Schelten schien in diesen Tagen wenig Wirkung auf ihre Wäschermädchen auszuüben, und als sie darüber nachdachte, kam sie zu dem Schluß, daß das erst so geworden war, seit diese Miss Neunmalklug in die Wäscherei gekommen war. Dieses Mädchen hatte etwas an sich, das ihr unheimlich war. Man konnte ihr nicht trauen. Und es hieß im Haus, daß Mrs. Fulton sie praktisch schon hinausgeworfen hatte, doch dann hätte sie von ganz oben den Hinweis erhalten, daß das nicht erwünscht sei. Aber warum? Es hieß, die alte Madam interessiere sich für das Mädchen. Doch soviel Mrs. Fitzsimmons wußte, hatte sie das Mädchen nie zu sich kommen lassen und auch nur einmal, an Weihnachten, gesehen, als sich die Nummer vier wieder einmal, wie üblich, in den Vordergrund spielte.

An jedem freien Nachmittag nahm Biddy jetzt Jean mit nach Hause, und sie brachten immer ein anderes Buch mit. Biddy hatte ihren kleinen Vorrat mit nach Hause genommen, weil Mrs. Fulton bei einer ihrer Inspektionen die Bücher auf dem Fensterbrett genommen hatte, als ob sie lesen könnte; danach hatte sie Biddy erklärt, sie solle das Zeug verschwinden lassen, sonst würde man es ins Feuer werfen lassen.

In der Bibliothek im Moor House gab es genügend Papier und Bleistifte, aber Biddy nahm immer nur ein paar Blätter mit, und jedes der Mädchen versteckte seine Arbeiten unter der Matratze.

Da Jean bei allen Besuchen zu Hause dabei war, konnte Biddy nur selten unter vier Augen mit ihrer Mutter sprechen, doch sie fühlte, daß sie sehr einsam sein mußte, und daher sagte sie hier und da: »Ich habe Tol gesehen, und er war allein.« Und erst in der vergangenen Woche hatte sie gewagt, zu sagen: »Ma, weißt du was?« Als ihre Mutter gefragt hatte: »Was denn?« hatte sie erklärt: »Tol hat jetzt keine Frau mehr. Er wohnt allein in seinem Haus.« Doch die Mutter erwiderte nur steif: »Woher willst du das wissen? Hat er es dir vielleicht gesagt?« Darauf hatte sie geantwortet: »Nein, nicht direkt, aber ich weiß, daß es wahr ist. Solche Dinge sprechen sich herum. Es heißt, die Mistress hat es erfahren, und man hat ihn gewarnt, weil die Mistress sehr fromm ist.«

An diesem Punkt wäre ihre Mutter beinahe auf Biddy losgegangen: »Und er hat sie daraufhin hinausgeworfen, hat ihr gesagt, sie soll packen? Er ist herzlos. Ja, das ist er, herzlos. Geht es die dort oben vielleicht etwas an, was ein Mann nach Feierabend macht? Sollen sich doch erst einmal um ihre eigenen Männer kümmern, da gibt es viel zu tun, wenn ich das glaube, was mir Fanny erzählt. Von wegen fromm!«

Biddy war zurückgekehrt in das Herrenhaus mit dem Gedanken, daß sie ihre Mutter manchmal nicht verstehen konnte. Sie wußte mit Sicherheit, daß es ihr nicht recht gewesen wäre, wenn Tol eine andere Frau gehabt hätte, und doch schalt sie ihn, weil er diese Frau hinausgeworfen hatte. Es gab Dinge, denen sie einfach nicht auf den Grund kommen konnte. Sie hatte aus ihrer Lektüre viel über das Leben erfahren, dennoch kam es ihr so vor, als sei das, was da unter ihrer Nase vor sich ging, eine ganz andere Art von Leben. Das wirkliche Leben war nicht so schön und nicht so leicht wie das, was sie aus ihren Büchern in sich aufgesogen hatte; zugleich war ihr bewußt, daß der Herr ein solches Bücherleben geführt hatte, und daß es eben etwas abseits lag von der Wirklichkeit.

Hier im Herrenhaus konnte man nicht abseits leben, und man konnte auch nicht über die Affären hinwegseheen, die hier vor sich gingen – damit meinte sie nicht nur die, von denen man flüsterte, sondern Dinge, die sie mit eigenen Augen gesehen hatte. So war sie zufällig auf eine Sache gestoßen, oben auf dem Pfad zwischen den Hekken, an der James Simpson, der erste Diener, und Mary Watts, das erste Hausmädchen beteiligt waren. Sie war auf dem weichen Schnee dahinspaziert, die beiden hatten sie nicht kommen gehört, und da standen sie an einem Baum in der Dämmerung und drückten sich so eng aneinander, als ob sie rauften. Es mußte Mary Watt's Ausgehtag gewesen sein, denn sie hatte einen Hut auf und einen Mantel an. Aber der Diener trug noch seine Uniform. Er war sehr herrisch für einen Diener, und man mußte ihm immer Platz machen und Mr. Simpson zu ihm sagen. Und Mary Watts war hochnäsig – fast so wie Miss May. Und doch waren sie da draußen im Freien und trieben solche Sachen miteinander. Das Leben war seltsam.

Doch nun kam Ostern, und ihre Mutter schneiderte ihr einen neuen Rock aus einem schönen Stoff, den sie in einer der Kisten auf dem Speicher gefunden hatte. Und noch erfreulicher war, daß ihr Davey ein Auge auf Jean geworfen hatte, und Jean schwebte vor Seligkeit im siebten Himmel. Er kam jetzt am Sonntag oft an das Fenster der Wäscherei und sprach mindestens soviel mit Jean wie mit ihr. Er hatte sich verändert, ihr Davey, nicht nur dem Aussehen nach, sondern auch sonst. Zu Hause war er nicht gerade zungenfertig gewesen, aber jetzt war er es, und er scherzte auch viel. Nur über eines war er nicht glücklich, nämlich daß sie den anderen Lesen und Schreiben beibrachte. Er hatte sie schon mehrmals gewarnt und gesagt: »Damit machst du dir noch großen Ärger. Ganz großen. Die sind in dem Punkt ein bißchen komisch.

Also, ich lasse mir nie anmerken, daß ich schreiben kann; ich mache ein Kreuz, wenn ich unterschreiben soll.« Und sie war auf ihn losgegangen und hatte gerufen: »Oh! Unser Davey unterschreibt mit einem Kreuz statt mit seinem Namen, nach allem, was er gelernt hat.« Und darauf hatte er erwidert: »Das Lernen bringt dir gar nichts in einem Haus wie diesem. Hier machst du deine Arbeit, kennst deine Stellung, ißt dein Futter und bist dankbar. Das sage ich dir, und du bist gut beraten, wenn du es genauso machst.«

Aber sie würde es nie genauso machen, denn sie wußte, daß sich etwas in ihrem Inneren dagegen auflehnen würde, ohne Rücksicht auf die Folgen. Manchmal wünschte sie, daß es anders wäre und sie nicht so denken würde, und einige Male hatte sie ihre rebellischen Gefühle schon heftig im Zaum halten müssen, zum Beispiel als der junge Herr und die junge Mistress in die Wäscherei kamen und die Wäschebündel durcheinanderwarfen und Eimer voll schmutzigem kaltem Waser über die Mädchen ausgossen, während Mrs. Fitzsimmons sich halb totlachte über das, was sie lustige Streiche nannte.

Heute war der Sonntag, an dem sie und Jean im Haus bleiben mußten. Mrs. Fitzsimmons, Florrie und Sally hatten Ausgang. Es war ein strahlend schöner Tag, und sie waren eben damit fertiggeworden, die Angestelltenwäsche der Mädchen in einen Bottich mit kaltem Wasser zu werfen und die der Männer in einen ähnlichen, der danebenstand.

Jean trocknete sich die Arme an einer rauhen Sackleinwand ab und sagte: »Sieht nicht so aus, als ob Davey heute herkommen könnte, was meinst du, Biddy? Vielleicht haben sie ihm den Ausgang gestrichen, weil die jungen Herren mitreiten.«

»Ach, es ist noch viel Zeit – er kann noch bis sechs Uhr kommen.«

»Ja, aber sonst war er um diese Zeit immer schon hier.«

Biddy wandte sich an ihre Freundin. »Und wenn er

nicht kommt«, sagte sie lachend, »dann gehe ich einfach zu den Ställen und frage Mr. Mottram: Wo ist mein Bruder? Warum ist er nicht vorbeigekommen, um mit uns zu sprechen? Antworten Sie, aber schnell. Na los; ich habe ihn schließlich nicht mit den Pferden zu diesem Lord Milton geschickt.«

Sie imitierte Mrs. Fulton, und während Jean sich vor Lachen vornüberbeugte, hörten sie ein scharfes Klopfen am Fenster.

Beide Mädchen liefen hin, stießen das Fenster auf und schauten mit strahlenden Augen zu Davey hinunter. Aber heute lächelte Davey nicht. »Ich kann nicht bleiben«, sagte er gleich. »Ich wollte euch nur warnen, damit ihr auf der Hut seid. Miss Lucy und Paul toben wie die Verrückten umher und treiben Schabernack wie kleine Kinder. Sie waren schon in der Geschirrkammer und haben dort alles durcheinandergebracht und mit Lederwichse schwarz beschmiert. Mr. Lowther ist wütend. Er hat Mr. Paul gesagt, daß er mit dem Herrn darüber sprechen wird. Daraufhin hat Mr. Paul ihn eine blöde alte Sau genannt. Ich glaube, es ist das beste, wenn ihr so schnell wie möglich unter irgendeinem Vorwand hinüberlauft ins Haus.«

»Das geht nicht, Davey; wir müssen bis sechs hierbleiben, und es gibt noch eine Menge zu tun. Wenn wir statt dessen hinüberlaufen und auf Mrs. Fulton stoßen, ist das schlimmer als wenn Paul und Miss Lucy hierherkommen.« Davey schaute Jean an, ließ eine kurze Pause entstehen und sagte mit weicher Stimme: »Hallo, Jean.« Und sie erwiderte ebenso weich: »Hallo, Davey.«

»Ich haue jetzt lieber ab.« Er nickte den beiden zu, dann rutschte er hinunter und war nicht mehr zu sehen. Die Mädchen schlossen das Fenster und gingen in die Mitte des Raums, wo Jean fragt: »Was machen wir, wenn sie herkommen und alles durcheinanderwerfen?«

Biddy wiegte den Kopf hin und her. »Also, wenn sie die sortierte Wäsche durcheinanderwerfen, wie sie es meistens tun, lasse ich alles liegen, wie es ist, und morgen früh sage ich Mrs. Fitzsimmons, daß der junge Herr und die Mistress hier waren und gearbeitet haben, und daß dies das Ergebnis ist.«

»Das sagst du nicht.«

»Wetten, daß ich es sage?«

Und angesichts Biddys entschlossener Miene und dem Klang ihrer Stimme wußte sie, daß ihre Lehrerin genau das tun würde, was sie angekündigt hatte. Ihre Bewunderung für Biddy war grenzenlos. Sie hatte noch nie einen Menschen gesehen, der so mutig und so klug war. Jeden Tag sagte sie sich, daß sie Biddy liebte.

Es verging fast eine Stunde, und die Mädchen waren dabei, das große, mit Latten versehene Trockengestell von der Decke herunterzulassen. Es war schwere, mühevolle Arbeit, vor allem, wenn wie jetzt die fünf Stangen beladen waren mit Mangelwäsche, die am Abend zuvor bearbeitet und dann aufgehängt worden war, fast ausschließlich große, schwere Bettlaken und Überzüge.

Biddy hatte gerade das Seil um den eisernen Haken an der Wand geschlungen, als die Tür der Wäscherei aufging und Paul Gullmington und seine Schwester Lucy hereinmarschierten. Sie trugen beide Reitkleidung und kleine Peitschen, und sie galoppierten, als ob sie noch auf den Pferden säßen, durch den Raum, wozu sie laute Schreie ausstießen – bis sie schließlich vor den beiden Mädchen stehenblieben.

»Nanu! Nanu! Was haben wir denn da? Zwei Füchse?« Paul schaute seine Schwester an. Seine Augen leuchteten, und er lachte breit. Auch ihre Augen leuchteten, aber ihr Mund zeigte kein Lachen, sondern sie konzentrierte sich auf das junge Ding, das Laurence am Weihnachtstag so favorisiert hatte und deren Gesicht ihr in den letzten Wochen mehr als einmal im Traum erschienen war, wie das Gesicht eines jeden Mädchens, das Laurence favorisierte. Sie hatte sich entschlossen, Laurence zu heiraten, sobald sie erwachsen war, das heißt, wenn ihr May nicht zuvorkam. Und dieses kleine Luder hatte es gewagt, seine Aufmerksamkeit auf sich zu lenken!

»Und was tun wir mit den Füchsen?« Sie schaute ihren Bruder an, und er erwiderte: »Jagen, jagen, jagen!« Und nun begannen beide einen Galopp im Stehen, schlugen sich mit den Peitschen gegen die Stiefel, und Jean drehte sich um und begann zu rennen.

Sie folgten ihr nicht, sondern riefen Biddy zu: »Lauf, Fuchs! Lauf!«

Als sie mit aschgrauem Gesicht stehenblieb, packte der Junge sie an den Schultern und stieß sie vorwärts; als sie stolperte, stieß er sie weiter.

Jean stand jetzt am entgegengesetzten Ende des Waschhauses und preßte sich an die Wand, und Biddy wurde vorwärts gestoßen, bis sie sich plötzlich umdrehte, ihre beiden Peiniger anschaute und sie anschrie: »Hört auf, ihr beiden! Ihr führt euch auf wie Idioten!«

Sie hielten augenblicklich inne, und ihr Ausdruck veränderte sich; jetzt warfen sie sich Blicke zu, und der Junge sagte: »Sie hat uns Idioten genannt.«

»Nun ja, sie ist doch so überaus gelehrt. Sie kann ihren Namen schreiben und Französisch und Latein sprechen. Hast du das nicht gewußt?« Und nun verfiel sie ins Französische und sagte: *»Que je suis une fille habile.«* Und der Junge warf den Kopf in den Nacken, hob die Hand hoch wie zum Segen und rief laut: *»Gloria in excelsis Deo.«*

Hier hätte dieses Spiel wohl geendet, wenn es Biddy gelungen wäre, sich zu beherrschen, aber sie schleuderte ihnen mit scharlachrotem Gesicht entgegen: »Und eure Akzente sind ordinär und provinziell.«

Das hatte ihr der Herr in all den Jahren immer wieder eingeschärft: »Sprich nicht wie ein Provinzler. Das ist kein Patois; du sprichst die französische Sprache genauso wie dein nördlich gefärbtes Englisch.«

Die Wirkung ihrer Worte auf die zwei jungen Leute war so stark, daß ihnen das spöttische Grinsen auf einen

Schlag verging. Allein die Tatsache, daß dieser Dienstbote das Wort »provinziell« benützte, und dann auch noch im Hinblick auf sie beide, brachte sie in Wut.

Was danach folgte, ging alles so schnell, daß Jean und Biddy laut aufschrien, denn Lucy Gullmingtons Peitsche traf Biddy am Ohr, und der Peitschenknall war noch nicht verhallte, als sie rückwärts gestoßen wurde, dann einen Augenblick lang betäubt dalag und erst allmählich fühlte, daß das kalte Wasser durch ihre Kleidung drang – den sie war mit dem Kopf gegen die eine Seite des Bottichs und mit den Knien gegen die andere gestoßen. Aber das eiskalte Wasser belebte sie rasch, und während sie sich mit Jeans Hilfe hochkämpfte, wuchs ihr Zorn. Jetzt stand sie tropfnaß vor ihren hämisch grinsenden Peinigern, und überraschend, wie die junge Mistress sie angegriffen hatte, zahlte Biddy es ihr zurück, sprang sie jetzt geradezu an, drehte sie herum und stieß sie in den anderen Bottich, in dem Männerunterwäsche eingeweicht war – so blitzartig, daß der Junge keine Gelegenheit fand, um es zu verhindern.

Seltsamerweise schrie Lucy Gullmington nicht; die Geräusche, die sie ausstieß, hörten sich an wie ersticktes Knurren oder Stöhnen, und nachdem ihr Bruder sie herausgezogen hatte, stand sie zitternd und tropfend da, den Reitanzug beschmiert mit dem Schaum und Schmutz des Einweichwassers. Dann stieß sie die schützenden Hände des Bruders von sich, knurrte: »Pack sie!« und richtete ihren Blick vom einen Ende der Wäscherei zum anderen, bis er auf dem heruntergelassenen Trockengestell hängenblieb.

Biddy kämpfte jetzt mit dem jungen Herren; sie wand und drehte sich bei dem Versuch, sich aus seinen Armen zu befreien, die er fest um sie geschlungen hatte. Aber sie konnte ihn nicht überwinden. Zwischen dem keuchenden Atemholen wurde sie zweier Stimmen gewahr: der von Miss Lucy, die ihrem Bruder Anweisungen gab, und der von Jean, welche laut schrie: »O nein, tun Sie das nicht! Bitte! Tun Sie das nicht!«

Sie erlebte einen Augenblick des Entsetzens, als sie flach auf dem Steinboden lag und der junge Herr sich auf ihre Beine gesetzt hatte, während er ihre Arme festhielt; dann sah sie, wie Miss Lucy die Laken von den unteren Trockenstangen herunterriß, doch sie ahnte noch immer nicht, was ihr bevorstand, nicht einmal, als sie hörte, wie Lucy ein Leintuch in Streifen zerriß. Jetzt zerrte man ihr die Arme über den Kopf und band ihre Handgelenke so fest zusammen, daß sie einen lauten Schrei ausstieß; danach wurden auch ihre Fußknöchel gefesselt, aber nicht nebeneinander. Biddy schrie jetzt »Jean! Jean!«, aber sie hörte nur den jungen Herrn, der knurrte: »Eine Bewegung, und du kommst als nächste dran.«

Als sie sie auf die Füße stellten, wäre sie umgefallen, wenn man sie nicht brutal am Kragen ihres Kleids festgehalten hätte. Als nächstes merkte sie, daß der Flaschenzug des Trockengestells knarrte, dann sagte die Stimme von Miss Lucy: »Genau, hier drauf.« Sie wurde unter den Boden des Gestells geschleppt, und ihre gefesselten Hände wurden mit den Leinenstreifen daran festgebunden. Noch immer ahnte sie nicht, was zuletzt geschehen würde, bis sie fühlte, daß ihre Arme fast aus den Gelenken gerissen wurden und nur noch ihre Zehenspitzen den Boden berührten. Ihre eigenen Schreie machte sie taub; dann wurde das Gestell weiter nach oben gezogen, und Biddys Schreie verstummten. In der seltsamen Stille, die sie plötzlich umgab, schaute sie nach unten in die beiden Gesichter, die zu ihr heraufblickten; sie stellte sich vor, daß es die Visagen des Teufels waren, und ihr letzter Gedanke, ehe sie das Bewußtsein verlor, war, daß sie so etwas schon einmal getan haben mußten, da sie genau wußten, wie man es anstellte, und daß sie sie wie Jesus kreuzigten...

Die beiden Übeltäter waren so sehr mit ihrer bösen Tat beschäftigt gewesen, daß sie nicht mehr auf Jean geachtet hatten. Die war inzwischen durch die Hintertür entkommen und lief nun über den Hof in Richtung auf die

Stallungen, wobei sie immer wieder »O mein Gott! O mein Gott!« schrie, während sie blindlings dahinstolperte.

Geblendet von den Tränen in ihren Augen und wie von hundert Teufeln gehetzt, stieß sie mit zwei Männern zusammen. Der eine streckte den Arm aus, um zu verhindern, daß sie hinfiel. Und nun schaute sie nach oben in die Gesichter von Mr. Stephen und Mr. Laurence. Sie trugen beide Reitanzüge, und Jean schrie ihnen zu: »Sie haben sie gefesselt und aufgehängt! Bitte kommen Sie. Bitte, bitte, kommen Sie. Sie haben sie gefesselt und aufgehängt.«

»Wovon redest du, Mädchen?« Stephen schüttelte sie an der Schulter; Jean mußte rülpsen, und der Speichel ließ ihr aus dem Mund, bevor sie sagen konnte: »Im Waschhaus! Master Paul und Miss Lucy. Sie haben sie aufgehängt.«

Die beiden Männer schauten sich an, und Laurence fragte mit verzerrtem Gesicht: »Wen haben sie aufgehängt?«

»Biddy. Sie haben sie aufgehängt... Auf das Trockengestell.«

Wieder schauten sich die Männer entsetzt an, dann drehten sie sich um und rannten über den Hof, um die Ecke des Kutscherhauses und in den Hof der Wäscherei. Als sie das Waschhaus betreten hatten, erstarrten sie entsetzt beim Anblick von Stephens Bruder und Schwester, die unter einem Mädchen standen, welches an den Armen vom Boden des Trockengestells nach unten hing.

Mit wenigen Schritten war Stephen bei ihnen und handelte auf der Stelle. Er schlug Paul mit zwei Fausthieben zu Boden, dann versetzte er Lucy mit der flachen Hand eine Ohrfeige, daß sie einen Schrei ausstieß und rückwärts in Laurences Arme taumelte. Aber Laurence schleuderte sie von sich, als ob sie ein giftiges Insekt sei, dann streckte er die Arme aus und langte nach oben, um den schlaffen Körper aufzufangen, während Stephen das

Trockengestell herunterließ und die Fesseln löste. Als er Biddy von dem Lattenrost losgebunden hatte, sackte ihr bewußtloser Körper durch die Arme von Laurence zu Boden.

Die beiden Männer starrten mit tiefer Sorge auf sie hinunter, und Stephen sagte: »O Gott, o mein Gott, nein! Sieh nach, ob ihr Herz noch schlägt.«

Laurence steckte die Hand unter den Kragen ihres Kleids. Erst konnte er den Puls nicht fühlen; dann bewegte er die Finger und nickte, schaute anschließend zu Jean hinüber, die ihm gegenüber am Boden kniete, und kommandierte: »Geh und hol die Haushälterin, schnell.« Nun blickte er zu Stephen hoch, der vor seinem jüngeren Bruder stand und ihn anknurrte: »Bei Gott, ich zieh dir die Haut ab dafür, du Ungeheuer. Warte nur, bis ich es Vater gesagt habe. Wenn du kämpfen willst, dann kämpfe mit denen, die sich wehren können.«

Paul hielt seinen schmerzenden Kiefer und schaute seinen Bruder herausfordernd an, als er erklärte: »Sie hat Lucy in die Wanne gestoßen.«

»Dafür hat sie sicher einen guten Grund gehabt. Andererseits gibt es keinen Grund dafür, daß ihr beiden überhaupt hier seid. Was habt ihr hier zu suchen? Und was dich angeht...« Er drehte sich um und schaute zu Lucy hinüber, die Laurence anstarrte, wie er neben dem verhaßten Mädchen auf dem Boden kniete. »Das ist der letzte Tropfen, der das Faß zum Überlaufen bringt, Miss. Jetzt kann Mama dich nicht mehr retten. Das letzt Mal bist du gewarnt worden: Noch eine derartige Eskapade, und du kommst auf eine Schule, wo man dir vielleicht noch Manieren einprügeln kann. Und was deine Manieren betrifft...«, jetzt funkelte er wieder Paul an, »so scheint die Schule bei dir nicht viel genützt zu haben. Ich hätte gute Lust, dir in den Hintern zu treten, daß du ein Jahr lang nicht mehr sitzen kannst.«

»Schau her.« Laurence winkte Stephen und drehte Biddys Kopf sachte zur Seite. Dabei zeigte er auf einen roten Streifen, der sich von der Mitte ihres Ohrs bis hinunter zum Kinn erstreckte. »Was ist das wohl?« fragte er, und Stephen, der inzwischen wieder seine Schwester anstarrte, war sprachlos, als diese seinen Blick erwiderte und herausfordernd sagte: »Und ich werde es wieder tun.«

»Bei Gott, das wirst du nicht, Miss!« Jetzt packte er sie, drehte sie herum, als ob sie ein Bündel Stroh wäre, hob sie hoch, ging mit ihr durch die Wäscherei und warf sie zur Tür hinaus. Als Paul ihr folgen wollte, sagte er: »Du bleibst, wo du bist. Für dich gibt es hier noch etwas zu tun.«

Mrs. Fulton kam eilig herein ins Waschhaus, blieb stehen und betrachtete entgeistert die Szene, die sich ihr bot. Dann, als sie über Biddys leblosem Körper stand, murmelte sie: »Schon wieder dieses Mädchen. Sie macht ständig Ärger.«

»Und wessen Schuld ist das?«

Das kleine, gouvernantenhafte Gesicht wurde hart, als sie erwiderte: »Nur ihre eigene, würde ich sagen, Sir.«

»Und würden Sie auch sagen, daß es einen Anlaß gab, sie hier an dieses Gestell zu hängen und damit beinahe zu töten?« Laurence nahm seine Arme zurück. »Was, wenn sie an dem Schock gestorben wäre?«

»Nun, es wäre jedenfalls nicht meine Schuld gewesen, Sir, da ich nichts damit zu tun habe.«

Nein, sie hatte recht: Sie hatte nichts damit zu tun. Die Schuld lag eindeutig auf der Seite ihrer Vorgesetzten. Laurence betrachtete angewidert die kleine Frau, als er sagte: »Holen Sie jemanden, der sie ins Haus tragen kann, und bringen Sie sie ins Bett, aber achten Sie darauf, daß sich ständig jemand um sie kümmert.«

Als sie sich abwandte, rief Stephen: »Sie brauchen niemanden zu holen, Mrs. Fulton; mein Bruder hier wird sie ins Haus tragen, ins Bett bringen und dafür sorgen, daß sich jemand um sie kümmert. Nicht wahr, Paul?«

»Ich denke nicht daran.«

»Du denkst nicht daran? Bei Gott, du wirst noch lange daran denken!« Und damit traf der schwere Stiefel den Jungen ins Hinterteil, daß er fast davon hochgehoben wurde, und Stephen brüllte mit zornrotem Gesicht: »Wie viele Fußtritte muß ich dir noch geben, bevor du tust, was ich dir sage? Heb sie hoch.«

»Ich könnte sie unmöglich tragen; sie ist zu schwer für mich.«

»Aber vorher, als du sie aufgehängt hast, war sie nicht zu schwer, was? Mach jetzt, oder willst du noch einen Tritt?«

Der Junge preßte die Zähne zusammen; sein Gesicht war fast so rot wie sein Haar, und als ob man ihn zwänge, etwas zu berühren, das unrein war, bückte er sich und ließ einen Arm unter den leblosen Körper gleiten, in der Höhe von Biddys Hüfte; den anderen schob er unter ihre Schultern. Aber ohne die Hilfe von Laurence konnte er nicht hochkommen. Dann taumelte er aus der Wäscherei und hätte Biddy sicher fallen gelassen, wenn Laurence sie ihm nicht abgenommen und ihn zugleich angebrüllt hätte: »Mach die Tür auf!«, was er dann auch tat.

Paul stolperte vorwärts und öffnete ihnen alle Türen, trat dabei jeweils beiseite und betrachtete den Mann, den er jahrelang für seinen Bruder gehalten und dennoch nie gemocht hatte, schaute zu, wie er hinauskam ins Freie und unter den weit aufgerissenen Augen der Hausangestellten über den Hof und durch die Stiefelkammer ins Haus ging.

Jetzt verließ auch Paul die Wäscherei und ging hinüber ins Haus, aber durch den Haupteingang; dann lief er rasch hinauf ins Zimmer seiner Schwester. Er ging hinein, ohne anzuklopfen, und als er Lucy ansah, bemerkte er erstaunt, daß sie weinte. Er legte ihr einen Arm um die Schultern und sagte: »Mach dir keine Sorgen. Wir rächen uns noch an dieser Kreatur, so oder so. Es dauert vielleicht einige Zeit, aber du wirst sehen, wir rächen uns. Du auf deine Weise, und ich auf die meine. O ja, ich auf die meine.«

5

Ein Gefühl kommender Aufregungen verbreitete sich im gesamten Personal, aber nirgends war es so stark zu spüren wie in der Wäscherei, denn der einunddreißigste Juli stand unmittelbar bevor.

Die Angestellten, die in der Wäscherei arbeiteten, waren sich stets ihrer Stellung im Haushalt bewußt gewesen. Nichts war niedriger im Rang als sie, abgesehen von den Latrinenreinigern, aber die kamen von außerhalb und durften sich dem Haus nicht einmal nähern. Lediglich die Gutsarbeiter bekamen sie zu sehen, wenn sie die Jauche dort abluden, was nur dreimal im Jahr geschah... Also hatten sich die Wäschermädchen – natürlich unter Ausschluß von Mrs. Fitzsimmons – zusammengetan, um es »ihnen« mit gemeinsamen Kräften einmal zu zeigen.

Vielleicht hätte sich Biddy die Warnung ihres Bruders Davey zu Herzen genommen, was das Unterschreiben mit dem Namen betraf, wäre da nicht dieser Zwischenfall in der Wäscherei gewesen. Er hatte eine tiefe Narbe in ihrer Seele hinterlassen, das Bewußtsein, daß man sie auf solch grausame Weise quälen durfte, obwohl sie sich nichts hatte zuschulden kommen lassen, außer daß sie so kühn gewesen war, dem jungen Herrn und der jungen Mistress die verdienten Antworten zu geben. Eine Narbe, hervorgerufen auch durch die tiefe Enttäuschung, daß man zuletzt noch ihr die Schuld an dem ganzen Zwischenfall zuwies, und zwar nicht nur von seiten der Haushälterin, nein, auch der Butler und der Kammerdiener hielten sie letztlich für die Schuldige. Und diese Enttäuschung hatte ihren heißen Zorn entfacht.

Mrs. Fulton hatte ihr gesagt, daß das, was geschehen war, nur dadurch geschehen konnte, weil sie eine Unruhestifterin sei. Alles habe sich verändert, sagte Mrs. Fulton, seit sie dem Haushalt angehöre, denn wer hätte sich zuvor jemals gedacht, daß Mr. Laurence und Mr. Stephen auf Master Paul und Miss Lucy losgehen würden, vor allem, da Miss Lucy, wie jeder wisse, in Mr. Laurence verliebt sei. Sicher, sie hatten Biddy aufgehängt – doch sie sei keineswegs die erste, die man in dieser Weise behandelt habe, und sie sei noch gut davongekommen, weil man darauf verzichtet habe, sie zudem noch auszupeitschen. In den Tagen des alten Herrn wäre man so verfahren, und damals hätte sie es nicht gewagt, auch nur einmal den Mund aufzumachen. Das sei es, was ihr Mrs. Fulton dazu mitzuteilen habe. Die Sache sei dem Herrn und der Herrin vorgetragen worden, und die beiden seien übereingekommen, daß man ihr noch eine Chance geben sollte. Wenn es bei Mrs. Fulton gelegen hätte, sie hätte schon gewußt, was man ihr für eine Chance geben mußte. Und daß man die arme Miss Lucy daraufhin zur Schule schickte, obwohl doch ein jeder wußte, wie sehr sie die Schule haßte! Sie sei schon nicht bereit gewesen, regelmäßig am Unterricht von Miss Collins teilzunehmen, wolle nichts als reiten. Und was sei schon Schlimmes dabei für eine junge Lady? Master Paul habe man das Taschengeld empfindlich gekürzt. Was denke sie sich überhaupt? Könne sie denn nicht einsehen, daß sie nichts weiter als ein Störenfried sei?

Biddy hatte drei Tage im Bett gelegen, und am ersten Tag hatte sie kaum gewußt, wo sie war. Ihr Gedächtnis spielte Schabernack mit ihr, führte sie mitten hinein in die Geschichte, die sie gelesen hatte. Sie sah sich selbst durch die Wälder laufen, sah sich über Meere segeln, die größer waren als man es sich vorstellen konnte, und wurde in ihren Träumen, so seltsam das sein mochte, von einem Prinzen umworben. Dies hatte sie dem Delirium zugeschrieben. Am zweiten Tag hatte man ihr den Doktor geschickt, und der hatte sie mit den Worten »Na, na, unsere eifrige Schülerin!« begrüßt. Danach hatte er sie untersucht und unversehrt gefunden, abgesehen von der Strieme an der Gesichtsseite, die noch immer dunkelrot leuchtete, aber mit der Zeit, wie er sagte, verblassen würde.

Wie der Bericht über den Vorfall an ihre Mutter gelangt war, wußte sie nicht, aber am dritten Tag war sie bei ihr und erklärte, sie wolle sie auf der Stelle mit nach Hause nehmen; obwohl das Biddys sehnlichster Wunsch gewesen wäre, hatte sie sich geweigert, mitzukommen. Damals war ihr der Grund für ihre Weigerung noch nicht klar gewesen, aber kurz danach leuchtete ihr ein, daß es mit Trotz und Herausforderung zu tun hatte, denn sie war fest entschlossen, sich durchzusetzen. Sie wollte ihnen zeigen, daß sie anders war als der große Haufen: ein gebildetes Mädchen. Und sie war nicht nur entschlossen, in Zukunft wieder mehr zu lesen, sondern auch ihr Studium der französischen und lateinischen Sprache fortzusetzen. Sie wußte, daß ihr das ohne Lehrer nicht leichtfallen würde, aber sie wollte es wenigstens versuchen.

Aber nun sollte die Aufregung, die seitdem beim gesamten Personal herrschte, ihren Höhepunkt erreichen, genau gesagt, tags darauf am Ende des Korridors im Nordflügel des Hauses, denn die vier Wäschermädchen hatten sich entschlossen, mit ihren Namen zu unterschreiben, wenn man ihnen dort den Lohn für ein halbes Arbeitsjahr aushändigte.

Die Prozedur am Zahltag war in gewisser Weise der bei der Geschenkübergabe an Weihnachten ähnlich. Der einzige Unterschied bestand darin, daß sie diesmal nacheinander die Bibliothek betraten, wo am Kopfende des langen Tisches, welcher sich bis in die Mitte des Raums erstreckt, der Herr saß, während rechts neben ihm sein neuer Haushofmeister, Mr. Daniel Yarrow, stand und links der Butler Thomas Froggett.

In der Reihenfolge, wie sich die einzelnen Mitglieder des Hauspersonals näherten, wurde ihr Name vom Butler aufgerufen, und der Haushofmeister kontrollierte ihn mit Hilfe einer Liste und nannte den Betrag, der jeweils ausgezahlt werden sollte. Dann zählte der Herr das Geld ab, bevor er es dem Butler reichte, der es an den Empfänger weitergab und dazu sagte: »Unterschreiben«, was bedeutete, daß die Angestellten ein Kreuz auf der Liste machten.

Der Leiter einer jeden Abteilung kam vor seinen Untergebenen; aber nun war das Ende der langen Liste erreicht, und Mrs. Jinny Fitzsimmons näherte sich dem Tisch, wobei jede Pore ihres großes Leibes unterwürfige Dienstfertigkeit ausströmte. Als sie ihre sechs Pfund und zehn Shilling erhielt, beugte sie das Knie, schaute den Herrn an und sagte »Danke, Sir«, worauf er weder mit einer Bewegung der Augen noch des Kopfes antwortete, sondern seufzte, als er auf die lange Liste von Löhnen schaute, die er auszuzahlen gezwungen war. Jetzt las der Haushofmeister von der Liste ab: »Florrie McNulty, Wäschereihelferin, drei Pfund neun Shilling«, Mr. Gullmington zählte das Geld, reichte es dem Butler, und der gab es Florrie, wobei er wieder sagte: »Unterschreiben«.

Und Florrie unterschrieb. Langsam, in deutlichen Blockbuchstaben, schrieb sie ihren Namen »FLORRIE MCNULTY«.

Um ein Kreuz zu schreiben, brauchte man gerade eine Sekunde, aber vierzehn Blockbuchstaben dauerten über vierzig Sekunden und führten dazu, daß drei Augenpaare sich auf sie richteten. Als sie fertig war, lächelte sie, beugte das Knie, sagte »Danke, Sir«, ging drei Schritte rückwärts, drehte sich dann um und marschierte hinaus – wobei marschieren genau das richtige Wort war.

Die drei Männer sahen einander an, sagten aber kein Wort.

Dann kam Sally Finch an die Reihe, und der Haushofmeister las laut: »Sally Finch, erste Schrubberin in der Wäscherei, zwei Pfund zwölf Shilling.« Der Herr gab dem Butler das abgezählte Geld, und der Butler reichte es Sally, wobei er nach leichtem Zögern »Unterschreiben« sagte. Er zeigte auf die Stelle der Liste, und Sally blickte, bevor sie unterschrieb, zu ihm hoch und lächelte. Sie brauchte nur zehn Buchstaben für ihren Namen, aber es dauerte fast ebensolang wie zuvor bei Florrie.

Nachdem sie das Knie gebeugt und »Danke, Sir« gesagt hatte, verschwand sie wie die anderen, und der Herr schaute seinen Butler an und fragte: »Was soll das heißen, Frogett?« Und Frogett, nachdem er kurz geschluckt hatte, erklärte: »Ich... Ich wußte nicht, daß sie – daß sie schreiben können, Sir.«

Der Haushofmeister las jetzt von der Liste ab: »Jean Bitton, Schrubberin in der Wäscherei, ein Pfund, sechzehn Shilling und drei Pence.«

Jean sah nervös aus. Sie erinnerte sich an das, was Davey gesagt hatte: Im Gegensatz zu Biddy und den anderen wußte sie nicht, wohin sie gehen sollte, falls man sie hinauswarf, es sei denn zurück ins Armenhaus. Dennoch unterschrieb sie mit dem Namen, den man ihr gegeben hatte, als sie im Alter von sechs Monaten ins Armenhaus gesteckt wurde: Jean Bitton.

Die drei Männer schwiegen, während sie auf die letzte Helferin in der Wäscherei warteten, und mindestens zwei von ihnen wußten bereits, wer die Anstifterin dieser Rebellion war. Der Butler hatte diesbezüglich keine Zweifel, und auch der Herr hatte von dem Mädchen gehört, das am Weihnachtsabend das Gedicht vorgetragen hatte, aber vor allem erinnerte er sich an den Zwischenfall, bei dem das Mädchen, das jetzt vor sie trat, seine Tochter und seinen Sohn durch Lächerlichmachen ihrer französischen und lateinischen Aussprache so erzürnt hatte, daß sie es aufgehängt hatten, wobei dieser Vorfall zugleich eine Meinungsverschiedenheit in der Familie bewirkt hatte, die bis zu diesem Tag zu spüren war.

Anthony George Gullmington hielt sich selbst für einen verträglichen Menschen. Er verlangte nicht viel vom Leben, wie er selbst oft genug sagte: einen guten Tisch, guten Wein, die Befriedigung der Bedürfnisse seines Körpers, vor allem aber ein gutes Pferd zwischen den Schenkeln – mehr brauchte er nicht. Und für den Rest bezahlte er einen großen Stab von Angestellten, die sich um den Haushalt zu kümmern hatten. Bei Gott! Er zahlte mehr als genug dafür. Man brauchte nur an das Geld zu denken, das ihm an diesem Vormittag durch die Hände gegangen war, und obendrein mußte er sie von Kopf bis Fuß einkleiden und ihnen gestatten, daß sie sich vollfraßen und seinen Wein soffen. O ja, er wußte, was in diesem Hause vor sich ging; schließlich war er kein Narr. Doch solange sie dort blieben, wo sie hingehörten, war er bereit, bei vielen Dingen einfach die Augen zuzudrücken. Ja, das erschien ihm als die Hauptsache: daß sie sich ihrer Stellung bewußt waren und nicht versuchten, sich über sie zu erheben. Er war kein frommer Mensch, nicht so fromm wie seine Frau, zumindest kein Eiferer in religiösen Dingen, aber er glaubte, daß Gott für die verschiedenen Lebewesen verschiedene Lebenswege vorausbestimmt hatte, und diese Bestimmung konnte nur dann in die Tat umgesetzt werden, wenn die unteren Klassen sich mit ihrem Platz, ihrer Stellung in der Gesellschaft begnügten; ihre Bestimmung war es nun einmal, sich mit ihrer Hände Arbeit zu ernähren und nur dann den Kopf zu benützen, wenn es darum ging, ihre Arbeit auf bestmögliche Weise zu verrichten. Bis hierher und nicht weiter. Sobald einer von ihnen mit dem Lesen und Schreiben begann, gab es Schwierigkeiten. Er hatte ein Beispiel dafür in seiner eigenen Familie. Das heißt, nicht ganz in seiner eigenen. Stephen war alles andere als gebildet, und Paul folgte ihm in diesem Punkt, während Laurence stets ein Buch dem Pferderücken vorzog. Und das war nicht natürlich für einen Gentleman, es sei denn, er hatte die Absicht, ein verschrobener Einsiedler zu werden wie der Mann, der kürzlich drüben im Moor House gestorben war. *Ja. O ja.* Und nun kam das Ergebnis der Verschrobenheit dieses Mannes auf ihn zu. Wie alt war sie? Sie war groß, sah aus wie sechzehn oder noch älter, außerdem war sie hübsch. In ein, zwei Jahren könnte aus ihr eine Schönheit werden, und ihre Figur stand dem Gesicht in keiner Weise nach. Wenn sie klug war, wußte sie, wie sie diese Figur einsetzen konnte. Doch er bezweifelte, daß dieses Mädchen hier auf solche Weise klug sein würde, denn sie hatte bereits Blut geleckt, kannte die Macht der Feder und hatte eben drei Beispiele dafür hier hereingeschickt. Mein Gott! Er fühlte, wie der Zorn in ihm hochstieg. Das hier war genau die Person, die überall Ärger und Aufruhr verursachen würde. Wäre sie ein Mann gewesen, wer weiß, was sie dann schon alles angestellt hätte. Immerhin hatte sie diesen Haushalt schon genügend durcheinandergebracht, und er würde dafür sorgen, daß dem ein Ende gemacht wurde.

Der Haushofmeister las: »Bridget Millican, Laufmädchen in der Wäscherei. Ein Pfund sechs Shilling.«

Anthony Gullmington zählte das Geld ab, reichte es dem Butler, und der schob es Biddy über den Tisch zu, zeigte dann auf die Liste und sagte mit einer Stimme, die wie die Trompeten des jüngsten Tages klang: »Unterschreiben.«

Biddy betrachtete die Männer, einen nach dem anderen, dann unterschrieb sie mit ihrem Namen. Sie brauchte nur wenige Sekunden dazu und setzte einen Schnörkel an den Schluß. Als sie das Knie beugte und »Danke, Sir«, gesagt hatte, schaute der Herr sie an und fragte: »Seit wann hat man dir gestattet, meinen Angestellten das Schreiben beizubringen?«

Die Antwort von Biddy Millican aus der Grubenreihe wäre vielleicht gewesen: »Wie – was meinen Sie, Sir?« Aber Bridget Millican, die bei Percival Miller gelernt hatte, sagte: »Ich hätte nicht gedacht, daß ich dazu eine Erlaubnis benötige, Sir; ich habe es in meiner Freizeit getan.«

»Du hast gewußt, daß es verboten ist.«

»Nein, Sir, das habe ich nicht gewußt.«

»Also, Miss, dann laß es mich dir deutlich sagen: Es ist verboten. Du nimmst in diesem Haushalt eine klar umschriebene Position ein, mehr wird von dir nicht verlangt.

Wenn ich wünschte, daß meine Angestellten unterrichtet werden, würde ich dafür sorgen, daß es geschieht. Hast du mich verstanden?«

»Jawohl, Sir.« Die großen braunen Augen zeigten keine Angst. In ihren Tiefen lag eine seltsame Ruhe und Gelassenheit, die er als Herausforderung empfand, genau wie sein Sohn und seine Tochter. Wer war dieses Mädchen? Und was war sie? Wie konnte sie es wagen! Wohin waren die Dinge getrieben! Derartige Platitüden gingen ihm durch den Kopf. Jetzt wandte er seinen wütenden Blick dem Butler zu und sagte: »Holen Sie mir die Haushälterin.« Dann, zu Biddy: »Du wartest draußen.«

Biddy wirkte zwar äußerlich ruhig, aber im Innern zitterte sie, und obendrein war ihr elend. Draußen in der Halle entstand eine Bewegung, ein Trappeln und Rascheln der Diener, wobei einige von ihnen die Treppe hinaufschauten. Jetzt kam der Butler mit der Haushälterin an Biddy vorbei, und wenn sie noch daran gezweifelt hatte, daß ihres Bleibens hier bald ein Ende sein würde, die Mienen der beiden bestätigten es ihr.

Sie hatten kaum die Bibliothek betreten, als man hörte, wie der Herr Mrs. Fulton anbellte, und er bellte noch, als er aus der Bibliothek herauskam. Während dessen trugen zwei Diener den Rollstuhl von Madam Gullmington den letzten Treppenabsatz herunter und setzten ihn in der Halle ab.

Es war die Gewohnheit der alten Lady, sich an schönen Tagen durch den Garten fahren zu lassen, und dies war ein schöner Tag, ein milder Tag ohne Wind, doch die alte Lady erkannte augenblicklich, daß im Gegensatz zu draußen ein starker Sturm der Leidenschaften durch das Haus wehte, und als sie sah, wie ihr Sohn auf sie zukam, hielt sie ihn auf und sagte:»Was soll das bedeuten?«

»Was das bedeuten soll?« wiederholte er. »Ein Aufruhr in meinem eigenen Haus.« Er deutete hinüber zu der Stelle, wo Biddy mit gesenkten Augen wartete. »Dieses Wesen hat unter meiner Nase verbotenerweise Unterricht erteilt, vermutlich unter der Nase meiner gesamten Angestellten. Vier Weiber aus der Wäscherei, die mit ihrem Namen unterschreiben! Wie viele Angestellte haben wir, Mama? Du weißt es besser als ich. Kann einer von ihnen lesen oder schreiben? O ja... die Fulton«, er deutete auf ihre Seite, »sie kann ihren Namen schreiben und zählen, aber nur, weil sie das braucht. Doch die anderen...«

»Schweig.« Sie starrte ihren Sohn unverwandt an. Dann befahl sie Jessie Hobson: »Bring mich ins Wohnzimmer!« und Jessie gehorchte und schob den Rollstuhl ins Wohnzimmer, und als sie sich umdrehte, um den Raum zu verlassen, kam Grace Gullmington herein.

Sie war zur Ausfahrt mit der Kutsche gekleidet, trug ein blaues Taftkleid mit üppigem Rock und darüber einen cremefarbenen Spitzenmantel, dessen Unterteil sich durch den Rock des Kleides ballonartig bauschte. Dazu hatte sie einen hohen, cremefarbenen Strohhut auf dem Kopf, der mit Blumen besetzt war und seine Trägerin größer erscheinen lassen sollte, obgleich er die gegenteilige Wirkung erzielte. Insgesamt sah sie aus wie eine zu üppig ausstaffierte Puppe. Ihre Stimme dagegen war alles andere als puppenhaft, als sie jetzt fragte: »Was soll die ganze Aufregegung hier, wenn ich fragen darf?«

»Du darfst fragen, Weib!« bellte ihr Mann sie jetzt an. »Wenn du dich um dein Personal so kümmern würdest, wie es deine Pflicht ist, dann wäre das hier niemals geschehen, ebensowenig wie der Vorfall vor drei Monaten. Du hast keine Ahnung, wie du deinen Haushalt führen und beaufsichtigen solltest, Madam. Wenn du etwas weniger beten und dich dafür etwas mehr um dein Personal kümmern würdest, könnte hier alles ganz glatt und gut verlaufen. Zu Mamas Zeiten hat es so etwas nicht gegeben, das kann ich dir versichern.«

Sein Gesicht war dunkelrot, als er sich jetzt an seine Mutter wandte, und deren Antwort lautete: »Sei still, Tony. Setz dich, beruhige dich und sag mir dann, worum es geht.«

Als ob er noch ein kleiner Junge wäre, setzte sich ihr Sohn augenblicklich hin, und nachdem er mehrmals zischend eingeatmet hatte, sagte er: »Es geht wieder um das kleine Luder, dem dieser Spinner unten in Moor House offensichtlich ein bißchen Wissen eingetrichtert hat. Sie hat es an die übrigen in der Wäscherei weitergegeben, ausgenommen Mrs. Fitzsimmons. Sie kamen alle heute morgen hierher«, er deutete in Richtung auf die Bibliothek, »und haben mit ihren Namen unterschrieben, in Blockbuchstaben. Alle anderen haben ihr Kreuz gemacht, und da kommen drei daher, die der Abschaum sind, und unterschreiben mit ihren Namen! Und alles nur wegen der vierten, die sich obendrein rühmt, daß sie Französisch kann. Hat man jemals so etwas gehört?«

»Sie muß gehen.«

Jetzt funkelte Anthony Gullmington seine Frau an, die diese Worte eingeworfen hatte, und brüllte: »Natürlich muß sie gehen. Sie hätte schon längst gehen müssen.«

Doch dann wurde die Aufmerksamkeit der beiden wieder auf die alte Frau im Rollstuhl gelenkt, die den Kopf gegen das Lederpolster der Lehne gelegt hatte und nach oben schaute, die Augen weit aufgerissen, daß ihr Gesicht wie eine Maske aussah, weil es so dick gepudert war. Und nun begann sie zu zu sprechen. »Ja«, sagte sie, »schickt sie zum Packen. Und die anderen dazu, wenn ihr wollt. Ja, tut das ruhig, und im ganzen Land wird man herumerzählen, daß die Gullmingtons es nicht ertragen können, wenn einer ihrer Angestellten seinen Namen schreiben kann.« Jetzt bewegte sich ihr Kopf nach vorn, während sie fortfuhr: »Nicht daß ich es befürworte, wenn die niedrigen Klassen lesen und schreiben können oder schulisch ausgebildet werden, nein, in dem Punkt bin ich einer Meinung mit dir, Tony, aber ich denke eben daran, daß du die Absicht hast, Stephen im kommenden Jahr für eine Karriere als Abgeordneter beim Parlament vorzubereiten. Wie ich von Stephen und auch von Laurence höre, gibt es dort eine Reihe von Männern, die dafür eintreten, daß den unteren Klassen bestimmte Freiheiten gewährt werden müssen; außerdem ist mir bekannt, daß derzeit im Parlament Übereinstimmung darüber besteht, gewisse Gesetze zu verabschieden, damit öffentliche Schulen zur Bildung der Armen in allen Grafschaften und Distrikten dieses Landes eingerichtet werden. Natürlich kann das Unterhaus alle möglichen Gesetze befürworten, ohne daß sie das Oberhaus passieren. Das ist der entscheidende Punkt, und ich glaube, die Chance, daß ein derartiges Gesetz im Oberhaus durchkommt, ist ebensogroß wie die Chance dieses unruhestiftenden Mädchens, einmal Königin von England zu werden. Doch darauf kommt es gar nicht an.« Jetzt hatte sie sich wieder an ihren Sohn gewandt. »Momentan kommt es darauf an, daß das Thema der Unterrichtung der unteren Klassen eine Art Plattform darstellt, von der aus sich junge Männer rasch einen Namen auf der politischen Bühne machen können, junge Männer wie Stephen, von denen man bisher außer dieser Grafschaft noch kein Wort gehört hat.« Sie atmete tief ein, ehe sie fortfuhr: »Nun ist es bekanntlich dein brennender Wunsch, Tony, daß Stephen eines Tages seinen Sitz im Unterhaus einnehmen wird, nicht wahr? Kannst du mir verraten, worauf sich seine Politik stützen soll? Soll er den Status quo befürworten wie neunzig Prozent der Landbesitzer in England es tun, oder soll er sich zu den anderen zehn Prozent schlagen, unter denen sich, wie ich höre, Fabrikbesitzer in den Midlands befinden, die die Arbeitszeit ihrer Angestellten um täglich eine Stunde verkürzt haben und ihnen zusätzlich zu ihren freien Sonntagen gestatten, die Arbeit an den Samstagen bereits um vier Uhr zu beenden? He? Was meinst du?

Das alles hättest du dir in den letzten Wochen von deinem Sohn und von Laurence sagen lassen können, denn um ehrlich zu sein, ich bin die ewigen Diskussionen über dieses Thema leid. Und ich kann dir eines versichern, und das wird dir nicht gefallen, aber besonders dir nicht, Grace.« Dabei schaute sie ihre Schwiegertochter scharf an. »Wenn einer sich für das Parlament bewerben sollte, dann ist es Laurence, denn ihm scheint es aufrichtig um – ja, um diesen verhaßten Begriff ›Volkserziehung‹ zu gehen, und wenn Stephen jemals einen Sitz dort einnehmen kann, dann muß er Laurence noch dankbar dafür sein, daß er ihm ein paar vernünftige Gedanken eingetrichtert und ihm einen Sinn im Leben gegeben hat, denn von selbst hätte er, der seinem Vater so ähnlich ist, diesen Sinn nie gefunden.« Und wieder richtete sich ihr Blick auf ihren Sohn. »Das einzige, woran du jemals gedacht hast, seit du kriechen kannst, Tony, sind die Pferde. Es ist möglich, daß noch ein paar andere Dinge an deinem beschränkten Horizont aufgetaucht sind, doch die hast du auf zweite und dritte Plätze verwiesen. Pferde, Pferde, Pferde. Und Stephen ist da nicht viel besser. Oh, damit will ich nicht sagen«, und sie bewegte den Kopf von der einen auf die andere Seite, »daß Stephen kein anständiger Kerl ist. Ich mag ihn sehr, sehr gern, und ich werde es ihm beweisen, wenn er diese Idee verfolgt, denn ein Mitglied des Parlaments braucht bei weitem nicht so viel Hirn wie Geld; es wird große Summen erfordern, ihm den Weg dorthin zu ebnen und ihm einen Sitz zu kaufen. Ich könnte jetzt sagen, daß auch du ihm diesen Weg ebnen könntest mit dem Geld, das du für Pferdefleisch hinauswirfst, doch das wäre wohl zuviel verlangt, wie?«

»Oh, Mutter!«

»Sag nicht in diesem Ton ›Oh, Mutter‹ zu mir; du weißt, daß ich die Wahrheit spreche. Aber kommen wir zum entscheidenden Punkt zurück. Wenn du dieses Mädchen entläßt, und der Grund für ihre Entlassung spricht sich herum, dann muß sich Stephen eine andere Krücke suchen, um nach London zu humpeln, denn Bildung und Erziehung sollten eigentlich die Fahnen sein, die er flattern lassen wollte, um die Aufmerksamkeit der Leute auf sich zu lenken.« Sie spitzte die faltigen Lippen. »Natürlich hat jedes Ding auch seine andere Seite; er könnte sich auch für den entgegengesetzten Kurs entscheiden, also unbemerkt einen Platz zwischen den rückständigen, alten Trotteln im Oberhaus einnehmen und warten, bis ihm sein Bart auf die Knie reicht.«

Sie sah zu, wie sich ihr Sohn mühsam erhob, hörte, wie er mit den Zähnen knirschte, bevor er sagte: »Ich bin dagegen, Mutter. Du weißt, ich bin gegen diese Art von Erziehung.«

Ihre Stimme klang sanft, als sie jetzt erwiderte: »Ja, ich weiß, daß du das bist, Tony, genau wie ich und wie auch Stephen im Grunde seines Herzens, aber kennst du einen Menschen, der in die Politik gegangen ist, indem er offen für das eintrat, was er für richtig hielt? Nenne mir einen. Das Parlament ist in meinen Augen wie ein Krähennest: ein jeder kräht und kräht und kräht, um seinen kleinen Platz auf dem Ast zu behaupten. Und sie krähen alle das gleiche Lied. Wenn sie es änderten, würden die anderen nach ihnen hacken.« Nun wandte sie sich ihrer Schwiegertochter zu, ein breites Grinsen auf den Lippen, nickte und sagte: »Ein gutes Gleichnis. Und weil ich schon dabei bin: Vergleiche die Zahl der Adler mit der der Krähen. Es sind ein paar Adler darunter, aber, bei Gott, sie treten keineswegs in den Vordergrund. Und manche glauben sogar selbst an das Geräusch, das sie ausstoßen und mit dem sie die Adler imitieren. Nicht, daß ich der Meinung wäre, Stephen sei zum Adler geschaffen, aber er könnte sich einem von ihnen unter die Fittiche begeben, um bemerkt zu werden. Nun, was meinst du?«

»Was soll ich denn tun?« Die Stimme ihres Sohns war jetzt leise geworden. »Wir können dieses Mädchen doch nicht behalten, nach dem, was geschehen ist. Das Personal wäre damit nicht einverstanden.«

»Wer ist der Herr hier im Haus – du oder die Fulton und dein Froggett? Sagt, was ihr wollt«, jetzt neigte sie den Kopf erst ihrem Sohn, dann der Schwiegertochter zu; danach faltete sie die kleinen Hände mit den feinen

Spitzenhandschuhen und erklärte: »Ich nehme das Mädchen.«

»Du tust – was?«

»Du bist doch nicht taub, Tony; du hast gehört, was ich sagte. Und diese Sache kommt zur rechten Zeit, denn die Hobson wird es mit ihren Füßen nicht mehr lange machen, und dieses Mädchen könnte man dazu ausbilden, daß sie ihr zur Hand geht. Außerdem werde ich dafür sorgen, daß sie keine Gelegenheit erhält, sich hier in diesem Hause weiter zu bilden. Ich finde, das ist eine Lösung, die auf lange Sicht jeden der Beteiligten befriedigen wird. So brauchst du sie nicht mehr auf deine Lohnliste zu setzen, darum kümmere ich mich jetzt, und die Angestellten werden froh sein, wenn sie weg ist; außerdem wird man dich nicht verspotten, daß du ein armes kleines Mädchen entlassen hast – einzig und allein aus dem Grund, weil sie ihren Namen schreiben kann. So sehe ich es. Ja, so sehe ich es…«

»Ich sehe die Sache keineswegs so wie du, Schwiegermutter«, fiel die Stimme von Grace Gullmington in trügerisch leisem Ton ein. »Nein, so kann ich sie auf keinen Fall betrachten. Ich finde, sie sollte entlassen werden, und ich bin sicher, unsere Nachbarn und die Leute, auf die es ankommt, werden Anthonys Entscheidung beipflichten. Niemand kann ihm auch nur den geringsten Vorwurf machen, im Gegenteil, ich bin sicher, man wird ihn dafür rühmen…«

»Bemühe dich doch um Himmels willen nicht, noch blöder zu sein als Gott dich ohnehin gemacht hat, Weib.«

Die Beleidigung rief eine tiefe Röte auf Grace Gullmingtons Gesicht und ein tadelndes »Na, na, Mutter« von Anthony hervor, und die alte Lady wandte sich jetzt gegen die beiden, wobei ihre Augen funkelten. »Ihr seid wirklich zwei ausgemachte Schwachköpfe«, schrie sie. »Das seid ihr immer gewesen und werdet es auch immer sein. Und im Zweifelsfall bist du noch der größere Schwachkopf, Madam.« Dabei trat ihr buchstäblich der

Schaum auf die Lippen. »Für den Fall, daß ihr es vergessen haben solltet, werde ich euch an eines erinnern. Ich habe mich zwar in einen Seitenflügel dieses Hauses zurückgezogen, aber keiner von euch beiden sollte übersehen, daß ich noch immer dieses Haus leite und unterhalte, denn wenn ich mich entscheiden sollte, mich auf einen anderen Besitz zurückzuziehen, wozu ich durchaus imstande wäre, denn meine Beine mögen schwach sein, mein Kopf ist es keineswegs, so würde ich mein Vermögen mitnehmen.« Jetzt ließ sie den zornigen Blick auf ihrem Sohn ruhen, erklärte dann abschließend: »Und wie lange könntest du mit deinen zweitausend Pfund im Jahr auskommen? Du hast dieses Haus geerbt, jawohl, aber es verschlingt unglaubliche Summen für den Unterhalt. Ich kann dir jetzt schon voraussagen, daß du innerhalb weniger Monate in einem Austragshaus wohnen würdest. Also überleg es dir genau. Und was dich betrifft, Madam« – wieder richtete sie den Blick auf ihre Schwiegertochter –, »wage es nicht noch einmal, mir zu erklären, daß du dies und das hier nicht so haben willst. Wie du jemals an die Stelle gekommen bist, die du dir hier anmaßt, wird mir wohl immer ein Rätsel bleiben. Ja, wenn es deine von dir so verachtete Kusine gewesen wäre, die Mutter von Laurence, das hätte ich verstehen können, denn die besaß außer ihrer Schönheit auch noch Verstand. Das ist der Grund, weshalb du sie gehaßt hast, nicht wahr? Nun, wenn ich nicht gewesen wäre, hättest du ihrem Flehen um ein Heim für ihr Kind nicht nachgegeben, ja, du hast alles getan, um zu verhindern, daß Laurence in dieses Haus aufgenommen wurde, oder etwa nicht? Obwohl diese Frau einsam war und im Sterben lag, warst du herzlos und gemein genug, ihr jeglichen Trost und Beistand zu versagen, und...«

»Mama! Mama!«

»Komm mir jetzt nicht mit Mama. Jetzt, in diesem Stadium, kannst du mir nicht den Mund verbieten; das ist etwas, was ich dir schon immer einmal sagen wollte. Und nun klingle nach Hobson.« Sie streckte den Arm nach dem Glockenzug aus, der neben dem Kamin hing. »Und laß dir noch eines sagen: Wenn ich noch ein einziges kritisches Wort von euch höre, was meine Entscheidungen betrifft, dann tue ich genau das, wovon ich vorhin gesprochen habe. Wie ihr beide wißt, steht Buxley Manor derzeit zum Verkauf an, und mir hat der Besitz schon immer gut gefallen. Ich täte Lord Milton einen Gefallen, wenn ich es kaufte, denn er braucht das Geld, um seine Spielschulden in London zu bezahlen...«

Die Tür öffnete sich, und als der Butler auftauchte, rief ihm die alte Lady nur einen Namen zu: »Hobson!«

Kurz danach eilte Jessie herein, so schnell, wie es ihre schmerzenden Beine erlaubten, und als sie den Stuhl herumdrehte und sich anschickte, ihn hinauszufahren in den Garten, rief die alte Lady: »Dieses Mädchen, das den Aufruhr hervorgerufen hat – wo ist es?«

»In der Halle, Madam.«

»Schick sie zu mir herüber und sag ihr, sie soll fürs erste dortbleiben. Ich kümmere mich um sie, sobald ich zurück bin. Also los!« Die beiden letzten Worte rief sie den zwei Dienern zu, und die hoben wieder einmal den Rollstuhl hoch und trugen ihn durch die Haustür hinaus auf die breite, gepflasterte Auffahrt.

Währenddessen lief Jessie Hobson zu Biddy hinüber, die noch immer im Schatten der großen Treppe stand, und sagte zu ihr: »Geh in den Westflügel, in das Haus von Madam.«

Biddy war einen Moment lang sprachlos, und sie schluckte ein paarmal, ehe sie herausbrachte: »Ich... Ich weiß nicht, wie man dort hinkommt... Und warum?«

»Frag nicht, warum, Mädchen.« Jessie hatte sich umgedreht und June Cordell hergewinkt. »Bring das Mädchen in das Haus von Madam. Sie kann in meinem Zimmer warten.« Die andere Frau sagte »Jawohl, Miss«, dann winkte sie Biddy, ging mit ihr am Fuß der großen Treppe vorbei, quer durch die Halle, durch eine Seitentür, über

einen Gang, dann zwei Treppen nach oben, wieder durch eine Tür, und nun befand sich Biddy zum erstenmal in der Galerie des Hauses. Das Zimmermädchen trieb sie rasch durch die Galerie, stieß dann einen Flügel einer erhaben mit Schmelzglas verzierten, cremefarbenen Doppeltür auf, streckte die Hand aus, zog Biddy hindurch und in die Halle, die sich am Ende der Galerie des Westflügels öffnete. Von dieser Halle gingen zahlreiche Türen ab, außerdem zwei Korridore. Am Ende des einen Korridors stieß das Mädchen eine weitere Tür auf, zeigte hinein und sagte: »Du sollst hier warten.« Doch statt sich umzudrehen und so schnell wegzulaufen, wie sie hergekommen war, schaute sie Biddy aus zusammengekniffenen Augen an und sagte: »Iih, was du alles machst! Es stimmt schon, was sie sagen: So eine wie du war noch nie hier. Warum tust du das?«

Sie wartete auf eine Antwort, aber Biddy schwieg. Sie war zu verwirrt, als daß sie sich eine geeignete Erwiderung hätte ausdenken können. Wenn es mit rechten Dingen zugegangen wäre, hätte sie nach dieser Aufregung im Wohnzimmer schon unterwegs sein müssen, mit ihrem Bündel auf dem Rücken, denn es hatte sich genauso angehört wie ein Streit in der Grubenreihe, wenn ein paar von den Männern am Samstagabend betrunken nach Hause gekommen waren. Unmöglich, sich vorzustellen, daß die Herrschaften imstande waren, einander derart anzubrüllen. Ja, vielleicht die ganz jungen, wie die zwei, die sie überfallen und gequält hatten, aber nicht die Erwachsenen, die eine wichtige Stellung im Leben eingenommen hatten. Warum wohl hatte man sie hier heraufgeschickt? Erschöpft ließ sie sich auf den am nächsten stehenden Stuhl sinken, einen Schaukelstuhl, und zur größten Überraschung des Hausmädchens begann sie sachte vorwärts und zurück zu schaukeln.

Wie June Cordell später im Aufenthaltsraum des Gesindes sagte: Der Anblick des Mädchens, das dasaß, kein Wort sagte und ungerührt und eiskalt schaukelte, habe ihr geradezu einen Schauer über den Rücken gejagt. Sie stimmte voll und ganz mit den anderen überein, daß diese Biddy Millican etwas Unheimliches an sich hatte. Und zu denken, was die Haushälterin alles unter ihrer Matratze gefunden hatte, die Blätter und das Buch, von dem die Haushälterin behauptete, daß es ausländisch geschrieben war, abgesehen von dem anderen mit den Gedichten. Und das war noch nicht alles. Das, was sie unter den Matratzen der anderen Wäschermädchen gefunden, war praktisch das gleiche, nur daß es dort keine ausländischen Bücher gegeben hatte! Es stimmte schon, dieses Mädchen hatte etwas Unheimliches an sich, und seit sie hier war, hatte sich alles verändert. Was hatte der Pfarrer in der letzten Woche über die bösen Geister gesagt – sicher war da etwas dran. Und doch – wohin hatte es sie gebracht? Ganz nach oben in den von allen Dienstboten bevorzugten Teil des Haushalts. Eine jede von ihnen hätte eines ihrer Augen dafür geopfert, wenn sie auf Dauer dorthin versetzt worden wäre, denn es galt als sicher, daß Miss Hobsons Füße es nicht mehr lange machen würden, und nun war es durchaus möglich, daß sie diese da zur Zofe ausbildete, damit sie früher oder später ihren Platz einnahm. Iih! Das war wirklich unglaublich!

Und jeder im Aufenthaltsraum des Gesindes war wie sie der Ansicht, daß das unglaublich war.

Doch dieses Gespräch fand erst abends um sieben Uhr statt.

Biddy, die viele Stunden zuvor dort oben im Schaukelstuhl saß, hätte ihre Situation keineswegs als unglaublich bezeichnet, denn sie war noch nicht in der Lage, über all das, was geschehen war, klar nachzudenken. Sie wußte noch nicht, was mit ihr geschen würde, ahnte nicht, weshalb man sie hier heraufgeschickt hatte. Nur eines stand fest: Sie würde es bald herausgefunden haben.

Und eine Stunde danach war es dann soweit. Jessie Hobson kam herein, Biddy stand auf, und die alte Zofe drohte mit dem Zeigefinger und sagte: »Jetzt hör mit gut zu, Biddy. Ich habe nicht mehr viel Zeit, um dich in alles einzuweihen, und kann dir nur soviel sagen, daß sich dir die Chance deines Lebens bietet. Es hängt jetzt alles von deinem Verhalten ab, ob du diese Chance nutzt oder nicht. Verstehst du, was ich sage?«

»Nein – nicht ganz.«

Jessie schloß einen Moment lang die Augen, dann sagte sie: »Also, es ist so: Madam hat dich davor bewahrt, daß du hinausgeworfen wirst. Warum, kann ich dir nicht sagen.« Ihre Stimme wurde sehr leise. »Sie ist ein widersprüchlicher Charakter; vielleicht hat sie es nur aus Trotz gegen die Herrin getan, aber darauf kommt es jetzt nicht an. Du bist hier oben, und deine Aufgabe wird es sein, Madam auf jede nur erdenkliche Weise nützlich zu sein. Tu alle deine Aufgaben als Dienerin, aber achte gleichzeitig auf mich und alles, was ich für Madam tun muß; denn wenn du dich geschickt anstellst, wer weiß, vielleicht übernimmt sie dich, vielleicht auch nicht. Wenn sie dich zur Zofe nimmt, dann wird sie es dir nicht leicht machen, nimmt sie dich aber nicht, bekommst du erst gar keine Gelegenheit, daß du es dir von ihr schwermachen läßt. Hast du mich jetzt verstanden?«

»Ja, Miss Hobson.«

»Also, dann komm jetzt mit. Aber eines muß ich dir noch sagen, bevor du anfängst: Du sollst wissen, daß praktisch jeder im Haus, ausgenommen«, jetzt zog sie ein langes Gesicht, »deine Schülerinnen gegen dich sind, und damit meine ich nicht nur die Dienstboten und das sonstige Personal, sondern auch die Herrschaften bis nach ganz oben. Wenn du also hier bleiben willst, wird es für dich manchen Kampf geben.«

Sie wollte nicht hierbleiben. Aber wie stellte sie sich dann ihr weiteres Leben vor? Wenn sie sich geschickt anstellte konnte sie eines Tages die Kammerzofe einer Lady werden. Als ihr das plötzlich klarwurde, hob sie den Kopf, richtete die Schultern gerade und folgte Jessie Hobson hinaus auf den breiten Korridor, vorbei an vier

Türen, und blieb gemeinsam mit ihr vor einer weiteren Doppeltür stehen.

Jessie klopfte leicht an den einen Flügel, dann stieß sie ihn auf, nahm Biddy bei der Hand und führte sie langsam hinein in den Raum, wo die alte Lady in einem mit blauem Samt bezogenen Sessel nahe dem Fenster saß.

Biddy hatte die alte Lady noch nie aus der Nähe gesehen. Sie kam ihr schrecklich alt vor. Biddy dachte, noch nie jemanden gesehen zu haben, der so alt aussah, nicht einmal die alten Frauen in den Dörfern, denn wenn ihre Haut faltig war, so sah sie doch noch wie Haut aus, während dieses Gesicht so stark bemalt und gepudert war, daß es wie das Gesicht der chinesischen Porzellanpuppen wirkte, die sie bei ihren Besuchen auf dem Jahrmarkt von Gateshead bewundert hatte.

»Na! Na! Das also ist die Urheberin von all dem Durcheinander.«

Die Stimme entsprach keineswegs dem Gesicht; sie war kräftig und lebendig.

»Du kannst also lesen und schreiben, Miss. Und du hast eine Ahnung von Französisch und Latein, wie ich höre. Gut, gut. Du mußt sehr klug sein.«

Biddy fühlte, wie ihr Gesicht rot anlief. Die alte Lady machte sich lustig über sie.

»Sprich französisch mit mir.«

Als Biddy schwieg, bellte die Stimme: »Hast du nicht gehört, Mädchen? Ich sagte, du sollst französisch sprechen mit mir.«

Biddys Gedanken galoppierten, bis es ihr gelang, einen halbwegs vernünftigen Satz zu bilden. Dann jedoch kamen die Worte wie von selbst, kamen in den Mund und von den Lippen, als sie sagte: *»Bonjour, madame. J'espère que vous êtes en bonne santé.«*

»Mein Gott!« Die alte Lady schaute jetzt zu Jessie Hobson empor und rief: »Sie kann es! Sie kann es wirklich! Und weißt du, was sie zu mir gesagt hat, Hobson? Nein, natürlich weißt du es nicht. Sie sagte...« Jetzt wandte sie sich wieder Biddy zu und kommandierte: »Übersetze ihr ins Englische, was du gesagt hast.«

Biddy leckte sich die Lippen, schluckte und sagte dann: »Ich würde es nicht wagen, Madam.«

»Hast du gehört? Hast du das gehört, Hobson? Wohin treibt das noch alles: ein Wäschermädchen, kaum eine Stufe über den Latrinenarbeitern, spricht erst französisch mit mir und mißachtet dann auch noch meinen Befehl.«

Jetzt änderte sie ihre Haltung, und ihr mit Rouge und Puder bemaltes Gesicht schien zu zerbrechen, als sie es verzerrte, Biddy anschaute und schrie: »Schön und gut – das soll aber der letzte Beweis deiner Bildung sein, den ich hören will. Hast du mich verstanden? Es wird hier kein Französisch geben, kein Lesen und kein Schreiben. Rede, Mädchen. Hast du mich verstanden?«

Ja, Biddy hatte sehr wohl verstanden, aber sie konnte oder wollte nicht antworten, daher warf Jessie hastig ein: »Ich werde mich darum kümmern, daß sie es nicht mehr tut, Madam ...«

»Maul halten, Hobson. Sie soll mir selbst antworten. Hast du mich verstanden, Mädchen?«

»Ja, Madam. Ich verstehe Sie vorzüglich.«

Die Worte waren in einer Weise gesprochen, daß Percival Miller damit zufrieden gewesen wäre, und sie bewirkten, daß sich die alte Lady in ihrem Stuhl zurücklehnte und einen Moment lang die Augen schloß. Als sie sie wieder öffnete, schaute sie das gerötete Gesicht vor sich an, die braunen Augen, die direkt auf die ihren gerichtet waren, und ihre Stimme war trügerisch sanft, als sie sagte: »Du verstehst mich; das ist gut. Aber wirst du mir auch gehorchen?«

Ein überwältigender Teil von Biddys Gedanken rief ihr zu: Sag ja. Sag ja. Aber als sie sich selbst sagen hörte: »Ich kann Ihnen nicht aufrichtig versprechen, Madam, daß ich Ihnen in diesem Punkt gehorche«, da schien etwas in ihrem Inneren zu schrumpfen, und sie senkte den Kopf und wartete auf die Attacke, während sie weiter in die kleinen, blaßblauen Augen schaute, die die ihren anfunkelten. Sie sah zu, wie sich der Kopf langsam zur Seite drehte, wie sich das Gesicht der Zofe zuwandte, hörte, wie die alte Lady sagte: »Jetzt verstehen wir, Hobson, warum der ganze Haushalt in Aufruhr ist.«

»Ja, Madam.« Jessies Stimme war leise; auf ihrem Gesicht zeigte sich ein schmerzlicher Ausdruck, und sie senkte den Blick auf das Mädchen, von dem sie gehofft hatte, daß sie sie eines Tages ablösen würde, die jetzt aber nicht mehr weit davon entfernt war, ihr Bündel zu schnüren und sich von hier zu entfernen zu müssen.

»Glaubst du, sie weiß überhaupt, daß sie heute den gesamten Haushalt durcheinandergebracht hat, und nicht nur heute? Glaubst du, sie weiß, daß sämtliche Angestellten gegen sie sind?«

»Ja. Ja, ich glaube, das weiß sie, Madam.«

»Glaubst du es wirklich?« Jetzt hatte sie sich wieder Biddy zugewandt, und nun stellte sie ihr die Frage: »Weißt du, Mädchen, daß du alle hier im Haus gegen dich aufgebracht hast? Und daß sich, solange du hier im Hause bleiben wirst, sei es für kurze oder längere Zeit, diese Haltung der anderen dir gegenüber nicht mehr ändern, ja vielleicht sogar noch verstärken wird – denn ich kenne diese Klasse... Weißt du das, Mädchen?«

Was hatte sie zu verlieren? Sie würde so oder so davongejagt werden... Aber plötzlich begriff sie, daß sie gar nicht davongejagt werden wollte; sie fühlte, daß sie gern für diese alte Frau arbeiten würde. Warum? Sie wußte es nicht, denn die alte Lady konnte eine Nervensäge sein, das war ihr jetzt schon klar. In einer Ecke ihrer Gedanken fragte sie sich, wie ihr Herr diese Frage beantwortet hätte, und dann plötzlich hatte er ganz von ihren Gedanken Besitz ergriffen, legte seine Worte in ihren Mund, und sie drängten heraus, als sie sagte: »Ich weiß sehr wohl, Madam, wie mich die übrigen Angestellten des Hauses betrachten, aber ich bin bereit, damit fertig zu werden, wenn es mir gestattet ist, in Ihren Diensten zu arbeiten, und obwohl ich Ihnen nicht wahrheitsgemäß versprechen kann, nie mehr wieder zu lesen und zu schreiben, so kann ich Ihnen doch versprechen, daß ich mich bemühen werde, gut für Sie zu arbeiten und Ihnen getreu zu dienen, solange Sie mich brauchen, das heißt, wenn Miss Hobson –«, jetzt warf sie einen Blick auf Jessie Hobson, deren Gesicht in die andere Richtung gewandt war, ehe sie endete: »– wenn sie bereit ist, mich in Ihre Wünsche einzuweihen.«

Und dann folgte das überraschendste Ereignis, das man sich denken konnte, überraschend nicht nur für Biddy oder die Zofe der alten Lady, sondern auch für Diana Gullmington selbst, denn sie warf den Kopf in den Nacken und begann zu lachen. Sie lachte herzlich, zum erstenmal nach vielen Tagen, denn sie fand, daß dieses merkwürdige Wesen von unten, ja, von ganz unten, sie zugleich belustigte und interessierte.

Als die Tränen aus ihren Augen tiefe Rinnen durch die Puderschicht und das Rouge auf ihren Wangen zogen, nahm Jessie ein feines Batisttaschentuch aus einer Lackschatulle, die auf dem Tisch neben dem Sessel der alten Lady stand, und als sie es ihrer Herrin reichte, lächelte diese sie an. »Bring sie weg und sieh zu, daß sie anständig eingekleidet wird«, sagte Diana Gullmington.

6

In der Zeit dieses häuslichen Aufruhrs reisten Stephen und Laurence durch Frankreich; May war bei einer entferten Kusine und genoß zum erstenmal die Londoner Saison; Paul hielt sich bei einem Schulfreund in Durham auf und Lucy war eben an diesem Morgen mit der Kutsche nach Doncaster gefahren, wo sie ein paar Wochen ihrer Sommerferien bei der Familie eines Vetters ihres Vaters verbringen wollte. Begleitet wurde sie von der Hauslehrerin der Familie. Sie fuhr nun schon zum zweitenmal in den Ferien zu dieser Familie; ihr erster Besuch hatte ihr großes Vergnügen bereitet, da es dort drei Söhne gab, die älter waren als sie, abgesehen von den zwei jüngeren – und ihnen allen hatte sie ihre Fertigkeiten als Reiterin vorführen können.

Daher erfuhren sie erst, als sie in den folgenden Wochen nacheinander nach Hause kamen, von dem Aufstand, den das Wäschermädchen wieder einmal angezettelt hatte, und ihre Reaktionen waren völlig unterschiedlich.

Stephen sagte: »Großmama ist nicht richtig im Kopf? Ausgeschlossen.« May erklärte: »Es ist schändlich. Wie konntest du das zulassen, Mama?« Und ihre Mama hatte mit einem Wort geantwortet: »Großmama.« Das sagte offenbar alles. Lucy Gullmington hatte mit dem Fuß aufgestampft und erklärt, wenn sie ihr in die Quere komme, würde sie sie ohrfeigen, worauf Laurence ruhig erwidert hatte: »Das würde ich an deiner Stelle nicht tun, denn dieses Kind scheint auf seltsame Weise zuletzt immer der Sieger zu sein.« Worauf Lucy antwortete: »Kind, von wegen! Die ist kein Kind; wenn sie eines ist, dann bin ich erst recht eines. Sie ist ein Miststück, das nach oben will, und ich werde nie begreifen können, warum du dich auf ihre Seite stellst.« Und May hatte hinzugefügt: »Er tut es doch nur, um dich zu ärgern – und mich. Nicht wahr, Laurence?« Und Laurence hatte den Kopf geschüttet und gesagt: »Ihr benehmt euch beide lächerlich.«

Die einzige Person, die überhaupt keinen Kommentar dazu gab, war Paul, und Laurence, der es bemerkt hatte, machte sich Sorgen darüber, denn das war kein gutes Zeichen...

Laurence war erst ein paar Stunden im Haus, als er einen Besuch im Westflügel machte, wo er von Diana Gullmington mit weit geöffneten Armen empfangen wurde sowie mit dem Ausruf: »Was bin ich froh, daß du wieder hier bist! Ich habe mir Sorgen gemacht, vor allem, als ich von den Sommerstürmen auf See hörte.«

»Oh, Großmama...« Er küßte sie auf beide Wangen, dann setzte er sich neben sie und sagte: »Auf der Überfahrt war das Meer so glatt wie der sprichwörtliche Mühlenteich. Aber das war nicht anders zu erwarten: Schließlich habe ich dem Wasser befohlen, ruhig zu sein. so widerstandsfähig Stephens Magen an Land sein mag, sobald er sich auf einem Schiff befindet, ist er anfällig und schwach. Er hat sich schrecklich geängstigt vor der Überquerung des Kanals.«

»War eure Reise angenehm? Erzähle, erzähle mir alles darüber.«

»O ja, wir haben alles sehr genossen. Ich fand Paris höchst kultiviert.«

»Tatsächlich!« rief die alte Lady aus. »Kultiviert, sagst du? Und welcher Napoleon versucht derzeit, die Welt in Angst und Schrecken zu versetzen? Ehrlich gesagt, Laurie«, sie legte eine Hand auf seine Knie, »ich habe mich die ganze Zeit um dich und Stephen geängstigt, solange ihr dort drüben wart. Kultiviert, sagst du?«

»Für Paris gilt das zweifellos, aber wenn man über Land fährt, sieht man doch viel Armut – dennoch, es ist eine andere Armut als hier.«

»Armut!« sie betonte das Wort. »Du bist nicht nach Frankreich gefahren, um die Armut zu besichtigen.«

»Aber sie schreit einem ins Gesicht, Großmama, man kann sie nicht übersehen, und man kann sie auch riechen.«

»Oh.« Sie wedelte sich mit der Hand vor dem Gesicht und rümpfte die Nase, als könnte sie den Gestank wahrnehmen; dazu sagte sie: »Gott sei Dank, daß du nicht in die Politik gehst – obwohl ich mir das einmal gewünscht habe –, weil du im Gegensatz zu Stephen die Neigung hast, deine Meinung offen zu sagen, und damit kämst du im Parlament nicht weit.«

Er merkte nicht, daß sich die Tür geöffnet und jemand

den Raum betreten hatte, bis sich die alte Lady umdrehte und fragte: »Was ist, Mädchen?« Und nun drehte auch er sich herum und sah eine junge Person, groß und schlank. Sie trug ein blaßblaues Baumwollkleid mit einem kleinen weißen Kragen und weißen Umschlägen an den Enden der Ärmel. Auf dem kastanienbraunen Haar hatte sie ein kleines Häubchen, das keineswegs ihren Kopf bedeckte, sondern eher wie eine Krone daraufsaß. Das Gesicht unter dem Häubchen wies weiche, cremefarbene Haut auf, die Wangen waren leicht gerötet, de Augen tiefbraun mit langen Wimpern. Die Augenbrauen folgten der Form der Knochen; die Lippen waren üppig, aber wohlgeformt, die Nase klein, das Kinn fest. Es war dasselbe Mädchen und doch nicht dasselbe, das er vor nicht allzu langer Zeit vom Trockengestelll in der Wäscherei befreit hatte. Damals hatte ihn dieses Gesicht angestarrt wie am Rande des Todes, jetzt drückte es strahlendes Leben aus. Er glaubte, noch nie ein Gesicht gesehen zu haben, das so hemmungslos Leben ausstrahlte, und doch fand er es schwer, die Wirkung zu definieren, denn sie lächelte nicht; ihr Ausdruck war seiner Meinung nach neutral.

»Ich bringe die Milch, Madam.« Biddy stellte das kleine Tablett mit dem Milchglas auf den Tisch neben den Sessel, und die alte Lady sagte: »Du meine Güste, ist es schon wieder so spät?« Dann wandte sie sich wieder an Laurence und fügte hinzu: »Pritchard, der alte Narr, hat mir mein Glas Wein am Nachmittag verboten. Er sagt, er geht mir zu sehr in die Beine. Ich sagte ihm, er solle kein Esel sein; ein guter Schluck Wein geht nicht weiter als bis in die Brust.« Sie mußte über ihren Scherz lachen, und Laurence stimmte ein, dann fragte er: »Wie geht es deinen Beinen?« Und sie schaute hinunter auf den blauen Taftrock und erwiderte: »Sie sind noch da, soviel ich weiß, aber manchmal weiß ich nicht, wozu sie noch da sind. Warum geschieht uns das, frage ich dich. Ich bin mein Lebtag lang in allem mäßig gewesen; ich habe nie mehr als drei Glas Wein beim Dinner getrunken, nie; sicher, ich liebe meinen Schluck am Nachmittag, aber was ist das schon, frage ich dich... Mädchen!« Jetzt drehte sie sich um und brüllte Biddy an, und Biddy, die schon auf halbem Weg zur Tür war, fuhr herum, als die alte Frau schrie: »Was habe ich dir gesagt, wann bist du entlassen?«

»Ich dachte, Madam haben Gesellschaft...«

»Du bist nicht zum Denken hier. Das habe ich dir auch gesagt. Hinaus mit dir.«

Sobald die Tür geschlossen war, fragte sie Laurence: »Was sagst du dazu? Hast du schon jemals eine gesehen, die solche Antworten gibt?« Dann näherte sie ihr Gesicht dem seinen, spitzte die Lippen, blinzelte und flüsterte: »Ich werde dir ein Geheimnis verraten. Sie macht mir irgendwie Spaß. Und weißt du, warum?«

»Nein, Großmama.«

»Sie hat keine Angst vor mir. Ist das nicht seltsam? Sie hat keine Angst vor mir. Die alte Hobson war völlig blöd vor Angst im ersten Jahr, und manchmal ist sie es heute noch. Aber diese, mit ihrem Lesen und Schreiben, das fortzusetzen ich ihr verboten habe, die kommt wohl aus einer neuen Generation, glaubst du nicht?«

»O doch, das glaube ich, Großmama.«

Sie lehnte sich zurück und schaute ihn aus zusammengekniffenen Augen an. »Ich nehme an, du hast bereits alles gehört über das Durcheinander und den Anlaß, weshalb ich sie hierhergeholt habe?«

»Ja.« Er nickte ihr langsam zu. »Das heißt, ich habe eine Version des Anlasses gehört – Diplomatie im Hinblick auf Stephen und das Parlament. Aber das war nicht der wahre Anlaß, oder?«

Jetzt grinste sie ihn an, bevor sie sagte: »Es ist die einzige und letzte Befriedigung in meinem Leben, meiner Schwiegertochter zu widersprechen. Ich bin meinen Vorlieben wie meinen Abneigungen sehr treu, Laurence, und ich habe Tony nie verziehen, daß er mir ein solches Weib ins Haus brachte. Warum mußte er sich ein so heuchlerisches, verlogenes, scheinheiliges Luder aussuchen, frage ich dich? Er war ein Wüstling und hat es mit dieser und jener getrieben, aber lieber hätte er mir eine von diesen Biestern ins Haus gebracht als diese.« Sie deutete mit dem Daumen in Richtung auf das Haupthaus. »Und er selbst hat sich auch verändert, seit er sie ständig um sich hat. Er ist nun fast schon so verlogen und heuchlerisch wie sie. Hast du gewußt, daß man seinetwegen, als er noch jung war, zwei Dienstboten mit dickem Bauch aus dem Haus hat jagen müssen? Hast du das gewußt?«

Er hatte es nicht gewußt, und er konnte nicht darüber lachen.

»Natürlich konnte er seinem Vater nicht das Wasser reichen. Und was seinen Großvater betrifft, mit dessen Eskapaden mich Harold in unserer Hochzeitsnacht erfreute, so oft er Zeit zum Reden hatte...« Sie schnitt eine Grimasse, ehe sie fortfuhr: »Ich sage dir, wann immer ein männlicher Angestellter des Hauses ein Mädchen aus unseren Diensten heiraten wollte, wurde er für einen Tag weggeschickt, damit der Herr des Hauses die Qualitäten der zukünftigen Braut überprüfen konnte.« Sie brach ab, kniff die Augen noch mehr zusammen und fragte: »Amüsiert dich das nicht, Laurence?«

»Nein, Großmama, nicht sehr.«

»Du bist doch nicht gegen die Frauen, oder?« Diese Frage war sehr ernst gestellt, und er antwortete, ihr ebenso ernst: »Nein, Großmama. Ich bin nicht gegen sie, ganz und gar nicht.«

»Wieviele hast du bis jetzt gehabt?«

Er stand langsam von der Bettkante auf und sagte steif: »Das ist meine persönliche Angelegenheit.«

»Ach, komm schon!« Sie gab ihm einen Klaps. »Fang du nicht auch noch mit diesen Scheinheiligkeiten an, sonst bin ich am Ende. Los, geh schon, ich kann Heuchler nicht mehr ausstehen.« Er gehorchte ihr nicht, sondern schaute sie einen Augenblick lang lächelnd an und beugte sich zu ihr hinunter, ehe er erwiderte: »Weißt du, was du bist? Eine schamlose alte Frau.«

Sie schaute ihn ebenfalls eine Weile an, bevor sie erklärte: »Schön, schamlos mag ich sein, aber nicht alt, es sei denn von hier nach unten.« Und damit legte sie die Hand an die Augenbrauen und fügte hinzu: »Zugegeben, von hier nach unten bin ich ein altes Weib, aber darüber bin ich noch keine dreißig.«

Er lachte laut und sagte: »Da hast du recht, vollkommen recht.«

»Laurence«, ihre Stimme war jetzt leise, »hast du schon ans Heiraten gedacht?«

»Ja. Ja, sicher habe ich ans Heiraten gedacht, doch das liegt noch in weiter Ferne.«

»Jemand, den du im Auge hast?«

Er neigte den Kopf zur Seite, als denke er darüber nach, dann schaute er sie an: »Nein, niemand im besonderen.«

»Hast du schon mal an May gedacht?«

Die Frage ließ ihn zusammenfahren, und er stand stocksteif da, bevor er wiederholte: »An May? Du meinst, als Ehefrau?«

»Ja, ich meine als Ehefrau.«

»O Großmama, das muß ein Scherz sein. Sie ist... Sie ist doch...«

»Ist sie nicht; zwischen euch besteht keine Blutsverwandtschaft. Und wenn, dann ist das ein so dünner Faden, daß man daraus kein Spinnennetz machen könnte.«

»Das mag wohl sein, aber in allen anderen Aspekten ist sie mir wie eine Schwester.«

»Sie ist nicht deine Schwester, und außerdem stehst du ganz oben auf ihrer Liste.«

»O Großmama«, er lachte leise, »das bildest du dir nur ein.«

Sie änderte abrupt die Haltung und sagte: »Rede mir nicht ein, daß ich mir solche Dinge nur einbilde. Ich kenne mich aus mit Frauen und mit Männern. Ich erkennen einen Liebesblick aus einer Meile Entfernung, sozusagen. May sieht dich nicht nur gern – da steckt mehr dahinter.«

»Nun, wenn das der Fall sein sollte, Großmama, dann wird sie sehr enttäuscht sein, denn ich sehe, sah und werde May nie anders als eine Schwester sehen.«

»Dann bist du ein ausgemachter Narr. Wenn ich einmal tot bin, wird sie neben Stephen eine Menge erben. Und ich brauche dich ja wohl nicht daran zu erinnern, daß du keinen Penny hast?«

»Nein, daran brauchst du mich nicht zu erinnern, und ich bin mir sehr wohl bewußt, daß ich meine Erziehung nur dir verdanke, aber was das mit dem Geld betrifft, so besitze ich zwar jetzt keinen Penny, werde aber etwas erhalten, sobald ich fünfundzwanzig bin, und bis dahin könnte ich mir notfalls meinen Lebensunterhalt als Lehrer verdienen. Ich habe ohnehin die Absicht, Lehrer zu werden, und damit verdiene ich genug, um einigermaßen leben zu können.«

»Geld, wenn du fünfundzwanzig bist – und wieviel wird das sein? Ein paar schäbige hundert Pfund im Jahr. Das reicht noch nicht für die Zigarren.«

»Dann werde ich eben keine Zigarren rauchen. Ich gehe jetzt lieber, Großmama – wir sehen uns später.« Als er sich abrupt umdrehte, rief sie ihm nach: »Du Starrkopf. Du blöder, kurzsichtiger Starrkopf.« Und selbst nachdem er die Tür geschlossen hatte, konnte er noch ihre laute, durchdringende Stimme hören.

Als er durch die Halle ging, kam Jessie aus dem Nebenraum, und er blieb einen Moment stehen, tauschte einen vielsagenden Blick mit ihr und schüttelte den Kopf, bevor er auf die Galerie zueilte und sich den Doppeltüren näherte. Als er kurz davor war, wurde eine davon aufgestoßen, und Biddy kam heraus in die Galerie, trat rasch zur Seite und hielt ihm die Tür auf, damit er hindurchgehen konnte. Er war schon durch, ohne ein Wort zu sagen, und sie wollte die Tür gerade loslassen, da drehte er sich um, kam einen Schritt zurück, richtete den Zeigefinger auf ihre Brust und sagte leise: »Laß dich nicht von ihr am Lesen hindern. Hast du verstanden? Tu es still und heimlich, aber hör nicht auf damit.«

Sie riß die Augen weit auf und nickte einmal, während sie sagte: »Gewiß nicht, Sir.« Dann fügte sie hinzu: »Ich hab' auch nicht damit aufgehört.«

»Du hast nicht?«

»Nein, Sir. Ich meine, ich habe nicht aufgehört mit dem Lesen.«

Er starrte sie noch ein paar Augenblicke an, und auf seinem Gesicht war noch immer der Ärger zu sehen, mit dem er aus dem Zimmer von Großmama gekommen war, aber jetzt stieß er ein etwas gezwungenes Lachen aus, bevor er sagte: »Gut. Gut. Bleib dabei.« Dann drehte er sich um.

Jessie wartete auf Biddy an der Tür des Garderobenzimmers und sagte sofort: »Du hättest es ihm nicht verraten dürfen. Was ist, wenn er es unten erzählt?« Sie deutete auf den Teppich, und Biddy antwortete: »Das tut er nicht.«

»Woher willst du das wissen?«

»Ich... Ich kann es nicht sagen, aber irgendwie fühle ich, daß er mich nie verraten würde.«

»Weißt du, was, Mädchen«, sagte Jessie, »manchmal glaube ich, du traust dir zuviel zu; eines Tages wird sich das bitter rächen. Und wo stehst du dann? Dann stehst du gar nicht mehr, sondern liegst auf der Nase. Los jetzt«, sie gab ihr einen kleinen Rippenstoß, »richte ihr das Bad. Aber ich warne dich: Mach dich auf ein Donnerwetter gefaßt, denn jetzt muß sie ihre Wut an jemandem auslassen, und ich könnte mir gut denken, wer das heute abend sein wird.« Sie nickte und lächelte grimmig, und Biddy schaute über die Schulter auf die gütige Frau, die hinter ihr stand, und sagte: »Ja, und ich werde es bestimmt überstehen.«

7

Biddys freier Nachmittag hatte sich nun geändert, aber Jean kam immer noch, wenn sie Ausgang hatte, nach Moor House. Jetzt wurde sie von Davey begleitet, und das würde, wie Biddy annahm, ihre Freude über die Besuche dort noch verstärken, da seit einiger Zeit feststand, daß sie sich mit Davey angefreundet hatte. Biddy wußte allerdings nicht, ob dieses Gefühl von ihrem Bruder erwidert wurde; es war seltsam, man wußte nie genau, wie man bei Davey dran war.

Nicht nur ihre Ausgangsregelungen waren jetzt anders, sondern ein freier Nachmittag war ihr auch zur Strafe gestrichen worden, daher dauerte es einen Monat, ehe sie ihre Mutter, Johnny und Maggie nach ihrer Versetzung wiedersah.

Natürlich hatte Riah bereits alle Neuigkeiten durch Davey und Jean erfahren, aber sie wußte nichts über die Arbeit im Westflügel und was dort vor sich ging. Und jetzt, als sie am Ufer des Flusses saßen, während die zwei jüngeren Geschwister im Wasser plantschten, erzählte ihr Biddy von den täglichen Aufgaben im Haushahlt von Madam. Dabei rief Riah voll Erstaunen aus: »Du mußt sie auch baden?«

»Ja, den ganzen Körper.« Biddy prustete los und hielt sich die Hand vor den Mund. »Als ich Miss Hobson das erste Mal geholfen habe, da dachte ich, ich müßte sterben, so habe ich mich geniert. Ich dachte wirklich, ich müßte sterben: All das Zeug, das man mit Fett von ihrem Gesicht wegwischen mußte...«

»Und das mußt du tun?«

»Nicht in der ersten Woche, aber jetzt muß ich es tun.«

»Und du mußt sie auch baden?«

»Na ja, ich helfe dabei. Oh, und, Ma, oh...« Sie schloß die Augen und schüttelte den Kopf. »Du würdest es nicht glauben, denn sie sieht so großartig aus, so königlich, wie eine alte Königin, ja, wenn sie angezogen in ihrem Sessel sitzt, sogar im Bett, aber im Bad, weißt du, womit ich sie da verglichen habe? Mit einem länglichen, faltigen Klumpen Lehm, in den man vier Stöcke gesteckt hat.«

»Ach, Kind.« Riah gab ihrer Tochter einen Klaps, während diese vor Lachen hin und her schaukelte.

Biddy war jetzt in ihrem Element; sie fuhr fort, alles genau zu beschreiben. »Stell dir vor, das ist das Bad.« Sie zeigte auf zwei Steine, die aus dem Ufer hervorstanden. »Also, am oberen Ende sind zwei Haken, an denen hängt ein besonderes Handtuch; es ist so groß, daß es die ganze Wanne bedeckt, und Madam setzt sich darauf, das heißt, man legt sie drauf, damit sie nicht von einem Holzsplitter gestochen wird.« Sie schluckte, dann fuhr sie mit leiser Stimme fort: »Weißt du, was? Das Komischste ist, daß das Handtuch nie unten bleibt, sondern immer wieder zwischen ihren Beinen in Blasen nach oben treibt, und ich muß mich sehr beherrschen, daß ich nicht laut loslache. Das heißt, wenn sie uns nicht ausschilt, weil das Wasser nicht warm genug ist, oder zu warm, oder weil die Seife davonrutscht und wir sie suchen müssen.« Jetzt wurde ihre Miene wieder ernst. »Ma, ich kann mir nicht denken, wie Miss Hobson das allein geschafft hat. Kein Wunder, daß sie sich kaum noch auf den Beinen halten kann, wo wir beide den ganzen Tag herumrennen, um ihre Wünsche zu erfüllen... Die Wünsche von Madam, natürlich.« Dann änderte sich ihre Miene wieder, und sie begann zu lachen, als sie berichtete: »Wenn wir sie dann aus dem Zuber gehoben haben, wird sie am ganzen Körper gepudert, so, wie du einmal Maggie mit Fullers Erde eingeschmiert hast, als sie krank war. Nur daß der Puder sehr gut riecht, wirklich ein wunderbarer Geruch. Und jeden Abend schmiert sie sich Creme ins Gesicht, und zuletzt bindet sie sich noch ein Band unter das Kinn. Es ist kein Scherz, Ma... Hör schon zu lachen auf, es ist wirklich wahr!«

Jetzt sanken sie aneinander, und in den Sekunden, wo

sie so verweilten, spürte Biddy ein Gefühl des Glücks wie lange nicht mehr.

Als sie dann wieder gerade dasaßen, sagte Riah nachdenklich: »Weißt du, als unser Davey herkam und mir erzählte, was geschehen war, habe ich erst meinen Ohren nicht trauen wollen. Ich meine, daß man dich aus der Wäscherei in eine solche Position versetzt hat. Aber es stimmt schon, was unser Davey sagte.«

»Was hat er denn gesagt, Ma?«

»Nun...« Riah zupfte an ein paar Grashalmen, ehe sie weitersprach. »Er sagte, es hätte ihn eigentlich gar nicht so sehr gewundert, weil dir schon oft solche Dinge passiert sind – du machst, daß sie passieren, wirst das wohl immer fertigbringen.« Jetzt lächelte sie und fügte noch hinzu: »Er hat gesagt, daß er sich nie über dich wundern wird, was immer du auch tust. Und er und Jean haben sich gebogen vor Lachen, als er sagte, selbst wenn der König eines Tages zum Herrenhaus geritten käme und fragte: ›Wo ist Bridget Millican? Ich will sie mit nach London nehmen!‹, würde es ihn nicht wundern, und du würdest vermutlich eiskalt und ungerührt sage: ›Vielen Dank, Sir. Warten Sie nur einen Augenblick, bis ich meine Sachen gepackt habe, dann komme ich mit.‹ Weißt du, unser Davey macht nicht oft solche Scherze, aber an dem Sonntag habe ich mehr gelacht als in der ganzen Zeit zuvor. Das heißt, bis du mir vorhin von dem Bad der alten Madam erzählt hast.«

Biddy schaute auf den Fluß hinaus, wo die Kinder sich anspritzten, und ihre Stimme klang leise und ernst, als sie jetzt erwiderte: »Er hat nicht recht, Ma. Ich meine, daß ich eiskalt und ungerührt sein würde, denn manchmal macht mir das alles große Angst. Und es ist seltsam, aber wenn ich so etwas tue, dann ist es, als ob ich überhaupt keine Angst hätte. Verstehst du, was ich meine, Ma?« Sie wandte sich ihrer Mutter zu, und Riah antwortete ihr wahrheitsgemäß: »Nein, Kind, nicht ganz; ich glaube, ich werde nie ganz verstehen, was du meinst. Aber... Aber ich bin ja so froh, daß du nicht mehr in der Wäscherei arbeiten mußt. Ich hatte schon ein schlechtes Gewissen, weil ich dich dort hingesteckt habe, denn ich wußte immer, daß du dafür zu schade warst. Aber irgendwo mußtest du schließlich anfangen, und...Na ja, du weißt ja, wie ich dran war.«

Danach herrschte Schweigen, bis Biddy sich behutsam vortastete: »Fühlst du dich sehr einsam, Ma?«

»Manchmal. Ja, manchmal fühle ich mich einsam.«

Impulsiv wandte sich Biddy wieder ihrer Mutter zu und fragte: »Warum läßt du nicht Tol von Zeit zu Zeit vorbeikommen?«

»Er war hier.«

»War er?« Biddys Stimme rutschte eine Oktave höher.

Aber Riah antwortete tonlos: »Ja, er hat mich besucht.«

»Und – und wird alles wieder gut?«

Jetzt rupfte Riah nervös das Gras aus. »Nein. Nicht so, wie du denkst.«

»Warum?«

»Das – das ist sehr – na ja, ziemlich kompliziert. Ich... Ich werde es dir eines Tages sagen, aber... Nun ja, ich kann weder ihn noch einen anderen Mann heiraten.«

»Hat er dich denn gefragt, ob du ihn heiraten willst?«

»Ja.« Riah streckte den Kopf vor, um es zu betonen.

»Und was hält dich zurück, ja zu sagen, Ma?«

»Eine Menge Dinge, die nicht so leicht zu erklären sind. Also frag mich nicht mehr. Stochere nicht darin herum. Es ist ja alles ganz gut. Ich habe ein schönes Heim, ein wunderschönes Heim, und ich brauche dir nicht zu sagen, daß ich das Haus liebe und mir nie auch nur hätte träumen lassen, jemals ein solches Haus zu besitzen. *Nie*. Und du gehst einer besseren Zukunft in dieser Welt entgegen. Das ist alles, was ich jetzt dazu sagen will, also hör auf, mich danach zu fragen, und laß die Dinge erst einmal ruhen.«

»Kommt er denn wieder, ich meine, besucht er dich öfters?«

»Das liegt an ihm.«

»O Ma, warum kannst du ihn nicht heiraten? Er könnte hier so viel tun. Es wäre wunderbar, und er...«

»Jetzt werde ich dir noch zwei Dinge sagen, und dann möchte ich nicht mehr darüber reden, lange Zeit nicht mehr. Er will nicht herkommen, das ist das eine. Und ich möchte nicht zu ihm ziehen, nicht in sein Haus. Das ist das andere. So, und von nun an wird kein Wort mehr darüber verloren. Komm jetzt.« Sie sprang auf. »Gehen wir zurück und trinken Tee... Kommt auch, ihr zwei. Hört auf, herumzuplantschen, und kommt mit, wenn ihr etwas zu futtern haben wollt.« Sie wandte sich ab, ging über die Wiese, und Biddy schaute ihr nach, ohne auf die Kinder zu achten, die jetzt am Ufer saßen und mit ihr schwatzen wollten. Sie konnte sich nicht vorstellen, daß ihre Mutter die Liebe eines Mannes wie Tol zurückweisen würde, nur weil sie in dem großen Haus bleiben wollte. Sie hatte sich wirklich sehr verändert.

Eine Weile, als sie dort unten am Ufer gesessen hatten, ja, und als sie sich umarmten, da war ihre Mutter wieder die Frau gewesen, die sie seit ihren Kindertagen kannte. Aber in den letzten Minuten hatte sie sich zurückverwandelt in diese andere Person, die zwar noch ihre Ma war, aber nicht mehr die liebende Mutter, an die sie sich aus den früheren Tage erinnerte – nein, sie hatte sich so sehr verändert, daß sie jetzt das Haus und seinen Besitz gegen die Liebe, Fürsorge und Gesellschaft eines Mannes aufwog, und dazu eines Mannes wie Tol! Dabei wußte Biddy genau, daß ihre Mutter Tol liebte. Doch sie hatte bereits erfahren, daß es alle möglichen Spielarten der Liebe gab, wobei manche stärker waren als andere. Und die Liebe zu diesem Haus war für ihrer Mutter stärker als ihre Liebe zu Tol.

Die Nachmittagssonne hatte plötzlich ihre Wärme verloren...

Eine Stunde später steckte sie zwei schlanke Bändchen aus der Bibliothek ein, schlank, weil sie in die Taschen ihres Unterrocks passen sollten, die sie sich eigens für diesen Zweck genäht hatte. Jetzt war sie bereit zum Gehen, und sie wollte sich Zeit lassen, denn der Tag war warm gewesen, und sie wollte sich nicht abhetzen.

Ihre Mutter und ihre Geschwister brachten sie bis ans Tor, aber als Riah sie einen Moment lang an sich drückte, fehlte das Gefühl, das Biddy bei der Umarmung am Nachmittag, unten am Fluß, empfunden hatte. Johnny und Maggie bestanden darauf, noch ein Stück weiter mitzugehen. Im Gegensatz zu ihr und Davey schien für die zwei die Zeit stillgestanden zu haben, und Biddy betrachtete sie noch als Kinder, obwohl Johnny inzwischen vierzehn und Maggie dreizehn geworden war. Aber gleich danach bewies Johnny, daß er kein kleiner Junge mehr war, als er, sobald sie außer Hörweite ihrer Mutter waren, leise fragte: »Biddy, glaubst du, du könntest ein Wort für mich einlegen, damit ich dort bei unserem Davey im Stall anfangen kann?«

Augenblicklich drehte sie sich zu ihm um und sagte wütend: »Nein, das kann ich nicht. Du gehst mir nicht dorthin. Wer soll sich denn um den Garten kümmern? Und Ma ist schon einsam genug. Außerdem solltest du allmählich wissen, wie es dort oben ist. In den Ställen gibt es keine solchen Posten wie die Stellvertretung der Zofe bei der alten Lady. Das kann ich dir sagen: Dort hast du nichts als Hundstage. Unser Davey hat das alles durchgestanden; ein Wunder, daß er es ausgehalten hat. Wäre er nicht so verrückt nach Pferden, dann hätte er sich langst eine andere Stellung gesucht.«

»Ich bin vierzehn, Biddy.«

»Na ja, kann sein...« Jetzt wurde ihre Stimme weicher. »Aber warte noch ein wenig.«

»Ich will nicht ewig hierbleiben.«

»Nein, das verstehe ich. Aber bleib noch eine Weile und bring Ma nicht noch mehr durcheinander als sie es schon ist.«

»Sie hätte Tol heiraten sollen; er will sie haben.«

Sie blieb ruckartig stehen und schaute hinunter auf ihre

Schwester. Maggie sagte mit der Weisheit ihrer dreizehn Jahre: »Wir sind nicht blind, Biddy. Wir wissen genau, was vor sich geht.«

»Na schön.« Sie atmete tief ein, bevor sie hinzufügte: »Wenn ihr wißt, was vor sich geht, dann habt ein wenig Geduld und Verständnis für Ma. Sie ist alles andere als glücklich.«

»Glaubst du vielleicht, wir sind es? Wir sehen keinen Menschen von einem Wochenende zum anderen.«

Biddy schaute Maggie an. Sie war klein und zierlich für ihr Alter, aber sehr hübsch. Ihre Augen waren grün, ihr Haar war braun; dazu hatte sie eine wunderbar glatte, helle Haut. Biddy verstand durchaus, wie sich ihre kleine Schwester fühlen mußte, wenn sie hier allein war und keinen Menschen sah, denn sie selbst fühlte sich manchmal einsam im Westflügel. Nicht, daß sie wünschte, in die Wäscherei zurückkehren zu können, aber sie hätte gern ein paar Menschen gesehen, mit denen sie sprechen konnte. Der einzige Mensch, der mit ihr sprach, war Miss Hobson, und die teilte ihr fortwährend mit, was eine Zofe zu tun hatte und was nicht. Vor allem die Gesellschaft von Jean fehlte ihr sehr, und sie dachte oft an die Abende zurück, als sie miteinander geplaudert hatten... Ja, sie konnte verstehen, wie ihrer kleinen Schwester und ihrem Bruder zumute sein mußte. Jetzt sagte sie mit leiser Stimme: »Haltet noch eine Weile aus. Wer weiß, vielleicht ändert sich alles.«

»Du meinst wohl, wenn die Schweine fliegen wie die Vögel?«

Jetzt zog sie ihren Bruder zärtlich am Ohr. »Geht heim. Ma wartet auf euch. Sie wird sich wundern, wo ihr so lange bleibt. Und versucht, ein bißchen zufrieden zu sein. Also, fort mit euch.«

»Ta-ra«, sagten sie; das alte Grußwort, als sie noch Kinder waren. Und Biddy antwortete: »Ta-ra«.

Als sie dann allein weiterging, war sie recht aufgewühlt, nicht nur wegen ihrer Mutter, sondern auch wegen der beiden jüngeren Geschwister. Maggie würde bleiben müssen, aber Johnny, ein lebhafter Junge, war offenbar bereit, lieber heute als morgen von zu Hause wegzugehen. Und wer weiß, ob er es nicht eines Tages heimlich tat – es gab genug junge Burschen, die von zu Hause ausrissen, um zur See zu gehen oder zum Militär.

Da sie genügend Zeit hatte, ging sie nicht über die größere Straße, sondern nahm den Weg, der zu dem kleinen Wasserfall führte.

Der kleine Wasserfall war genau so, wie man ihn nannte: ein Bächlein, das etwa zwei Meter von einem Felsvorsprung nach unten fiel. In den vergangenen Sommern war Biddy öfters auf ihren Sonntagsspaziergängen hierhergekommen und hatte sich unten ans Ufer gesetzt. Bei diesen Spaziergängen hatte sie nie die anderen mitgenommen, denn für die Kleinen war es zu weit gewesen, und Davey hatte sich auch damals schon wenig für die Schönheit der Natur interessiert, es sei denn, er sah Pferde über die Felder galoppieren.

Jetzt nahm sie ihren Hut ab und den kurzen grauen Mantel, den ihr die Mutter zu ihrem besten Kleid genäht hatte; dann holte sie eines der Bücher aus der Unterrock-Tasche und sagte sich, daß sie fünf Minuten Rast und Entspannung nötig hatte. Sie brauchte nicht vor sieben zurück zu sein und erkannte die Zeit an der Stellung der Sonne. Jetzt warf sie erst einen Blick auf das Buch, ehe sie es aufschlug. Es war das letzte, das der Herr mit ihr besprochen hatte. Eine Übersetzung aus dem Französischen, und obwohl einfach geschrieben, gab es vieles, was sie nicht verstand. Trotzdem bemühte sie sich sehr darum, denn die eine oder andere Phrase hatte sie schon damals interessiert und ihre Gedanken beschäftigt. Sie sagte sich, daß sie wohl noch einmal ganz von vorne anfangen müsse, obwohl sie es mit dem Herrn schon zur Hälfte durchgearbeitet hatte. Sie blätterte darin, warf hierhin und dorthin einen kurzen Blick, las eine Zeile oder einen Satz, war aber nicht mit den Gedanken bei der

Sache. Noch immer beschäftigte sie sich mit den Problemen zu Hause, und hinzu kamen Gefühle, die sie neu und seltsam anmuteten und auf sonderbare Weise erregten. Sie konnte sich diese Gefühle mit ihrem Wissen durchaus erklären, und um sie zu bekämpfen, sagte sie sich, es hänge keineswegs damit zusammen, daß sie niemanden hatte, mit dem sie ihre Gedanken teilen konnte, obwohl es sicher schön gewesen wäre, sich mit jemandem in ihrem Alter zu unterhalten, mit einem netten jungen Burschen zum Beispiel. Aber wo sollte sie einen finden, mit dem sie über die Dinge sprechen konnte, die sie interessierten? Die Burschen, mit denen sie zu tun hatte, arbeiteten in den Ställen; keiner von ihnen konnte lesen außer Davey. Und gerade mit ihm hätte sie am wenigsten über Bücher reden können.

Ob sie wohl immer so sein würde, ganz auf sich gestellt? Würde sie zuletzt wie Miss Hobson als alte Jungfer enden? Sie seufzte, dann schaute sie hinunter auf das Buch und begann zu lesen. Es ging um einen reichen Mann in Frankreich, der Helvetius hieß.

Sie hatten den Namen für den Herrn nie richtig aussprechen können. Sie verstand, daß er zwar reich war, aber den Armen Land geben und verhindern wollte, daß sie zu viele Stunden am Tag arbeiten mußten. Er schien ein sehr guter Mann zu sein und so klug wie Voltaire. Dennoch – der Herr hatte sie darauf hingewiesen – waren die Vorstellungen von Voltaire völlig anders als die von diesem Helvetius.

Allmählich versenkte sie sich in ihre Lektüre. Die Sonne schien ihr heiß auf den Nacken. Sie kam sich vor, als säße sie wieder in der Bibliothek, als sei der Tisch übersät mit Büchern und Papieren, und sie hörte die Stimme des Meisters: »Du bist jetzt nicht in England, sondern in Frankreich, und Franzosen sprechen ganz anders als Engländer.« Es kam ihr vor, als befinde sie sich in einer Traumwelt, bis etwas in diese Welt eindrang. Sie las noch weiter, aber die Worte verschwammen vor ihren

Augen, und zuletzt hielt sie inne. Sie wagte es nicht, sich umzudrehen, und als sie es doch tat, zuckte sie nicht nur mit dem Kopf, sondern mit dem ganzen Körper und zog die Knie hoch, als ob sie aufstehen wollte.

Aber als sie dann sah, wer es war, der da hinter ihr stand und sie betrachtete, stieß sie einen Seufzer der Erleichterung aus, und als er sagte: »Tut mir leid, dich gestört zu haben«, gab sie keine Antwort.

Es war Mr. Laurence, und er führte sein Pferd; sie hatte ihn nicht gehört, weil sich die beiden auf dem Gras genähert hatten und nicht auf dem Saumpfad. Zur Erklärung sagte er jetzt: »Mein Pferd hat ein Hufeisen verloren; daher wollte ich es möglichst vom harten Untergrund fernhalten... Bleib doch sitzen. Bleib sitzen.« Er streckte ihr die Hand entgegen, um zu verhindern, daß sie aufsprang, und als das Pferd den Kopf senkte und Gras zu fressen begann, ließ er die Zügel los und ging auf Biddy zu. Dann schaute er einen Augenblick lang zu ihr hinunter, bevor er sich umdrehte und den Wasserfall betrachtete.

»Ein hübscher Platz, nicht wahr?« sagte er leise.

»Ja. Ja... Sir.« Sie hätte beinahe das »Sir« vergessen.

»Kommst du öfters hierher?«

»Jetzt nicht mehr, Sir, aber als ich noch zu Hause war, habe ich jede Gelegenheit dazu wahrgenommen.«

»Ein guter Platz zum Lesen.« Er nickte in Richtung auf ihr Buch. Jetzt legte sie die Hand darauf, als ob sie es verstecken wollte. Dann fiel ihr ein, daß er selbst ihr geraten hatte, mit dem Lesen weiterzumachen, und sie nahm die Hand weg und sagte: »Ja, Sir, ein guter Platz zum Lesen.«

»Was liest du denn?«

Sie zögerte noch, ihm das Buch zu zeigen, und er fragte: »Gedichte?«

»Nein, Sir, es ist französische Philosophie. Ich meine, es ist natürlich eine Übersetzung.«

»Französische Philosophie...« Sie sah, wie seine Augen zu leuchten begannen, ehe er sagte: »Weißt du, Biddy – so nennt man dich doch, oder?«

»Jawohl, Sir.«

»Also, weißt du, Biddy, du bist wirklich eine bemerkenswerte Person.«

»Ich finde mich gar nicht bemerkenswert, Sir, alles anderes als das.« Sie wandte sich jetzt ab von ihm und schaute auf das schäumende Wasser, bevor sie in gewöhnlichem Ton hinzufügte, so, als spreche sie mit ihresgleichen: »Ich weiß nur eines: Wo ich auch lande, es gibt immer ein großes Durcheinander.«

»Das ist praktisch ein und dasselbe. Wenn man bemerkenswert ist, dann ist man zugleich ein Unruhestifter. – Darf ich?« Er zeigte auf das Ufer, auf die Stelle neben ihr, und sie stotterte:»J – ja, Sir, ja, natürlich.« Erst warf er noch einen Blick auf das Pferd, das friedlich graste, dann setzte er sich auf den Rand des Bachs und ließ die Beine baumeln.

Danach streckte er die Hand aus, um sich das Buch anzusehen, und als sie es ihm reichte, schaute er ein paar Minuten lang hinein, ehe er sagt: »Helvetius – mein Gott!« Dann, als wolle er sich entschuldigen, fügte er hinzu: »Ich will damit sagen, ich selbst bin diesem Mann und seinen Theorien kaum nahegekommen. Weißt du....« Jetzt schaute er ihr voll ins Gesicht, bevor er fortfuhr: »Du hast sehr großes Glück gehabt, daß ein Mann wie Mr. Miller dein Lehrer gewesen ist. Ich habe ihn kaum gekannt, habe ihn nur hier und da gesehen und meine mich zu erinnern, daß ich gelegentlich ein paar Worte mit ihm gesprochen habe, aber jetzt wünschte ich, ich wäre mutiger gewesen und hätte ihn besucht – obwohl ich hörte, daß Gäste in seinem Haus keineswegs sehr willkommen waren.«

»Ich bin sicher, Sie wären willkommen gewesen, Sir. Er freute sich über jeden Menschen mit offenem Verstand oder auch über solche, die es wie ich und meine Geschwister nötig hatten, daß man ihnen den Verstand erst öffnete. Dabei muß ich gestehen«, und dazu schnitt sie eine kleine Grimasse, »daß er gelegentlich Gewalt anwenden mußte, um zu uns durchzudringen.« Und nun lachte sie offen, ehe sie fortfuhr: »Einmal hat er gesagt, er kämpfe mit Hammer und Meißel und müsse dennoch verlieren.«

Er stimmte in ihr Lachen ein, ehe er entgegnete: »Ganz und gar nicht. Er muß es im Scherz gesagt haben. Übrigens, liest du auch immer noch Shelley?« Seine Mundwinkel zuckten, als er die Frage stellte, und sie nickte, bevor sie antwortete: »Ja, Sir.« Dann verschwand das Lächeln aus ihrem Gesicht, und sie fragte besorgt: »Shelley war doch kein schlechter Mensch, oder?«

»Shelley – ein schlechter Mensch? Keineswegs. Wie kommst du darauf?«

»Nun, es war...« Wieder geriet sie ins Stottern. »E – es war wegen der Reaktion der Angestellten an diesem Abend, als ich ein Gedicht von ihm aufsagte. Sie sagten, daß es...« Sie brachte das Wort »schmutzig« nicht heraus. »Es war nicht recht.«

»Und was hältst du persönlich von seiner Lyrik?«

»Ich... Ich finde sie wunderbar. Es gibt Stellen, die ich mit bestimmten Dingen in Verbindung bringe, wie das Wasser dort.« Sie zeigte auf den Wasserfall, und er fragte: »Was für eine Stelle meinst du?«

»Ach, nur ein paar Zeilen, Sir.«

»Dann sag sie mir. Sag sie.«

»Es wird töricht klingen, wenn ich sie aufsage, Sir. Es ist etwas anderes, als wenn man sie liest.«

»Laß mich das beurteilen. Laß mich hören, woran du bei diesem Wasserfall denkst.«

Sie leckte sich die Lippen, wischte sich mit ihrem Mittelfinger den Schweiß von den Wangen und sagte dann:

»Meine Seele ist ein verzaubertes Boot,
Das gleitet gleich einem schlafenden Schwan
Auf Gesanges Silberwellen dahin;

Und deine Seele sitzt engelsgleich
Am Bug und lenkt unsre Fahrt.«

Als sie damit fertig war, senkte sie leicht den Kopf. Schweigen herrschte zwischen ihnen, bis er leise sagte: »Das hast du wunderschön zitiert. Du brauchst dich nicht zu scheuen, solche Verse laut aufzusagen... Weißt du etwas über Shelley?«

»Nicht viel, Sir.« Jetzt erst wagte sie es wieder, ihn anzuschauen.

»Nun, er ist erst vor kurzem gestorben. Wie lange ist es her? Wohl siebzehn Jahre, und er war gerade dreißig.«

Der Herr hatte es ihr gesagt, aber sie tat so, als erfahre sie es erst jetzt, und erwiderte: »Tatsächlich! Arme Seele.«

»Nein, er war keine arme Seele, Biddy, sondern eine reine Seele. Weißt du, woraus die Zeilen stammen, die du zitiert hast?«

»Ich habe den Titel des Werkes nicht im Kopf, aber ich fürchte, ich bringe ihn nicht heraus.«

»*Prometheus.* Ich selbst breche mir auch fast die Zunge dabei.«

»Mögen Sie Poesie, Sir?«

»Das eine ja, das andere weniger.«

Wieder herrschte Schweigen zwischen ihnen. Doch dann schauten sie sich in die Augen, und er brach die Stille, als er fragte: »Was willst du mit deinem Leben anfangen, Biddy?«

»Ich weiß es nicht.«

»Willst du heiraten, Kinder bekommen?«

Ihr Blick senkte sich, bevor sie antwortete: »Ja, ich glaube, das möchte ich, Sir. Aber... Aber da ist ein Problem.« Wieder schwiegen sie, bis sie den Kopf der Sonne zukehrte, dann langsam aufstand und sagte: »Ich muß mich jetzt auf den Weg machen, Sir, sonst komme ich zu spät zurück.«

Er schaute zu ihr hoch, machte aber keine Anstalten,

ebenfalls aufzustehen, sondern sagte nur: »Ja, ja. Ich verstehe. Und ich muß mich entschuldigen, weil ich in deine Einsamkeit eingedrungen bin.«

»O nein, Sir, nein.« Ihr Gesicht zeigte kein Lächeln, als sie zu ihn hinunterblickte. »Ich... Ich habe doch nie eine Möglichkeit, so mit jemandem zu sprechen. Und das... Das ist ein Tag, an den ich mich immer erinnern werde.« Er bewegte sich nicht, hielt aber ihren Blick noch einen Moment lang fest, dann sagte er: »Ich auch, Biddy. Ich werde mich auch an diese Stunde erinnern.«

»Leben Sie wohl, Sir.«

»Lebwohl, Biddy.«

Er schaute ihr nach, wie sie über die Wiese auf den Saumpfad zuging, und sie wußte, daß er ihr nachschaute. Es kam ihr so vor, als ob sie den Atem angehalten hätte, bis er sie nicht mehr sehen konnte. Dann schloß sie die Augen, denn ihr war in dieser kurzen Zeit bewußt geworden, daß sie *den* jungen Mann kennengelernt hatte, den einzigen, der zu ihr paßte, und daß sie daher ihre Zukunft mehr als deutlich vorhersehen konnte. Ja, sie würde als alte Jungfer enden, genau wie Miss Hobson.

8

Es war in der ersten Dezemberwoche, am Tag nach Biddys Geburtstag, als sie ein Gespräch mithörte, welches ihre Zukunft in entscheidender Weise beeinflußte und zugleich den wahren Grund enthüllte, weshalb ihre Mutter sich Tol verweigert hatte – und dieser Grund gab reichlich Anlaß zur Verstimmung zwischen Mutter und Tochter.

Madam hatte sich eine Erkältung zugezogen. Wenn sie in den vergangenen Monaten hier und da von Doktor Pritchard besucht worden war, so hatte Miss Hobson den

Doktor hineingeführt und bedient. Aber als der Doktor an diesem Vormittag eintraf, war Jessie Hobson unten bei einer Besprechung mit der Haushälterin, daher führte ihn Biddy in das Zimmer von Madam. Der Doktor erkannte sie wieder und sagte: »Aha, aha, also hier bist du gelandet, Mädchen?« Und sie hatte einfach »Ja, Doktor«, geantwortet.

Sie folgte der gleichen Prozedur wie Miss Hobson, brachte eine Schüssel mit warmem Wasser und frische Handtücher und zog sich dann in einen Nebenraum zurück, der zugleich als Aufbewahrungsort für Wäsche und Bettzeug diente. Und dort hörte sie den Doktor von drüben sagen: »Aha, aha, jetzt haben Sie sich dieses Millican-Mädchen hergeholt, damit sie Ihnen auf den leisesten Wink pariert, nicht wahr, Madam.«

Als sie die Antwort vernahm, schloß Biddy einen Moment lang die Augen, denn die Stimme von Madam sagte: »Also, von Gehorchen und von leisestem Wink kann nicht die Rede sein; die Dienstboten sind heutzutage nicht mehr so flink, wie ich es aus meiner Jugendzeit gewohnt bin; alles hat sich verändert, so sehr, daß wir es kaum wiedererkennen. Sie lassen sich nicht nur Zeit, sondern reden ungefragt und widersprechen sogar.«

»Nun ja, da Sie eine Erbin eingestellt haben, kann man wohl auch nichts anderes erwarten. Und nun will ich mir mal die Brust genauer ansehen.«

»Was haben Sie da gesagt?«

»Ich sagte, ich möchte Ihre Brust ansehen.«

»Nein, zuvor. Über eine Erbin. Was haben Sie damit gemeint?«

»Ach, es war eine Übertreibung, ein Scherz, allerdings nur teilweise. Bitte atmen Sie ein.«

»Ich denke nicht daran. Nehmen Sie dieses Ding weg. Was meinten Sie mit der Erbin, und was ist das mit der Übertreibung?«

»Nun, es ist allgemein bekannt, daß Miller das Haus seiner Haushälterin oder seiner Mätresse oder was auch immer überlassen hat, aber unter der Bedingung, daß sie, wenn sie wieder heiratet, ausziehen muß, und daß das Haus dann an das Mädchen geht, mit allem, was drum und dran ist. Wenn die Mutter stirbt, geht es ebenfalls an die ältere Tochter und nicht an den Sohn. Das hat er ausdrücklich in seinem Testament festgelegt.«

»Ist das die Wahrheit?«

»Natürlich ist es die Wahrheit. Ich war bei der Testamentseröffnung zugegen.«

Als Biddy diese Information in ihrer ganzen Tragweite begriffen hatte, lehnte sie sich gegen das Regal mit den Bettlaken, den Mund weit aufgerissen, die Augen groß wie Untertassen. Ihre Mutter hatte ihr kein Wort davon gesagt, nicht einmal die leiseste Andeutung gemacht. Deshalb also wollte sie Tol nicht heiraten und nicht zu ihm ziehen: weil sonst das Haus an sie, Biddy, gegangen wäre. Und sie selbst hatte gedacht, daß das Haus beim Tod ihrer Mutter an Davey gehen würde, wie das normalerweise auch der Fall gewesen wäre. Der älteste Sohn erbte immer den gesamten Besitz. Oh, war ihre Ma gemein und verschlagen! Das war es, das war genau das richtige Wort: verschlagen. Sie blieb lieber in dem Haus und verzichtete auf Tol, als daß sie den Besitz ihrer Tochter überließ. Aber wie hätte sie selbst das Haus halten können? Nein, darauf kam es jetzt gar nicht an. Ihre Mutter hatte ihr ja auch verheimlicht, daß sie eines Tages das Haus erben würde. Und sie hatte offenbar nicht damit gerechnet, daß der Doktor oder der Rechtsanwalt einen Ton zu ihr sagen würden.

»Mädchen!« Die Stimme riß sie aus ihren Gedanken, und sie ging hinüber ins Schlafzimmer, wo die alte Lady in den Kissen lag und sie einen Augenblick lang anschaute, bevor sie sagte: »Bring den Doktor hinaus.«

Sie begleitete den Doktor bis zu den Doppeltüren; dabei sagte sie kein Wort zu ihm, und auch er schwieg und dankte ihr nicht einmal dafür, daß sie ihm die schwere Tür aufhielt.

Kaum, daß sie wieder im Schlafzimmer ihrer Herrin war, da rief diese schon: »Mädchen!«

Als sie das Fußende des Betts erreicht hatte, fragte sie: »Ja, Madam?«

»Warum hast du mir nichts von dem Besitz erzählt, den du einmal erben wirst?«

Sollte sie sagen, daß sie nichts davon wußte? Wenn ja, dann stellte sie damit ihre Mutter in ein sehr schlechtes Licht. Sie sagte also: »Ich dachte nicht, daß es Sie interessiert, Madam. Und wenn ich es richtig verstanden habe, wird er mir erst nach langer Zeit gehören.«

»Aber wenn deine Mutter morgen stirbt, geht alles an dich, ist das richtig?«

»Ja, Madam.«

»Und dann läßt du mich einfach sitzen, wie?«

»Das kommt darauf an, Madam.«

»Worauf?«

»Ich... Ich weiß nicht... Auf die Umstände, auf das Geld, das man braucht, um das Haus in gutem Zustand zu erhalten.«

»Ja, ja, ein Haus braucht Geld, wenn es nicht zugrunde gehen soll. Der Besitz würde eine schöne Summe einbringen. Ich erinnere mich gut daran... War deine Mutter seine Mätresse?«

»Nein, das war sie nicht, Madam.«

»Vorsicht, Vorsicht. Antworte mir nicht in diesem Ton, Mädchen.«

Sie schlug die Augen nieder, als sie merkte, daß ihr Gesicht hochrot geworden war. Jetzt zischte die Stimme: »Hier ist nicht der Ort, um Zornesausbrüche an den Tag zu legen, Miss, sonst wird dir sehr schnell klar, daß du einen Fehler gemacht hast. Wo ist Hobson?«

Sie wollte gerade antworten »Bei der Haushälterin«, als die Tür aufging und die jüngere Tochter des Hauses hereinkam, worauf die alte Lady in völlig verändertem Ton rief: »Ah, Lucy, meine Liebste, wann bist zu zurückgekommen?«

»Ungefähr vor einer halben Stunde, Großmama.«

Das Mädchen kam ans Bett, beugte sich vor und küßte die Großmutter; dann richtete sie sich auf und schaute auf Biddy, und Biddy dachte einen Moment lang, sie lächelte sie an. Nachdenklich betrachtete sie das junge Mädchen. Lucy war einige Monate auf der Schule gewesen, doch sie schien sich völlig verändert zu haben. Sie war gewachsen, und ihr Benehmen war wesentlich ruhiger geworden. Biddy konnte sich kaum vorstellen, daß das dieselbe Person war, die an jenem schrecklichen Sonntag mitgeholfen hatte, sie auf das Trockengestellt zu fesseln. Bei ihrem ersten Besuch zu Hause hatte sie mürrisch gewirkt; jetzt war ihr Ausdruck ganz anders, ebenso wie ihr Verhalten. Sie hatte ihre Ausgelassenheit verloren. Die Schule zeigte deutliche Wirkung, und zwar zum Besseren.

»Gut, gut. Setz dich und erzähle mir alles, was es Neues gibt. Wie geht es in der Schule? Ich erfahre überhaupt nichts in diesen Tagen. May amüsiert sich, Stephen ist auch in London, Laurence in Oxford und Paul in Newcastle. Übrigens, Laurence sollte morgen eintreffen.«

»Ich fürchte, er kommt nicht, Großmama; ich habe gerade gehört, daß er seine Pläne geändert hat.«

»Was?« Das Haupt mit der Perücke fuhr aus den Kissen hoch. »Was hast du gesagt? Seit wann weiß man es?«

»Mutter hat heute morgen einen Brief bekommen, wie ich höre. Er... Er fährt gleich zu seinen Freunden nach Frankreich und bleibt über die ganzen Ferien dort.«

»Verdammt will ich sein! Das kann er nicht machen! Hast du gehört, Lucy? Das kann er nicht machen.«

»Großmama...« Lucy Gullmington nahm die faltige Hand und streichelte sie, während sie sagte: »Laurence ist glücklicherweise ein freier Mensch, er kann tun, was er will.«

»Was redest du da, ein freier Mensch? Tun, was er will!

Er hat in den Ferien nach Hause zu kommen. Geh hinunter und sag deiner Mutter, sie soll ihm augenblicklich schreiben und sagen, ich verbiete ihm, nach Frankreich zu gehen.«

»Er ist schon dort, Großmama.«

»Mein Gott!« Jetzt warf sie den Kopf wieder auf die Kissen. Dann richtete sie die Augen auf ihre Enkelin, und die Stimme beruhigte sich, als sie sagte: »Er ist schon öfters nach Frankreich gegangen, aber immer zuvor nach Hause gekommen.«

»Wahrscheinlich geht er May aus dem Weg, Großmama.«

»Was weißt denn du über ihn und May?«

»Wir wissen es alle, Großmama, aber ich glaube, er braucht sich keine allzu großen Gedanken zu machen, denn meines Wissens wird sie derzeit von einem Mann mit Titel umworben.«

»Titel kommen zwei auf einen Penny, und je höher der Adel, desto niedriger das Konto... Und du, Mädchen...« Die alte Lady hielt plötzlich inne, um nach Atem zu schöpfen, und zeigte auf Biddy. »Geh du an deine Arbeit und schließ die Ohren vor allem, was es hier im Zimmer zu hören gibt, hast du verstanden? Wenn nicht, geht's dir schlecht.«

Biddy zog sich in den Umkleideraum zurück und verschwand durch eine Tapetentür in das winzige Zimmer, das ihr als Schlafraum diente. Dort setzte sie sich einen Augenbick aufs Bett. Die Nachricht hatte ihr großen Kummer bereitet; jetzt würde sie Mr. Laurence frühestens zu den Osterferien zu Gesicht bekommen. Seit jenem zauberhaften Nachmittag am kleinen Wasserfall hatte sie ihn mehrmals gesehen, aber immer nur im Haus, und er hatte nur einmal mit ihr gesprochen. Das war, als Madam in seiner Gegenwart sehr schlimm mit ihr umgegangen war; als er ihr danach auf dem Korridor begegnete, hatte er sie aufgehalten und gesagt: »Denk dir nichts, wenn sie so schimpft und tobt, das ist ihr Zeitvertreib.

Und ich glaube, du weißt auch, daß sie dich eigentlich sehr gern hat. Sie schimpft nur mit denjenigen, die sie mag; zu den Leuten, die sie nicht leiden kann, ist sie höflich und kalt.« Er hatte sie angelächelt, und sie hatte kein Wort herausgebracht, aber als er sich dann abwandte, fragte sie sich, warum sie nichts zu ihm gesagt hatte.

Sie hatte sich darauf gefreut, daß er zu Weihnachten hier sein würde, hatte viel gelesen, manchmal bis weit in die Nacht, mit Hilfe von Kerzenstummeln – und von denen gab es genügend in diesem Stockwerk des Hauses –, und immer nur zu dem einen Zweck, ihn mit ihrem Wissen zu überraschen. Wieder einmal las sie *Candide.* Ihr gefiel die Vorstellung eines unschuldigen jungen Mannes, der dennoch über einen vernünftigen Kopf verfügte. Sie folgte mit Begeisterung seinen Abenteuern beim Militär, beim Schiffbruch, auf der Suche nach einer neuen Welt. Natürlich wußte sie, daß das alles Märchen waren, doch zugleich mit Vernunft und Verstand durchsetzt. Wie sehnte sie sich danach, mit jemandem darüber sprechen zu können, so, wie Candide es selbst tat, und im Laufe dieser Diskussionen zu lernen!

Hatte sie vielleicht gehofft, sie würde wieder Gelegenheit bekommen, mit Mr. Laurence zu sprechen? Aber wo? Sicherlich nicht im Haus, und draußen wohl auch nicht, denn obwohl sie an jedem ihrer freien Tage beim Wasserfall vorbeigekommen war, selbst wenn es regnete und stürmte, so hatte sie dort nie mehr jemanden getroffen.

Als die Tür aufging und Miss Hobson tadelte: »Was glaubst du, wozu du hier bist, Mädchen – du kannst doch nicht herumsitzen!«, da antwortete sie: »Ich... Mir war nicht ganz wohl.« Und darauf erwiderte Miss Hobson: »Dir wird noch viel weniger wohl sein, wenn der Tag zu Ende ist. Madam ist in fürchterlicher Stimmung, und wie ich sie kenne, wird das mit Einbruch der Dunkelheit gewiß nicht besser. Master Laurence kommt nicht zu den Ferien nach Hause. Ich finde das nicht schön von ihm. Er weiß doch, wie sie sich auf seine Gesellschaft freut, mehr als auf die aller anderen. Aber ich weiß auch, warum: Es ist wegen Miss May. Sie rennt ihm hinterher wie ein Schoßhündchen, hängt sich an ihn, wie eine Klette, und ihn interessiert das alles gar nicht, das weiß ich. Ich habe auch schon gehört, daß er es zu Madam gesagt hat. Madam ist natürlich voll und ganz dafür... Was ist los mit dir? Du wirst doch nicht wirklich krank werden?« Jessie Hobson beugte sich zu Biddy hinunter, und Biddy antwortete jetzt forscher als zuvor: »Krank werden? Ich? Wieso denn? Wovon sollte ich krank werden?«

»Na ja, du siehst ziemlich schlecht aus. Übrigens, was hat der Doktor gesagt?«

Ja, was hatte der Doktor gesagt? Sie hatte es vergessen. Das war eine ganz andere Sache. Ach, sie hatte es leid, hatte das Ganze hier leid. Es hätte nicht viel gefehlt, und sie wäre geradewegs nach Hause gegangen und hätte zu ihrer Mutter gesagt: »Mutter, wie ich eben erfahren habe, ist das also mein Haus, wenn du gestorben bist oder heiratest. Warum hast du mir das nicht gesagt?« Doch das brachte sie nicht fertig... Sie würde es sich nicht anmerken lassen, daß sie es wußte. Ja, sie würde das gleiche Spiel treiben wie ihre Mutter, nur mit anderen Vorzeichen.

Jetzt antwortete sie Jessie: »Keine Ahnung. Er hat bei mir nicht den Mund aufgemacht.«

Es war eine umgangssprachliche Antwort. Sie mußte auf der Hut sein, fiel in diesen Tagen mehr und mehr in die Umgangssprache zurück. Eigentlich hätte sie antworten müssen: »Ich weiß es nicht. Er hat mich nicht darüber informiert.«

Ach, was machte es schon, ob sie lernte oder nicht, denn sie war wütend, wütend, furchtbar wütend. Und sie mußte sich bemühen, die Gedanken abzuwehren, die ihr durch den Kopf gingen.

Weihnachten ging vorüber, und Biddy war nicht traurig darüber, denn sie hatte das Gefühl, daß sie als einzige im Haus keine Freude daran hatte. Sie war nicht zum Fest der Dienstboten gegangen. Als sie mit Jessie Hobson darüber sprach, hatte diese gesagt: »Du kannst in diesem Jahr nicht hingehen, Biddy, und ich gehe auch nicht. Ich brauche dir nicht erst zu sagen, daß man da drüben im Haupthaus sehr gegen dich eingestellt ist, nicht nur, weil du dich manchmal etwas sonderbar benimmst, sondern überhaupt, ich meine, sie wären gegen jeden so, der von der niedrigsten Stelle in der Wäscherei so weit nach oben gekommen ist.«

Darauf hatte Biddy erwidert: »Es macht nichts. Ich will sowieso nicht hin.«

Sie hatte kurz mit Jean gesprochen. In der Wäscherei war alles unverändert. Dennoch war Jean glücklich, weil Davey weiterhin großes Interesse an ihr zeigte.

Sie hatte auch nicht mit den übrigen Angestellten vor dem Salon Schlange gestanden, um ihr Weihnachtsgeschenk entgegenzunehmen, denn wie Jessie ihr klargemacht hatte, war dies ein anderer Haushalt, daher würde sie ihr Geschenk von Madam erhalten.

In der Tat erhielt sie ein Gechenk von Madam, und eines, das sie wegen seines Wertes sehr überraschte. Sie hatte ihre Freude darüber sehr deutlich ausgedrückt, was wiederum die alte Lady erfreute, und diesmal hatte sie sie nicht einmal angebellt, weil sie, ohne gefragt zu sein, das Wort ergriffen hatte. Bei dem Geschenk handelte es sich um einen schmalen Seidenschal mit gelbem Muster und einer schönen Einfassung aus Spitzen. Natürlich war es ein gebrauchter Schal, aber was machte das? Obendrein bekam sie noch sechs Taschentücher aus gutem Batist, und die waren nicht benützt, weil sie noch kein Monogramm aufwiesen.

An ihrem freien Tag vor Weihnachten hatte ihre Mutter gefragt: »Was ist los mit dir? Du hast doch etwas im Kopf. Gibt es Ärger dort oben?« Und Biddy hatte geantwortet: »Was meinst du damit?« Und sie hatte geantwortet: »Ach, mir kommt es immer so vor, als ob ich in heißem Wasser gesotten werde. Ich habe draußen auf dem Hof ein paar Worte mit unserem Davey gesprochen, bevor ich fortgegangen bin, und Mr. Froggett, der Butler, kam zufällig vorbei und sagte, er würde mich melden. Ich erklärte ihm, daß ich nur mit meinem Bruder spreche, und er ist auf mich losgegangen, weil ich es gewagt hätte, ihm eine freche Antwort zu geben. Wofür hält er sich eigentlich?«

Der Zusammenstoß mit dem Butler hatte sie im Grunde keineswegs besonders beunruhigt, da es nicht das erstemal war, daß jemand von den höheren Angestellten versuchte, ihr das Leben schwerzumachen, aber sie fand, daß es ein guter Vorwand für ihr Verhalten war, den sie ihrer Mutter liefern konnte, denn es war ihr nicht gelungen, sich ihr gegenüber unvoreingenommen zu verhalten.

Bevor sie zurückkehrte nach »The Heights«, war sie von Zimmer zu Zimmer gegangen und hatte die Möbel mit ganz anderen Augen betrachtet. Im Wohnzimmer standen zwei kleine Schreibtische aus rötlichem Holz. Der Herr hatte sie *bonheurs-du-jour* genannt. Biddy fand sie besonders schön. Außerdem gab es dort hübsche kleine Tischchen und Kommoden mit wunderbaren Einlegearbeiten. Jetzt dachte sie: Wenn ich lange genug lebe, gehört das eines Tages alles mir. Sie hatte nicht gedacht: wenn meine Mutter stirbt, denn sie wollte nicht, daß sie starb. Sie wollte nur, daß sie glücklich war, und wünschte sich sehnlichst, daß das Gefühl, das sie früher einmal für sie empfunden hatte, zurückkehren würde.

Doch im Augenblick brachte sie es einfach nicht fertig, ihre Mutter zu lieben. Und sie fragte sich auch, ob ihr Davey wußte, wie es wirklich stand, denn wenn nicht, dann rechnete er wohl damit, eines Tages alles zu erben. Ja, sicher, damit schien er zu rechnen, denn jetzt kam er wieder ins Haus, was nicht für seinen Charakter sprach, wie Biddy fand, nach allem, was er gesagt und was er dem

Herrn angetan hatte. Sie mußte oft darüber nachdenken und fragte sich manchmal, was denn in Gottes Namen einen Mann dazu brachte, jemanden wie ihren Davey zu lieben, auch wenn er damals sehr hübsch gewesen war. Es war seltsam und nicht ganz richtig, wie sie sich eingestehen mußte. Doch sie gab nicht dem Herrn die Schuld, sondern Davey, der nur so wütend geworden war, weil er das Pony nicht bekommen hatte.

Das Leben war merkwürdig. Sie hatte gedacht, daß sie recht gescheit sei, aber je mehr sie las und je mehr sie zu lernen versuchte, desto mehr wurde ihr bewußt, wie unwissend sie eigentlich war. Erst kürzlich hatte sie Ähnliches bei einem der griechischen Philosophen gelesen, der das schon vor vielen, vielen Jahren erkannt hatte. Ach, es gab so vieles, was sie nicht verstand, und sie sehnte sich so sehr danach, jemanden zu haben, mit dem sie darüber sprechen konnte.

9

Ein bitterkalter Winter lag hinter ihnen, und nun kam Ostern, und es war immer noch kalt. Die ganze Familie war über die Feiertage zu Hause, und unten im Haupttrakt herrschte viel Kommen und Gehen und ein ständiges, geschäftiges Treiben. Man gab eine große Gesellschaft zu Miss Mays einundzwanzigstem Geburtstag, und der war eine Auseinandersetzung in Madams Wohnzimmer vorausgegangen, als May erklärt hatte, daß sie sich mit dem Sohn von Lord Milton verloben würde, und ihre Großmutter sie daraufhin anbrüllte: »Er ist ein Idiot, genau wie sein Vater. Diese Familie ist geisteskrank.«

Anschließend war Madam auch auf Mr. Laurence losgegangen und hatte ihn einen sturen Dickkopf und einen Narren genannt.

Mr. Laurence war danach über eine Woche lang nicht mehr nach oben gekommen, und als er schließlich kam, sprach er vorwiegend über Politik und über die Gesetzesvorlagen im Parlament. Die beiden kamen Biddy vor wie zwei Fremde, die ein abstraktes Thema diskutierten und dabei von gegensätzlichen Standpunkten ausgingen. Es hatte in erster Linie zu tun mit einer Regelung, die von Gesetzes wegen bestimmen sollte, wie lange ein Kind in einer Fabrik arbeiten durfte. Es schien, als ob es Kinder gäbe, die achtzehn Stunden hintereinander arbeiteten, während die regulären Arbeitsstunden in den Fabriken auf dreizehn bis fünfzehn Stunden beschränkt waren. Das sei doch alles längst Vergangenheit, hatte sich Madam verteidigt, während Mr. Laurence gesagt hatte, es seien genügend Fälle bekannt, wo Kinder von fünf Uhr morgens bis sechs Uhr abends arbeiteten und sich dabei vor Müdigkeit kaum noch auf den Beinen halten konnten.

Nanu, hatte sie gedacht, nachdem sie dieser Diskussion zugehört hatte, wußte er denn nicht, daß die Wäscherinnen in diesem Haus um fünf Uhr morgens mit der Arbeit begannen und manchmal bis abends um sechs, manchmal sogar bis sieben durcharbeiteten? War sie selbst nicht oft vor Müdigkeit beinahe zusammengebrochen, namentlich in den ersten Wochen? Wie seltsam, daß die Leute nie das sahen, was direkt vor ihren Nasen geschah. Und was dieses Gesetz aus dem Jahre einunddreißig betraf, von dem er sprach und das ausdrücklich untersagte, daß Kinder nachts oder länger als dreizehn Stunden arbeiteten – wie war das, wenn sie und Miss Hobson mitten in der Nacht aufstehen und zu Madam kommen mußten, weil sie ein Glas heiße Milch trinken oder ihr Kissen aufschütteln lassen wollte?

Und Mr. Laurence hatte gesagt, daß die Fabrikbesitzer sich nicht nach dem Gesetz richteten, und daß die Kinder noch immer ausgebeutet würden. Man brauche nicht weiter als Newcastle zu gehen, hatte er gesagt, um diese zerlumpten, verlausten, hungrigen Geschöpfe sehen zu können. Und wenn man in bestimmte Stadtviertel von London komme, dann würde man angesichts all des Elends auf den Schlag zu einem anderen Menschen – vorausgesetzt, daß man über ein Gewissen verfügte.

Und Madam hatte wieder gesagt, er solle sich doch für das Parlament bewerben.

In den drei Ferienwochen, die er bis dahin zu Hause verbracht hatte, waren sie sich nur selten begegnet, und wenn, dann hatte er sie lediglich mehr oder weniger freundlich gegrüßt: »Guten Morgen, Biddy. Guten Abend, Biddy.« Das war alles. Und das stimmte sie nachdenklich. Es kam ihr so vor, als hätte sie etwas falsch gemacht. Sie versuchte, sich genau an den Nachmittag am Wasserfall zu erinnern. War sie zu kühn gewesen? Ja, vielleicht. Aber er war ein Gentleman und hatte sich nett mit ihr unterhalten, und sie war ebenso nett darauf eingegangen.

Nun, wenn es so war, dann war es eben so. Sie mußte den Kopf aufbehalten und an die Zukunft denken. Sie wollte ja nicht ewig hierbleiben; noch ein Jahr Lehre, dann konnte sie sich anderswo um einen Posten als Zofe bewerben und ein neues Leben beginnen.

Tatsächlich sollte sie schon viel früher ein neues Leben auf einem neuen Posten beginnen, und das kam, wenn sie sich zurückerinnerte, auf so wunderbare Weise zustande, daß man es mit den Geschichten aus der Mythologie vergleichen konnte, die ihr der Herr von Moor House beigebracht hatte.

Es geschah in der zweiten Woche im Juli. Sie hatte den Halbjahreslohn nach Hause zu ihrer Mutter gebracht, und Riah hatte ihr drei Shilling zurückgegeben; außerdem hatte sie sie mit einem Kleid und einem dazu passenden Mantel überrascht, die sie aus den noch immer reichlich vorhandenen Sachen in den Kisten und Kasten im Speicher geschneidert hatte. Und Riah hatte darauf bestanden, daß sie das neue Kleid und den Mantel anzog und ihr Sonntagskleid und die Jacke in der Hand mitnahm.

Biddy war hocherfreut über ihr neues Aussehen, als sie sich im Spiegel betrachtete. Ihre Mutter war sehr geschickt mit der Nadel: die Stiche waren klein, und die Rüschen, die sie nähte, waren so fein, als hätte ein Fachmann daran gearbeitet. Sie hatte Riah geküßt und für den Augenblick die feindselige Stimmung vergessen, die zwischen ihnen herrschte, weil ihr die Mutter das vorenthielt, was Biddy als ihre zukünftigen Rechte ansah.

Sie hatte nicht damit gerechnet, daß Mr. Laurence vorbeigeritten kam und ein Wort für sie übrig hatte, denn er war nun schon seit über einem Monat zu Hause, und sie hatte in dieser Zeit zwei Ausgehtage gehabt; an beiden Nachmittagen hatte sie am Wasserfall gesessen und gewartet, aber niemand war gekommen, niemand hatte sie bei ihrer Lektüre gestört.

Und jetzt saß sie wieder am Ufer des kleinen Flüßchens. Sie hatte ihr Bündel aufgeknotet und das Sonntagskleid auf dem Gras ausgebreitet, damit das neue Kleid keine Flecken bekam. Den Hut hatte sie abgenommen, und der frische Wind wehte ihr das Haar von den Ohren und aus der Stirn.

Vielleicht war es auch der Wind, der das Geräusch der Pferdehufe übertönte, bis sie dicht hinter ihr auf dem Saumpfad zu hören waren. Jetzt drehte sie sich um, ein halbes Willkommenslächeln auf den Lippen, das nur eine Sekunde lang blieb, ehe es angesichts des Reiters schlagartig verschwand. Es war Mr. Paul.

Als sie sah, daß er vom Pferd stieg, stand sie rasch auf, nahm ihr Kleid und stopfte es in das Bündel.

Sie hatte sich immer wieder vorgesagt, seit sie im Herrenhaus arbeitete, daß sie keine Angst hatte, vor keinem von denen dort oben, aber es gab eine Ausnahme, und sie mußte sich eingestehen, daß sie vor dem jungen Mr. Paul Angst hatte, denn er hatte seit dem Tag, als sie in der Wäscherei so brutal von ihm mißhandelt worden war, kein einziges Wort mit ihr gesprochen oder auch nur ihre Gegenwart zur Kenntnis genommen, wenn er seine

Großmutter besuchte, obwohl sie fühlte, daß er sie ständig beobachtete. Seltsamerweise kam es ihr so vor, als ob er jedesmal, wenn er vom Internat zurückkam, um Jahre, nicht nur um Monate gealtert wäre. Jetzt, als er sich ihr näherte, sah sie ihn als einen erwachsenen Mann, nicht als einen Burschen, der gerade erst achtzehn geworden war. Sie wußte nicht einmal, ob er erst achtzehn wurde oder schon darüber war, nur, daß er ihr in diesem Augenblick nicht wie ein junger Bursche vorkam.

Seine Stimme klang höflich, als er »Hallo« sagte.

Es dauerte eine Sekunde, ehe sie ihm in steifer Höflichkeit antwortete: »Guten Tag, Mr. Paul.«

Er stand jetzt eine Armeslänge von ihr entfernt, und sie stellte fest, daß sein Haar die gleiche Farbe hatte wie seine polierten Reitstiefel. Sie hatte die Augen auf seine Stiefel gerichtet, weil er wie an dem Sonntag, den sie nicht vergessen konnte, mit der Reitpeitsche leicht gegen den Schaft der Stiefel schlug.

»Habe ich dich gestört?« fragte er.

»Nein, ich wollte gerade gehen.«

»Setz dich«, befahl er.

»Ich sagte Ihnen doch, Mr. Paul, ich war gerade am Gehen. Ich muß zurück.«

»Setz dich«, sagte er. Und nun streckte er die Hand aus und drückte sie sachte nach unten, und sie stolperte einen Schritt rückwärts bis zu der Stelle, wo der verkrüppelte Stumpf eines Baumes aus dem Ufer ragte, drehte sich um, warf einen Blick darauf, dann trat sie seitlich daran vorbei.

Er war mit einem Schritt bei ihr, packte sie am Arm und befahl, noch immer mit leiser Stimme: »Setz dich.«

»Lassen Sie meinen Arm los.« Sie sagte es ruhig und ohne Zittern in der Stimme.

»Erst, wenn ich mit dir fertig bin.«

Mit einer raschen Bewegung hatte sie sich befreit, aber nur für einen Augenblick, denn jetzt packte er sie bei den Schultern, riß sie herum, stieß mit der Stiefelspitze in ihre

Kniekehle, so daß ihre Beine einknickten, und das nächste, was sie wußte, war, daß sie auf dem Rücken lag und mit den Fingernägeln sein Gesicht zu zerkratzen versuchte, bis er ihre Arme festhielt, auf dem Boden ausbreitete und sich dann auf sie legte. Seine Nase drückte fast gegen die ihre, und er knurrte: »Ich hab' das schon lange, lange vor, du kleines Luder aus der Wäscherei, und jetzt wirst du mir dafür bezahlen, daß ich in diese verdammte Schule gehen muß. Ich hasse die Schule, hast du gehört? Ich hasse jede Minute, die ich dort sein muß. Aber dich hasse ich noch mehr, weil du mich dahin gebracht hast, und wegen dir ist mein Taschengeld gekürzt worden! Ich werde dir ein Andenken hinterlasen, Miss, das du nicht mehr vergessen wirst.« Und daraufhin drehte er ihren Kopf zur Seite und grub seine Zähne in ihr Ohrläpchen. Und als sie laut schrie, sagte er: »Du kannst brüllen, soviel du willst, hier wird dich niemand hören, hier kommt keiner her, das weiß ich. Ich bin dir schon zweimal nachgeritten.«

Nun löste er sich ein wenig von ihr, stützte sich hoch und zerrte ihre Arme nach oben, daß er beide Handgelenke mit einer Hand festhalten konnte; mit der anderen Hand riß er ihr die Vorderseite ihres Kleids auf, dann schob er grob die Hand unter das Mieder und faßte nach ihren Brüsten. Erfolglos stieß sie nach seinen Schienbeinen, und als sie schrie, preßte er seinen Mund auf den ihren. Jetzt nahm sie alle Kraft zusammen, die ihr noch geblieben war, um die Knie hochzuziehen, und als sie sah, daß er sich erhob und zur Seite taumelte, dachte sie, daß das der Erfolg ihrer Mühe sei, bis sie eine zweite Gestalt erblickte, die sich über ihn beugte und ihn mit einer Reitpeitsche bearbeitete. Sie lag ein paar Sekunden lang keuchend da, ehe sie sich auf die Seite rollte – und da erkannte sie zu ihrer größten Überraschung, daß niemand anders als Miss Lucy ihr zu Hilfe gekommen war und daß sie nun auf ihrem Bruder lag, wie dieser zuvor auf ihr selbst gelegen hatte.

Es gelang ihm, auf die Beine zu kommen, und er schrie seine Schwester an: »Hör auf! Was glaubst du, was du da tust?«

»Du wirst schon sehen, was ich tue, und erst recht, wenn wir zu Hause sind.«

»Bist du verrückt geworden? Siehst du nicht, wer das ist?« Und damit zeigte er auf Biddy. »Erinnerst du dich, was sie dir angetan hat? Sie war der Grund, weshalb man uns beide zur Schule geschickt und mir das Taschengeld gekürzt hat.«

»Ich weiß, was sie getan hat, und ich weiß auch, was wir getan haben. Es war allein unsere Schuld.«

»Allmächtiger! Was ist über dich gekommen? Ist die Schule, in die du jetzt gehst, vielleicht so ein verdammtes Kloster oder was? Du bist ganz anders, seit du dort bist. Meine Schule ist die reinste Hölle, aber verdammt will ich sein, wenn die es fertigbringen, mich zu ändern.«

»Nein, nein, du wirst dich nicht ändern, du wirst genau wie Vater und Großvater und wie Stephen.«

Biddy hatte sich inzwischen aufgerappelt und versuchte, ihr Kleid ein wenig zu ordnen; dabei beobachtete sie Schwester und Bruder, die einander wütend anstarrten. Paul tupfte jetzt das Blut ab, das ihm über die Wange lief, dort, wo ihre Fingernägel seine Haut aufgekratzt hatten. Sie sah, wie er sich abrupt umdrehte und zu seinem Pferd ging, sah, wie das Mädchen ihm folgte, und zu ihrer völligen Verblüffung hörte Biddy, wie sie sagte: »Und was ist, wenn sie ein Kind bekommt?« Während er den Stiefel in den Steigbügel steckte, erwiderte er: »Na, was schon? Solche wie die da werfen doch jedes Jahr um Ostern, mit den Lämmern. Und in zwei Monaten bin ich bei der Armee, dann kann sie meinetwegen einen von den Stallburschen anzeigen, mit denen sie ins Heu gegangen ist.«

Dann grub er die Hacken in die Flanken des Pferds und ritt davon, während Biddy fühlte, wie eine große Schwäche über sie kam – es war das gleiche Gefühl wie beim letztenmal, als er Hand an sie gelegt hatte, doch diesmal wollte sie nicht ohnmächtig werden, also setzte sie sich wieder abrupt auf, ließ dann den Kopf nach vorn hängen, bis sich der Nebel vor ihren Augen etwas gelichtet hatte. Und als sie hochblickte, stand Miss Lucy vor ihr und schaute auf sie herunter.

»Alles in Ordnung?«

»Ein bißchen schwindelig vielleicht, Miss.«

»Es tut mir leid.«

Wieder war sie zutiefst überrascht, so etwas aus Miss Lucys Mund zu hören, und sie gab keine Antwort, hielt aber den Blick auf das Mädchen gerichtet. Auch sie hatte sich sehr verändert, genau wie ihr Bruder. Biddy fiel erst jetzt auf, daß sie in den letzten zwei Wochen fast täglich ihre Großmutter besucht hatte, was sehr ungewöhnlich war, und dabei hatte sie sie meistens so angeschaut, als ob sie mit ihr sprechen wollte; jedenfalls hatte Biddy sich das eingebildet. Doch dann hatte sie sich gesagt, sie dürfe nie vergessen, wie diese junge Lady in Wirklichkeit war.

Da stand sie nun, schaute zu ihr herunter und war durchaus freundlich und nett. Und Biddy geriet von einer Überraschung in die andere, als sie jetzt sah, wie ihre junge Herrin sich zu ihr ins Gras setzte, einen kleinen Kieselstein aufhob und ins Wasser warf. Sie glaubte, ihren Ohren nicht trauen zu können, als sie die junge Lady sagen hörte: »Hast du etwas dagegen, wenn ich mit dir rede?«

»Nein, Miss – nicht, wenn Sie das wollen.«

Lucy Gullmington wandte sich ihr zu und schaute Biddy an, während sie langsam und nachdenklich sagte: »Du bist sehr intelligent. Deshalb habe ich dich nicht gemocht; ja, ich habe dich einmal sogar dafür gehaßt. Du weißt viel mehr als ich; außer Großmama und Laurence, glaube ich, gibt es keinen im Haus, der soviel weiß wie du.«

»Aber nein, Miss.« Biddy schüttelte den Kopf. »Ich weiß gar nichts, bin ganz unwissend. Ich lese viel, das heißt, wenn ich kann, und daraus erkenne ich, wie wenig ich in Wirklichkeit weiß. Als ich in dieses Haus kam, da – ja, da dachte ich, daß ich alles weiß, weil mir der Herr, ich meine, Mr. Miller, so viel beigebracht hat, aber jetzt ist mir bewußt, daß das nur oberflächliches Wissen ist. Er hat es auch gewußt, und er hat es mir oft genug gesagt.«

»Biddy... Darf ich Biddy zu dir sagen?«

Biddy schüttelte den Kopf. Sie konnte diese junge Lady nicht verstehen. Außerdem hatte sie das Gefühl, als ob ihr der Kopf zerspringen würde. Ihre Brust und die Arme taten weh, und das Ohr blutete.

»Sie... Sie können mich nennen, wie Sie wollen, Miss.«

»Ach was«, Lucy schüttelte ungeduldig den Kopf, »sei doch nicht so bescheiden und demütig. Das ist doch gar nicht deine Art. Du bist nicht einmal gegenüber Großmama so, und wenn du mit ihr fertig wirst, dann wirst du mit jedem fertig.«

Zu einer anderen Zeit hätte Biddy darüber gelächelt, doch jetzt hielt sie den Kopf auf die eine Seite und drückte ihr Taschentuch auf das blutende Ohr, und als sie es wegnahm und die Blutflecken betrachtete, fragte Lucy: »Hat er das getan? Hat er dich gebissen?«

»Ja.«

»Er ist ein grausames, brutales Schwein. Alle Männer sind grausam.«

Biddys Augen wurden ein wenig schmaler. Da war etwas, was sie nicht verstand. Und sie sollte sich noch mehr wundern, ja, sie war völlig perplex, als Miss Lucys Hand sich auf die ihre legte und als sie mit leiser Stimme sagte: »Ich... Ich frage mich... Vielleicht könntest du meine Freundin werden. Ich – ich habe niemanden, mit dem ich reden kann.«

Ein Gedanke schoß durch Biddys Kopf wie ein Blitz, der alles für einen Augenblick lang erhellte, aber sie wies ihn zurück und sagte sich: Nein, ausgeschlossen. Dennoch schaute sie das junge Mädchen an und fragte: »Haben Sie Sorgen, Miss?«

Lucy hatte den Kopf sinken lassen. Nichts mehr erinnerte an die stolze, hochmütige, herrische, ja sogar grausame junge Miss, als die sie die Angestellten und wohl auch sie selbst gesehen hatten.

Sie lauschte einer leisen Stimme, die sagte: »Als ich sah, wie Paul dich so angefallen hat, erinnerte mich das...« Sie hob den Kopf und fuhr fort: »Weißt du, ich verstand ganz genau, wie du dich gefühlt hast, weil ich... Ich habe ähnliche Erfahrungen machen müssen.«

»O nein, Miss!«

»Ja.«

»Sie meinen, Miss...?«

»Ja, ich glaube.«

»O mein Gott, Miss!«

»Das habe ich auch gesagt, als ich es wußte. O mein Gott, habe ich gesagt. Und ich habe zu Ihm gebetet, habe Ihn angefleht, er möge es nicht geschehen lassen, aber Er hat mich nicht erhört.«

»Sie – Sie sind vergewaltigt worden, Miss?«

Jetzt wandte Ludy den Kopf ab und sagte: »Nein, ich bin nicht vergewaltigt worden. Nicht wirklich. Ich... Erst war es nur Spielerei. Ich ahnte nicht, wie es enden würde. Ich war verliebt, das jedenfalls habe ich gedacht. Und vom Necken und Spielen ging es weiter, und... Nun ja, dann ist es geschehen. Ich wollte nicht, daß es geschieht. Ich glaube ich hatte ebensolche Angst wie du, aber es ist geschehen, und noch ein zweites Mal.«

»Können Sie – können Sie ihn nicht heiraten, Miss?«

Sie bewegte langsam den Kopf hin und her. »Er ist verheiratet und hat Kinder. Er – es war der Vater meiner Freundin.« Jetzt wandte sie sich rasch ab, hielt sich die Hand vor den Mund und sagte: »Aber du darfst es niemandem sagen. Versprich mir, daß du es niemandem sagst.«

»Das brauche ich nicht einmal zu versprechen, Miss, das ist selbstverständlich – machen Sie sich da keine Sorgen. Aber was wollen Sie jetzt tun?«

»Ich weiß es nicht. Ich weiß nur, daß ich es jemandem sagen muß. Siehst du, da oben«, sie bewegte den Kopf in Richtung auf das Haus, »da können die Männer alles tun, was ihnen beliebt. Sie können sich Mätressen halten, sie können zu den Huren gehen, so oft es ihnen Spaß macht, und keiner sagt auch nur ein Wort dagegen, aber wir Frauen müssen rein sein, rein wie frischgefallener Schnee, wie es in dem Kirchenlied heißt. Kein Hauch eines Skandals darf jemals eine Gullmington berühren. Jetzt verstehe ich, was May durchgemacht hat, denn sie wollte Laurence, und Laurence dachte nicht daran, sie zu heiraten. Er wollte sie nicht. Also heiratet sie diesen blöden Mann, nur weil sie nicht mehr länger warten kann. Wir sind schlimm dran, findest du nicht, Biddy?«

Biddy überlegte einen Moment, dann nickte sie. »Ja, ich glaube, wir sind wirklich schlimm dran«, sagte sie. »Und es ist noch schlimmer, weil wir nicht darüber sprechen und unsere Gefühle nie zeigen dürfen.«

Doch vorderhand waren es die Gefühle des Augenblicks mit denen Biddy fertigwerden mußte, und beim Gedanken daran wurde ihr ganz elend; außerdem tat ihr Ohr so weh wie ihre Brust und ihre Arme schmerzten.

»Was soll ich denn tun, Biddy?«

»Sie müssen es Madam sagen.«

»Daran habe ich auch gedacht, aber ich bringe nicht den Mut dazu auf.«

»Sie ist die einzige in der Familie, die es ertragen kann. Ich meine, den Schock.«

»Ich dachte schon daran, davonzulaufen, aber wohin denn? Ich könnte doch nur zu meinen Freundinnen, und die würden mich wieder nach Hause bringen. Sie würden sehr gütig und verständnisvoll, aber auch zutiefst schokkiert sein.«

»Werden Sie wieder zur Schule gehen?«

»Nein. *Nein. Niemals.*«

»Aber in zwei Wochen fängt die Schule wieder an, nicht wahr? Sie müssen bald etwas tun, Miss.«

»Ja, ja, ich muß bald etwas tun. Aber ich kann kaum noch denken.«

»Wie weit ist es denn schon, Miss?«

»Nach dem zweiten Monat... Erst habe ich nicht gewußt, was los ist. Ich war sehr unwissend in solchen Dingen. Mutter ist nicht der Mensch, mit dem man über so etwas reden kann, jedenfalls nicht, solange es um persönliche Dinge geht.« Jetzt schaute sie hinauf zum Himmel, und ihre Stimme klang bitter, als sie endete: »Sie redet nur von Reinheit. Du sollst dich rein halten... Ich hätte sie vielleicht fragen sollen, wie man das macht, nicht wahr?«

Jetzt stand Biddy auf und sagte: »Ich muß zurück. Meine Freizeit ist fast zu Ende. Darf ich mit Ihnen gehen, Miss?« Dabei hoffte sie, daß die junge Mistress nein sagen würde, denn sie wollte zurücklaufen zum Haus, sich waschen, die Verletzung am Ohr behandeln und sich vielleicht danach ins Bett legen und darüber weinen, daß ihr schönes, neues Kleid zerrissen war und daß sie solche Angst hatte ausstehen müssen, und... Ach, über alles.

Lucy war inzwischen auch auf den Beinen und sagte: »Mein Pferd ist gleich dort hinter den Büschen. Ja, bitte, geh mit mir.«

Auf dem Weg schwiegen sie eine ganze Weile, und nur das Klappern der Pferdehufe und der Wind in den Bäumen störten Biddys Gedanken. Schließlich brach Lucy das Schweigen, als sie erklärte: »Großmama hat dich in ihr Herz geschlossen.«

Und Biddy war kühn genug, zu antworten: »Das hat man mir schon einmal gesagt – aber sie zeigt es auf merkwürdige Weise.«

»Weißt du, was sie mir über dich gesagt hat?«

»Nein, Miss.«

»Sie sagte, sie hätte dir verboten, zu lesen, aber sie weiß, daß du keineswegs aufgehört hast damit.«

»Das hat sie Ihnen gesagt?« Biddy lächelte ein wenig, und Lucy antwortete: »Ja, und erst in der letzten Woche.

Wenn sie es mir letztes Jahr gesagt hätte, dann hätte ich wahrscheinlich Lust gehabt, dir die Augen auszukratzen. Ist es nicht sonderbar, wie der Mensch sich verändern kann?« Sie drehte sich um und schaute Biddy an, und nun fragte sie zögernd: »Könntest du – was glaubst du –, könntest du es ihr irgendwie beibringen? Um mir eine Brücke zu bauen? Ich habe solche Angst, und ich befürchte, daß sie, wenn ich es ihr sage, einen ihrer Schreikrämpfe bekommt. Und dann könnte nicht nur die Hobson es hören, sondern auch alle anderen Angestellten, die zufällig an ihrem Zimmer vorbeikommen. Aber... Aber wenn du es ihr spätabends sagst, wenn – wenn die Hobson schon im Bett und alles im Hause still ist... Würdest du das tun?«

Einen Moment stand ein Bild vor Biddys Augen, wie die alte Lady diese schreckliche Nachricht aufnehmen würde; aber vielleicht war es spätabends nicht so schlimm, wenn sie im Bett lag, schutzlos, ohne Perücke und ohne Zähne, das Gesicht ohne Schminke, denn aus Erfahrung wußte Biddy, daß die alte Lady in diesem Zustand zugänglicher war – immer noch herrisch, aber leiser, und ihre Befehle klangen dann eher wie Wünsche. Dennoch wunderte sie sich ein wenig, als sie sich selbst sagen hörte: »Ja, gut, ich werde es versuchen.«

»Oh, ich danke dir, danke dir so sehr! Weißt du, sie ist... Na ja, sie hat in solchen Dingen Erfahrung von früher, als sich mein Vater manchmal einen Seitensprung geleistet hat und es Folgen gab, zwar nicht im Haus, aber nicht weit davon entfernt. Und mit meinem Großvater hat sie es in dieser Hinsicht auch schwer gehabt, wie ich aus dem Dienstbotenklatsch hörte.«

So, wie sie das Wort »Dienstbotenklatsch« aussprach, konnte Biddy entnehmen, daß sie selbst in den Augen der jungen Miss davon ausgenommen war – doch dann wurde sie sehr abrupt in die Wirklichkeit zurückgerissen, als sie sich dem Tor näherten und Lucy das Pferd anhielt und sagte: »Weiter können wir nicht miteinander gehen, aber ich komme morgen früh zu dir hinauf. Vielleicht können wir uns, sagen wir, um neun Uhr in der Galerie treffen, und... Und du sagst mir, was du erreicht hast. Wirst du das für mich tun?«

»Ja, Miss. Ja, das werde ich tun.«

»Danke. Ich danke dir so sehr.«

»Auf Wiedersehen, Miss.«

»Auf Wiedersehen, Biddy.«

Wie im Traum ging Biddy langsam über den langen, schmalen Weg, der den Besitz umgab. War das wirklich alles geschehen, seit sie vor gerade eineinhalb Stunden von zu Hause weggegangen war, hatte dieser Teufel sie vor etwas mehr als einer halben Stunde überfallen? Und was hätte er ihr angetan, wenn Miss Lucy nicht plötzlich aufgetaucht wäre?... Miss Lucy... Mein Gott, in welch schrecklicher Situation sie sich befand. Und genau das gleiche hätte ihr selbst geschehen können, denn sie wußte, daß sie sich nicht mehr lange hätte wehren können.

Heimlich drückte sie sich an der Wand entlang zur Seitentür, wobei sie den Saum ihres offenen Mantels zusammenhielt über dem neuen Kleid, dem das Vorderteil fehlte; den Hut hatte sie sich schräg aufgesetzt, damit man das blutige Ohr nicht sehen konnte. Es gelang ihr, unbemerkt durch das Haus zu kommen – Aber nur bis zum Fuß der Treppe, die in die Galerie führte, denn dort begegnete ihr Mrs. Fulton. Die Haushälterin trat ihr in den Weg, musterte sie von Kopf bis Fuß und sagte dann tadelnd: »Du meine Güte, so herausfordernd gekleidet! Ganz sicher hast du dieses Haus nicht in einem solchen Aufzug verlassen, oder, Miss Millican?«

»Nein, Mrs. Fulton. Ich habe die Sachen zu Hause angezogen.«

»Ach, hast du. Und den Hut hast du ganz schräg aufgesetzt, wie ich sehe. Rück ihn sofort gerade.«

»Ich mag ihn lieber schräg, Mrs. Fulton.«

»Ich habe gesagt, du sollst ihn gerade rücken, Mädchen!« Das kleine, verkniffene Gesicht zeigte eine sich steigernde Wut, als Mrs. Fulton die Hand ausstreckte, um nach dem Hut zu fassen. Biddy, die das verhindern wollte, mußte dazu den Saum des Mantels loslassen, und er öffnete sich und zeigte die zerrissene Vorderfront ihres Kleids und den Ansatz des Unterkleids.

Die Haushälterin trat einen Schritt zurück, spannte die Gesichtsmuskeln an, als würden sie von allen Seiten gezogen, und stieß die Worte *»Sehr schön!«* hervor, was in dieser Betonung alles sagte. Und Biddy, die ihr jetzt kochend vor Zorn die Hand vom Hut schlug, wiederholte: »Jawohl, sehr schön, Mrs. Fulton. Ich bin überfallen worden auf dem Weg hierher. Und ich werde es Ihnen genauer berichten, wenn ich mal gerade nichts Besseres zu tun habe.« Damit stieß sie die ältere Frau buchstäblich zur Seite. Als diese tollkühne Tat keinerlei Proteste von der Gegenseite hervorrief, wurde ihr klar, daß ihre abgerissene und verdreckte Erscheinung die Haushälterin zumindest vorübergehend sprachlos gemacht hatte.

Oben wurde sie von Jessie empfangen, die schon auf sie gewartet hatte. »Gott sei Dank, daß du hier bist. Ich bin fast verrückt vor Zahnschmerzen, und Madam ist mal wieder in einer ihrer Stimmungen. Nichts ist ihr recht, und sie hat schon zweimal nach dir gefragt. Sie sagt, daß du zu spät dran bist, aber das stimmt nicht. Was ist denn mit dir los?«

Jessie hatte ein paar Sekunden gebraucht, um festzustellen, daß mit ihrer Helferin etwas nicht in Ordnung war, und als Biddy den Mantel öffnete, dann das Haar von ihrem Ohr nach hinten strich und schweigend dastand, sagte Jessie: »Mein Gott! Was ist denn mit dir geschehen, Mädchen?« Und Biddy erwiderte tonlos: »Mr. Paul. Er hat mich überfallen.«

»Nein!«

»O doch. Doch.«

»Hat er dich...«

»Nein, aber es war nicht sein Verdienst, daß es nicht dazu gekommen ist. Miss Lucy ist gekommen und hat ihn davongeprügelt.«

»*Miss Lucy* hat ihn davongeprügelt?« Einen Augenblick lang vergaß Jessie ihre Zahnschmerzen, und ihr Gesicht verzog sich vor Staunen, als sie wiederholte: »Sie hat ihren Bruder davongeprügelt?«

»Ja, das hat sie getan.«

»Du meine Güte. Aber ich gebe zu, das Mädchen hat sich verändert, seit es zur Schule geht. Sie hat jetzt viel bessere Manieren und ist nicht mehr so gemein. Wahrscheinlich hat man es ihr dort ausgetrieben.«

»Ja, das kann schon sein. Ich... Ich muß mich jetzt umziehen.« Sie wollte sich gerade umdrehen, blieb dann aber noch stehen und sagte: »Meine Mutter hat mir dieses Kleid und den Mantel genäht. Es war sehr schön, als ich zu Hause weggegangen bin.«

»Oh, wie schade drum, Kind. Aber es ist immer noch schön. Wir reparieren das Vorderteil... Aber Master Paul! Meine Güte! Wenn der Herr... Nein, der nicht. Aber wenn Mr. Stephen oder Mr. Laurence davon erfahren – du liebe Zeit, die ziehen ihm das Fell über die Ohren.«

»Aber nach dem, was man so hört, sind sie auch nicht viel besser, weil sie praktisch das gleiche tun, höchstens... Na ja, sie glauben, daß sie dazu die Berechtigung haben.« Jetzt klang ihre Stimme scharf und bissig, und Jessie entgegnete: »Na ja, das ist nun mal die Art von den Gentlemen. Aber ich kann dir sagen, sie würden das, was mit dir geschehen ist, nicht dulden, auch nicht, wenn einer aus der eigenen Familie schuld ist daran.« Dann schüttelte sie den Kopf. »Es ist wirklich komisch, Mädchen, daß solche Dinge immer gerade dir passieren. Ich habe noch nie jemanden gesehen, der wie du immer alles an sich zieht...« Statt »Übel« ergänzte sie jetzt: »...Solche Dinge. Und dabei kann man wirklich nicht behaupten, daß du selbst daran schuld bist. Es ist nur, daß du irgendwie...« Sie zuckte mit den Schultern, hielt sich dann die Hand vor die schmerzende Backe, schnitt eine Grimasse, als der Schmerz sich stechend bemerkbar machte, und fuhr fort: »Also los, zieh dich um und geh dann hinein zu ihr, denn ich kann nicht mehr lang auf den Beinen stehen.«

»Nehmen Sie doch *Laudanum,* dann lassen die Schmerzen nach und Sie können schlafen.«

»Ja, ja, das werde ich tun. Ich dachte schon gestern abend daran, aber ich hatte Angst, daß ich sie nicht höre, wenn sie ruft. Manchmal vergesse ich, daß du hier bist und daß man dir vertrauen kann. Kaum zu glauben, wie sie dich angenommen hat – und wie sie dich reden läßt! Ich hätte ihr niemals so kommen dürfen. Auch heute nicht. Geh jetzt. Geh.«

Biddy ging, aber sie brauchte einige Zeit, um sich ihre Dienstkleidung anzuziehen, weil sie erst jetzt die Wirkung des Kampfes spürte, den sie hatte durchstehen müssen. Und als sie auf der Bettkante saß, dachte sie: Ich muß versuchen, erst einmal klar im Kopf zu werden und mir überlegen, was ich sagen werde, und wie ich es sagen muß. Außerdem muß ich wach bleiben, bis Miss Hobson schläft. Bei dem Gedanken an sie fühlte sie sich ein wenig schuldbewußt, denn eigentlich war Jessie ein Mensch, der niemals Geheimnisse verriet; das mußte sie auch sein, denn wer außer ihr wußte zum Beispiel, daß Mr. Mottram, der Kutscher, gelegentlich hinaufkam und Madam über ihren Sohn und seine Tätigkeiten in Newcastle berichtete, und obwohl man im ganzen Hause wußte, daß Mr. Mottram auf der Seite von Madam stand, so wußte man doch nicht, daß er ihr Spion war, und ihres Wissens seit vielen Jahren.

Es war wirklich ein sonderbarer Haushalt. Nichts von dem, was sie gelesen hatte, konnte den Ereignissen hier auch nur das Wasser reichen, und nun, noch an diesem Abend, würde sie ein weiteres von diesen Ereignissen in Gang setzen, und sie hatte Angst vor dem, was dabei herauskommen konnte.

Zweimal war sie aufgestanden und hatte sich auf die Bettkante gesetzt, damit sie nicht einschlief.

Um neun Uhr abends hatten sie Madam für die Nacht gebettet, und die alte Lady war unwirsch mit Miss Hobson gewesen, weil diese über ihre Zahnschmerzen klagte. »Geh hinunter zu den Ställen, Weib«, hatte sie sie angefahren, »dort bindet man dir eine dünne Schnur um den Zahn, zieht einmal fest an, und dein Ach und Weh ist vorbei. Laß dir aber gleich alle ziehen, das ist das Beste. Ich hab' mir alle ziehen lassen. Tu das, und ich lasse dir ein Gebiß machen. Ach, geh schon zu Bett!« schrie sie zuletzt. Und Jessie war zu Bett gegangen, nachdem sie eine Dosis *Laudanum* eingenommen hatte. Doch es dauerte einige Zeit, bis ihr Schnarchen Biddy verriet, daß sie eingeschlafen war. Von unten – es war noch keine zehn Uhr – hörte man Rumoren im Haus; die Gentlemen spielten Billard oder Karten, und es dauerte nicht selten bis gegen zwölf Uhr, ehe es still wurde im Haus. Biddy bezweifelte, daß sie so lange wach bleiben konnte.

Irgendwann zog sie sich einen Morgenmantel an, den sie von Jessie erhalten hatte, schlich hinaus in die Halle und ging dann durch die Galerie auf die Schwingüren zu. Vom letzten Fenster in der Galerie aus konnte man einen Teil der Vorderfront des Hauses sehen, und als sie erkannte, daß sich in den dortigen Fenstern kein Licht mehr von den Lampen im Freien spiegelte, wußte sie, daß die Diener schlafen gegangen waren. Jetzt konnten nur noch der Butler und der Kammerdiener auf sein; die durften erst zu Bett gehen, wenn alle Herrschaften in ihren Zimmern waren, aber Biddy bezweifelte, daß einer von ihnen sich in diesen Trakt des Hauses verirren würde, daher schlich sie sich jetzt zurück ins Garderobenzimmer, wo sie ein paar Sekunden lang mit geschlossenen Augen stehenblieb, ehe sie die Tür öffnete und das Schlafzimmer von Madam betrat.

Im Licht der abgedunkelten Lampe auf dem Nachttisch sah sie mit Überraschung, daß die alte Lady nicht nur wach war, sondern noch aufrecht gegen die Kissen gelehnt im

Bett saß. Als sie sie um neun verlassen hatte, schien es, als ob sie zum Schlafen bereit gewesen wäre, daher hatte man ihr die Kissen flach gelegt. Jetzt stellte Biddy auf den ersten Blick fest, daß die Kissen anders arrangiert waren als zuvor, woraus man erkennen konnte, daß Madam keineswegs so hilflos war wie sie manchmal behauptete.

»Was ist, Mädchen?« Die Stimme war sanft und leise wie meistens in der Nacht.

Behutsam näherte sich Biddy dem Bett und atmete tief durch, während sie dastand und in das faltige Gesicht schaute, bevor sie sagte: »Madam, darf ich mit Ihnen sprechen?«

»Mit mir sprechen, jetzt, mitten in der Nacht?«

»Es ist sehr wichtig, Madam.«

»Was ist so wichtig für dich, daß es nicht bis morgen früh warten kann?«

»Es geht nicht um mich, Madam, sondern... Jemand von den Herrschaften... Von der Familie, ich... Man hat mich gebeten... Ich meine...«

Der magere Körper bewegte sich im Bett, und Biddy dachte einen Moment lang, sie könnte die alte Haut rascheln hören.

»Worauf willst du hinaus, Mädchen?«

»Es geht um... Es geht um Miss Lucy, Madam.«

»Miss Lucy? Was ist mit Miss Lucy?«

»Ich... Ich muß Ihnen etwas erzählen.«

»Über Miss Lucy?«

»Ja, Madam.«

»Verbreitest du vielleicht den Klatsch von unten?« Die Stimme klang jetzt nicht mehr so weich wie zuvor.

Und auch Biddys Ton hatte sich verändert, als sie erwiderte: »Nein, Madam. Ich verbreite keinen Klatsch. Ich klatsche nie. Miss Lucy hat mich gebeten... Also, es geht darum, Madam, daß sie...« Jetzt neigte sie den Kopf. »Sie hat furchtbare Angst und traut sich nicht, es Ihnen selbst zu sagen.«

Sie schaute zu, wie sich die alte Lady zurücklegte auf

den Berg von Kissen und den Kopf dann langsam von der einen Seite auf die andere bewegte, als wollte sie sie genauer anschauen, und als sie sagte: »Dann fang schon an«, erwiderte Biddy: »Ich weiß nicht, wie ich es Ihnen sagen soll, Madam, weil es ein ziemlicher Schock für Sie sein wird.«

»Mädchen, ich bin an Schocks gewohnt. Mein ganzes Leben war eine Aneinanderreihung von Schocks. Was sollst du mir sagen, daß Lucy mir nicht selbst zu sagen wagt?«

Wieder schluckte Biddy, aber sie wandte nicht den Blick von ihrer Lady, und ihre Hände bewegten sich, als seien sie bereit, jeden Schrei zu ersticken, den die alte Frau ausstoßen konnte, denn sie wußte aus Erfahrung, daß Madams Stimme sehr stark war und durch alle Mauern dringen konnte.

»Sie... Sie erwartet ein Kind, Madam.«

Der alte Körper schien sich zu beleben, und als Madam im nächsten Moment hochfuhr, streckte Biddy unwillkürlich die Hände aus. Aber sie berührte nur Madams Schultern, und jetzt versuchte sie, die alte Lady zu beruhigen: »Madam... Madam, schreien Sie nicht. Bitte, schreien Sie nicht.«

Sie schüttelte Biddys Hände von sich, und ihre Stimme zischte sie an: »Wer denkt daran, zu schreien? Wie hast du das gemeint, Mädchen, ich soll nicht schreien? Und steh hier nicht herum. Bring einen Stuhl und setz dich.«

Biddy brachte einen Stuhl und setzte sich, und die alte Lady befahl: »Rede!«

»Ja nun, Madam, ich habe zufällig Miss Lucy getroffen, als ich auf dem Rückweg von meinem freien Nachmittag zu Hause war. Ich saß unten am Bach. Miss Lucy schien verzweifelt zu sein. Sie kam mir ganz anders vor als sonst, und dann hat sie es mir erzählt.«

Der kleine Mund spitzte sich, bis sich die Lippen teilten und die herrische Stimme fragte: »Warum ausgerechnet dir?«

Ja, warum ausgerechnet ihr?

Sie sagte: »Miss Lucy hat niemand anders, Madam. Ich meine, sie hat es nicht gewagt, es dem Herrn oder der Herrin zu sagen.«

»Natürlich, sie hat allen Grund, es nicht zu wagen. Mein Gott im Himmel! Daß so etwas passieren mußte, und ausgerechnet jetzt! Ihre Mutter würde verrückt werden.« Dann fügte sie, sehr typisch für sie, hinzu: »Nicht, daß das viel ändern würde. Also gut. Gut, Mädchen, sie hatte also Angst, es ihren Eltern zu gestehen. Aber warum ist sie nicht selbst zu mir gekommen?«

»Weil sie – weil sie gedacht hat, Madam, Sie würden auf sie losgehen, wie – wie Sie manchmal...«

»Ja? Mach nur weiter, hör jetzt nicht auf!«

»Nun ja, wie Sie tagsüber manchmal auf einen losgehen.« Jetzt senkte Biddy den Kopf, während sie das Gefühl hatte, als ob ein Teil von ihr danebenstehen und dies alles mit höchster Verwunderung betrachten würde. »Und sie fürchtete, daß es jemand aus dem Haushalt hören würde.«

»Deshalb hat sie dich gebeten, sozusagen die schmutzige Arbeit zu tun?«

»Es ist keine schmutzige Arbeit. Sie hat doch so große Angst. Und... Ich habe ihr gesagt, daß Sie nachts immer viel ruhiger sind, und...«

Jetzt schloß sie wieder die Augen, und eine Weile herrschte Schweigen im Raum. Dann sagte die alte Frau mit leiser Stimme: »Also los, Mädchen, sag mir alles, was du weißt. Wer ist dafür verantwortlich? Irgendein schwächlicher, dummer Schuljunge?«

»Es ist... Ich glaube, es ist der Vater ihrer Freundin.«

»Was!« Jetzt fuhr der kleine, magere Körper wieder aus den Kissen hoch. »Der Vater ihrer Freundin? Das muß der sein, von dem sie mir erzählt hat. Er ist Lehrer an einer Schule, und wenn ich mich nicht irre, hat er eine große Familie, vier oder fünf Kinder. Gott im Himmel! Gott im Himmel!« Jetzt hatte sie die Hände zu Fäusten geballt und hämmerte damit gegen ihre Brust, während sie schrie: »Er wird dafür bezahlen! Er wird natürlich dafür bezahlen müssen.«

»Madam.«

»Ja, Mädchen?« Wieder richtete sie die Aufmerksamkeit ganz auf Biddy.

»Wenn Sie das tun, ich meine, wenn Sie ihm Vorwürfe machen, dann wird das Ganze allgemein bekannt, und dann... Na ja, dann hätte sie es gleich ihrer Mutter sagen können. Ich glaube, sie denkt, daß Sie sich etwas einfallen lassen, etwas... Na ja, ich meine, einen Plan, wie man verhindert, daß es allgemein bekannt wird.«

»Wie stellt sie sich das vor – einen Plan? Man kann die Geburt eines Kindes nicht verhindern. Man kann die Geburt eines Kindes auch nicht verheimlichen. O mein Gott!« Jetzt hatte sie die Hand an ihrer Schlafhaube, und als sie daran zupfte, fielen ihr die weißen Strähnen ins Gesicht, und sie murmelte zu sich: »Ich muß denken, muß mir etwas einfallen lassen.« Dann richtete sie den Blick wieder auf Biddy und fügte hinzu: »Wenn das ans Licht kommt, dann bedeutet es das Ende für sehr viele Dinge: für die Stellung meiner Schwiegertochter in dieser Grafschaft zum Beispiel und für die Aussicht, daß ihr Onkel zum Bischof gewählt wird. Mein Gott!« Sie warf den Kopf unruhig auf den Kissen hin und her. »Ich kann mir vorstellen, was das für eine Wirkung auf sie hätte. Und dann Stephen und seine Absicht, ins Parlament zu gehen. Nicht zu vergessen May, die aus Trotz diesen Idioten zu heiraten beabsichtigt, vielleicht auch nur aus einer Allüre heraus, weil sie Lady Soundso genannt werden will. Das Leben hat nun mal seine Entschädigungen. Aber was für eine Entschädigung bietet es dieser blutjungen Idiotin?... Wie lange ist es her? Ich meine, seit wann ist sie schwanger?«

»Seit über zwei Monaten, glaube ich, Madam.«

»O mein Gott. Ich muß nachdenken, muß unbedingt nachdenken.« Jetzt murmelte sie wieder zu sich selbst, und als sich Biddy unbehaglich auf dem harten Stuhl hin und her bewegte, weil sie müde war und zudem nicht ganz auf der Höhe nach dem, was sie am Nachmittag erlebt hatte, sagte die alte Frau: »Hol dir eine Decke. Ich – ich möchte, daß du bei mir bleibst. Ich muß nachdenken, und wir müssen es besprechen. Ich muß eine Lösung gefunden haben, wenn dieses dumme Mädchen morgen früh zu mir kommt und damit rechnet, daß ich ein Wunder für sie bereit habe. Sie wird allerdings feststellen müssen, daß ich keine Wunder vollbringen kann.«

Sie murmelte immer noch zu sich selbst, als Biddy ins Ankleidezimmer ging und mit einer Decke zurückkehrte.

Dann setzte sie sich wieder ans Bett und schlang sich die Decke um die Beine und den Unterleib, während sie sich halb der alten Lady zuwandte, die sie jetzt sehr nachdrücklich anschaute und sagte: »Sie muß weg von hier, das steht fest. Das ist das erste. Aber *wohin? Wohin?* Freundinnen kommen nicht in Frage. Wenn du willst, daß ein Geheimnis von hier bis Land's End verbreitet wird, erzähle es einer Freundin. Ich war das ganze Leben lang mein eigener Berater, deshalb ist mein Kopf auch heute noch so klar... Schlaf nicht ein, Kind. Wir müssen denken.«

»Ja, Madam.«

»Ist dir warm genug? Hier drinnen wird es nachts recht kühl, auch im Sommer.«

Einen Augenblick brachte die Fürsorge ihrer Herrin Biddy aus dem Gleichgewicht, und sie fand keine passende Antwort, bis die Stimme rauher, aber immer noch gedämpft fragte: »Also, was ist?«

»Ja, Madam, es ist mir warm genug. Danke, Madam.«

»Dann mach es dir bequem. Überlege dir, was du an ihrer Stelle tun würdest, und geniere dich nicht, mir zu sagen, was du denkst. Zwei Köpfe sind immer besser als einer. Also, was würdest du tun, wenn dir so etwas passieren würde?«

Was sie tun würde? Sie würde heimgehen zu ihrer

Mutter, die sie eine Idiotin schelten würde, dann würde sie das Kind bekommen und den Rest ihres Lebens unter dem Makel leben, allein, denn kein anständiger Mann würde sie danach noch nehmen. Aber ihr würde so etwas gar nicht erst passieren, denn sie würde niemals heiraten. Niemals heiraten. Niemals heiraten. Es war eine Litanei, und dabei überkam sie der Schlaf...

Sie erwachte mit dem Gefühl, als ob ihr Körper völlig verdreht sei; ihre eine Wange drückte sich gegen die Lehne des Stuhls, eine Hand lag auf dem Bett und die andere klammerte sich um die Decke, die sie bis zum Hals hinaufgezogen hatte. Jetzt blinzelte sie ein paarmal und versuchte, rasch aufzustehen, als sie merkte, daß sie am Bett ihrer Herrin eingeschlafen war, doch die Bewegung rief ein unwillkürliches Stöhnen hervor, und die Stimme neben ihr sagte: »Schon gut, Kind. Laß dir Zeit.«

Sie ließ sich Zeit, und als sie gerade dasaß, blinzelte sie wieder und murmelte: »Entschuldigung, Madam. Ich... Ich wollte nicht einschlafen.«

»Ich auch nicht, Kind. Ich auch nicht, Kind. Ich auch nicht, aber wir konnten alle zwei nicht die ganze Nacht wach bleiben. Übrigens, es ist jetzt fünf Uhr morgens.«

»Fünf Uhr!« Biddy wollte aufstehen, aber der Krampf in ihren Beinen schmerzte so sehr, daß sie das Gesicht verzog, und sie wiederholte: »Fünf Uhr morgens! Dann – dann habe ich die ganze Nacht geschlafen, Madam?«

»Ja, du hast die ganze Nacht geschlafen, Mädchen.«

»Haben Sie auch geschlafen, Madam?«

»Von Zeit zu Zeit. Ein bißchen ja. Und jetzt will ich eine Tasse Tee. In Kürze wird das Haus erwachen, also solltest du dich so schnell wie möglich anziehen.«

Biddy bereitete der alten Lady den Tee, sah zu, wie sie ihn trank, schenkte ihr noch eine Tasse ein und zog sich dann in die kleine Küche zurück, wo sie selbst zwei Tassen Tee trank, ehe sie in ihr Zimmer ging und sich ankleidete.

Als sie wieder ins Schlafzimmer kam, sagte Madam als

erstes zu ihr: »Nun, ist dir noch etwas in unserer Angelegenheit eingefallen, Mädchen?«

»Nur eines, Madam.«

»Dann laß es mich hören.«

»Es – es ist so, ich habe überlegt, daß Miss Lucy eigentlich in ganz England nirgends hinkann, weil es überall jemanden gibt, der sie kennen könnte. Man glaubt nicht, wie sich solche Dinge herumsprechen. Also sollte sie... Ja, ich dachte, wenn sie ins Ausland gehen könnte, so, als ob sie lange Ferien macht...«

»Ha!« Es hörte sich an wie ein unterdrücktes Lachen, aber die Haltung der alten Lady blieb grimmig, als sie antwortete: »Unter günstigeren Umständen hätte wirklich etwas aus dir werden können, Mädchen, denn genau das ist die Idee, die mir auch gekommen ist. Ins Ausland – ja, aber nicht zu lange Ferien. Junge Mädchen wie Miss Lucy machen keine so lange Ferien im Ausland. Denn wenn sie so lange wegbleibt, muß es auch einen Grund dafür geben, und über diesen Grund habe ich lange nachgedacht. Aber dazu brauche ich Hilfe. Und der einzige, der uns in diesem Fall helfen kann, ist Laurence. Er wird sie hinüberbringen nach Frankreich, damit sie dort die Schule besucht. Vermutlich kann er sie bei seinen Freunden unterbringen. Er hat sehr gute Freunde in Frankreich, wie er mir sagt, und die haben Töchter und Söhne in ihrem Alter. Sicher kann sie eine Weile bei ihnen wohnen, solange sie zur Schule geht, aber sie braucht eine Zofe, und diese Zofe wirst du sein.«

»Ich, Madam?« Jetzt schlug sich Biddy die Hand vor den Mund, denn ihr Ausruf wäre mühelos draußen auf dem Korridor zu hören gewesen, und daraufhin schrie die alte Lady: »Wer redet denn davon, daß ich hier so laut brülle? Du brüllst ja noch viel lauter, Mädchen. Ja, du. Wenn ich mich nicht täusche, hast du dich deiner Französischkenntnisse gerühmt. Nun, das wird die Gelegenheit für dich sein, zu lernen, wie die Franzosen französisch sprechen. Und komm mir nicht damit, daß du nicht

gehen kannst, denn eines muß ich dir sagen: Letztlich bist du diejenige, die das alles verursacht hat.«

Biddy legte die Hand flach auf die Brust und wollte erwidern: »Ich, Madam?« Doch das »Ich!«, das sie herausbrachte, klang wie ein Quieken, und Madam erwiderte rasch: »Jawohl du. Wenn es nicht diese Sache in der Wäscherei gegeben hätte, wäre Lucy nicht auf diese Schule geschickt worden. Ihre Mutter war dagegen.« Madam fügte nicht hinzu, daß sie selbst dafür gestimmt hatte, Lucy der Obhut einer unzulänglichen Gouvernante und einer psalmensingenden Mutter wenigstens zeitweise zu entziehen.

»Steh jetzt nicht herum und halte Maulaffen feil, Mädchen; du gehst jetzt hinunter und sprichst mit einem der Diener. Froggett ist ein Faulpelz, der wird noch nicht auf sein, aber ich nehme an, daß Thompson schon unten ist. Sag ihm, er soll Mr. Laurence wecken und ihm mitteilen, daß ich ihn so schnell wie möglich zu sehen wünsche, das heißt, noch vor dem Frühstück. Er soll ihm vor allem letzteres klarmachen.«

»Ja, Madam.« Biddy verließ das Schlafzimmer und war an den Schwingtüren, ohne daß es ihr überhaupt bewußt geworden wäre, auch nur einen Schritt getan zu haben; sie fühlte sich, als ob sie auf Wolken schwebte, und einen Augenblick lang hatte sie Miss Lucys schlimme Lage völlig vergessen, weil sie nur noch eines denken konnte: Ich gehe nach Frankreich, ich gehe nach Frankreich. Und dem fügte sie hinzu: Oh, Mr. Miller. Denn es kam ihr so vor, als ob er neben ihr stünde und flüsterte: »Na, hab ich es dir nicht gesagt?«

Sie traf John Thompson, als sie die Haupttreppe hinunterging. Diese Mann war ihr gegenüber seit jeher freundlicher gewesen als die anderen männlichen Hausangestellen, und auch jetzt begrüßte er sie ruhig und freundlich und fragte: »Was ist, Kind? Ich hab' dich noch nie so früh hier unten gesehen, und eigentlich auch sonst nur ganz selten, jedenfalls in diesem Teil des Hauses.«

Dazu lächelte er, und sie antwortete: »Ich habe eine Nachricht von Madam. Sie wünscht, daß Sie Mr. Laurence wecken und ihm sagen, sie möchte ihn jetzt gleich sprechen, auf jeden Fall noch vor dem Frühstück.«

Er beugte sich zu ihr hinunter und fragte: »Warum – ist etwas passiert?«

»Nein.« Sie schüttelte den Kopf, dann noch einmal und wiederholte, mit etwas höherer Stimme: »Nein, eigentlich nicht – aber sie hat eine schlaflose Nacht hinter sich und will das nun an jemandem auslassen. Miss Hobson und ich sind ihr noch nicht genug.«

Jetzt lachte er und sagte: »Diese Frau ist wirklich ein weiblicher Dragoner. Wir wissen alle, wer hier in Wirklichkeit das Regiment führt, oder?« Dann schnitt er eine Grimasse, und sie erwiderte: »Ja, wir wissen sehr gut, wer hier das Regiment führt. Geben Sie die Nachricht an Mr. Laurence weiter, Mr. Thompson?«

»Natürlich, Kind. Moment noch.« Er berührte ihren Arm, als sie sich schon umgedreht hatte, und nun schaute er erst nach rechts und nach links, ehe er leise sagte: »Ich freue mich darüber, daß du sie alle ausgestochen hast.« Damit deutete er in Richtung auf den Korridor, der zu den Zimmern der Angestellten führte. »Und wie du das geschafft hast! Vor allem bei Ma Fulton. Bleib dabei, Kind.«

»Danke, Mr. Thompson. Ich werde mich bemühen.« Und mit gelassener Würde drehte sie sich um und ging die Haupttreppe hinauf, wobei sie fühlte, daß er ihr nachschaute. Als sie wieder zurückkam in den Westflügel, dachte sie: Wartet nur, bis es hier bekannt wird, daß ich es bin, die Miss Lucy ins Ausland begleitet! Da wird manchen von euch der Neid fressen. Und einen Augenblick lang fühlte sie, wie eine Welle der Genugtuung über sie hinwegrollte.

Als nächstes ging sie in Jessie Hobsons Zimmer. Jessie schlief noch fest, also ließ sie sie ruhen, dachte aber, während sie sie betrachtete: Sie muß es wissen. Aber warum eigentlich? Miss Lucy könnte ja in Wirklichkeit auf eine Schule in Frankreich geschickt werden, als Abschluß, wie man das nannte, wenn die jungen Männer eine Reise durch die Welt machten. Aber um was abzuschließen? Das wußte sie nicht; sie wußte nur, daß es für die arme Miss Hobson sehr schwer werden würde, nun wieder alles allein tun zu müssen. Wahrscheinlich würde sie eine Hilfe bekommen; es gab genug Mädchen unten, die mit Freuden diese Stellung übernehmen würden, wenn man ihnen die Chance dazu bot...

Fünfzehn Minuten später sah sie Mr. Laurence von der Galerie auf sie zukommen. Sie sah, daß er sich eine Hose angezogen hatte, aber er trug noch seine Hauspantoffeln und einen braunen Morgenmantel mit Gürtel. Und sie sah auch, daß er sich das Gesicht gewaschen haben mußte, vermutlich um wachzuwerden, denn sein Haar war vorne an der Stirn noch naß.

Jetzt fragte er sie sofort: »Was ist los? Ist etwas nicht in Ordnung?« Und sie antwortete zögernd: »Ja, Sir, in gewisser Weise. Ja.«

»Ist sie krank?«

»Nein. Nein, es betrifft nicht Madam persönlich, Sir, aber sie wird – Madam wird es Ihnen sagen. Möchten Sie eine Tasse Tee, Sir?«

Er war auf die Schlafzimmertür zugegangen, drehte sich jetzt aber um und sagte: »Ja. Ja, sehr gerne, Biddy. Das wäre nett.« Dann ging er hinein.

Sie beeilte sich nicht mit dem Teemachen; erst sollte Madam Zeit haben, ihm alles zu sagen, was sie wußte und was sie zu tun gedachte.

Als sie etwas später an die Tür klopfte, ein kleines Silbertablett in der linken Hand, und danach das Zimmer betrat, war sie überrascht, daß zwischen den beiden gar kein Gespräch stattfand. Mr. Laurence saß auf dem Stuhl, den sie vor einer halben Stunde freigemacht hatte, Madam saß aufrecht im Bett, und die beiden blickten ihr entgegen.

Sie stellte das Tablett auf ein kleines Tischchen, das sie dann neben den Stuhl trug, und Laurence murmelte: »Danke«, während er sie weiter anstarrte.

Und nun wandte sich Madam an sie und sagte: »Mr. Laurence ist einverstanden mit dem, was ich dir vorhin sagte. Aber wir dürfen nichts übereilen. Er wird mit euch beiden nach Frankreich übersetzen und dafür sorgen, daß ihr bei der befreundeten Familie wohnen könnt.«

»Nein, Großmama.« Er schaute sie an. »Ich sagte dir doch, es kann nicht bei dieser Familie sein. Sie hat so viele Verbindungen mit London, und...«

»Na schön, na schön.« Sie hatte die Lider ihrer Augen zusammengekniffen, und ihre knochige Hand schlug in protestierender Weise auf die Bettdecke, als sie sagte: »Ja, ja, du hast es mir gesagt. Trotzdem finde ich es bedauerlich. Sie brauchen Aufsicht, alle beide.«

»Dafür werde ich schon sorgen, Großmama. Aber das Zentrum von Paris ist nicht der richtige Ort für sie. Warte nur, mir wird schon etwas einfallen.«

»Ja, überleg es dir. Tu das. Und ...«, jetzt hellte sich ihre Miene ein wenig auf, »du könntest inzwischen ja sagen, daß du hinüberfährst nach Frankreich, um die Sache zu regeln. Ich meine, um die Arrangements für ihren angeblichen Schulbesuch zu treffen, et cetera. Und... Und ich fände es tatsächlich gut, wenn du vorausfahren und dich um eine Bleibe bemühen würdest. Dann kannst du sie hinüberbringen, bevor du nach Oxford zurückkehrst. Was meinst du?«

Biddy schaute zu, wie er an seiner Unterlippe kaute. Sie sah, wie er blinzelte. Dann zuckte er zusammen, als Madam mit ihrer üblichen Tagesstimme losbrüllte: »Es muß natürlich aussehen.« Und sie murmelte: »Warum muß mir so etwas noch auf meine alten Tage passieren? Es ist einfach ungerecht.« Sie funkelte ihn an. »Das ist es doch, Laurence, das mußt du zugeben.«

»Nein, Großmama.«

»Aber du verstehst doch, was es bedeutet, wenn sie

bloßgestellt wird. Sie wäre für ihr Leben ruiniert, diese törichte kleine Närrin. Noch schlimmer: Ihre Mutter und ihr Vater würden die Schande nicht überleben.«

»Keine Sorge.« Er legte eine Hand beruhigend auf die ihre und sagte noch einmal: »Keine Sorge. Ich kümmere mich um alles.«

Sie schaute ihn mit tiefbetrübter Miene an, als sie erwiderte: »Keine Sorge... Du sagst einfach, keine Sorge. Dabei fangen meine Sorgen jetzt erst an. Ich werde mir die ganze Zeit, solange sie drüben ist, Sorgen machen, und daß sie ihr Kind zur Welt bringen muß in einem fremden Land, wo so etwas doch im Schoß ihrer Familie stattfinden sollte... Und zu denken, daß es Anthonys erstes Enkelkind ist... Es ist nicht zu ertragen. Und du sagst, ich soll mir keine Sorgen machen. Außerdem sind da auch noch diese Franzosen. Ich weiß, wie die sind...«

»Biddy wird sie begleiten, und ...« Er drehte sich herum und schaute sie an. »Ich bin sicher, sie wird mit den Franzosen recht gut fertig werden. Was meinst du, Biddy?«

Biddy erwiderte den Blick. Erst gestern hatte sie große Mühe gehabt, mit einem jungen Engländer fertig zu werden. Sie fragte, statt zu antworten: »Soll ich Ihnen den Tee einschenken, Sir?« Und er antwortete: »Ja, bitte.«

Sie schenkte den Tee ein und wollte gerade den Raum verlassen, als die Stimme von Madam sagte: »Außerdem verliere ich sie, und die Hobson macht es nicht mehr lange mit ihren Füßen.«

»Du brauchst jemanden, der ihren Platz einnimmt, Großmama.«

»Aber wen? Vielleicht eine von diesen Trampeln da unten?«

Biddy hatte die Tür erreicht, als die Stimme von Madam sie zurückrief und sagte: »Einen Augenblick, Mädchen.« Als sie sich umdrehte und durch das große Schlafzimmer zum Bett hinüberschaute, rief die alte Lady: »Du hast doch eine Schwester, oder? Wie alt ist sie?«

»Vierzehn, Madam.«

»Vierzehn... Ist sie klug?«

»Sie ist so, wie ich in ihrem Alter war. Sie kann lesen und schreiben.«

»Das brauche ich nicht. Ist sie auch in anderen Dingen klug?« »Ja, Madam. Aber – aber sie hilft meiner Mutter.«

»Wenn ich die Situation deiner Mutter richtig verstanden habe, braucht sie zur Erhaltung des Hauses Geld. Du gehst demnächst heim und sagst ihr, daß deine Schwester in den nächsten paar Monaten deine Stelle einnehmen kann, und daß ich sie gut bezahlen werde. Sie beginnt mit drei Shilling die Woche, und ich werde sie alle zwei Wochen ausbezahlen. Was dich betrifft, so bekommst du als Begleiterin fünf Shilling die Woche, die an deine Mutter ausgezahlt werden.«

»Danke, Madam.« Eine Minute später, als sie in der kleinen Küche stand, wiederholte sie laut: »Fünf Shilling die Woche und drei Shilling die Woche, und das Nest bereitet für Maggie...« Für sie selbst bedeutete es, daß sie eine neue Welt sehen würde. Es schien nicht wirklich zu sein. Nichts erschien ihr noch wirklich und glaubhaft.

Sie stand an der Spüle und schaute durch das Fenster hinaus auf die Gärten, als die Tür sich öffnete und sie sich herumdrehte, weil sie annahm, Miss Hobson sei hereingekommen. Aber es war Laurence, der da an der Tür stand, und er begann erst zu sprechen, als er durch den kleinen Raum zu ihr hergekommen war. Dann schaute er hinunter auf ihr Gesicht und fragte leise: »Wann soll das Kind denn kommen?«

»Ich weiß es nicht, Sir.«

»Es ist sehr, sehr bedauerlich, und, wenn ich das sagen darf, mehr als sonderbar, daß sich Lucy ausgerechnet dir anvertraut hat.«

»Das dachte ich auch, Sir, aber... Irgendwie ist sie ganz verändert.«

»Ja, das ist mir aufgefallen, vor allem in den letzten Wochen. Sie muß sich sehr große Sorgen gemacht haben.«

»Das hat sie, Sir, und das tut sie noch.«

»Aber man sagt, daß alles auch sein Gutes hat. Ich denke erst jetzt daran, und ich bin der Meinung, daß das für dich eine großartige Chance ist. Nichts erweitert die Gedanken mehr als das Reisen, und du hast dich doch schon immer für Frankreich interessiert, oder?«

»Ja, Sir. Aber ich muß sagen, ich finde es bedauerlich, wenn die Erweiterung meines Horizonts auf Kosten der armen Miss Lucy zustande kommt.«

Darauf gab er zunächst keine Antwort, dann sagte er leise: »Nein. Du hast natürlich recht, Biddy, die Kosten dafür sind hoch. Dennoch kann ich dir voraussagen, sobald du im Ausland gewesen bist, wirst du ein ganz anderer Mensch sein, und ich bezweifle, ob du danach eine solche Arbeit wieder aufnehmen kannst.« Er machte eine Bewegung, die nicht nur die Küche, sondern das ganze Haus einschloß. »Und wie ich es sehe, besteht dazu auch kein Anlaß, denn ich meine, daß du danach in der Lage sein wirst, als Lehrerin tätig zu sein. Zur Zeit findet eine Bewegung im ganzen Lande statt, die Schulen für die Kinder der Mittellosen fordert, aber abgesehen davon könntest du auch als Hauslehrerin gehen. Möchtest du das?«

»O ja, Sir, das möchte ich sehr gern.« Er schaute ihr in die Augen, und die seinen schienen sich ebenso zu verschleiern wie die ihren... Einen Augenblick lang bildete sie sich ein, daß sich sein Gesicht dem ihren noch mehr näherte, aber gleich danach wurde ihr Blick wieder klar, und er stand genau da, wo er zuvor gestanden hatte, nur seine Hand näherte sich ihrem Gesicht und streichelte zart über ihre Wange, und sie hatte die größte Mühe, ihre Finger davon zu bewahren, daß sie die seinen bedeckten. Und dann sagte seine Stimme, die kaum lauter als ein Flüstern war: »Du bist ein bemerkenswertes Mädchen, Biddy.«

Danach zog er die Hand zurück. Er schaute Biddy noch einen Moment lang an und ging dann hinaus. Und sie drehte sich um, lehnte sich gegen die Spüle, und ihre Hände klammerten sich an die steinerne Kante, bis die Fingernägel schmerzten.

10

Das Durcheinander im Haus war größer, sagte Jessie, als wenn Mr. Riddle mit seiner kleinen Schar von Kaminkehrerjungen dagewesen wäre.

Die Familie verreiste immer im September, so daß die Dienstboten allein mit dem Schmutz und dem Ruß fertigwerden konnten, den selbst die besten Leute von Mr. Riddles Truppe eimerweise verstreuten. Die einzige, der diese Invasion winzig kleiner Jungen im Alter von sieben bis zehn Jahren Spaß zu machen schien, war Madam. Oft ließ sie sich an ein Fenster in der Galerie fahren, von dem aus sie die schwarzen Burschen beobachten konnte, wie sie mit ihren Schlackesäcken den Hof überquerten. Und einmal, hieß es, sei sie sogar in die Wäscherei gegangen, um zuzusehen, wie die Schornsteinfeger gewaschen wurden, nachdem sie ihre eine Woche dauernde Arbeit beendet hatten. Es war bekannt, daß Mr. Riddles Jungen gern nach »The Heights« kamen, weil es dort immer ordentlich zu essen gab und weil jeder von ihnen ein Sechspennystück bekam, bevor sie das Haus verließen. Man sagte allerdings auch, daß es nie öfter als zweimal dieselben Jungen waren: Sie waren entweder gestorben oder zu groß geworden für die Kamine.

Die Kaminkehrerwoche, wie man sie nannte, war also eine Woche des Durcheinanders, ebenso die drei folgenden, in denen sich ein jeder bemühte, das Haus wieder rein und in Ordnung zu bringen, bevor die Familie zurückkehrte. Doch diese Zeit begann erst im September, und jetzt war es Mitte Juli; dennoch geriet das ganze Haus in Aufruhr, weil sich Miss Lucy vehement geweigert hatte, in ihre Schule zurückzukehren, und weil Madam daraufhin beschlossen hatte, daß Miss Lucy ihre Studienzeit in Frankreich beenden sollte. Also war vereinbart worden, daß sie bei Freunden von Master Laurence wohnte und zusammen mit Mitgliedern dieser Familie erzogen werden sollte.

Was jedoch den größten Aufruhr verursachte, war der Entschluß von Madam, daß *die da,* das kleine Biest aus der Wäscherei, Miss Lucy als Zofe begleiten sollte. Hatte man je im Leben so etwas gehört?

Es hieß, daß Mrs. Fulton, als es ihr zu Ohren kam, fast in Ohnmacht gefallen wäre, und sie hatte danach um eine Audienz gebeten, aber nicht bei der Mistress, sondern bei Madam, da auch Mrs. Fulton genau wußte, wer hier im Hause das Kommando führte. Eine Audienz, weil sich Mrs. Fulton verpflichtet fühlte, Madam mitzuteilen, daß dieses Mädchen, das als Zofe angelernt werden sollte, über einen zweifelhaften Charakter verfüge. Und Mrs. Fulton hatte Beweise dafür anführen können.

Niemand wußte, was Madam ihr erwidert hatte, aber sie hatte Mrs. Fulton befohlen, nach Ablauf einer Stunde wieder vor ihr zu erscheinen.

Mrs. Fultons Besuch bei Madam hatte zur Folge, daß die alte Lady Biddy nach dem Grund für ihre zerrissene Kleidung fragte, und Biddy antwortete ohne zu zögern: »Ich bin von Mr. Paul überfallen und beinahe vergewaltigt worden, Madam, und Miss Lucy hat ihn davongeprügelt. Das war, als sie mich anschließend ins Vertrauen zog, weil sie erkannte, daß ich leicht in ähnliche Schwierigkeiten hätte kommen können wie sie.«

Niemand wußte, was Madam bei dem zweiten Besuch von Mrs. Fulton gesagt hatte, aber die Haushälterin war danach mit kalkweißem Gesicht in ihre Privaträume gegangen und für niemanden ansprechbar gewesen.

Riah hatte Biddys Bericht mit betäubtem Schweigen entgegengenommen. Sie hatte immer gewußt, daß dieses Kind anders war als die anderen, und daß es ihm gelingen würde, eines Tages viel zu erreichen. Dennoch konnte sie nicht glauben, daß Biddy übers Meer fahren würde und in das Land, wo es Revolutionen gab und wo man den Menschen die Köpfe abhackte. Normalerweise konnten nur die Herrschaften in solche Länder reisen, und nun fuhr ihre Tochter dorthin; sicher, als Zofe einer jungen Lady, aber immerhin kam sie auf diese Weise hin. Und obendrein sollte Riah auch ihre andere Tochter verlieren, jedenfalls für einige Zeit, wie man ihr mitteilte.

Zuerst hatte sie dagegen protestiert, daß Maggie aus dem Haus gehen sollte, aber Maggie hatte geheult und gebettelt, man müsse ihr die Chance geben. Außerdem hatte sie darauf hingewiesen, daß ihre Mutter dafür drei Shilling die Woche bekommen würde und sie nicht mehr kleiden und ernähren mußte.

Biddy hatte ihrer Mutter fünf Shilling die Woche versprochen. Es war alles zu schön, um wahr zu sein, oder es wäre zumindest so gewesen, wenn Riah darüber hätte glücklich sein können. Doch nun blieb sie allein mit Johnny in dem großen Haus zurück, und der Junge war so rastlos, daß es sie nicht gewundert hätte, wenn er morgen oder übermorgen davongelaufen wäre.

Und so kam der Morgen der Abreise. Das Gepäck war schon in der Kutsche verstaut, die sie dorthin bringen sollte, wo das Schiff nach Frankreich ablegte. Biddys Gedanken befanden sich zeitweise in einem so verwirrten Zustand, daß sie selbst noch eine Stunde davor die Augen zusammengekniffen und sich gefragt hatte, ob sie wache oder träume.

Sie gab Maggie einen Abschiedskuß, schaute zu ihr hinunter und sagte: »Tu alles, was man dir sagt, und hab' keine Angst vor Madam. Sie brüllt zwar viel herum, wie du gehört hast, aber man gewöhnt sich an sie.«

Später, in Jessies Zimmer, als sie der alten Frau die Hand entgegenstreckte, umarmte sie diese und küßte sie und sagte mit Tränen in den Augen: »Paß auf dich auf, Kind.« Und dann lehnte sie sich an Biddy und flüsterte ihr zu: »Ich weiß nicht genau, worum es wirklich geht, aber glaube mir, ich bin auch nicht von gestern... Wie dem auch sei, paß gut auf Miss Lucy auf, denn du hast einen Kopf auf den Schultern. Lebwohl, Mädchen, und Gott sei mit dir.«

Auch Biddys Augen wurden feucht, als sie ins Schlafzimmer ging und vor der Gestalt stand, die in dem Sessel am Fenster saß.

Madam schaute sie durchdringend an; dann streckte sie ihre Hand aus, hielt Biddys Hand fest und sagte: »Kümmere dich gut um sie, und wenn es geboren ist, bring sie heil zu uns zurück. Laurence wird sich um die Adoption kümmern. Ich verlasse mich auf dich; du wirst dich darum bemühen, daß alles glatt geht. Hast du mich verstanden?«

»Ja, Madam.«

»Es wird nicht dein Schaden sein, Mädchen, das verspreche ich dir.«

»Danke, Madam, aber – ich will gar nicht mehr.«

»O doch, ein Mädchen in deiner Positon muß mehr wollen, wenn es die Absicht hat, nach oben zu kommen. Lebwohl jetzt. Und halte mich auf dem Laufenden.«

»Das verspreche ich, Madam.« Sie beugte das Knie, drehte sich dann um und ging rasch hinaus.

Diesmal ging sie nicht über die hintere Treppe nach unten. Die Kutsche wartete vor dem Vordereingang, und nun schritt sie aufrecht und mit hoch erhobenem Kopf auf die Flügeltüren zu, dann durch die lange Galerie, wo sie einige der Diener und Zimmermädchen überraschte, die dort an den Fenstern standen. Alle drehten sich nach ihr um, obwohl draußen gerade Mr. Laurence Miss Lucy in den Wagen half, und betrachteten diese freche, kleine Millican, die auf die Haupttreppe zuging, als ob ihr »The

Heights« gehörte – wie sie später erklärten. Natürlich hätte Biddy das nicht gewagt, wenn die Familie im Haus gewesen wäre. Zu schade, daß sie tags zuvor geschlossen nach London gefahren war zur Verlobung von Miss May. Und schade, daß Miss Lucy nicht daran teilnehmen konnte. Es hatte Streit gegeben zwischen dem Herrn und der Herrin wegen dieser Idee der alten Madam, die entschlossen war, ihre Enkelin zum Studienabschluß nach Frankreich zu schicken. Doch sie wußten alle, wer bei dem Streit als Sieger hervorgegangen war: Wie auch sonst im Leben bestimmte derjenige, der auf dem Geldsack saß, was gespielt wurde. Aber oh, was war die Herrin wütend! Sie hatte sogar Pfarrer Weeks kommen lassen, damit er mit der alten Madam sprach. Und niemand wußte, was dabei gesprochen worden war, nur, daß der arme Mann nach unten kam mit einem Kopf, so rot wie Rote Bete.

Als Biddy den Fuß der Treppe erreicht hatte, wandte sich Thomas Froggett, der am Vordereingang stand, zu ihr um und beobachtete mit weit aufgerissenem Mund, wie sie auf ihn zukam und dann an ihm vorbeiging, ohne auch nur einen Blick in seine Richtung zu werfen; das Geräusch, das der Butler danach ausstieß, war eine Mischung aus Zischen und ersticktem Husten.

Zwei Diener standen neben der Kutsche, und John Thompson war bereit, ihr hineinzuhelfen, aber Mr. Laurence legte seinen Arm unter ihren Ellbogen und half ihr den Tritt hinauf; dann stieg er selbst ein. James Simpson schloß die Tür. Bill Mottram oben auf dem Bock brüllte: »Hüüh! Los, ihr zwei!« Und dahin ging es mit der Kutsche, zurück blieben die ziemlich entrüsteten und verwirrten Angestellten von »The Heights«.

Selbst Davey, der die Szene von einer Stalltür aus beobachtet hatte und dabei die Neckereien und spöttischen Bemerkungen der anderen Burschen zum Aufstieg seiner Schwester in die große Welt mit anhören mußte, war entrüstet darüber, daß ihre Biddy wieder einmal etwas tat, was sie in den Vordergrund stellte und noch unbeliebter machte, als sie es ohnehin schon war.

In der Kutsche saß Lucy schweigend neben Laurence, während Biddy ihnen gegenüber Platz genommen hatte. Als der Wagen das Tor passierte, schaute Lucy zum Fenster hinaus und der Torhüter zog den Hut vor ihr, worauf sie bemerkte: »Es würde mir nichts mehr ausmachen, wenn ich nie mehr durch dieses Tor fahren müßte.« Laurence hielt ihre Hände und tadelte sie leise: »Na, na, Lucy, das darfst du nicht sagen.« Daraufhin wandte sie sich ihm zu und bestätigte ihm: »Es ist wahr, Laurence.« Gleich danach wandte sie sich an Biddy und fragte: »Möchtest du, daß wir bei deiner Mutter vorbeifahren, damit du dich von ihr verabschieden kannst?« Und Biddy antwortete: »O ja, wenn Sie nichts dagegenhaben, Miss.«

»Es ist bereits so eingerichtet. Mottram weiß, wo er anhalten muß.« Laurence schaute die beiden jungen Mädchen lächelnd an.

»Weißt du, du bist wie Großmama, Laurence: Du denkst an alles.«

Er antwortete scherzend: »Ich bin keineswegs wie Großmama, Lucy; ich könnte zum Beispiel nie so laut und mit so hoher Stimme schreien wie sie. Außerdem würde ihre Kosmetik meinem Gesicht eher schaden als nützen.«

Während Lucy schwach lächelte, dachte Biddy: Er ist aber doch wie sie. Sie ist nicht einmal seine Großmutter, aber er ist genau wie sie.

Als die Kutsche anhielt, stieg Biddy aus und sagte: »Es dauert nur eine Minute.« Und Laurence erwiderte: »Du brauchst dich nicht zu beeilen; wir haben mehr als genügend Zeit.«

Riah wartete auf sie an der Haustür, und Biddy warf sich ihr in die Arme und murmelte: »Nicht weinen, Ma. Nicht weinen.«

»Ich fühle mich schrecklich, Kind.«

»Ja, ich weiß. Du wirst einsam sein.«

»Oh« – Riah schüttelte ihr tränennasses Gesicht –, »das ist es nicht. Ich muß dir etwas erzählen, und ich habe es für den letzten Tag, für die letzte Minute aufgehoben. Ich hätte es dir schon längst sagen müssen. Es geht um das hier.« Dabei hob sie die Augen und die Hand und zeigte mit dieser auf das Haus. »Verstehst du: Der Herr hat es eigentlich gar nicht mir vererbt. Er meinte, ich könnte nach seinem Willen hier wohnen, solange ich nicht heirate. Aber irgendwie muß er gefühlt haben, daß ich heiraten wollte, jedenfalls, wenn ich heirate oder sterbe, geht das Haus an dich über, und ich habe es dir verheimlicht, aus verschiedenen Gründen.«

»Schon gut, Ma.« Auch Biddys Wangen waren jetzt feucht vor Tränen. »Es ist gut. Ich weiß es, wußte es schon eine ganze Weile.«

Riah wischte sich mit den Handrücken die Tränen aus den Augen und rief überrascht: »Du hast es gewußt? Woher denn? Ich meine…«

»Ach, das ist nicht so wichtig. Ich weiß es schon längere Zeit. Und, Ma, ich hoffe, daß ich es nicht bekomme, bevor ich eine sehr alte Frau bin.« Jetzt lächelte sie unter Tränen.

»Ach, Kind, Kind.« Wieder umarmten sie sich, dann murmelte Biddy: »Ich muß gehen; sie warten schon auf mich.«

»Ich kann es nicht glauben. Ich kann es nicht glauben. All dies, was mit uns geschieht. Du gehst nach Frankreich, ausgerechnet. Und er hat dir diese Sprache beigebracht! Ist das nicht sonderbar? Ja, es ist sonderbar.«

»Das ist es sicher, Ma… Kommst du mit zum Tor?«

»Nein, Kind, nein. Ich… Ich müßte mich genieren. Schau mich an, in meinen Sachen, die ich zu Hause trage. Nein, auf mich kannst du nicht besonders stolz sein. Geh schon zu.«

»Ich werde immer stolz auf dich sein, Ma.« Sie hielten sich noch eine Minute lang fest, dann trennten sich ihre Hände, und Biddy drehte sich um und rannte die Auffahrt hinunter.

Sie näherte sich dem Tor, als sie durch ihre noch immer trännennassen Augen etwas verschwommen hinter der Kutsche eine vertraute Gestalt erblickte, die das Feld auf der anderen Seite der Straße überquerte, und als sie Laurence erreicht hatte, der ihr die Tür der Kutsche offenhielt, schaute sie ihn an und bat ihn: »Könnte ich... Ich meine – haben wir noch eine Minute Zeit? Ich sehe da noch einen Freund von uns.« Sie zeigte auf ihn. »Ich sollte mich von ihm verabschieden.«

Laurence schaute auf seine Uhr. »Schon gut«, sagte er. »Wenn nichts Unvorhergesehenes geschieht«, er lächelte, »sind wir rechtzeitig in Newcastle.«

»Danke.« Ihr bittender Blick richtete sich von ihm auf die Gestalt in der Kutsche, ehe sie sich umdrehte und zu der niedrigen Mauer lief, die das Feld zur Straße abgrenzte.

Als Tol ihre Hände faßte, murmelte er mit belegter Stimme: »Alles bereit, Kind?«

»Ja, Tol.«

»Dann also, viel Glück.« Er nickte, senkte die Stimme und fügte hinzu: »Mach dir keine Sorgen um die Dinge hier.«

»Ma ist sehr einsam. Sie kommt sich ganz verloren vor. Jetzt hat sie nur noch Johnny, und ich mache mir Sorgen um ihn. Ich habe das Gefühl, als könnte er jeden Tag abhauen. Er ist so – so ruhelos.«

»Mach dir keine Sorgen, sage ich. Ich werde mit ihm reden. Und... Und ich werde deine Ma besuchen.«

»Wann?«

»Sobald du in der Kutsche sitzt. Ja, sobald du mir den Weg freigemacht hast.« Seine scherzhafte Antwort ließ einen Kloß in ihrer Kehle entstehen, und sie beugte sich impulsiv nach vorn und küßte ihn auf die Wange.

Lucy hatte die Begegnung aus der Kutsche beobachtet; jetzt wandte sie sich an Laurence, der vor dem Wagen stand und wieder auf seine Uhr schaute, und sagte: »Es ist merkwürdig, wie dieses Mädchen Liebe und Haß hervorrufen kann, nicht wahr?« Und er erwiderte: »Ja, wie du sagst, Lucy, es ist merkwürdig.«

Eine Minute später legte er seine Hand auf Biddys Arm und half ihr hinein in die Kutsche. Dann gab er Mottram das Zeichen zum Weiterfahren, stieg ebenfalls ein, schlug die Tür zu, und als sie sich geschlossen hatte, war allen, wenn auch aus verschiedenen Gründen, klar, daß damit ein Abschnitt ihres Lebens zu Ende gegangen war und daß die Zeit, die vor ihnen lag, viele schwierige Probleme mit sich bringen würde.

Tol schaute der Kutsche nach, bis sie nicht mehr zu sehen war, dann ging er langsam die Auffahrt hinauf und klopfte an die Küchentür. Da sich nichts rührte, ging er hinein und stellte fest, daß die Küche leer war. Jetzt klopfte er an die Tür zu der Verbindungsdiele, bevor er hinüberging, aber auch hier konnte er Riah nicht finden. Er ging durch die große Halle und öffnete die Tür zum Wohnzimmer – und da saß sie zusammengekauert auf der Couch. Sie schluchzte so heftig, daß sie ihn gar nicht bemerkte, bis er seine Hand auf ihre Schulter legte, und dann stieß sie einen Schrei aus, der in einem tiefen Seufzer endete. Jetzt streckte sie sich aus, lehnte den Kopf gegen den Rücken der Couch, das Gesicht tränenüberströmt, und dazu atmete sie stoßweise.

Er setzte sich neben sie, hielt ihre Hand und sagte: »Komm schon. Na, komm. So schlimm ist es wieder nicht. Sie ergreift eine Chance, wie sie sich nur einmal im Leben bietet. Sie wird jemand, eine Persönlichkeit, unsere Biddy. Sie ist jetzt schon eine Persönlichkeit, und eigentlich ist sie immer schon etwas Besonderes gewesen. Du wirst noch sehr stolz sein auf sie, glaub es mir.«

»Tol.« Ihre Stimme war leise.

»Ja?«

»Jetzt sind sie alle fort, bis auf Johnny... Und ich fürchte, der wird mir auch bald davonlaufen. Sie haben mich alle alleingelassen.«

»Aber sie leben, und es geht ihnen gut. Du kannst stolz sein auf deine Kinder.«

Sie nahm ihre Schürze, wischte sich damit das Gesicht ab und murmelte dann: »Ja, ja, sicher kann ich stolz sein auf sie, aber ich fühle mich trotzdem so – so einsam. Es ist, als ob ich sie gar nicht auf die Welt gebracht hätte. Ich fühle mich einsam und verlassen.« Sie wandte sich ihm jetzt ganz zu und wiederholte leise: »Ich bin einsam und verlassen, Tol.«

»Weißt du« – seine Stimme war tief und ruhig –, »dafür gibt es ein Heilmittel. Es steht dir zur Verfügung, jeden Tag der Woche, jede Minute des Tages. Und ich sage dir gleich, ich werde dich nicht bitten, mich jetzt zu heiraten. Wenn du in diesem Haus bleiben willst, kann ich das gut verstehen, aber es steht doch nichts in seinem Testament, das dir verbietet, mich zu lieben und dich von mir lieben zu lassen, oder?«

Er schaute, wie sie die Augen zusammenkniff, sah, wie neue Tränen unter den fast geschlossenen Lidern hervordrangen, wie sie den Kopf auf die Brust sinken ließ – dann legte er die Arme um sie und zog sie zärtlich zu sich her, streichelte ihr Haar und flüsterte leise: »Du brauchst mich, Riah. Du kannst es nicht immer und ewig bekämpfen, dieses Gefühl – und ich brauche dich ebenso. Oh, wie sehr ich dich brauche, denn, Riah, ich habe dich geliebt vom ersten Augenblick an, als ich dich mit den Kindern im Hof des Rowan Cottage stehen sah.«

Er drehte ihren Kopf herum, so daß ihr Gesicht dem seinen zugewendet war, dann schloß er einen Moment lang die Augen, ehe er sie küßte. Danach sagte er: »Recht oder unrecht, Riah, das ist für mich ein Siegel, so gut wie jede Heiratsurkunde. Komm jetzt, sei ein bißchen fröhlich; von nun an wird alles schön sein für uns beide. Und noch etwas«, er schüttelte sie ein wenig an den Schultern, »ich wäre sehr dankbar, wenn du mir eine Tasse Tee machen könntest, bevor ich wieder an die Arbeit gehe. Ich bein ein Arbeiter, weißt du, und...« Das Lächeln verschwand aus seinem Gesicht, und er beendete den Satz wieder sehr leise und mit ungewöhnlich tiefer Stimme: »und wie ein Arbeiter werde ich von nun an jeden Abend zu dir nach Hause kommen.« Daraufhin schloß sie die Augen und ließ sich an ihn sinken.

Der nächste Tag war ein Sonntag, und Davey kam wie üblich zu Besuch nach Hause, begleitet von Jean.

Die beiden informierten sie über das Gerede, das oben in »The Heights« aufgekommen war. Davey sagte, es sei ein Glück, daß Maggie in Madams Haushalt untergekommen sei, denn er glaube, daß ihr die Angestellten im Haupthaus jedes Haar einzeln ausgerissen hätten. Sie hielten es für höchst ungerecht, daß niemand aus dem Haus die Chance bekommen hatte, Miss Hobson bei der Betreuung der alten Lady zu helfen.

Später ging Jean mit Johnny hinaus, um ihm bei der Obsternte zu helfen, und Riah hatte Davey eine Weile für sich. Obwohl er nicht gerade ein besonders sensibler Mensch war, fühlte er, daß mit seiner Mutter eine Veränderung vor sich gegangen sein mußte, und daher sagte er zu ihr: »Du siehst so glücklich aus, als ob unsere Biddy gekommen statt gegangen wäre.« Dann fügte er hinzu: »Wie war der Abschied gestern?«

»Ach, wir waren... Wir waren ein bißchen aufgeregt, ich mehr als sie, glaube ich, weil... Ich habe ihr etwas erklären müssen, was ich ihr schon lange hätte sagen müssen, schon seit der Herr gestorben ist. Es geht dabei um dieses Haus und diesen Besitz.«

»Was hast du ihr da erklären müssen? Es ist dein Haus.«

»Nein, eigentlich nicht.«

»Was?« Er hatte auf der einen Seite des Küchentischs gesessen und erhob sich jetzt halb, dabei wiederholte er: »Was? Aber er hat es dir doch vererbt.«

»Nur unter bestimmten Bedingungen.«

»Was für Bedingungen?«

»Daß ich nicht wieder heirate. Wenn ich heirate...« Jetzt brach sie ab, und er wartete, dann sagte sie: »Wenn ja, muß ich ausziehen, und der ganze Besitz geht an unsere Biddy.«

»An unsere Biddy?« Sein großes Gesicht verzerrte sich zu einer Grimasse. »Aber das kann nicht sein. Schau, Ma, ich bin dein Sohn, und außerdem der älteste. Dein Besitz geht an mich über.«

»Nicht in diesem Fall.«

Er öffnete den Mund, schloß ihn wieder, öffnete ihn erneut und sagte zuletzt völlig entgeistert: »Und was ist, wenn du stirbst?«

»Auch dann geht der Besitz an Biddy über.«

»Nein, verdammt!« Er war jetzt aufgesprungen, und sie ebenfalls, und nun brüllte sie ihn an:»Ja, ja, verdammt, Davey. Warum machst du deshalb so ein Geschrei? Es ist nicht lange her, seit du dieses Haus wieder betrittst – zuvor bist du ihm jahrelang nicht einmal in die Nähe gekommen. Was liegt dir daran?«

»Ich bin nicht hergekommen, solange er hier war.«

»Aber es ist sein Haus, und du bist hier.«

»Es ist nicht sein Haus; er ist tot.«

»Vielleicht, aber sein Einfluß ist noch hier, und du mußt ganz schön dickfellig sein, wenn du das nicht spürst.«

»Sein Einfluß – was soll ich da spüren? Er ist ein hassenswerter, ein widerlicher Sodomit gewesen, ja, das war er. Mein Gott!« Er warf sich herum und schlug die Faust der einen Hand gegen die Handfläche der anderen, als er sagte: »Ich hatte mir alles so schön ausgedacht. Ich wollte kündigen dort oben, nachdem du mehr Geld von Maggie und unserer Biddy bekommst. Ich wollte das Land hier in eine Gärtnerei verwandeln und Gemüse und Obst auf dem Markt verkaufen. Es gibt Leute, die machen ein Vermögen mit frischem Obst und Gemüse, das sie zum Wochenende auf den Markt bringen. Ich hatte mir alles so schön ausgedacht.«

»Dann kannst du dir etwas Neues ausdenken. Dieser Besitz wird dir niemals gehören.«

»Das ist nicht recht, nach allem, was er mir angetan hat.«

Jetzt drehte sie sich um, und ihr Gesicht war dunkelrot, ihre Stimme schrill: »Er hat dir überhaupt nichts angetan, sondern du hast ihm etwas angetan. Du hast ihn zum Krüppel gemacht und sein Ende herbeigeführt; ohne dich hätte er noch viele Jahre leben können. Er hat dir gar nichts angetan.«

»Er hat es versucht.«

»Hat er nicht.«

Die Hände flach auf dem Tisch, beugte sich Davey in ihre Richtung und brüllte zurück: »Verdammt, und ob er es versucht hat.«

»Das ist nicht wahr. Das ist einfach nicht wahr. Nicht so, wie du es sagst. Sein Fehler war, daß er dich gern gehabt hat. Ja, ja, er hat dich geliebt, er hat es sogar gesagt, und ich hab' es damals genausowenig verstanden wie du, aber ich weiß, daß er dir niemals etwas angetan hätte, bestimmt nicht so, wie du es dir vielleicht denkst.«

»Er hat mir jetzt schon genug angetan, oder? Spuckt mich noch aus dem Grab an, nur weil ich nichts von ihm wissen wollte.«

»Du kannst denken, was du willst, aber eines weiß ich bestimmt: Er hätte sich auf jeden Fall um Biddy gekümmert, weil er wußte, daß sie über gesunden Menschenverstand verfügt und außerdem gescheit ist.«

»Gescheit, verdammt noch mal! Sie ist doch nur frech und unverschämt. Und ich sage dir etwas über sie, was du vielleicht noch nicht weißt, aber sie ist auch keine Heilige, wenn du das geglaubt hast. Immerhin erzählt man dort oben überall, daß sie an ihrem letzten freien Nachmittag ganz schmutzig zurückgekommen ist, und ihr Kleid war vorne bis zur Mitte aufgerissen, und den Hut hat sie wie eine Betrunkene auf der Seite getragen. Als die Haushälterin wissen wollte, was mit ihr passiert ist, hat sie ihr nur frech geantwortet und ist hinaufgegangen in den Seitenflügel von Madam. Das hast du nicht gewußt, wie?«

Nein, das hatte sie nicht gewußt. Doch sie erinnerte sich jetzt, daß Biddy eine Narbe am Ohr gehabt hatte. Sie hatte gesagt, sie sei unglücklich gefallen. Aber so etwas, wie Davey andeutete, würde Biddy niemals tun; dazu war sie viel zu vernünftig.

»Das überrascht dich, nicht wahr, von wegen unsere gescheite Miss?«

»Ich kann dazu nur sagen, Davey, ich bin sicher, daß es nicht ihre Schuld war. Villeicht hat jemand versucht, sie zu überfallen, und wie ich sie kenne, ist er nicht sehr weit gekommen damit.«

»Ja, weil sie ein so raffiniertes Luder ist.«

»Sprich nicht so über sie in diesem Haus.«

»Ach, halt doch den Mund.« Als er sich von ihr abgewendet hatte, schrie sie zurück: »Und verbiete du nicht deiner eigenen Mutter den Mund. Bei Gott! Wir haben es wirklich weit gebracht!«

»Ja, da hast du allerdings recht.« Er hatte sich wieder umgedreht. »Und jetzt werde ich dir eines sagen: Ich bringe dir kein Geld mehr nach Hause. Von nun an soll jeder von uns beiden sehen, wo er bleibt. Ich kann mich gut um mich selbst kümmern.«

»Sehr schön. Du hast das Recht, zu behalten, was du verdienst. Gott sei Dank, daß ich jetzt nicht mehr darauf angewiesen bin. Und ich kann nur hoffen, daß du, wenn du Jean heiratest und eine Familie gründest...«

»Wer redet denn davon, daß ich Jean heirate?« Er schaute sie entgeistert an.

»Willst du das denn nicht? Du machst ihr seit einiger Zeit den Hof.«

»Ich denke nicht daran, habe nie auch nur einen Moment daran gedacht.«

»Warum bringst du sie dann jeden Sonntag hierher?«

»Ich bringe sie nicht her, sie geht einfach mit. Vergiß

nicht, es war deine wunderbare Tochter, die sie uns ins Haus gebracht hat.«

»Aber… Aber das Mädchen glaubt…«

»Das ist doch ihr Fehler, oder?«

»Sie ist ein nettes Mädchen. Ein anständiges Mädchen.« Riahs Stimme drückte ihre Entrüstung aus, und er entgegnete: »Ja, äußerlich vielleicht – aber wo kommt sie her? Aus dem Armenhaus; niemand weiß, wer ihre Eltern waren. So eine kann ich nicht heiraten.«

Riahs Stimme war jetzt kaum hörbar, und dennoch klang sie drohend, als sie sagte: »Dann solltest du ihr das klarmachen. Aber schnell.«

»Ich habe nichts klarzumachen. Wenn sie sich Rosinen in den Kopf setzt, ist das ihre Schuld. Und wenn es wirklich etwas zu erklären gibt, kannst du das ja erledigen, denn ich gehe jetzt zurück zu meinen Pferden, und ich glaube, ich komme nie mehr hierher.«

Als er zur Tür ging, rief sie: »Davey!« Und als er sich umdrehte, sagte sie: »Na schön, dann kann ich es dir ja sagen. Ich bin froh, daß du nicht mehr hierher kommst.«

Er starrte sie an, und dabei weiteten sich seine Augen ein wenig; dann ging er hinaus und schlug die Tür hinter sich zu.

Die Welt war aus den Angeln geraten. Gestern früh war sie fast verzweifelt bei dem Gedanken an die Einsamkeit, die sie umgeben würde; in der vergangenen Nacht hatte sie die Liebe eines Mannes erlebt, wie sie es sich nicht in ihren kühnsten Träumen vorgestellt hätte, denn mit Seth war es niemals so gewesen. Heute morgen war sie aufgewacht und hatte das Kissen an sich gedrückt, auf dem Tol bis in die frühen Morgenstunden gelegen hatte, und nach dem Aufstehen waren die Jahre von ihr abgefallen, und sie war wieder ein junges Mädchen gewesen, und Tol war ihre erste Liebe. Ja, ihre erste wirkliche Liebe. Den ganzen Morgen war sie durch das Haus geschwebt, als ob ihre Füße nicht den Boden berührten. Dann hatte sie gebacken und guten Tee gemacht, weil sie Davey und

Jean erwartete. Und Davey und Jean waren gekommen, und nun war Davey für immer gegangen, und sie konnte ihn nicht mehr begreifen. Von wem hatte er solche schrecklichen Charakterzüge geerbt? Nicht von ihr. Und gewiß auch nicht von Seth, denn Seth war ein guter, ein ehrlicher und aufrechter Mann gewesen. Aber was suchte sie lange, wo sie doch die Stimme ihrer eigenen Mutter in ihm erkannte! Er hatte das Aussehen seines Großvaters, aber das Wesen seiner Großmutter geerbt. Obwohl es ihr damals noch nicht klargeworden war, wußte sie jetzt, daß es sich bereits gezeigt hatte, als er so maßlos wütend wurde, nur weil der Herr nicht genug Geld hatte, um ihm das Pony zu kaufen. Alles war gut, solanges es so lief, wie er es sich einbildete – wenn nicht, dann flogen die Fetzen. Genau wie bei ihrer Mutter.

Sicher, ihre Biddy war fort, auf der anderen Seite des Meers. Und Maggie war in Stellung bei den Herrschaften oben in »The Heights«. Sie waren beide gegangen, und sie hatte sie dennoch nicht verloren. Aber sie wußte, daß sie ihren ältesten Sohn verloren hatte.

Wie kam es, daß man für das Glück immer einen so hohen Preis bezahlen mußte?

Vierter Teil

DAS ERGEBNIS

1

Madame Arnauds Haus lag außerhalb eines kleinen Dorfes südlich von Paris. Es war früher einmal ein Bauernhaus gewesen und bestand aus acht Räumen, die sich alle zu ebener Erde befanden. Madame Arnaud lebte von einer kleinen Pension und vermietete einen Teil ihres Hauses, um ihr Einkommen ein wenig aufzubessern. Aus dem Vorgarten des Bauernhofs war jetzt eine hübsche Terrasse geworden, mit Zugang über den Wohnraum der Hausgäste, was im Sommer sehr angenehm war, im Winter freilich für Kälte und heftige Zugluft sorgte.

Ihre derzeitigen Gäste hielten sich schon seit einigen Monaten bei ihr auf. Es waren Madame Lucille Millican und ihre Schwägerin, Mademoiselle Bridget Millican. Madame Lucille war eine junge Witwe, ein wahrhaft tragischer Fall, wie die Dorfbewohner annahmen. Sie hatte unter ihrem Stand geheiratet, und der junge Ehemann war gestorben, aber ihre Familie war noch immer nicht bereit, ihr den Fehler zu verzeihen. Das war typisch für die Engländer: die verstanden eben nichts von der Liebe.

Aber offenbar besaß wenigstens ein Familienmitglied ein gutes Herz und Verständnis für die arme junge Frau, denn ihr Bruder kam von Zeit zu Zeit aus England herüber, um sie zu besuchen. Er wurde gerade heute wieder erwartet, wie Madame Arnaud dem Schlachter gesagt hatte, und sie hoffe, daß er ihr die fetteste Gans aufgehoben habe. Ja, hatte ihr der Schlachter versichert, sie sollte die fetteste Gans bekommen. Und der Kolonialwarenhändler teilte ihr mit, daß die Bonbons und die kandierten Früchte, die sie bestellt hatte, mit der letzten Lieferung eingetroffen waren.

Das ganze Dorf wußte, wie großzügig Madame Millicans Bruder war: seine Börse war mit Francs im Überfluß gefüllt, und er war wirklich ein reizender Mann; jeder bemühte sich, es ihm recht zu machen.

Allerdings wurde auch im Dorf geflüstert, daß Madame Millican vielleich doch gar keine Witwe war und ihr Bruder in Wahrheit gar nicht ihr Bruder, aber egal, so war nun mal das Leben der Menschen von Welt, und niemand stellte irgendwelche indiskreten Fragen, gewiß nicht hier in Frankreich. Ja, wenn das, was getuschelt wurde, der Wahrheit entsprach, dann konnte man sich sehr leicht erklären, warum die junge Person ihr Baby lieber in Frankreich zu Welt bringen wollte als in England, denn die Engländer waren ja bekanntermaßen schreckliche Heuchler. Selbst wenn man dort einen Mann in der Unterhose bei einer Frau im Unterhemd vorfände, würden sie leugnen, daß sie einander auch nur kannten; sogar in diesem Zustand würden sie beschwören, nur übers Wetter gesprochen zu haben, und dieses sei ebenso unerträglich wie ihre Heuchelei...

Im Bauernhaus, zu beiden Seiten eines hell lodernden Feuers im offenen Kamin, saßen die zwei jungen Frauen und strickten. Biddy hatte Lucy das Stricken beigebracht, dafür hatte Lucy ihrer Begleiterin gezeigt, wie man stickte. Im Verlauf der Monate hatten sie miteinander gelesen, hatten Französisch gelernt und es an Madame und den Dorfbewohnern erprobt, die allerdings nicht das Französisch der Pariser sprachen, sondern einen ländlichen Dialekt, und dabei hatte es auf beiden Seiten viel Spaß und viel Gelächter gegeben.

Insgesamt waren die Tage recht angenehm verstrichen, zumindest für Biddy, aber für Lucy hatte es Perioden gegeben, in denen sie in tiefe Depressionen versank – so tief, daß Biddy sich schließlich Sorgen zu machen begann. Und in diesen Zeiten redete sie sich oft den Mund in Fransen, wie sie es nannte. Sie erzählte Lucy von ihrer frühen Kinderzeit im Bergwerksdorf, von ihrem Herrn auf Moor House, und ging so weit, sogar ihr Interesse für Davey wachzurufen, indem sie von der Vorliebe des Herrn für den Jungen sprach und von dem, was dabei herausgekommen war. Dieser Teil ihres Berichts hatte die erwünschte Wirkung gezeigt, und Lucy hatte, endlich ein wenig abgelenkt, gefragt: »Er ist tatsächlich mit der Sichel auf Mr. Miller losgegangen?«

Aber heute war Lucy in aufgeräumter Stimmung, weil sie Laurence erwartete. Sie hatte aufgehört, mit den Nadeln zu klappern, und der Schal, den sie strickte, lag auf der Ausbuchtung ihres Bauches; dabei schaute sie ins Feuer, als sie sagte: »Ich möchte wissen, was man sich zu Hause denkt, daß ich auch in den Ferien nicht heimkomme. Meinst du, sie glauben mir, daß ich von der Familie eingeladen worden bin, Weihnachten in ihrem Haus auf dem Lande zu verbringen?«

»O ja, sicher. Mr. Laurence kann es ihnen klarmachen.«

Biddy fühlte, wie ihr Herz schneller zu schlagen begann, als Lucy sie jetzt anschaute und sagte: »Du weißt ja, Laurence ist mit der Familie nicht blutsverwandt, oder besser sehr entfernt; er ist der Sohn von Mamas Kusine zweiten Grades.«

»Ja, ich habe so etwas gehört.«

»May hatte sich in ihn verliebt. Sie hat sogar damit angegeben. Ich habe sie gehaßt deshalb, ich meine, weil sie ihn liebte, denn ich habe ihn auch geliebt.« Hier brach sie ab und ließ eine Pause entstehen; dabei wandte sie den Blick nicht von Biddy ab. »Eigentlich liebe ich ihn noch immer«, fuhr sie dann fort. »Und doch gab es eine Zeit, in der ich mir einbildete, ich sei verliebt in...« Nach kurzem Kopfschütteln erklärte sie: »Es ist schrecklich, wenn man in unser Alter kommt, nicht wahr? Alle unsere Werte geraten durcheinander; man weiß nicht mehr, was man will, und doch tut man es; der Körper brennt vor Verlangen, und man redet sich ein, daß es Sünde ist. Ich bin mit der Sünde großgeworden. Bis zu meinem achten Lebensjahr habe ich meine Mutter nie länger als fünf Minuten am Tag gesehen, und es gab Tage, sogar Wochen, wo ich sie gar nicht sah, wenn sie in Ferien war und mich bei Miss Collins gelassen hatte, die uns etwas beibringen sollte, Paul und mir, vor allem über die Dinge, die unter die Rubrik Sünde fielen. Ein weiter Begriff, denn er schloß zum Beispiel auch die Bitte um Nachschlag beim Essen ein – das galt als Gier, oder das Baden, ohne ein Handtuch über die Wanne zu legen – das war Unzucht, oder das Nachdenken vor dem Einschlafen – das war Förderung schlechter Gedanken. Und so weiter und so fort.«

»Wirklich?«

»Ja, wirklich. Hast du auch mit so etwas fertigwerden müssen?«

»Nein, nie. Das einzige, woran ich mich erinnere, ist, daß ich eingeschlafen bin, wenn mein Vater uns aus der Bibel vorgelesen hat. Nach einem Zwölfstundentag auf dem Bauernhof brachte ich kein großes Interesse mehr auf für das, was Moses zu sagen hatte, obwohl Vater mir manchmal einen Klaps gegeben hat, damit ich besser aufpasse.« Jetzt lächelte sie, und Lucy sagte: »Weißt du, eigentlich hast du Glück gehabt. Die Diener und die Angestellten beneiden immer diejenigen, die über ihnen stehen, und sie denken, daß sie genau wissen, was in einem Herrschaftshaushalt alles vor sich geht. Aber das stimmt nicht, zumindest nicht, was die Gedanken ihrer Vorgesetzten betrifft... Biddy.«

»Ja, Miss?«

»Dir entgeht kaum etwas, nicht wahr?«

»Das würde ich nicht behaupten, Miss.«

»Ach, sei nicht so bescheiden.«

»Das bin ich nicht.« Sie protestierte wie gegenüber einer Gleichgestellten. »Aber wenn Sie sagen, mir entgeht kaum etwas, dann komme ich mir irgendwie neugierig und indiskret vor, und das bin ich nicht.«

»So habe ich es auch nicht gemeint. Aber wie Großmama sagen würde: Du hast einen Kopf auf den Schultern. Und jetzt fragte ich dich etwas: Glaubst du, Laurence würde mich mögen... Ich meine, glaubst du, daß er mich trotz dem allen noch mag?« Und dabei tätschelte sie ihren Bauch.

Es dauerte einen Moment, ehe Biddy antworten konnte: »Ich... Ich bin sicher, daß er Sie mag, Miss. Er hat Sie immer gerngehabt.«

»Ich will auf etwas anderes hinaus, Biddy: Glaubst du, er mag mich ein bißchen mehr? So, daß er mich heiraten würde?«

Biddy legte ihr Strickzeug weg, beugte sich nach vorn, nahm den Feuerhaken und schob einen glühenden, auf die Seite gefallenen Ast wieder ins Feuer, dann murmelte sie: »Ich... Das kann ich nicht sagen, Miss. Ich habe keine Ahnung.«

»Du könntest ja ein bißchen herumstochern und – und ihn fragen... Ich meine, natürlich nicht direkt, aber du könntest seine Gefühle – abtasten.«

»Nein, nein, das könnte ich nicht, Miss.« Sie war jetzt aufgestanden und schaute auf Lucy hinunter; dabei wiederholte sie: »Nein, das könnte ich nicht. Es schickt sich nicht für mich.«

»Ach, denk doch nicht immer an das, was schicklich ist, Biddy.« Lucy warf ungeduldig den Kopf in den Nacken. »Wir sind auf Monate hierher verbannt. Zwischen uns gibt es jetzt keine Standesunterschiede mehr; es wird sie auch nie mehr geben. Ich – ich bin vor meiner Zeit zur erwachsenen Frau geworden, und irgendwie warst auch du schon eine erwachsene Frau, zumindest in deinen Gedanken.« Sie legte eine Pause ein, dann fragte sie: »Warum willst du das nicht für mich tun?«

»Weil ich es nicht könnte.«

»Du redest mit ihm. Du redest sehr viel mit ihm, und

er redet mit dir. Bei seinem letzten Besuch bist du meilenweit mit ihm spazierengegangen, nur ihr zwei. Du mußt doch wissen, wie du ein Gespräch auf das Thema bringst, das dich gerade interessiert.«

»Aber das ist ein ganz persönliches Thema, Miss; es müßte doch Mittel und Wege geben, wie Sie selbst ihm diese Frage stellen können?«

»In diesem Zustand?« Wieder schlug sich Lucy auf den Bauch, diesmal etwas fester und ungeduldiger. »Ich... Ich denke an die Zeit, wenn ich es hinter mir habe. Dann brauche ich jemanden. Ich glaube nicht, daß ich danach allein weiterleben kann, nicht einmal mit dir, obwohl du wunderbar gewesen bist.« Sie legte jetzt zärtlich ihre Hand auf Biddys Arm, als sie hinzufügte: »Ich möchte gar nicht denken, was mit mir geschehen wäre, wenn wir uns an diesem Sonntag nicht getroffen hätten. O ja, ich kann es mir denken.« Sie nickte. »Wenn ich es Mutter gesagt hätte – die hätte mich irgendwo hingeschickt, in ein Kloster wahrscheinlich. Schau, Biddy, ich flehe dich an... Du brauchst ihn ja nicht geradeheraus zu fragen. Ja, ich weiß, daß du das gar nicht tun würdest, aber... Ich meine, horche ihn einfach aus, ja? Bitte. Denn ich... Ich brauche ihn. Ich kann nicht mehr nach Hause gehen danach. Nicht zurück in dieses Leben. Ich würde sterben oder mir etwas antun.«

»Sie würden nicht sterben und sich auch nichts antun.« Biddys Stimme war jetzt etwas barsch geworden. »Sie haben dann ein Kind, um das sie sich kümmern müssen, das Ihre Liebe braucht...«

»O nein, das kann ich nicht. *Ich werde es nicht lieben können.«*

Biddy wurde zur Seite gestoßen, als Lucy jetzt plötzlich aufsprang. Sie schien vergessen zu haben, daß sie den Unterschied ihrer gesellschaftlichen Stellung außer acht lassen wollte, wie sie vor wenigen Minuten behauptet hatte, und schrie Biddy jetzt an: »Ich hab' es dir schon einmal gesagt, ich denke nicht daran, dieses Kind bei mir zu behalten. Du mit deiner plebejischen Einstellung! Überleg doch – wie könnte ich es anders machen? Selbst wenn ich das Kind wollte. Und ich will es nicht; ich will es nur loswerden, das ist alles.« Jetzt preßte sie die Hände von beiden Seiten an die Rundung des Bauches, als könnte sie das Kind auf diese Weise tatsächlich loswerden, und Biddy, die für den Augenblick ihre gesellschaftliche Unterordnung außer acht ließ, sagte: »Na schön. Na schön. Ich weiß, was Sie vorhin gesagt haben, aber ich habe Ihnen auch klargemacht, daß Sie es ja nicht ganz wegzugeben brauchen. Sie könnten das Kind an gute Pflegeeltern geben und es dann von Zeit zu Zeit besuchen.«

»Sei still! Sei still! Ich will nichts mehr davon hören. Und ich will dieses Kind nicht, hast du verstanden: Ich will es nicht! O mein Gott.« Sie wandte sich ab, stützte den Kopf auf die Hände und schrie: »Dann hätte ich ja ebensogut zu Hause bleiben können.«

Draußen in der kleinen Diele lauschte Madame Arnaud den erhobenen Stimmen aus dem Wohnzimmer der Gäste. Sie verstand zwar kein Wort Englisch, aber eine Redeschlacht wie diese war in allen Sprachen leicht zu verstehen. Als sie daher an die Tür kam und den englischen Gentleman dort stehen sah, rief sie gleich: »Ah, Monsieur, Monsieur, willkommen. Sie kommen gerade recht, um eine Auseinandersetzung zu schlichten.« Dabei deutete sie auf die Tür am entgegengesetzten Ende der Diele und fügte hinzu: »Wenn das Wetter schlecht ist, ist es auch die Laune. Im Sommer gibt es viel weniger Streit.«

Während sie ihm aus dem Mantel half, hörte er den Stimmen zu, die beide hoch und zornig klangen, und dachte: Ach, du liebe Zeit – was nun?

Aber schon bevor er die Tür öffnete, war das Rededuell beendet, und als er dann unter der Tür stand und die beiden ansah, die ihm wortlos entgegenstarrten, sagte er: »Das ist aber reizend! Habt ihr keinen Willkommensgruß für mich?«

Nun lief Lucy auf ihn zu, und er nahm sie in die Arme

und küßte sie, und sie küßte ihn, und dann legte sie den Kopf an seine Schulter, bis er sie sanft zur Seite schob und zu Biddy hinüberging, die am Kamin stand. Er streckte ihr die Hand entgegen, ergriff die ihre und drückte sie warm und gefühlvoll, schaute ihr dabei in die Augen und sagte: »Hallo, Biddy.« Und sie antwortete: »Hallo.« Das »Mr. Laurence« ließ sie weg, sagte dann aber: »Wir hatten Sie erst heute abend erwartet.«

»Ich habe eine frühere Kutsche genommen und bin vom Dorf aus zu Fuß hergekommen. Nun, und was habt ihr Mädchen gerade gemacht?« Er drehte sich um und streckte den Arm nach Lucy aus. Sie kam zu ihm her, lehnte wieder den Kopf an seine Schulter, schaute zu Biddy hinüber und sagte: »Wir haben gestritten wegen dir. Sie hat gesagt, daß du nicht besonders aussiehst und daß dein Französisch manche Wünsche offenläßt.«

Jetzt hatte er sich wieder an Biddy gewandt, deren Gesicht dunkelrot angelaufen war, und sagte leise: »Da hat sie ganz recht, und zwar in beiden Fällen.« Und als Biddy »Oh, Miss«, sagte, brauchte er keine weitere Bestätigung dafür, daß es in ihrem Streit um ernsthaftere Dinge gegangen sein mußte. Biddy verließ jetzt den Raum, wobei sie sagt: »Ich werde mit Madame wegen dem Abendessen sprechen.«

Aber sie ging nicht in das Zimmer von Madame, sondern den Korridor entlang in ihr eigenes Zimmer, und dort blieb sie stehen, preßte die Hände fest zusammen und sagte leise zu sich selbst: »Von wegen Gleichheit!« Bei dem eben zu Ende gegangenen Streit war sie wieder an die hochmütige, junge Miss erinnert worden, die ihr an einem gewissen Sonntag die Peitsche ins Gesicht geschlagen hatte.

Zum erstenmal in all den Monaten, seit sie hier war, wünschte sie sich jetzt, sie wäre zu Hause, denn nun würde er zwei Wochen hierbleiben; außerdem mußte sie in dieser Zeit auch noch herausfinden, wie stark seine Zuneigung zu Lucy war...

Und auch sie sollte es herausfinden: in der ersten Stunde am Neujahrsmorgen des Jahres 1841.

2

Weihnachten war nicht ohne Fröhlichkeit vorübergegangen. Sie waren miteinander spazierengegangen, hatten miteinander gelacht, Karten gespielt und sogar alte Weihnachtslieder gesungen, begleitet von Madame auf ihrem Spinett. Und dann war der Silvesterabend gekommen.

Lucy hatte sich seit Tagen nicht ganz wohl gefühlt, und an Silvester war sie im Bett geblieben. Der Arzt war aus dem Nachbardorf gerufen worden, aber er meinte, es sei nur ein leichtes Unwohlsein. So etwas komme häufig vor im achten Monat der Schwangerschaft; sie brauche nur etwas Ruhe, dann werde es sich rasch bessern. Also standen um Mitternacht, als die Kirchenglocken von den Dörfern der Umgebung läuteten, Biddy, Laurence und Madame Arnaud um Lucys Bett versammelt und tranken auf ihre Gesundheit.

Nachdem Madame Arnaud gegangen war, blieben die drei noch eine Weile beisammen und plauderten, bis Laurence sich zurückzog, nachdem er Lucy einen Kuß gegeben und gesagt hatte: »Es wird ein gutes neues Jahr werden, Lucy, du wirst schon sehen.« Dann hatte er Biddy gute Nacht gesagt und war hinausgegangen.

Jetzt bettete Biddy Lucy für die Nacht, und als sie damit fertig war, nahm Lucy ihre Hand und sagte leise: »Hast du mit ihm gesprochen?«

»Nein... Nein, noch nicht.«

»Aber du wirst es tun, ja? Denn übermorgen fährt er zurück.«

»Es hat sich noch keine Gelegenheit ergeben«, wich Biddy aus.

»Ach was, du hast ihn fast den ganzen Tag für dich allein. Warum – warum hast du es nicht zur Sprache gebracht?«

»Es ist ein Thema, das man nicht einfach anschneiden kann.«

»Jemandem wie dir sollte das eigentlich nicht schwer fallen, Biddy; schließlich hast du einen scharfen Verstand. Versuch es. Ich muß es wissen, bevor er zurückfährt.«

»Ich werde es versuchen. Gute Nacht.«

»Gute Nacht, Biddy. Und – ein glückliches, neues Jahr.«

»Das wünsche ich Ihnen auch, Miss. Ja, das wünsche ich Ihnen.«

Zu ihrer Überraschung wartete Laurence in der Diele auf sie und winkte sie schweigend zur Tür des Wohnzimmers. Sobald sie drinnen waren, nahm er ihre Hand und zog sie zu der Stelle, wo die Lampe noch brannte, auf einem Tischchen neben dem offenen Kamin, blieb vor Biddy stehen, legte seine Hände auf ihre Schultern und sagte: »Ein glückliches neues Jahr, Biddy.«

Sie zitterte von Kopf bis Fuß, und die Worte blieben ihr in der Kehle stecken, bevor sie herausbrachte: »Und – und Ihnen auch, Sir.«

»Sag doch nicht ›Sir‹ zu mir Biddy. Hast du gehört?«

Sie schwieg.

»Mein Name ist Laurie. Und... Du weißt, was ich dir sagen möchte, oder?« Sie machte eine leichte Bewegung mit dem Kopf, und er schüttelte sie und sagte: »Biddy Millican mit der unerschrockenen Zunge, lüge mich nicht an.«

»Ich – ich lüge nicht.«

Jetzt glätteten sich seine Züge wieder, und er sagte: »Nein, ich sehe, daß du nicht lügst. Aber hast du denn nie geahnt, was ich für dich empfinde?«

Wieder machte sie eine leichte Kopfbewegung, bevor sie murmelte: »Nein, ich weiß nur, daß es von meiner Seite aus so gewesen ist.«

»Von – von deiner Seite?« Seine Stimme war nur noch ein Flüstern, und sie wiederholte ebenso leise: »Ja, von meiner Seite.«

»Oh, Biddy!« Er wollte sie in die Arme nehmen, aber sie versteifte sich und sagte: »Mr. Laurence.«

»Ich habe dir doch gesagt, ich will das nicht mehr hören.«

»Es muß aber so sein.«

»Warum?«

»Das wissen Sie so gut wie ich. Das... Das ist nicht recht, und es führt zu nichts. Sie haben vorhin gesagt, daß ich immer unerschrocken die Wahrheit sage. Ja, und das werde ich jetzt tun.« Sie schluckte ein paarmal, ehe sie fortfuhr. »Ich... Also, ehrlich gesprochen – es hat nichts mit dem zu tun, was ich fühle, aber ich will nicht, daß es zu einer heimlichen Affäre kommt, von der niemand etwas wissen darf. Ich will nicht und ich werde nicht wie die arme Miss Lucy enden. Das ist alles.«

Er ließ ihre Schultern los, senkte den Kopf und fragte dann: »Ja, glaubst du denn, daß ich vorhabe, dich in einer solchen Weise auszunützen?«

Sie wagte es, ihm zu antworten: »Was für eine andere Möglichkeit gäbe es denn zwischen uns beiden?«

»Die ordentliche.« Er riß das Kinn hoch. »Ich liebe dich, Biddy. Hast du das begriffen?« Jetzt nahm er sie an den Unterarmen und packte kräftig zu. »Ich glaube, ich liebe dich seit dem Augenblick, als ich dich zum erstenmal sah und als du Shelley vorgetragen hast, für die tauben Ohren und die dummen Schädel der Dienstboten. Ja, seit dem Augenblick liebe ich dich. Weißt du nicht, warum ich in letzter Zeit so wenig wie möglich in den Ferien zu Hause geblieben bin? Weil ich damals das gleiche dachte, was du jetzt denkst: Es kann nicht sein, und es kommt nichts Gutes dabei heraus. Aber jetzt kann es sein, und es wird sein, selbst wenn es bedeutet, daß wir auswandern müssen, in ein anderes Land. Ich brauche dich nicht zu fragen, ob du Angst hast davor, mit mir in

Armut zu leben, weil du weißt, wie ein solches Leben aussieht. Ich weiß es noch nicht. Du mußt mich lehren, damit umzugehen, weil ich von nun an mein Geld selbst verdienen muß, als Lehrer anderer Menschen. Es ist das einzige, was ich tun kann. Ich... Ich liebe dich, Biddy. Ich muß immer an dich denken. Wenn du im Zimmer bist, sehe ich nur dich. Ich habe mich in der letzten Zeit viel mehr um Großmama gekümmert als sonst, nur weil ich wußte, daß ich dich dort sehen würde.«

Jetzt begann sie zu zittern und brachte nur das eine Wort heraus: »Madam!«

»Ach was, Madam... Sicher, sie wird brüllen und toben. Aber was kann sie schon dagegen tun? Was kann einer von ihnen dagegen tun? Ich gehöre nicht zu ihnen, auch wenn ich zugeben muß, daß ich ihnen sehr viel verdanke. Das heißt, ich verdanke es Großmama, denn wenn es auf die Frau angekommen wäre, die ich Mama nenne, und auf ihren Mann, dann hätte man mich vermutlich ins Waisenhaus gesteckt. Meine Mutter war aus guter Familie, verarmt, aber mit einem großen Namen. Mein Vater war, soweit ich das gehört habe, ein recht gewöhnlicher Mann und wohl auch ein Schurke. Er hat meine Mutter verlassen, bevor ich zur Welt kam. So bin ich in ›The Heights‹ gelandet. Meines Wissens ist mein Vater im Ausland gestorben, als ich sechs Jahre alt war, übrigens hier in Frankreich. Von seiner Familie weiß ich gar nichts, und auch meine Großeltern mütterlicherseits sind tot. Sie haben mir eine kleine Summe vermacht, doch die bekomme ich erst, wenn ich fünfundzwanzig bin. Darf ich dich also jetzt fragen, Biddy, ob du bis dahin mit mir hungern willst?«

»Oh! Oh!« Es klang so, als ob diese Ausrufe sie von großen Schmerzen befreiten, und dann lehnte sie sich an ihn und legte die Arme um ihn, und er drückte sie an sich, als wollte er sie nie wieder loslassen.

Als sich ihre Lippen trennten, schauten sie sich in die Augen und strahlten, und er flüsterte: »Oh, Biddy, Biddy. Du meine Liebste. Du bist der wunderbarste Mensch, den ich zeit meines Lebens gesehen habe. Ja, ja, das bist du«, betonte er und drückte sie bei jedem Wort noch fester an sich, als wollte er damit jeden Protest ihrerseits ersticken. Und nun ließ sie den Kopf sinken und sprach zum erstenmal seinen Vornamen aus. »Laurie«, sagte sie, und darauf erwiderte er: »Ja, meine Liebste?« Und sie sagte leise: »Ich komme mir vor wie eine Betrügerin.«

Jetzt löste er die Umklammerung, hielt sie ein wenig vor sich hin, schaute ihr ins Gesicht und fragte: »Eine Betrügerin? Du? Warum denn?«

»Wegen Lucy.«

»Was ist mit Lucy?«

Sie wandte den Kopf zur Seite und schaute in die Glut des sterbenden Feuers, bevor sie sagte: »Sie liebt dich. Sie... Sie möchte dich heiraten. Sie hofft, daß du ebenfalls diesen Wunsch hast.«

»Lucy?« Er schien es kaum glauben zu können. *»Sie möchte – was?«*

»Sie meint es ernst, sehr ernst. Und... Und sie braucht jemanden.«

»Ach, Unsinn, Unsinn. Das ist nur wegen ihres derzeitigen Zustands.« Er schnitt eine Grimasse. »Ja, wenn es May gewesen wäre, hätte ich es geglaubt, aber... Doch nicht Lucy!«

»Doch, Laurie. Sie rechnet fest damit.«

»Dann muß sie mit meiner Absage rechnen.«

Er nahm ihre Hand und zog sie hinunter auf die Couch, wo sie sich nebeneinander setzten, dann wurde er wieder ernst. »Es ist ungeheuerlich. Und ich bin mir völlig sicher, daß ich mich ihr gegenüber niemals anders als ein Bruder verhalten habe.«

»Mag sein, aber sie weiß, daß du nicht ihr Bruder bist.«

»Willst du damit sagen, sie rechnet damit, trotz ihres Zustands, der mir ja auch bekannt ist, und obwohl sie ein Kind empfangen hat von einem Mann, der schon Vater von fünf Kindern ist? Sie rechnet trotz alledem, daß ich... Um Himmels willen. Niemals! Niemals!«

Einen Augenblick lang dachte Biddy: Männer – wie sie eine solche Sache sehen... Selbst wenn er Lucy geliebt hätte, wäre von seiner Seite aus vermutlich nicht mehr an eine Heirat zu denken gewesen... Und Biddy wagte es, zu fragen: »Was hättest du getan, wenn mir so etwas geschehen wäre?«

»Dir? Ausgeschlossen.«

»Es ist keineswegs ausgeschlossen. Wenn sie nicht dazwischengefahren wäre, als Paul versuchte, mich zu vergewaltigen...«

»Aber das wäre etwas anderes gewesen, eine Tat, die gegen deinen Willen vollbracht wurde. Bei ihr dagegen geschah es wohl mit ihrem Einverständnis. Sie ist nicht vergewaltigt worden, sondern hat mit einem Mann in mittleren Jahren geflirtet. Junge Mädchen scheinen einen Hang zu Männern im mittleren Alter zu haben. Und umgekehrt. Man braucht wohl nicht viel, um sie herumzukriegen. Sei dem, wie es wolle: Sie hat ihm gewährt, was er von ihr verlangte. Der Fall liegt völlig anders.«

»Aber du bist ihr gegenüber so lieb und sorgend.«

»Ja, ja, das bin ich, weil sich sonst keiner in der Familie um sie kümmert, ausgenommen Großmama. Wenn es an ihr gelegen hätte, dann hätte sie zweifellos darauf bestanden, daß Lucy das Kind zu Hause zur Welt bringt. Aber sie kannte das vermutliche Ergebnis einer solchen Entscheidung im Hinblick auf sämtliche Familienmitglieder. Was ich getan habe, habe ich zum Teil für Großmama getan. Sie ist ein alter Drachen, ja, aber ich mag sie sehr gern. Und du weißt, es gibt etwas, was uns vielleicht nützen wird...« Wieder nahm er sie in seine Arme. »Sie hat auch dich sehr gern.« »Ja, als Zofe.«

»Mag sein«, räumte er ein. »Aber sie wird ihre Haltung ändern.«

»Wie ich Madam kenne, ändert sie sich niemals.«

»Das wäre schade, aber dagegen könnten wir nichts tun, denn, Biddy, nichts wird jemals zwischen dich und mich kommen, das verspreche ich dir.«

»Oh, Laurie, Laurie.« Als sie den Kopf an seine Brust lehnte, sagte er: »Wie alt bist du eigentlich?«

»Gerade achtzehn geworden.«

»Schon fast zu alt zum Heiraten«, erklärte er, und sie fingen beide an zu lachen. Dann wurde seine Stimme wieder ernst, und er fragte: »Was wirst du ihr sagen?«

»Nichts. Noch nicht. Oh!« Bei diesem Wort war ihre Stimme sehr hoch geworden. »Oh, ich werde ihr nichts sagen vor der Geburt, denn sie hat jetzt starke Depressionen...«

»Aber du mußt ihr wenigstens andeuten, daß meine Liebe bereits auf jemand anders zielt. Du darfst ihre Hoffnung nicht auch noch schüren.«

»Bitte. Bitte, Laurie, laß uns nichts in der Richtung sagen, bis das Baby geboren und sie wieder zu Hause ist. Sie will übrigens nichts mit dem Kind zu tun haben.«

»Das kann ich verstehen.«

»Ich nicht.«

Er berührte sachte ihre Wange, als sie fortfuhr: »Ich muß die ganze Zeit daran denken, daß dieses Kind irgendwo in einem bescheidenen Haus in der Fremde aufwachsen muß, während sein rechtmäßiger Platz in England wäre, in diesem großen, prächtigen Haus, das in aller Welt hochgeachtet ist.«

»Aber das kann nun einmal nicht sein. Das weißt du. Stell dir den Schock vor, den sie verursachen würde, wenn sie dort ankäme, ein Baby im Arm. Ich meine, selbst wenn sie es so wollte.«

Sie schaute ihm einen Moment lang fest in die Augen. »Der Schock wäre nicht halb so groß wie der Schock, wenn ein Mr. Laurence ankündigt, daß er eine Biddy Millican heiraten wird, die als Hilfe in der Wäscherei Sklavendienste geleistet hat, die Niedrigste der Niedrigen.«

Er spitzte die Lippen, dann lächelte er, nahm ihren Kopf zwischen beide Hände und sagte: »Und die in ihrem kleinen Finger mehr Verstand und Geist hat als diese ganzen Herrschaften in ›The Heights‹ zusammen. Die einzige, die ein wirkliches Gespräch führen kann und nicht nur törichtes Zeug daherplappert. Biddy Millican. Die will ich heiraten, und wenn der Schock sämtliche Bewohner von ›The Heights‹ zu Salzsäulen erstarren ließe.«

»Wahrscheinlich wird er das, und danach werden sich die Tore von ›The Heights‹ für uns beide für immer schließen.«

»Das glaube ich nicht – nicht, solange Großmama in diesem Haus das Regiment führt. Nein, das fürchte ich nicht, denn ich glaube kaum, daß ich etwas tun könnte, was sie gegen mich einnehmen würde. Das klingt vielleicht etwas anmaßend, aber ich meine, daß ich Großmama kenne, von innen und außen.«

Biddy konnte nichts darauf erwidern, weil sie Madam nicht mit seinen Augen sah, und sie machte sich Sorgen darüber, vor allem seinetwegen.

Und was sie in Gedanken dazu sagen konnte, war: »O mein Gott, sieh zu, daß alles ein gutes Ende findet.«

3

Lucys Baby wurde am Mittwoch in der dritten Januarwoche des Jahres 1841 geboren. Es war eine sehr schwere Geburt, und die Wehen dauerten drei Tage. Sie gebar ein Mädchen, und nachdem es gewaschen war, sah es so hübsch aus, daß Biddy aus Freude darüber weinte.

Das Ganze hatte großen Aufruhr im Hause hervorgerufen. Eine Hebamme hatte das Kind mit Unterstützung von Madame Arnaud zur Welt gebracht, und nun waren beide besorgt, was den Zustand der Mutter betraf, denn die Nachgeburt war auch einige Stunden danach noch nicht gekommen.

Der Doktor hatte sich verspätet, da die Straßen in schlechtem Zustand waren, und als er die junge Mutter sah, schüttelte er den Kopf, gab besorgte Laute von sich und verabreichte Lucy eine starke Dosis *Laudanum* und dazu ein Gebräu aus einer grünen Flasche, die er bei sich hatte, bevor er eine kleinere Operation an der jungen Mutter vornahm.

Als sie schrie, hielten Madame und Biddy sie fest. Und Biddy mußte sie danach noch fast vierundzwanzig Stunden lang halten, denn immer, wenn sie sich dem Bett näherte, streckte Lucy in Verzweiflung die Arme aus und bettelte: »Halte mich, Biddy. Halte mich.«

Vor zwei Wochen hatte sie einen Brief an Laurence nach Oxford geschrieben. Es war nicht nur ein Liebesbrief gewesen, denn schon darin berichtete sie von ihrer Sorge über Lucys Zustand. Jetzt, drei Tage nach der Geburt des Säuglings, schrieb sie ihm wieder und schickte den Brief mit der Schnellpost nach Dieppe, in der Hoffnung, daß er dort noch das Postboot erreichen und bei Laurence innerhalb von zwei Tagen eintreffen würde. In diesem letzten Brief waren kaum Worte der Liebe zu finden; er berichtete von den Zweifeln des Arztes, daß Lucy die Geburt überleben würde, und schloß mit der Bitte, er möge so schnell wie möglich herkommen.

Zwei Tage später, gegen fünf Uhr morgens, starb Lucy, während ihr Kopf auf Biddys Armen lag. Immer wieder hatte sie gefragt: »Kommt Laurie bald?« Und Biddy hatte ihr versichert: »Ja, ja, er muß jeden Augenblick eintreffen«, obwohl sie wußte, daß er den Brief noch gar nicht erhalten haben konnte.

Immer wieder hatte sie Lucy dahin zu bringen versucht, daß sie ihr Kind anschaute, in der Hoffnung, daß ihr das die Kraft und den Ansporn zum Weiterleben gab. Aber sie hatte es stets abgelehnt, war später dann sogar wütend geworden, wenn man das Baby in ihrer Gegenwart erwähnte.

Biddy konnte nicht glauben, daß das junge Mädchen

tot war, bis Madame Arnaud ihren Kopf aus Biddys Armen nahm. Sie war so steif geworden, daß man ihn zunächst gar nicht bewegen konnte, und dann, als Biddy dämmerte, was geschehen war, stieß sie einen lauten Schrei aus und verfiel in ihre alte Sprechweise, als sie schrie: »Iih, nee! Nee, das is' doch nich'... Mein Gott im Himmel.«

»Es war Gottes Wille.« Madame deckte das stille, weiße Gesicht zu und führte Biddy hinaus.

Die Unwirklichkeit der Situation setzte sich auch in den nächsten fünf Tagen fort, bis der Doktor schließlich erklärte, daß der Leichnam begraben werde müsse und nicht länger herumliegen könne.

Nun war Biddy mit ihrer Weisheit am Ende; sie wußte nicht mehr, was sie tun sollte. Inzwischen hätte sie längst einen Brief erhalten oder Laurie selbst hätte hier sein müssen, denn sie hatte ihm noch einmal am Morgen, als Lucy gestorben war, einen Eilbrief geschickt, ihm berichtet, was geschen war, und daß er ihre Eltern benachrichtigen müsse.

Sie hatte gerade noch genügend Geld, um die Kosten für die Beerdigung und die zusätzliche Mahlzeit für die Trauergäste bezahlen zu könnn, die Madame eingeladen hatte, meist Leute aus dem Dorf. Der Sarg war auf einem Karren in den kleinen Friedhof drüben am Wald gefahren worden, am Rand des Dorfes. Die einzigen Blumen auf dem Grab waren ein Sträußchen mit Schneeglöckchen und Christrosen gewesen. Und als Biddy am offenen Grab stand und zusah, wie die Erde auf die Holzkiste geschaufelt wurde, da sagte sie sich, daß das alles nicht Wirklichkeit sein konnte. Alles, was sie in den letzten Monaten erlebt hatte, war nur ein Traum. Auch Laurie gehörte zu diesem Traum, genau wie alle fremden Leute hier. Die einzige Wirklichkeit war das Baby, das in dem Bauernhaus in seiner kleinen Wiege lag, und sie mußte ihre Gedanken darauf richten, denn es war ihre einzige Verbindung zur Wirklichkeit.

Da sie auf ihre zwei Briefe keine Antwort von Laurence erhalten hatte, fürchtete sie immer mehr, es könnte ihm etwas zugestoßen sein. Was dann? Was würde dann aus ihr und dem Kind werden? Niemand würde das Baby nehmen, es sei denn, er würde dafür bezahlt. Und die Vorstellung, es in fremde Hände geben zu müssen, war ihr unerträglich. Seit dem ersten Augenblick, als sie es in den Armen gehalten hatte, war in ihr eine Zuneigung zu diesem Kind entstanden, eine neue Form von Liebe, und als sie ihm den Schnuller in den Mund gesteckt und zugesehen hatte, wie es an der Flasche sog, während es versuchte, sie mit seinen kleinen Fingern festzuhalten, sagte sie sich, daß sie sich nie wieder von ihm würde trennen können, es sei denn, sie wüßte, daß es in gute Hände kam. Die einzigen Pflegeeltern, die ihr dabei einfielen, waren zu Hause in England, im Herrenhaus »The Heights«. Dorthin mußte es zurück, ganz gleich, was auch geschah. Die Mutter, die die Schande hätte ertragen müssen, war nicht mehr am Leben, also würden sie es jetzt wohl fertigbringen, ihr zu vergeben und für das Kind zu sorgen...

Der folgende Tag zeigte, daß sie sich auf der ganzen Linie geirrt hatte, denn gegen Mittag traf nicht nur Laurie ein, sondern mit ihm Anthony Gullmington und Stephen. Es stellte sich heraus, daß die beiden Briefe zwar in Lauries Quartier in der Universität eingetroffen waren; aber er war ein paar Tage nach London gefahren, um dort an einem Literaturkurs teilzunehmen. Als er zurückgekehrt war und beide Briefe vorgefunden hatte, war er sofort nach »The Heights« gefahren, hatte seinen Adoptivvater, Mutter und Bruder von den Tatsachen in Kenntnis gesetzt und war höchst überrascht gewesen, als es Anthony Gullmington zunächst glattweg abgelehnt hatte, die Reise nach Frankreich anzutreten. »Sie ist tot? Na, dann ist sie eben tot«, hatte er gesagt.

Erst als Laurence ihn darauf hingewiesen hatte, daß das Kind noch lebte, und daß, wenn nichts unternommen werde, Miss Biddy Millican es zweifellos hierherbringen und der Familie präsentieren würde, konnte man ihn dazu überreden, mit Laurence nach Frankreich zu fahren.

Immerhin hatte Anthony Gullmington erklärt, daß Laurence sich selbst um die Beilegung der Affäre kümmern sollte, wenn er sie schon auf diese Weise eingefädelt habe. Doch davon wollte Laurence nichts wissen. Er erinnerte Gullmington daran, daß es seine Tochter war, die da in einem fremden Land ihr Kind geboren hatte und daran gestorben war. Vermutlich konnte und mußte man sagen, daß sie an einem Fieber gestorben sei. Aber was würden die Leute denken, wenn man die Tote nicht in ihre Heimat überführte?

Madam hatte eingesehen, daß Anthonys Reise sinnvoll war, und hatte ihren Wunsch dem Sohn mitgeteilt, und da waren sie nun, hatten zu dritt das Wohnzimmer des Bauernhauses betreten und schauten Biddy an. Das heißt, bis Laurence zu ihr ging, sich an ihre Seite stellte, ihre Hand ergriff und fragte: »Oh, meine Liebste, wann ist es passiert? Und wie?«

Sie blickte erst auf ihn, dann auf die zwei großen Männer, die sie unverwandt anstarrten, und sagte: »Wollen Sie sich nicht erst setzen?«

Sie starrten sie noch ein wenig an, dann setzten sie sich gleichzeitig nebeneinander auf die Couch.

Aber als sie fragte: »Kann ich Ihnen Erfrischungen besorgen?«, knurrte Anthony Gullmington: *»Nein, Mädchen!* Wir wollen keine Erfrischungen.« Und Laurence fügte leise hinzu: »Wir haben im Hotel in Paris gegessen. Sag uns, was geschehen ist.«

In ein paar Worten teilten sie es ihnen mit; dann fügte sie hinzu: »Ich hatte keine Anweisungen, und der Doktor erklärte, daß sie beerdigt werden müsse. Also hat man sie vor zwei Tagen im Friedhof begraben«, sie bewegte den Kopf in Richtung auf das Fenster, »da draußen, nicht weit vom Dorf entfernt. Das Kind ist sehr gesund, Sir, und...«

»Ich will nichts von dem Kind hören.«

»Es ist Ihre Enkelin, Sir.«

»Wage es nicht, in diesem Ton mit mir zu sprechen. Denke an deine Stellung.«

»Ich bin mir meiner Stellung wohl bewußt, Sir. Ich zähle nicht zu Ihren Angestellten.«

»Was?« Er wollte aufspringen, aber Stephen legte die Hand auf den Arm seines Vaters und sagte besänftigend: »Sie will damit sagen, Vater, daß sie von Großmama angestellt ist.«

»Ich weiß genau, was sie meint, und sie ist unverschämt wie immer.«

»Ich habe nicht die Absicht, unverschämt zu sein, Sir. Ich stelle lediglich Tatsachen fest. Und ich kann hinzufügen, daß ich viele Monate bei Ihrer Tochter gewesen bin und für sie gesorgt habe, so gut ich konnte. Ich sorge jetzt auch für ihr Kind und wünsche, daß ihm das Beste geschieht, was unter diesen Umständen möglich ist.«

»Allmächtiger!« Er wandte sich jetzt an Laurence und fragte: »Wofür hält die sich eigentlich?«

»Ja nun...« Laurence hob den Kopf. »Ich finde zwar, das ist nicht die Zeit und der Ort, es euch mitzuteilen, aber da du danach fragst, kann ich es dir ja sagen. Sie ist jemand, der mir sehr teuer geworden ist.«

»Gott! Allmächtiger! Mein Gott, was soll das heißen? Hast du völlig den Verstand verloren, Mann? Dieses... Dieses Luder, das mehr...«

Sowohl Biddy als auch Laurence unterbrachen ihn gleichzeitig, wobei Biddys Stimme fast ebenso laut war wie die von Laurence, als sie schrie: »Wagen Sie es nicht, mich ein Luder zu nennen«, und Laurence sagte: »Wenn sie ein Luder ist, dann ist sie noch immer das klügste Luder in deinem Haushalt, denn was die Intelligenz betrifft, steckt sie deine Kinder alle spielend in die Tasche.«

Jetzt schauten sich Vater und Sohn an und konnten nicht glauben, was sie da gehört hatten; dann erhoben sich beide, und Stephen sagte mit ruhiger Stimme, aber zugleich ziemlich steif und distanziert: »Darüber können wir später reden, Laurence.«

»Es gibt nichts zu reden über meine Privatangelegenheiten.«

»Ich verbiete dir, mein Haus zu betreten, solange du dich mit dieser – dieser...«

»Das dürfte kein allzu schwerer Schlag für mich sein. Aber vergessen wir mich für den Augenblick. Du bist hergekommen, um zu besprechen, was mit deiner Enkelin geschehen soll.«

»Sie ist nicht *meine Enkelin.* Ich habe keine *Enkelin.«*

»Wenn man dir das Kind auf die Schwelle legt, wie das in solchen Fällen die Regel ist, wirst du einige Erklärungen dazu abgeben müssen.«

»Du würdest es nicht wagen. Keiner von euch würde es wagen!«

»Vater.« Wieder meldete sich Stephen zu Wort, und der diplomtische Verstand des zukünftigen Parlamentsabgeordneten schien offensichtlich bereits zu funktionieren, denn er sagte jetzt: »Es gibt einen Ausweg. Wir könnten die Verantwortung für das Kind übernehmen, Vater, und es zu guten Pflegeeltern geben. Es gibt hier in diesem Land genug anständige Leute, die das für ein ordentliches Pflegegeld tun.«

»O nein, das werdet ihr nicht tun.« Laurences Stimme war ruhig, als er Stephen unterbrach. »Ich weiß, was euch beiden am liebsten wäre: Wenn ihr das kleine Mädchen hier einfach loswerden könntet, wo es am billigsten ist. Nein: Wenn sie Pflegeeltern bekommen soll, dann in England und bei Leuten, die dafür geeignet sind.«

Anthony Gullmington verengte seine Augen zu Schlitzen, als er jetzt, nachdem er erst Laurence, dann Biddy angeschaut hatte, erklärte: »Ihr habt beide betont, daß sie meine Enkelin ist, dann kann ich auch mit ihr tun und lassen, was ich will.«

»Nicht ohne mein Einverständnis. Wenn du versuchen

solltest, sie irgendwo ohne mein Wissen unterzubringen, dann kann ich mir nicht anders helfen als die Sache in ganz England von den Dächern schreien zu lassen, zumindest bei allen deinen Freundin in Durham und Northumberland.«

»Mein Gott!« Die Worte kamen von ganz innen und waren doch kaum lauter als ein Flüstern. »Ich kann es nicht glauben. Nach all der Sorge und Liebe, die man dir jahrelang in meinem Haus entgegengebracht hat, verwandelst du dich in der Stunde der Not in eine giftige Viper.«

»Deine Stunde der Not! Auch deine Tochter hatte eine Stunde der Not, aber sie fürchtete sich so sehr vor deiner Heuchelei und der meiner sogenannten Mama, daß sie eine Dienerin, die Biddy hier einmal gewesen ist, bitten mußte, die bittere Nachricht Großmama beizubringen, weil sie es selbst nicht wagte.«

Biddy schaute ihren ehemaligen Herrn an und befürchtete einen Augenblick lang, er würde einen Schlaganfall erleiden. Doch dann knurrte er sie an: »Laß uns allein«, und als sie sich anschickte, hinauszugehen, wandte er sich an Laurence und sagte: »Du auch.«

Laurence hielt einen Augenblick lang inne, dann folgte er Biddy. Draußen in der Diele nahm er ihre Hand und sagte: »Keine Sorge. Es wird alles gut werden.«

Gleich danach kam Madame Arnaud zu ihnen und fragte: »Möchten die Herren eine Erfrischung zu sich nehmen? Ich habe Kuchen, frisches Weißbrot und...«

»Nein, danke, Madame.« Laurence neigte den Kopf in ihre Richtung. »Wir haben auf der Reise hierher im Hotel gegessen.«

Sie schaute Biddy an und sagte: »Es tut mir sehr leid, daß Sie mich jetzt allein lassen; Sie waren eine so angenehme Gesellschaft. Und die Kleine, sie ist so hübsch! Und Ihre Besuche, Sir. Oh, ich werde Ihre Besuche sehr vermissen.« Dann hielt sie inne und schaute Anthony Gullmington und Stephen an, die gerade aus dem Wohnzimmer kamen. Danach wandte sie sich wieder Laurence zu und fuhr fort: »Will Monsieur einen Stein am Grab seiner Tochter aufstellen lassen? Im Nachbardorf gibt es einen guten Steinmetz. Pierre hat den Namen in ein Holzschild eingebrannt; es war nicht leicht, weil es ein so langer Name ist, und er ist nicht besonders gut, unser Pierre. Aber Jean Lacousse, der ist ein guter Steinmetz. Er ist nicht billig, aber seine Arbeit ist gut. Es wäre schön, Madame Millicans Namen auf dem Stein zu sehen, und es ist ein so hübscher Name: Lucille Beatrice Millican. Die Leute aus dem Dorf und ich, wir würden für das Grab sorgen…«

»Was sagt sie da?« Anthony Gullmington schaute Laurence an, und der sagte nach kurzem Zögern: »Sie sprachen von einem Grabstein.«

»Sie hat auch einen Namen erwähnt, Lucille Beatrice…«

»Ja.« Laurence neigte den Kopf, dann fügte er leise hinzu: »Sie war hier als Mrs. Millican bekannt. Biddy trat als ihre Schwägerin auf.«

Vater und Sohn schauten sich wieder an.

»Und sie ist unter diesem Namen begraben worden?«

»Ja.«

»Was ist mit dem Taufschein des Kindes?«

»Auch die Kleine«, Laurence warf einen Blick auf Biddy, »trägt den Namen Millican. Sie wurde auf Louise Grace Millican getauft.«

Mit einer Regung, die blankem Entsetzen nahekam, beobachtete Biddy, wie sich ein Lächeln über das Gesicht von Anthony Gullmington ausbreitete. Dann schaute er seinen Sohn an. Stephen lächelte nicht, aber wandte sich Laurence zu, und der sagte: »So kommt ihr nicht davon.«

»Nein?« Anthony Gullmington schürzte die Lippen, bevor er wiederholte: »Nein? Nun, es wird verdammt schwer sein, zu beweisen, daß ein Kind mit dem Namen Millican das Kind meiner Tochter ist. Meine Tochter starb am Fieber, wie wir zu Hause berichten wollten. Ich habe das bereits der Presse in Newcastle mitgeteilt, bevor wir abgefahren sind.« Jetzt wandte er sich an Biddy. »Und du hast dir damit dein eigenes Grab geschaufelt, Miss.«

»Ich habe keineswegs etwas Derartiges getan, Sir. Ich kann beweisen, daß ich kein Kind geboren habe.«

»Und wer würde dir das glauben? Wer glaubt schon einer wie dir? Wer Pech angreift, besudelt sich. Jedenfalls, ich lasse dich jetzt allein, dich und deine Bürde, ebenso wie dich, Laurence.« Und aller Sarkasmus schwand aus seiner Stimme und wurde ersetzt durch tiefste Bitterkeit, als er hinzufügte: »Du undankbares Schwein!« Und damit marschierte er hinaus.

Stephen folgte seinem Vater nicht gleich, sondern stand noch eine Weile da und schaute Laurence und Biddy an; dann sagte er: »Tut mir leid, Laurie. Glaub mir das, bitte. Es tut mir leid.«

»Ich glaube dir, Stephen. Aber du glaubst doch auch, daß es ihr Kind gewesen ist, oder?«

Stephen senkte den Blick, wartete noch einen Moment und folgte dann seinem Vater.

Biddy und Laurence standen in der Diele und schauten ihnen nach. Ihre Mienen glichen sich aufs Haar: Sie sahen aus wie zwei Kämpfer, denen man gerade gesagt hat, daß sie die Schlacht verloren haben, obwohl sie bis dahin ihres Sieges ganz sicher gewesen waren.

4

Riah schaute Tol an, der bei ihr im Wohnzimmer stand, und sagte: »Morgen früh gehe ich als erstes zum Gericht. Mein Mädchen ist in diesem fremden Land. Sie ist mit der Tochter ihrer Herrschaft hingefahren. Ich will wissen, was mit ihr geschehen ist. Hast du sonst nichts erfahren können?«

»Nichts, nur, daß Miss Lucy an einem Fieber gestorben ist. Aber da ist noch mehr dahinter. Jeder weiß, daß da noch mehr dahinter ist, aber keiner kann sich denken, was.«

»Ist denn Mr. Laurence auch noch nicht zurückgekehrt?«

»Nein. Und noch etwas ist seltsam. Die zwei, unsere Biddy und die Tochter des Herrn, sollten eigentlich bei Freunden von Mr. Laurence wohnen. Darum ist es ja eigentlich gegangen, weil Miss Lucy ihre Schulzeit mit den jungen Leuten der französischen Familie zu Ende bringen sollte.«

»Ma! Ma!« Die Tür ging auf, und Johnny stand dort, die Hand auf der Klinke, und schrie: »Sie kommen die Straße herauf. Ich hab' sie vom Hügel aus gesehen.«

»Wen denn?« Beide hatten sich ihm jetzt zugewandt.

»Unsere Biddy. Und es sieht so aus, als ob sie einen Mann bei sich hätte.«

»Nein, nein, du täuscht dich. Du kannst sie in dem schwachen Licht gar nicht erkannt haben.« Jetzt warf Riah einen Blick auf das Fenster und sah, daß aus der Dämmerung allmählich Dunkelheit wurde, aber der Junge schrie: »Sie ist es! Sie ist es! Sie hat mich gesehen und mir von der Straße aus zugewinkt. Sie müßten schon am Tor sein. Kommt! Kommt!«

Riah und Tol liefen hinaus, begannen zu rennen, die Auffahrt hinunter, um Biddy zu empfangen, die ihnen entgegenkam und etwas in den Armen trug, was wie ein Kind aussah, und der Mann neben ihr trug zwei schwere Koffer.

Als Riah Biddy umarmte und »Oh, mein Kind! Mein Mädchen!« schrie, sah sie, daß das, was Biddy trug, tatsächlich ein Baby war; daraufhin riß sie den Mund weit auf und brachte kein Wort mehr heraus, während Biddy sagte: »Gehen wir hinein, Ma, wir sind ganz erledigt. Wir mußten von der Kreuzung hierher zu Fuß gehen. Oh – das ist Mr. Laurence.«

Riah wandte sich dem Mann zu, der sie lächelnd ansah und sie begrüßte: »Guten Abend, Mrs. Millican.«

»Geben Sie her, Sir.« Tol nahm die zwei Koffer, die Laurence auf den Boden gestellt hatte. »Danke, Tol«, sagte Laurence, dann gingen alle die Auffahrt hinauf und durch die Haustür in die Halle, und dort blieb Biddy stehen, reichte das Baby ihrer Mutter und sagte: »Halte die Kleine, bitte, bis ich mich ausgezogen habe.« Riah nahm das Kind und schaute es an, und dabei dachte sie: Nein, nicht unsere Biddy; nein, nein! Und von wem? Mit diesen Gedanken ging sie den anderen voraus ins Wohnzimmer.

»Sie haben allen Grund, erstaunt dreinzuschauen, Mrs. Millican«, räumte Laurence ein. »Aber wir beide, Biddy und ich, wundern uns mindestens ebenso über die erstaunliche Situation, in der wir uns befinden. Wir... Wir haben Ihnen viel zu erzählen, und dazu auch einiges zu erklären, und ich bin sicher, daß Sie das alles sehr überraschen wird. Aber«, und jetzt lächelte er sie freundlich an, »wäre es vielleicht möglich, daß Biddy etwas Warmes zu trinken bekommt, und vielleicht etwas Milch für den Säugling. Die beiden haben bei der gestrigen Überfahrt auf dem Schiff sehr gelitten. Sie vertragen keine Schiffsreisen, wie mir scheint, und die Fahrt mit dem Zug und mit der Kutsche war lang und ermüdend. Eigentlich wollten wir in Newcastle übernachten, doch dann fanden wir einen Wagen, der hierher in die Gegend fuhr, also haben wir die Gelegenheit wahrgenommen...«

Riah, die versuchte, wieder zur Besinnung zu kommen, murmelte rasch: »O ja, ja, natürlich. Ich bringe euch allen etwas, ja. Hilfst du mir dabei, Tol?«

»Ja. Natürlich helfe ich dir, Riah.«

»Und du kommst auch mit.« Riah zupfte Johnny am Arm und zog ihn mit hinaus. Er hatte nicht Biddy, sondern ihren Begleiter angestarrt, denn er wußte, wer er war, hatte ihn mit den anderen Herren von »The Heights« beim Ausritt gesehen.

Biddy ließ sich in eine Couchecke sinken und schaute auf das Kind, das in der anderen Ecke schlief. Dann richtete sie den Blick auf Laurence und sagte leise: »Es wird nicht leicht sein, es ihr zu erklären, denn weißt du, was sie glaubte, als sie mich mit der Kleinen sah?«

»Ja, das kann ich mir gut denken.«

»Und wenn sie das glaubt, werden andere es auch glauben.«

»O nein, das werden sie nicht.« Seine Stimme klang entschlossen. »Nicht nach morgen vormittag, wenn wir den Beweis in Großmamas Boudoir gebracht haben.«

»Und wenn sie es leugnen?«

Er erhob sich von seinem Platz am Kamin, setzte sich zu ihr auf das Sofa und sagte: »Sie können es nicht leugnen. Ich habe die Briefe, die mir Lucy geschrieben hat. Außerdem sind da immer noch der französische Arzt und Madame Arnaud. Ich wäre sogar bereit, sie hierherzuholen, wenn Großmama versuchen würde, es abzustreiten. Aber das wird sie nicht tun. Wenn wir ihr das Kind präsentieren, ist das ein *fait accompli.* Und da ihr Wort in diesem Haus Gesetz ist, wird sie sich darum kümmern, daß dem kleinen Mädchen Gerechtigkeit widerfährt.«

Wieder einmal gab Biddy keine Antwort, aber zu sich selbst sagte sie: Wer weiß, wer weiß.

Es war kurz vor Mitternacht. Viel war gesprochen worden, vor allem von Biddy und Laurence.

Daß Riah überrascht gewesen war, als ihre Tochter ein Kind nach Hause brachte, war noch nichts im Vergleich zu dem, was sie fühlte und dachte, als dieser Mann, dieser Gentleman, ihr erklärte, er wolle ihre Tochter heiraten, und dann fortfuhr, daß er kein Geld habe, wenigstens noch für die Dauer von einem Jahr, und daß auch danach sein Einkommen gering sei, wahrscheinlich nicht mehr als dreihundert Pfund im Jahr – was ihr wie ein Vermögen vorkam, für ihn jedoch höchstens das Geld für die Stiefelwichse bedeutete.

Er hatte vor, wie er ihr sagte, als Lehrer zu arbeiten; genau gesagt, würden sie beide, Biddy und er, Lehrer werden. Ihre Idee sei es, eine Schule zu gründen. Wo, hätten sie noch nicht entschieden, aber wenn er geeignete Räume in Oxfort fände, wollten sie bald dort hinziehen.

»Aber Biddy hat ein Haus hier«, sagte Riah.

»Ja, wenn Sie es nicht mehr nutzen können.« Laurence nahm Biddys Hand, ehe er fortfuhr: »Und wir beide hoffen, daß das noch viele, viele Jahre der Fall sein wird.« Biddy nickte und bestätigte lächelnd, daß das auch ihre Hoffung war.

Riah schaute Tol an, und Tols Blick war nicht schwer zu erraten – dennoch ließ das, was sie jetzt sagte, Biddy von der Couch hochfahren. »Tol und ich werden heiraten, und du kennst die Bedingungen über das Haus, also gehört es bald dir. Und ich finde, es ist groß genug, um darin eine Schule zu eröffnen.«

Jetzt richtete Biddy den Blick auf Laurence, aber ihr Gesicht zeigte wenig Begeisterung, als sie sagte: »Du würdest sicher nicht hier leben wollen, so nahe bei...«

»Ach, das würde mir nichts ausmachen. Sie haben mich ohnehin schon von sich gestoßen, und ich sie auch. Ich – ich finde die Idee großartig. Ja, es wäre wunderbar, wenn wir in diesem Haus eine Schule gründen könnten.« Laurence schaute sich um, stand dann auf, ging zu Riah hinüber, nahm ihre Hand und fragte: »Aber sind Sie auch ganz sicher, daß Sie das wollen?« Ehe sie antworten konnte, mischte sich Tol ein: »Ja, das sind wir, Sir, und es hätte schon seit langer, langer Zeit so sein sollen.«

Also wurde es beschlossen. Das einzige, was noch blieb, war, das Baby zu Madam zu bringen, dann hierher zurückzukommen und die Hochzeit zu bestellen; danach konnte für Laurence und Biddy ein neues und aufregendes, gemeinsames Leben beginnen.

Sie wußten beide, daß es wenig Sinn hatte, sich dem Haus durch das Haupttor zu nähern, weil Riah, wie sie ihnen berichtete, selbst bereits versucht hatte, mit Mr. Gullmington zu sprechen, aber der Torhüter habe ausdrückliche Befehle gehabt und sie nicht eingelassen.

Daher wählten sie, nachdem Tol sie abgesetzt hatte, den Dienstboteneingang, wobei sie allerdings über dic Mauer klettern mußten, weil man auch dieses Tor verschlossen hatte, was bis dahin, soviel Biddy wußte, nie der Fall gewesen war. Laurence kletterte als erster über die Trockensteinmauer, die an dieser Stelle einsfünfzig hoch war; Biddy reichte ihm das Kind hinüber, dann kletterte auch sie darüber, und als dann beide auf dem schmalen Pfad standen, schauten sie sich an und grinsten wie zwei Kinder bei verbotenen Spielen, ehe sie rasch auf das Haus zugingen.

Sie hatten sich entschlossen, das Haus durch den Seiteneingang zu betreten, der in den Westflügel führte. Und das gelang ihnen auch unbeobachtet, bis sie die Galerie erreicht hatten, und dort trafen sie den ersten Diener, James Simpson. Er kam ihnen gravitätisch entgegen, und seine Haltung entsprach dem mürrischen Gesichtsausdruck, der zu seiner Stellung zu gehören schien – bis er sie erkannte. Dann jedoch verlor er sehr schnell die Fassung und stammelte: »Aber Sir – ich denke, Sir...«

»Kümmern Sie sich um Ihre Angelegenheiten, Simpson.« Laurences Worte waren ein Befehl, und er winkte den Mann zur Seite. Dann nahm er Biddys Arm, führte sie auf die Doppeltür zu und hindurch zu den Räumen von Madam, wo sie als erstes Peggy Tile begegneten, dem ersten Zimmermädchen, zu deren Pflichten es gehörte, die Küche und die Angestelltenräume in diesem Teil des Hauses in Ordnung zu halten. Neben ihr stand Maggie, und als sie ihre Schwester sah, rief Maggie: »Oh! Das ist ja Biddy! Unsere Biddy!«

Maggie lief auf sie zu, aber Biddy schob sie sachte mit der einen Hand beiseite, während sie das Baby im anderen Arm hielt, und fragte: »Wo ist Miss Hobson?«

»Sie ist bei Madam.«

»Ist Madam noch im Bett?«

»Ja. O ja. Mein Gott, Biddy!« Maggie schaute auf das Baby, dann fügte sie hinzu: »Soll ich – soll ich Madam sagen, oder Miss...«

»Nein, kümmere dich nicht darum. Wir kündigen uns selbst an.« Biddy warf rasch einen Blick auf Laurence, und er trat vor, öffnete die Schlafzimmertür, ließ Biddy mit dem Baby eintreten und schloß rasch die Tür hinter sich. Dann standen beide da und schauten auf das entgegengesetzte Ende des Zimmers, wo Madam, jetzt ohne Schlafhaube, aufrecht im Bett saß und sie anstarrte, als könne sie ihren Augen nicht trauen.

Laurence führte Biddy zum Fußende des Betts, bevor er zu sprechen begann, dann sagte er zu der alten Lady: »Guten Morgen.« Er sprach sie nicht wie üblich mit »Großmama« an. Statt dessen fügte er hinzu: »Tut mir leid, dich zu dieser frühen Stunde zu stören, aber wir dachten, du brennst darauf, deine Urenkeltochter zu sehen.«

Sie sahen, wie das Gesicht der alten Frau in Bewegung geriet, konnten aber nicht erkennen, welche Gefühle es ausdrückte. Als sie dann sprach, galt es nicht ihnen; ohne die Augen von den beiden abzuwenden, zeigte sie mit dem Finger auf Jessie Hobson und sagte nur ein Wort: »Hinaus!« Und Jessie schlurfte davon, nachdem sie noch einen besorgten Blick auf Laurence und Biddy geworfen hatte, die am Fußende des Betts standen.

Erst als die Tür geschlossen war, wandte sich Madam wieder an die zwei. »Was versprecht ihr euch davon, he?« herrschte sie sie an.

»Na, na.« Laurence kam um das Bett herum, blieb neben dem Kopfende stehen und schaute auf die alte Frau hinunter. »Wir brauchen doch kein Blatt vor den Mund zu nehmen. Du hast deine Enkeltochter ins Ausland geschickt, weil sie ein Kind bekommen würde. Nun, sie hat das Kind bekommen, und sie ist ein paar Tage nach der Geburt gestorben; wir bringen das Kind zu dir, weil dein Sohn nicht bereit war, es als die Tochter seiner Tochter anzuerkennen. Ich kann mir nicht denken...«, und dazu öffnete er die Augen weit, als versuchte er, sie genauer anzuschauen, wartete dann ein paar Sekunden, ehe er fortfuhr, »daß du dieses Kind ebenso verleugnen wirst, wie er das tat. Nein, nein. Das würdest du doch nicht tun, oder? Ich weiß, das Ganze ist ein großer Schock, und deine Pläne sind damit gescheitert...«

Ihre Stimme war sehr kräftig und zugleich von tiefster Bitterkeit erfüllt, als sie erwiderte: »Meine Pläne sind gescheitert, hast du gesagt? Ich habe diesem Plan zugestimmt, um das zu vermeiden, was ihr beiden, diese Person«, sie schaute Biddy an, »und du damit erreichen wolltet. Was erhofft sie sich eigentlich? Will sie in die Familie einheiraten? Will sie uns erpressen? Niemals. Niemals. Nicht, solange ich noch atmen kann. Du bist ein Luder, Mädchen, ein – ein gemeines, hinterhältiges Luder, ja.«

»Wage es nicht noch einmal, Biddy ein Luder zu nennen! Sie hat dir und den Deinen gedient, ohne dabei auch nur einen Augenblick an sich selbst zu denken. Und du weißt ganz genau, Groß-« Er brach ab und verbesserte sich: »Madam, daß ich dieses Mädchen zu meiner Frau machen werde.«

In der Stille, die darauf folgte, hustete der Säugling, aber sonst war kein Laut zu hören, und als Laurence das faltige Gesicht betrachtete, wurde ihm bestätigt, daß diese Nachricht die alte Lady keineswegs überraschte; zweifellos war sie durch ihren Sohn bereits über seine Absicht in Kenntnis gesetzt worden.

Nach einer Weile begann sie wieder zu sprechen; jetzt war ihre Stimme nicht mehr laut wie zuvor, aber sie spuckte ihm jedes Wort ins Gesicht, als sie sagte: »Du lebst in einem Traum, und du wirst bald daraus erwachen. Du bist als Gentleman erzogen worden, und du stammst aus einem guten Haus, aber daß du dich so erniedrigst und«, jetzt legte sie eine kurze Pause ein und streckte die lange, magere, von blauen Adern durchzogene Hand auf Biddy aus, »daß du *die da* heiratest, was bedeutet, daß du dich auf ihre Ebene, die der untersten Klasse, begeben mußt... Undenkbar. Wenn du sie so sehr liebst, nimm sie als deine Mätresse. Damit kann ich mich einverstanden erklären, aber eine Heirat? Nein, niemals!« Sie schaute in seine Augen, auf sein Gesicht, das unerschütterliche Entschlossenheit ausdrückte, und hob dann wieder die Stimme. »Nein, sag jetzt nichts, nicht, bevor ich am Ende bin. Jetzt kommt erst die da noch dran.«

Die blutunterlaufenen Augen wirkten wie Nadelspitzen auf roter Glut, als sie sich jetzt Biddy zuwandten, deren Gesicht jede Farbe verloren hatte und die die Lippen fest zusammenpreßte, allerdings auch bereit war, jederzeit etwas Passendes zu erwidern, während sie darauf wartete, was dieser alte Tyrann, als den sie Madam jetzt sah, ihr zu sagen hatte. Und Madam sagte: »Dieses Kind wurde, wenn ich recht gehört habe, auf deinen Namen getauft; auch seine Mutter trägt deinen Namen auf dem Grabstein, so daß das Kind in jeder Hinsicht das deine ist. Dennoch schlage ich dir einen Handel vor, Miss. Ich bin bereit, dir eine Summe von fünfhundert Pfund auszusetzen, die sofort ausgezahlt werden kann. Ich bin ferner bereit, auch die Kosten für die Erziehung des Kindes bei einer anständigen Familie zu übernehmen, der du es nach eigener Entscheidung überlassen kannst, wenn du mir versprichst, in Zukunft nichts mehr mit diesem jungen Mann zu tun zu haben, den ich – bedauerlicherweise, wie ich jetzt feststellen muß –, stets als meinen Enkel betrachtet habe. Solltest du diesem Vorschlag nicht zustimmen, dann bringst du Schande nicht nur über dich, sondern auch über ihn.«

»Sie wird niemals Schande über mich bringen.«

Madam richtete sich jetzt wieder mit wütender Miene an Laurence und schrie: »Nein? Du heiratest sie, schön und gut; sie hat ein Kind – von wem hat sie es denn? Von dir. Dein Name wird in der ganzen Grafschaft in den Dreck gezogen, nicht, weil du ihr ein Kind gemacht hast, nein, sondern weil du blöde genug bist, so zu handeln, wie es ein jeder Bauernlümmel täte, ja, weil du auf diese Weise dein Lebtag lang für dein Vergnügen bezahlst. Du wirst zum Gespött der ganzen Grafschaft werden, das versichere ich dir.«

»Glaubst du?« Auch das Gesicht von Laurence war jetzt kalkweiß; nur die Stoppeln an seinem Kinn wirkten wie ein dunkler Schatten. Und mit ruhiger Stimme, die die alte Lady noch mehr in Wut zu versetzen schien, antwortete er ihr: »Ich hätte nie gedacht, daß du so naiv sein kannst... Ja, verschlagen und arglistig, vielleicht sogar machiavellistisch, zu den niedrigsten Ränken fähig, aber doch nicht naiv! Überleg dir doch eines nach dem anderen, was deine Enkelin betrifft. Erstens: Warum hat man sie, wenn sie in Frankreich gestorben ist, nicht hierher überführt und in der Familiengruft auf dem Kirchhof beigesetzt? Das wird man sich zweifellos fragen. Zweitens, warum ist sie eigentlich nicht über die Weihnachtsferien nach Hause gekommen, wie das üblich gewesen wäre? Sicher, es gibt hier und jetzt keinen Beweis, daß sie ein Kind geboren hat, aber ich verfüge dennoch über eine ausreichende Menge an Beweisen mit den Briefen, die sie mir nach Oxford geschickt hat.«

Sie starrten einander an, und die Zeit schien stillzustehen. Als Madam dann zu sprechen begann, war ihre Stimme wieder ruhig. »Weißt du, ich hätte nie gedacht, daß jemals etwas geschehen könnte, was mich dazu zwingt, dir zu sagen: Ich will dich nie mehr wiedersehen, Laurence. Ja, du hast allen Grund, mich betroffen anzuschauen... Und ich kann hinzufügen, daß du niemals auch nur einen Penny von mir erben wirst. Du hast in diesem Augenblick ein Vermögen verloren, Laurence, denn ich hatte die Absicht, dir einen Großteil meines Besitzes zu vermachen.«

Er fuhr mit rauher Stimme dazwischen: »Unter der

Bedingung, daß ich May geheiratet hätte?« Daraufhin schüttelte sie den Kopf und sagte mit Bedauern: »Nein, nein. Das ist längst erledigt. Aber nun wirst du dein ganzes Leben lang ein Niemand sein, ohne einen Penny in der Tasche.«

Wieder verhärtete sich seine Miene. »Das bestimmt nicht. Mein Kopf wird für meinen Lebensunterhalt sorgen. Ich habe es nicht nötig, wie dein Sohn und dein Enkel die Tage im Müßiggang zu verbringen und mich zu fragen, wie ich mir am besten die Zeit vertreiben kann.«

»Das mag sein, aber du wirst von nun an deine Tage in der Schmach verbringen, ausgestoßen von den deinigen.«

Sie wandte sich langsam von ihm ab und richtete den Blick auf Biddy; dazu murmelte sie, wobei sich ihr Gebiß im Mund hin und her bewegte: »Ich verfluche den Tag, Mädchen, an dem du das erste Mal diesen Raum betreten hast. Ja, ich gehe noch weiter zurück und verfluche den Tag, als du hier in unsere Dienste getreten bist, eine Waschhilfe, die Niedrigste der Niedrigen.«

Als Biddy sah, daß Laurence protestieren wollte, streckte sie ihm abwehrend die Hand entgegen, nahm das Baby fester in den Arm, schaute dann ihre ehemalige Herrin an und sagte: »Niedrig nach der Position, Madam, aber geistig fühlte ich mich selbst in diesem jungen Alter einem jeden vom Hauspersonal überlegen. Und nicht nur vom Hauspersonal, denn Ihre Enkelin, obwohl ich sie sehr gern gehabt habe, verfügte ebenfalls über eine sehr geringe Intelligenz. Was ihren Bruder betrifft, der hat überhaupt keinen Funken Verstand; der richtige Platz für ihn wären die Stallungen. Ich kann es mir ersparen, auf die restlichen Familienmitglieder einzugehen, Madam; Sie selbst haben ihre Meinung über sie oft genug kundgetan. Da Sie mir Ihren Enkel unterzuschieben versuchen, bin ich bereit, die Verantwortung für das Baby zu übernehmen. Die Kleine trägt meinen Namen, das ist richtig, und zweifellos werden Sie und Ihre Familie sich sehr bemühen und das Gerücht ausstreuen, sie sei tatsächlich mein Kind. Und so soll sie es denn sein, bis sie in das vernünftige Alter gekommen ist. Dann werde ich ihr sagen, wer sie wirklich ist und wo sie von rechts wegen hingehörte. Und ihr Adoptivvater«, sie wandte sich um und schaute Laurence an, »wird ihr dann die Briefe zeigen, die er von ihrer Mutter erhalten hat. Madam, Sie tun mir leid. Vergessen Sie das nicht. Sie tun mir aufrichtig und von Herzen leid.«

Daraufhin drehte sie sich um und verließ den Raum. Laurence blieb noch einen Moment stehen und betrachtete die Gestalt der alten Frau, die vor Zorn auf die doppelte Größe angeschwollen zu sein schien, ein Zorn, der ihr die Stimme raubte, dann sagte er leise: »Auch mir tust du leid, Großmama, aber in anderer Weise. Das Kind wird ordentlich großgezogen werden. Ich kann dir versprechen, daß wir warten und ihr die Wahrheit erst mitteilen, wenn sie imstande ist, sie zu begreifen. Und ich kann nur hoffen, daß ihre Ausbildung ihr dann hilft, den Schock zu überwinden. Leb wohl, Großmama.«

Er biß die Zähne zusammen, als er hinaustrat in die Halle, wo Biddy gerade ihrer Schwester den Befehl erteilte: »Tu, was ich dir sage, hol deine Sachen, du kommst mit nach Hause.«

Das Mädchen schaute erst Biddy, dann Jessie an, und Jessie sagte leise: »Ja, sie hat recht. Hol deine Sachen.«

Als Maggie davoneilte, fragte Jessie, die das Baby angestarrt hatte: »Das war es also?« Und Biddy antwortete kurz und bündig: »Ja, Miss Hobson, das war es. Man hat Miss Lucy weggeschickt, damit sie ihr Kind in der Fremde bekam, weil die Familie die Schande nicht ertragen hätte. Und jetzt können die Herrschaften nicht einmal das Kind ihrer Tochter ertragen. Sie versuchen, mir die Bürde zuzuschieben. Aber Sie wissen und ich weiß, wem die Kleine gehört.«

»Ja, Mädchen, ich hab' es mir von Anfang an gedacht, und besonders, als Miss Lucy an Weihnachten nicht nach Hause gekommen ist. Ja«, sie nickte, »ich weiß es, und es wird ihnen nicht leichtfallen, es denen hier« – sie zeigte nach unten – »klarzumachen, vor allem, wo schon seit einiger Zeit das Gerücht herumgeht...«

»Was für ein Gerücht?«

Jetzt schaute Jessie zu Mr. Laurence hinüber, und der sagte: »Es ist kein Gerücht, Hobson. Es ist die Wahrheit.«

»Ich... Ich habe flüstern hören, Sir...«

»Und dieses Flüstern wird in Kürze zu einem lauten Dröhnen werden, und jeder wird in der Lage sein, zwei und zwei zusammenzuzählen, nicht wahr?«

»Ja, wahrscheinlich, Sir. So ist es nun mal auf der Welt. Es tut mir leid, Sir.«

»Oh, es braucht Ihnen nicht leid zu tun. Nicht wegen uns, Hobson, ganz gewiß nicht wegen uns. Ich kann es Ihnen auch gleich sagen: Ich hatte nie die Absicht, hier zu bleiben. Eigentlich wollte ich nach Oxford gehen und dort meine Zelte aufschlagen, aber nun werde ich praktisch hier vor der Haustür leben, und dadurch wird erst recht Verwirrung entstehen.«

Jessie schaute Biddy an, und Biddy sagte kurz: »Moor House gehört mir. Mutter heiratet Mr. Briston. Wir werden dort eine Schule gründen.«

»Großer Gott...« Sie drückte nicht aus, was sie damit sagen wollte, fügte aber hinzu: »Es – es tut mir leid.« dann lächelte sie ein wenig, als sie fortfuhr: »Du warst immer für Überraschungen gut, Mädchen, von Anfang an. Wo du warst, ist immer etwas los gewesen. Ich glaube, ich hab' dir das schon einmal gesagt.«

»Ja, das haben Sie. Ah, da ist Maggie; wir müssen weg. Und ich will nur noch eines sagen, Jessie.« Sie sprach den Namen sanft und freundlich aus. »Ich danke Ihnen für das, was Sie mir beigebracht haben. Es wird mir in der Zukunft gut anstehen.« Jetzt beugte sie sich vor und küßte die alte Frau auf die Wange; dann drehte sie sich um und ging durch die Halle auf die Doppeltüren zu. Laurence hielt sie ihr und Maggie auf, und sie traten hinaus in die Galerie, wo sich eine Zahl von Angestellten eifrig mit Nichtstun beschäftigte und schweigend die kleine Gruppe anstarrte, die auf die Tür zur hinteren Treppe zuging. Dann stießen sie gleichzeitig und wie auf ein Zeichen einen Laut der Überraschung aus, während sie sich dem entgegengesetzten Ende der Galerie zuwandten, von wo aus ihr Herr auf die Eindringlinge zumarschierte, die jetzt stehengeblieben waren und auf ihn warteten.

Anthony Gullmington war nicht allein. Seine Frau war an seiner einen Seite, sein Sohn an der anderen, und die beiden versuchten, ihn zurückzuhalten und auf ihn einzureden. Als seine Frau ihn am Ärmel packte, stieß er sie weg, dann bellte er die Diener an: »Aus dem Weg!«, bevor er ein paar Meter vor der Stelle stehenblieb, wo Laurence, Biddy und Maggie standen, wobei letztere sichtlich zitterte.

Es war allen klar, daß es dem Herrn des Hauses vor Zorn die Sprache verschlagen hatte. Und als er schließlich ein paar Worte ausstieß, lief ihm der Speichel aus den Mundwinkeln.

»Wie – wie konnten Sie es wagen, Sir, mein Haus ohne meine Erlaubnis zu betreten und – und dieses Miststück mitzubringen! Ich sollte euch beide auspeitschen und dann hinauswerfen lassen. Ich – ich brauche nur ein Wort zu sagen.«

»Warum tust du es dann nicht? Die meisten deiner Diener sind in Hörweite.«

»Du... Du verdammter Emporkömmling. Ich... Ich werde...« Als er versuchte, auf Laurence loszugehen, hielt ihn Stephen an beiden Armen fest und sagte: »Vater! Vater! Genug!«

»Genug, sagst du. Genug, nach allem, was ich für ihn getan habe? Er ist ein undankbares Schwein.«

Laurence konnte nun nicht mehr an sich halten; er zeigte ebenso großen Zorn, als er ihm entgegenschleudert: »Undankbar – von wegen. Wenn Sie auch nur einen

Funken Verstand besäßen, Sir, dann müßten Sie wissen, daß ich zum Zeichen meiner Dankbarkeit Ihre Tochter beschützt und versucht habe, Ihrer Familie die Schande zu ersparen, die sie nicht ertragen zu können glaubte. Zugegeben, es geschah auf den Vorschlag von Madam, doch ich habe ihn in die Tat umgesetzt. Und dies hier«, er zeigte auf den Säugling, den Biddy fest an sich drückte, »ist das Resultat. Sie ist...«

Zwei Dinge unterbrachen in diesem Augenblick seine Verteidigungsrede, die auch auf die Ohren der lauschenden Dienerschaft gemünzt war: der inständig flehende Ausdruck auf dem Gesicht der Frau, die seine Adoptivmutter gewesen war und die er nie gemocht hatte, die ihn jetzt jedoch beschwor: »Bitte, bitte, Laurence«; zum anderen der heftige Hieb auf seine Schulter, der ihn rückwärts schleuderte in Richtung auf die Tür zum Treppenhaus.

Der Hieb war für seinen Kopf bestimmt gewesen, aber Anthony Gullmington hatte sich erst aus dem Griff seines Sohnes freimachen müssen, so daß er beim Ausholen das Gleichgewicht verlor, jetzt halb geduckt gegen die Wand prallte und in Reichweite von Laurence zum Stehen kam, der sich inzwischen wieder aufgerichtet hatte und mit geballten Fäusten dastand, diese jedoch gleich danach an die Seiten preßte.

Stephen fand als erster die Sprache wieder; er sagte leise: »Geh jetzt, Laurie; bitte.« Dann zog er die Tür zum Treppenhaus auf, aber Laurence funkelte noch immer den Mann an, der sich inzwischen ebenfalls wieder aufgerichtet hatte, aber noch an der Wand lehnte und den Blick mit gleicher Vehemenz erwiderte.

»Komm, Laurence.« Biddy sprach seinen Namen ruhig aus, und doch war die Wirkung so, als ob sie ihn laut gebrüllt hätte, denn die Dienstboten rissen die Augen weit auf, und Grace Gullmingtons Gesichtsmuskeln begannen nervös zu zucken.

Langsam drehte sich Laurence um, aber er ging Biddy

nicht voraus, sondern legte eine Hand auf ihren Arm, schob sie sachte vorwärts, und als er an Stephen vorbeikam, schaute er diesem aufrecht in die Augen und fühlte einen Stich in seiner Brust, als er keine Bitterkeit in dessen Blick erkannte, nur Trauer und Verständnis.

Draußen auf dem Hof blieben sie kurz stehen, und Biddy fragte mit zitternder Stimme: »Bist du verletzt?«

»Nein, nein.« Er versuchte zu lächeln. »Die Antwort würde anders lauten, wenn der Hieb dort gelandet wäre, wo er hätte landen sollen.«

»Schau, da ist Jean.« Maggie zupfte Biddy am Ärmel, und Biddy schaute hinüber zu dem Mädchen aus der Wäscherei, das den Hof überquerte, einen großen Leinenkorb am Arm.

Jetzt wandte sich Biddy an Laurence und fragte: »Darf ich? Es dauert nur einen Augenblick. Aber sonst sehe ich sie nicht mehr.« Und dann lief sie zu Jean hin, die sie mit offenem Mund anstarrte, zog sie zur Seite und sagte rasch: »Wir haben keine Zeit zum Reden, und wir sehen uns hier nicht mehr, aber ich dachte, du hättest vielleicht Lust, zu uns zu kommen und bei uns zu arbeiten.«

»Wie meinst du das, Biddy? In eurem Haus? In deinem Haus?««

»Ja. Wir können dir vielleicht nicht viel bezahlen, aber es ist bestimmt mehr als hier. Du kannst ja an deinem nächsten freien Tag vorbeikommen, dann reden wir darüber.«

»Oh, danke, Biddy. Ja, ich komme. Ist – ist das das Baby?«

»Ja, das ist das Baby.«

»Es – es ist doch nicht deines?« Diese Frage flüsterte sie nur.

»Nein, es nicht meines, aber niemand wird mir das glauben.«

»Oh, Biddy.«

»Macht nichts. Also dann, bis bald.«

»Ja, Biddy. Ja. Danke.«

Dann ging sie rasch zu Laurence und Maggie zurück, aber als sie sich dem Seitenweg zuwandte, nahm Laurence ihren Arm und sagte keineswegs freundlich: »Nein, nicht. Wir gehen durch das Haupttor hinaus.« Sie starrte ihn einen Moment lang an, dann senkte sie den Kopf und folgte seinem Vorschlag, ohne zu protestieren und ohne in Frage zu stellen, ob das ratsam war.

Als sie den Hof vor den Stallungen überquerten, schaute sich Biddy nach allen Seiten um in der Hoffnung, daß sie Davey sehen würde, aber sie sah alle anderen Stallburschen, nur nicht ihn. Hatte er gehört, daß sie hier waren, und fürchtete er einen Skandal? Wahrscheinlich. Es verletzte sie in gewisser Weise. Aber was machte es schon? Nichts konnte sie noch tiefer verletzen als das, was sie in dieser letzten Stunde hier erlebt hatte, und die alte Frau dort oben, die so über sie gesprochen hatte, als wenn sie irgendein Ungeziefer wäre... Während sie ihr zugehört hatte, war es ihr einen Moment lang selbst vorgekommen, als sei sie ein so niedriges Wesen, daß allein die Vorstellung, Laurence zu heiraten, ungeheuerlich erschien.

Jetzt waren sie auf der Auffahrt vor dem Haus. Kein Mensch ließ sich im Freien blicken, aber sie und Laurence wußten genau, daß hinter den Fenstern Neugier und heller Aufruhr herrschten.

Der Torhüter schaute überrascht drein, als er sie erblickte, nahm aber die Mütze ab und sagte mit freundlicher Stimme: »Guten Morgen, Mr. Laurence.« Und Laurence erwiderte: »Leben Sie wohl, Mr. Johnson.«

Sie gingen eine Meile weit, bis sie Tol trafen. Er fuhr den Holzwagen, der halb mit Stämmen beladen war, und Maggie mußte sich dazwischen setzen, während sich Biddy und Laurence neben Tol auf den Kutschbock zwängten.

Tol schaute sie an, sah ihre Mienen und bemerkte kurz: »War es schlimm, Sir?« Und Laurence antwortete: »Ja, in gewisser Weise, Tol.«

Danach wurde nicht mehr gesprochen, bis Tol sie am Tor absteigen ließ und Laurence zu ihm sagte: »Wenn man dort oben herausfindet, was Sie heute morgen getan haben, werden Sie vermutlich Ihren Job los sein.«

»Das macht mir nichts aus, Sir.« Tol lächelte. »Außerdem bin ich sicher, daß Sie mir raten würden, ich sollte nicht mehr für diesen Hungerlohn arbeiten. Ich dachte schon lange, ich könnte auch für die Bauern in der Gegend zum Markt fahren.« Er nickte in Richtung auf das Haus, ehe er hinzufügte: »Und ich bin nicht der einzige, der dieser Meinung ist.«

»Danke,Tol, daß du uns mitgenommen hast.« Biddys Stimme war leise; sie lächelte nicht, und er erwiderte: »War mir ein Vergnügen, Biddy. Ein Vergnügen. Und darf ich euch beiden noch etwas sagen?« Er schaute vom einen zum anderen. »Ich hoffe nur, daß ihr so glücklich werdet, wie deine Mutter und ich es sind.«

Biddy wandte sich ab, begann zu laufen und preßte dabei das Kind an sich, denn jetzt wurde sie von einem Gefühl überwältigt, das sie hineintrieb in das Haus, das bald das ihre sein würde. In der Küche, wo ihre Mutter, als sie Maggie sah, voll Überraschung rief: »Mein Gott, was machst du denn hier?« drückte ihr Biddy statt einer Antwort den Säugling in die Arme und sagte: »Nimm sie einen Moment und – und laß mich, nur eine Minute.« Damit lief sie hinaus aus der Küche, durch die Halle und in die Bibliothek, wo sie sich in den Ledersessel warf, in dem der Herr immer gesessen hatte, und ihren aufgestauten Gefühlen in einem Tränenstrom freien Lauf ließ.

Nach einer Weile ließ das Schluchzen nach; sie saß da und schaute sich um, schien den Herrn ganz nahe zu fühlen und hörte jetzt sogar, wie er sagte: »Hier beginnt das Leben für dich. Du weißt noch nicht viel, aber du wirst lernen, wenn du lehrst.« Das hatte er einmal zu ihr gesagt: Durch Lehren lernt man selbst. Und manchmal stellt sich dann heraus, daß der Schüler intelligenter ist als der Lehrer.

Sie hatte nicht gehört, daß die Tür geöffnet wurde, war sich auch der Anwesenheit von Laurence nicht bewußt, bis er vor ihr stand, sie in seine Arme nahm, an sich drückte und dann leise sagte: »Es tut mir leid, meine Liebste, so leid, daß du das alles ertragen mußtest, ohne daß dich eine Schuld trifft. Bist du bereit, sie als dein eigenes Kind aufzuziehen? Du weißt, ich könnte den Doktor und Madame Arnaud herholen, damit sie vor Gericht ihre Aussage machen. Die Briefe würden zusätzlich beweisen...«

»Nein, nein.« Sie nahm den Kopf von seiner Schulter. »Ich will sie ja behalten. Es ist seltsam, aber von dem Augenblick an, als sie geboren war, fühlte ich... Ich kann es nicht verstehen.« Sie blinzelte sich die Tränen aus den Augen und schluckte, bevor sie fortfuhr: »Es war, als ob sie mir gehörte. Um die Wahrheit zu sagen: Es wäre schrecklich gewesen für mich, wenn ich sie dort oben hätte lassen müssen. Ich meine nicht wegen ihr... Es ist wegen der Dinge, die Madam zu mir sagte, über mich. Seitdem frage ich mich, was ich dir eigentlich antue, wenn wir heiraten.«

Er schob sie sachte ein wenig zurück, daß er ihr in die Augen schauen konnte, und wiederholte: »*Wenn* wir heiraten? Da gibt es kein Wenn. Wir heiraten. Ich liebe dich. Wenn ich sage, du bist die einzige Frau, die ich je geliebt habe oder lieben werde, dann weiß ich, daß viele in derselben Situation das gleiche sagen würden, wohl wissend, daß nichts im Leben unveränderlich ist, nicht einmal das stärkste Gefühl, und daß sie eines Tages diese Worte vergessen oder zu jemand anders sagen. Doch was mich betrifft, Biddy, so kann ich dir schwören, daß das nicht der Fall sein wird, denn wie ich dir bereits sagte, ich habe es im ersten Augenblick gewußt, daß du für mich bestimmt bist, und ich für dich, auch wenn ich versucht habe, der Frage auszuweichen, und wohl eine Zeitlang so dachte wie Madam: Nämlich, daß ich dich zu meiner Mätresse mache könnte. Doch mir war auch damals schon klar, daß du dich dazu niemals hergegeben hättest.« Er schnitt eine Grimasse, bevor er fortfuhr: »Wenn ich eine Weile weggeblieben bin, so deshalb, weil ich befürchtete, jede Verbindung zwischen uns würde Probleme mit sich bringen, die nicht zu bewältigen seien. Aber das Leben zeigt einem dann doch den richtigen Weg, und ich weiß jetzt, daß mich nichts abhalten könnte, dich für mich zu gewinnen, dich zu heiraten und zu meiner Frau zu machen. Und« – jetzt wurde sein Lächeln breiter – »dabei machst du keineswegs eine gute Partie. Meine weltlichen Besitztümer umfassen – wenigstens noch für das kommende Jahr – nicht mehr als etwa siebenundachtzig Pfund auf der Bank, zwei oder drei Paar goldene Manschettenknöpfe und zwei goldene Uhren, während ich um die Hand einer wunderschönen, hochintelligenten jungen Frau anhalte, die obendrein ein Haus mit in die Ehe bringt, ein großartiges Haus, in dem ich meinen Traum verwirklichen und eine Schule für junge Männer einrichten kann.«

»Nein. Nein!« Er war überrascht, wie heftig sie ihn von sich stieß, als sie ihm entgegnete: »Für junge Männer *und junge Frauen. Ausdrücklich: für junge Frauen.«*

Sie sah zu, wie er die Augen schloß und den Kopf sinken ließ, dann murmelte: »Ja, Ma'am. Für junge Frauen. Natürlich haben auch Frauen Zugang zu unserer Schule.«

»In gleicher Zahl, Sir.«

»Ja, Ma'am.« Er schaute sie an, und seine Augen strahlten, als er sie anblinzelte. »In gleicher Zahl.«

»Und mit gleicher Sorgfalt und Aufmerksamkeit.«

»Und mit gleicher Aufmerksamkeit, Ma'am.« Er nickte zu jedem Wort.

»In allen Fächern.«

»Wie Sie sagen, Ma'am, in allen Fächern. Ich bin mit allem einverstanden, was Sie sagen; ja, ich werde es schriftlich niederlegen an dem Tag, wo du zum erstenmal mit deinem Namen als Mrs. Bridget Carmichael, Gattin von Laurence Frederick Carmichael unterschreibst.«

Sie riß die Augen weit auf: »Heißt du so – Carmichael?«

»Ja, das ist mein wirklicher Name, Carmichael.«

»Oh, Laurie, Laurie. Was für ein schöner Name. Ich danke dir dafür, daß du ihn mir gibst.« Dann sank sie sachte in seine Arme und sagte leise: »Ich werde ihn lieben und ehren bis ans Ende meiner Tage, genau wie dich.«

An einem windigen Tag Ende März wurden sie in der Dorfkirche von Pfarrer Weeks – etwas zögernd, wie es schien – getraut. Der zukünftige Stiefvater der Braut, Mr. Tol Briston, führte die Braut zum Altar. Vom engeren Familienkreis fehlte nur einer: Davey hatte den Dienst auf »The Heights« einen Tag nach Biddys Besuch quittiert. Er war danach nicht nach Hause gekommen, sondern hatte Tol eine Nachricht für seine Mutter übergeben, daß er nicht warten wolle, bis er hinausgeworfen werde, und daß man ihm ohnehin eine Stellung bei einem Hufschmied in Gateshead Fell angeboten hätte. Der Hufschmied hatte ein gutes Geschäft und eine Tochter im heiratsfähigen Alter, die Davey schon kannte, seit er bei den Besuchen seines Herrn in der Stadt Pferde und Kutsche dort hatte einstellen müssen.

Die Braut wurde begleitet von ihrer Schwester und ihrer Freundin Jean, der Bräutigam von zwei Freunden, die aus Oxford hergekommen waren.

Die Zahl der Hochzeitsgäste hätte wohl kaum die beiden vordersten Reihen der Kirche gefüllt, dennoch waren die Bänke bis auf den letzten Platz besetzt, weil es schließlich nicht alle Tage vorkam, daß ein Gentleman aus einer Familie wie der Gullmingtons eine Angestellte heiratete, die zwar vielleicht einen klugen Kopf aufhatte, aber von jenseits des Meeres mit einem Kind zurückgekommen war. Das war wahrhaftig eine mysteriöse Geschichte: War es ihr eigenes Kind oder nicht? Einige behaupteten, daß es gar nicht das ihre sei. Aber warum heiratete er sie dann? Man munkelte auch, und das Gerücht griff immer weiter um sich, daß es das Kind von

Miss Lucy Gullmington war. Na, war das nicht eine unglaubliche Geschichte? Andererseits hatte die Haushälterin gesehen, wie die Braut eines Tages mit zerrissenem Kleid und mit Stroh im Haar zurückgekommen war ins Haus; vielleicht war das der Tag, an dem sie das Kind empfangen hatte. Schön, er lag noch nicht einmal neun Monate zurück, aber gab es nicht genügend Kinder, die mit sieben Monaten zur Welt gekommen waren? Da kniete sie jedenfalls am Altar, hübscher als die meisten Bräute, die dort jemals gekniet hatten, und der Bräutigam grinste wie ein Honigkuchenpferd. Eines konnte man mit Sicherheit voraussagen: So, wie die zwei sich anschauten, würde zu dem ersten Kind bald ein zweites kommen, in sieben oder in neun Monaten, und damit würde es noch nicht zu Ende sein mit dem Kinderkriegen.

Und zu denken, daß das alles nur deshalb so gekommen war, weil Mr. Miller sie, ihre Geschwister und ihre Mutter vor nicht einmal acht Jahren von der Straße zu sich ins Haus geholt hatte! Da konnte man wieder einmal sehen, daß man sich die Leute sehr genau anschauen mußte, ehe man ihnen etwas Gutes tat...